LE COMPLOT

Vladimir Volkoff

LE COMPLOT

roman

ÉDITIONS DU
ROCHER
Jean-Paul Bertrand

ISBN 2 268 04515 3

La croyance superstitieuse en la force historique des complots (quand bien même ils existeraient, de type individuel ou collectif) laisse complètement de côté la cause principale des échecs subis aussi bien par les individus que par les États : les faiblesses humaines.

Alexandre Soljenitsyne

La Russie est le subconscient de l'Europe, son révélateur.

Dieter Groh

La Caspienne est une zone d'intérêt stratégique pour les États-Unis.

Bill Clinton

Deo vindice
(devise de la Confédération des États du Sud)

CHAPITRE I

UNE IDÉE DE MANŒUVRE

Septembre-décembre 2001

1

L'attentat du 11 septembre 2001, qui détruisit les tours jumelles du World Trade Center de New York, eut des conséquences innombrables, dont l'une, entre plusieurs autres, échappa à l'attention du public.

Le président de la Fédération de Russie fut si occupé ces jours-là qu'il ne se rendit pas, comme il en avait pourtant l'intention, aux obsèques du général Bezborodko dont l'hélicoptère venait d'être abattu au-dessus de la Tchétchénie. Le général avait eu l'idée d'appliquer la méthode utilisée avec succès par l'armée française en Algérie : à savoir l'emploi concomitant de centres de pacification lénifiants et de commandos de chasse agressifs. En procédant de la sorte, Bezborodko était arrivé en peu de temps à des résultats qui en avaient fait un héros national.

Ses obsèques, auxquelles le président dut se faire représenter par un de ses proches, eurent lieu à la cathédrale du Christ-Sauveur à Moscou.

Sous le régime communiste, cette cathédrale avait été rasée et remplacée par une piscine, mais, dans une grande explosion de piété populaire, elle venait d'être reconstruite à l'identique ; les pires mafieux y étaient allés de leur obole ; sa coupole se voyait de tous les coins de la capitale ; c'était sous ses voûtes que l'Église orthodoxe russe avait procédé à la canonisation des nouveaux martyrs, dont le tsar Nicolas II et sa famille.

Le cercueil fut, selon l'usage, apporté ouvert par six officiers en grande tenue et disposé sur des tréteaux au milieu de la nef brasillante d'icônes.

Dans la fumée qui montait des cierges au-dessus d'une foule compacte où se mêlaient uniformes, costumes civils, robes de grands couturiers et fichus noués sous le menton, oscillaient solennellement des étendards rouges, des drapeaux blanc bleu rouge, des pavillons blancs frappés de la croix bleue de Saint-André. Un archevêque barbu et mitré officiait, assisté de trois évêques, d'une douzaine de prêtres et de diacres et d'une vingtaine d'acolytes, tous en chasubles dorées.

Un chœur de deux cents voix chanta le *Kol slaven*[1], rituel dans les funérailles militaires de la Russie des tsars. Toute la pompe mystique dont l'Église orthodoxe est capable avait été déployée pour célébrer le grand soldat qui avait donné sa vie pour la patrie : « Parmi les saints, Seigneur, fais reposer ton serviteur le guerrier Ivan », suppliait-elle, ou plutôt elle l'exigeait, par les roulements impérieux de ses basses.

L'office allait sur sa fin.

Le chœur entonna, pianissimo, le chant final de résignation et d'apaisement : *Mémoire éternelle.*

L'archevêque s'avança vers le cercueil pour encenser une dernière fois le mort qui portait sur le front une banderole d'absolution inscrite en slavon : son passeport pour l'éternité. Sur l'oreiller de satin rouge, le grand visage cireux et calme, aux traits énergiques et sereins, semblait méditer un secret de commandement qu'il ne partagerait avec personne.

L'archevêque balança l'encensoir d'or massif d'où montèrent des volutes odoriférantes.

Alors le cadavre explosa.

L'explosion tua l'archevêque, deux prêtres, le représentant du président, la femme du général, blessa son fils et une multitude d'assistants.

Quelques heures plus tard, six autres cadavres, ceux de soldats tués en Tchétchénie, explosèrent en divers points du territoire russe : deux déjà sous terre, un dans une morgue, deux dans leur famille où ils attendaient leurs funérailles religieuses, le dernier à bord d'un avion qui s'écrasa au sol.

Par précaution, les autorités firent déterrer d'autres morts récents et, à l'ouverture de certains cercueils, de nouvelles explosions eurent lieu, tuant ou blessant démineurs et témoins. On utilisa des canons à eau pour réduire les risques, ce qui eut pour effet d'anéantir les corps eux-mêmes, au scandale des familles qui tenaient à leurs défunts. L'effet psychologique aurait été énorme si l'attention mondiale n'avait pas été accaparée par les événements, encore plus spectaculaires, de *Nine-Eleven*[2] à New York.

Cependant un journaliste français n'eut de cesse qu'il n'eût trouvé une formule pour résumer les carnages russes. Il intitula son article dans *L'Univers* : « En Russie même les morts tuent. »

Le Dindon déchaîné trouva un meilleur titre : « Russie : Les morts qui pètent. »

---

1. *Qu'Il est glorieux.*
2. Le 11 septembre.

2

Kirsten O. Kirsten à Robert C. Chastow III par courriel :

> *Nos patriotiques autorités ne peuvent pas ne pas se laisser obnubiler par les apparences transitoires que vous savez et dont l'importance sera par elles artificiellement grossie. Écoutez les âneries que brait quotidiennement notre vénéré président, en fronçant les sourcils et en tordant la bouche tel un personnage de bande dessinée. Comme disait Ambrose Bierce, « le patriote est celui qui préfère les intérêts d'une partie à ceux de l'ensemble ». Vous, tel que je vous connais, vous gardez les yeux pelés face à votre objectif de prédilection. Y aurait-il, d'après vous, rapport causal, tir groupé, coïncidence ou interférence, entre* Nine-Eleven *et les macchabées homicides ? Quels procédés ont pu être employés pour faire sauter autant de charognes presque simultanément et à si bon escient ? Vous qui vous y connaissez, donnez-moi vos idées là-dessus.*

Robert C. Chastow III à Kirsten O. Kirsten par courriel :

> *Selon moi, nous avons assisté en Russie à une opération plus subtile que cette grossière histoire d'avions percutant des gratte-ciel.*
> *Mes contacts me confirment que les corps avaient été préparés pour le transport par la firme Mogamedov de Grozny en Tchétchénie, qui travaille au profit de l'armée russe et dont les employés « n'ont pu être interviewés », c'est-à-dire qu'ils ont filé dans la montagne. J'en déduis qu'il y a eu là une opération menée par des moudjahidin, tchétchènes ou non, disposant des moyens nécessaires et conscients de l'impact médiatique à provoquer.*

La coïncidence temporelle avec l'opération islamique menée aux États-Unis doit être fortuite et, du point de vue terroriste, regrettable, du fait d'une publicité considérablement réduite.

Le corps du général a probablement été piégé par les croque-morts. Il aura explosé sous l'effet d'une télécommande manœuvrée par une personne assistant aux obsèques, avec l'espoir probable d'éliminer le président russe. On peut se demander pourquoi les responsables se sont contentés de l'effet de souffle et n'ont pas bourré le corps de grenaille : c'est sans doute de crainte qu'un poids excessif n'attire l'attention.

D'autres cadavres auront été piégés par les mêmes croque-morts au moyen d'horloges électroniques distribuant les explosions dans le temps.

Enfin, je suppose que les cercueils (sauf celui du général) étaient équipés de cellules photoélectriques susceptibles de déclencher une explosion par effet lumineux, aussitôt le cercueil ouvert.

Cela indique un montage à trois étages, précis et complexe, émanant d'un cerveau qui sort du commun et qui dispose du personnel et des moyens nécessaires.

3

– Parce que vous croyez à la Théorie du Complot ? demanda avec urbanité Robert C. Chastow III.

L'urbanité était censée voiler le sarcasme. Le voiler imparfaitement.

Il poursuivit, sans pouvoir s'empêcher d'insister avec quelque lourdeur :

– Oui, bien sûr, tout n'est que complot ! Et qui, d'après vous, sont les comploteurs ? En êtes-vous encore aux francs-maçons, mon cher Divo, ou aux sages de Sion ? Remontez-vous jusques aux magiciens de l'Agarttha qui, depuis des millénaires, vivent terrés sous l'Himalaya, d'où ils règnent secrètement sur le monde ? Ou alors, vous êtes-vous quelque peu *aggiornamenté* et accusez-vous de tous les maux la Trilatérale, la société Bilderberg et le *Council for Foreign Relations* ? À moins que ce ne soit la société secrète *Skull and Bones* ? Qui est votre Antéchrist ? Ce bon vieux Rockefeller, je suppose, le bouc émissaire de tous les maniaques du Complot ?

Ils déjeunaient au Cercle interallié – au bord de la piscine, parce que Divo, le moins parisien des Parisiens, avait commis l'impair de porter, sous son costume gris croisé aux revers trop pointus, non pas une chemise et une cravate mais un chandail blanc à col roulé, ce qui leur interdisait le restaurant.

Divo venait de dire que la pulvérisation contemporaine des nations européennes en régions, en *Länder*, en territoires fictifs aux patois reconstitués et quelquefois même en États indépendants et peu viables, lui paraissait concertée plutôt que spontanée. Robert C. Chastow III (abrégez en Robin, jamais en Bob, *please* !) avait riposté. Divo sourit en diagonale :

– Ce n'est pas vraiment que je croie à la Théorie du Complot. Seulement, je constate qu'il y a des gens qui mettent beaucoup d'application à la discréditer. Il doit y avoir une raison.

– Enfin, c'est de l'enfantillage ! gémit Robin.

– Enfantillage, enfantillage ! fit Divo en piquant une fraise avec sa fourchette. Je ne crois pas qu'il y ait *un* complot mondial créé depuis le début des temps. Mais j'imagine qu'il y a eu et qu'il pourrait encore y avoir *des* complots. Le *Tugenbund* n'a-t-il pas été un complot ? Weishaupt aurait, dit-on, inventé ses *Illuminati* de Bavière de toutes pièces, et se serait même forgé des supérieurs et des fondateurs. Et après ? Qu'est-ce que cela prouve ? Comme vous aimez à dire, vous autres Amerloques, on a le droit d'être paranoïaque *et* persécuté. Je préférerais une formule plus raffinée : *la paranoïa ne protège pas contre la persécution*.

Il sourit en biseau.

Robin se renversa sur sa chaise et croisa les bras.

Quelque quarante ans. Taille moyenne, carrure moyenne, visage rectangulaire, yeux noisette, cheveux châtain un peu longs mais soignés par un bon coiffeur, la raie sur le côté gauche et une mèche brève sur le côté droit. Chemise crème tirant légèrement sur le jaune, cravate marron glacé, costume châtaigne coupé chez Fratelli Caraceni à Milan. L'air réservé et sûr de lui.

– Parlez-moi donc plutôt de votre dernier voyage en Russie, Divo.

Divo, vieil écrivain français d'origine russe, ramant toujours à contre-courant, semi-raté, mais avec des entrées et des contacts de ci de là, des lecteurs un peu partout, une autorité limitée qui lui était venue tardivement mais venue tout de même, parce qu'il ne s'était jamais vendu à personne, Divo était l'un de ceux que Robin appelait ses « thermomètres » : il en avait quelques-uns piqués un peu partout de par le monde. À Ashgabat, Samarcande, Vilnius... Il venait de rendre visite à plusieurs d'entre eux, sans avoir trouvé ce qu'il cherchait.

– Bof ! fit Divo avec sa légèreté coutumière. La Russie a vécu la Terreur, Thermidor, le Directoire, elle vit le Consulat. Que Dieu lui épargne une campagne d'Égypte et un code civil transformant toute femme point veuve en mineure à perpétuité. Du reste la femme russe ne le supporterait pas : elle aurait tôt fait d'empoisonner son père ou son mari pour devenir indépendante.

– Le pays n'est pas dans une confusion totale ?

– Le pays a vécu trois quart de siècles à quatre pattes et à reculons : donnez-lui quelques années pour retrouver le nord.

– Le nouveau président ?

– Semble être en train de remettre la locomotive sur les rails.

– Peut-être, mais la mafia...

– Comme vous y allez ! La plupart des mafiosi ne sont que des acheteurs de biens nationaux dont les descendants s'appelleront Bouvarsky et Pécuchetov. Oui, ils ont assassiné quelques banquiers. Ce n'est pas si grave. On en refait, des banquiers.

Robin procédait à tâtons. Il fit lentement tournoyer son bas-armagnac au fond du verre à dégustation qu'il laissait tiédir dans sa paume. Il ne payait pas ses « thermomètres », mais il les recevait comme il se doit et les encourageait à l'épicurisme par l'exemple.

– À votre avis : faut-il s'attendre à un retour en force des communistes ?

– Des cocos, mon cher Robin, voilà belle lurette qu'il n'y en a plus qu'en France. Les soi-disant communistes russes sont des nationalistes nostalgiques de l'époque pas si reculée où l'URSS vous faisait trembler, vous autres, dans vos slips de chez Brooks Brothers.

– Vous me choquez. Vous, un vieux bison monarchiste ! Je vous aurai pris en flagrant délit de sympathie pour les Soviets ?

– Depuis qu'ils sont devenus inoffensifs, je leur en veux moins.

– Et comme monarchiste justement ? Vous avez vos chances ?

– Les monarchistes ? Il y en a de deux sortes. Ceux qu'on appelle là-bas les carêmes-prenants, qui se pavanent dans les rues avec des uniformes d'Ancien Régime, et d'autres qui constatent qu'il n'y a jamais eu de Russie digne de ce nom qui ne fût pas monarchique. De là à espérer une restauration !

– Ces « rouges bruns » dont on parle tant ?

– Folklore, cher ami, folklore.

– L'association Mémoire ?

– Cette provoc du KGB a une barbe longue comme ça !

– Et les partis modernes aux noms si pittoresques pour nos oreilles occidentales, La Pomme, L'Ours… ?

– Vous avez bien aux USA le parti de l'Éléphant et celui de l'Âne.

– Vous ne reprendriez pas un café et un armagnac ?

– L'armagnac suffira, merci.

– Bref, vous n'avez rencontré personne de vraiment intéressant.

– Erreur. Il y a à Saint-Pét' un genre de *think tank*, de « citerne à penser » – à moins que ce ne soit « char à penser » –, proche du président à cause de ses accointances pétersbourgeoises, et enceint, me semble-t-il, de possibilités diverses.

Robin regardait fixement le fond de son verre, pour cacher l'émotion du chasseur qui, de très loin, vient de flairer sa proie.

– Qu'est-ce qui rassemble ces gens ?

Divo réfléchit.

– Le sens de la patrie une et indivisible… Une certaine religiosité abramique – il y a parmi eux des orthodoxes, des juifs, même des musulmans… Un rejet du totalitarisme comme du libéralisme mercantile…

– Ils ont une doctrine ? Ils publient ?

– Tout le monde publie en Russie. Mais une doctrine ? Pas vraiment.

– Comment se recrutent-ils ?

– Je ne pense pas qu'il y ait de recrutement officiel, puisqu'il n'y a pas à proprement parler de membres.

– Et ils sont proches du gouvernement ?

– Proches… je ne sais pas à quel point. J'imagine que ce sont des espèces d'éminences grises. Une façon de lobby.

– Vous en avez rencontré ?

– Oui, oui.

– Que font-ils dans la vie ?

– Ça dépend. Le soir où j'ai dîné avec quelques-uns d'entre eux, il y avait un évêque, un grand flic, deux historiens : l'un slavophile, l'autre occidentaliste, qui ont failli se casser la figure. C'était très russe.

– Ils ont des relations avec la mafia ?

– Pas avec celle qui exporte les capitaux russes. Eux les rapatrieraient plutôt.

– Ils ont une adresse ?

– Ils se rencontrent dans l'ancien palais des princes Mychkine.

– Et comment ça s'appelle, cette organisation ?

– Ce n'est pas une organisation.

– Ce cercle, cette clique, ce gang, cette confrérie ?

– Je ne crois pas qu'ils aient de raison sociale. Je les ai entendu appeler les Boyards, par plaisanterie.

Robin changea de conversation pour ne pas laisser Divo sur le souvenir de ses confidences. Puis il vérifia que l'invité avait terminé son armagnac et signa l'addition en s'efforçant de n'y mettre aucune précipitation. En réalité, il était pressé de rentrer pour réfléchir à ce qu'il avait appris.

4

À la différence des autres Américains de son milieu, Robin se méfiait du Crillon : il y connaissait trop de monde, c'était trop près de l'ambassade ; en qualité de vice-président de l'organisation humanitaire *Bids for Kids* [1], il préférait le Ritz, plus discret, où il se sentait chez lui. Il en pratiquait les salons, les bars, les bureaux, même le clandestin salon chinois… Aussitôt arrivé dans sa chambre, il ouvrit son ordinateur et se plongea dans les eaux troubles et fécondes de l'Internet.

Il lui fallut du temps pour glaner quelques renseignements sur « les Boyards », mais plus il avançait dans le labyrinthe du *web* et plus il pensait que ce temps était bien employé. Il éprouva quelque agacement à se dire que, sans ce vieux fou de Divo, il serait passé à côté de ce qu'il cherchait depuis des mois pour compléter l'idée de manœuvre de Mortelle Blessure. Il leva le nez un instant pour se demander comment c'était possible. Il se répondit : « Parce que le groupe des Boyards n'a pas de structure ni d'appellation officielle. Sinon, je les aurais déjà épinglés. »

Peu à peu, il réussit à trouver l'adresse : 90, quai de la Moïka, et même quelques photos du palais Mychkine, édifice baroque à pilastres, atlantes et cariatides supportant des balcons ventrus, récemment refait à neuf et peint en bleu pâle tirant sur le turquoise. Le palais était le siège d'un hebdomadaire satirique nommé *Palka*, « le gourdin », d'une revue historique mensuelle appelée *Byl i Byliny*, « faits et légendes », de studios de radio et de télévision, de la banque Galpérine et Katz, d'une chapelle orthodoxe, d'un gymnase, d'une piscine, d'un *dojo*, d'une salle d'armes et d'un stand de tir souterrains. Un petit hôtel réservé à des élus, un restaurant et un bar de luxe étaient disposés

1. Ce jeu de mots se traduit mal. On propose « Enchères pour chéris ».

de l'autre côté d'une cour intérieure. Quels rapports existaient entre ces diverses activités ? Pas d'informations.

Une enquête plus approfondie révéla que les publications et les programmes radiodiffusés et télévisés du palais Mychkine avaient une orientation politique modérément droitière : économie de marché, fermeté dans le maintien de l'ordre, sympathie pour le pouvoir exécutif, méfiance à l'égard des influences étrangères et en particulier du Fonds monétaire international, intérêt marqué pour le passé de la Russie, période soviétique comprise. D'où venaient les finances ? Aucune source sur le Net ne le précisait, mais la banque Galpérine et Katz, qui s'appuyait sur le gaz turkmène et le pétrole caspien, passait pour solide.

Le palais Mychkine abritait aussi, dans les lambris dorés de l'étage noble, des réunions fréquentes d'hommes importants dont les noms n'étaient pas divulgués. Le service de sécurité employait des gaillards armés : deux mètres de haut, et la carrure en conséquence.

Par courriel, Robin envoya sa maigre moisson de renseignements à son mentor.

La réponse ne tarda pas.

Kirsten O. Kirsten à Robert C. Chastow III par courriel :

> *Ambrose Bierce dit : « Un conservateur est amoureux des maux qui existent tandis que le libéral cherche à les remplacer par d'autres. » Vos gars m'ont l'air de maudits conservateurs. Voyez à les rendre utiles comme tels.*

Robin referma son ordinateur et descendit prendre un verre au bar Hemingway.

– Savez-vous faire des *mint juleps* ? demanda-t-il à Colin, le barman omniscient.

– C'est pratiquement moi qui les ai inventés, Mr Chastow, répondit Colin.

Le goût poivré de la menthe sur son lit de glace pilée rendit un instant à Robin le décor de son enfance : la terrasse aux planches sonores sous le pied, la blancheur des colonnes, les pelouses fuyantes, les magnolias aux feuilles lustrées, la mousse espagnole coiffant les chênes, le balancement paresseux des rocking-chairs, la moiteur. Et pourtant ce n'était pas tout à fait le même *mint julep*. Pourquoi ?

Il eut brusquement l'envie de revoir le Sud, et abrégea son tour du monde.

De toute manière il était convaincu que la réalité se déplace par tronçons, comme les icebergs ou les blocs de lait caillé, effets et causes confondus. La sagesse populaire prétend qu'un malheur n'arrive jamais seul, mais cela n'est pas vrai que des malheurs ; il y a, dans le déroulement de la vie, des concaténations qui engrènent les occurrences les unes sur les autres. Certains y voient la main de la Providence. L'explosion des cadavres russes et la découverte de l'existence des Boyards semblaient appartenir à l'un de ces trains d'événements.

Robin sentait que les choses n'allaient pas tarder à se précipiter, au sens chimique du terme.

Il voyagea par Delta, en première classe. De temps en temps, il regrettait de se priver du confort d'un *jet* sinon privé du moins loué. La position qu'il occupait et, à défaut, ses propres moyens lui eussent permis de se l'offrir, mais il y avait quelque chose en lui qui répugnait à l'ostentation. À Atlanta, il loua une Intrigue d'Oldsmobile (sa voiture préférée), sans chauffeur, et fonça dans la nuit sans même songer à repasser par l'appartement qu'il avait en ville. Les grenouilles arboricoles menaient leur tapage. Il n'avait pas voulu mettre en marche la climatisation et sa chemise collait au dossier. *« Home at last !* [1] *»* se répétait-il, sur un ton sarcastique.

Il avait téléphoné pour annoncer son arrivée, et, lorsqu'il eut, quelque quatre heures et demie plus tard, franchi l'enceinte du parc et roulé encore trois quarts de mile, il découvrit dans la nuit noire Chastow Plantation toute blanche, avec ses colonnes corinthiennes, illuminée comme pour un bal. Le vieil Oncle Chester, seul domestique en remplaçant des dizaines, roula au bas du perron, grimaçant de bonhomie et de bienvenue, empoignant de ses vieilles mains ridées aux paumes roses les sacs Gladstone de peau de porc, elle aussi ridée aux plis. Ils se donnèrent l'accolade et se tapotèrent longuement le dos, parce que Chester était Noir : jamais Robin ne se serait permis une telle familiarité avec un Blanc. En montant l'escalier, il se dit :

« C'est étrange de rentrer dans une maison où il n'y a plus de femme. »

Il se doucha en pestant contre l'absence de douches téléphones aux États-Unis, se rhabilla de frais et alla tomber dans un rocking-chair qui se balançait sur la terrasse, face à la nuit grésillante, traversée de myriades de vers luisants. Chester, qui, en bon baptiste, n'avait jamais bu une goutte d'alcool de sa vie, lui prépara un *mint julep* à base de bourbon

1. « Enfin chez soi. »

ordinaire et non du Makers's Mark de Colin, néanmoins excellent, avec sa glace pilée, sa menthe fraîche et un soupçon de sirop de menthe.

En attendant de servir le souper, Oncle Chester était allé s'installer symétriquement sur la terrasse arrière avec sa bible héréditaire où il relisait Ézéchiel, si bien que les deux rocking-chairs sur les deux terrasses faisaient dos à dos un contrepoint de grincements dans la nuit. Tout semblait revenu à sa place et Dieu à la sienne, au ciel, comme on dit – sauf que Robin n'y croyait plus.

Après un repas de poisson-chat que le vieux Chester avait pêché lui-même, Robin monta se coucher dans le lit à baldaquin où son grand-père était mort. Des esclaves l'avaient fabriqué au début du XIXe siècle et il fallait gravir un escalier de trois marches pour y accéder. Robin tenait à y coucher chaque fois qu'il rentrait à la Plantation. Certains trouvaient cela morbide, mais lui éprouvait une tendresse inexprimable à deviner dans les bois du lit l'infiltration de la sueur ultime de Grand-Pa, qui s'y était agrippé de ses grands bras et de ses longues mains en agonisant.

Il éteignit et ferma les yeux.

Chastow Plantation datait d'avant *LA* guerre – la « Guerre entre les États », s'entend. Brûlée par Sherman dans sa course à la mer et reconstruite grâce à l'argent d'un *carpet-bagger* [1] yankee qui avait épousé une Chastow (circonstance sur laquelle la famille préférait ne pas s'étendre), la maison s'honorait de la présence récurrente d'un fantôme. Pas obligatoire, un fantôme, dans une plantation, mais, tout de même, cela pose. Hélas, il ne s'agissait pas de quelque blonde égérie de la Confédération, mais d'un esclave noir qui, certaines nuits de pleine lune, faisait cliqueter ses chaînes de la cave au grenier. Robin tendit l'oreille : humanitaire de profession, il aurait dû être sensible aux bruits de chaînes, mais il n'entendit rien. Il dormait déjà.

Le lendemain matin, il eut envie de visiter la maison de son enfance de fond en comble et se fit donner les clefs par Chester.

Partout régnait la pénombre étouffante du Sud, striée par les lamelles obliques des volets et des persiennes. Faisant coulisser les portes aux accessoires de cuivre jaune, il erra de salle en salon, de chambre en antichambre, d'encoignure en recoin, visita le *parlor* des hommes, où, dans l'ancien temps, ils fumaient des cigares en buvant du porto, et celui des femmes, où elles faisaient du patchwork en papotant. La famille avait réussi à garder – ou à retrouver – pas mal de meubles d'époque et de souvenirs : des vases de jade trônaient sur les

1. Profiteur de guerre.

cheminées ornementales, les colonnes des lits s'enroulaient dans l'ombre des chambres à coucher.

Il jeta un regard par une fenêtre de la façade : son trisaïeul avait traversé cette pelouse-ci, à l'ombre de ces chênes-ci, en 1861, avec de belles bottes noires, sur une jument pommelée nommée *Fairy* [1], pour aller se battre, et, quatre ans plus tard, il l'avait traversée dans le sens contraire, *Fairy* mangée et lui pieds nus. Malgré la hauteur des plafonds, les êtres sentaient la naphtaline et la punaise des bois. Robin sortit. La chaleur le souffleta.

Il fit d'abord le tour de la maison, dont l'élégance lui était si familière. Il reconnaissait l'empilement horizontal des bardeaux blancs contrastant avec l'élancement vertical des colonnes cannelées aux chapiteaux à volutes et des cheminées de brique zigzaguant entre les bardeaux, les hautes fenêtres aux contrevents vert bouteille rayés d'interstices pour laisser passer l'air, avec leurs mangeoires à oiseaux-mouches suspendues dans les ébrasements, il reconnaissait les montoirs de pierre évoquant des images de bottes, d'éperons, d'ourlets d'amazones et de pantalons à sous-pieds.

Il traversa le parc où croissaient, en ordre artistement dispersé, azalées, cornouillers et camélias à l'ombre tutélaire des magnolias. Il atteignit le cimetière où, parmi quelques ancêtres, Grand-Pa reposait sous une stèle gravée d'une inscription longue et fleurie lui attribuant en latin des mérites innombrables, mais pas les principaux qui devaient rester secrets. Des chiens avaient été enterrés à diverses époques non loin de leurs maîtres ; ils avaient aussi des pierres tombales à leur nom : Jack, Rover, Beau.

Robin poussa jusqu'à l'ancien cimetière d'esclaves, semé de fourmilières entre lesquelles on apercevait, çà et là, des cailloux frappés d'un prénom généralement biblique, Joshua, Eliezer, Sarah et même Nabuchodonosor, et de trois maillons de chaîne qui signifiaient *né esclave, vécu esclave, mort esclave*.

Puis il revint à la maisonnette que Grand-Pa s'était attribuée afin de mettre mal à l'aise son fils et sa belle-fille, et qu'il appelait justement « les quartiers d'esclaves ». Bien entendu, les vrais avaient pourri depuis longtemps, car c'étaient des cabanes de planches ou de rondins posées sur quatre briques, mais Grand-Pa trouvait un malin plaisir à désigner ainsi la demeure de l'intendant, qu'il avait fait décorer de la manière la plus fastueuse, installant aussi la plomberie, les chauffages,

1. Fée.

les éclairages, les appareils de radio, de télévision et de sécurité les plus modernes. « Mes enfants m'ont exilé dans les quartiers d'esclaves », aimait-il à geindre hypocritement.

La maisonnette était inhabitée. Une fois Robin avait commis l'impair de la proposer à Chester, qui rentrait tous les soirs à Vidalia dans sa vieille Buick aux ailerons rose bonbon et aux chromes rouillés, mais Chester avait préféré continuer à vivre dans sa famille, où l'on ne savait qui étaient les mères, qui les sœurs, qui les épouses, qui les filles. D'ailleurs l'idée de transporter ses pénates subalternes dans la maison que le « colonel » avait aménagée pour lui-même le scandalisait. On appelait Robert C. Chastow I « le colonel », bien qu'il n'eût jamais été militaire, comme on appelait Chester « Oncle Chester », bien qu'on ne fût pas son neveu : ce sont là de ces traditions qui font qu'on a plaisir à être sudiste.

Robin visita les pièces une à une, mais même la bibliothèque ne lui rendit rien de l'homme qu'il avait le plus aimé. Dix mille volumes pourtant, que Grand-Pa avait réunis, caressés, et que personne n'effleurait plus jamais, sauf Chester, rarement, du bout de son plumeau ! Dix mille volumes que n'habitaient plus que leurs auteurs, écrasés entre leurs reliures comme des papillons dans des vitrines.

– Je vais aller voir les enfants, se dit Robin.

Il téléphona, il tomba sur David.

– Viens quand tu veux, mon vieux. Les enfants vont être fous de joie. Tu restes déjeuner ? Connie fait du poulet frit.

Il déclina le déjeuner. Il avait perdu l'habitude de manger avec ses doigts, ce qu'eût commandé l'étiquette. Du reste, il n'avait pas l'intention de rester longtemps : la situation n'était vivable que parce que chacun se montrait plein de tact. Sauf quelquefois Constance.

David McIan, qui cultivait des cacahuètes, habitait à Vidalia une maison *ante bellum* où des piliers ronds peints en blanc faisaient office de colonnes pour soutenir le toit de la terrasse, mais ce n'était pas une « plantation », comme chez Robin. Plutôt une demeure du type dit *dog run* [1], avec un large couloir central et deux pièces de chaque côté. Jadis les chiens la traversaient sans encombre, de la terrasse avant à la terrasse arrière. Les parents de David avaient renoncé à ce classicisme canin, et il y avait maintenant une porte d'entrée aux deux bouts du couloir. Une cinquième pièce donnait sur la terrasse arrière et avait longtemps servi à abriter les pasteurs gyrovagues qu'on ne laissait pas,

1. Parcours de chien.

par prudence, entrer dans la maison ; maintenant on y avait installé la cuisine qui, dans le temps, était détachée, par crainte des incendies. Robin se demanda une fois de plus comment Constance avait pu renoncer à Chastow Plantation pour habiter ce chenil.

Sur le pilier de gauche flottait toujours l'ancien drapeau georgien, rouge avec, à dextre, la croix de Saint-André bleue, et, à senestre, un sceau blanc sur fond bleu. La Georgie l'avait remplacé, récemment et à la sauvette, par un drapeau bleu à sceau d'or, de crainte que l'autre ne rappelât de mauvais souvenirs aux Georgiens à peau noire. David avait reçu quelques menaces par téléphone, mais il s'était obstiné à garder sur sa maison le symbole du vieux Sud et, en fin de compte, on l'avait laissé tranquille avec sa nostalgie de la Confédération.

Il se tenait en haut du perron, grand, efflanqué, musclé, les mains plaquées sur les fesses, le visage boucané par la vie au grand air, rigolard comme d'habitude.

– Salut, voyageur mondial ! Comment se portent les Barbares ?

Pas besoin de réponse. Ils se serrèrent vigoureusement la main. Ils ne s'étaient jamais aimés.

Ils avaient le même âge. Ils venaient du même milieu, sauf que Chastow était plus riche que McIan (mais, dans les vieilles familles sudistes, la fortune compte moins que la généalogie). Chastow allait s'ennuyer à l'église épiscopalienne, celle des snobs, tandis que McIan comptait les mouches au temple baptiste, celui des culs-terreux, mais ils étaient inscrits au même *country club* à Savannah. Ils avaient chassé la caille ensemble. Ensemble ils avaient participé à ce jeu étrange qui s'appelle *chicken* [1] et consiste à lancer sa voiture à toute vitesse, face à un autre conducteur, pour voir quel sera le premier à céder la voie. L'un et l'autre avaient dansé au bal annuel du vieux Sud, et c'était là qu'une fois leurs différences avaient éclaté : ils avaient failli en venir aux mains. Depuis lors, ils ne s'étaient jamais rencontrés sans revivre cet incident et chacun d'eux lisait dans les yeux de l'autre la rancœur qui y poignait.

Il ne s'était pourtant pas passé grand-chose.

David, en uniforme gris, était le cavalier de Constance, la plus belle des belles du Sud, avec sa robe rose à crinoline et sa capeline blanche qui rendait encore plus éclatants son teint éblouissant et ses cheveux noirs. Robin, en uniforme gris aussi, naturellement, interrompit plusieurs fois leurs valses ou leurs polkas pour réclamer de danser à

1. Poulet, c'est-à-dire poltron.

son tour avec Constance. Il n'y avait là rien qui fût contraire aux usages, sauf qu'il le faisait trop souvent et que Constance lui souriait avec trop de *sex-appeal*. Vingt fois on chanta *Dixie*, l'hymne du Sud ; cent fois on poussa les cris de guerre des sudistes, et les bouches les plus féminines, les plus virginales, les plus distinguées allèrent jusqu'à rugir *Give'em hell* [1], la sainteté de la cause excusant la grossièreté du propos, tandis que de vieux gentlemen prêchaient avec un humour triste : « Surtout gardez votre argent sudiste : le Sud ressuscitera ». On se disputait pour savoir si, en parlant des yankees, c'est-à-dire des nordistes, il fallait ajouter au substantif le qualificatif *damned*, « maudit » : obligation pour les uns ; pléonasme pour les autres… Et tout cela créait une atmosphère équivoque, à mi-chemin de la piété et de la dérision.

Robin, enivré par la féminité de Constance, éprouva le besoin – c'était typique de son caractère – de pousser plus loin sa pointe, de triompher déjà de David. Il s'approcha de lui :

– Dis donc, il est tout neuf, ton uniforme !

– Il a déjà dû servir l'année dernière.

– Ne me dis pas que tu l'as loué ?

– Ouais.

– Dans une agence de location ?

– Ouais.

– Ta famille n'a pas fait LA guerre ?

Il y eut un silence. Dans ces circonstances, la remarque appelait un coup de poing dans le nez, et David avait une demi-tête de plus que Robin : le défi était donc téméraire. David se contint.

– Si.

– Les rats ont bouffé l'uniforme du pépé ?

– Non, je l'ai toujours.

– Et alors ?

– Mon arrière-grand-père a sué et saigné dedans. Ce n'est pas une chienlit pour une mascarade.

– Tous les uniformes sont des déguisements, dit Robin pour essayer de reprendre l'avantage.

Prononcée à ce moment, c'était une phrase à se faire lyncher. David pâlit, mais il se contenta de hausser les épaules en tournant le dos, et Robin s'en voulut de sentir qu'à ce moment l'autre lui était supérieur.

1. Écrabouillez-les, mais avec une référence à l'enfer, ce qui, en milieu puritain, équivaut à un blasphème.

Pour reprendre l'avantage, il saisit Constance par la taille et l'entraîna sur la piste de danse. Un an plus tard, il l'épousait, et voici que, maintenant, elle s'appelait Mrs McIan et, dans la hiérarchie sudiste, pour des raisons assez secrètes, c'était plutôt mieux que de s'appeler Mrs Chastow.

– Salut, vieille branche, dit Robin. Comment vont les cacahuètes ?

Ils répondaient rarement aux questions qu'ils se posaient l'un à l'autre.

– Venez, les enfants ! cria David. Papa est là.

Ils accoururent, Robin IV astiqué, Christobel pomponnée. Robin IV serra la main de son père – « Comment allez-vous, *Sir* [1] », sans point d'interrogation, et Christobel l'embrassa assez froidement. Robin III en eut un pincement au cœur, mais pas très fort. Il vouait sa vie à une cause plus vaste qu'une famille. Dans la porte, repoussant la moustiquaire, s'encadrait Constance, toujours brune, rose et somptueuse, et en plus agressivement rayonnante, comme savent l'être les femmes comblées.

– *Hi* [2].

– *Hi.*

Une seule chose gâtait la beauté de Constance : l'espèce de hargne avec laquelle elle regardait son ancien mari. Il ne s'était pourtant rien passé entre eux qui justifiât pareille hostilité. Lui avait été un époux fidèle encore que souvent absent. Elle, pour autant qu'il sût, était restée irréprochable. Au lit, tout s'était toujours bien passé. Ils avaient souhaité deux enfants, un garçon et une fille, ils avaient eu deux enfants, un garçon et une fille. Il n'y avait pas eu de conflits sur le budget du ménage. Au moment du divorce, ils avaient même fait assaut de générosité.

« Pourquoi me hait-elle à ce point ? s'interrogea Robin. En partant, je le lui demanderai. »

Ils étaient tous entrés dans le salon climatisé. On avait installé Robin dans le fauteuil le plus confortable et Christobel s'était timidement perchée sur l'accoudoir. Robin IV s'était absorbé dans sa Gameboy, peut-être pour se donner une contenance, peut-être aussi parce qu'il ne pouvait plus faire autrement. Constance, assise droite sur une chaise, affichait ses jambes nues que, pendant des années, Robin avait eu le droit de caresser. David se vautrait dans un divan, les genoux large-

1. Appellation que les enfants américains donnent quelquefois à leur père, par savoir-vivre.

2. Salut.

ment écartés, pointant plus haut que la tête. Le père posa des questions appropriées, encore qu'un peu vagues, sur les études des enfants. Les deux hommes burent du Jack Daniel's. Bien que baptiste, donc, en principe, antialcoolique, David buvait libéralement en bonne compagnie. Constance s'était levée pour les servir, et, comme elle passait près de David, il lui allongea une claque joyeuse sur le derrière :

– Tu oublies la glace, Connie !

Elle n'avait pas oublié la glace. La glace était un prétexte pour la claque. Robin comprit que c'était un geste de propriétaire et ne sourcilla pas. Il se rappela soudain qu'il n'avait pas apporté les cadeaux des enfants : peut-être aurait-il été reçu avec plus d'enthousiasme. Du moins, ils ne lui avaient rien réclamé. Là-dessus, rien à dire : on pouvait faire confiance à Constance et à David pour que les enfants se tinssent correctement en toute occasion. Il promit de déposer le jeu électronique et la poupée chinoise dans l'après-midi, au plus tard demain matin.

Malgré tout, une gêne planait.

– Tiens, j'en ai entendu une bien bonne, dit David, adepte des histoires drôles. Ce sont trois femmes qui se retrouvent en enfer. Il y en a une qui dit : « Moi, c'est juste. Je suis presbytérienne et j'ai cocufié mon époux. » La deuxième dit : « Moi aussi, c'est juste. Je suis baptiste et j'ai bu une canette de bière. » La troisième dit : « Moi, c'est encore plus juste. Je suis épiscopalienne et je me suis trompée de fourchette dans un grand dîner. »

– Très, très drôle, dit Robin l'épiscopalien.

Il se leva pour partir.

– Tu permets, David, que je demande à Constance de m'accompagner jusqu'à la voiture ?

En lui-même, il paria que David répondrait *be my guest*, « fais comme chez toi ».

– *Be my guest*, répondit David. Connie, accompagne-le.

Les ex-époux descendirent le perron et marchèrent côte à côte entre les buissons d'azalées. « Je ne comprends rien au mariage, pensait Robin. Comment se fait-il qu'elle et moi nous ayons été si proches, si intimes, nos corps, nos vies, nos intérêts confondus, et que maintenant nous ne le soyons plus, et qu'elle soit aussi proche d'un autre ? » Les yeux au sol, il murmura, tout en marchant :

– Pourquoi me hais-tu tant, Constance ?

Elle ne le regardait pas non plus. Elle aussi regardait à ses pieds. Il fut surpris de sa réponse :

– Tu es un flic.

– Ah ! bon, fit-il. Oui, je suis un flic.

Il avait toujours eu cette habitude volontairement irritante d'acquiescer aux accusations les plus saugrenues. « Oui », dans ces cas-là, signifiait « non ». Constance ne l'avait pas oublié.

– En tout cas, s'adapta-t-elle, tu es un barbouze.

Lui, sur le même ton :

– Mais oui, je suis un barbouze.

Et puis, plus véridique :

– Enfin, je l'ai été. Pas longtemps. Mais qu'est-ce qu'il y a de si rédhibitoire à servir son pays par la cape et l'épée ?

Elle s'arrêta dans l'allée et lui fit face. Elle siffla :

– Tu ne sers pas ton pays. Tu te sers de ton pays.

Comment avait-elle deviné ce qu'il ne s'avouait que depuis peu ?

– Et moi, ce vieux pays – la voix de Constance se brisa –, je l'aime.

Elle avait toujours été animée des sentiments les plus passionnément patriotiques. Pour elle, la Constitution américaine était une religion, le Président américain un dieu, les paysages américains les plus beaux du monde, les citoyens américains les seuls vrais citoyens. David aussi était comme ça : « Mon pays, qu'il ait tort ou raison », « Ne demande pas ce que ton pays peut faire pour toi, mais ce que tu peux faire pour ton pays »... Et, en même temps, le recroquevillement isolationniste le plus rétrograde : l'Amérique aux Américains et les Américains en Amérique. Ils devaient se renforcer l'un l'autre dans leurs préjugés à la Monroe.

Soudain, avec un mélange de fierté et de pudeur, Constance dit à Robin, comme si cela le regardait :

– Je suis enceinte. D'une petite fille.

Et elle s'enfuit.

Robin la suivit des yeux : elle courait bien, pour une femme naturellement aussi majestueuse.

Quand elle eut gravi le perron au haut duquel les enfants l'attendaient en gazouillant, il regagna l'Intrigue et tourna la clef de contact d'un air songeur.

5

Il roula dans la campagne, au hasard.

Il y avait quelques mois qu'il avait quitté les États-Unis et cela lui paraissait étrange de se retrouver là, après avoir vu tant d'autres pays. Il n'était pas précisément ému. Il se rappelait son premier voyage en Europe et son retour : à l'époque, bien qu'il eût aimé la Sixtine, Versailles, Hampton Court, le Prado, le Kremlin, il avait eu les larmes aux yeux en entrant dans son premier drugstore new-yorkais avec sa *soda fountain* [1] et ses sucriers à sucre en poudre sur le comptoir. Maintenant, le monde s'était mis à ressembler à l'Amérique, et lui, l'Amérique lui était devenue indifférente. Était-ce vraiment là ce qui l'avait séparé de Constance ? Il est rare que des couples divorcent pour des raisons politiques. Mais s'agissait-il de politique ? Il rêvassait, en comptant sur la boîte automatique et le régulateur de vitesse constante pour assurer la conduite du véhicule.

Il acheta de l'essence, non que son réservoir fût vide, mais parce qu'il avait envie de causer avec le premier venu. Le pompiste, un géant noir, parlait *geechee* plus qu'anglais. Cette fidélité à un dialecte africain, que personne ne parlait sûrement plus en Afrique, agaça Robin. Il déjeuna dans un *Kentucky Fried Chicken* [2], sous le portrait du colonel Sanders, inventeur de la recette. On ne servait pas de vin. Quel provincialisme ! Il dut se contenter d'un breuvage imbuvable et non alcoolisé, dit « bière de racine ».

Il se retrouva à Savannah et se promena dans les vieilles rues tirées au cordeau au XVIIIe siècle. On se serait cru en Angleterre, n'était la flore presque subtropicale et le ciel plombé. Il dîna à l'Auberge des pirates, qui battait pavillon noir illustré d'un crâne et de deux tibias

1. Distributeur de boissons gazeuses.
2. Chaîne américaine de fast-food.

entrecroisés. C'était un restaurant kitsch pour touristes et enfants de touristes, mais on pouvait commander du vin. Les touristes étaient bruyants, leurs enfants encore plus. Robin eut un mouvement de gratitude pour David et Constance : au moins Robin IV et Christobel ne glapissaient pas comme des Sioux en vidant leur bouteille de Coca-Cola sur leur hamburger.

Robin reprit la route dans le crépuscule qui tombait vite, vite, comme un rideau de théâtre, découvrant un ciel d'un orange et d'un vert électriques. Les grenouilles et les lucioles recommençaient leur spectacle son et lumière. On songeait à la vie grouillant dans les marécages qu'on traversait sur un étroit ruban d'asphalte : des alligators et neuf espèces de serpents venimeux se tortillaient là-dedans, tandis que les chênes vénéneux et le lierre empoisonné – ennemis des amants, comme l'avait remarqué Vladimir Nabokov – surgissaient lentement du sol et que le *kudzu*, importé d'Australie pour lutter contre l'érosion, rampait, grimpait, s'appendait partout avec ses suçoirs, nappait des buissons, des arbres isolés, des poteaux télégraphiques, des bosquets entiers, des maisons en ruines…

Dans la nuit, Robin rentra à Atlanta, patrie internationale du Coca-Cola et de CNN.

Le matin, il découvrit dans son courrier qu'il était invité à un cocktail humanitaire au Piedmont Driving Club, La Mecque des mondains de Georgie. Il était à l'avance excédé de déguster du Korbel à la santé de populations mourant de faim aux antipodes, et, plus encore, de passer une soirée en compagnie de confrères tartufes ou gribouilles, sans compter les gourous aux yeux fanatiques et les féministes mal fagotées. « Vraiment, se disait-il, le Club ne m'a pas fait de cadeau en m'imposant ce métier. » Mais le vice-président de *Bids for Kids* ne pouvait décemment refuser l'invitation du président de *Feel and Feed*[1].

Une bonne surprise l'attendait : une figure de femme se détachait de la tourbe tape-à-l'œil qui, aux sons d'un rock assourdissant, tournicotait dans les élégants salons meublés en XIXe et en XVIIIe authentiques…

Cinq ans de plus que Robin. Grande, avec un visage volontaire et carré, des yeux d'un bleu excessif, perçants comme des forets, elle portait un tailleur gris fer, à la coupe à la fois stricte et hardie, la jupe à peine fendue sur une jambe qui semblait devoir être superbe

1. Il s'agit de faire preuve de compassion et de distribuer de la nourriture. On pourrait proposer « Compassion et nutrition ».

de haut en bas, et un chemisier de soie pêche orné d'une lavallière dont le nœud avait, sans qu'on sût pourquoi, quelque chose de vaguement provocant. Ses cheveux blond cendré, drus et rebroussés à la brosse, lui dégageaient le front d'un mouvement ondulé mais impétueux où l'on devinait à la fois de la vitalité intense et les soins d'un artiste. Elle avait de belles mains, grandes et fermes, avec des bagues de prix : un solitaire, un saphir monté en marquise. Elle respirait cette chose indéfinissable pour laquelle il n'y a qu'un nom : la Qualité.

– Venez, Robin, que je vous présente à notre vicomtesse, cria le jovial président de *Feel and Feed.*

Dans le milieu, on ne l'appelait jamais que « la vicomtesse » tout court. Elle venait d'une vieille famille du Kent ; elle était mariée à un agent de change riche et prodigue, d'origine juive ; elle s'était rendue illustre par des missions humanitaires périlleuses ; et elle avait été créée vicomtesse par la reine, sur recommandation de Margaret Thatcher. Depuis lors elle était devenue l'enfant terrible de la Chambre des pairs, où elle ne cachait ni ses convictions réactionnaires, ni sa foi chrétienne trop ardente pour être civilisée, ce qui ne l'empêchait pas d'aller secourir bouddhistes, fétichistes ou musulmans, pour peu qu'il y eût des dangers à courir. Comme femme, elle avait la réputation d'être irréprochable et inapprochable.

– Ah ! oui, Robert Chastow, dit-elle, en lui déchargeant ses yeux en pleine figure. J'ai entendu parler de vous. Vous vous occupez d'enfants.

Il s'étonna qu'elle le sût. Mais elle en savait plus encore.

– Principalement d'orphelins russes, n'est-ce pas ?

– J'essaye de leur donner une chance de mener une autre vie que celle des unités spéciales où le gouvernement les pousse à s'engager à dix-huit ans.

Elle haussa le sourcil droit.

– Des unités exclusivement composées d'hommes sans famille, cela doit être redoutable, n'est-ce pas ?

– Justement. Je ne suis pas chargé du recrutement de l'armée russe.

– Vous avez des enfants vous-même ?

– Deux.

– Ce n'est pas assez.

Elle l'agaçait avec son accent britannique aristo.

– Vous m'excuserez, je suis divorcé. Et opposé à la prolifération des bâtards.

– Alors là, nous ne saurions être d'accord davantage.

– Avec une exception, je suppose.

Elle était censée descendre de Guillaume le Conquérant. Elle regarda l'Américain – présumé ignorant parce que Américain – avec davantage d'attention.

– Et pourquoi êtes-vous opposé à la prolifération des bâtards, Mr Chastow ? Pour des raisons religieuses ?

– Pas vraiment.

– Vous êtes religieux vous-même ?

– Pas vraiment.

– Et alors, cette antipathie à l'égard des bâtards ?

– Il ne faut pas jouer à deux jeux différents en même temps.

– Une explication frivole pour une chose grave, n'est-ce pas ?

La vicomtesse avait cette façon étrange de vous considérer, comme si son regard était constitué d'une succession de salves de lumière bleue, tantôt plus fortes tantôt moins.

En milieu anglo-saxon, le gentleman est censé feindre la timidité et laisser l'initiative à la lady, mais Robin contre-attaqua :

– Et vous alors, vous êtes mystico-dingo ? Quelle est votre dénomination de préférence ?

Elle haussa le sourcil gauche. « Il n'y a que les Anglaises de bonne souche, pensa-t-il, et encore du sud de l'Angleterre, qui sachent hausser les sourcils avec autant de naturel. »

– Devinez.

– *High Church* [1], évidemment.

– Facile. Vous connaissez beaucoup de gens ici ?

– Hélas, oui.

– Vous tenez à leur faire vos salamalecs ?

– Vous auriez une autre suggestion ?

– Nous pourrions dîner ensemble.

Il cacha son étonnement.

– Quels sont vos goûts en cuisine ?

– Éclectiques, tant que la compagnie est agréable.

Robin connaissait son Atlanta par cœur. Il pensa à *Aunt Fanny's Cabin*, dans le style faux vieux Sud ; à *Dante's Down the Hatch* avec ses alligators sous les pieds ; à *Bacchanalia*, restaurant de luxe installé dans un entrepôt ; à *Floataway* avec ses matelas suggestifs au mur et le raffut des trains de marchandises, le comble du raffinement ; à

1. Tendance traditionaliste de l'Église anglicane.

Abdullah the Butcher, endroit un peu dangereux, tenu par un ancien catcheur, où l'on avait des chances de trouver de la *soul food* [1]...

– On pourrait faire venir quelque chose de chez le petit Chinois du coin, si vous me faites l'honneur de visiter mon humble chaumine.

– Parfait.

Elle n'avait pas eu un soupçon d'hésitation. Il ajouta :

– Laissez-moi seulement donner deux coups de téléphone : l'un au Chinois, l'autre à mon portier.

Tant pis pour *Bids for Kids* et pour *Feel and Feed.* Le temps de faire faire un tour de ville à l'étrangère – « Voici l'Omni, voici le Fox, voilà le temple où prêchait Martin Luther King Jr., voilà l'hôtel le plus haut du monde » – et l'Intrigue s'arrêtait dans Ansley Park. Le portier, casquette et macfarlane, paternel et complice, attendait sur le tapis rouge sous la marquise rouge et, là-haut, dans le vivoir de l'appartement, un maître d'hôtel chinois en veste blanche avait mis la table avec du Bertrand-Devary 1984 dans le seau à glace et se tenait prêt à servir les cocktails.

La vicomtesse s'orienta. La décoration s'affirmait coûteuse et moderne, mais ne trahissait aucun goût, ni bon ni mauvais. Nul objet n'avait été choisi pour son charme ou quelque souvenir qui lui eût été attaché. Pas une photo, pas un portrait. Crème sur blanc sur ivoire sur coquille d'œuf sur blanc cassé.

– C'est un lupanar ici ? Ou vous êtes chez vous ?

– Oh ! vicomtesse ! *Shocking !* comme disent les Français.

– Appelez-moi Betty.

La suite de la conversation fut moins légère.

Betty n'était plus que sacs de riz, produits pharmaceutiques, formation de techniciens, irrigation, repiquage, infirmeries, machines à coudre, commissions de contrôle, millions de dollars. Elle citait Bossuet : « Portez le fardeau du pauvre, mais sachez qu'en le déchargeant vous travaillez à votre décharge... ». Elle racontait ses aventures au Soudan, en Arménie, et aussi dans les taudis londoniens exploités à fins électorales par ces « gros cochons » du *Labour Party.* Elle était intarissable, et cependant elle déchirait l'humanitarisme à belles dents.

– D'abord, affirmait-elle en arrachant avec violence des bouts de pain dont elle sauçait son canard laqué, l'humanitarisme se nourrit de la faim. Si personne n'avait faim dans le monde, à quoi servirions-

1. Littéralement « nourriture pour l'âme » ; en réalité, cuisine préférée des Noirs.

nous ? Et puis il entretient des spectacles indécents et malsains, qui jouent sur la sensiblerie du public et rapportent des milliards, des milliards, vous dis-je, aux organisateurs. Où passent-ils, ces milliards ? Et enfin il est l'arme suprême des nations fortes qui, sous prétexte d'aider les faibles, se mêlent de ce qui ne les regarde pas. On appelle cela l'ingérence. Quel rapport, je vous le demande, avec le message du Christ ? Enfin, si nous n'y prenons pas garde, tout cela ne sera bientôt plus qu'un néocolonialisme plus cynique que l'autre !

Robin ne pouvait guère lui avouer qu'il croyait encore moins qu'elle au mensonge humanitaire.

– Pourquoi donc pratiquez-vous, Betty, une activité dont vous vous méfiez à ce point ?

– Parce que l'action est un devoir pour l'homme.

– Et quel est le prochain but de vos exploits ?

Il commençait à s'ennuyer.

– La Tchétchénie.

Ah !

Quelque chose en lui s'attendait à cette réponse, qui faisait partie de l'enchaînement de circonstances dans lequel il était pris depuis l'explosion des cadavres suivie de son déjeuner avec Divo.

Oui, elle était en train de créer une ONG en Tchétchénie. Cette ONG, baptisée *Orphans Galore* [1], s'occuperait des enfants que la guerre avait laissés sans parents, qu'ils fussent tchétchènes ou russes, musulmans ou chrétiens, « parce que, vous comprenez, entre les enfants, on ne doit pas faire de différences, et, de toute manière, les Russes, dans le coin, sont à moitié Tchétchènes, et les Tchétchènes à moitié Russes, et pour savoir qui est musulman ou non, avec les garçons, il y a encore vaguement moyen de s'y reconnaître en regardant de près, mais avec les filles, pas mèche… Cela devrait vous intéresser, vous qui aimez les orphelins ? Mais cela coûtera beaucoup d'argent. »

Il éluda le sujet.

– Vous avez des enfants, vous, Betty ?

– Six.

– Vous allez en avoir encore ?

– J'ai mis le holà.

– Vous les aimez ?

– À la passion.

1. Orphelins à gogo.

– Mais vous ne les voyez jamais ?

– Quand ils ont atteint un certain âge, c'est ce qu'une mère peut faire de mieux pour sa progéniture.

– Vous êtes déjà allée en Tchétchénie ?

– Trois fois. Et j'ai compris une chose : ce n'est pas la guerre du Tchétchène contre le Russe ni du Russe contre le Tchétchène : c'est la guerre de la barbe contre la minijupe.

Il renvoya le maître d'hôtel et proposa un cognac.

– Merci. Assez bu. Vous prenez la douche le premier ou c'est moi ?

Il pensa aux jolies manières qu'une latine ne se serait pas privée de faire dans les mêmes circonstances, et il en éprouva quelque dépit, car le cosmopolite en lui s'était habitué aux fanfreluches autour du fond, mais la manière directe vaut mieux pour la dignité quand on est Anglo-Saxon.

Lorsqu'elle fut dans ses bras, il vérifia d'abord qu'elle avait, comme il le pressentait, des jambes très belles. Les jambes des femmes l'émouvaient toujours, même le mot, du moins en anglais : *leg* rencontré dans un texte lui faisait un effet érotique immédiat en lui suggérant la forme de la chose, tandis que *jambe* ou *noga* le laissaient froid, quoiqu'il sût le russe et le français aussi bien que sa langue natale. Puis, il chuchota, espiègle :

– Savez-vous, Betty, que vous êtes ma première vicomtesse ?

Il s'attendait à une gifle. La vicomtesse répondit :

– Eh bien prouvez-le, petit garçon américain.

Cependant, elle l'arrêta un instant pour murmurer encore d'une voix rauque :

– Si vous entrez à *Orphans Galore*... votre contribution... combien ?

Il la fit taire.

*

Il se releva en pleine nuit – Betty ronflotait gentiment – et alla consulter sur son ordinateur la boîte aux lettres où il se faisait envoyer les informations sur l'affaire des morts qui tuent.

Dans le journal algérien *An Nasr* avait paru une brève interview d'un chef tchétchène anonyme, d'origine étrangère, surnommé le *Chahid,* c'est-à-dire le Martyr. Le « thermomètre » arabe de Robin en donnait la traduction :

> « La justice d'Allah frappe fort, nous a déclaré le Chahid, que nous sommes allés interviewer dans sa retraite secrète de la montagne. Pendant la guerre d'Afghanistan, le général russe Bezborodko,

alors capitaine, puis major, faisait arroser les corps des moudjahidin tombés au combat d'un produit chimique qui les transformait en bouillie et, les rendant impurs, leur interdisait l'entrée du paradis d'Allah. Il croyait démoraliser ainsi nos guerriers. Maintenant, c'est lui et ses compagnons qui ont volé en cent mille morceaux. Bien malin sera leur dieu chrétien s'il en retrouve une parcelle pour les ressusciter. Allahou akbar [1]. »

Robin, tout nu, relut le texte. Quelle ingéniosité dans la vengeance ! Quelle patience dans la mise en œuvre ! Et quel appétit du sacrifice dans ce surnom librement revendiqué de « Martyr » !

Si jamais on décidait de réaliser l'opération *Mortelle Blessure*, l'opérateur idéal était trouvé.

1. Dieu est grand.

6

L'Algérien fou aimait donner ses rendez-vous dans le zoo d'Atlanta.

– Parce que je passe inaperçu parmi les singes !

En effet, le petit homme au crâne bombé, aux sourcils furibonds, au nez bref, à la mâchoire projetée vers l'avant, aux bras trop longs, n'était pas sans ressembler à un singe affublé d'un jean et d'une chemise à carreaux, un singe dont les yeux eussent été invisibles derrière des lunettes aux verres ronds, épais comme des vitres blindées.

Il désigna le rocher sur lequel paradaient des cynocéphales :

– N'est-ce pas qu'il y a un air de famille entre nous ?

– Oui, fit Robin. (C'était un de ses « oui » qui signifiaient « non ».) Je n'ai pas vérifié la couleur de votre derrière.

Sur quoi l'Algérien fou revint aux choses sérieuses.

– J'ai bien reçu votre doc. Pas grand-chose d'utilisable. Bien que je sache parfaitement le russe. Les rouges m'ont appris, quand ils prétendaient s'étendre jusqu'au Maghreb. Pauvres rouges ! Ce que je peux vous dire, c'est que les ordinateurs de la TV, de la radio, de l'hôtellerie et de la banque de vos Boyards sont servis par le même ordinateur central, que j'appelle *Mychka*, en russe « la petite souris », du nom du palais Mychkine. C'est en réalité une très grosse souris, protégée par tous les *firewalls* que vous pouvez imaginer. Il s'agit de savoir si vous voulez une attaque ou une intrusion. Si c'est une attaque, il n'est pas sûr qu'elle réussisse, mais nous avons le choix entre le *flood* ou le *mail bombing* qui visent la saturation, le *nuke* dont l'effet est agaçant mais temporaire, le *scanner* qui n'est qu'un organe de reconnaissance, le *sniffer* qui capture les informations arrivant sur la machine adverse ou le *spoofing* qui permet de se faire passer pour elle. Oké ?

Robin n'avait pas compris un mot.

– Quelle est la différence entre une attaque et une intrusion ? demanda-t-il en s'arrêtant devant l'enclos des hyènes.

L'existence d'animaux aussi laids, aussi puants, avec des voix aussi discordantes, lui semblait une preuve rassurante de la non-existence de Dieu.

– Si j'en juge d'après les opérations que vous m'avez commandées précédemment, vous ne souhaitez rien d'aussi rudimentaire qu'une attaque, reprit l'Algérien fou. Ce que vous voulez, c'est diriger Mychka à distance, en copier les fichiers ou les supprimer, capturer les mots de passe, bref savoir ce que sait cette machine et exécuter dessus n'importe quelle opération qui vous passera par la tête. Oké ?

– Oui, dit Robin.

Il jeta une pomme à un éléphant qui l'attrapa avec sa trompe et trompeta ce qui pouvait passer pour un *thank you*.

– Dans ce cas, dit l'Algérien fou, il faut que nous introduisions un cheval de Troie dans Mychka. Le meilleur a été créé par un groupe de *hackers* qui se font curieusement appeler « le Culte de la Vache crevée ». Et devinez quel nom peu appétissant ils donnent à leur cheval de Troie de prédilection.

– Lequel ?

– « Orifice postérieur ».

– Je ne suis pas certain de saisir l'allusion.

– Ils se prétendent capables de sodomiser n'importe quel serveur dans le monde.

Et vous allez essayer ?

– Sans aucun scrupule. Ce logiciel n'est pas un virus, il n'est même pas clandestin.

– Eh bien, je vous souhaite bonne chance.

– Toujours au même tarif ?

– Avec une prime si vous réussissez.

Robin s'était arrêté devant une fosse où un lutteur s'apprêtait à affronter un alligator.

– Savez-vous ce qui nous distingue, moi et vous ? demanda l'Algérien fou.

– Dites-moi.

– J'ai peut-être l'air d'un singe, mais vous n'êtes encore qu'un *Homo sapiens sapiens*. Moi, je suis déjà un *Homo informaticus*.

Et, toujours rigolard, il fit un geste obscène du doigt. Le geste, pensa Robin, que tous les mutants ont dû faire à tour de rôle aux laissés-pourcompte de l'évolution : *l'ergaster* à l'*habilis*, l'*erectus* à l'*ergaster* et Cro-Magnon à Neanderthal.

*

L'Algérien fou à Robert C. Chastow III par courriel :

> *Désolé. L'*Homo informaticus *s'est vanté. Les firewalls de Mychka sont trop opaques, ses codes trop complexes, ses mots de passe trop aléatoires ne figurent dans aucun dictionnaire. Mychka est en outre équipée de systèmes de défense Antigen, Back Orifex ou Bo Freeze, si bien que mon cheval de Troie n'est pas passé. En plus, elle est agressive, la mignonne. J'ai reçu en retour des paquets d'informations volontairement mal formés qui m'auraient bloqué complètement, si je n'avais pas réagi à temps. Facture ci-joint. Tant pis pour la prime.*

7

L'échec de l'Algérien fou ne causa aucun désappointement à Robin. Il avait été sûr qu'un simple piratage informatique ne viendrait pas à bout des Boyards. Si leurs secrets avaient été faciles à percer, il aurait été obligé de se chercher une autre cible. La riposte du serveur Mychka le comblait d'aise. On allait pouvoir passer à la belle opération *Mortelle Blessure* que laissait entrevoir la conjonction BOYARDS-CHAHID-VICOMTESSE.

*

Robin n'approchait jamais la Varsity, un des premiers fleurons de l'*Ivy League* [1], sise au milieu de la fraîche et verdoyante Nouvelle-Angleterre, qu'avec un frisson d'angoisse et d'anticipation.

Ce n'était pas seulement qu'à tous les coins du *quadrangle* il se rencontrait lui-même, tel qu'il avait été vingt ans plus tôt, et qu'il est troublant pour un quadragénaire de se voir confronté à l'être informe qu'il fut et qu'il n'est plus. Pas seulement non plus parce que la Varsity l'avait révélé à lui-même et qu'il y avait acquis cette seconde nature qu'est la culture. Un peu davantage parce que la Varsity avait été le terrain de ses premières batailles avec lui-même et de ses premières victoires. Mais surtout parce qu'il y avait été *born again*, re-né, et pas au sens baptiste du terme, mais dans le sein vivipare du Club.

À l'entrée du campus, il reconnut l'endroit où, de son temps, plusieurs étudiants armés de pistolets à eau chargés de bière s'étaient attaqués à un groupe de vieilles puritaines en mantille noire se rendant à une cérémonie religieuse, ce qui avait causé une émeute dans

1. Littéralement « Ligue du lierre » : appellation s'appliquant aux plus anciennes universités américaines, qui sont aussi les plus prestigieuses.

la ville. Sans doute sortaient-ils du *Black Jack*, taverne où les tables de chêne avaient été laborieusement gravées au nom des étudiants qui s'y saoulaient depuis 1850 : celui de Robin devait encore s'y lire. Plus loin, un camion de livraison avait écrasé la voiturette d'un marchand de glace, ce qui avait déclenché une insurrection à l'université. À droite, ce bâtiment barlong, c'était la piscine où, un jour, une bande de filles nouvellement admises à la Varsity sous l'appellation de *coeds* [1], avaient dénudé de force les trois ou quatre garçons qui s'y trouvaient. Plus loin, c'était un dortoir de filles que, certains jours, les garçons envahissaient, pour piller les commodes d'où ils rapportaient un butin de petites culottes. À gauche s'ouvrait l'allée des confréries, Kappa Alpha, Sigma Alpha Epsilon, Phi Delta Theta, Alpha Tau Omega, Sigma Mu, où habitaient les heureux élus qui y appartenaient et qu'on appelait « les Grecs ». En face, se groupaient les édifices religieux où baptistes, presbytériens, épiscopaliens, méthodistes, unitariens, catholiques romains disposaient de leurs lieux de prière respectifs.

Robin guida lentement sa nouvelle Intrigue de louage entre les pelouses verdoyantes au bout desquelles se dressaient les bâtiments des *colleges* couverts de lierre, les uns modestes, en brique, datant du XVIIIe siècle, d'autres, grandiloquents, en pierre, sacrifiant à la mode du néogothique qui avait sévi à la fin du XIXe, d'autres encore, en verre et béton, affectant un style agressivement moderne. Une grande fierté d'être issu de ce temple de la Connaissance, dont la devise était « La vérité vous rendra libres » (Jean, VIII, 32), vint émouvoir Robin en profondeur : rien, dans sa vie, n'avait été plus important que la Varsity, sinon le Club, et le Club était l'âme de la Varsity.

Quel bonheur de n'avoir pas été obligé de s'ennuyer à Harvard, se débaucher à Yale, se compromettre à Princeton, ou, pis encore, déroger à Berkeley ou à Columbia ! Quelle joie nourrissante d'avoir sucé les sucs de la connaissance là où ils étaient les plus savoureux et les plus robustes, à la « Varsity » – la Varsity tout court bien sûr : aucun de ses nourrissons n'eût jamais songé à lui donner son nom officiel et toponymique.

À un croisement, Robin ralentit encore pour apercevoir de loin – il irait sans doute s'y recueillir tout à l'heure – l'édifice cubique de marbre noir couronné d'une demi-sphère de Plexiglas qu'il était convenu d'appeler irrévérencieusement la Kaaba : là s'étaient déroulées la mort du vieux Robin et la renaissance du nouveau. L'éclat

1. coéducation : instruction mixte.

sinistre des dalles qui brillaient au soleil le troubla une fois de plus. La Kaaba résumait tout ce en quoi il croyait, tout ce qui justifiait sa vie.

Il lui adressa un petit salut de la tête en passant, comme un Breton se signe devant un calvaire.

Au bout de l'avenue, il atteignit la rue où s'élevaient les résidences des professeurs, en activité ou émérites. La moins prétentieuse – un cottage en brique, à un étage, ombragé de chênes et enguirlandé de lierre, avec cinq fenêtres à guillotine donnant sur une pelouse modeste où gambadaient les écureuils gris et les *chipmunks* [1] – avait été assignée à Dr Kirsten O. Kirsten, doyen (doyenne ?) de la Varsity qui y avait pris sa retraite, quand il (elle ?) avait renoncé à ses activités universitaires.

Robin sonna.

Dr Kirsten ouvrit.

Avec sa petite taille, sa lourde tête portée un peu de côté, ses cheveux poivre et sel coupés court mais pas trop, sa peau imberbe, ses bésicles dans sa face blafarde aux traits mal définis dégoulinant sur les fanons du cou comme une cagoule d'une trop grande pointure, ses chandails difformes, ses pantalons tire-bouchonnés, c'était moins un être humain qu'un gnome – et un gnome apparemment hermaphrodite. L'appellation anglo-saxonne « Dr Kirsten » permettait de ne l'appeler ni *Sir* ni *Ma'am*, et on évitait de dire « il » ou « elle » quand on parlait du personnage : ses admirateurs répétaient « Dr Kirsten » autant de fois qu'il le fallait ; ses contempteurs disaient *it* : « ça ».

Toutes les pièces du cottage étaient exiguës et le bureau la plus exiguë de toutes. Dr Kirsten poussa Robin sur une chaise entre deux bibliothèques et affala son large bassin dans un fauteuil coincé derrière la petite table de travail poussée de profil contre la fenêtre. Certains événements de l'histoire du monde avaient été décidés à cette petite table.

Robert C. Chastow III et Kirsten O. Kirsten se regardèrent longuement.

L'un était le fils intellectuel – sinon spirituel – de l'autre.

Cela s'était fait comme ça. Les choses sont souples au Club et le recruteur peut devenir le traitant, quelquefois pour la vie, la confiance mutuelle étant le capital le plus scabreux à acquérir. Cela simplifie le problème des mots de passe et des signaux de reconnaissance.

Entre Robin et Dr Kirsten, cette relation, si profonde qu'elle fût, n'impliquait pourtant pas un excès de sympathie : le premier eût

1. Animaux caractéristiques de l'Amérique du Nord, d'une apparence rappelant celle des écureuils, mais plus petits.

préféré obéir à un personnage moins ambigu et d'origine anglo-saxonne plutôt qu'allemande ; le second se fût senti plus à l'aise avec un pupille d'extraction plus humble. En outre, Robin éprouvait un certain dégoût devant l'air lugubre de Dr Kirsten : si un être ayant atteint le premier degré d'initiation (les degrés se comptaient à l'envers, du N° 13 au N° 1), faisant partie des treize Patriarches (ainsi appelait-on familièrement les dirigeants du Club), ayant donc accès à la plénitude de la vérité, cette vérité qui est censée « rendre libre », si cet être-là ne paraissait pas au comble du bonheur, cela jetait un doute sur la validité de toute l'entreprise. Mais, pour l'essentiel, la communion d'idées entre l'aîné et le cadet était aussi complète qu'elle peut l'être entre le maître qui sait et le disciple qui s'initie.

– Eh bien, Dr Kirsten ?

– Eh bien, Robin ?

La voix de Dr Kirsten se situait entre le coassement et le croassement. Elle ne permettait pas de hasarder un jugement sur son sexe.

– Votre santé ?

– Pas encore lâché. Et vous, comment le monde vous traite-t-il ? Pas de nouveaux déboires conjugaux ?

– Mon ex-femme est enceinte d'une future petite fille.

Pourquoi Robin avait-il éprouvé le besoin d'annoncer cela ? Avec, en plus, cette grimace ironique ? Naturellement, Dr Kirsten était censé tout savoir de lui, jusqu'aux détails les plus intimes, mais cette inquisition ne s'étendait pas à la postérité éventuelle d'une ci-devant conjointe. Cet impair cachait-il une souffrance dont Robin n'avait pas pris lui-même conscience ?

Dr Kirsten ne releva pas, se contenta de secouer la tête d'un air entendu, et eut la délicatesse d'enchaîner :

– Alors ? Vous avez du nouveau pour *Mortelle Blessure* ?

– Oui, si *Nine-Eleven* n'a rien modifié pour nous.

Kirsten cligna des yeux derrière ses loupes.

– *Nine-Eleven* ? Pourquoi ?

– Le président des États-Unis d'Amérique Soi-même a fini par prendre Conscience du Danger islamique et, par conséquent, les Priorités de la Politique américaine ne risquent pas seulement de changer de Numéros mais aussi ses Impératifs d'inverser leurs Signes.

Robin avait débité cette phrase du ton ampoulé d'usage parmi les Clubmen quand ils évoquaient la présidence. Le Dr Kirsten rétorqua :

– Je suis choqué. Est-ce que le Club aurait par hasard quelque chose à voir avec les clowneries du Clown ?

Les Clubmen donnaient au président le sobriquet *Clown*, quand il n'était pas des leurs, et *Goat*, Bouc (sous-entendu émissaire), quand il en était. Ils aimaient à rappeler que le vice-président Harry Truman, malgré la maladie de Roosevelt, n'avait pas été mis au courant du projet atomique, qu'Eisenhower ne connaissait pas le *Single Integrated Operational Plan* qui prévoyait la destruction d'un quart de l'humanité, que Carter s'était vu refuser l'accès à des informations sensibles concernant les ovnis, que Clinton avait demandé à un haut fonctionnaire de chercher au ministère de la Justice qui avait tué John Kennedy.

Robin écarta les paumes d'un air humoristique pour montrer qu'il n'avait pas l'intention de contredire le jugement de ses supérieurs.

Dr Kirsten se renversa sur son dossier en croisant les bras, les doigts au chaud sous les aisselles, dans une attitude magistrale qui lui avait été familière en classe, lorsque, enseignant Aristote, Machiavel ou Hobbes, il sentait que l'attention de ses étudiants s'éparpillait sur des points incidents et qu'il voulait la ramener à l'idée générale qu'il essayait de leur inculquer. Ses bésicles glissèrent sur le bout de son nez flasque et, de son air le plus pédant, il toisa Robin.

Je ne voudrais pas vous ennuyer en jouant les fâcheux, mais ce n'est pas à un Clubman déjà parvenu au prestigieux troisième degré d'initiation que je croirais utile de rappeler que ce que pense, dit ou fait le Clown n'a qu'une importance relative parce qu'il ne pense, ne dit et ne fait jamais que ce qu'une horde de marchands de canons, de préservatifs, de croquettes canines, de remèdes pour cors aux pieds, d'images virtuelles et d'actions cotées en Bourse, lui prescrit de faire, dire et penser. D'accord ?

– D'accord.

– Ce n'est pas non plus à un Clubman déjà parvenu au prestigieux troisième degré d'initiation que je croirais utile de rappeler que, dès 1937, Nicholas Murray Butler, président du *Council for Foreign Relations* [1], avait annoncé : « Le communisme est l'instrument avec lequel nous abattrons les gouvernements nationaux en faveur d'un gouvernement mondial, d'une police et d'une monnaie mondiale. » C'est exactement ce qui est en train d'arriver. D'accord ?

– D'accord.

– Vous n'avez pas oublié non plus que, dès 1953, le Sénat des États-Unis d'Amérique entendait, de la bouche de James Paul Warburg,

1. Conseil des relations étrangères : association discrète passant pour exercer une influence notable sur la politique étrangère américaine.

administrateur de la banque Kuhn et Loeb, les paroles fatidiques : « Que nous le voulions ou non, nous aurons un gouvernement mondial. La seule question est de savoir si ce sera par conquête ou par consentement. » D'accord ?

– D'accord, répéta machinalement Robin, encore que le sudiste en lui s'agaçât de cette manière indélicate qu'ont les yankees de présumer que leur interlocuteur ne les contredira pas.

– Et il vous souvient peut-être que, en 1978, Edmond de Rothschild n'y est pas allé par quatre chemins quand il a déclaré : « Le verrou qui doit sauter maintenant, c'est la nation ». D'accord ?

– D'accord, d'accord, Dr Kirsten. Vous m'avez toujours abasourdi par votre mémoire des noms, des dates et des citations.

– Et vous avez toujours présente à la mémoire la déclaration faite en juin 1991 par David Rockefeller, président dudit *Council for Foreign Relations* aussi bien que de la Commission trilatérale : « La souveraineté supranationale d'une élite intellectuelle et des banquiers mondiaux est indéniablement préférable aux solutions nationales qui se pratiquent depuis des siècles. » D'accord ?

– D'accord, soupira encore Robin, de guerre lasse.

– Alors faites usage de votre cerveau, « cet appareil à penser que l'on pense », comme dit Bierce. Vous voyez bien que, dans ces conditions, les changements d'orientation politique du Clown et de sa clownesque clique, toujours excessifs et toujours éphémères, ne peuvent nous concerner en rien. Ce qu'on a fait contre la Russie au moyen de l'islam n'empêche en rien ce qu'on fera contre l'islam au moyen de la Russie et *vice versa*. Seul le conflit des contraires amène le changement : c'est un de nos axiomes, vous le savez. Oui, les islamistes feront encore un peu de grabuge dans le monde, mais ce n'est pas un milliard de barbus qui va dévier la planète de sa course, même s'ils en font exploser quelques petits bouts par-ci par-là. L'islam n'est pas une nation ; or, Rothschild l'a vu, les verrous à faire sauter, ce ne sont pas les sectes religieuses qui ont le mérite d'être, comme les banques, transnationales, mais les nations, et jusqu'à l'idée même de nation ancrée dans un territoire et dans un peuple. *Nationaliste* est déjà devenu un gros mot, c'est une bonne chose.

– Assurément.

– Seriez-vous encore capable de résumer la Leçon qui vous a été remise quand vous avez accédé au quatrième degré d'initiation ?

– « Les États-Unis d'Amérique ont élaboré le type de société idéale et il est de leur devoir moral de le proposer aux autres pays, au besoin de le leur imposer par la force. »

– Vous en aviez conclu à une légitimation morale de l'hégémonie américaine qui avait été prônée toute crue dans la leçon précédente ?

– Je connais la dialectique du Club.

– Mais lorsque vous avez accédé au troisième degré…

– J'ai constaté une fois de plus que les Leçons se contiennent les unes les autres en s'outrepassant – et éventuellement en se réfutant – à chaque niveau. Je n'ai pas peur des poupées russes, Dr Kirsten. La Leçon du troisième degré dit que l'hégémonie américaine n'est qu'un pas vers le gouvernement mondial dans lequel l'Amérique elle-même est appelée à se fondre, que le modèle social américain n'est pas absolu mais transitoire, que nous devons nous préparer à des mutations plus fondamentales que l'expansion universelle de la démocratie représentative, mais que cette expansion est indispensable aux progrès futurs qu'il nous restera à faire.

– Bien, bien. Vous êtes un bon petit élève, Robin. Et la Leçon du cinquième degré, vous ne vous la rappelez plus ?

– « L'humanité poursuit une course ascensionnelle. Certains obstacles se dressent sur sa route. Ces obstacles doivent être éliminés sans qu'on s'abandonne jamais à une pitié ou à une compréhension malvenues. Tant pis pour les féodaux et les anthropophages. Ces obstacles sont généralement le fait de sociétés traditionnelles, superstitieuses, obscurantistes, discriminantes, fanatiques… »

– Vous savez comment Bierce définit les fanatiques : « Personne obstinément attachée à des opinions qui ne sont pas les vôtres »…

– «… le plus souvent aristocratiques… »

– Et vous savez ce qu'il pense de l'aristocratie : « Dans le sens de "gouvernement des meilleurs", le mot est désuet ; la chose aussi. »

– «… ou théocratiques. Certaines sont plus dangereuses que d'autres parce qu'elles reposent sur une économie plus prospère. Elles doivent être mises hors d'état de nuire en commençant par les plus puissantes. »

– Oui. Savez-vous où et quand le Club a réussi sa plus belle opération de ce genre ?

– Je m'en doute. Mon grand-père m'a appris que l'Amérique n'avait qu'un seul ennemi vraiment dangereux.

– Oui, il avait compris cela, mais peut-être n'avait-il pas tout à fait compris pourquoi. Il devait penser à la superficie, à la démographie, aux ressources naturelles, aux fantastiques progrès économiques et sociaux que la Russie avait faits au début du XXe siècle. Pour lui, la Russie devait apparaître comme une concurrente, une rivale. Nous, nous avons pris conscience de l'Idée russe, qui est infiniment plus dangereuse. Votre grand-père, vous savez, n'a jamais dépassé le cinquième degré de l'initiation. Vous êtes déjà plus avancé que lui.

Ce fut là un choc que Robin n'avait pas prévu.

– Comment ? J'avais toujours pensé... il m'avait laissé croire – fait croire, peut-être... – qu'il était l'un des treize Patriarches...

Dr Kirsten balança sa lourde tête.

– Non, Robin. Il était prodigieusement doué, mais il avait ses limites. On ne peut initier les gens qu'à la mesure de leurs capacités de compréhension. C'est à ce prix qu'on évite les trahisons bien intentionnées. Tel est le seul vrai secret du Club.

– Grand-Pa n'aurait jamais trahi le Club, Dr Kirsten !

L'hermaphrodite soupira si fort que l'air lui racla la gorge à grand bruit :

– Sait-on jamais qui trahit ?

Il s'accouda à son humble petite table de travail :

– Allons, Robin. Parlons de *Mortelle Blessure*, puisque nous sommes là pour ça.

*

Le soleil se couchait entre les chênes dorés et les érables cramoisis quand, après avoir pris une collation de quelques sandwiches arrosés de mauvais café, Robin quitta le cottage. En lui serrant la main sur le seuil, Dr Kirsten lui dit négligemment :

– À propos, faites donc un saut à la Kaaba avant de repartir. Vous y trouverez la Leçon du deuxième degré.

Robin en resta muet, idiot, la bouche ouverte. Le Dr Kirsten, les yeux drôlement baissés, poussa un ricanement dubitatif :

– Oui. La décision a été prise par les Patriarches en séance plénière. Vous accédez à l'avant-dernier degré de l'initiation. Pour ma part, je ne sais pas si c'est sage... Vous aurez fait au Club une carrière fulgurante : douze degrés en vingt-deux ans... Je vous le dis franchement : j'ai voté contre. Mais enfin, ils ont décidé. Ils doivent compter par avance sur la réussite de *Mortelle Blessure*. Bonne chance.

8

Robin gara l'Intrigue devant la Kaaba.

Avant de descendre, il considéra longuement le cube de marbre noir couronné de la coupole transparente autour duquel sa vie tournait depuis vingt ans. Non, bien davantage : depuis que Grand-Pa l'en avait fait rêver, à l'âge où il entrait à l'école primaire de Vidalia, là-bas, au fin fond du Sud. « Dites-moi, Grand-Pa, ce qu'il y a dans la grande maison noire sans fenêtres dont vous me parlez tant. – Je n'en ai pas le droit, Robin. Un jour tu verras toi-même... » Pourquoi pas de fenêtres ? Ce n'est pas naturel, une maison aveugle, emmurée. Enfant, il en avait fait des cauchemars ; adolescent, il avait rêvé tantôt d'adoubements de chevaliers qui y faisaient de lui un autre Grand-Pa, tantôt de nuits de Walpurgis affolant sa sensualité naissante et le laissant moulu.

La première fois qu'il avait franchi la lourde porte d'acier, équipée de trois cadenas sans compter les serrures, rêves et cauchemars s'étaient évanouis définitivement.

Aujourd'hui, il n'y avait plus de cadenas, la serrure était électronique (clef en matière plastique à troutrous, doublée d'un digicode) et la porte avait triplé d'épaisseur : on se serait cru devant une chambre forte de banque. Le Club était toujours à la pointe du progrès. On ne pouvait s'empêcher de se demander si cette évolution n'entraînait pas, à la longue, une évolution des objectifs. Aucun moyen de savoir si, aux niveaux supérieurs, la doctrine du Club était la même aujourd'hui que lors de sa fondation en Allemagne au XIXe siècle (date précise gardée secrète ou simplement oubliée).

Il prit la coursive de droite et descendit à ce qu'on appelait la Poste. Autre clef, autre digicode. Il ouvrit son casier. À l'intérieur, il trouva un mince paquet dans une enveloppe brune portant le numéro de l'alvéole qui lui avait été réservé.

Cet alvéole, situé au premier étage, ressemblait à une petite chambre d'hôtel, avec salle d'eau complète et minibar bourré de solides et liquides divers. Dans le placard, un pyjama et du linge de rechange, mesures-pointures respectées. Une fenêtre donnant sur le puits central de l'édifice, éclairé par sa coupole. De quoi écrire, quelques dictionnaires. Ni télévision ni prise de téléphone. Portables proscrits.

Robin s'assit sur le lit et ouvrit l'enveloppe en prenant le temps qu'il fallait pour la laisser aussi « intacte » que possible. Vieille habitude professionnelle. De même il cachetait les siennes avec un soin méticuleux.

Impossible, à cet instant, de ne pas se demander de quelle manière l'initiation du deuxième degré dépasserait, contredirait et compléterait celle du troisième, qui tenait en un mot : mondialisme. Robin était curieux mais confiant : aucun de ses onze degrés d'initiation ne l'avait déçu.

L'enveloppe contenait une mince plaquette de couleur ivoire, de format oblong.

La couverture en était illustrée d'une figure étrange, mi-gravure sur cuivre, mi-carte à jouer, vaguement cubiste, reproduite sur vélin véritable : une authentique peau de veau mort-né. À première vue, on aurait cru l'Hogier des piques ou l'Argine des trèfles, d'autant plus que le nom du personnage – HOMO – s'inscrivait dans deux angles opposés, mais un deuxième regard, pénétrant à travers les réseaux de courbes et de droites sécantes qui découpaient le personnage, révélait autre chose.

D'abord, il n'était pas coupé par moitié et inversé comme dans les jeux de cartes, mais présenté de pied en cap ; ensuite, il avait une tête pâle, aux yeux bridés, sans expression, le nez négroïde, la bouche finement ciselée, laissant dépasser deux canines de vampire, enfoncées dans une pomme qu'il tenait à deux mains, pogne de primate d'un côté, de l'autre menotte manucurée, baguée d'or, les ongles vernissés d'écarlate. Les cheveux noirs se crêpelaient en haut, descendaient en anglaises blondes sur les joues, et se tordaient en une tresse plus foncée sur la poitrine, avec des nœuds-nœuds au bout. Une barbiche de mandarin ornait le menton. Le torse et le bassin entièrement glabres étaient dénudés. Deux opulentes mamelles de nourrice pendaient en encorbellement au-dessus d'un membre mâle relevant timidement la tête entre deux hanches hémisphériques. L'ensemble, se dégradant par plans hachurés du noir jusqu'au gris clair, avait été à peine effleuré de pinceaux légers, jaunâtre, verdâtre, vermillonnant.

Robin ouvrit. À la première page, on lisait :

Ecce homo

La deuxième était blanche.
À la troisième :

Et nil humani...

Il reconnut le style du rédacteur des Leçons – savoir si ce n'était pas Dr Kirsten lui-même ? Les citations étaient rarement données tout entières. Ce n'était pas pour rien que le Club exigeait de ses membres une solide éducation classique. Une des premières Leçons avait eu pour épigraphe un mot incomplet de Chesterton : « la différence entre catholiques et protestants, c'est que les uns pensent en termes de *good* et *evil* tandis que les autres... » (il fallait suppléer : « en termes de *right* et *wrong* [1] »). Et une autre avait évoqué un aphorisme inachevé d'Orwell : « Tous les hommes sont égaux mais... » (« certains sont plus égaux que d'autres »). Ici, il fallait d'abord se rappeler Pilate et puis Térence : *Homo sum et nil humani a me alienum esse puto,* je suis homme et je tiens que rien de ce qui est humain ne m'est étranger.

La quatrième page était blanche.

La cinquième portait, en écriture gothique :

Alle Menschen sind Geschwister [2].

L'allemand est la seule langue européenne où existe un mot pluriel signifiant frères-*et*-sœurs, sans distinction de sexe, l'anglais *sibling* étant moins clair parce qu'il s'utilise au singulier au sens de frère *ou* sœur. Le rédacteur adorait se faire comprendre par un truchement linguistique jouant le rôle d'obstacle.

Robin lut plus loin, dans l'ordre des pages, sans en sauter une, ainsi que les Clubmen juraient de le faire, de la manière dont on doit pratiquer les exercices spirituels de saint Ignace de Loyola. Les initiés des degrés inférieurs demeuraient dans leur cellule jusqu'au moment où ils savaient le texte de la Leçon par cœur : ils demandaient alors à être entendus par un initié d'un degré supérieur, auquel ils la récitaient.

---

1. Bien-Mal, juste-incorrect.
2. Tous les hommes sont frères et sœurs.

Cette brimade pouvait durer une semaine, ou plus, pour ceux qui avaient peu de mémoire. À partir du dixième degré, il était permis de réciter la leçon non pas mot à mot mais idée par idée. À partir du quatrième, on devenait son propre examinateur.

Ayant lu jusqu'au bout, Robin calcula qu'en quarante-huit heures il aurait fini d'ingurgiter le tout. Le sens général lui apparaissait déjà, encore qu'indistinctement.

Le mondialisme, sur lequel, une heure plus tôt, Dr Kirsten épiloguait avec gourmandise, n'était pas la fin ultime ni même pénultième du Club. Au deuxième degré de l'initiation, le Club visait une métamorphose plus fondamentale, à savoir la réduction de tous les types d'hommes à un seul type d'homme et de tous les hommes à l'Homme total, l'Homme plénier, l'Homme à tout faire, l'Homme androgyne capable de se reproduire tout seul, l'homme unique exploitant toutes les potentialités de l'Homme. Pour cela, non seulement le métissage à outrance mais les découvertes de la science moderne seraient utilisés : l'insémination *in vitro*, les opérations transsexuelles, les manipulations génétiques, le clonage. Aussi bien le Club allait-il, dans les années à venir, recruter un maximum de biologistes et de chirurgiens. Obadiah Silas Harris était cité avec enthousiasme : « La race humaine tout entière évoluera de manière à former une âme réelle qui lui sera propre. Tel est l'avenir de l'évolution humaine. Le résultat de l'émergence de cette âme universelle sera l'unification de la race humaine, introduisant une ère nouvelle, la nouvelle aurore d'un pouvoir mondial unique. » Après quoi le rédacteur de la plaquette apportait des précisions.

> « Ce genre d'évolution est souhaitable parce qu'il est le seul capable de libérer la nature humaine de la malédiction qui fait que les hommes naissent différents. Cela dit, et malgré les conquêtes de la science dont la croissance est exponentielle, il appert que la plénitude du succès ne viendra que dans des milliers, peut-être des centaines de milliers d'années. L'*Homo sapiens sapiens*, par exemple, existe depuis 30 000 à 35 000 ans, tandis que les premières traces de la vie apparaissent sur Terre il y a un peu moins de quatre millions d'années. Les délais, en l'occurrence, n'ont qu'une importance relative, et l'on pourrait même à la rigueur tenir cette *reductio humanitatis ad hominem unum* pour une métaphore, mais une métaphore à laquelle tout ce qui l'empêche de s'actualiser doit être sacrifié comme si elle pouvait se réaliser pour de bon. C'est par le rabotage systématique et impitoyable des distinctions que

> l'humanité approchera, autant que faire se peut, de l'unité absolue qui constitue son entéléchie. Le destin de l'humanité est peut-être asymptotique : ce n'est pas une raison pour ne pas chercher à le réaliser.

Robin n'était pas sûr que cet objectif l'enchantât. L'égalisation des moyens, oui ; le mélange des civilisations en une seule, oui ; la disparition des nations, oui ; le métissage des races, oui ; mais cette humanité tentaculaire réduite à un seul individu reproduit automatiquement en un nombre indéfini d'exemplaires… Cependant une idée le rassura : quels que fussent les efforts qu'il déploierait pour appliquer cette Leçon, aucun risque qu'elle le fût pleinement de son vivant.

En tout cas, le Club avait eu raison : son grand-père n'aurait jamais accepté ni même compris un idéal pareil : « de la science-fiction », aurait-il ricané. Il était donc bon qu'il eût travaillé de son mieux au cinquième degré.

Robin ouvrit son ordinateur et commença à disséquer le texte pour mieux le retenir. Soudain il s'arrêta.

Si le deuxième degré tendait déjà à l'unification absolue de l'humanité, quel pouvait être l'objectif du premier ? Et si lui, Robin, l'atteignait jamais, s'il devenait jamais Patriarche, quelle vérité suprême serait alors la sienne ?

La tête lui tourna, mais il réfléchit qu'il ne lui appartenait de prendre aucune décision. Il avait vendu son âme au Club, il en avait retiré assez d'avantages matériels et intellectuels. Il devait aller de l'avant.

Il reprit son travail. Quand il aurait pleinement assimilé le contenu de la plaquette, il la jetterait dans l'incinérateur de la Kaaba.

9

Après avoir estimé du regard la petite maison de Georgetown – début du XIXe siècle, tout en hauteur, une fenêtre sur rue à chaque étage, pas loin du million de dollars –, Robin pressa le bouton de sonnette. Deux notes mélodieuses se firent entendre, suivies d'une exclamation poussée par une voix de femme nettement moins mélodieuse :

– Eh bien, va ouvrir, Jack, puisque c'est pour toi.

Et une porte claqua à l'intérieur.

Robin avait longtemps hésité avant de décider s'il inviterait Jack Swellington à déjeuner au *Four Seasons*, s'il essayerait de le voir chez la maîtresse soudanaise qui avait remplacé la coréenne – Jack n'était pleinement opérationnel qu'avec des femmes de couleur – ou si, après s'être annoncé par téléphone, il irait le débusquer chez la femme légitime à laquelle Jack avait fabriqué deux enfants, probablement par maladresse, et qui, *career-woman* [1] féministe, le lui faisait payer cher. Finalement, Robin s'était dit que le chez-soi de Swellington étant l'endroit où il se sentait le moins chez lui, c'était là qu'il serait le plus content de voir son ancien camarade et le plus disposé à lui rendre service.

La porte s'ouvrit. Jack avait changé. En pire.

Encore plus mal rasé, encore plus débraillé, fleurant encore plus le bourbon que dans le temps. Et c'était ça, la crème des familles de la Nouvelle-Angleterre, l'élite héréditaire de Harvard, de l'OSS [2] et de la CIA [3] !

– Salut, Swell !

– Longtemps pas vu, Bob !

---

1. Carriériste de sexe féminin.
2. *Office of Strategic Services*, ancêtre de la CIA.
3. *Central Intelligence Agency*.

Robin cacha le frisson de déplaisir qu'il éprouvait à s'entendre donner ce diminutif. En revanche, lui n'aurait pas pu faire plus de plaisir à Jack qu'en le nommant « Swell [1] ». Swell s'épanouit aussitôt sous cette appellation qu'il trouvait à la fois familière, aristocratique, optimiste et flatteuse.

– Entre donc, Bob, entre donc.

Il filtrait un regard amical par-dessus ses lunettes en demi-lunes.

On entrait directement dans le salon. Il y avait un bar dans un coin, un vrai bar de *pub,* avec comptoir en cuivre, machine à bière et photos de filles nues collées sur un abat-jour.

– Qu'est-ce que je te sers ?

Ils s'installèrent avec leurs verres sur des fauteuils bas, devant une table basse, sur laquelle Swell étendit aussitôt ses pieds en chaussettes.

– Voilà, fit Robin. Je passais par DC [2]. Je me suis dit que j'irais serrer la pince d'un vieux copain.

– Va raconter ça aux *marines*, répliqua Jack en riant. Tu as beau avoir quitté la Compagnie, je sais bien que tu viens me pomper du renseignement.

Swellington avait quelques années de plus que Chastow, et il leur était arrivé de travailler dans les mêmes bureaux, mais Chastow avait quitté la CIA dès que le Club le lui avait permis, tandis que Swellington y prospérait toujours, surtout parce qu'il s'était donné un genre relâché qui lui permettait de s'entendre avec les « minorités » : Noirs, Hispaniques, sangs mêlés… Il avait eu une carrière en dents de scie : médiocre d'abord, puis brillante – la Somalie, la Palestine, la Tchétchénie – et récemment lamentable : il avait bousillé une mission au Monterosso [3], mais sa réputation était faite. Il était devenu le spécialiste des cas désespérés et, quoi qu'il arrivât, on ne lui en tiendrait pas rigueur. Dans la plupart des professions, il y a de tels personnages ratés et insubmersibles.

– Parle-moi d'abord de toi, dit Robin. Ta femme va bien ?

– Bien, très bien.

– Ah ! bon (un soupçon de condoléances dans la voix). Et tes enfants ?

– Bien, très bien.

– Tu as une maison superbe, dis donc.

– Oui, mais alors les impôts…

---

1. Le mot « chic » avec ses diverses acceptions correspond à peu près à *swell.*
2. *District of Columbia* : le district où se trouve Washington.
3. Voir *L'Enlèvement*, du même auteur.

– Et aussi un peu loin de Langley…

– Ne m'en parle pas. Quatre heures de transport tous les jours…

La physionomie de Swellington s'allongeait de plus en plus, son ton devenait de plus en plus sinistre, et il suçotait de plus en plus ardemment la chope de terre cuite dans laquelle il buvait pour que ses convives ne pussent juger combien il s'y versait de bourbon.

– Et ton amie soudanaise ? Toujours aussi douée ?

Jack jeta un regard par-dessus son épaule, en direction des pièces du fond, et baissa la voix.

– Formidable ! Tu n'imagines pas ! Certains jours, elle me met sur les genoux.

Ayant ainsi établi que Swell avait des malheurs, mais aussi des compensations, Robin se laissa aller à évoquer le glorieux passé de son hôte : le major de *marines* qu'il avait sauvé par hélitreuillage en Somalie, le terroriste palestinien qu'il avait fait sauter sur ses propres bombes, le bailleur de fonds saoudite qu'il avait exfiltré de Tchétchénie… On approchait du vrai sujet de l'entretien. Naturellement, Swellington n'était pas dupe, mais il aimait se laisser manœuvrer, comme on prend plaisir à un massage. Cela faisait partie du savoir-vivre professionnel. Enfin :

– Tiens, à propos de Tchétchénie, dit Robin, je ne sais pas si tu as vu le commentaire de ce type sur les cadavres russes qui ont explosé.

– Quel type ?

– Celui qu'ils appellent le Martyr. Tu as eu l'occasion de le rencontrer ?

Swellington réfléchit un dixième de seconde pour savoir s'il allait nier ou parler.

– Ah ! Le Chahid ! Oui, bien sûr.

– Quel effet te faisait-il ?

– Magnétique. Hypnotique. Et un cerveau qui aurait pu sortir *maxima cum laude* du MIT [1]. Complètement givré, bien sûr. Il nous a rendu beaucoup de services.

– Il en rend toujours ?

– Pas depuis *Nine-Eleven*. Nous avons eu ordre de laisser tomber ces contacts-là.

– Où le rencontrais-tu ? En Tchétchénie ?

– Tu rêves ? Pas fou, le gars.

– Alors ?

Swell se faisait prier : c'était de jeu.

---

1. Sortir avec mention très bien du *Massachussets Institute of Technology*.

– Où crois-tu ?

– Istanbul ?

– En plein dans le mille, Bob ! Tu n'aurais pas dû quitter la Compagnie.

– Et comment faisais-tu pour le rencontrer à Istanbul ?

Cette fois-ci, Swellington réfléchit plus longuement.

Mille considérations se déséquilibrèrent et s'équilibrèrent dans son esprit. Le secret qu'il allait livrer – à supposer qu'il ne fût pas complètement suranné – n'était pas américain mais tchétchène. Aux Tchétchènes de voir. De toute manière, lui, Swell, était brûlé et ne travaillerait plus jamais sur ce territoire. Pourquoi ne pas faire plaisir à ce vieux Bob qui comprenait si bien que Mrs Swellington était une empoisonneuse patentée et la Soudanaise un génie en jupe ou plutôt sans jupe ? Bob était venu pour apprendre comment entrer en relations avec le Chahid. Et pourquoi n'entrerait-il pas en relations avec le Chahid, si cela lui faisait plaisir ? Dieu sait que Bob n'était pas suspect de menées antiaméricaines.

– Bain turc, du côté de la Mosquée bleue. Baigneur nommé Bachir. Un bon baigneur, qui me débarbouillait tendrement, comme il aurait langé un petit enfant. Mot de passe : un bakchich de cinq cents cinquante cinq dollars et cinquante cinq cents. Tu connais l'obsession du 5 chez les musulmans. Je donnais mon nom – enfin celui que je portais à ce moment-là – et le nom de mon hôtel. « J'aimerais bien voir ton frère. » Il me demandait : « Pour quoi faire ? » Je lui donnais, à mots couverts, une indication de la raison. Après cela, je ne bougeais plus de mon hôtel. Deux ou trois jours après, je recevais un coup de téléphone me fixant un rendez-vous. J'y allais seul, sans sécurité, sans armes, et le Chahid venait me retrouver.

Ils parlèrent encore de ceci, de cela, s'aidant l'un l'autre à mieux noyer le poisson. Puis Robin se leva pour partir. Jack le reconduisit, en lui passant amicalement un bras autour des épaules. Il se sentait assez aristocrate pour se permettre ces manquements à la retenue de rigueur entre Anglo-Saxons.

– Ça m'a fait plaisir de te revoir, Bob. Je pense souvent à toi et je me demande ce que tu fais dans la vie.

– De l'humanitaire, tu sais bien.

Swellington se caressa la narine de l'index.

– Je m'étais dit : la DIA ou la NSA [1]… mais finalement, je ne crois pas. Je te vois plutôt en *free lance :* un mercenaire du renseignement.

---

1. *Defense Intelligence Agency, National Security Agency.*

– Tu lis trop de romans d'espionnage, Swell. Je prends soin d'orphelins russes, c'est tout.

– Si c'est pour ça que tu veux rencontrer le Chahid, tu te trompes d'adresse, mon vieux. Les orphelins, il n'en prend pas soin : il en produit.

Swellington flanqua une claque dans le dos de Chastow :

– Bonne chance, salopard.

– Merci, Swell.

Swell prit l'air innocent :

– Merci ? Mais merci de quoi ?

Robin prit l'air innocent aussi :

– Mais du pot, bien sûr.

Ils se quittèrent comme les vieux amis qu'ils n'étaient pas.

10

De retour à Atlanta, Robin passa une soirée satisfaisante avec la vicomtesse, qui était en train de taper pour *Orphans Galore* tous les snobs de Georgie. Elle était toujours aussi disponible, idéaliste et athlétique. À un moment où il croyait lui avoir donné des raisons de sombrer dans une douce langueur, elle rouvrit des yeux toujours aussi térébrants :

– J'ai une proposition à vous faire.

– Encore une ?

– Ne plaisantez pas, brute que vous êtes. Il s'agit de mes enfants de Tchétchénie et de ce que nous autres chrétiens pouvons faire pour eux. Vous devez bien être un peu chrétien sans le savoir.

Elle avait pris ses renseignements auprès de *Bids for Kids*. Robin pouvait être mis en disponibilité temporaire et retrouver son emploi plus tard : son assistante le remplacerait. De toute façon, il n'avait pas vraiment besoin d'émarger : elle s'était renseignée aussi sur ses moyens personnels. Dans ces conditions, pourquoi ne l'accompagnerait-il pas en Tchétchénie ? Il lui faudrait seulement investir une somme pour justifier son entrée dans *Orphans Galore*.

– Une espèce de dot, quoi ?

– Une espèce de dot.

– Et pourquoi souhaiterais-je aller en Tchétchénie au point de payer pour m'y faire trucider ?

Cette fois, elle lui donna une gifle sur l'oreille.

– Pour m'accompagner. Et aussi parce que, depuis que les États-Unis ont soudain renversé le cap et sont devenus anti-islamistes, la Tchétchénie est le lieu le plus abandonné du monde. Les Russes n'ont plus la moindre raison de se gêner et les wahhabites se déchaînent. Aujourd'hui, c'est en Tchétchénie qu'il faut aller, Robin, si on veut faire un peu de bien aux petits des hommes.

Rien ne pouvait mieux arranger Robin que cette proposition, et il la mit au compte de ces suites d'occasions qui, à certains moments, se lovent impeccablement, comme un cordage ou un lasso.

– De combien, la dot ?

– Pas grand-chose, parce que, figurez-vous, j'ai envie de vous emmener, petit garçon américain. Quatre cent mille dollars ?

– Je ne pourrai pas aller au-delà de deux cent mille. Pas en ce moment.

– Et si vous empruntiez ?

– C'est contre mes principes.

– Mais je me suis informée. On raconte que vous avez beaucoup d'amis très riches. Vous pourriez leur demander des dons pour les orphelins tchétchènes. Ne dites pas que c'est pour les russes aussi : ils donneraient moins. On raconte beaucoup de choses sur vous, Robin. Il paraît même que vous appartenez à une société secrète qui s'appelle le Cl…

De la jambe, Robin rejeta le drap.

– Taisez-vous, Betty. Tous les Clubmen prêtent serment de ne jamais participer ni assister à aucune discussion du Club. C'est une règle absolue. Si vous prononcez un mot de plus sur la question, je vais être obligé de sortir, ce qui, dans la tenue où je suis…

*

À l'université de Berkeley, Robin avait rendez-vous avec le Dr Marjorie B. Fisch, une personne de couleur nuancée, ce qui rappela à Robin la définition de l'ineffable Bierce : « Mulâtre : produit de deux races, honteux des deux. » À tort, car, malgré ses lunettes sévères et sa barboteuse rose à volants bleu ciel, le Dr Fisch paraissait n'avoir honte de rien :

– Eh bien, Mr Chastow, puisque vous m'êtes recommandé par mon doyen, je suppose que je vais être obligée de vous conduire dans le *sanctum sanctorum*. J'attire cependant votre attention sur le fait que nos recherches intéressent la Défense et sont par conséquent sujettes au secret.

Le doyen en question était un Clubman exerçant ses activités dans l'enseignement supérieur. Robin promit un silence exemplaire et fut conduit à travers trois sas de sécurité jusqu'aux laboratoires ASE, *All Seeing Eye* [1], dont le logo triangulaire représentait l'œil divin, celui qui figure aussi sur le dollar.

1. L'œil qui voit tout.

La première salle où il fut introduit était vaste et haute comme un gymnase. Un pupitre de commande électronique occupait un des bouts. Sur des étagères reposaient des objets de dimensions et de formes diverses. Les indiquant un à un du point rouge d'un désignateur laser, le Dr Fisch commença sa conférence.

– Vous êtes ici, Mr Chastow, dans le royaume des UAV, *unmanned aerial vehicles*, véhicules aériens sans équipage, et, plus précisément, dans le district des MAV, *micro air vehicles*, vulgairement appelés microdrones.

« Les drones, vous le savez, sont des avions pilotés à distance et chargés d'envoyer soit au sol, soit à un autre avion leurs données d'observation. Ils ont rendu d'immenses services pendant les conflits balkaniques ; ils en rendent d'autres en Afghanistan. Vous avez dû entendre parler du *Sentinel,* du *Pioneer*, du *Pointer*, qui ont déjà été utilisés au Koweït, avec un total de 522 sorties pour 1 641 heures de vol. Actuellement, le drone le plus efficace est évidemment américain : c'est le *Global Hawk*, qui a une envergure supérieure à celle d'un Boeing 747 ; mais même les Français se mêlent de construire des drones : ils ont le MART, le CL 289 et le Crécerelle. Sans grand intérêt, si vous voulez mon avis.

« Ici, chez nous, à Berkeley, notre spécialité, ce sont les microdrones, naturellement conformes aux normes de la DARPA, la *Defense Advanced Research Projects Agency*, c'est-à-dire ne dépassant pas 15 cm dans leurs trois dimensions, transmettant des images et des sons en temps réel à une distance qui peut aller jusqu'à 10 km, susceptibles de voler à près de 50 km à l'heure et de tenir l'air pendant un minimum de 20 minutes. Vous remarquerez que nous avons adopté le système métrique, ce qui complique les choses, mais c'est la loi.

« Nous ne sommes pas les seuls sur le marché. AeroVironment a construit la *Black Widow*, qui vole 22 minutes. Elle possède un récepteur UHF qui pèse 3 g, un système de transmission des images vidéo qui pèse autant et une caméra qui n'en pèse que 2. Son pilote automatique peut être mis en œuvre par un fantassin isolé et les images qu'il obtient s'affichent sur les verres d'une paire de lunettes spéciale.

« De son côté, Lockheed construit le *MicroStar*, qui vole une heure, mais pèse 100 g à vide, ce qui, à notre sens, est beaucoup trop. D'ailleurs, regardez-le. On dirait une cocotte en papier, n'est-ce pas ? Il fait 15 cm de long et 15 d'envergure : c'est déjà dépassé.

« Vous voulez voir la *Black Widow* qui, pour l'instant, collectionne les récompenses ? La voilà ! C'est cette espèce de petite boîte noire avec une hélice devant. Longueur : 23 cm ; envergure : pareille ; hauteur : 7 cm.

« Les Français produisent leurs *Epsilon 1* et *2*. Vous les voyez sur cette étagère-là. Le *1* fait 50 cm d'envergure – ridicule ! – et le *2* la moitié moins. Ils ne volent qu'une dizaine de minutes et à 30 km à l'heure. De la petite bière.

« Le MAV allemand, de Dornier, est supérieur : il vole 20 minutes, il a un rayon d'action de 4 km et il fait 30 cm d'envergure, beaucoup trop quand on vise la discrétion.

« Dans notre pays, MLB fabrique le *MLB Bat*, qui est un géant : voyez-le, on dirait une espèce de porte-cigarettes à moitié ouvert : plus de 60 cm d'envergure, près de 50 de long. L'avantage, c'est qu'il peut voler par grand vent, sans en être incommodé.

« Le *MLB Micro Dot* est plus sympathique : on dirait une tête de Martien, vous ne trouvez pas, avec ces deux fentes à la place des yeux. Il fait moins de 40 cm de longueur et d'envergure et, en 1998, il a gagné le prix de l'université de Floride pour un vol piloté de 600 mètres et une transmission claire et distincte d'images carrées au sol de 1,50 m sur 1,50 m.

« MLB produit aussi le *MLB Trochoid* – c'est cette espèce de limande à nageoires verticales, là-bas –, qui a l'avantage de pouvoir effectuer des vols presque stationnaires.

« Enfin, parmi les autres microdrones qui ne sortent pas de chez nous, ici, à Berkeley, vous avez ce *D'spyfly* : on croirait un presse-papier à ailettes. Il n'est pas mal, mais il pèse tout de même 250 grammes et ne peut pas voler à moins de 6 km à l'heure, ce qui le rend facilement repérable.

« Que pensez-vous de tout cela, Mr Chastow ?

– Je suis impressionné.

– Vous n'avez encore rien vu. Ouvrez grands vos yeux, Mr Chastow.

De l'index, le Dr Marjorie B. Fisch fit signe à Robin de s'approcher du pupitre électronique sur lequel elle posa les mains avec la solennité d'un pianiste attaquant le deuxième concerto de Rachmaninov.

Avec un ronronnement, le *MLB Bat* décolla de son étagère et s'éleva dans les airs. Dès qu'il eut dépassé la hauteur d'homme, ses deux grandes ailes déployées justifièrent son nom de « chauve-souris », et il se mit à tournoyer lentement sous le plafond.

Le Dr Fisch appuya sur un autre bouton, et la *Black Widow* quitta l'étagère à son tour et se mit à décrire un parcours zigzaguant, tantôt plus rapide et tantôt plus lent. À un moment, elle sembla frôler la tête de Robin, qui feignit ne pas pouvoir s'empêcher de fléchir les genoux. Marjorie, laissant apparaître le bout d'une langue très rose entre deux lèvres très brunes, lança successivement le *Micro Dot*, le *Trochoid* et le *Microstar*. La salle vrombissait de ces vols entrecroisés. Le *D'Spyfly* alla rejoindre ses confrères. C'était un ballet, c'était un carrousel. Un rire de ravissement, sensuel et silencieux, secouait la maîtresse des microdrones. Ses épaules tressautaient. Elle s'écria :

– C'est trop beau. On va lancer les étrangers aussi. Pour meubler.

À leur tour, le *MAV* allemand et les deux *Epsilon* français s'élevèrent lourdement à leur tour et l'espace fut sillonné de ces neuf engins dont les vols s'entrecroisaient à chaque instant sans qu'il y eût un seul accrochage.

– Alors, Mr Chastow, vous aimez ?

– Je suis confondu, mais j'ai peur qu'il n'y ait une collision !

Le Dr Marjorie B. Fisch reprit son air sentencieux :

– Il ne peut pas y avoir de collision. Les vols sont programmés au micron, à la nanoseconde près. Ça vous plaît ?

– Je suis sans voix.

Sur les ordres électroniques du Dr Fisch, les microdrones rentrèrent un à un à l'écurie et reprirent leur air innocent et inerte sur leurs étagères respectives.

Robin s'était suffisamment renseigné sur cette sorte d'engins pour ne pas ignorer que le véritable lancement se faisait différemment : le *MLB Bat* se lançait à la main, et le *MLB Micro Dot* à la catapulte : il y avait donc eu là quelques légers trucages pour impressionner le spectateur, mais cela ne changeait rien à l'essentiel.

– Ça vous a plu ? demanda encore Marjorie Fisch lorsque la chauve-souris eut sagement repris sa place.

– Je suis époustouflé.

– Eh bien, Mr Chastow, dites-vous une fois de plus que vous n'avez rien vu, tant que vous n'avez pas vu ce que nous faisons ici, chez nous, à Berkeley. Suivez-moi.

Dans la salle voisine, qu'on n'atteignait qu'après avoir franchi un sas de sécurité supplémentaire, travaillaient une douzaine de personnes qui ne levèrent même pas la tête à l'entrée du visiteur. Robin fut alors présenté au prototype sur lequel on travaillait « chez nous, ici, à Berkeley ». C'était un microdrone capable d'exploits supérieurs à ceux de ses ancêtres, et ne dépassant guère la taille d'un gros cafard volant de Georgie, dont il avait d'ailleurs la forme et l'aspect : c'était le *Flying Cockroach 1.*

– Mr Chastow, le *Flying Cockroach 1* est constitué de feuilles d'acier inoxydable ultraminces pour la cellule et de Mylar pour les ailes qui battront à la cadence de 180 coups à la minute, le mouvement étant causé par des déclencheurs piézo-électriques à énergie solaire, d'où des économies considérables dans l'utilisation des piles, qui ne sont plus guère affectées, sauf circonstances spéciales, qu'à la transmission des images vidéo. Pour vous donner une idée de la minaturisation, dites-vous que le gyroscope a un millimètre de diamètre. Quant au nom et à l'apparence du *Cockroach*, ils ont été choisis par allusion au sobriquet d'une organisation dont nous, ici, à Berkeley, nous espérons faire un de nos premiers clients.

Le Dr Fisch cligna d'un œil espiègle : la CIA avait jadis été connue des initiés sous le nom de *Cockroach Alley*, l'allée des Cafards.

Après avoir assisté à une démonstration de capacités, qui dura trois heures :

– Ça s'achète combien, ces petites bricoles ? demanda Robin négligemment.

Le Dr Fisch fut scandalisée :

– Mr Chastow, vous n'y pensez pas ! Ces produits de l'intelligence américaine ne sont pas en vente. Ils doivent servir à la défense de notre patrie, à la protection de notre société !

Robin la regarda avec curiosité.

Cette descendante d'esclaves se ruait au secours d'un État qui avait asservi ses ancêtres ! Il y avait là une réussite indéniable de la *positive action* américaine qui, en une génération, avait inculqué aux Noirs qu'ils étaient des citoyens à part entière : peu importait que ce fût au prix de mesures démagogiques quelquefois ridicules. Le but était atteint. Au prix de l'égalité du respect, les Noirs étaient prêts, une fois de plus, à mettre leur courage, leur abnégation, leur intuition, au service d'une patrie que d'autres avaient créée, souvent à leurs dépens. Robin aurait été prêt à parier qu'à la vue des *Stars and Stripes* [1], le drapeau américain, le cœur de Marjorie battait plus vite. Son cœur à lui, gentleman sudiste, ne connaissait pas ce genre de tachycardie patriotique. Pour lui, les drapeaux étaient des linceuls.

Rentré à l'hôtel, il téléphona au Dr Kirsten :

– Nous avons les moyens de lancer *Mortelle Blessure*…

1. Étoiles et bandes.

11

Si le studio de Robin à Ansley Park avait l'air d'une suite impersonnelle située dans n'importe quelle résidence moderne de luxe, pour les hôtels, il était routinier et casanier. À Paris, c'était le Ritz, à Saint-Pét'(comme disait Divo) l'Europa, à Moscou le National, à Londres le Chesterfield, à Rome l'Inglaterra, à Ibiza le Montessol : choisis souvent, mais pas toujours, parmi les meilleurs, à la suite de rencontres, de hasards, de souvenirs heureux. Être reconnu par les hôteliers n'inquiétait pas Mr Chastow : il n'avait rien à cacher des activités humanitaires qui l'amenaient à voyager.

À Istanbul, il descendait toujours au Yezil Ev, hôtel de qualité mais sans prétention, installé dans une vieille maison bourgeoise meublée selon le goût germanique du XIXe siècle, avec des accents qui rappelaient les Habsbourg, Bismarck, une *Mitteleuropa* [1] déjà dangereusement tournée *nach Osten*. Qui sait ce qui serait arrivé sans la bienfaisante Première Guerre mondiale ? L'ordre ancien et haï aurait peut-être encore duré longtemps... Et loger à égale distance de Sainte-Sophie et de la Mosquée bleue était titillant pour l'imagination.

Dès le premier soir, il se rendit au bain turc du quartier, qu'il avait fréquenté en d'autres temps. Il en aimait l'air gorgé d'eau, les clairs-obscurs, la gravité. Qu'il n'y eût pas là de fenêtres, mais une verrière en forme de coupole, lui rappelait la Kaaba. Il jouait à avoir peur de ces masseurs herculéens qui le retournaient comme un *pancake* [2] entre leurs mains. Il leur donnait des pourboires modérés, afin qu'ils ne se fissent pas d'idées sur ses intentions.

Ce jour-là, un nœud d'angoisses le rendait légèrement nauséeux : peut-être Bachir ne serait-il pas de service, ou la filière Bachir était-

1. Une Europe centrale tournée vers l'est.
2. Crêpe.

elle rompue, ou lui présenterait-on un autre Bachir qui ne comprendrait rien à la situation ou, au contraire, chercherait à en abuser. Au demeurant tout se passa bien. Ahmed, vexé mais déférent, convoqua un Bachir qui débarbouilla, étrilla et malaxa comme il convenait, et accepta sans sourciller 555 dollars et 55 cents.

– Dites à votre frère que j'aimerais le voir. J'ai une idée qui pourrait l'intéresser. Mon nom est Robert Chastow. Je suis descendu à l'hôtel Yezil Ev.

Bachir se plongea dans une réflexion profonde, d'où il finit par extraire une question :

– Américain ?

Depuis le renversement des alliances qui, approximatif mais spectaculaire, avait suivi *Nine-Eleven*, ce n'était pas une question innocente en pays de tradition musulmane. Robin répondit avec un flegme apparent :

– Américain.

Et ne put s'empêcher d'ajouter :

– Pas comme les autres.

Bachir réfléchit encore.

Il réfléchissait comme les ruminants ruminent, mais avec moins de naturel.

– Ça peut prendre du temps.

Cela en prit moins que Robin ne craignait. Le quatrième soir, le téléphone sonna dans sa chambre, après le dîner qu'il avait tranquillement pris à l'hôtel. La voix était puissante et bien timbrée. Elle articulait un *Queen's english* raffiné, sans bégaiements oxfordiens.

– Mr Chastow ?

– Lui-même.

– Je suis le frère de Bachir. Vous souhaitez me voir ?

– Oui.

– Vous avez une proposition à me faire ?

– Oui.

– Intéressante ?

– Oui.

– Pour vous ou pour moi ?

– Les deux.

– Épatant. Pourrais-je avoir une idée de votre apparence ?

– Cinq pieds neuf, cent quarante livres, châtain. La raie sur le côté gauche. Yeux marron.

– Sainte-Sophie, demain onze heures. Devant le portrait de Jésus-Christ.

Sainte-Sophie, depuis que Robin l'avait découverte, était pour lui l'un des plus hauts lieux de l'humanité. Ce temple de la Sagesse de Dieu atteint d'un gigantisme congénital et de fêlures également congénitales ; ce traité architectural de théologie chrétienne gardé par quatre minarets islamiques comme par quatre chaouchs ; cette église convertie en mosquée travestie en musée ; ce point crucial de la rencontre entre l'Orient (qui sera toujours l'Orient) et l'Occident (qui sera toujours l'Occident, nous apprend Rudyard) ; ce nombril douloureux de l'Eurasie... Robin était persuadé que le rôle essentiel de ce zeppelin en partance métaphysique n'était pas terminé.

En particulier, le russisant qu'il était ne pouvait poser le pied sur ces dalles sans revoir la scène qui s'était déroulée ici-même, peu avant l'an mil, quand, parmi les nuages d'encens qui s'enroulaient et se déployaient dans les airs et les chœurs qui tonnaient sous les voûtes, la Russie avait sombré corps et âme dans l'orthodoxie d'où elle ne ressortirait sans doute jamais (malgré la prometteuse parenthèse communiste).

Robin gravit à pas lents la rampe que les empereurs de Byzance montaient à cheval et se dirigea vers l'aile nord de l'édifice.

Malgré l'automne déjà avancé, des collectifs de touristes suivaient des porte-drapeaux brandissant, au bout de hampes hétéroclites, des cartons, des fanions, des casquettes, des mouchoirs. Les appareils photo, les caméras, les Caméscopes subtilisaient et engrangeaient une Sainte-Sophie virtuelle qui se reproduirait à l'infini dans les albums et sur les écrans japonais, australiens, islandais... « De la maison de mon Père, vous avez fait un antre de voleurs. » Robin s'arrêta devant « le portrait de Jésus-Christ ».

La mosaïque représentait un visage humain rappelant fortement celui du Saint-Suaire, et qui semblait prononcer à haute voix et avec vraisemblance : « Je suis la Voie, la Vérité et la Vie. » Robin, avec ses antécédents protestants, éprouvait pour toute représentation d'une divinité une répugnance que son athéisme ne diminuait pas. Il en ressentit un malaise.

Il ne se préoccupait pas de savoir s'il avait été suivi depuis son hôtel et quelles étaient les « chandelles » qui assuraient la sécurité du rendez-vous. Ce pouvait être ce Japonais moustachu ou cette Américaine obèse, ou cet Italien au menton bleu. Le Chahid disposait sûrement du personnel nécessaire pour que l'affaire fût menée dans les règles. Au bout d'une dizaine de minutes, un Turc, jeune, affable, s'avança, souriant, la main tendue :

– Mr Chastow ?

– Lui-même.

– Ravi de vous rencontrer, *Sir*. Je suis votre guide. Donnez-vous la peine de me suivre.

Une limousine attendait. Des rideaux voilaient les vitres. Une glace, également voilée d'un rideau, séparait les passagers du chauffeur. Une odeur de patchouli régnait. Le jeune Turc bavardait agréablement dans un anglais prononcé à l'américaine :

– Istanbul vous plaît-il, *Sir* ? Êtes-vous déjà venu à Istanbul, *Sir* ? Vous avez choisi l'hôtel des connaisseurs.

On roula une quarantaine de minutes. Lorsqu'on s'arrêta, ce fut pour descendre dans une cour intérieure sur laquelle donnaient des moucharabiehs peints de couleurs pastel. Le Turc conduisit Robin dans un vestiaire. Sur un banc avait été jetée une robe de chambre de soie sauvage amarante brodée d'or.

– Je vous propose, *Sir*, de prendre la peine de vous dévêtir et de mettre cette *aaba*.

– Je ne suis pas armé. Vous pouvez vérifier.

– Ce ne sont pas les armes que nous craignons, *Sir*. Simplement, nous préférerions que votre entretien ne soit pas enregistré, et, pour s'assurer que vous ne portez aucun matériel, *Sir*, il faudrait vous fouiller de manière intime, ce qui pourrait vous être désagréable, *Sir*. Quand vous serez rhabillé, vous pousserez la porte que vous avez devant vous. À tout à l'heure, *Sir*.

Le Turc se retira avec une courbette. Robin se mit nu comme un ver devant une glace dont il était persuadé qu'elle n'avait pas de tain. Il replia ses vêtements et revêtit l'*aaba*. Elle avait été taillée conformément à la tradition : deux larges rectangles cousus ensemble, avec un trou pour la tête, retombaient sur les bras en forme de manches. Des galons festonnaient les coutures et les ouvertures. L'ensemble donnait une impression de fraîcheur, d'aisance et de faste.

Robin jeta un coup d'œil dans la glace, se trouva mignon déguisé en mamamouchi, et alla frapper à la porte indiquée.

– Entrez, entrez, fit gaiement la voix britannique et racée que Robin avait déjà entendue au téléphone.

Il se trouva dans un vaste salon au plafond bas où régnait une pénombre sudiste. Le mobilier était turc : tapis, matelas bariolés, coussins rayés, tables basses incrustées de nacre. Un bahut dans un coin. Les carrés de lumière et d'ombre du moucharabieh jetaient sur le sol des losanges alternativement clairs et foncés. Comme Robin entrait, un homme qui, un instant plus tôt, avait été mollement couché sur un matelas, bondit à la façon d'un chat qui saute sur un appui de fenêtre.

Ce n'était qu'un geste de politesse, mais si rapide dans la détente qu'on aurait pu croire à une attaque.

– Soyez le bienvenu, Mr Chastow. Comment allez-vous ?

Visage brun, large, ouvert, teint mat mais non basané, de grands yeux qui faisaient penser, on ne savait pourquoi, à des miroirs, et un sourire flottant sur des lèvres qui semblaient découpées au ciseau. Afghan ? Maghrébin ? Libanais ? Arabe ? Sicilien ? Andalou ? À la rigueur, l'homme aurait pu être Gallois.

– Comment allez-vous, répondit Robin en serrant une droite musculeuse.

– Prenez un siège. Malheureusement, je n'ai que des turqueries à vous offrir. Remarquez, c'est bon pour les cuisses. (Phrases courtes, diction dentale, précise et rapide.) Que buvez-vous à cette heure-ci ? (Un coup d'œil à la Rollex.) Le soleil a dépassé la pomme du mât.

Robin se demanda si ces affectations britanniques étaient au deuxième ou au premier degré. Il leva un sourcil avec presque autant d'élégance que sa vicomtesse.

– Scotch, si vous m'accompagnez.

Le maître de maison éclata d'un rire juvénile et menaça son hôte du doigt.

– Ce n'est pas gentil de vous moquer de nos préjugés musulmans. C'est vrai que nous sommes assez stricts sur ce chapitre, mais il y a des passe-droits pour les morts, et, comme je le suis potentiellement, je peux boire tant que je veux.

Il alla au bahut, y prit deux verres de cristal taillé, remplit d'autorité l'un de glaçons, les fit tinter gaiement, versa dessus une bonne rasade de Glenmorhangie, une autre de soda et alla porter le mélange à Robin, qui s'était juché sur la plus grosse pile de coussins. Puis il retourna au bahut, versa du Glenmorhangie dans l'autre verre, et y ajouta un soupçon d'eau.

– De l'eau de source d'Écosse, précisa-t-il, avec un clin d'œil.

Il se laissa tomber sur un matelas, sans renverser une goutte.

– Alors nous avons quelque chose à nous dire ? interrogea-t-il, peu convaincu.

– Je ne sais pas, dit froidement Robin. Êtes-vous le promoteur des morts qui tuent ? Êtes-vous le Martyr ?

– On m'appelle ainsi.

– Vous ne me semblez pas avoir été trop martyrisé jusqu'à maintenant.

– Je suis en sursis, Mr Chastow. Rien, je vous assure, ne donne une plus grande sérénité que la volonté de mourir. Ni davantage d'appétit pour les biens d'une vie que l'on a voulue aussi brève que possible. Et vous, qui êtes-vous au juste, Mr Chastow ? Un Américain pas comme les autres, il paraît. Je croyais tous les Américains taillés sur le même modèle ou y aspirant. Vous n'êtes pas de la CIA, peut-être ? Mais enfin tous les Américains qui se hasardent aujourd'hui dans nos régions sont de la CIA, non ?

– J'ai appartenu à la Compagnie ; c'est grâce à elle que j'ai pu entrer en contact avec vous. Mais maintenant nos intérêts divergent. Je ne travaille pas pour le gouvernement.

– Ah ! Vous êtes dans le privé. Alors laissez-moi deviner le sujet de notre conversation. Vous allez me parler de pétrole, et plus précisément d'oléoducs. Je suppose que vous voyez en moi un combattant tchétchène. Et pourquoi la Tchétchénie vous intéresse-t-elle ? (Toujours cette prononciation insolente d'exactitude, mais le débit s'accélérait.) N'essayez pas de me faire croire que c'est à cause des malheurs de son peuple. C'est parce que vous voulez que le pétrole de la Caspienne et le gaz du Turkménistan ne profitent pas à la Russie. Vous voulez que le gaz et le pétrole soient acheminés via la Tchétchénie indépendante vers la Géorgie, la Roumanie, la Serbie et la Bosnie (d'où votre généreux soutien aux musulmans bosniaques) – ou alors la Bulgarie, la Macédoine et l'Albanie (d'où votre héroïque assistance aux musulmans kosovars). Alors, Mr Chastow, quelle compagnie pétrolière américaine représentez-vous et en quoi peuvent-ils encore vous être utiles, ces pauvres moudjahidin tchétchènes, que vous avez salement lâchés dès que, à partir de *Nine-Eleven*, vous avez commencé à trembler pour vos propres charmantes petites fesses ?

Le Martyr sourit des lèvres seules. Ses yeux demeuraient impénétrables.

Robin se demanda comment il allait prendre les choses et, en attendant, but une gorgée du whisky que son hôte devait avoir déshonoré à dessein, pour faire sentir à l'Américain qu'il n'était qu'un Barbare.

– Monsieur le Chahid – je vous appelle ainsi parce que vous ne m'avez pas donné d'autre nom –, je vais vous surprendre. Les oléoducs m'intéressent peu. Oui, c'est bon de couper aux Russes les doigts d'une main ou même de deux, mais c'est là une tâche à la mesure des pouvoirs visibles, officiels, diplomatiques, militaires et commerciaux. Nous, monsieur le Chahid, nous visons des organes vitaux. Je n'appartiens à aucune compagnie pétrolière et je n'ai pas à vous dire quels intérêts je représente tant qu'ils peuvent coïncider avec les vôtres. Dois-je poursuivre ou souhaitez-vous que je me retire en vous remerciant pour cette cargaison de glaçons ?

Un instant de silence, et puis le Chahid eut de nouveau son rire juvénile, bondit de sa place, alla chercher un autre verre qu'il emplit de Glenmorhangie avant d'y ajouter trois gouttes d'eau d'Écosse.

– C'est vrai que vous n'êtes pas comme les autres. De quoi s'agit-il ?

Robin trempa ses lèvres dans le liquide agressif et moelleux :

– Je représente une organisation internationale basée pour l'instant aux États-Unis. Actuellement, notre organisation et vous autres, combattants de Tchétchénie, nous avons le même ennemi : le Russe. Les États-Unis ont soutenu la cause tchétchène jusqu'au 10 septembre et se sont plus ou moins ralliés au point de vue russe à partir du 12. Nous autres, nous ne sommes pas coutumiers de ce genre de retournement de veste, parce que notre dessein est plus ambitieux. Sans être religieux, il ne peut se comparer, pour l'envergure, qu'à celui des plus grandes religions du monde. Ce dessein passe, entre autres, et c'est là où vos intérêts et les nôtres se recoupent, par le dépérissement de la Russie. L'aventure communiste et sa faillite ont beaucoup fait dans ce sens. Le communisme a rendu la Russie haïssable ; l'échec du communisme l'a rendue faible. Il ne fait pas bon être faible et haï. Mais actuellement, sur les ruines de l'URSS, la Fédération de Russie est en train de reconstruire quelque chose qui, si nous n'y prenons pas garde, pourrait redevenir un empire, dont les buts mettront les nôtres – je veux dire ceux de notre organisation – en péril. Nous avons donc décidé de mener, contre le gouvernement de la Russie, une action destructrice.

« La Russie étant encore une puissance nucléaire, nous ne pouvons envisager de faire lancer contre elle une attaque américaine ni atomique ni classique, parce que nous ne serions pas maîtres des conséquences. Nous avons envisagé plus modestement une action terroriste contre le Kremlin, mais, là non plus, nous ne pourrions prévoir les suites. Nous pensons que, plutôt que d'essayer de tuer la Russie, il vaut mieux lui infliger constamment des lésions qui l'empêcheront de jouer son rôle dans le monde. Me suivez-vous jusque-là ?

– Moi, l'action terroriste contre le Kremlin me plairait bien.

– Depuis un certain temps, je suis à la recherche de ce que j'appelle un *organe vital*, c'est-à-dire une administration, un parti, un laboratoire, un corps constitué, un club de pensée, n'importe quelle formation dont l'affaiblissement causerait un affaiblissement correspondant à l'État russe, non pas tant dans son efficacité nationale que dans le rôle que cet État serait appelé à jouer dans le monde. Si nous trouvons, dans l'entourage du président de la Fédération, un organisme que nous puissions atteindre et faire saigner et suppurer indéfiniment, nous aurons beaucoup fait pour l'anéantissement progressif de l'État russe.

Telle est la règle du jeu aujourd'hui, où tout se fait par la manipulation de l'opinion dite publique. Persuadez quelqu'un qu'il est battu et, du coup, il l'est. Ce n'est pas tout à fait nouveau : Sun Tzu l'avait déjà vu cinq siècles avant notre ère, mais ce qui était vrai alors l'est encore beaucoup plus aujourd'hui, à cause de la démocratie d'une part, c'est-à-dire de la puissance décuplée de l'opinion, et des *media* de l'autre, c'est-à-dire de la possibilité qui nous est donnée de manœuvrer cette opinion à volonté.

« Cet organe vital et vulnérable, je pense l'avoir trouvé. Ce qui le salira, l'entamera, le fatiguera, le déstabilisera, l'humiliera, aura, par contrecoup, la même action sur la Russie tout entière.

– Eh bien, faisons-le sauter, votre organe. Moi, j'aime faire sauter les choses.

– C'est ce que je croyais avoir compris. Mais, si vous le faites sauter, d'une part, la victimophilie contemporaine est telle que cela créera un mouvement de sympathie désastreux ; d'autre part, il sera remplacé par un autre organe, peut-être pire. Vous êtes un combattant. Vous devez savoir pourquoi l'armée américaine préfère les petits calibres qui blessent et ne tuent pas : les blessés sont une charge pour l'ennemi. Il faut infliger à notre adversaire des traumatismes fatals, mais à long terme. Êtes-vous capable de comprendre cela ?

– Continuez.

– Nous allons procéder à une opération dont le nom de code est *Mortelle Blessure*.

« Premier temps : des manœuvres de reconnaissance et de préparation médiatique pour nous assurer, d'une part, que l'organe choisi est aussi vital que nous le pensons ; d'autre part, qu'il a un potentiel d'impopularité suffisant.

« Deuxième temps : pénétrer l'organe et nous l'approprier de manière à lui faire commettre des actions propices pour nous et calamiteuses pour lui.

« Troisième temps : déclencher une campagne internationale d'information fondée sur ces actions, laquelle campagne aura déjà été préparée en première phase.

« L'entreprise vous paraît-elle digne de votre intérêt ?

Le Chahid ne souriait plus. Son visage semblait avoir maigri en quelques instants et ses yeux-miroirs s'étaient nuancés d'une brume. Il écoutait avec une attention extrême, mais comme de très loin.

– Continuez, répéta-t-il à voix basse, comme dans un rêve.

– Pour mener à bien cette opération, il me faut un homme qui sache prendre des risques, qui soit capable de manipuler un matériel délicat, qui ait de l'imagination, et qui dispose en Russie de complicités plus efficaces que les quelques contacts de renseignement que je peux y avoir. Lorsque j'ai appris que vous étiez l'homme des *Morts qui tuent*, j'ai pensé que vous étiez aussi celui de la situation.

Le Chahid avait laissé sa tête baller sur sa poitrine. Il semblait en consultation avec un Ailleurs qui le dépassait infiniment. Sa respiration était houleuse. Le oui ou le non qu'il allait prononcer ne serait pas un acquiescement ou un refus de circonstance. Il engagerait son être, comme le « oui » sacramentel du mariage, le « je le veux » du baptisé, le « je le jure » du roi à l'instant du sacre.

Enfin il laissa échapper l'air qui lui gonflait les poumons et fixa sur son visiteur un regard encore vitreux mais qui, d'instant en instant, reprenait de l'éclat :

– Appelez-moi Hussein, dit-il en tendant la main.

*

Quand le visiteur infidèle fut parti, Hussein se prosterna et demeura de longues minutes le front contre le sol, le sang lui affluant au cerveau, le cœur éperdu de gratitude pour son Dieu.

Hussein n'était pas wahhabite. Il avait été nourri par la pensée soufie, pour qui le monde est essentiellement une relation entre l'Aimant et l'Aimé, Dieu et l'Homme. L'appétit du martyre pour la foi lui était venu dès son enfance, et il s'inquiétait d'avoir atteint vivant sa trentième année sans avoir trouvé l'occasion d'accomplir sa vocation. Par moments, il s'ennuyait sur cette terre ; par moments, il se soupçonnait de lâcheté. Les *Morts qui tuent* lui avaient procuré la satisfaction aiguë de la vengeance, mais aucun espoir de mourir dans un coup d'éclat. L'Américain pas comme les autres était venu lui apporter une chance miraculeuse, si seulement le Chahid savait la mettre à profit. Que l'Américain dît la vérité et travaillât pour une organisation privée ou que cette organisation fût la couverture d'un service spécial n'avait pas d'importance.

D'un côté, Hussein aurait enfin les moyens de porter un coup sérieux à la Russie. Or, il la craignait : au cours des siècles, grâce à sa vocation impériale, elle avait su mettre à profit les forces vives de ses populations musulmanes, évangélisant les unes, encadrant les autres ; en outre, son espèce singulière de christianisme, toute de patience, de soumission et de mysticisme, paraissait moins inconciliable avec l'islam que le catholicisme romain, centralisé et hiérarchisé ; bref, elle donnait le mauvais exemple.

D'un autre côté, Hussein ne souhaitait pas fournir un avantage décisif au grand Satan américain, qui demeurait, pour le moment, l'ennemi indéniablement le mieux armé et aussi le plus haïssable par son matérialisme foncier. Il fallait donc que la Russie subît des pertes mais que, les connaissant, elle fût à même de les réduire.

Quand enfin il releva la tête, le *bassamat al-farah*, le sourire de joie extatique, apanage de ceux qui ont mis leur vie à la disposition d'Allah, était répandu sur ses traits.

12

– Prenez *Randolph and Knarr*, c'est le meilleur, avait conseillé Dr Kirsten lors de l'entrevue à la Varsity. Il y a *Hill and Knowlton*, mais ils se sont ridiculisés avec les couveuses prétendument débranchées par les Irakiens au Koweït ; il y a *Ruder Finn*, mais ça a fini par se savoir que toutes leurs histoires de camps du viol en Yougo, c'était du bidon. Et puis Willy Knarr – je ne connais pas Randolph, qui doit être le financier – Willy Knarr présente l'avantage d'être un cynique sans compromis : il ne perd pas de temps à faire l'hypocrite. Vous vous rappelez sûrement ce qu'est un hypocrite selon Bierce : « Un personnage qui professe des vertus qu'il ne respecte pas et profite de sembler être ce qu'il méprise. » Willy Knarr ne professe qu'une vertu, l'efficacité.

La première chose qui frappa Robin lorsqu'il entra dans les bureaux de Randolph and Knarr fut la taille des diverses collaboratrices : elles faisaient toutes au moins six pieds. Cela devait signifier quelque chose. Pas d'erreur : Knarr [1] lui-même était un petit bonhomme, avec un front et un menton fuyants, un nez proéminent et de grosses lèvres en suçoir. Il portait un costume trois pièces et une chemise à col ouvert, à la mode des années soixante-dix. Un gigantesque cendrier disposé sur son bureau était rempli à ras bord de cacahuètes, ce qui agaça Robin en lui rappelant David McIan, le deuxième mari de sa femme.

– Servez-vous, dit le petit homme en passant derrière son bureau.

Il se servit lui-même d'abord, à pleine paume, et s'envoya un chargement d'arachides dans la margoulette en renversant la tête en arrière. Sa cavité buccale béa jusqu'à l'uvule.

Une fois casé dans son fauteuil pivotant, on ne lui vit plus, par-dessus le bureau, que le nez et la calvitie, comme dans une caricature.

1. Voir *La Crevasse*, du même auteur.

– Mr Chastow, je peux vous donner l'assurance que ce local n'est pas équipé de micros, et, de votre côté, vous avez, sans vous en douter, franchi un barrage électronique qui aurait détecté tout matériel d'enregistrement que vous auriez porté sur vous.

« Version californienne de la robe de chambre turque », pensa Robin. Hussein lui en avait fait cadeau et il l'avait rapportée dans ses bagages.

– Maintenant, Mr Chastow, j'ai une première question à vous poser. Dois-je vous considérer comme un client à titre personnel ou avez-vous une raison sociale ? J'attire votre attention sur le fait que si vous avez une raison sociale, je serai obligé de me livrer à certaines vérifications, tandis que si vous engagez nos services à titre personnel, je me verrai contraint de vous demander des arrhes.

– Donnez-moi une idée de la somme totale.

– Facile. Le genre d'opération évoqué dans votre courrier ne sera pas d'une difficulté majeure, l'opinion occidentale étant déjà défavorable aux Russes en général et à leur nouveau régime en particulier. Ce ne sera pas comme quand il s'agissait de faire passer les Serbes pour des nazis : une prouesse. Nous vous appliquerons donc le tarif ordinaire, sans majoration. Vingt mille dollars par mois.

– Seulement ?

– Nous avons peu de frais, voyez-vous. Nos salaires, notre loyer, quelques abonnements. À part cela, nous travaillons avec un fichier, un téléphone, et Internet. Quelques pattes à graisser en plus, c'est à peu près tout. Si vous nous engagez à titre personnel, nous vous demanderons simplement de nous régler six mois d'avance, et de déposer cent mille dollars dans une banque : si, après six mois, vous souhaitez que nous continuions l'opération, ces cent mille constitueront une avance sur la suite ; si vous ne le souhaitez pas, nous les garderons à titre de dédit, une opération normale de ce genre durant au moins douze mois. Tout cela sera clairement précisé dans le contrat qui vous sera proposé. Il n'y aura pas de petits caractères. Ces conditions vous conviennent-elles ?

– A priori, je ne vois pas encore d'objections.

– Bien.

Willly Knarr reprit des cacahuètes et désigna le cendrier d'un geste vague que Robin ne releva pas.

– Bon. Examinons votre affaire. Vous êtes notre client. Nous sommes votre agent. Maintenant, quelle est votre cible ? L'opinion publique de ce qu'on appelle « la communauté internationale », c'est-à-dire de dix-neuf pays sur les cent quatre-vingt quatorze de la planète ? Ou telle autre opinion choisie par vous ? Je vous préviens tout de suite : la manipulation suppose un certain volume critique de manipulés. Nous ne pouvons pas manipuler pour vous l'opinion publique de Brunei ou de Monaco.

– La « communauté internationale » me va.

– Russie comprise ?

– On pourrait manipuler l'opinion publique russe sur un sujet pareil ?

– Et comment ! Quoi qu'on en dise, la Russie est, en ce moment, le seul pays où l'on peut vraiment raconter n'importe quoi impunément. Rendre les plus russes des Russes impopulaires auprès des Russes, ce serait... (Knarr se baisa le bout des doigts)... le glaçage sur le gâteau. D'ailleurs, nous y avons des correspondants pour pas cher.

– Sans compter ce qu'en a dit Pouchkine : « Notre peuple est crédule. Il aime s'étonner des prodiges et des nouveautés... »

– Bon, je reprends les éléments que vous m'avez fournis. Il n'y avait pas grand-chose, hein ? (Il ouvrit un classeur et lut en sautant des lignes.) *« Groupe pétersbourgeois mi-occidentaliste mi-slavophile, patriotique, orthodoxe, pas d'exportation de capitaux, prélats, flics, militaires, universitaires, journalistes... Siège : palais Mychkine. Chapelle, salle d'armes, piscine, stand de tir, bain russe, gymnase, arts martiaux, hôtel et restaurant de luxe, studios de radio et de télévision... Banque Galpérine et Katz... Publie hebdo satirique et revue historique... Surnom : les Boyards... Service de sécurité : six pieds et demi. »* Juste pour vous montrer comment nous travaillons, je vais d'abord éliminer ce qui n'est pas intéressant : *occidentaliste, slavophile,* personne ne saura ce que ça veut dire ; *salle d'armes, piscine, bain russe,* on s'en balance ; *Boyards,* c'est déjà mieux, parce que ça indispose, ça vexe : pour qui ils se prennent, ceux-là ? Et puis, *boyards*, ça veut dire tsaristes, donc pas démocratiques, pas civilisés. Le palais, c'est parfait, personne n'aime les richards. Ça colle avec la banque. La chapelle orthodoxe, pas mal non plus : ça fait arriéré. Le service de sécurité et le stand de tir, très bon. À partir de ça, on peut développer un thème. Dites-moi si ceci vous convient.

Knarr s'enfourna encore une poignée de cacahuètes et tourna la page. Il lut en scandant ses mots :

> Apparition en Russie d'une Ligue extrémiste s'appuyant sur les forces les plus réactionnaires du pays et passant pour avoir l'oreille du président de la Fédération de Russie. Cette ligue nationaliste dite « les Boyards » regroupe des éléments répressifs et obscurantistes allant d'une extrême droite à une extrême gauche réconciliées sur un programme fasciste à nostalgies staliniennes. D'un côté, cette Ligue cherche à s'emparer de l'opinion publique

par le moyen de divers media à sa solde. De l'autre, elle forme des milices armées et entraînées militairement, avec formation probable de tireurs d'élite et de nageurs de combat. Des capitaux considérables provenant de la mafia peuvent ainsi être blanchis sous la couverture d'une banque, la banque Galpérine, probablement créée *ad hoc* et fonctionnant comme par hasard à partir de bureaux situés dans le luxueux palais Mychkine, siège de la Ligue. La Ligue y dispose de locaux hermétiquement fermés au public où ses chefs peuvent conspirer à l'abri de toute surveillance. Le palais Mychkine se trouve à Saint-Pétersbourg, patrie du président de la Fédération de Russie, à deux pas de l'hôtel de ville où, après avoir fait carrière au KGB, ce personnage a longtemps sévi comme adjoint d'un maire qui a pu être accusé de concussion.

– Dommage, reprit Knarr, que le palais ne se trouve pas à Moscou, à deux pas du Kremlin : l'insinuation aurait mieux porté, mais cette allusion à la patrie du président n'est pas malvenue non plus, permettez-moi de me faire ce compliment. J'ai longtemps hésité sur le terme péjoratif de base à utiliser pour nommer le support. Le terme, veux-je dire, qui se gravera dans l'esprit du public. Vous connaissez l'importance de la logomachie. Je crois finalement que *ligue* est le meilleur qu'on puisse trouver. *Faction* est démodé, *clique* trop limité, *phalange* trop espagnol, *parti* et *mouvement* ne créent pas l'antipathie, il est trop tôt pour utiliser *gang* ou *ramassis* : ce sera pour plus tard, quand la contagion aura pris. On pourra même dire *meute* : « La Meute des Boyards », ça vous aura de la gueule. Mais, pour l'instant, *ligue* est riche de possibilités pour nos caisses de résonance. Ce thème vous paraît satisfaisant ?

– Vous vous moquez de savoir qui sont les Boyards en réalité ?

Willy Knarr se rengorgea :

– Complètement. Moi, *Sir*, je suis un honnête professionnel, sans préjugés, sans états d'âme, sans partialités : je fais mon travail, un point c'est tout. Alors ce thème ?

– Pas mal.

– Bien. Maintenant, à la tête de cette Ligue, il nous faudrait un personnage antipathique qu'on pourrait accuser de tous les maux de la création. L'opinion publique a besoin d'un coupable qui doit avoir un nom et un visage. Cela nous permettrait de déclarer que nous ne faisons pas la guerre au peuple russe, ni même à une Ligue où il n'y a peut-être pas que des monstres, mais à un être maléfique. Vous savez, l'humanité ne change pas : elle a toujours besoin de sorcières à brûler.

Alors, un nom ? Un nom qui fasse tilt, comme Milosevic, Saddam, Noriega, Knezevitch…

– Je ne vois pas.

– Jirinovsky n'est pas dans le coup ?

– Jirinovsky n'a pas le genre Boyard.

– Bon, eh bien, nous allons chercher : nous trouverons bien un épouvantail. On commence quand ?

– La première phase, le plus tôt possible. Plus tard, j'espère pouvoir vous fournir des éléments plus déterminants. Authentiques. Puisés à la source.

– Ne vous bilez pas. Dans notre métier, il ne faut jamais surfaire l'intérêt de l'authenticité. On ira mollo d'abord, mais ça fera boule de neige, ne craignez rien. Vous n'avez pas pris de cacahuètes : vous n'aimez pas ça ?

– Si, j'aime bien, fit Robin pour dire « je déteste ».

*

Un mois plus tard, un journal indépendant du Turkménistan passa cette nouvelle :

> Un nouveau danger plane sur les nations libérées de l'ex-URSS. Une ligue nationaliste russe vient de se reformer à Saint-Pétersbourg. Financée par des banques sionistes, elle se déclare favorable à un retour en arrière dans le temps. La Russie nierait la validité des réformes postérieures à la chute du régime communiste et prétendrait rentrer dans les frontières qui étaient les siennes à ce moment. La Ligue prépare des commandos formés au sabotage et prêts à s'attaquer aux gouvernements de ce que les Russes s'entêtent à appeler « l'étranger proche ». Les nouveaux « Boyards », comme ils se surnomment eux-mêmes, auraient l'oreille du nouveau « tsar ». La vigilance s'impose.

Quelques jours après, une feuille néocommuniste de Kostroma, à l'est de Moscou, attaquait le même sujet sous un angle différent :

> Quels qu'aient pu être les torts personnels de Staline, le bilan du bolchevisme en Russie doit être considéré comme positif, et il est insupportable qu'un mouvement qui se fait appeler la Ligue des Boyards et dont les racines remontent aux Centaines noires et au pope Gapone tienne pignon sur rue à Leningrad – oh ! pardon, à

> Saint-Pétersbourg. La liberté du culte, d'accord, mais pas le retour en force des popes, pas les prosternations à se fracasser le front, pas le racket du patriarcat. Notre président ne cache déjà pas ses mamours avec l'Église orthodoxe, au point d'avoir un confesseur et de communier fréquemment. Qu'est-ce que c'est que ça ? Le Moyen Âge ? La Ligue des Boyards se réunit au palais Mychkine. L'allusion au penseur rétrograde Dostoïevsky et à son personnage le prince (prince, naturellement) Mychkine est évidente. Rappelons que le roman en question est justement appelé *L'Idiot.*
>
> Nous, nous ne voulons plus de princes ni de Boyards.

Il y eut ensuite une note dans un journal français d'extrême droite, le *Garde-à-vous* :

> Le président de la Russie, ancien patron de l'horrible KGB qui poursuit ses méfaits sous l'appellation de FSB, a eu l'astuce de fonder, sous l'appellation apparemment innocente de Ligue de Saint-Pétersbourg, une officine formée pour moitié de conseillers acquis au schisme d'Orient et pour moitié de nervis prêts à tous les mauvais coups, s'exerçant régulièrement au tir et aux arts martiaux. Les principaux commanditaires de la Ligue sont des mafieux russes qui ont poussé l'intelligence jusqu'à se cacher sous des noms juifs. Gageons que Galpérine et Katz s'appellent en réalité Oursoff et Oursky. Il est permis de supposer que cette garde prétorienne ne restera pas longtemps inactive. La Russie ne changera donc jamais, elle qui n'a point cessé de tendre son cou bovin à la recherche d'un joug sur mesure !

Un autre journal français, de gauche celui-là, *Le Dindon déchaîné* publia une caricature. On y voyait le président russe en mitre et soutane, brandissant un journal roulé en forme de bâton et intitulé *Le Gourdin* ; la légende disait : « *Le président russe à la reconquête de l'opinion populaire.* » Une note explicative précisait : « *Le président, dont les engagements cléricaux sont bien connus, commanditerait en secret deux journaux affiliés à la Ligue nationaliste de Saint-Léninebourg* : *Le Gourdin* et *Faits et Légendes. Des légendes à sa gloire probablement, faute de faits !* »

Enfin, la télévision s'y mit. Ce fut la britannique, qui consacra une émission à la Ligue des Boyards, sous le titre *Qu'y a-t-il donc derrière la porte du 90 ?*

On était d'abord promené à travers Saint-Pétersbourg à pied. Puis on s'embarquait sur une vedette qui suivait la Moïka. On débarquait non loin du palais Youssoupoff, on apprenait que c'était là qu'avait été assassiné « le moine libidineux et pédophile » Raspoutine [1], on apercevait de loin un palais turquoise, tout en colonnes composites et en balcons rococo, et on s'arrêtait devant un portail à deux vantaux, ouvragé, sculpté, ciselé, flanqué d'une petite porte piétonne et portant, en caractères tarabiscotés, le numéro 90, pris en contre-plongée. Un numérologue dûment consulté laissa entendre, mi-figue mi-raisin, que le nombre 90 était lourd de sens. Il montra au tableau noir que $9 + 0 = 9$, que $9 \times 9 = 81$ et que $8 + 1 = 9$, que $9 \times 9 \times 9 = 729$, que $7 + 2 + 9 = 18$ et que $1 + 8 = 9$, que $9 \times 9 \times 9 \times 9 = 6\,561$, ce qui donne 9 une fois de plus et ainsi de suite.

Le reste, présenté comme un reportage actuel sur la Ligue des Boyards, se composait en réalité de documents d'archives : on voyait une chapelle orthodoxe enfumée d'encens avec des popes hirsutes, des hercules nus dans un bain de vapeur, des karatéka en exercice, des tireurs l'arme au poing. Les commentaires, susurrés par une voix efféminée, indiquaient que le 90, quai Moïka devait être un des foyers de la réaction nationaliste et de l'impérialisme russe renaissant. « Ces hommes, haletait la voix uranienne, n'ont pas vraiment l'air de bons démocrates, n'est-ce pas ? »

Pour finir, on voyait de dos un homme marchant sur le quai de la Moïka, passant devant le portail, gravissant le perron de la porte piétonne. Le vantail sculpté semblait s'ouvrir devant lui. L'homme portait une toque de zibeline à oreillettes et un imperméable d'une marque anglaise bien connue – la doublure en faisait foi quand un pan se retroussait, soulevé par un coup de vent.

– Une rumeur circule, ajoutait pour finir le commentateur. L'homme derrière la Ligue des Boyards, l'âme damnée du président russe, pour tout dire le Raspoutine du nouveau régime, s'appellerait Igor Popov et serait un ancien major du KGB converti à l'orthodoxie et porté disparu en France au cours des années soixante.

*

Robin avait reçu les coupures de presse de l'agence *Randolph and Knarr*. Il vit lui-même l'émission de télévision britannique retransmise aux États-Unis et décrocha son téléphone :

1. Libidineux, peut-être, mais ni moine ni pédophile.

– Alors, Willy ? Tout cela est bel et bon, mais nos journalistes américains, qu'est-ce qu'ils fichent ?

– Vous êtes bien pressé, Robin. Laissez-leur le temps de trouver Saint-Pétersbourg sur la carte de Russie. Ils doivent être persuadés que c'est en Floride.

Robin crut percevoir, dans l'écouteur, un concassement de cacahuètes.

CHAPITRE II

LE COLONEL PREND SA RETRAITE

Janvier 2002

1

Du fond d'un tiroir vidé, le colonel Sangdeboeuf [1] repêcha un dernier trombone coincé dans une fente et le jeta dans une boîte de carton qu'il jeta elle-même dans la vieille valise de toile sanglée de cuir où reposaient déjà les quatre gravures de Gustave Doré illustrant les *Contes drolatiques* de Balzac, lesquelles, une heure plus tôt, ornaient encore les murs. Les gravures lui appartenaient ; quant aux fournitures de bureau qu'il n'avait pas fini d'utiliser, il considérait qu'elles lui revenaient de droit. C'est ainsi qu'il avait confisqué quelques élastiques, un paquet entamé d'agrafes, plusieurs stylos à bille de couleur et quelques crayons numéro 2 dont il s'était déjà servi. Bien sûr, il n'aurait pas rêvé d'emporter l'agrafeuse ou aucun des éléments de la garniture de bureau qui appartenaient à la République.

Un dernier regard.

Cette pièce carrée où il avait passé onze années était maintenant vide de lui. Il alla jeter un coup d'œil par la fenêtre. Il avait tant médité devant les merlons du rempart en montant ses coups tordus et en tambourinant sur cette vitre ! Il boucla sa valise et la déposa dans le coin près de la porte. Il n'était pas vraiment triste, mais il se sentait aussi vidé que ce bureau. Il murmura :

– Hé oui, mon gars ! *Sic transit !*

Et, pour faire bonne mesure, il ajouta :

– *Requiescat in pace.*

Il prononçait *patché*, comme du temps où il était enfant de chœur.

S'il avait pris sa retraite quatre ans avant d'atteindre sa limite d'âge – cinquante-six ans –, il aurait touché la pension de colonel plein. Mais

1. Voir *L'Enlèvement*, du même auteur.

il s'était accroché à ce métier qu'il aimait par-dessus tout et il resterait donc un panaché pour la phynance comme pour la tenue [1].

Il passa dans le couloir, descendit au rez-de-chaussée, gagna le hangar où allait se dérouler le pot d'adieu. Un brouhaha en provenait déjà. Sangdeboeuf était plutôt pressé d'en finir, mais il fallait écouter un discours, en prononcer un soi-même, accepter un cadeau (« Je me demande ce qu'ils vont m'offrir »), boire du whisky – « Espérons que ce ne sera pas du *J and B* » –, manger des brochettes d'où les *claouis* [2] du mouton seraient absents, serrer d'innombrables paluches.

Il entra. Un silence chaleureux s'instaura aussitôt. On aimait cet ancien, avec sa tête de figue séchée sous le dôme bouclé de ses cheveux poivre et sel, et on savait ce qu'il éprouvait, et on cachait qu'on le savait. Gisèle vint au devant de Sangdeboeuf : elle avait été particulièrement efficace dans la dernière grande opération qu'il avait commandée, *Murmel*.

– Salut, Samson.

C'était son pseudo.

– *Ave*, toubibesse.

Il y avait aussi 2K, passé commandant, avec son visage carré dans sa tête ronde de Breton, et sa déférence toute militaire :

– Mes respects, mon colonel.

– *How are you, old sport ?* [3]

2K réussissait à l'instruction, mais il fallait d'urgence lui trouver une autre mission pour effacer le souvenir de Murmel qui l'avait sérieusement secoué. Ernest avait promis d'y penser. Justement, le voilà qui arrivait, Ernest, de son vrai nom le colonel Robillard, chef du Service Action, tiré à quatre épingles comme d'habitude dans son costume de la Samaritaine, les lunettes miroitantes et la main tendue.

– Content de vous voir, Samson. Désolé que ce soit pour la dernière fois. Enfin, la dernière officielle.

On se rangeait, verre en main, avec une désinvolture affectée. Ces militaires avaient beau s'être « désilhouettés », on les sentait encore prêts à faire « à vos rangs, fixe », si seulement quelqu'un l'avait commandé.

Ernest parla brièvement et avec plus d'humour qu'on ne lui en supposait d'habitude.

---

1. Les galons du lieutenant-colonel sont panachés or et argent.
2. Testicules.
3. Comment va, vieille branche ?

– Mes amis, nous sommes contents de voir le colonel Sangdeboeuf prendre sa retraite, et ce pour deux raisons.

« Premièrement, nous sommes contents pour lui. Pour la première fois de sa vie, il va pouvoir coincer la bulle au sens figuré et non plus dans un collimateur, et j'imagine que, sur les plages qu'il honorera de sa présence, le double éventail de ses orteils fera fureur.

« Deuxièmement, nous sommes contents pour nous. Enfin il cessera de nous écraser de sa supériorité, car enfin, il faut le reconnaître, endurer quotidiennement la présence d'un camarade qui vous est manifestement supérieur – surtout s'il est votre subalterne –, c'est pénible. Vous connaissez les exploits du colonel Sangdeboeuf en tant que chuteur OPS : il en est d'autres que certains ignorent peut-être, mais que je connais, moi, et je dois avouer qu'ils me font de l'ombre.

« Pour finir, comme il le dirait lui-même : *he's a jolly good fellow, vivat, vivat, vivat* !

Ce fut Gisèle qui remit au partant son cadeau rituel. Il déchira le papier, ouvrit l'écrin : c'étaient d'énormes boutons de manchettes en malachite. Tout le monde connaissait le goût de Samson pour une élégance un peu voyante, mais la malachite était une allusion à son passé africain. Il prit la parole pour remercier :

– *Thank you very much. Gratias ago.* Je sais que je vous ai cassé un peu les pieds à tous, *cassavi pedes vestros*, avec ma manie de citer le peu d'anglais et de latin que les bons pères m'ont appris et d'inventer le reste, mais, pour la dernière fois que j'ai l'occasion de le faire, je n'ai pas l'intention de changer mon arme d'épaule, et même, je vais vous remercier deux fois – *bis repetita placent* – une fois pour chaque bouton. Heureusement pour vous, je ne vois pas de Grecs ici, si bien que je n'aurai pas l'occasion de placer le fameux adage qui a guidé beaucoup de mes activités dans le métier que nous pratiquons : *Timeo Danaos et dona ferentes*, ce qui veut dire à peu près, comme l'oreille en témoigne, « quand on est intime avec les damnés, même quand ils donnent, il faut se les faire ».

« Je ne vais pas y aller par quatre chemins pour vous dire ce que je vais vous dire. J'ai aimé commander, j'ai aimé obéir, surtout j'ai aimé servir. Oui, c'est plus drôle de servir quand on est suspendu à dix mille mètres au-dessus du sol que lorsqu'on fait des corvées, au ras des marguerites et des escargots, et j'ai eu cette chance-là. C'est plus drôle aussi quand on appartient à un service comme le nôtre, où tout ce qui n'est pas interdit est permis et tout ce qui est interdit est recommandé. Hitler avait organisé la Nuit des longs couteaux. Je vous dirai que notre domaine, à vous et à moi, c'est plutôt la nuit des longues cuillers, parce que, comme chacun sait, il faut une longue cuiller pour dîner avec le diable, ce qui, *for better or for worse*, est indéniablement notre profession. Cela dit, comme vous le savez, les plaisanteries les plus courtes sont les moins longues et les discours les moins longs sont les plus courts. Certains d'entre vous se demandent ce que je vais faire maintenant : *crachare ad plafondum* ou *peignare girafam*. Je peux vous assurer que je n'ai pas signé de contrat lucratif avec la Chase Manhattan Bank, que je vais enfin me la couler douce et regarder les poils pousser dans mes mains. En d'autres termes, *sursum corda ! Keep a stiff upper lip ! Adeste fideles ! The devil take the hindmost !* Et (avec un coup d'œil pour 2K :) *duc in altum !* Bref : à la bonne vôtre !

Il vida son verre.

Et voilà, c'était à peu près terminé : quelque trente ans de vie, une bagatelle. Samson alla chercher sa valise. Il la porta jusqu'à la Rover d'occasion, bleu de roi, à sièges de cuir, qu'il s'était offerte pour sa retraite – « C'est ma dernière bagnole, autant qu'elle soit belle » – et franchit pour l'ultime fois le portail du Fort.

Ce n'était pas littéralement l'ultime : il avait sûrement omis de régler des détails, il serait appelé en consultation, il reviendrait pour d'autres pots, mais, dans le sens le plus profond, « Samson » quittait son lieu de travail définitivement. D'une certaine manière, il se sentait comme mort ; d'une autre, il lui restait encore deux ou trois bonnes décennies de vie devant lui et il n'avait pas l'intention de se laisser abattre. Il devait se trouver une occupation, et c'était là que le bât le blessait : il n'allait pas se déculotter en écrivant ses mémoires, il ne possédait aucun talent d'agrément, la reliure ne l'attirait pas, ni le modélisme, ni l'ébénisterie, ni la taille des rosiers. D'ailleurs, pour tailler des rosiers, il aurait fallu vivre à la campagne, et Adeline, la Parisienne, ne voudrait jamais ; lui, il pouvait vivre partout, ça lui était égal. Enfin, pour le moment, il allait remettre à neuf l'appartement d'Adeline : ça l'occuperait le temps de voir venir. Non qu'il fût adroit de ses mains, mais justement : cela le tiendrait occupé plus longtemps.

Leur liaison durait depuis des années et ils n'avaient jamais souhaité cohabiter, mais, maintenant qu'il n'aurait plus que sa pension – deux tiers de sa solde –, il semblait absurde de dépenser deux loyers. Ils avaient beaucoup hésité à se le dire l'un à l'autre, parce que la pudeur, en matière d'argent, était aussi naturelle au vieux soldat qu'à l'agrégée de philosophie, mais voilà, c'était décidé : Gaston Sangdeboeuf allait quitter la garçonnière de Pigalle, où il était rentré de tant de missions périlleuses, et s'installer dans l'appartement, sombre et cossu, de la rue de l'Université. Rien n'y avait été refait depuis la mort de son ami, le colonel Vadebondieu dont il avait consolé la veuve, avec remords au début, puis avec gratitude : « Merci de me l'avoir laissée. Je la traiterai bien, ton Adeline, notre Adeline. » Étant catholique, il croyait, confusément il est vrai, à la résurrection de la chair et il se demandait quelquefois comment cela se passerait de l'autre côté. L'Écriture le rassurait et l'inquiétait à la fois en affirmant qu'au Paradis, on ne prend ni femme ni mari : « Il paraît qu'on y vit "comme les anges du ciel". J'espère qu'on ne s'y ennuie pas trop tout de même. »

Il pilotait la Rover avec le plaisir qu'un enfant ressent à utiliser un jouet neuf, s'amusant, de temps en temps, à ne garder qu'un doigt sur le volant. Ce soir, il emmènerait Adeline dîner chez Lasserre. Il avait réservé sa table depuis longtemps. « Ce sera notre plus belle sortie. Après, il faudra réduire les frais. » Il se demandait si le toit s'ouvrirait, si on verrait les étoiles. Ensuite, ils iraient prendre un dernier verre, où cela ? Aux Noctambules, peut-être, où Adeline l'intellectuelle aimait s'encanailler. Et puis, ils rentreraient rue de l'Université et il lui ôterait ses lunettes...

Elle avait beau être un peu plus âgée que lui, quand il lui ôtait ses lunettes, elle pétait encore le feu. Ils en plaisantaient. « Ôter les lunettes » était devenu pour eux une expression code.

Le dîner fut délicieux. Adeline portait une robe noire, avec une broche en diamants dans un décolleté non pas excessif mais encore prometteur, et les yeux intelligents et bons qui souriaient derrière les lunettes « ôtables » étaient prometteurs eux aussi.

– Tu as bien compris, lui dit-elle en lui posant légèrement la main sur le poignet, que ma vie va être complètement transformée ? D'un jour à l'autre ?

– *I suppose so...*

Il pensait toujours à leurs moyens qui seraient réduits.

– Transformée en bien, j'entends.

Il s'étonna :

– En bien, Adeline ?

– Je vais cesser de trembler pour toi, Gaston.

Il s'étonna, s'attendrit :

– Non, tu tremblais pour moi ?

– Tu ne t'en doutais pas ?

Il écarquilla les yeux.

– À vrai dire, non. Tu ne me l'as jamais dit.

Elle secoua la tête et susurra très bas, pour que le maître d'hôtel n'entendît pas :

– Cher niquedouille !

Elle aimait ce mot : niquedouille.

Finalement, ils n'allèrent pas aux Noctambules. Ils rentrèrent directement à la maison et les lunettes furent dûment ôtées.

Ce ne fut pas pour autant que la mise en ménage se déroula sans anicroches. Heureusement, l'appartement était assez vaste pour que les amants pussent faire, le plus souvent, chambre à part, mais ils avaient l'air sot quand ils se retrouvaient au petit déjeuner, elle avec ses toasts et lui avec son saucisson, ensommeillés encore, butant l'un dans l'autre, n'ayant pas grand-chose à se dire. Généralement, ils s'arrangeaient pour prendre le déjeuner de midi séparément, lui sur le pouce, elle dans le quartier du lycée Fénelon où elle enseignait, mais le dîner les réunissait quotidiennement, soit qu'Adeline fût passée chez un traiteur (elle n'éprouvait guère de plaisir à faire la cuisine), soit que Gaston se fût livré à une de ses inventions culinaires qui lui prenaient des heures et des dizaines d'épices exotiques. Cependant, même à table, ils surveillaient leur conversation, lui s'interdisant de raconter ses histoires d'ancien combattant, elle essayant de ne pas l'ennuyer avec la thèse qu'elle écrivait depuis dix ans pour démontrer qu'il n'y avait pas eu de véritable philosophe après Bergson, à part Eric Voegelin.

Cette thèse, d'ailleurs, leur était une pierre d'achoppement, parce que Adeline s'entêtait à la taper sur une vieille Royal, pour laquelle elle ne trouvait pas de rubans, si bien que le texte était à peine lisible, tandis que Gaston voulait convertir la philosophe à l'usage de l'ordinateur, dans lequel il était passé maître. Finalement, il trouva la solution : elle taperait comme elle pourrait, et lui, qui avait un scanner d'excellente qualité, mettrait le texte sur son disque dur et le lui sortirait sur son imprimante.

Pour le reste, Samson n'avait réellement pas d'autres projets que de réparer les fissures et refaire les peintures, replâtrer les plafonds, arracher les tissus, en agrafer d'autres, remplacer la robinetterie, installer des chasses d'eau modernes, remettre l'électricité « aux normes ».

– Ce que tu feras sera bien fait, Gaston, avait dit Adeline acceptant enfin de laisser changer le décor qu'avait connu Hector.

Mais Gaston trouvait décent de la consulter sur les changements qu'il comptait apporter à ce décor : il voulait des couleurs vives et contrastées, et elle lui sacrifiait les camaïeux qu'elle aurait préférés ; il imaginait des projecteurs psychédéliques dans tous les coins, mais acceptait de mettre de-ci de-là des abat-jour verts surbaissés ; on faisait des compromis sur les voilages qui plaisaient à Gaston et les doubles rideaux à embrasses qu'aimait Adeline en superposant les uns sur les autres. Bref, ce n'était pas de tout repos, mais amusant. Les mânes du colonel Vadebondieu considéraient cela d'un bon œil, « du moins on l'espérait », comme dans *La Vie parisienne* : « Il est content, mon colonel ! »

Le salon, ses meubles ayant été entassés dans les autres pièces, n'était plus qu'escabeaux, échafaudages, tréteaux, pots de peinture, vieux journaux maculés, et les deux grandes portes-fenêtres y projetaient une lumière nue et crue, lorsque le téléphone sonna. Adeline était au lycée. Samson sauta de son échelle, faillit se prendre les pieds dans le fil de l'aspirateur, se rua dans le vestibule, se rappela que le téléphone y avait été débranché, se précipita dans l'ancien bureau qui lui servait de chambre et décrocha, maculant de terre de Sienne le combiné noir :

– Allô ? rugit-il de son ton le plus rogue.

– Allô, Samson ?

– Ouais !!

Personne ne l'appelait plus Samson depuis un mois. Sans qu'il le sût, ça lui manquait.

– Samson, c'est Daniel. Je te dérange ?

2

Daniel n'était pas un des camarades favoris de Gaston.

Il avait fait carrière au Service Action, mais, justement, il y avait fait *carrière* : il y était entré non pas comme on entre en religion, mais comme on saute sur la meilleure occasion qui se présente. Il était plus jeune que Samson et avait quitté l'armée avant lui, à vrai dire dès qu'il avait pu, pour aller pantoufler dans le civil, en pantoufles de vair à tout le moins. Ils ne s'étaient pas vus depuis un an ou deux.

– Non, non, tu ne me déranges pas, répondit Samson d'un ton peu convaincant, en s'essuyant la main sur sa combinaison déjà bariolée.

– Dis donc, j'ai eu du mal à te retrouver. Il a fallu que je fasse donner les vieux réseaux. Tu hibernes chez une belle amie, il paraît ? Bon, bon, ça ne me regarde pas. Dis donc, si elle ne te couve pas trop, on ne pourrait pas déjeuner ensemble ? On parlerait du bon vieux temps. Toi, si je me rappelle, tu es un sacré viandard. Alors *Le Louchebem*, ça te dit ? C'est toujours plein de flics, mais on peut les saluer de loin. Aujourd'hui treize heures ? C'est moi qui t'invite.

– Aujourd'hui, pas question, dit Samson pour le principe.

D'ailleurs il voulait terminer la première couche du plafond, ce qui lui donnait mal au dos et le mettait de mauvaise humeur.

– Demain, alors ? J'ai hâte de te revoir.

« Hâte de me revoir ! Il ne manque pas d'air ! Je me demande ce qu'il mijote. »

– Oui, d'accord, *tomorrow is another day*.

Le lendemain, Sangedeboeuf se retrouva rue des Prouvaires devant le restaurant *Le Louchebem*, où l'on refusait noblement de vous servir une entrecôte, parce que « les entrecôtes, c'est en face ». Il était arrivé en avance, naturellement, par déformation professionnelle, mais Daniel, qui avait la même déformation, voulait aussi arriver en avance, si bien qu'ils se rencontrèrent nez à nez à treize heures moins le quart et éclatèrent de rire.

– Toujours le même, ce vieux Samson !

– Pas changé, ce bon Daniel.

Daniel, grand, mince, la démarche accélérée, faisait toujours jeune, avec ses cheveux blonds qui viraient insensiblement au blanc, sa peau lisse et rose, ses grands traits nets et honnêtes, peut-être un peu trop.

Il y eut de la tête de veau pour commencer, et puis Samson commanda un steak d'onglet saignant servi sur un plat – les deux bouts du steak en dépassaient – et Daniel se contenta d'une cuisse de vache : ce n'était pas la cuisse entière, mais presque. Daniel continuait à parler de ci de ça, comme font les hommes d'affaires, qui n'abordent les choses sérieuses qu'au dessert, mais Sangdeboeuf n'était pas d'un caractère à se laisser lanterner de la sorte. Dès lors qu'on apporta les plats, il posa bruyamment son couteau sur la table :

– Bon, ça me fait plaisir de te revoir, Daniel. Mais maintenant, comme disait l'autre, assez flirté, baissez culotte. *Out with it.*

Daniel n'avait jamais goûté ces raccourcis sommaires de son aîné. Une petite flamme d'agacement s'alluma dans ses yeux d'aigue-marine, mais il l'éteignit aussitôt. Il était demandeur, il le savait, et avait trop d'élégance naturelle pour feindre de ne pas le savoir.

– Moi aussi, ça me fait plaisir de te revoir, mais tu ne me croirais pas si je te disais que je n'ai pas une idée de derrière la tête.

Daniel avait été embauché comme logisticien par une compagnie pétrolière française, la OILOC. Il organisait et approvisionnait les chantiers de forage et de construction d'oléoducs dans la région de la mer Caspienne. En particulier, il avait la haute main sur les « bases vie » des employés sur les différents sites.

– Je ne sais pas si tu as la géographie de la région bien en tête.

– Pas du tout. Moi, je suis africain.

– Alors je simplifie. La mer Caspienne regorge d'hydrocarbures. Il s'agit de les exporter.

« Cela pourrait se faire vers l'est ou vers le sud, mais, pour le moment, ça se fait vers l'ouest, au moyen de deux *pipes* à peu près parallèles.

« L'un, au sud du Caucase, va de Bakou, sur la Caspienne, à Soupsa sur la mer Noire ; il traverse, d'est en ouest, l'Azerbaïdjan et la Géorgie, pays indépendants, plutôt antirusses, et il a la faveur des Ricains. L'autre, au nord du Caucase, part aussi de Bakou, traverse la Tchétchénie, et aboutit en Russie, à Novorossiïsk qui est aussi sur la mer Noire.

« Ce deuxième *pipe*, qui n'a pas la faveur des Ricains, est celui qui nous intéresse, parce que nous travaillons à le moderniser. Nos bases vie sont constituées de bungalows du type containers marine, parfaitement vulnérables du point de vue de la sécurité. Tu vois le topo ?

– Vulnérables, mais pas vulnérés ?

Daniel baissa les yeux, les releva, roula une boulette de mie de pain.

– J'y arrive. Ce que la OILOC songe à te proposer – sur ma recommandation, je ne te le cache pas, ce n'est pas pour que tu me remercies – , c'est le poste de Monsieur Sécurité pour l'ensemble de nos personnels le long du *pipe*. Tu as été offensif si longtemps et de manière si efficace que tu devrais trouver les parades préventives. En plus, tu as un talent pour te faire accepter comme le grand frère par les uns, le papa gâteau par les autres... Tu as les qualités du soldat mais tu ne fais pas culotte de peau. Enfin – je n'ai pas expliqué ça à mes patrons : ils n'auraient pas compris –, tu as la baraka, et ça, c'est plus important que le reste.

« Monsieur Sécurité sur un territoire de cette étendue, avec le nombre d'employés dont tu seras responsable, ça va chercher dans les cinquante mille balles par mois... Et encore, ajouta Daniel en voyant que les yeux de Samson ne s'illuminaient pas de concupiscence, est-ce un chiffre qu'on pourrait négocier, plus les notes de frais, les voyages en classe affaires et tout le toutim. Contrat à durée illimitée, que tu résilieras quand tu voudras.

Comme Samson ne trépignait toujours pas de joie, Daniel prit un air ironique :

– Non, mais quoi ? Tu ne vas tout de même pas t'enterrer vivant à moins de soixante berges ? Ou alors c'est ta santé qui t'inquiète ? Raison de plus : nous avons de bonnes mutuelles. Pour le boulot, tu auras carte blanche et on ne lésinera pas sur les moyens, je te promets. Je commence à les connaître, mes pétroliers.

Samson pensait aux voyages qu'il pourrait offrir à Adeline : elle était humaniste, helléniste, elle serait si heureuse de mieux connaître la Sicile, la Grèce, la Cappadoce, la Jordanie, la Syrie. Et puis, elle aimait s'habiller, et elle n'avait qu'un seul manteau d'astrakan mité... Pour lui, personnellement, il n'avait pas d'envies qui pussent être chiffrées, sauf qu'il serait bien agréable tout de même d'acheter, pour l'appartement, de la peinture de première qualité au lieu de rechercher les soldes, et, surtout, ne pas être obligé d'observer un budget, de « faire attention ». « Faire attention » n'était pas dans la nature de Samson, même si cela faisait partie de sa formation professionnelle.

Retrouver un emploi, un travail, une prise sur la société, des instructions à recevoir, des ordres à donner, des risques à courir, des méthodes à appliquer, des résultats à observer, c'était tentant – angoissant aussi. Pendant des mois, Samson s'était si bien aguerri à l'idée de ne plus avoir à faire cela et à survivre quand même qu'il ne pouvait s'empêcher d'être vexé d'avoir vécu cette ascèse pour rien.

Il y avait encore autre chose. Le colonel Sangdeboeuf, depuis qu'il était né, n'avait jamais touché d'argent de qui que ce fût, sauf de l'État. Il avait perçu une solde, non pas empoché un salaire. Il avait obéi à des chefs ayant voué leur vie au service d'une entité qui les dépassait – leur vie, au sens plein du terme, ce qui les rendait a priori honorables. S'inféoder à des pékins qui n'avaient rien appris qu'à faire du fric et encore du fric, Samson n'était certain ni de le souhaiter ni d'en être capable. Une fois, sergent-chef, il avait cassé la figure d'un commandant qui collait son œil aux fenêtres des latrines... Il se sentait capable de passer par une fenêtre un affairiste valant cent millions de dollars qui lui aurait manqué de respect. Peut-être n'étaient-ce pas les meilleures dispositions pour aller turbiner dans le civil. Sans compter que, dans l'armée, si on n'est pas content de vous, on vous met « dedans » ; dans le civil, c'est « dehors ».

Et puis Adeline, justement, Adeline.

Elle avait tremblé pour lui, il ne mettait pas sa parole en doute. Peut-être méritait-elle d'avoir enfin un homme à elle, qui gagnerait moins d'argent, certes, mais qui serait là, tous les matins, à beurrer son sauciflard pendant qu'elle grillerait ses fichus toasts, et tout cela pour encore pas mal de temps. Trois mille six cent cinquante toasts, peut-être 7 000, peut-être 10 000 toasts... C'est ça, l'amour. Et non pas d'aller se faire trouer la paillasse (parce que, bien sûr, les risques ne seraient pas négligeables) pour quelques maravédis. Quand il s'agissait de servir la France (Samson disait « la République » par pudeur, mais il pensait « la France »), c'était une chose. Les compagnies pétrolières... avec ces porcs qui empilaient leur pépètes à perpète sans souci de vous ni de moi ni de la nation, c'en était une autre.

– Daniel, dit-il en affectant un air craintif et ignare, je ne suis pas sûr. Qui c'est, les gars en face ?

– En face ? On a les Tchétchènes, pour qui l'enlèvement en vue de rançon est un sport national depuis le Moyen Âge. Ça prend maintenant un aspect politique et religieux, sous l'influence des wahhabites qui débarquent d'Arabie saoudite, mais, fondamentalement, les Tchétchènes n'ont pas changé de métier depuis dix siècles.

– Et l'armée russe n'arrive pas à reprendre la situation en main ?

– À part le général Bezborodko, qui s'est fait rétamer récemment, les Russkofs n'ont pas compris que, pour la guerre révolutionnaire, il n'y a qu'une solution : les commandos de chasse. Eux, ils bombardent, comme les Ricains, ou alors ils s'offrent le luxe de prendre les maisons une à une, à la grenade sinon à la baïonnette, ce qui est tout de même un peu crétin. J'ai dit « les » Tchétchènes – pardonne-moi : je devrais dire « des » Tchétchènes, et même une minorité de Tchétchènes parce que, c'est comme partout, la majorité ne souhaite que la paix d'où qu'elle vienne. Mais c'est une minorité révoltée, survoltée, qui recourt à des procédés ancestraux qu'elle adapte à une guerre moderne. Pour la doc, je te fournis ce que tu veux, tu n'as qu'à demander. Et dis-toi bien que l'objectif principal pour nous autres, c'est pas de vagues, pas de bavures, pas de publicité. Tu as pigé ?

– Mmm…

Sangdeboeuf rentra, le ventre un peu lourd, et son porte-documents itou, parce que Daniel lui avait fourgué toute sorte de prospectus, et des cartes, et des rapports, dont certains étaient marqués (par qui ?) « *confidentiel* », mais il ne commença pas aussitôt à les étudier. Il reprit sa combinaison multicolore et se remit à peindre son plafond avec un bonheur troublé par la tentation. Ce matin encore, il peignait et, sans se l'avouer, il s'ennuyait un peu ; en cette fin d'après-midi, il peignait aussi, et y trouvait une satisfaction qu'il ne s'avouait pas non plus. Tout en peignant, il réfléchissait, ou plutôt il faisait mûrir ses intuitions, et ce mûrissement n'était pas favorable aux propositions de Daniel. L'argent, oui, bien sûr… mais Samson se rappelait une fable de La Fontaine qui l'avait beaucoup frappé quand il l'avait apprise par cœur à l'école *Le Loup et le Chien* :

Chemin faisant, il vit le cou du chien pelé.
– Qu'est-ce là ? lui dit-il ? – Rien. – Quoi, rien ? – Peu de chose.
– Mais encor ? – Le collier dont je suis attaché
De ce que vous voyez est peut-être la cause.
– Attaché ?!!!

Militaire, Samson ne s'était jamais senti attaché, mais volontaire, engagé, maître de son destin, n'obéissant que parce qu'il avait choisi d'obéir. En revanche, Daniel avait eu une façon de prononcer « sur ma proposition », « un chiffre qu'on pourrait négocier », « je commence à les connaître, mes pétroliers » qui sentait le cou pelé. Peut-être Samson y aurait-il été moins sensible s'il avait eu plus de sympathie pour l'homme Daniel, mais tout en lui l'indisposait, et la blondeur chenue qui ne devait pas aller sans quelque rinçage, et les « Ricains » et les « Russkofs » et le « Pas de vague, pas de bavures, pas de publicité : tu as pigé ? »

– Et si je n'ai pas envie de piger, moi ?

À force de s'irriter, Samson avait commencé à trop appuyer sur son pinceau et à projeter des éclaboussures partout, ce qui ne fit rien pour diminuer son animosité naturelle à l'égard de son camarade. Ouais, repartir pour une nouvelle vie, à son âge, c'était alléchant, un vrai bain de Jouvence, mais Samson avait tellement juré que vivre à reculons était un piège où on ne le prendrait pas qu'il y aurait eu là pour lui, à côté d'une victoire apparente, une défaite en profondeur. Vers dix-huit heures, il envoya son pinceau dans le bac, ce qui fit encore voler un jet de gouttelettes terre de Sienne, rentra dans la pièce qui lui servait de bureau et décrocha le téléphone. Il tomba sur une standardiste, qui lui passa une hôtesse, qui lui passa une secrétaire, à grand renfort de musique de jazz et de « Nous nous efforçons d'écourter votre attente », pour apprendre finalement que Môssieu Ferréor était « en conférence », mais qu'on pouvait prendre un message.

– Dites-lui de se mettre mon message où je pense, aurait aimé répondre Samson, mais il était intimidé par les voix suaves de ces gonzesses désodorisées, et n'osa pas.

À la place, il rédigea un fax :

À l'attention de M. Ferréor.
J'ai examiné ta proposition.
Elle ne me convient pas.
Sangdeboeuf.

Il eut envie d'ajouter des fioritures, certaines insultantes, d'autres lénifiantes – « Tous les colonels retraités de l'armée française ne sont pas à vendre… – Revoyez vos prix, qui ne sont pas à la hauteur de ma compétence… – Je suis au désespoir d'avoir à porter à votre connaissance que j'avais formé d'autres projets… – Prenez un fin voilier et allez vous faire voir du côté d'Athènes » – et jugea que tout commentaire serait indigne de lui.

– *Quod scripsi, scripsi.*

Il appuya rageusement sur le bouton d'envoi, jeta un coup d'œil en coin à son porte-documents bourré des papelards qu'il n'avait pas consultés, pensa à reprendre ses pinceaux, se contenta d'essuyer, avec de l'essence de térébenthine, les taches qu'il avait faites sur le parquet, prit une douche, et se mit en tenue d'intérieur juste à temps pour recevoir Adeline, qui rentrait d'une session de comité. Après avoir changé de chaussures, elle lui raconta la session en prenant un porto : tout le monde avait péroré et personne n'avait écouté personne. Samson, lui, s'offrit quelques gouttes de Bowmore en se disant que, s'il avait accepté les propositions de Daniel, il s'en serait versé un verre plein, ce qui n'aurait pas été bon pour lui – piètre consolation. Comme sa décision était négative, il ne crut pas utile de révéler à Adeline quelles avaient été ses tentations de l'après-midi.

Après dîner – Adeline avait rapporté du veau de chez un traiteur, et il restait du fromage dans le frigo –, il fut décidé de donner une chance à la télévision. Ni Adeline ni Samson n'usaient leurs yeux devant le petit écran bleu, mais elle s'intéressait à certains documentaires et lui n'arrivait pas à se détacher complètement de l'actualité. Le salon ayant été vidé de tous ses meubles, le poste de télévision se trouvait temporairement dans le bureau, où on alla s'installer, Adeline dans un rocking-chair et Samson qui, d'un air agressif, avait enfilé des charentaises symboliques, dans un fauteuil de cuir râpé. Adeline consulta le programme et ils tombèrent d'accord pour regarder une table ronde intitulée *Danger au Nord-Est.*

Cinq personnes étaient groupées autour d'une table : un modérateur et quatre observateurs. Le premier observateur portait une écharpe jaune serin, le deuxième une écharpe bleu layette, le troisième une barbe hirsute, le quatrième était une observatrice en costume pantalon : c'était la seule à arborer une cravate, Hermès naturellement.

– Conformément à notre habitude, commença le modérateur, nous avons voulu que les points de vue les plus divers soient représentés pour garantir à ces débats une véritable objectivité démocratique.

Les quatre observateurs échangèrent des regards d'une hostilité affichée et d'une complicité voilée. Ils se retrouvaient plusieurs fois par mois dans des émissions de ce genre, et leurs idées, pour autant qu'ils en eussent, étaient interchangeables, mais ils se devaient de donner l'impression d'un certain antagonisme pour que l'Audimat demeurât favorable.

– Regarde-moi ces pitres, dit Samson en se carrant dans son fauteuil. On dirait cinq poissons dans un bocal. Et ça m'étonnerait que le modérateur ait beaucoup à modérer. Le fromage est assez grand pour qu'ils se le partagent sans empiéter les uns sur les autres.

– Je n'ai encore jamais vu de poisson manger du fromage, remarqua Adeline. Surveille tes métaphores.

Le modérateur commença par prendre acte du danger islamiste, qu'il fallait cependant se garder d'exagérer. Sur un milliard de musulmans, combien y avait-il de fous d'Allah prêts à sacrifier leur vie ? Ou même de terroristes résolus à mener une guerre criminelle et antidémocratique ? Fondamentalement, les musulmans étaient comme les juifs et même certains chrétiens, partisans de la démocratie et de la tolérance. Dès que les forces de la démocratie auraient eu raison de la folie homicide et suicidaire de quelques-uns, une paix définitive et démocratique s'installerait sur la planète sous le signe des droits de l'homme… Du moins, si un autre danger, peut-être plus grave pour la démocratie, avait été, dans l'entretemps, résorbé. En effet, aux frontières mêmes de l'Europe démocratique, un immense pays, disposant de ressources naturelles pratiquement illimitées, ne semblait pas donner à la démocratie internationale toutes les garanties souhaitables. Le modérateur s'interrogeait pour savoir si, en Russie, les droits de l'homme étaient aussi démocratiquement respectés qu'ils devaient l'être : ils ne l'y avaient jamais été et, comme on allait le voir, la réaction relevait la tête.

Les quatre observateurs hochèrent la leur d'un air sagace, les uns verticalement, les autres horizontalement. De la Russie on ne pouvait attendre que le pire.

Écharpe jaune évoqua les relations de la Russie avec l'islam. Pour le moment, les Russes semblaient se ranger du côté de la communauté internationale, mais il ne fallait pas oublier que les populations musulmanes de l'ancien Empire russe ou de l'ex-URSS, comme on voudrait, avaient toujours fait preuve d'un grand loyalisme à l'égard de l'autorité centrale, quelle qu'elle fût. Donc méfiance.

– Vous voulez dire que Carrère d'Encausse se serait gourée ? demanda Barbe hirsute.

– Pas du tout, répliqua Écharpe jaune, mais les Russes sont volatils et toujours suspects d'une collusion possible avec la terreur, d'où qu'elle vienne.

Écharpe bleue fit remarquer que les Turcs avaient été de bons alliés des Français sous François Ier et que, contre les Russes, ils s'étaient associés à une coalition franco-britannique au moment de la guerre de Sébastopol.

Mme Cravate Hermès montra le rôle que la ceinture verte, c'est-à-dire musulmane, avait joué dans le plan de *containment*[1] du communisme russe par les Américains, et qu'elle jouait encore dans leur politique de *roll-back*[2].

– Ouais, eh bien, avec le onze septembre, cette sous-ventrière-là leur a joliment pété au nez ! dégoisa Barbe hirsute.

1. Endiguement.
2. Refoulement.

– Quoi ! Vous insultez les alliés qui ont par deux fois volé à notre secours ? s'indigna Mme Cravate Hermès, qui avait été une fidèle compagne de route du parti communiste jusqu'à la chute du mur de Berlin, après quoi elle était devenue une farouche partisane des États-Unis.

– Au secours de la victoire, vous voulez dire, protesta Barbe hirsute, dont la profession était d'avoir mauvais esprit. Je vous ferai remarquer qu'en 1917 et en 1943, quand les Amerloques sont enfin intervenus, le Deutschland, il était déjà plutôt groggy.

Le modérateur modéra avec indulgence :

– Ah ! vous, cher ami, ne faites pas votre enfant terrible !

Écharpe jaune commenta la géographie de la Russie, pays sans frontières naturelles, sans pré carré, fatalement amené à un expansionnisme impérialiste. On l'avait bien vu avec le mythe résurgent de la troisième Rome

– Un ours herbivore condamné au cannibalisme, résuma Barbe hirsute. Du reste, on sait bien qu'en Russie… Il y a eu des tsars blancs, il y a eu des tsars rouges, tout ça, c'est kif-kif.

– On dirait en effet qu'une barbarie foncière est inscrite quelque part dans l'âme russe, constata Mme Cravate Hermès.

– Je trouve cette remarque raciste, osa Barbe hirsute, assuré d'être contredit.

– Il ne s'agit pas de race, intervint Écharpe bleue, mais d'un choc des civilisations, comme l'a bien vu Samuel Huntington. Vous avez l'Occident d'un côté, encore marqué par le catholicisme et le protestantisme, qui, quoi qu'on en pense, sont tout de même des religions relativement civilisées, et de l'autre l'Orient, toujours aux mains de l'orthodoxie réactionnaire et de l'islam.

– Ici, j'abonderai dans votre sens, concéda Mme Cravate Hermès. Et l'orthodoxie est pire que l'islam dans la mesure où elle réussit à se faire passer pour une religion chrétienne, ce qui n'a jamais empêché les pogroms, le partage de la Pologne, la subversion communiste, et, en ce moment même, pendant que nous parlons, le génocide du peuple tchétchène.

Le modérateur modéra encore. On n'était pas là pour critiquer les Russes en tant que tels mais pour les mettre en garde contre des tentations qui semblaient inhérentes à leur nature et, le cas échéant, pour voir à nous protéger nous-mêmes des résultats de ces tentations. Ce n'était pas, à vrai dire, la Russie qui était en cause, mais les extrémistes qui semblaient y acquérir de plus en plus de pouvoir.

– Le président n'est peut-être pas le mauvais cheval, dit Barbe hirsute, mais il paraît qu'il y a un Igor Popov qui est son mauvais génie.

– À vrai dire, fit Écharpe jaune, qui avait de l'esprit à ses heures, on n'est pas tout à fait sûr que ce soit Igor Popov. C'est peut-être Igor Popov.

On rit, sur quoi Samson poussa un rugissement de rage.

– Oui, dit Mme Cravate Hermès, il semble bien qu'avec la Ligue des Boyards, ce soient les fantômes malfaisants de l'histoire russe, les vampires, les lémures, les larves, qui ressortent de l'ombre. C'est Rostoptchine avec l'incendie de Moscou et Raspoutine avec ses orgies, et Raskolnikov avec l'assassinat de la vieille dame.

– Ros, Ras, Russe ! remarqua finement Barbe hirsute.

– Notez qu'il y a tout de même Rostropovitch, remarqua encore plus finement Écharpe bleue.

Samson jura grossièrement et en demanda pardon à Adeline.

– Le danger, reprit Écharpe jaune, c'est qu'un régime nationaliste et antidémocratique s'instaure en Russie. Ces maladies-là sont contagieuses, comme nous le savons par l'histoire du XXe siècle. Après tout, il y a déjà des pays qui sont prêts à basculer dans une conception fasciste de la société – voyez l'Autriche –, et même chez nous, en France, un citoyen sur cinq vote à l'extrême droite. Voyez comme l'Irlande, le Danemark et, dans une certaine mesure, la Grande-Bretagne elle-même hésitent au bord du grand bain démocratique européen. Supposez un modèle fasciste russe qui marcherait convenablement…

– Rien ne marche jamais convenablement en Russie, lança Barbe hirsute.

– Crétin ! hurla Samson. Et les premiers dans le cosmos, c'était qui ? Et si les Américains veulent un bouclier antimissile, c'est pour se protéger de qui ?

– Je ne te savais pas prorusse à ce point, dit Adeline.

– Je ne suis pas prorusse, je suis antinul. La Russie est la dernière carte que la France ait encore à jouer dans leur Europe de malheur, et ces nouilles-là… Moi, j'ai sauté avec des paras russes, je sais ce qu'on peut attendre de ces gars-là.

Sur l'écran, Barbe et Cravate avaient encore échangé des mots, mais, dans le fond, on était d'accord : le danger russe était réel et le resterait tant que la Ligue des Boyards n'aurait pas été démocratiquement dissoute.

– Alors, enchaîna le modérateur, nous pouvons passer à la seconde partie de l'émission. Vous tous, messieurs, qui êtes des russisants expérimentés, des kremlinologues avertis, des géopoliticiens conscients du danger qui vient du nord-est, vous allez nous dire ce que nous pouvons, ce que nous devons faire, nous, à notre modeste échelle.

– Nous allons être amenés à ressortir l'OTAN du placard, opina Écharpe bleue.

À cet instant, le téléphone sonna, et Samson, traînant ses pantoufles, alla répondre. C'était Daniel :

– Besoin de te voir.

Samson jeta un regard à sa montre. Il était 22 heures 30.

– Où es-tu ?

– En bas de chez toi.

– Eh bien (un coup d'œil à Adeline : elle comprendrait), monte.

– Je préférerais pas. Je suis au petit tabac du coin.

– Bon, d'accord.

Et, bougon, cette fois sans regarder Adeline :

– Il faut que je sorte. J'en ai pour cinq minutes.

Elle ne répondit pas. Elle semblait rivée à la télévision : Barbe hirsute gesticulait, un œil complice sur l'œil rouge de la caméra, Cravate Hermès dévorait des yeux le même œil rouge, ils se chamaillaient sans se voir. Le modérateur était ravi : ça chauffait.

Samson alla dans sa chambre, ôta ses pantoufles, remit ses souliers en gémissant, et descendit – à pied, toujours à pied, il remonterait de même : « L'ascenseur, disait-il plaisamment, c'est pour les jeunes. »

3

Quand il remonta, Adeline avait éteint. Il traversa le salon désert – il ne finirait pas la peinture, il aurait de quoi engager un pro qui le ferait mieux que lui. Il jeta un coup d'œil sous la porte d'Adeline. Il y avait de la lumière. Il frappa. « Entre. » Elle était en chemise de nuit, au tribord de son vaste lit matrimonial, et elle lisait un livre rébarbatif paru aux PUF. Il s'arrêta, les bras ballants, ne sachant par où commencer. Elle baissa ses lunettes jusqu'au bout de son nez et le regarda par-dessus :

– Quand pars-tu, Gaston ?

Il vint s'asseoir au bord du lit. Elle ne paraissait pas fâchée. Elle avait calmement refermé son livre en glissant un signet à la bonne page :

– Raconte-moi. Si tu peux.

– Tu as deviné ?

– J'ai toujours su que ça ne durerait pas. Énide n'a pas épousé Érec pour qu'il s'encroûte.

Il ressentit un grand élan d'amour pour elle :

– Tu n'as pas mérité ça, Adeline.

– Si, si, je crois. Au moins, j'essaye.

Il lui attrapa le poignet et le serra.

– Tu vas me le casser, si tu continues.

Il avait toujours été d'une discrétion exemplaire, quand il s'était agi du SA. Mais ici, il n'y avait que des intérêts phynanciers en cause. Il raconta son déjeuner.

– Daniel était si sûr de m'hameçonner qu'il ne m'a pas dit la vérité. Il comptait tout me déballer quand j'aurais accepté. Et maintenant, il se retrouve en caleçon rayé, parce que ses grands pontes, il leur a promis que je dirais oui.

– D'accord, mais ce n'est pas à cause des caleçons de Daniel…

– Non.

– Au demeurant, ce Daniel ne m'a pas l'air d'un garçon bien droit.

– C'est difficile de rester un garçon droit dans notre métier.

– Tu es un garçon droit, Gaston.

– C'est-à-dire que je distingue : les entourloupettes pour la République et la droiture dans ma vie privée. Mais la différence n'est pas toujours facile à faire. On prend des habitudes. Bref. J'avais eu le nez creux quand je lui ai demandé s'il y avait déjà eu des incidents.

– Il y en avait eu ? C'est pourquoi ils se sont dit qu'ils avaient besoin de toi ?

– D'abord des négligeables. Un *teip* tchétchène – ça veut dire un clan – qui enlève un contremaître ou une dactylo et les rend vingt-quatre heures après, contre la rançon correspondante – il y a des tarifs –, cela se supporte. Je dirais même, pour citer Daniel, qu'on en prend l'habitude : on a une caisse noire exprès. Après un bout de temps, ça ne paraît pas plus astreignant que de cotiser à la sécu. S'il n'y avait eu que ça, ils n'auraient pas eu besoin du vieux Samson. Mais il y a du nouveau. La nouvelle exigence, ce n'est pas du flouss, c'est le départ des Français.

– Carrément ?

– Carrément. Tu comprends, pour les rebelles tchétchènes, avec les Russes, c'est clair : il y a la guerre. Avec les Américains, il y a des magouilles en sous-main. Les Français, eux, sont des gêneurs purs : s'ils ressuscitent le *pipe* russe, ils dament le pion aux Américains et par conséquent aux Turcs, qui sont plutôt copains des Tchétchènes ; s'ils en construisent un autre qui passe par l'Iran, ils avantagent les chiites, qui sont plutôt ennemis des wahhabites ; bref, ils ne sont pas les bienvenus. Alors là, comme disait Napoléon, ça se corse. Il y a les intérêts des compagnies pétrolières, qui ne peuvent pas plier bagages sous prétexte qu'elles sont indésirables. Bon, tant pis pour elles, je ne vais pas verser des larmes de crocodile là-dessus. Mais il y a les intérêts de la France, Adeline, à supposer qu'il y ait encore une France. Si nous travaillons avec les Russes sur ce projet pétrolier, nous construisons peut-être une vraie Europe, Adeline, une Europe politique, viable, européenne. (Il frappait de l'index le bois du lit.) Et puis, il y a autre chose…

Samson bafouilla un peu :

– Trois otages qui viennent d'être pris et qui vont y passer si on ne trouve pas une solution.

– Qui sont ces otages ? demanda Adeline le plus froidement du monde.

– Un vieux chef de chantier, un jeune ingénieur belge et puis aussi…

– Et puis aussi ?

– Une petite journaliste. Alors, tu comprends, les pétroliers, une journaliste... Ça leur fait peur.

– Tu la connais, la petite journaliste ? Ce n'est pas celle que tu appelles Mathilde ?

Non, ce n'était pas la même, mais quelles antennes ont les femmes ! Pour « celle qu'il appelait Mathilde », qu'il avait recrutée comme HC [1] au Tchad, il éprouvait des sentiments qu'Adeline avait catalogués comme « paternels... enfin, avunculaires ». Elle n'en était pas jalouse, mais elle ne voulait pas passer pour une imbécile. Et voilà qu'elle avait senti qu'à la première mention d'une « petite journaliste » Gaston s'affolait. Il comprit que lui, le roublard, le madré, il s'était fait démasquer : c'était le sort de la journaliste qui avait emporté sa décision. Il n'en voulut pas à Adeline : il aimait l'admirer.

– Non, ce n'est pas elle. C'est une autre fille catho qui travaille elle aussi pour *Familles* et pour *L'Ostensoir*. Une copine de Mathilde, peut-être, mais qu'est-ce que ça change ?

– Ça ne change rien, dit Adeline avec une pointe de sécheresse. Je comprends bien que tu n'auras pas le temps de terminer l'appartement, mais le salon... ?

– Le salon non plus, je regrette. Cependant, je connais un petit gars au poil, peintre de son métier, qui a servi comme *sherpa* [2] au Camp et qui s'est établi à son compte. Si tu veux bien, je prendrai contact avec lui.

– Naturellement. Dis-moi, Gaston, je te revois demain matin ou tu prends l'avion tout de suite ?

– Mais pas du tout ! J'ai de la doc à absorber, des contacts à prendre ! Je vais encore t'encombrer pendant une semaine ou deux.

Adeline prit une minute pour absorber cette nouvelle. Elle garderait Gaston pendant quelques jours.

Elle avait toujours su qu'il retournerait courir des dangers, mais elle apprenait – « Merci, mon Dieu ! » – que ce ne serait pas immédiat. Il y aurait encore plusieurs petits déjeuners toasts-saucisson, et plusieurs journées à se dire, en plein cours sur Platon ou sur Nietzsche, « Ce soir, je le reverrai », et plusieurs soirées partagées, à prendre un verre, à dîner, à regarder la télévision, ou même, parce qu'il faut être prodigue

1. Honorable correspondant.
2. Auxiliaire.

du temps quand on en a peu, à aller au restaurant ou au cinéma ou, gaspillage suprême, à voir des amis.

Elle roula dans le lit et étendit le bras gauche pour déposer son livre rébarbatif, publié aux PUF, sur la table de nuit :

– Si je comprends bien, tu aurais le temps de m'ôter mes lunettes ?

4

Samson se réveilla dans le lit d'Adeline. Elle était partie pour donner ses cours. Il n'y aurait pas d'odeur de pain grillé dans la cuisine.

Il prit son temps pour faire sa toilette : il réfléchissait avec davantage de lucidité quand il se brossait les dents, se rasait, se douchait, se rognait les ongles des orteils.

La situation était claire.

La OILOC lui proposait deux missions : l'une, à long terme, assurer la sécurité de son personnel en pays caspien ; l'autre, à court terme, délivrer trois otages, « sans bavures ni vagues ni publicité ». La première assurerait à la seconde le soutien logistique nécessaire et un minimum de couverture. Il pouvait difficilement se pointer à Grozny et annoncer *urbi et orbi* : « Je viens libérer trois otages, mais les Français n'ont pas la moindre intention de quitter la Tchétchénie. » Daniel avait garanti à Samson que ses patrons ne lui demanderaient pas de résultats immédiats ni gratuits. Samson avait opiné du bonnet, mais il se serait obstiné dans son refus – bien que Daniel eût déjà presque doublé son offre –, s'il n'avait cru disposer d'un raccourci pour aller un peu vite et peut-être même d'une clef pour déverrouiller la situation.

Cela dit, un problème se posait, auquel Daniel n'aurait rien compris (c'était une des raisons pour lesquelles Samson ne lui avait parlé ni de clef ni de raccourci), un problème de conscience. Selon les règles du service, un officier à la retraite ne pouvait pas exploiter pour son propre bénéfice les compétences des HC qu'il avait traités. Cependant, il y avait des mois que Samson passait ses consignes à son successeur, et il lui semblait que Sacha n'était plus utilisé. Si, par exemple, on l'avait mis sur la touche ou en sommeil, les règles pouvaient s'interpréter d'une façon plus souple. D'ailleurs, les intérêts de la France n'étaient-ils pas en jeu ? Cela permettait, n'est-ce pas, de donner à la discipline un peu de mou…

Ayant pris un petit déjeuner réconfortant avec de la rosette de Lyon, Samson décrocha le téléphone de la cuisine et forma le numéro qu'il savait par cœur. Il savait presque tous ses numéros par cœur.

– *Halôw* ?

C'était un bâillement de fauve subitement réveillé plutôt qu'un allô d'homme d'affaires.

– Bien roupillé, Sacha [1]? Il est dix heures passées.

– Mon Colonel !!!

Il y avait une majuscule, que dis-je, trois majuscules à ce « Colonel ».

Sacha gagnait des fortunes à acheter tout ce qui peut se vendre et à vendre tout ce qui peut s'acheter, mais il n'avait qu'une véritable raison de vivre : les fonctions dangereuses et non rétribuées qu'il exerçait de temps en temps, trop rarement à son goût, comme HC du Service Action. Samson l'imaginait au garde-à-vous au pied de son lit, le combiné rose shocking serré dans son poing comme une grenade dégoupillée.

– Ça va bien, Sacha, depuis le temps ?

– À qui le demandez-vous, mon colonel ? Je vous croyais mort et enterré. Que puis-je faire pour vous ? Trotte-toi dans la salle de bains, Bethsabée. J'ai à parler affaires. Et plus vite que ça. Alors, mon colonel, vous avez besoin de moi ?

– Je ne sais pas encore, Sacha. Vous êtes occupé en ce moment ?

– Je suis entre l'Afrique du Sud et les émirats, mais les émirs et les autruches peuvent attendre.

– Je voulais dire… occupé par nous ?

– Vous devriez savoir mieux que moi que vous ne m'avez rien demandé depuis des siècles.

– Je ne sais rien, Sacha. J'ai pris ma retraite.

– Votre retraite ? Mais c'est épouvantable !

– Ça a des avantages.

– Pas pour moi. Qu'est-ce que je vais devenir ?

– Mon successeur ne vous a pas sollicité ?

– Pas une fois !

Cela confirmait les impressions de Samson : le successeur était un chuteur OPS [2] remarquable, mais il redoutait ses propres HC, et un personnage aussi haut en couleur que Sacha devait lui paraître délicat à manipuler.

---

1. Voir *L'Enlèvement*, du même auteur.
2. Opérationnel.

– Alors, on pourrait déjeuner ensemble comme au bon vieux temps ?
– Bien sûr, mon colonel, je vous invite.
– Aujourd'hui ?
– D'accord, je décommande l'ambassadeur du Dubaï. Où voulez-vous ? Le Bristol, treize heures trente, ça vous va ?

*

Dans le temps, Sacha se laissait lanterner par Samson du pur malt jusqu'au pousse-café, et ce n'était qu'à ce moment-là qu'ils abordaient le véritable sujet dont ils avaient à parler. Mais, soit que ses affaires marchassent encore mieux que jadis, soit que le colonel retraité lui en imposât moins qu'en exercice, il attaqua bille en tête :
– Dites-moi, Samson, c'est de la plaisanterie, cette histoire de retraite ? On sait bien que vous autres, vous ne dételez jamais. Vous prononcez vos vœux pour l'éternité.
– Ah ! vous croyez ? *Conquisitor in aeternum* ? Non, je ne veux pas vous mentir, Sacha. Je suis dans le privé maintenant.
– Oui, oui, à d'autres. Je devine en gros comment ça se passe. Vous sortez du Fort par la porte de devant et vous rentrez par la porte de derrière. Et alors, à quoi le pauvre Sacha peut-il être utile à Samson le retraité ?
Le colonel Sangdeboeuf, pseudo *Samson*, dévisagea M. Rostislav Choustrenko, pseudo *Sacha*, par-dessus la nappe, les cristaux, l'argenterie, les roses de serre. La tête allongée de Sacha, avec son nez prononcé, ses méplats aux joues, ses lèvres effilées, rappelait une hache préhistorique ou une tête de statue des Cyclades. Il n'y avait pas de raison de faire attendre la statue des Cyclades plus longtemps.
– Le dernier petit service que vous nous avez rendu, Sacha, s'est terminé de manière imprévue.
– Exact. Je ne comptais pas sur vos sbires pour me casser la gueule.
– Je ne faisais pas allusion au cassage de gueule qui était nécessaire pour la vraisemblance, mais à la relation que vous avez nouée avec un vendeur de… *poum poum* (Samson empoigna un pistolet imaginaire), relation dont vous avez rendu compte et qui a été autorisée.
– Vous voulez dire chaudement recommandée par vous-même.
– Elle vous donne satisfaction ?
– Dmitry et moi, nous sommes devenus comme cul et chemise et, pour ne rien vous cacher, je lui devrai le premier million de mon deuxième milliard.
– Avez-vous déjà utilisé cette relation au profit du service ?

– Mais puisque je vous dis qu'on ne m'a rien demandé ! Remarquez, j'y trouve une certaine commodité : vous ne vouliez jamais me laisser aller dans la Russie de mes aïeux, maintenant j'y suis fourré tout le temps.

Sacha défia Samson du regard impertinent de ses yeux blancs.

Samson but une gorgée de château-margaux, puis une deuxième. Il lui fallait quelques secondes pour se décider, et le château-margaux était divin.

– Vous nous avez envoyé quelques comptes rendus sur ce Dmitry Aleksandrytch Goloubinsky. Ex-spetsnaz, ex-KGB, reconverti dans le trafic d'armes.

– Pas seulement, Samson. Il fait aussi dans les icônes, dans le caviar... Un jour, nous déjeunions à Saint-Tropez, le maître d'hôtel s'est montré désagréable, Dmitry a acheté le restaurant pour chasser le maître d'hôtel. Et le restaurant marche très fort en plus. C'est simple : tout ce que Dmitry touche se transforme en or.

– Il y a moyen de le rencontrer, votre Midas ?

– Tout ce qu'il y a de plus facile. Il descend ici, au Bristol.

– Et son prochain voyage ?

– Bougez pas, je l'appelle.

Sacha tira son portable rose shocking et composa un numéro qui commençait par 007. Pas James Bond : la Russie. Samson ne put voir les autres chiffres. Un dialogue en russe s'engagea, où Samson ne comprit que le mot *Bristol, Bristolé, Bristola, Bristolou*. Sacha éprouvait un plaisir audible à parler la langue de ses ancêtres.

– Dîner vendredi prochain, ça vous botte ?

Samson n'avait pas encore signé de contrat : les pétroliers, Daniel et les otages en seraient quittes pour attendre quelques jours. Si Dmitry ne voulait pas aider Samson, il serait temps de battre en retraite. Adeline se réjouirait.

– D'accord. Vingt heures trente. Je vous invite tous les deux, fit Samson en retenant une petite grimace : il n'était pas certain qu'en l'absence de contrat Daniel lui remboursât le Bristol.

– Ah ! non, mon colonel. Avec Dmitry, ça ne marche pas comme ça. L'ardoise est pour lui, quoi qu'il arrive. C'est son onzième commandement.

*

Samson passa la semaine à se renseigner sur la Caspienne, où il n'était jamais allé, et sur les hydrocarbures, qui n'avaient jamais été son rayon. À la pointe d'un crayon numéro 2 qu'il humectait fréquemment sur sa langue, il se fit le résumé synthétique que voici.

PENSE-ASINUS

1) La Caspienne détient, à l'estime, 10 % des réserves mondiales d'hydrocarbures. Certaines prouvées, d'autres probables. Certaines onshore, d'autres offshore. La mer elle-même est inexplorée au-delà de 100 mètres de fond. On peut donc s'attendre à des surprises. Bonnes ou mauvaises.

2) Il y a cinq États riverains. Dans le sens des aiguilles d'une montre, en commençant par le sud-ouest : l'Azerbaïdjan ; la Russie ; le Kazakhstan ; le Turkménistan ; l'Iran. Ces pays sont fondamentalement musulmans, sauf la Russie, qui touche à la Caspienne surtout par les côtes du Daghestan, musulman lui aussi. La Tchétchénie, qui se trouve sur le parcours du *pipe* russe Caspienne-mer Noire, situé le plus au sud, est un pays majoritairement musulman.

3) Une question de droit international se pose : la Caspienne est-elle un lac frontalier, une mer fermée ou une mer ouverte ? Les riverains qui ont des réserves réduites sur leur littoral (Russes, Iraniens) sont pour le statut « mer fermée », parce qu'alors les fonds de la mer seraient partagés entre cinq. Les riverains qui ont des côtes étendues ou de grandes réserves le long de ces côtes (Kazakhs, Azéris) sont pour le statut « mer ouverte », parce qu'alors la distribution des fonds serait proportionnelle à la longueur des côtes. Les Turkmènes sont favorables à la thèse russo-iranienne..

4) Pour les Yanks, la mission est double : exploiter la Caspienne à leur propre profit et ne pas la laisser exploiter par les Russes au leur. Dans ce sens, chaque baril en vaut deux. Ce n'est pas la disparition du communisme en Russie qui a radicalement changé la donne, c'est l'éclatement de l'URSS, puisque jusque là, Moscou possédait plus de 80 % des côtes caspiennes, alors qu'elle en possède maintenant moins de 20 %. La guerre sainte récemment déclarée par certains musulmans aux États-Unis, et les représailles exercées par les États-Unis sur certains musulmans, ne modifient pas le fait que, dans leur conflit (froid ou chaud) avec la Russie, les Américains trouvent dans les musulmans leurs alliés naturels et indispensables.

5) La théorie nouveau-née des corridors, et, en particulier, la résurrection de la route dite de la soie (qui n'a plus rien à voir avec

la soie) sont conformes à la politique américaine de contournement de la Russie. Ce corridor eurasien part d'Europe occidentale (Allemagne), traverse l'ex-Yougoslavie (d'où l'utilité de désarmer et de ruiner ce pays), passe par la Turquie, l'Azerbaïdjan, l'Asie centrale, et aboutit en Chine. La Russie chrétienne, l'Arménie chrétienne et l'Iran chiite restent en dehors de ce boyau composé de réseaux routiers et ferroviaires, de couloirs aériens et de *pipes*. Les organes jouant un rôle majeur dans cette opération sont le MEP (Main Export Pipeline), conspiration turco-azério-américaine, et le TRACECA (Transport Corridor Europe Caucasus Asia), conspiration germano-turco-azério-américaine.

6) On ne voit pas que la France ait quelque avantage que ce soit à tirer de l'existence de cette pseudo route de la soie. En revanche, et dans la perspective d'une Russie sachant conserver son influence sur le Caucase, la Caspienne, la mer Noire et l'Asie centrale, la France serait bien placée pour jouer le rôle de médiateur dans la région, surtout si c'étaient des compagnies françaises qui construisaient un pipe Caspienne-Golfe persique, au grand dam des Yanks.

Ce dernier paragraphe fit rire Samson lui-même :

– Je travaille pour des pékins et j'ai toujours à cœur les intérêts d'une nation qui a renoncé à être elle-même. Je dois être zinzin.

Le vendredi, il mit son costume bleu électrique à rayures (il affectionnait les rayures), arriva tôt et demanda la table retenue par M. Goloubinsky. L'empressement avec lequel il fut accueilli le surprit, et plus encore le nombre d'assiettes de présentation : il y en avait six disposées sur une table ronde. Il choisit une place au hasard, quitte à changer plus tard. Une seule autre table était déjà occupée. Elle était placée dans un angle, contre deux murs, et deux gaziers y siégeaient, de grande carrure et de taille imposante, portant des chemises blanches impeccables, des costumes foncés impeccables et des cravates sombres impeccables. Ils avaient eux-mêmes l'air sombre et impeccable.

– Ah ! bon, se dit Samson, c'est comme ça.

Par politesse pour son hôte, il refusa de prendre quoi que ce soit en l'attendant.

Des groupes arrivaient, étaient répartis au rythme des réservations et des improvisations, se faisaient servir des cocktails, des whiskies et des flûtes. Les deux gaziers qui commandaient la situation buvaient de l'eau plate.

À vingt heures trente précises, entra un inconnu précédant trois inconnues, deux de style mannequin, une plutôt grande dame. Sacha fermait la marche. Samson se leva, surpris : il s'était attendu à une délégation d'hommes d'affaires, de politiciens ou d'officiers de renseignement. Sacha fit les présentations. Dmitry Aleksandrytch Goloubinsky avait quelque quarante-cinq ans, les traits réguliers, les yeux bleus, la bouche ironique, le teint lisse, la voix suave ; on lui devinait la peau très douce. Il portait un costume bleu marine presque noir, une chemise lilas presque blanche, une pochette du même ton, une cravate unie. Il avait la poignée de main ferme et souple des hommes qui connaissent leur vigueur et n'en abusent pas. Il parlait le français avec une perfection d'étranger.

Il se plaça derrière une chaise, mit « la grande dame » à sa droite, Peggy à sa gauche, Samson à la droite de « la grande dame », Maggy à la droite de Samson, Sacha à la droite de Maggy, se retrouva lui-même à la gauche de Peggy. D'un regard circulaire, il vérifia que sa table était bien faite, et avança la chaise de sa voisine de droite avant de toucher à la sienne.

Peggy était grande, hâve, languide, avec des jambes longues comme des jours sans pain, des cheveux coupés court et portés noir ; elle était Russe et mannequin chez Jean-Paul Gaultier. Maggy était grande, hâve, languide, avec des jambes longues comme des jours sans pain, des cheveux coupés long et portés blond ; elle était Russe et mannequin chez Chanel. Olga, qui aurait pu être leur mère, était petite, fine, tournée au tour, ciselée au ciseau, coiffée par Charlie, parfumée par Guerlain, elle portait haut son petit menton ; elle était Française, encore que d'ascendance russe ; elle portait un nom télescopique, possédait une boutique de luxe faubourg Saint-Honoré et se préparait à ouvrir une maison de couture à Saint-Pétersbourg.

À aucun moment la conversation ne toucha la Caspienne. Olga demanda à Samson ce qu'il pensait de la dernière production de *La Dame de Pique* à l'Opéra Bastille. Comment ?! Il ne l'avait pas vue ?! Il devait absolument ! Dmitry évoqua une tournée que la Comédie-Française venait de faire à Saint-Pétersbourg. Peggy et Maggy s'extasièrent sur les robes des comédiennes. Sacha annonça qu'il préférait le ballet au théâtre et à l'opéra. « C'est, apparemment, lui dit Olga, qu'il y a davantage de danseuses. »

Dmitry était un hôte courtois et plein d'autorité. Personne ne parlait au personnel sans passer par lui. Il s'y connaissait en vins français. Samson vérifia que les deux gaziers qui surplombaient la situation buvaient toujours de l'eau plate. Sacha se mit à raconter à mots couverts une opération à laquelle il avait participé quelques mois plus tôt : il y avait joué le rôle d'un moinillon russe, et grâce à cela... Samson fut pris d'une quinte de toux et Sacha se tut, après s'être permis une dernière insolence :

– Et cette relique, Dmitry, tu as fini par t'en débarrasser ?

– Le patriarche de toutes les Russies n'en a pas voulu, alors je l'ai vendue à une Église ukrainienne : la plus offrante, répondit Dmitry en souriant aimablement à Samson, pour lui montrer qu'il savait qui lui avait procuré la fausse relique.

Samson se taisait autant que possible, écoutait, observait. Connaissait-il Saint-Pétersbourg ? lui demanda Olga. Il ne connaissait pas ?! Il devait absolument !

Sacha dit que ce serait drôle d'y aller tous ensemble en voiture. On traverserait l'Allemagne, où on se gorgerait de *Hundwurst*[1], et la Pologne, où on se gaverait de *flaki gospodarski*[2]... Olga dit que ce serait un moyen de retrouver le sentiment de la distance. On parla voitures. Sacha rappela l'histoire drôle qui courait en Europe avant la chute du communisme :

– Le Français dit : J'ai deux voitures, une petite pour ma femme, une moyenne pour moi. L'Américain dit : J'ai trois voitures, une petite pour ma femme, une moyenne pour moi et une grosse pour les longs voyages. Le Soviétique dit : Je n'ai pas de voiture. Ma femme marche, je prends le métro, et, pour les longs voyages, j'ai mon char d'assaut.

– Les choses ont changé, remarqua Dmitry. Maintenant, c'est l'Américain qui dirait : Pour les longs voyages, j'ai mon bombardier.

Samson eut le sentiment que Dmitry avait lancé cette remarque avec une certaine hargne, pour voir sa réaction à lui. Il rit de bon cœur.

Après le dîner, Sacha proposa d'aller écouter de la musique tzigane chez *Raspoutine*. Les trois femmes acceptèrent. Samson refusa.

– Eh bien, mon Sacha, tu vas te retrouver polygame, dit Dmitry sur le trottoir du faubourg Saint-Honoré. Vous allez dans quelle direction, mon colonel ? Je ferais bien quelques pas avec vous. Mesdames, je vous rejoindrai peut-être plus tard.

Sur *Mesdames*, il avait eu une pointe d'accent russe : *Médame* avec un *m* mouillé.

Samson indiqua la droite, en direction du rond-point des Champs-Élysées ; Sacha emmena son petit troupeau vers la gauche ; Dmitry prit

1. Saucisson de viande de chien.

2. Tripes à la hospodar.

le bas du pavé. Les deux buveurs d'eau plate étaient sortis à leur tour et s'étaient partagé les trottoirs. Ils ne cherchaient pas à passer inaperçus. Samson marchait gaillardement, sous son loden, et Dmitry ne se laissait pas distancer, sous son manteau de cachemire noir à col de zibeline. Ils se dirigèrent vers les jardins de Paris. Les réverbères éclairaient de monstrueuses statues bordant l'avenue, tels des extraterrestres de bronze défilant lentement, en colonne par deux, dans une ville occupée. Ce n'étaient que formes grotesques et obscènes, accroupies comme des crapauds ou dressées comme des obélisques, illuminées par les phares des voitures qui s'entrecroisaient. Samson considérait cela d'un œil perplexe. Enfin, d'un ton presque intimidé :

– Dites-moi une chose, Dmitry. D'après vous, c'est de l'art, ça ?

Dmitry réfléchit sérieusement.

– Non, je ne crois pas que ce soit de l'art. L'art doit aider à vivre. Ce qui est difforme ne peut pas aider à vivre.

Il construisait soigneusement ses phrases françaises et elles avaient souvent un sens qui n'était pas anodin.

– Alors pourquoi nous inflige-t-on ce spectacle ? Vous imaginez combien ça a dû coûter au contribuable, une exposition pareille ? Rien que le transport de ces as de pique et de ces braquemarts d'éléphants !... Ça ne vous offense pas, vous ? Moi, ça me met en rogne. Et chez vous, en Russie, on voit des choses pareilles ?

Dmitry réfléchit encore :

– Pas vraiment. Dans le fond, nous devons être aussi paillards que vous, mais nous sommes aussi plus pudiques.

– Je voulais dire : avez-vous de soi-disant artistes qui se payent la tête du monde et des zozos qui se croient obligés de faire semblant de les admirer ?

– Nous en avons sûrement. Peut-être ont-ils moins d'avenir, parce que, chez nous, l'art est ressenti comme un besoin plus que comme un luxe. Le luxe peut être absurde. C'est même sympathique que le luxe soit absurde. La faim est toujours cohérente. Mais je vous parle de choses dont je suis ignorant.

Samson eut envie de demander à Dmitry s'il connaissait la Ligue des Boyards, mais songea que ce serait trop se découvrir. Après plusieurs minutes de silence, Dmitry prononça :

– J'ai cru comprendre, mon colonel, que j'aurais peut-être l'honneur de vous être utile ?

– Cela dépend. (Samson alluma un cigarillo.) C'est un sacré dîner que vous nous avez offert là, avec vos amies...

Dmitry comprit que l'allusion pouvait comporter un léger reproche :

– Je n'aime pas dîner entre hommes. Je trouve cela déprimant. Et il y a toujours assez de temps pour les affaires.

– Oh ! vos amies sont charmantes.

Assurément, elles avaient plus d'éclat que son Adeline, et pourtant c'était Adeline qu'il aimait. Il reprit :

– Vous avez des attaches en Caspienne ?

– Donnez-moi votre adresse : je vous ferai livrer du caviar. Vous préférez l'imperial gold ou l'imperial black ?

– Je ne sais pas, avoua honnêtement Samson. Et, en Tchétchénie, vous avez des contacts ?

Ils s'arrêtèrent sous un réverbère et se regardèrent en face.

– De quoi s'agit-il précisément ? demanda Dmitry.

– Il y a deux aspects. D'une part, des otages à libérer. D'autre part, des *pipes* à construire.

– Qui construirait les *pipes* ?

– Les Français. À votre profit. Sans s'oublier eux-mêmes.

– Pourquoi ne vous adressez-vous pas à notre gouvernement ?

– Je suis persuadé que ce qui doit être fait de ce côté-là se fait, mais notre devise est « pas de vagues, pas de bavures, pas de publicité ». *You get my point ?*

Ils marchèrent. Enfin, Dmitry :

– Je suis un homme sans importance, vous savez. J'entends à cette échelle-là. Mais j'ai des amis. De vieux amis. Ils savent à peu près ce qui se passe dans ces pays-là. Je ne peux rien vous promettre. Il faudra me donner des détails.

– Vous avez un chiffre en tête ?

– Pour ma participation ? S'il s'agit d'une collaboration à longue échéance, non, je n'ai pas de chiffre. Quand j'aurai étudié la question, je vous en donnerai un, à prendre ou à laisser : je ne marchande pas.

– Et pour les otages ?

Dmitry s'arrêta. Il eut un sourire agréable et cruel qui découvrit toutes ses dents.

– Il faudra vous préparer à payer une petite rançon, mais ce n'est même pas sûr. Les professionnels tchétchènes de l'enlèvement avec leurs commanditaires américano-saoudites commencent à m'agacer. Je préfèrerais vous montrer ce que nous savons faire sans que vous ayez à dépenser un kopek. Sauf les frais. Mais les frais ne seront rien en comparaison d'une rançon un peu sérieuse. Vous savez combien coûte là-bas non pas un lambda (il était fier de savoir *lambda*) mais, par exemple, un journaliste ?

– Je me demandais.

– Un million de dollars. C'est pourquoi ils enlèvent surtout des Américains.

– Et pour vous ?

– Pour moi, rien. Si nous faisons affaire, je me rattraperai sur la suite. Vous voulez qu'on se revoie ici demain ? (Il désignait un banc public.) Vous me montrerez votre documentation et je vous dirai si je peux faire quelque chose. Bon, il commence à *pleuvre.* (Il était fier de connaître *pleuvre.*) Vous trouverez des taxis devant le Berkeley, et moi, je rentre à pied.

Ils se serrèrent la main en se tâtant pour ainsi dire du regard. Samson eut soudain envie de donner une preuve de confiance à cet homme, son cadet, son ci-devant ennemi, peut-être son allié de demain.

– Dites-moi, Dmitry : avez-vous entendu parler des Boyards ? La Ligue des Boyards ?

– Oui, bien sûr, ce sont des amis. Si vous venez à Saint-Pétersbourg, je vous emmènerai chez eux. On dîne très bien au palais Mychkine.

Dmitry s'éloigna en direction de la Concorde. Ses deux acolytes le suivirent entre les arbres. Samson remonta vers l'Étoile. Il prit les précautions d'usage pour vérifier s'il n'était pas filé. Il jugea qu'il ne l'était pas.

CHAPITRE III

ANNÉES D'APPRENTISSAGE ET DE VOYAGE DU JEUNE ROBIN CHASTOW

1960-2000

1

Robert C. Chastow III était fils unique.

Cela lui plaisait assez.

Il aurait été ennuyé d'avoir à partager ses gènes avec d'autres. Il aimait que ses parents n'eussent, à eux deux, adressé qu'un seul message au cosmos : lui. Il était persuadé qu'il ne se serait pas entendu avec des frères et des sœurs qui eussent été un peu lui sans l'être tout à fait. Pas de famille sans promiscuité ; Robin n'aimait pas la promiscuité.

Sa mère était Belle du Sud et bridgeuse : cela suffisait au bonheur de cette *lady*, et, à la compagnie maternelle, Robin préférait celle du majordome noir, l'Oncle Chester.

Le père, Robert C. Chastow II, était le *good ole boy*, le franc compagnon par excellence. Quel que fût le temps, il se sentait mieux dehors que dedans. Si la chasse était fermée, il prenait sa canne à pêche. Sinon, il allait avec ses copains, d'autres *good ole boys*, chasser la caille, de préférence à cheval. Avant l'ouverture de la saison du daim, il se privait de viande pendant un mois, pour que les bêtes ne pussent flairer le carnivore à l'affût, avec son arc à contre-poids ou son mousquet à poudre noire. Pour approcher les dindons sauvages, il se camouflait le visage, les mains, la carabine, et passait deux jours dans les bois, immobile, à lancer l'appel de la femelle en faisant grincer sur une petite boîte une planchette enduite de craie. Il ne tuait que les mâles et toujours à la tête, non par respect de la loi mais par esprit sportif. Il participait aux captures des serpents à sonnettes qu'on enfumait en brûlant de l'essence à l'entrée de leurs trous, et qu'on trayait ensuite de leur venin. Il traquait les cochons sauvages dans les marais ; il lui était arrivé de renverser l'un d'eux sur le dos. Il faisait cuire l'opossum dans une marmite, avec la peau et les poils, comme les Noirs. Son grand plaisir était la chasse au raton-laveur, laquelle consistait en une nuit avec ses *good ole boys* assis en rond autour d'un feu de bois, à se passer une gourde de *moonshine* [1], en interprétant les aboiements des chiens de meute qui donnaient de la voix sur des tons différents, selon qu'ils avaient repéré le gibier ou le poursuivaient, ou l'avaient forcé à se réfugier dans un arbre au pied duquel ils bondissaient et vociféraient en bavant de rage. Au petit matin, le moins paresseux ou le moins ivre des *good ole boys* irait donner un coup de fusil au raton-laveur qui tomberait de sa branche dans les gueules baveuses.

Robert C. Chastow I, le grand-père, avait le plus grand mépris pour son fils, Robert C. Chastow II. Ce mépris, Robin avait peu à peu été amené à le partager, Grand-Pa étant le personnage à l'ombre et à la lumière duquel s'était déroulée son enfance.

Grand-Pa était vieux, grand, droit, raide, avec une chevelure et une moustache blanches. N'importe quel metteur en scène l'aurait « casté » dans des rôles de grands-pères aristocratiques. Il était maigre. Il avait le nez busqué, le teint sanguin, avec des veines bleues aux tempes. Il sentait l'eau de Cologne alors que son fils sentait le bourbon. Il portait des chemises blanches, rayées de gris, empesées ; en hiver, des costumes trois pièces gris fer ou anthracite ; en été, des costumes trois pièces gris perle. Jamais Robin ne l'avait vu sans cravate, même au petit déjeuner. Il parlait l'anglais avec un accent d'un autre âge, mais il utilisait des expressions sudistes – *fetch, aint, yall, yonder* [2] –, dont certaines qu'il avait la coquetterie d'emprunter au vocabulaire des Noirs. Sous les buissons blancs et touffus des sourcils indispensables à son personnage, il avait de petits yeux sans pitié.

À la naissance de Robin, Grand-Pa avait atteint, depuis longtemps, l'âge de la retraite, mais, pour lui, le mot retraite ne signifiait rien. La propriété, administrée par un intendant astucieux, n'avait pas cessé de rapporter, ne fût-ce qu'un peu ; en outre, la déontologie calviniste du travail ayant déteint sur tous les protestants, même les épiscopaliens, Grand-Pa s'était cru obligé de créer à Savannah une compagnie d'assurances qui lui rapportait d'autres revenus et où son fils exerçait des fonctions aussi lucratives que fictives. Or, tout cela n'était rien auprès des véritables occupations de Grand-Pa, desquelles on ne savait pas grand-chose, sinon qu'elles l'amenaient à faire de fréquents voyages, même à quatre-vingts ans passés, le plus souvent en Russie.

1. Bourbon distillé clandestinement.

2. « Aller chercher », « n'est pas », « vous autres », « là-bas » : formes d'expression considérées comme fautives ou archaïques en américain standard.

Ce qu'il allait y manigancer, on n'en avait pas idée : du commerce, pensait-on, encore qu'on ne vît point ce qu'on pouvait vendre aux rouges.

Au demeurant, Grand-Pa, encore que propriétaire héréditaire d'une plantation à colonnes blanches et descendant d'un officier sudiste, passait pour assez rouge lui-même. C'était un de ces esprits tordus portés à scier la branche sur laquelle ils se trouvent assis : tels les aristocrates français qui avaient acclamé le 14 juillet et fomenté le 4 août ; tels les intellectuels russes qui s'étaient engoués pour février. Il appartenait à l'aile gauche du parti démocrate ; il avait reçu chez lui Martin Luther King Jr. ; il était favorable à l'intégration des écoles et des autobus ; s'il s'adressait à un Noir qu'il ne connaissait pas, même au dernier des pompistes, il l'appelait *Sir* sans ironie ; bref, on n'hésitait pas, dans certains milieux, à le traiter de *nigger-lover* (« pote aux noirauds »), mais uniquement dans son dos : le « colonel » Chastow passait pour un homme à traiter avec circonspection.

La véritable intimité de Robin et de son grand-père avait commencé un certain dimanche de canicule.

Maman bridgeait à Savannah ; papa braconnait l'alligator dans les marécages d'Okefenokee ; les domestiques noirs étaient rentrés chez eux. Au pied des hautes fenêtres, des climatiseurs de l'époque, gros tels des buffets, grondaient et vibraient comme s'ils voulaient soulever la maison de terre, mais ne parvenaient pas à y répandre la moindre fraîcheur. Pas question de sortir : le ciel chauffé à blanc pesait de tout son poids sur les chênes emmitouflés d'une mousse espagnole qui ne frissonnait même plus. Robin, sept ans, errait de salle en salle ; ses joujoux ne l'amusaient plus ; toutes ses images étaient coloriées ; il avait essayé de dormir, mais il transpirait trop ; il se sentait désespérément seul. Il osa aller déranger Grand-Pa, sans l'avoir vraiment décidé, comme ça, parce que la poignée de la bibliothèque située dans les « quartiers d'esclaves » s'était trouvée à portée de sa petite main.

Les quatre climatiseurs ronflaient à qui mieux mieux.

Grand-Pa, à peine adossé dans un fauteuil, n'avait pas défait sa cravate, transpercée comme toujours d'une épingle couronnée par une perle, mais il avait ôté sa veste, jetée sur le siège d'une chaise et non pas suspendue au dossier ; son gilet étroitement cintré et sa chemise au col et aux manchettes amidonnées, l'une et l'autre en lignes droites et en angles aigus, empêchaient qu'il eût l'air si peu que ce fût négligé. Il avait mis de grosses lunettes que surmontaient les broussailles furibondes de ses sourcils et que soulignait l'accolade blanche de sa moustache soigneusement peignée. Autour de Grand-Pa, neuf mille neuf cent quatre-vingt-dix-neuf volumes bruissaient silencieusement dans leurs vitrines luisantes. Il tenait le dix-millième, libellé en caractères inconnus, ouvert entre ses deux mains. Il y avait un parallélisme entre la forme du tome entrouvert et celle du nez braqué dessus.

D'ordinaire, Robin appliquait à la lettre le principe selon lesquels les enfants doivent être vus et non ouïs, mais, pour une fois, il adressa lui-même la parole à son aïeul et larmoya :

– Grand-Pa, je ne sais pas quoi faire…

Grand-Pa le regarda son petit-fils à travers ses lunettes, l'aperçut à peine, les enleva, le considéra un instant et puis, comme la chose la plus évidente du monde :

– Eh bien, apprends le russe.

– Le russe, *Sir* ? Pourquoi le russe, *Sir* ?

Grand-Pa avait dit « apprends le russe » parce qu'il était en train de lire un livre russe, mais le « pourquoi » lui plut.

– Parce que les Russes sont nos plus grands ennemis.

– Pourquoi ils sont nos plus grands ennemis ?

Grand-Pa avait envie de continuer sa lecture du *Roudine* de Tourgueniev, mais il ne résistait pas à un « pourquoi ».

– Robin, quel âge as-tu ?

– Sept ans, *Sir*.

– Quel est le plus grand pays du monde ?

– Les États-Unis d'Amérique, *Sir*.

Les adultes ont de ces questions !

Grand-Pa glissa un signet dans son livre, le referma, le posa sur une petite table, se leva :

– Viens.

Il conduisit Robin devant un meuble sphérique : une mappemonde du XIXe siècle, quadrillée de parallèles et de méridiens, cerclée d'arceaux de bois précieux. D'un doigt, il la fit tourner, comme un forain une roue de loterie. Elle grinça avec complaisance.

– Montre-moi.

Robin n'osa pas arrêter les États-Unis d'Amérique mauves qui défilaient, d'ouest en est, mais il les désigna d'un index poisseux du dernier bonbon sucé.

– Bien. Maintenant montre-moi la Russie, qui s'appelle maintenant l'Union des républiques socialistes soviétiques.

Le globe tournait, légèrement incliné sur son axe.

– *Sir*, je ne sais pas.

Robin se demandait s'il n'allait pas recevoir une claque sur l'oreille, mais, au contraire, Grand-Pa l'encouragea :

– C'est bien de ne pas faire semblant. Tu sais lire ?

– Oui, *Sir*.

– Alors lis-moi un peu ce qu'il y a d'écrit sur cette grande tache verte.

– *Russian Empire*, déchiffra Robin sur le papier un peu gondolé.

– C'est ça, la Russie. Alors maintenant regarde. Tu peux me dire qui est plus grand : la Russie ou les États-Unis ?

À regret :

– La Russie, *Sir*.

– La Russie est deux fois et demie plus que les États-Unis. Elle est plus peuplée aussi. Chaque fois que tu mets cinq Américains sur le terrain, tu as six Russes en face d'eux.

– Mais, *Sir*, nous sommes les meilleurs, n'est-ce pas ?

– Ils sont potentiellement les plus riches. On ne soupçonne même pas l'or, les diamants, le pétrole, le gaz qu'ils cachent dans leur sous-sol. C'est pourquoi les Russes sont les plus grands ennemis des Américains. Parce que s'ils savaient qu'ils peuvent être les plus forts, ils le seraient. Il ne faut surtout pas le leur dire. Chut. Tu as saisi ?

– Oui, *Sir*.

– Pour combattre un ennemi, on doit le connaître. Le connaître et le comprendre. Mieux qu'il ne se connaît et se comprend lui-même. Afin de le comprendre, il faut connaître sa langue. Pour le faire tomber dans les pièges qu'on lui tendra. Ça entre dans ta petite cervelle, ça ?

– Ça entre, *Sir*.

– C'est nous contre eux, hein ?

– C'est nous contre eux, *Sir*.

La vie de Grand-Pa se transforma à cet instant. Il méprisait son fils ; il ne s'était pas avisé qu'il avait un petit-fils ; celui-ci semblait devoir être digne de lui. Il lui flanqua une tape sur le gras du bras :

– Eh bien, tu vas prendre ta première leçon de russe.

Et, comme Robin semblait hésiter un instant – il avait beau s'ennuyer à mort, les leçons de quoi que ce fût ne constituaient pas son passe-temps favori –, Grand-Pa abaissa pesamment sa grande paupière de condor sur sa petite prunelle d'émerillon : c'était l'idée qu'il se faisait d'un clin d'œil accessible aux jeunes générations.

– Nous allons commencer par le masculin singulier.

2

Concevoir qu'un peuple se fût inventé un langage incompréhensible et utilisât pour l'écrire des signes fantaisistes ou trompeurs ou qui, par un surcroît de perfidie, avaient l'air de ce qu'ils étaient, cela plongea Robin dans un abysse de perplexité. Mais on ne discutait pas avec Grand-Pa, et, au bout de quelques jours, l'enfant comprit que la langue russe était la plus haute des cabanes dans les arbres, le plus profond des souterrains, un moyen extraordinaire de s'évader de la maison et de l'école primaire.

Robin n'avait jamais eu l'instinct grégaire développé, ce qui inquiétait ses instituteurs et, dans une certaine mesure ses parents, car un enfant américain pas assez *popular* est passible d'une intervention psychanalytique, mais maintenant il pouvait feindre le grégarisme tout en disposant du plus magique des tapis volants. Il se livra avec d'autant plus d'aisance aux passe-temps favoris du *vulgum pecus* qu'il ne le faisait qu'en surface. À Halloween, il réclamait des bonbons aux voisins de Vidalia et jetait des cailloux dans leurs vitres s'ils n'en offraient pas ; il vendait des boissons gazeuses et lavait des voitures pour se faire quelques sous dont il n'avait pas besoin ; il jouait au *softball*, au *baseball* et même au *football*, mais tout cela demeurait une façade derrière laquelle se cachait son vrai moi qui se gorgeait de russe et de la Russie. Le plus excitant dans tout cela, c'était qu'il n'aimait ni la Russie ni le russe, et que, justement, il s'évadait non pas dans un pays de rêve, mais au milieu de ses ennemis jurés.

Plus âgé, il lut Dostoïevsky avant Faulkner, et Dostoïevsky lui fut profondément antipathique. Contrairement à la majorité des lecteurs et des critiques, il avait flairé dans le grand Fiodor Mikhaïlovitch un optimiste croyant avec ferveur en la nature divine de l'homme : pour le jeune protestant libre penseur, cette croyance était aussi choquante que celle du retour à la vie de la chair pourrie. Par un certain côté, bien sûr, il céda à la fascination du prophète pétersbourgeois et se détesta d'y céder : ce spiritualisme débridé sans applications morales ni sociales l'attirait et l'horripilait. Il ne savait pas ce qu'était « l'Idée russe », mais il ne doutait pas qu'elle ne fût séduisante et perverse.

Grand-Pa connaissait la langue et la littérature russes ; mais sa prononciation était désastreuse. Il s'en rendait compte et, comme il n'y avait pas de professeurs de russe à Savannah, Robin fut accompagné tous les quinze jours à Atlanta, où une auguste émigrée russe, veuve d'un célèbre médecin georgien, donnait des cours. Comme il avait une bonne oreille et qu'elle lui faisait apprendre des poèmes par cœur –

Rampe sur la berge, cruel Tchétchène,
Affûte le fil de ton kandjar… –

il parla bientôt mieux que Grand-Pa, qui eut la bonne grâce de s'en montrer ravi.

Robin était en première année de *high school*[1] – quatorze ans – quand Grand-Pa commença à lui parler de la Varsity.

Que le jeune Chastow dût entrer à l'université allait sans dire : il ne pouvait pas ne pas traverser la seule vraie ligne de démarcation américaine, celle qui sépare des plébéiens incultes les patriciens ayant fait d'onéreuses études universitaires. Et, bien sûr, il ne serait pas immatriculé dans une université d'État où l'enseignement coûte moins cher, ce qui est en soi dégradant. Mais, pour un Chastow – Grand-Pa insistait là-dessus – il ne s'agissait pas non plus d'entrer ailleurs qu'à la Varsity d'où lui-même était sorti. Ce ne pouvait être ni Harvard la pédante, ni Yale la farfelue, ni Princeton la nouvelle venue : ce serait nécessairement « la » Varsity :

– Même ton imbécile de père a réussi à y entrer. Il est vrai que j'en étais sorti major et que ça a joué.

La Varsity était la plus chère de toutes les universités de l'*Ivy League*, la mieux verrouillée par un système de tests, de concours et de cooptations qui en assuraient l'exclusivité aux *wasps*[2]. « Pour la Wasperie, en tout cas, je ne risque rien », se flattait Robin. Son grand-père ne répondait que par « Bûche à mort et soigne ton revers. » Robin détestait le tennis, mais soignait son revers : il aimait assez faire ce qu'il détestait.

1. Lycée.
2. Anagramme de *White Anglo-Saxon Protestants*, protestants blancs anglo-saxons. L'anagramme signifie guêpe.

Sa candidature à la Varsity avait été posée à sa naissance. Les résultats des tests qu'il subissait étaient envoyés au Bureau des entrées. Une fois par an, Grand-Pa trouvait un prétexte pour aller faire un tour dans son *alma mater* et y rencontrer le président, à qui il ne manquait pas de parler de son petit-fils. L'action psychologique s'intensifia quand Robin entra dans sa quatrième et dernière année de lycée. Un ancien élève de la Varsity, grand avocat à Atlanta, fut dépêché à Chastow Plantation pour juger sur pièces de l'intelligence et du savoir-vivre du candidat. À ce sujet, une question délicate se posa : oserait-on servir ou ne pas servir de l'alcool à ce personnage dont l'opinion serait déterminante et qui pouvait aussi bien se révéler abstentionniste fanatique que soiffard impénitent ? Grand-Pa finit par se renseigner auprès d'un ami commun et, à son retour, l'avocat fut arrêté sur l'autoroute pour excès de vitesse en état d'ivresse. Mais il n'en tint pas rigueur à Robin, et la lettre d'admission arriva enfin. À vrai dire, Grand-Pa avait fait à la Varsity de telles donations que personne ne s'étonna excessivement du succès obtenu.

Robin, de son côté, respectait les superstitions de son grand-père, mais ne les partageait pas. Pour lui, une université de l'*Ivy League* en valait une autre, et figurait, pêle-mêle, adieux à la famille, accès à la connaissance, dépucelage, hectolitres de bière, bals en tenue de soirée, chaude et brutale camaraderie d'une confrérie d'étudiants, peu importe laquelle, évasion de ce Sud qui, à la longue, devenait pesant avec ses traditions de vaincus.

Cela dit, il se faisait une joie de la joie de Grand-Pa, et, la lettre décachetée, il courut la lui montrer dans ses « quartiers d'esclaves ».

Il le trouva plié en deux sur son réfrigérateur (lui, qui avait passé sa vie à être servi, trouvait congru maintenant de démouler lui-même les glaçons pour son whisky du soir), et, comme le grand-père se retournait sans se déplier, le petit-fils trouva quelque chose d'asinin à cette tête hautaine.

– Grand-Pa, je suis admis !

Il s'attendait non certes à des cris de triomphe, mais pas non plus à ce redressement au ralenti, comme par saccades, de toute la taille de Robert C. Chastow I, ni à cet air préoccupé, se répandant sur son masque.

– Ah ! tu es admis.

Cela, sur le ton dont on prend acte d'un défi auquel il va falloir faire face.

– Remarque que je m'en doutais.

Et, comme conclusion temporaire :

– Tu veux un scotch ?

C'était la première fois que Grand-Pa offrait de l'alcool à Robin et Robin comprit que c'était là son adoubement d'adulte. Ils allèrent siroter dans les fauteuils profonds de la bibliothèque, où Robin ne s'était jamais assis sans être conscient de l'honneur qui lui était fait.

– Ta vraie vie commence, dit Grand-Pa, et il va falloir que je te dise plusieurs choses. Ne t'inquiète pas : je n'ai pas la prétention de t'apprendre comment les enfants viennent au monde.

Les lampes étaient allumées, les volets intérieurs clos, le silence régnait, et ce fut, pour une heure ou deux, comme si Robin et son grand-père étaient seuls dans l'univers ou du moins isolés au fond d'une capsule cosmique suspendue dans le continuum espace-temps.

– D'abord, à la Varsity, il faut t'attendre à un choc. Je ne te parle pas de la difficulté des études : tu seras dans la meilleure école du monde, la plus difficile par conséquent. Mais la difficulté n'est rien : tu es capable de la maîtriser. Le premier choc viendra de tes condisciples, qui commenceront par trouver ridicule ton accent et tes expressions sudistes. Ils n'en laisseront pas passer une sans se moquer de toi. Les yankees sont comme ça. Tu auras deux solutions : cultiver ton accent et cogner sur quiconque osera une raillerie, ou chercher à t'adapter. Je te conseille de t'adapter. N'y vois pas une trahison à l'égard de ce que tu es. Il n'est pas essentiel de chanter en parlant pour rester fidèle à soi-même. Nous avons été rossés il y a cent ans, il faut savoir le reconnaître. Ce n'est pas dans le cadre d'un Sud qui n'existe plus que nous donnerons le meilleur de nous-même. Il arrive un moment où il faut savoir se rallier au vainqueur : regarde *Ivanhoé*. Le vieux Cedric le Saxon, qui ne se rallie pas aux Normands, est bien dans son rôle ; son fils, le jeune Ivanhoé, qui se rallie, est bien dans le sien.

– Oui, *Sir*.

– Le moment est venu aussi de te révéler qu'aux yeux de certains, qui s'y connaissent en généalogie, tu auras un autre handicap.

Grand-Pa se tritura la moustache.

– Autant que tu le saches maintenant. Remarque, c'est une vieille histoire, que beaucoup ont oubliée, mais enfin… il vaut mieux savoir. Robin, tu n'es pas un vrai *wasp*.

Un instant, l'univers vacilla autour du jeune Robin. Qu'allait-il apprendre ? Qu'il avait du sang juif, noir, indien ? Il se croyait ouvert, libéral, compréhensif, persuadé de l'égalité foncière de tous les êtres humains, mais les préjugés héréditaires étaient si forts que, pendant un instant, il faillit prier un Dieu auquel il ne croyait plus guère : « Pas noir, s'il te plaît, pas noir ! »

– Oh ! tu es protestant, pour autant que les épiscopaliens soient des protestants, et indéniablement Blanc (« Merci, mon Dieu ! » – mais déjà Robin croyait moins en ce Dieu qui venait de l'exaucer). Cela dit, il y a des secrets dans les meilleures familles et je dois te révéler celui-ci : tu n'es pas un véritable Anglo-Saxon et, dans certains milieux, ça comptera contre toi chaque fois que ça se découvrira.

« Les Chastow ne s'appellent pas vraiment Chastow, mais *de Chasteau, e, a, u,* ce qui est un nom français : le fondateur de la branche américaine de la famille accompagnait un explorateur nommé Cavelier de La Salle, et, au lieu de rentrer en France, il est resté sur place. Nous avons modifié notre nom au moment de la guerre d'Indépendance, parce que nous ne voulions en aucune manière nous distinguer des autres Américains. Depuis lors, nos alliances ont toujours été parfaitement « waspiennes », mais la tache demeure indélébile pour ceux qui la connaissent. Nous sommes des *wasps* par l'immense majorité de nos gènes mais pas par tous, et, que veux-tu, il faut bien le reconnaître, les Français sont… différents.

L'univers vacilla une deuxième fois.

– Différents ? Mais Grand-Pa, qu'est-ce que ça veut dire ? Je vous ai entendu répéter mille fois que même les Noirs, descendants d'esclaves, sont exactement comme nous. Alors ?

– Toi, ne te fais pas plus bête que tu n'es. Oui, les Noirs sont des êtres humains comme nous parce que nous pouvons copuler ensemble. Mais les Français ne sont pas comme nous, parce qu'ils ne sentent pas, ne raisonnent pas, ne mangent pas, ne boivent pas, ne se lavent pas, ne copulent pas *comme* nous (encore qu'ils puissent procréer *avec* nous : la preuve). Non, Robin, il ne faut pas te faire d'illusions : la race anglo-saxonne a été choisie pour ses qualités propres. Les Latins sont presque des Africains, comme les Slaves sont presque des Asiates.

« Bon, tu devais savoir ce qu'il en est de tes ancêtres, passons à l'essentiel…

Grand-Pa plia et déplia plusieurs fois ses mains anguleuses aux phalanges craquantes.

– Tu as été admis à la Varsity. C'est bien. Mais ça n'est bien que parce que c'est un, et même *le*, marchepied. Jusqu'à ton imbécile de père qui a réussi à se faire admettre, mais, comme il n'a pas utilisé le marchepied, c'est comme s'il n'avait rien fait. Alors, maintenant, je vais te dire à quoi tu vas t'y occuper, à la Varsity.

« D'abord les études : il n'est pas question que tu aies jamais d'autres notes que des A, dans toutes les matières, je ne veux pas te voir avec un seul B, même un B+. À la rigueur, je tolérerai un A-, mais rien en deçà. Sinon, je vendrai Chastow Plantation et je ferai don de ma compagnie d'assurances à une bonne œuvre plutôt que de te les laisser (quant à ton imbécile de père, il n'aura rien de toute manière).

« Naturellement tu brilleras dans les sports, de préférence dans notre football américain, parce qu'il y faut des muscles, du souffle et du cran. Tu éviteras les sports individuels, car c'est sur ta capacité de travailler en équipe que tu seras jugé. Tu feras ta préparation militaire et tu sortiras du ROTC [1] avec ta commission de sous-lieutenant. Tout cela est impératif.

– Bien, *Sir*.

– Tu n'adhéreras à aucune confrérie d'étudiants…

– Quoi ?!

Robin en avait oublié son savoir-vivre. Ne pas adhérer à une confrérie ? Alors à quoi bon être étudiant ?

– Si tu te laisses recruter par une confrérie, la plus plouc ou la plus snob, peu importe, tu auras manqué ta chance d'entrer au Club, et, si tu n'entres pas au Club, ce n'est pas la peine d'être entré à la Varsity.

Robin avait entendu confusément parler du Club et s'étonna :

– Parce que le Club n'est pas une confrérie ?

– Non, Robin. Les confréries d'étudiants sont des cirques, où les épreuves d'initiation – se retrouver tout seul et tout nu à dix miles de toute habitation ou faire de la lutte gréco-romaine dans des flaques de boue – sont des passe-temps pour demeurés mentaux. Les gallons de mauvaise bière que tu es amené à y consommer en un temps record sont en raison inverse de ton quotient intellectuel. Il est évident que quiconque limite son ambition à ce genre d'activités n'a rien à faire au Club.

– Vous en avez été, vous, du Club, Grand-Pa ?

– J'en ai été, j'en suis, j'en serai jusqu'à mon dernier souffle et peut-être au-delà.

– C'est quoi, ce Club ?

– Le Club, petit garçon, est une association de gens de bonne volonté et de grandes capacités aussi bien intellectuelles que financières, qui s'appliquent à orienter l'évolution du monde dans la bonne direction, à désembourber le char du progrès, à lui faire contourner ou écraser les obstacles, à pousser à la roue quand il le faut, et qui, pour cela, recourent à des réseaux de bonne et discrète camaraderie à qui ils ont des raisons de faire confiance.

1. Préparation militaire.

Et Robin de rétorquer :

– Grand-Pa, qui décide quelle est « la bonne direction » ?

Robert C. Chastow I était à la fois trop intelligent et trop honnête (du moins avec lui-même) pour ne pas reconnaître que cette question était légitime :

– Oui, je conçois ton point de vue.

Il était assez au fait des usages de la discussion moderne pour savoir que l'argument d'autorité ne vaut plus rien, qu'il faut toujours commencer par dire à l'autre que l'on conçoit son point de vue.

– Je conçois ton point de vue, Robin, mais on va dire, un peu sommairement peut-être, que « la bonne direction », c'est celle de la liberté et du bien-être pour la plupart des êtres humains. Tu ne peux guère me chicaner là-dessus, n'est-ce pas ?

Robin aurait pu aisément chicaner son grand-père, car enfin qui allait définir ce qu'est « le bien-être » et garantir que « la liberté » serait souhaitable ? Il se contenta de faire une moue qui se laissait interpréter comme un acquiescement.

– Bref, Robin, nous œuvrons pour le bien.

– Qui c'est, « nous » ?

– Tu veux que je te fasse un historique du Club ? Eh bien, c'est une association indépendante qui s'est créée en Allemagne, au début du XIXe siècle, la grande époque, comme tu le sais peut-être, des sociétés secrètes : les francs-maçons, les *illuminati*, les *carbonari*, le *Tugenbund*, tout cela prétendument inspiré soit par des compagnonnages d'ouvriers, soit par des résurgences mystérieuses de l'ordre du Temple. Le Club n'a jamais donné dans ces ridicules : nous n'avons pas, comme les francs-maçons, de poignées de mains secrètes, nous ne portons pas de petits tabliers, nous ne nous enfonçons pas la pointe du compas sous le sein gauche. Nous ne sommes pas non plus comme ces siphonés de *Skull and Bones* [1] qui vous font coucher dans un sarcophage et vous changent votre nom en « chevalier Untel ». Pas de folklore ésotérique chez nous. D'ailleurs, nous ne sommes pas une société secrète, discrète tout au plus : toutes nos activités ne sont évidemment pas connues du grand public, et nous n'aimons pas beaucoup qu'on parle de nous.

– Pourquoi ?

– Parce qu'on travaille mieux dans le silence et qu'un minimum de secret s'impose dans tous les métiers. Les avocats ne laissent pas lire

1. Le crâne et les os, société américaine, plus ou moins secrète, sise à l'université de Yale, semblant avoir exercé une influence considérable sur la politique des États-Unis.

leurs dossiers à leurs adversaires, les médecins trouvent quelquefois indispensable de ne pas trop inquiéter les malades sur leurs maladies, les grands cuisiniers français ne livrent pas leurs recettes à leurs clients. Ne parlons même pas des militaires, pour qui le secret est une constante nécessité.

– Oui, Grand-Pa, mais votre Club, ce n'est tout de même pas une histoire de cuisine ! Qu'est-ce que vous y fabriquez ?

Robin n'arrivait pas à se débarrasser d'un ton boudeur qui lui était venu dès qu'il s'était entendu interdire les confréries.

– Nous donnons des coups de pouce pour orienter dans le bon sens les masses de manœuvre de l'histoire.

– Vous pouvez me donner un exemple ?

– Il y a des réussites dont je n'ai pas le droit de te parler, mais... Imagine la carte de l'Afrique : au début du siècle, elle était presque entièrement rose et jaune : rose pour les colonies françaises, jaune pour les britanniques. Maintenant : multicolore. Tu crois que ce sont les Noirs qui ont fait reculer les *Brits* et les *Frogs* ?

– Qu'est-ce que vous avez fait ? Vous avez vendu des armes aux colonisés ?

– Tu n'y es pas du tout, Robin. Nous agissons en amont, pas en aval. Nous frappons à la tête, pas aux bras. Tu veux savoir ce que nous avons fait ? Nous avons sapé le moral des colonisateurs ; nous les avons amputé du désir de se battre et de servir ; nous leur avons inoculé le sentiment que la colonisation était immorale.

– Parce que vous trouvez ça moral, la colonisation ?

– La plupart des grands pays sont issus de colonisations. Jules César en France, Guillaume le Bâtard en Angleterre, Walter Raleigh en Virginie, que crois-tu qu'ils aient fait, ces messieurs ? Justement, nous autres Américains, nous sommes les plus mal placés pour critiquer la colonisation en tant que telle. Mais nous trouvions que la colonisation française et britannique nous gênaient, alors pfft ! en une décennie !

– Vous croyez que sans vous, il n'y aurait pas eu de décolonisation ?

– Elle ne se serait pas déroulée si vite. Et, dans certains pays, il y aurait peut-être eu à la longue une fécondation réciproque entre colonisateurs et colonisés qui les aurait soudés, ce qui ne nous arrangeait pas du tout. Ça a failli arriver en Algérie française comme c'était arrivé en Gaule romaine. Heureusement, nous avions des gens en place.

– En Algérie ?

– Oui.

– Vous avez des gens partout ?

– Ceux qu'il faut, quand il faut, où il faut.

– Et en quoi ça vous gênait, les empires coloniaux ? Si ce n'est pas pour la morale…

– Du point de vue américain, la France et la Grande-Bretagne étaient trop puissantes. Il fallait que l'hexagone redevînt un hexagone et l'île une île.

– Oui, mais je ne comprends pas. Vous m'avez dit que votre Club était une invention allemande, pas américaine.

Grand-Pa jeta un regard à Robin, dont l'intelligence éveillée le ravissait. Il se leva, ses pieds foulant le tapis turkmène de haute laine.

– Il faut que je t'explique quelque chose. Les États-Unis nous sont chers, parce que nous y sommes nés, que nous sommes Américains, c'est une chose. Mais, d'un autre côté, il y a toujours eu de par le monde un pays sur lequel s'était posée, pour un temps, la Grande Idée, comme un grand oiseau. (Grand-Pa mima de la main le vol du grand oiseau.) Ce fut Athènes. Ce fut Rome. Ce fut l'Angleterre au temps de la Grande Charte, la France au temps des Lumières. Maintenant, c'est nous.

– Et qu'est-ce que c'est que la Grande Idée ?

Intéressé, mais toujours de mauvaise humeur, Robin.

Grand-Pa marchait et froissait ses grandes mains aux ongles soigneusement limés et dépouillés de leurs petites peaux par une manucure mulâtre d'Atlanta.

– La Grande Idée, Robin, ce n'est pas une certaine idée donnée et limitée. C'est, par définition, l'idée la plus haute que l'humanité la plus affinée se fait d'elle-même à tel moment. Dans l'Antiquité, l'esclavage n'était pas contraire à la Grande Idée ; au XIXe siècle, le nationalisme n'était pas contraire à la Grande Idée. Ils le sont devenus.

– Vous voulez dire que la Grande Idée, c'est le progrès ?

– Si tu veux, mais le progrès a besoin d'être guidé, remis dans le droit chemin, quelquefois poussé au derrière. C'est le rôle du Club.

– Que le Club s'est assigné à lui-même ?

– C'est une façon de dire les choses, qui n'est pas plus fausse qu'une autre. Il se trouve que les hommes les plus conscients de cette nécessité se sont réunis en Allemagne d'abord, puis que l'Amérique a repris le flambeau.

– Il y a encore des Allemands qui font partie du Club ?

Grand-Pa s'arrêta de marcher.

– Je ne sais pas si nous avons un chapitre allemand. Je ne le crois pas. J'ai connu des membres anglais. Il peut aussi y en avoir d'allemands. Ce serait l'exception plutôt que la règle. Les vrais membres du Club, les purs de purs, les durs de durs, depuis un siècle au moins, sont américains. Mais, comprends-moi, ils ne le sont pas en tant qu'Américains. Ils le sont parce que l'état actuel de l'évolution du monde fait de l'Amérique le terrain le plus propice pour les activités du Club.

– Et c'est qui, vos membres ? Vous voulez dire, par exemple, qu'il y a eu parmi eux des présidents de la République ?

Le petit-fils avait énoncé « présidents de la République » avec un respect presque religieux. La supposition se voulait sarcastique. Le grand-père ricana devant tant de naïveté et alla se rasseoir.

– Oui, quelques-uns d'entre nous se sont dévoués pour tenir cet emploi dangereux et dérisoire. Entre nous, nous les appelons les « boucs » – émissaires s'entend. Mais, en général, ce poste de clown politique est trop voyant pour nous, sans compter qu'on n'y exerce pas véritablement le pouvoir.

Robin s'émut devant un pareil blasphème.

– Ah ! bon, le président américain n'exerce pas véritablement le pouvoir ? Qui l'exerce alors ?

Grand-Pa soupira. La curiosité inflexible de son petit-fils l'entraînait de plus en plus loin dans ses révélations. Mais il savait qu'il vaut mieux suralimenter les intelligences adolescentes que les laisser crever d'inanition.

– Le « président américain », comme tu dis, n'a de pouvoir que celui qui lui est donné par ceux qui sont en mesure de lui obéir ou de lui désobéir. Nous pouvons, de temps en temps, mandater l'un de nos membres pour agir en tant que président de la République, mais son action ne sera possible que dans la mesure où nous la rendrons telle. Qu'il s'écarte de la voie qui lui aura été tracée, et nous le ramènerons à la raison ou nous nous séparerons de lui. C'est déjà arrivé.

– Mais enfin, qui êtes-vous pour pouvoir faire tout ça ?

Robin était ébranlé en profondeur.

Il y avait, d'un côté, sa vénération pour son grand-père ; d'un autre côté, un désir bien assis de prendre le monde pour ce qu'il paraît être, de le garder dans sa stabilité apparente, un peu plate ; et, d'un troisième côté, un autre souhait, nouveau-né et contraire – un espoir plutôt, mélangé de crainte –, que le monde fût autre qu'il ne paraissait, qu'il ne fût que la métaphore cosmique de quelque chose de différent, que les miroirs eussent deux faces, que les surfaces fussent creuses par-dessous, qu'il y eût çà et là des portes dérobées et des trappes et des chausse-trapes, et des sens cachés.

– Tu veux des statistiques ? Nous sommes, pour un sixième environ, des juristes, pour un autre sixième des universitaires, pour un autre des businessmen, pour un autre des financiers. Les deux sixièmes restants comptent des militaires, des fonctionnaires, des industriels. Je te surprendrai peut-être en te disant que 3 % seulement d'entre nous sont dans la politique ou au gouvernement, mais, parmi eux, que d'éminences grises ! Assistants spéciaux, ministres sans portefeuille, ambassadeurs extraordinaires, conseillers du président pour les affaires de sécurité. Ai-je répondu à ta question ? Si tu es ambitieux, si tu veux exercer un pouvoir réel plutôt que voyant, tu souhaiteras faire partie du Club. Si tu veux faire avancer la Grande Idée, la Bonne Cause dans l'histoire, tu souhaiteras faire partie du Club. Cependant, ne t'en fais pas une représentation romanesque. Tu appartiendras à la seule véritable élite qui compte dans le monde d'aujourd'hui, mais tu ne porteras pas le masque de Zorro. On te prendra pour un citoyen comme un autre, en train de faire une belle carrière dans le métier qu'on aura choisi pour toi et où tu disposeras de tous les appuis, de tous les pistons. Ça, je peux te promettre que le Club s'y connaît pour placer ses billes et damer ses pions. Évidemment, il faudra renoncer pour toujours à l'*aurea mediocritas* chère à certains. Je ne sais pas si tu as entendu parler d'Ignace de Loyola, mais il y a une ressemblance entre la relation du jésuite avec son provincial et du Clubman avec le Club : entre les mains collectives du Club, le Clubman individuel est « comme le bâton dans la main du vieillard ».

– Je vous ai bien compris, *Sir* ? Je ne choisirais pas moi-même mon propre métier ?

– Nous choisirons le métier qui sera le meilleur pour toi et où tu seras le plus utile.

– J'aurai le droit de choisir ma femme, je suppose ?

– Dans certaines limites. Notre critère sera toujours : la plus grande efficacité du Club.

– Mais si je tombe amoureux d'une fille qui ne vous plaît pas ?

– Ah ! Robin !…

Grand-Pa avait poussé un gémissement qui était aussi un grondement d'exaspération.

– Roméo et Juliette, *West Side Story*, ah ! oui, comme c'est touchant ! Et je ne vais pas te dire que ça ne se passe pas comme ça dans la vraie vie, parce que ça se passe en effet comme ça pour les ratés, les égoïstes, les irresponsables. Si tu tombes amoureux d'une fille qui ne nous plaît pas, qui t'oblige à l'épouser ? Bon, bon, tu me trouves cynique. Je ne voudrais pas te choquer. Tout ce que je veux dire, c'est que l'Histoire est un plan et que ce qui n'est pas dans le plan est hors du plan.

Grand-Pa fit un geste de guillotineur.

– Est-ce que vous êtes en train de me dire, Grand-Pa, que, si j'adhère au Club, je ne serai plus jamais libre ?

– Voyons, Robin ! Qu'est-ce que la liberté ? Sinon peut-être, métaphoriquement parlant, une roue libre, qui empêche d'avoir la moindre prise sur le monde.

– Serai-je libre au moins de le quitter, votre Club, si je m'y déplais ? Ou est-ce que vous allez m'envoyer des assassins pour que je ne trahisse pas vos secrets ?

– J'ai l'impression que tu fais exprès de ne pas comprendre. Si, à n'importe quel moment, un membre du Club est assez stupide pour renoncer aux chances faramineuses que le Club met à sa disposition, nous disons simplement qu'il s'est « endormi », et tant pis pour lui.

– Et s'il commence à déballer les secrets du Club ?

– Mais le Club n'a pas de secrets en tant que tels, Robin. Nos structures sont étagées, tamisées ; on n'accède au degré supérieur que lorsqu'on a fait ses preuves dans le subalterne ; ce n'est pas une question de promotions artificielles et successives, mais de progrès intérieurs qui permettent de gravir des échelons plus élevés. Nous faisons nos preuves devant nous-mêmes. Si j'essayais d'expliquer les intégrales à quiconque n'a jamais fait d'algèbre, cela ne servirait à rien. De la même manière, un Clubman d'un rang un peu avancé parlant à un non-initié ne serait même pas compris. Les vrais secrets, Robin, sont intransmissibles.

– Enfin, vous avez bien des mots de passe, des lieux de rendez-vous, des moyens de communiquer !

Grand-Pa se leva et, les mains dans les poches de son pantalon gris perle, alla se planter devant la fenêtre aux volets clos, comme s'il pouvait voir quelque chose à travers eux. Il contempla longtemps ce paysage intérieur avant de répondre. Il hésitait sur ce qu'il pouvait dire et ce qu'il devait cacher.

– Écoute. Il n'est rien – rien, tu m'entends ? – qui n'entre dans la sphère d'activité du Club ou du moins qui ne puisse y entrer. Ce qui est bon pour le Club est tenu pour absolument bon, puisque le Club est bon pour le monde. Ce qui est mauvais pour le Club est tenu pour absolument mauvais, pour la même raison. La morale ordinaire est relative, puisqu'elle ne tient pas compte de l'existence du Club. Il peut nous arriver de nous livrer à une occupation que d'autres trouveraient condamnable, pour autant que nous en escomptions un bien majeur, et, dans ce sens-là, on peut dire que nous avons des secrets. Nous avons les moyens de leur assurer une protection efficace et nous ne reculons devant aucun. Ce sont là des décisions qui sont prises exceptionnellement et au plus haut niveau. La plupart des Clubmen passent leur vie sans même s'apercevoir que ces secrets-là existent. Leurs fonctions consistent essentiellement à s'aider les uns les autres pour accéder à des postes de pouvoir.

– Il vous est arrivé, Grand-Pa, de prendre des décisions exceptionnelles au plus haut niveau ?

Un silence. Et puis, le dos toujours tourné :

– Oh ! oui, Robin, oh ! oui. Ou plutôt il m'est arrivé d'y participer, car elles sont toujours collégiales.

– J'essaye de comprendre, *Sir*. Vous voulez dire que, si je deviens Clubman, le Club pourrait m'aider à devenir président des États-Unis ?

Grand-Pa pivota sur le talon en éclatant de rire.

– Te voilà encore avec tes présidents ! Oui, tu pourrais être désigné pour tenir cet emploi, mais je ne te le souhaite pas : cela ne risque de t'arriver que si tu es reconnu incapable d'exercer le vrai pouvoir.

3

Les érables d'automne ont, en Nouvelle-Angleterre, un flamboiement déjà presque canadien. Jamais Robin n'avait rien vu de pareil dans le Sud, et ces flammes et oriflammes croissant dru dans le vent du Nord devinrent pour lui l'emblème de la Varsity : désormais, elle serait un embrasement constant, un autodafé inextinguible, le symbole à la fois de la *libido sciendi* et de la *libido* tout court, le désir de vivre, de faire éclater ses bourgeons, de grandir, de devenir soi-même, de se mesurer au monde. Il était dans la Varsity pour un temps, mais la Varsity demeurerait en lui pour toujours. Du moins, il le croyait.

Il s'étonna dès l'abord de voir ce qui l'y étonnait. Ce ne fut pas, alors qu'il s'y était attendu, le niveau de culture de ses condisciples, issus, pour la plupart, de vieilles familles de la Nouvelle-Angleterre. Au contraire, sur ce plan-là, et malgré l'accent et les tournures de phrase sudistes dont il s'empressa de se corriger, il se sentait supérieur : son grand-père lui avait fait lire tant de livres, la possession d'une deuxième langue lui avait si largement ouvert l'esprit, le tour d'Europe qu'ils avaient fait ensemble pendant les vacances – Londres, Paris, Amsterdam, Munich, Florence, Rome – lui avait fait voir si clairement ce que peut être une vie tournée vers les beaux-arts et les humanités qu'il était plutôt surpris de rencontrer de pareils béotiens parmi les fils de juristes et de banquiers qui l'entouraient.

Non, la première chose qui le surprit, ce fut le petit nombre de Noirs. Non seulement en classe mais aussi dans la rue. Il demanda s'il y avait des quartiers noirs : il n'y en avait guère. Les Noirs, si nombreux dans le Sud, ne faisaient pas partie du paysage local. Les enseignants et les étudiants de la Varsity avaient peu d'occasions d'étaler la sympathie qu'ils professaient pour les Noirs, les Indiens, les Hispanos, bref tous les non-*wasps* : c'était une sympathie platonique.

Il fut aussi étonné de l'attitude des étudiantes. Plus d'évanescentes Belles du Sud, chastes les unes, lascives les autres, mais toutes suprêmement féminines et distinguées. Ici, c'était un mélange de garçons manqués, de féministes rageuses, de nymphomanes effrontées, sans compter quelques demoiselles hautaines et inabordables qui ne cessaient de glousser du nez entre elles, sans qu'on pût savoir de quoi ni de qui elles se moquaient.

La première année, pour Robin, s'écoula surtout à acquérir une réserve de bonnes notes. Il pensait que son grand-père lui pardonnerait un C ou deux, s'il avait engrangé suffisamment de A. Au reste, il s'acclimata rapidement, fit du sport, passa pour un bon camarade, encore qu'un peu distant, et continua à sentir, comme au lycée, qu'il était différent des autres, ce qui l'emplissait d'un orgueil qu'il cachait pour qu'on ne le soupçonnât pas d'être *unamerican* [1]. À l'époque du « *rush* » [2], toutes les confréries lui firent savoir qu'il serait le bienvenu parmi elles. Il ne disait ni oui ni non, se permettant quelquefois un peu de bon temps, mais ne se compromettant avec personne.

Il avait longuement médité cette histoire de Club et avait décidé d'y entrer si on voulait bien de lui. Après tout, il n'avait pas de vocation particulière ni d'objection qu'on lui facilitât les choses dans le métier qu'on lui aurait choisi. Exercer un pouvoir lui plaisait. Que ce fût pour le bien de l'humanité lui fournissait une excuse qui aurait endormi ses scrupules s'il en avait eu. En échange de ces avantages, il se croyait capable de renoncer à une indépendance à laquelle il ne tenait pas vraiment. La vérité du Club deviendrait la sienne, il l'acceptait d'avance.

Son grand-père l'avait averti de la manière dont son recrutement aurait lieu, s'il avait la chance de faire partie des treize élus (il y en avait toujours treize, pas un de plus, pas un de moins). Il aurait été observé attentivement par ses anciens et, à la fin de la première année ou au début de la deuxième, à l'instant où il s'y attendrait le moins, il recevrait une légère tape sur l'épaule droite et quelqu'un lui dirait : « Tu es pris. »

La Kaaba, siège du Club, l'intriguait. Les étudiants en parlaient peu, soit qu'ils fussent initiés, soit qu'ils s'en voulussent de ne pas l'être. En passant devant, on levait les yeux vers les quartiers de marbre noir, rectangulaires et polis, s'élevant géométriquement jusqu'à la coupole transparente qui les couronnait, et généralement on ne disait rien, tout au plus on reniflait. Ou alors c'était, à mi-voix, « Il doit y en avoir du fric

1. Il suffit, en Amérique, d'avoir des attitudes supposées *non* américaines pour être taxé d'*anti*américanisme. Cette paranoïa a prospéré sous le maccarthysme. Elle a connu un renouveau certain depuis *Nine-Eleven.*

2. Campagne de recrutement des confréries d'étudiants.

là-dedans » ou « On se demande tout de même ce qu'ils y fabriquent » ou « Il paraît qu'ils ont un macchab au sous-sol », mais tout cela sans conviction. La supériorité de la Kaaba sur les maisons des confréries, qui affichaient qu'elles détenaient des secrets et qui se les arrachaient périodiquement, tenait au fait que, justement, la Kaaba, n'affichait rien. On savait que le Club s'y réunissait. C'était tout. Une légende courait : dans les années cinquante, un commando de durs, issus d'une confrérie de durs, avait réussi à s'introduire dans la Kaaba. Après quoi, on racontait n'importe quoi : les agresseurs avaient découvert une chambre de torture souterraine, leurs cheveux avaient blanchi en une nuit, ils avaient copié une liste de membres secrets dont Khrouchtchev, Mao et le pape, ils avaient été stérilisés par des rayons sigma si bien qu'aucun d'entre eux n'avait jamais pu avoir d'enfant, ou encore ils n'avaient rien trouvé que des bureaux, une bibliothèque et un bar sérieusement garni. N'empêche : qu'on pût être appelé à franchir le seuil de marbre noir donnait des frissons à beaucoup et surtout à Robin qui avait misé dessus son avenir. Dans son imagination, l'espace de la Varsity pivotait autour de la masse noire et cubique qui en obombrait le campus.

Les neiges de la Nouvelle-Angleterre fondirent, et les feuillus de la Nouvelle-Angleterre jouèrent leur symphonie en émeraude majeur, et les oiseaux de la Nouvelle-Angleterre peignirent leur fresque caquetante. Robin préparait ses examens, le nez dans ses livres, et collectionnait les A que, par savoir-vivre, il cachait à ses camarades. Le russe lui était si facile qu'il pouvait se concentrer sur les autres matières. Il s'interdisait de penser au Club : « Nous franchirons ce pont-là quand nous y serons arrivés », se disait-il, comme Perry Mason dans le feuilleton qu'il se permettait de regarder à la télévision une fois par semaine. De toute manière, malgré les bonnes notes et les sports d'équipe et l'influence grand-paternelle, quelle chance d'être l'un des treize « pris » sur quelque six cents étudiants de première année ?

Son destin se joua dans la dernière semaine de juin, qui était aussi la dernière du trimestre.

Il faisait chaud, les cours s'achevaient, le lierre envahissait les fenêtres, la torpeur s'emparait des mouches, les professeurs se découvraient des trésors d'humour ou de paresse, Robin ne pensait plus guère qu'à son retour dans le Sud : il reverrait la plantation aux colonnes blanches, la mousse espagnole dans les chênes, les bonnes têtes luisantes des Noirs rigolant par les rues de Savannah – dans le Nord, les rares Noirs étaient dédaigneux et lugubres –, il reverrait son grand-père aux belles mains soignées, aux sourcils d'argent, qui serait content de ses résultats.

C'était la dernière *convocation* du mercredi matin, séance alternée de chansons estudiantines, de prêches, de prières et de proclamations diverses. Les étudiants de première année s'y rendaient en robe académique : à la fin, ils recevraient le bonnet carré qui feraient d'eux des membres officiels de la Varsity. Dans la foule, comme on s'alignait pour entrer dans la *chapel* deux par deux, Robin sentit une main se poser légèrement sur son épaule droite, tandis qu'une voix soufflait à son oreille :

– Tu es pris.

Il s'arrêta. L'étudiant en bonnet carré qui lui avait donné la tape fatidique l'avait déjà dépassé et, les plis de sa robe noire lui battant les mollets, il disparaissait dans la foule, sans que Robin l'eût reconnu.

Après la *convocation*, il passa à la poste et trouva dans son casier un message dactylographié :

Seize heures. À l'embarcadère.

Le campus était situé au bord d'un fleuve, sur lequel, à l'instar d'Oxford et de Cambridge, les étudiants de la Varsity faisaient des compétitions d'aviron. Il y avait aussi, au milieu du fleuve, une île appartenant officiellement au Club : des Clubmen venaient parfois s'y réunir ou y passer des vacances. L'accès en était interdit : un arbre sur deux portait la pancarte jaune et noir *Posted*[1], et des doberman patrouillaient. Quand la saison du canard était ouverte, on entendait à l'aube les Clubmen amateurs de chasse mitrailler les nuées. Se demandant si c'était là-bas qu'aurait lieu son intronisation, Robin s'arrêta un instant sur le plancher de l'embarcadère, cloué à de grandes piles de bois enfoncées dans la vase. Quelques barques actionnées par des rameurs convaincus et suants sillonnaient l'eau malgré la chaleur... Par les interstices entre les planches, on devinait, sous l'embarcadère, un baigneur et une baigneuse allongés sur le sable, en train de se tripoter. Personne d'autre à l'horizon.

– Robin !

C'était Dr Kirsten qui approchait, les pans de sa chemise fendue sortis de son pantalon informe, agitant la main d'un geste féminin.

Dr Kirsten portait toujours des pantalons et quelquefois des cravates, mais on ne pouvait rien en conclure au sujet de son sexe, à supposer que le personnage en eût un. Son prénom était Kirsten,

1. Défense d'entrer.

comme son nom de famille, et, en Allemagne d'où il était originaire, convenait à un homme aussi bien qu'à une femme. Une voix asexuée sortait de sa grosse tête entraînée sur le côté par le poids de lunettes déséquilibrées. Ses joues, illustrées de quelques verrues, étaient glabres, et on n'avait pas l'impression qu'elles le dussent à un rasoir minutieux. Ses chemises et ses pull-overs blousaient sur le devant. Son bassin était large, à porter douze enfants. On ne l'avait jamais vu si peu que ce fût nu. Ses biographies étaient rédigées en style télégraphique, sans pronoms personnels ni adjectifs possessifs. Cela mettait beaucoup d'étudiants et d'étudiantes mal à l'aise, et Robin, qui aimait classer les choses et les gens, n'échappait pas à la règle.

Mais le savant (la savante ?) l'avait fasciné dès les premiers jours, non seulement par son érudition, mais aussi par sa pédagogie fantaisiste, son mépris des formes universitaires, sa façon de parler du gars Shakespeare et du mec Chaucer comme s'il les connaissait intimement et les méprisait un peu. Ses définitions aussi le ravissaient (il ne savait pas encore que Kirsten les empruntait à Ambrose Bierce) :

Centaure, être antérieur à la répartition du travail ;

Violon, instrument destiné à chatouiller les oreilles humaines par la friction d'une queue de cheval sur des viscères de chat ;

Grenouille, reptile à cuisses comestibles ;

Arbre, végétal de haute taille destiné par la nature à servir de bois de justice ;

Corde, engin suranné conçu pour rappeler aux assassins qu'eux aussi sont mortels…

– Salut, Robin, dit Dr Kirsten en grimpant sur l'embarcadère avec un léger halètement. Vous m'emmenez faire un tour en bateau ?

– Désolé, Dr Kirsten. Je ne peux pas. J'ai un rendez-vous.

Dr Kirsten le considéra ironiquement par-dessus ses lunettes et flûta :

– Je suis votre rendez-vous.

Pour embarquer, Robin tint poliment la main de Dr Kirsten, au cas où Dr Kirsten eût été une dame. L'hermaphrodite s'installa à la place des passagères, sur le siège de poupe, croisa les jambes, se renversa sur le dossier, jeta ses poignets derrière sa nuque et laissa à Robin le soin de manier les avirons. Dès qu'ils se furent éloignés du rivage, Dr Kirsten commença à parler. Ses paroles volèrent au ras de l'eau, tandis que Robin, rameur expérimenté, faisait glisser les pales à plat vers l'avant, avec à peine un chuintement, puis, d'une torsion du poignet, en fendait la surface comme au couteau, et les ramenait vers l'arrière en s'arc-boutant contre son dossier.

4

Quand enfin Robin franchit le seuil fatidique de la Kaaba, ce fut le plus simplement du monde : il sonna et on lui ouvrit.

Il était huit heures du matin. D'autres impétrants se présentaient, les uns en chemise blanche et costume, les autres en veste de tweed à coudes renforcés de cuir et chemises pastel aux revers de col boutonnés, tous cravatés et compassés, n'ayant aucune idée de ce qui les attendait. Ils savaient seulement que le Club n'approuvait pas le laisser-aller. Ils étaient treize, tous mâles. Robin avait passé l'été à faire, sur les instructions de Dr Kirsten, du parachutisme amateur. Quel avait été l'emploi du temps des autres ? Cela ne le regardait pas.

Tous se connaissaient plus ou moins, se saluaient gauchement, l'estomac noué :

– *Hi,* Robin.

– *Hi*, Tom.

Ils pensaient : « Tiens, je n'aurais pas cru que Tom serait pris. » Ou « Sid a raté son coup : bien fait pour sa poire. » Ou « J'aurais tout de même bien aimé que Sally réussît. »

Le vestibule de la Kaaba conduisait à la salle centrale, circulaire, éclairée d'en haut par la coupole. Une table ovale, en bois clair, occupait le milieu, entourée de vingt-six chaises placées chacune devant un buvard vert sur lequel étaient disposés un bloc de papier, des crayons, un taille-crayon, un verre de cristal plein d'eau et une pancarte au nom du titulaire. Les treize chaises qui tournaient le dos à la porte d'entrée étaient libres. Certaines des treize qui lui faisaient face étaient déjà occupées par des personnages de générations diverses : il y avait là un ou deux étudiants de dernière année, des hommes dans la force de l'âge, un vieillard, une dame aux cheveux bleus, mise et maquillée avec un soin extrême et même de bon ton. Dr Kirsten arborait la dégaine négligée qui lui était habituelle, non sans une certaine distinction universitaire. Les préparatifs ne durèrent pas cinq minutes : tout le monde était à l'heure. Robin constata que, grâce à la forme ovale de la table, chaque nouveau avait un ancien devant lui. Lorsque les vingt-six sièges furent pourvus, un homme d'une cinquantaine d'années, au visage cadavérique traversé de quelques éclats dorés – dents, lunettes, alliance –, toussota dans son poing, et prononça :

– Madame et messieurs du Club, nous allons maintenant procéder aux formalités d'inscription. Les parrains voudront bien emmener leurs filleuls dans les cellules à cet usage.

Tout le monde se leva, et Robin comprit que le grand dadais à lunettes carrées, la trentaine boutonneuse, qui lui avait fait face par-dessus la table, était son parrain.

– Venez, dit le dadais. Vous ne me connaissez pas. Je suis Sinclair B. Smythe, agent de change à New York. Ne vous faites pas de souci : je ne suis votre parrain que pour cette première opération.

Treize cellules vitrées, meublées d'une table et de deux chaises, donnaient sur la salle centrale. Sinclair guida Robin vers l'une d'entre elles. Sinclair marmonnait :

– Voilà. Ça ne vous gêne pas de vous mettre ici. Je me mets là. Où ai-je donc mis mon formulaire ? Ah ! oui. Voilà. Ça ne vous ennuie pas si je prends des notes ? Bon, voyons voir. Robert C. Chastow, c'est bien ça.

– Robert C. Chastow III, *Sir*.

– Ah ! non, ne me *sirisez* pas, *sinclairisez*-moi, si vous voulez bien, puisque je vais vous *robiniser*. Bon. D'accord. Tout va bien.

Sinclair se disposait à remplir au crayon une feuille de papier sur laquelle Robin distinguait des colonnes et des paragraphes.

– Votre sexe ?

– Je vous demande pardon ?

– Votre sexe ?

– Masculin.

– Vous êtes sûr ?

– Si je suis sûr ?

– La notion n'est pas aussi absolue qu'on se l'imagine. Vous avez les attributs du sexe mâle, je veux bien le croire, mais tout cela est assez relatif. Dans tout homme se cache une *anima*, dans toute femme sévit un *animus*, les lecteurs de Jung savent cela. Êtes-vous vierge ?

– Non.

– Ça s'est passé avec une femme ?

– Qu'est-ce que vous croyez ?

– Aucune tendance homosexuelle ?

– Aucune.

– On dit ça…

Sinclair jouait avec son crayon, se mettait la gomme sous l'œil droit, sous l'œil gauche, mordillait la pointe.

– Si vous deviez devenir homosexuel, vous préféreriez quel rôle : actif ou passif ?

Robin n'en croyait pas ses oreilles.

– Vous voulez dire : est-ce que je préférerais me laisser… ou si je préférerais… ? Mais ni l'un ni l'autre, Sinclair. À la seule pensée, mon estomac se soulève.

– Je comprends, mais à laquelle des deux se soulève-t-il davantage ?

Robin haussa les épaules.

– Je suppose que, si j'avais à choisir, je choisirais d'être actif, sans le moindre enthousiasme, je vous prie de le croire. Comment peut-on faire à quelqu'un quelque chose qu'on ne pourrait pas se laisser faire à soi sans se mépriser ?

– Bonne réaction, Robin, bonne réaction.

Sinclair avait le doigt sur la rubrique suivante :

– Votre âge ?

– Dix-neuf ans, vous ne le savez pas ?

– Vous considérez-vous en avance ou en retard pour cet âge-là ?

Robin réfléchit.

– Quand je me compare à mes contemporains, je me trouve plutôt en avance : j'ai lu davantage, je connais plus de langues… Bien sûr, quand je pense aux officiers de Napoléon pendant la campagne de France – certains avaient quatorze ans…

– Nationalité ?

– Américain, bien sûr.

– Oui, mais d'origine… ?

– Du sang anglo-saxon, celtique.

– Rien d'autre ?

–… Un petit peu de sang français.

– Ah ! bon. Religion ?

– Épiscopalien.

– Vous êtes sûr ?

– Que voulez-vous dire ?

– Eh bien… croyez-vous à la naissance virginale et à la résurrection de Jésus ? Je vous signale que nous ne jouons pas au jeu de la vérité, que vous pouvez me mentir, mais que tout mensonge risque finalement de se retourner contre vous d'une manière ou d'une autre, alors que les vérités sont stables et que – faut-il le préciser ? – le Club n'a pas de préjugés religieux.

– Disons que j'ai mes doutes sur la naissance virginale et la résurrection.

– Êtes-vous bien sûr qu'il faut toujours tendre la joue gauche quand on vous frappe sur la droite ?

– Non.

– Croyez-vous dur comme fer en l'immortalité de l'âme ?

Sinclair se tapotait la narine droite avec son crayon.

– Je ne parierais pas cent dollars dessus.

– Ce sont pourtant là les croyances de l'Église épiscopalienne ?

– Elles sont censées l'être.

– Bien, bien, je note donc épiscopalien. Entre nous, ça n'engage pas à grand-chose. Vous savez, Robin, j'ai treize questions à vous poser comme ça, et ensuite on ira faire autre chose. Pourquoi treize ? Je n'en sais rien. Quelqu'un de nos grands anciens s'est mis en tête de tout faire faire par treize, mais vous ne devez pas y attacher une importance exagérée. Nous sommes les moins superstitieux des hommes. À quel milieu social êtes-vous conscient d'appartenir ?

– Aux classes moyennes.

– Pourquoi pas supérieures ? Vous avez de l'argent, des terres, vous appartenez à une vieille famille.

– Nous n'avons pas tant d'argent que cela, et puis... cela ne se fait pas d'avouer qu'on appartient aux classes supérieures. Aux autres de deviner.

Pourquoi Robin avait-il dit cela ? Peut-être parce qu'il y avait dans l'accent de Sinclair quelque chose de franchement new-yorkais et de vaguement commun, et qu'on n'entrait pas au Club pour se laisser marcher sur les pieds, même par des Clubmen plus anciens.

– Situation familiale ?

– Fils unique. Parents un peu absents. Grand-père très présent.

– Comment vous classez-vous du point de vue politique ? Démocrate, Républicain ?

– C'est une différence qui m'a toujours paru artificielle ou, plus exactement, pas politique. Certains sudistes sont des Démocrates de droite, il y a des Noirs parmi les Républicains...

– La santé, ça va ? Pas de problèmes majeurs ? Un check-up tous les ans ?

– Pas tellement de check-ups. J'ai l'impression d'être bien comme je suis.

– La santé mentale ? Tendance à la paranoïa ? À la schizophrénie ?

– Je n'en ai pas constaté. C'est un véritable questionnaire de Proust que vous me proposez là, Sinclair, ajouta Robin, pour montrer qu'il avait des lettres.

– Sauf que ce n'est pas *ce que* vous répondez à ces questions idiotes qui nous intéresse : c'est *comment* vous y répondez. Je me comprends. Que ressentez-vous à l'égard de la violence ? Du « Tu ne tueras point » ? De la peine de mort, par exemple ? Du fait de priver un autre de la vie ? Vous voyez que nos questions deviennent tout de même un peu moins primaires.

Robin réfléchit. Il croisa les bras et se cala élégamment sur sa chaise.

– Je vais peut-être vous choquer. Je n'ai pas la superstition de la vie humaine : ou bien nous sommes immortels, et, dans ce cas, la mort n'a aucune importance, ou nous ne le sommes pas, et alors il faut la démystifier. La mort, c'est comme la vie : il peut y en avoir d'utiles ou d'inutiles, point à la ligne.

Et, pour faire bon poids, il ajouta :

– Vous connaissez la définition de la peine de mort par Ambrose Bierce dans son *Dictionnaire du diable* ? « Châtiment dont la justice et l'efficacité sont mises en doute par beaucoup de gens sérieux, y compris tous les assassins. »

Sinclair le dévisagea non sans amusement : ce petit coq avait l'air sacrément sûr de lui.

– Oui, bon, d'accord. (Sinclair prenait des notes.) Et comme loisirs, qu'est-ce qui a votre préférence ? Dedans ? Dehors ? Qu'est-ce qui vous gratte vraiment où ça vous démange ?

Robin savait qu'il fallait répondre « sports » pour rester dans la ligne américaine, mais il avait envie d'être véridique par provocation.

– J'ai passé l'été à faire du parachutisme, dit-il, pour se dédouaner tout de même, mais ce que j'aime vraiment, c'est lire.

Et il ajouta :

– Surtout en russe, figurez-vous.

Sinclair ne parut pas impressionné.

– Lire est-il un loisir ? Je me le demande.

– Vous n'aviez pas défini « loisir ».

– Onzième question : quelle est votre morale et sur quoi la fondez-vous ?

– Laissez-moi réfléchir. Je ne crois à aucun impératif catégorique (Robin avait fait de la philosophie et entendait le montrer). La règle d'or, traiter les autres comme on voudrait l'être soi-même, conduit inévitablement à une impasse : les autres ne sont pas moi. Le droit naturel est une aimable plaisanterie. Vous me parliez du « Tu ne tueras point » : il signifiait dans l'esprit de Moïse « Tu ne tueras point de Juifs ». Si vous voulez la vérité, la morale, pour moi, c'est plutôt affaire de bon goût : on ne met pas de chaussures marron avec un costume bleu.

– Tout à l'heure, pourtant, vous étiez réticent à l'idée de faire à autrui ce que vous ne souhaitiez pas qui vous fût fait ?

– Affaire de dégoût, Sinclair, pas de morale.

– Douzième question. (Sinclair faisait semblant de la chercher dans sa liste.) Quel est votre but dans la vie ?

– Tirer le maximum de moi-même.

– Treizième et dernière question. Comment souhaitez-vous mourir ?

Réponse immédiate :

– Après avoir tiré le maximum de moi-même. Vidé comme une carcasse de homard. Le reste m'est indifférent.

– Eh bien, voilà qui est parfait. Nous allons pouvoir rejoindre les autres.

Les vingt-six Clubmen reprenaient deux à deux leurs places, attendaient la suite. Les anciens consultaient leurs notes en échangeant quelques chuchotements. Les nouveaux se tenaient cois. Le meneur de jeu cadavérique toussota dans son poing. Il parla d'un ton ennuyé.

– Madame, messieurs, nous avons ici vingt-six Clubmen, appartenant à des degrés divers, depuis le premier jusqu'au treizième. Il va maintenant falloir que nous nous connaissions un peu mieux. Je voudrais attirer l'attention des Clubmen du treizième degré sur les casiers qui bordent les murs du vestibule situé derrière eux. Ils pourront y suspendre commodément leurs vêtements avant de revenir s'asseoir à cette table. Je leur demande en effet de vouloir bien se mettre… (il susurra) à poil !

L'expression gaillarde sonna étrangement dans la bouche chargée d'or.

Les nouveaux allèrent respectueusement pendre leurs vestons et leurs pantalons à des cintres, plier leurs chemises, disposer leurs chaussettes dans leurs chaussures au fond de leurs casiers respectifs. Ils s'étaient déjà vus nus dans des vestiaires de sport et cela ne les gênait pas outre mesure. Ils s'inquiétaient tout de même de savoir en quelle tenue serait la dame aux cheveux bleus et si l'on saurait enfin à quel sexe appartenait Dr Kirsten.

*

Robin n'imaginait pas qu'on pût vivre une journée aussi atroce sans subir de sévices physiques.

Dans la nuit, il ressortit de la Kaaba fiévreux, nauséeux, les muscles moulus, les nerfs à vif, les os eux-mêmes douloureux en profondeur. Il ne s'était pas senti seulement « à poil », mais retourné à l'envers, comme si à la fois sa conscience et ses viscères avaient été exposés aux vues de tous. Il haïssait maintenant vingt-cinq êtres humains, ses frères pour la vie. Il savait plus de choses sur eux que leurs proches n'en sauraient jamais. Il les avait entendus donner libre cours à ce que leur imagination pouvait rêver de plus sanglant ou de plus sordide. Il n'en reverrait plus jamais aucun sans rougir intérieurement pour l'autre et pour lui-même. C'était comme s'ils avaient mêlé leurs sangs ou participé à une orgie en rond. Aucun d'eux ne serait plus jamais une monade : leurs coquilles étaient brisées. L'image de la carcasse de homard revint à l'esprit de Robin : il ricana. Vidée, la carcasse ? Peut-être. Écrasée aussi.

Treize interrogés, treize interrogateurs, un mitraillage de questions, seule règle du jeu : on n'interrompait pas. Les anciens, restés habillés, questionnaient méchamment les nouveaux, complètement nus ; il n'était pas interdit aux nouveaux de riposter, s'ils l'osaient, par des questions aussi sournoises, aussi blessantes, et tout cela débouchait sur un étalage où les pudiques redoublaient d'impudeur, où les innocents se targuaient de monstruosités qu'ils n'avaient pas commises, où les retors tentaient de cacher leurs intentions futures sous leurs iniquités passées, où une sorte de vapeur mauvaise montait jusqu'à la coupole de la Kaaba. Oui, mauvaise, car il ne s'était agi, ce jour-là, que du mal sous toutes ses formes – avec quel dessein ? Robin n'était pas sûr : de l'exorciser peut-être, de montrer, sans initiation mystique, sans messe noire, sans conjuration aucune, que, pour un Clubman, le mal n'est qu'un moyen comme un autre.

En rentrant dans le charmant petit deux pièces qu'il louait chez une dame de grande allure, il chancela un instant : Grand-Pa savait-il à quoi il l'exposait en le faisant adhérer au Club ? Mieux encore : était-il, à son époque, passé par de semblables ignominies ? Oui, sans doute. Le Club était le Club.

Premier ancien – Vous là-bas, Johnny, vous vous rappelez à quel âge vous avez cessé de mouiller votre lit ?

Johnny (interdit) – Non, je ne me rappelle pas, c'est important ? (*Rires nerveux.*)

Autre ancien – Cunningham, racontez-nous un cas où vous vous êtes dégonflé.

Cunningham – Dégonflé, dégonflé… Je ne me suis jamais dégonflé.

Autre ancien – À d'autres ! La preuve, c'est que vous êtes en train de vous dégonfler en ce moment.

La dame aux cheveux bleus – Dites-moi, Timothy, en atteignant l'âge de la puberté, est-ce que vous espionniez votre maman quand elle prenait son bain ?

Timothy – Non, moi, c'était plutôt aux toilettes. (*Rires nerveux.*)

Premier ancien – Murphy, quand vous étiez petit, vous avez déjà arraché les pattes à une mouche ?

Murphy – Non, jamais.

Autre ancien – À une araignée ?

Murphy – Ça m'est arrivé. Avec des pincettes : ça me dégoûtait.

Burt – Moi, j'ai fait mieux : j'ai attaché ensemble un chien et un chat par la queue. Avec du fil de fer. Et il faut faire attention parce que ça mord et ça griffe. Pas resté grand-chose ni de l'un ni de l'autre. (*Rires nerveux.*)

Owen – Moi, j'ai fait mieux : c'était une Portoricaine avec un bébé dans une poussette, en haut d'un escalier. Elle s'était arrêtée pour acheter des bananes. Cette poussette, je la regardais, elle était si près du bord… Je n'ai pas résisté, j'ai poussé. Remarquez, il n'y a pas eu trop de dégâts, une fracture ou deux, mais ça aurait pu être pire. J'avais onze ans. *(Pas de rires nerveux : on hésite à croire qu'Owen ait dit la vérité.)*

Premier ancien – Venons-en droit au fait. Mr Timmerlaine, là-bas, à l'extrême bout, quelle est l'action la plus honteuse que vous ayez jamais commise ?

Soudain, l'atmosphère avait changé. Robin, tout en demeurant plongé dans ce bain de boue, observait. Il comprenait qu'il avait fallu d'abord transgresser les tabous superficiels avant d'atteindre ceux qui déverrouilleraient l'inconscient des nouveaux Clubmen. La question posée à Boogie Timmerlaine, aucun d'entre eux ne pouvait s'empêcher de se la poser immédiatement à lui-même : « Quelle est la chose la plus honteuse que j'ai faite ? » Ou « Ai-je jamais rien fait de honteux ? » Ajoutez à cela que le Club s'était gardé d'indiquer si l'on avait le droit de se taire ou de tricher : comme l'avait indiqué Sinclair, on n'était pas dans le quoi mais dans le comment.

– Honteuse ?

– Oui, Mr Timmerlaine, honteuse.

– Je ne commets pas d'actions honteuses.

Timmerlaine s'était levé, et sa nudité apparut soudain.

Certains prétendirent ensuite que la dame aux cheveux bleus et le Dr Kirsten avaient louché dessus. Il était grand, potelé, et, à la différence de tous ses camarades roses, roux, rubiconds, il avait la peau mate, presque brune, avec des poils bouclés sur les épaules, sur la poitrine, sur le ventre, et un sexe tellement foncé qu'il semblait bleu, comme un sexe de sanglier. Mal circoncis, de surcroît, comme si l'acte hygiénique et patricien avait été accompli avec du retard. On comprenait soudain pourquoi la Bible avait jeté le discrédit sur un membre riche de plus de possibilités et de plaisirs que les quatre autres ensemble. Toute l'obscénité de la reproduction humaine s'affichait soudain, et on saisissait pourquoi les parties destinées à cette fonction, appelées indifféremment « nobles » ou « honteuses », gagnaient à être cachées par des pagnes, des *strings*, des tabliers, des bouts de toge, des boucliers, des buissons, des chevelures, bref par n'importe quoi.

Jamais Robin ne s'était senti aussi tributaire de la condition humaine que devant le sexe de Timmerlaine. Au demeurant, rien d'étonnant si l'on chuchotait que le vrai nom de Timmerlaine était Valdez. La fortune de ses parents passait pour être d'origine texane, donc, d'un point de vue racial, suspecte : à une ou deux générations de distance, il pouvait y avoir par-dessous du *Greaser* – c'est-à-dire de l'Hispano –, malgré les antécédents officiellement *wasp* de ce Timmerlaine-ci. C'était presque un miracle si ses prouesses en mathématiques, ses records d'haltérophile et les puits pétroliers de ses parents avaient réussi à le faire « prendre » au Club.

– Vous ne commettez pas d'actions honteuses, Mr... euh... Timmerlaine. Vous devez être différent de nous autres.

On vit le grand corps aux reflets azurés, aux muscles puissants roulant sous une mince couche de graisse se teindre soudain d'un incarnat imprévisible. C'étaient les joues surtout, les joues mâles et pleines, exigeant l'application du rasoir deux fois par jour, qui devenaient soudain semblables à une paire de fesses marbrées par une correction. Timmerlaine ne trouva plus qu'une voix affaiblie et d'autant plus héroïque pour balbutier :

– Si j'en commets, c'est une affaire entre mon confesseur et moi. Je vais à confesse. Elles sont effacées. Je suis catholique romain.

Les catholiques étaient rares au Club, non pas tant à cause du pape et de Marie que, justement, à cause de la confession : comment peut-on faire confiance à quiconque a trouvé la recette pour se libérer à volonté de son passé ? Dans ce groupe presque exclusivement protestant, donc à la fois progressiste et intransigeant, afficher une religion autre avait dû être, pour Timmerlaine, un premier pas sur le chemin du martyre.

Le cadavre à la bouche dorée demanda :

– Vous ne considérez pas la confession elle-même, par hasard, comme une action honteuse ? Cette façon de fuir ses responsabilités dans une innocence imaginaire... La virginité ne se reconstitue pas, vous savez. Sauf, paraît-il, celle de la Vierge Marie après le passage de Jésus, selon vos dogmes.

Remarque destinée à faire perdre à Timmerlaine la maîtrise de soi qui était de rigueur au Club. Pas de succès. Le lutteur nu fit face.

– Professeur, répondit-il (et l'on ne savait pas si c'était un titre de déférence ou de dérision), « il y a plus de choses dans ce monde que votre philosophie n'en expliquera jamais », disait Shakespeare. Non, le fait de reconnaître ses fautes ne m'apparaît pas comme une action honteuse, au contraire comme le signe d'une mentalité adulte, responsable d'elle-même. Au demeurant, je peux vous dire la dernière action honteuse que j'ai commise, parce que je ne m'en suis pas encore confessé. J'ai maquillé un B en A sur mes dernières notes de cours de Bible, pour ne pas me faire gronder par mon papa. (*Rires de détente. Personne ne prenait les cours de Bible au sérieux. Timmerlaine se rassit.*)

– Et vous, Robin, demanda doucement Dr Kirsten, quelle est votre action la plus honteuse ?

– À moins que vous ne soyez un saint vous aussi, ajouta plaisamment l'un des anciens.

– Impossible : il n'est pas catholique romain, insinua un autre.

Et Robin se sentit très seul sur la sellette, parce que tout le monde gloussait, des deux côté de la table, non pas tant pour se moquer de lui que pour prendre acte d'une atmosphère détendue. Il prit son temps pour répondre :

– La honte est une notion relative à la race, au milieu, au moment, comme l'aurait dit le philosophe français Hippolyte Taine. Un Georgien de Georgie serait honteux de roter à la fin d'un bon repas ; un Géorgien de Géorgie, dans le Caucase, serait honteux de ne pas roter. (Il se sentait plastronner, mais il avait l'impression que cela passait bien auprès de ses anciens comme de ses pairs.) Je vois que, dans certaines de vos familles, la honte est attachée au sexe. Il n'en était pas ainsi chez nous. (Cela n'était qu'à moitié vrai, mais il préférait glisser sur certains sujets.) Mon grand-père m'a appris que tout ce qui était naturel ne pouvait pas être honteux. La honte suppose une distorsion du naturel. Du naturel de chacun. Ou alors la perversion d'une règle communément admise. Vous voulez connaître l'acte le plus honteux que j'ai commis ? Je vais vous le dire. Je l'ai commis souvent. Je jouais dans l'équipe de football de mon lycée et le moniteur m'avait donné une fonction spéciale et secrète : trouver des occasions de donner des coups de pied ou de coude dans les bandages que nos adversaires portaient sur des blessures qu'ils s'étaient faites au cours d'autres parties. Leurs plaies se rouvraient. Ils perdaient de leur efficacité. Souvent nous gagnions. J'étais habile à ne pas me faire repérer. C'était honteux.

Un silence d'une qualité nouvelle s'était fait dans la Kaaba. Robin baissa les yeux. L'attention était concentrée sur lui. Il sentit qu'il avait monté dans l'estime de Dr Kirsten.

– Tous les treize, vite, dans l'ordre où vous êtes assis, fit Sinclair derrière ses lunettes. De quoi avez-vous le plus peur au monde ?

Les réponses vinrent comme une fusillade à peine interrompue de temps en temps par une hésitation :

– Des rats.

– De la misère.

– De l'eau.

– De l'altitude.

– De souffrir. De la maladie. De la torture.

– De Dieu.

– D'avoir de mauvaises notes.

– De ne pas réussir dans la vie.

– De la mort.

– Moi, c'est plutôt de la vie.

– De ne pas me montrer à la hauteur du Club.

– De la damnation, dit Timmerlaine.

Dans la précipitation, Robin avait laissé passer son tour. La conclusion lui revint.

– De tout ce qui précède. Enfin, j'ai vaincu ma peur de l'altitude en faisant du parachutisme, et je ne crois pas beaucoup à la damnation. Je crois que j'ai surtout peur du désespoir. De découvrir que le monde n'est pas tel que je me le figure ou, plus exactement (il s'embrouillait) qu'il n'est que tel que je me le figure.

Et il conclut, avec un excès de candeur peut-être calculé :

– C'est pourquoi j'ai voulu entrer au Club.

Cela dura toute la journée, avec une pause pour le déjeuner – des sandwiches – et une autre pour le dîner – d'autres sandwiches. Ceux qui n'avaient pas pris de pain de mie mais des *submarines* [1] eurent leurs cuisses nues piquetées de miettes.

Les questions avaient dû être préparées par des psychologues vicieux et revues par des Clubmen avertis, qui ne cherchaient pas ce qu'avaient cherché les psychologues. Robin songea qu'avant leur

---

1. Sandwiches à la baguette.

adoubement, les chevaliers européens passaient une nuit en prière, seuls dans une chapelle, à la poursuite d'une inspiration divine, et qu'il y avait une inversion de ce rite dans celui qui était infligé aux nouveaux Clubmen, et qui consistait à leur faire dégager ensemble, collectivement, les plus obscènes puanteurs dont ils étaient capables. Qui permettait au Club d'aller aussi loin ?

– C'est nous, pensa Robin, qui le permettons.

Non qu'il ne ressentît point de révolte. À plusieurs reprises, il fut tenté de se lever de table, de lancer :

« Bon, eh bien moi, j'en ai assez, je me rhabille. »

Mais, dans le fond de lui-même, il ne souhaitait pas se rhabiller. Ces projecteurs braqués sur sa conscience et son inconscient le blessaient et le chatouillaient ensemble. Et puis il sentait que, s'il calait, il ne saurait jamais se présenter ce recul comme une victoire, alors que c'en serait peut-être une. Le Club était déjà devenu pour lui un absolu, et décevoir le Club, c'était démériter de soi. Quiconque ne satisfaisait pas aux impératifs du Club était indigne du Club. Simple. Le Club était supérieur par définition. Ajoutez à cela les avantages substantiels qu'on en attendait. Sans compter la volupté de se dire : « J'en suis, alors que tant d'autres voudraient en être… »

À la fin de la journée – au-dessus de la coupole, le ciel figurait une page noire et des étoiles y mettaient des points de suspension blancs –, la dame aux cheveux bleus annonça qu'on abordait l'avant-dernière rubrique : « Un jeu d'enfants, précisa-t-elle, pour vous laisser sur une bonne impression. » Son dentier avait un sourire féroce. Un autre ancien prononça :

– Je vous demande de vous recueillir tous quelques instants pour vous rappeler quel est l'objet que vous possédez auquel vous tenez le plus.

Il allait falloir, pensa Robin, s'en séparer d'une manière ou d'une autre : ce serait une façon de payer son entrée au Club. Il chercha loyalement ce qui lui était le plus cher. Sa bague de lycée ne comptait pas. Il ne gardait aucune lettre, aucun grigri amoureux. L'uniforme d'officier sudiste de son ancêtre était précieux, mais Robin se méfiait trop de tout sentiment fétichiste pour y attacher véritablement du prix. Son père lui avait donné une carabine et un fusil de chasse dont il aimait se servir, mais il aurait pu les remplacer par une autre carabine et un autre fusil. Il avait une jolie montre Tissot, mais quoi, c'était une montre. Il avait aussi un couteau Bowie : c'était un couteau Bowie, il pouvait en racheter un autre, ce n'était qu'une question d'argent. Il préférait certaines de ses cravates, il eût été exagéré de dire qu'il y tenait. Ses livres de russe lui étaient précieux, uniquement pour le plaisir et l'utilité qu'il en tirait. Son grand-père ne lui avait jamais fait de cadeau. Lorsque son tour vint de répondre :

– Je crains de vous décevoir. J'aimerais me dépouiller pour le Club d'une chose qui me serait chère, mais je ne suis pas attaché aux choses. Vraiment, en cherchant bien, je n'en trouve qu'une qui ait eu une signification pour moi C'est l'ours en peluche avec lequel je dormais quand j'étais enfant. S'il existe encore, je vous le sacrifierais volontiers, mais je crains que mes parents ne l'aient donné il y a longtemps aux enfants de l'Oncle Chester. Il en a à peu près vingt-neuf.

– On ne vous a pas demandé de sacrifier quoi que ce soit, dit Dr Kirsten. Il ne faut rien présumer à la légère.

– Eh bien, fit le meneur de jeu, en reprenant la direction des opérations, j'ai le plaisir de vous annoncer que vous êtes à partir de maintenant des Clubmen confirmés du treizième degré. Confirmés par anticipation. Il vous reste une dernière formalité à faire, pour laquelle vous vous retrouverez seul avec votre parrain de ce matin. Ensuite vous serez libres de rentrer chez vous.

Robin se traîna jusqu'à sa cellule et se retrouva en face de Sinclair, qui le regardait dubitativement à travers ses lunettes carrées :

– Robin, vous avez sans doute compris que le Club désirait être lié de la façon la plus étroite possible à tous ses membres. Je voudrais pour finir que vous pensiez à un acte interdit par la loi, qu'il vous coûterait de commettre, et que néanmoins vous accepterez d'accomplir pour sceller votre appartenance au Club, sans que la victime se doute de ce qui lui arrive.

Robin était épuisé.

– Quel genre d'acte avez-vous en tête ? Violer un petit garçon ? Assassiner le président de la République ?

– Rien d'aussi dramatique. Utilisez votre imagination. Vous pourriez, par exemple, faire consciemment du tort à une personne que vous aimez. Ce n'est pas le tort en soi qui est important : c'est votre engagement à l'égard du Club.

– Vous espérez me tenir de cette manière-là ? Me faire chanter si jamais je suis tenté de vous désobéir ?

– Pas vraiment, Robin, encore que, dans certains cas, cela puisse jouer. Mais nous souhaitons en réalité quelque chose de plus profond. Vous feriez cela dans l'esprit où, dans d'autres organisations, l'on prête serment. Pour vous engager.

– Cela me paraît assez ridicule. Je peux, bien sûr, faire une infidélité à ma petite amie actuelle, mais ce n'est pas contre la loi. Une personne que j'aime ? Ce serait avant tout mon grand-père, et je pourrais lui voler sa pipe ou lui faire un croc-en-jambe dans l'escalier. Mais comme il devinerait que c'est pour le Club, il ne m'en voudrait même pas. Sinclair, vous m'embarrassez.

Robin était à bout de nerfs. Il avait du mal à se maîtriser.

– Si vous voulez que je noie le pointer préféré du paternel, je vous avertis tout de suite que c'est non.

Finalement Robin proposa de chiper, aux vacances prochaines, le chéquier de son père et de faire un faux au profit de telle cause que l'on voudrait. Oui, cela lui coûterait : un vol, un faux, cela manquait d'élégance. Non, son père ne s'en apercevrait pas, parce qu'il ne savait jamais combien d'argent il avait sur son compte. La cause choisie fut une société protectrice des animaux, parce que c'était la seule œuvre charitable à laquelle Robert C. Chastow II souscrivît jamais.

5

La vie adulte de Robin avait été partagée en trois périodes inégales.

D'abord, il avait terminé ses études supérieures, en les complétant, pendant les vacances, par des stages que recommandait Dr Kirsten. Ainsi Robin avait été journaliste stagiaire à la télévision, aide soignant dans une mission méthodiste en Afrique noire, apprenti policier à New York (où il avait eu la coquetterie de s'acheter une matraque en acajou).

Ce fut à cette époque, où il préparait sa maîtrise de littérature russe, qu'il rencontra Constance. La beauté, la généalogie, la fortune, l'éducation à Agnes Scott College (le Vassar du Sud), elle avait tout. Ce ne furent pourtant pas ces qualités, ni même le plaisir de l'enlever à son ami David McIan, qui lancèrent Robin dans l'aventure matrimoniale. Ce qui lui plaisait surtout dans sa fiancée, c'était qu'elle crût en tout, jusqu'à la naïveté, alors que lui ne croyait à rien, jusqu'au cynisme. Il lui racontait des contes à dormir debout qu'elle ne mettait pas en doute. Le jour le plus triste de sa vie était celui où elle avait appris que le Père Noël n'existait pas. Lorsque Robin s'amusa, au moyen d'un portemanteau tordu, à disposer sur la pelouse le cadavre d'un serpent à sonnette dressé sur sa queue, elle le crut vivant et se montra brave. Née presbytérienne, elle se convertit avec enthousiasme à l'Église épiscopalienne qui cautionnait davantage de sacrements. La Bible et le Drapeau étaient pour elle des objets sacrés qu'elle aurait volontiers baisés si tel avait été l'usage. Cela rafraîchissait Robin. Il ne lui parlait guère du Club, parce qu'elle avait pris cette institution en horreur, sans savoir pourquoi, d'instinct.

Entre-temps, il était entré à la CIA et la deuxième période de sa vie avait commencé.

Il ne sut jamais si le Club avait donné un coup de pouce pour que la CIA lui proposât un contrat. En tout cas, sur l'avis de Dr Kirsten, il l'accepta. Avec sa connaissance du russe et l'excellence de ses notes, il était le type même de sous-lieutenant de réserve que la Compagnie recherchait. Il passa sans difficulté le test du polygraphe (sa vie n'était que transparence, son appartenance au Club pas un secret) et progressa rapidement de grade en grade.

Sa première mission fut la plus dangereuse. Après un séjour à l'institut Pouchkine de Moscou pour se perfectionner en russe moderne, langage quelque peu différent de celui que lui avait enseigné sa Pétersbourgeoise d'Ancien Régime, il assura en 1989 la liaison entre les services spéciaux américains et les mineurs de Sibérie qui, de grève en grève, finirent par faire basculer le régime gorbatchévien.

Il était à Novosibirsk quand il apprit que Grand-Pa se mourait.

Il attendait cette catastrophe depuis qu'il savait que les vieux finissent par mourir. Enfant, il se réveillait en se disant « Pourvu que Grand-Pa ne soit pas mort dans sa chambre ! » Et il se répondait : « Non, non, dans sa famille, on vit jusqu'à quatre-vingt dix ans, et il n'en a que... Je vais compter... Il n'en a que quatre-vingt un. Il peut durer plus que les autres. Jusqu'à cent ans peut-être. Ou plus. Ça arrive. J'en ai dix. J'en aurai vingt, j'en aurai trente... je serai mort avant lui, peut-être. Non, ce n'est pas cela qu'il souhaiterait. En tout cas, je serai un autre moi, ce ne sera plus moi, ce ne sera pas lui, ce sera un autre lui qui mourra... »

Il ne demanda pas de congé à la CIA, pas d'autorisation, il ne demanda rien. Par le premier avion, il était déjà parti, contrevenant aux règlements qu'il avait signés en dodécuple exemplaire. Rien ne comptait plus. Il ne savait pas s'il lui importait de revoir Grand-Pa vivant ou de l'aider à mourir ou de lui dire adieu, ou d'être sur place quand on le mettrait dans une boîte, simplement il ne pouvait rien y avoir de plus impératif que cette convocation.

Il y a rarement de la neige en Georgie, mais ce jour-là, il y avait pis : un *ice storm*, c'est-à-dire que tous les arbres, jusqu'à leurs moindres rameaux, jusqu'à leurs plus infimes brindilles, tous les buissons décoratifs, toutes les ronces parasites, tous les brins de mauvaise herbe et de gazon, tout le *kudzu*, s'étaient gainés de glace, et que, comme le soleil brillait imperturbablement, le paysage s'était transformé en une effloraison d'arcs-en-ciel. On marchait sous les arcs-en ciel, sur les arcs-en-ciel, on butait dedans, ils vous crissaient sous les pieds.

Les délais de route avaient été tels que, quand Robin arriva, Grand-Pa était déjà mort, embaumé, maquillé, la moustache rehaussée de blanc et les lèvres de rouge, d'ailleurs invisible puisque vissé à jamais dans ses cercueils successifs de plomb, d'acier, de bois précieux, et prêt pour l'ensevelissement – l'incinération aurait été plus à la mode, mais il fallait remplir les places vacantes dans le caveau de Savannah, et Robert C. Chastow II avait confié la préparation du corps à un jeune ami à lui, ancien du Viêt Nam, chasseur de canards distingué et « morticien » de bonne réputation, qu'il avait fait venir de Milledgeville.

La Georgie tint à saluer dans les formes le départ de l'Honorable Robert C. Chastow I, descendant d'un officier de la guerre entre les États, propriétaire héréditaire de Chastow Plantation, fondateur de la Chastow Insurance Company, grand voyageur suspect de connivence avec la Russie communiste, sur les pelouses de qui le Ku Klux Klan avait failli brûler des croix dans les années soixante pour le punir de sa complaisance pour les Noirs, et qui, lorsque la cause de l'égalité raciale triompha, avait failli mettre ses chiens courants aux trousses des militants venus lui exprimer leur gratitude.

Il y eut un service religieux, au cours duquel le pasteur fit l'éloge des mérites que Grand-Pa n'avait pas et tut ceux qu'il avait. Pour le reste, on ne parla pas du mort, on ne versa pas une larme : on savait se tenir. L'après-midi, il y eut grand raout à Chastow Plantation en attendant le bridge vespéral. Mrs Chastow recevait, assistée de Constance. Robin II remit à Robin III une enveloppe de papier brun scellée, à son nom :

– Naturellement, c'est pour toi. Ton grand-père pensait que je ne sais pas lire. D'ailleurs, il n'avait pas vraiment tort… Sans compter que, demain, c'est le premier jour pour le dindon sauvage, il faut que je me lève tôt.

Constance n'avait pas vu son mari depuis des mois et aurait volontiers passé une heure ou deux avec lui, ne fût-ce qu'au salon, devant le feu que Chester avait allumé dans la cheminée, avec du vrai bois, sans recours au gaz… Chester qui, lui, au moins, pleurait sans honte la mort du « Colonel », si bien que les larmes dessinaient des passages d'escargot sur ses pauvres joues noires. Mais Robin secoua la tête :

– J'ai besoin d'être seul.

Il s'enferma dans sa chambre, décolla soigneusement l'enveloppe et se mit à lire un manuscrit tapé à la machine, avec un ruban de couleur bleue, un blanc et demi entre les lignes, et une pléthore de fautes de frappe.

MANUSCRIT DE GRAND-PA

Robin, je souhaiterais que tu surveilles ton imbécile de père, quand le moment sera venu de vendre mes chevaux. Il n'est pas homme de cheval, c'est vraiment le dernier des grouillots, tu n'es pas homme de cheval non plus, mais tu es tout de même capable de comprendre qu'un pur-sang qui a failli gagner le Kentucky Derby et un appaloosa avec un moignon de queue, ce n'est pas la même chose. Je veux que mes chevaux soient heureux sans moi et, pour cela, il faut les vendre très cher. Je te rappelle que c'est toi qui en hérites et que tu as donc avantage à voir les choses de près.

Je m'aperçois, sur le point de les quitter, que j'aurai beaucoup aimé mes chevaux.

Il y a plusieurs raisons avouables pour aimer les chevaux. Ils sont beaux, ils sentent bon, ils vous transforment en centaure, ils sont, quoi qu'en pensât le français André Breton (qui attribuait cette qualité aux femmes), le plus court chemin de l'homme à la nature, ils vous posent dans la société, ils peuvent coûter beaucoup d'argent et en rapporter davantage, leur domestication a complètement transformé l'histoire non seulement de la guerre mais aussi de la communication. En outre, certains sont affectueux, et je ne connais guère de plus grand plaisir que de casser une carotte entre les dents d'un cheval et lui en donner les deux moitiés.

Cela dit, les chevaux sont responsables de bien des malheurs de la société civilisée : Attila, c'est le cheval ; Gengis Khan, c'est le cheval ; Pizarre, c'est le cheval ; la féodalité, c'est le cheval ; et, qui pis est, la chevalerie, c'est le cheval. La division des hommes en hommes à pied et hommes à cheval, les premiers étant toujours, à tel ou tel degré, les esclaves des seconds, a fait à l'humanité un mal incalculable, et, de ce point de vue, il faut voir dans l'invention de l'automobile Model T de Henry Ford un facteur de libération aussi important que la Grande Charte des *Brits*, les Droits de l'homme des *Frogs*, notre Déclaration d'indépendance, la décollation de Louis XVI et le triomphe des bolcheviks en Russie.

Tu sais à quel point j'ai aimé monter à cheval – pour la vitesse, pour le danger, pour la communion avec la bête –, mais le concept d'homme à cheval m'est toujours apparu comme pernicieux, non seulement pour le cavalier, qui s'imagine être supérieur à la fois au cheval et au piéton, mais pour le piéton lui-même qui, hélas, montre trop souvent de la déférence et éprouve même du respect pour le cavalier. La victoire d'Azincourt, où les fantassins anglais, qui n'avaient pour arme que leur grand arc, ont triomphé des chevaliers français avec lances et armures, est une des plus satisfaisantes de l'histoire, et j'éprouve une vive sympathie pour les coutilliers, dont le travail consistait à tirer les mêmes chevaliers à bas de leur monture au moyen du fauchard et de leur plonger la coutille sous la mentonnière.

Et quand le mal fait par les cavaliers se serait arrêté à celui qu'ils étaient capables de perpétrer eux-mêmes ! Mais il y a eu l'influence déplorable qu'a exercé leur éthique : Mark Twain ne se trompait guère en affirmant que le véritable responsable de la Guerre entre les États était Walter Scott, lequel, avec ses romans, avait inculqué à nos familles les idées dites chevaleresques dont Cervantès, le cher homme, faisait déjà des gorges chaudes trois siècles plus tôt. Encore heureux que, dans cette guerre, nous ayons été battus et que ce soit le Nord, industriel et progressiste, qui ait remporté la victoire. Rappelle-toi cela, Robin : toujours et partout, ton combat devra être mené contre l'homme à cheval et cela d'autant plus que, de par ta naissance, c'est l'espèce à laquelle tu appartiens.

Notre Club a déclaré la guerre à l'homme à cheval voici longtemps déjà. Nous avons toujours été du côté du faible ou en tout cas du moins fort, du pauvre ou en tout cas du moins riche, et cela non pas à cause d'une sensiblerie chrétienne ou assimilée, mais parce que notre conviction est qu'il est indispensable d'égaliser les hommes. Ce n'est pas du tout qu'ils naissent égaux – le premier imbécile venu peut voir qu'ils ne naissent pas égaux –, mais justement que ce n'est pas le cas et qu'il faut les rendre tels. Le bonheur de l'humanité est à ce prix. Sans doute, l'idéal serait que tous les hommes fussent riches, mais, puisque c'est impossible, il faut préférer un monde où tous les hommes seraient pauvres à un monde tel que le nôtre où il y a des pauvres et des riches. Oui, l'égalité n'est pas une chose naturelle, c'est même la chose la plus contre nature qui soit, et c'est pourquoi l'imposer coûte si cher, en argent et en vies humaines, mais ce qui distingue l'homme de l'animal c'est que, justement, il n'a pas à être limité par sa nature. Est-il naturel, dis-moi, de sauter en parachute ou d'aller se balader sur la Lune comme Charlie Armstrong ?

Le but de notre Club, du moins ce que j'en ai compris, c'est la création d'une humanité sans conflits. Pour parvenir à cette fin, une seule solution : un gouvernement global ; or il n'y aura pas de gouvernement global tant qu'il y aura des hommes à cheval, jaloux de leurs prérogatives. Pour installer un gouvernement global, il faut affaiblir autant que possible les gouvernements existants sauf un (il se trouve que c'est le nôtre) et le noyauter (c'est le plus facile à noyauter pour nous). Depuis que le Club existe, il a, je dois dire, fait vider les étriers à bon nombre de cavaliers, dont, au début du siècle, les trois empereurs d'Europe, excusez du peu, et, si je vais jusqu'au bout de ces confidences, tu verras que ton vieux Grand-Pa a joué son petit rôle dans cette opération. Mais la génération suivante ne s'est pas reposée sur les lauriers de la nôtre et tu apprendras un jour comment, dans les années trente, nous avons financé simultanément Hitler et Staline avec le résultat que tu sais : l'Allemagne knock-out et l'URSS titubante, à qui nous tendions alternativement deux mains secourables, le Lend-lease d'un côté et le plan Marshall de l'autre. Comme tu sais, avec le Japon, nous avons recommandé la même méthode : d'une main, la bombe atomique sur la gueule et aussitôt l'autre offrant une corne d'abondance dans les intérêts de l'équilibre économique mondial. Seule la pusillanimité de Mr Truman a maintenu sur son cheval cet anachronisme vivant qu'était l'empereur des Japs : si on avait écouté notre Club, on aurait pu aller plus loin, mais hélas, nous ne sommes pas tout-puissants, quoi qu'en pensent certains adhérents naïfs de la théorie du Complot. Dans l'entretemps, l'ONU était née : après la fausse couche de la Société des nations, c'était un pas sérieux dans le sens de la globalisation.

Je te l'ai toujours seriné : nous – je ne veux pas dire les États-Unis d'Amérique ; franchement, les États-Unis d'Amérique, je m'assieds dessus parce qu'ils sont bien rembourrés, ha ! ha ! –, nous n'avons qu'un seul ennemi sérieux, un seul ennemi encore si peu que ce soit « à cheval », c'est la Russie. Pourquoi ? Premièrement, à cause de ses ressources naturelles, qui sont fantastiques et qu'il serait grand temps d'exploiter à notre profit ; deuxièmement, à cause de l'orthodoxie. L'orthodoxie, je te l'accorde, ce n'est pas essentiellement l'homme à cheval, c'est l'homme à bourricot, ce qui peut être encore plus dangereux : voir l'entrée à Jérusalem. À tout prendre, les pharisiens ont eu raison d'y mettre le holà. Non mais tu t'imagines, un descendant de roi qui fait des promenades à dos d'âne, un âne à qui le peuple élu jette ses robes et ses tuniques sous les sabots ! Ce n'est en aucun cas à encourager.

Je reviens à la Russie. Rappelle-toi ce qu'Ivan Tourgueniev faisait dire à Poutouguine dans son roman *Fumée* : « Si un peuple venait à disparaître de la surface de la Terre et s'il était ordonné que disparaisse immédiatement, en même temps que lui, tout ce que ce peuple a inventé, notre bonne mère la Sainte Russie pourrait tomber au fond du gouffre sans déranger le moindre clou : tout resterait le plus tranquillement du monde à sa place, car même le samovar, les chaussures de tille, la douga et le knout, ces célèbres produits russes, ne sont pas de notre invention. » Eh bien, vois-tu, cela est faux, non seulement parce que le monde serait indéniablement appauvri par la perte des icônes, de la musique monastique et de tout le XIXe pictural, musical et littéraire russe, mais aussi et surtout parce que la Russie c'est L'AUTRE OPTION DE L'HISTOIRE HUMAINE, ce qui fait, paradoxalement, qu'il serait bon, du point de vue de notre Club, qu'elle disparût corps et biens. Que la Russie soit le seul concurrent économique sérieux pour les États-Unis est une considération secondaire. Il n'y avait pas à la base de raison déterminante pour que le Club originel choisît de noyauter précisément les États-Unis. Si la Russie était « noyautable », c'est peut-être elle que nous aurions décidé de téléguider, mais il y a en elle, outre l'orthodoxie, un principe non fissile, une composante se prêtant mal au broyage, un goût pour les excès, une incapacité à suivre les chemins moyens, une tendance à jouer le tout pour le tout, qui en font un terrain peu propice à nos entreprises.

« Bon, assez philosophé. Tu sais tout cela à peu près aussi bien que moi et tu l'as prouvé – abondamment, si je comprends bien. Pour ma part, je cède à un mouvement de vanité sénile, et je voudrais te raconter deux occasions que ton Grand-Pa a eues – et qu'il n'a pas manquées – de remettre l'Histoire sur ses rails. Les deux fois, ce fut à propos de la rencontre d'hommes illustres : j'ai hissé l'un sur son destrier et fait basculer l'autre du haut du sien.

« Le premier, à vrai dire le plus connu des deux, fut Trotsky. L'histoire, dont nous avons toujours soigneusement surveillé l'écriture (« Qui maîtrise le passé maîtrise l'avenir et qui maîtrise le présent maîtrise le passé » notait déjà Orwell le génial), n'a guère insisté sur le passage de Trotsky aux États-Unis, mais, quelque soixante ans plus tard, je peux bien révéler à mon petit-fils que j'y fus, non pas exactement son traitant, mais en tout cas chargé à la fois de son bien-être et de son efficacité. Nous avions obtenu du président Wilson qu'il fît fournir à Mr Leiba Bronstein alias Leon Trotsky non seulement dix mille dollars, somme coquette pour l'époque, mais surtout le passeport qui allait lui permettre, en plein 1917, de regagner la Russie avec bobonne et deux fistons, plus cinq autres « socialistes » russes. Les Canadiens, il est vrai, risquèrent de toute faire manquer le 3 avril à Halifax, en faisant débarquer du *Christianniafjord* et interner à Amherst le grand homme et sa famille, sous prétexte de voir en lui un sujet Allemand. Je débarquai avec eux. Je ruai des quatre fers. Nous fîmes pression sur le State Department qui fit pression sur le Canada. Le directeur des postes, R.M. Coulter, d'Ottawa, se laissa convaincre avec l'aide de l'amirauté de Londres où nous avions des appuis : il intercéda avec éloquence au nom de la liberté. Bref, grâce à mon aide, Trostky fut introduit comme un suppositoire dans le derrière de la Russie et, le 28 novembre 1917, ce cher président Wilson donna des ordres pour que la révolution bolchevique ne rencontrât aucune opposition de notre part, l'ambassadeur Francis, qui y était opposé, recevant des instructions formelles de ne point la contrecarrer.

Il faut te dire que Mr Leiba Bronstein alias Leon Trotsky était vraiment l'homme de l'emploi. C'était, avec sa barbichette de prestidigitateur, un illusionniste de génie qui réussissait à s'illusionner lui-même, au point de se prendre, par exemple, pour un grand chef de guerre, et de faire croire la même chose aux siens et à ses ennemis, ce qui suffit pour remporter de grandes victoires. Pour toi, qui connais bien la littérature russe, je dirai que c'était le Khlestakov de Nicolas Gogol, réincarné. Nous avons passé de longues heures ensemble sur le pont et je l'ai souvent pris en flagrant délit de mensonge, mais de mensonge si éhonté qu'il m'est arrivé de lui mettre délicatement le nez dedans, sur quoi lui, au lieu de rougir, s'enorgueillissait de sa propre effronterie.

– Ah ! vous avez remarqué ! s'exclamait-il. Oui, c'est vrai, j'aime mentir et je dois dire que je mens très bien.

Il n'entendait pas par là qu'il réussissait toujours à se faire croire, mais que ses menteries les plus effrontées faisaient honneur à son imagination. Tu sais mieux que moi que le verbe *vrat'*(mentir) et le substantif *vral'*,(hâbleur) se prononcent souvent en russe avec admiration : « Comme il sait en conter, celui-là ! » D'ailleurs, c'est vrai que Trotsky savait donner libre cours à sa fantaisie. C'est lui qui a osé affirmer bien plus tard, en 1935, avec autant d'impudence que d'impunité, que la démocratie parlementaire était condamnée au même titre que l'économie de marché – on croit rêver – et que, sous le régime communiste l'homme deviendrait plus fort, plus sage et plus subtil, avec un corps plus harmonieux, des mouvements mieux rythmés, une voix plus musicale… Le type humain moyen s'élèverait, prétendait-il, au niveau d'un Aristote, d'un Goethe ou d'un Marx (je cite) ! Avec cela, il m'avouait, parmi les embruns qui nous éclaboussaient la figure et embuaient son pince-nez, qu'il avait toujours préféré les livres et les idées à la nature et aux individus, qu'il avait vécu entre bois et rivières sans jamais les remarquer, que les hommes traversaient son esprit comme des ombres fortuites. Des ombres fortuites, Robin, n'est-ce pas admirable ? Eh bien, voilà l'homme adonné à l'onanisme révolutionnaire le plus caractérisé, qui, avec notre aide, a triomphé de cet autre dont je vais te parler plus longuement.

Je ne sais pas très bien comment évoquer pour toi Alexandre Koltchak sans te dire d'abord qu'il m'est arrivé de chasser à courre non seulement en Virginie mais aussi en Angleterre, et que je n'ai jamais vu de chasseur plus fier d'un massacre de dix-cors que je le suis encore aujourd'hui de la défaite de Koltchak, laquelle a véritablement, je pèse mes mots, avancé notre cause d'un siècle. Rappelle-toi les mots de Lénine en pleine guerre civile : « Si les choses continuent ainsi encore quinze jours, le régime bolchevik est perdu. » Il faisait allusion aux victoires de Koltchak en Sibérie. Or, quels que fussent les vices et les défauts des monarchistes, des républicains et des socialistes russes à cette époque, il apparaissait qu'aucun de ces partis ne réussirait à détruire la Russie de fond en comble avec l'efficacité que déploieraient dans ce sport les bolcheviks. Il fallait donc qu'ils triomphassent à tout prix. Nous en avions pris conscience. Je fus dépêché auprès de Koltchak pour y veiller. Tu veux connaître ma couverture ? Ce fut une époque où nous utilisâmes la Croix-Rouge à jet continu. Je ne fus pas le seul. Les États-Unis, victimes d'un idéalisme à la fois démocratique et chevaleresque, n'avaient pas encore de service de renseignement digne de ce nom, mais je te jure que nous suppléions abondamment à cette carence.

J'ai donc approché Koltchak, et je dois te dire qu'aucun être au monde ne m'a jamais été aussi antipathique – je devrais dire « antipodique », du mot « antipode ». Oh ! nous étions tous les deux des gentlemen, nous n'avions froid aux yeux ni l'un ni l'autre, mais nous servions des causes diamétralement opposées avec des tempéraments aussi différents que possible.
Encore que marin et marin hors de pair, explorateur de l'Arctique – son nom a été donné à une île, et, dans le monde, on le présentait « Koltchak Polarny », Koltchak le Polaire comme Scipion l'Africain –, c'était vraiment ce que j'appelle l'homme à cheval dans toute son horreur, mais surtout n'en conclus pas que c'était une brute : il lisait Schiller, Shakespeare, Origène, Tertullien, saint Augustin, il apprenait le chinois, nous n'avons jamais pu détecter en lui aucun soupçon d'antisémitisme (au contraire, des Juifs soutenaient son régime), et, tout en demeurant chrétien orthodoxe, il s'intéressait au bouddhisme auquel il empruntait sa conception si peu occidentale de l'Être : « être, ne pas être, ne pas ne pas être »... comprenne qui pourra. Il est vrai que l'aspect guerrier des idées zen devait le séduire, et qu'il a découvert, avant quiconque en Occident, la pensée du général chinois Sun Tzu, l'inventeur, cinq siècles avant l'ère dite chrétienne, des techniques les plus modernes de manipulation de l'opinion publique, ce qu'on appelle la « désinformation », qui permet de vaincre sans combat, ce que, par parenthèse, Koltchak, mauvais élève de Sun Tzu, n'a jamais réussi ni même essayé. Quoi qu'il en soit, c'était un esprit éclectique et ouvert, et ce n'est pas après son esprit que j'en ai, mais après son éthique, après l'image qu'il se faisait de lui-même et de ce que l'homme doit être, bref après le culte équestre du Héros.
Tu ne sais probablement pas grand-chose de la biographie de cet homme, l'un des plus étranges à avoir vécu à notre époque. Qu'il te suffise de te mettre en tête que cet amiral bien noté, ce scientifique soucieux de progrès, qui s'était battu contre les Japs et, pendant la Première Guerre mondiale, avait quelque peu étrillé les Huns dans la Baltique et en mer Noire, qui avait composé intelligemment avec la révolution de février, qui, vif comme l'éclair, avait percé à jour la nullité du président Alexandre Kerensky, qui, après la révolution, avait sollicité la grâce de servir les alliés dans les grades les moins élevés, fût-ce en Mésopotamie (!), pourvu que ce fût contre l'Allemagne, s'est retrouvé brusquement gouverneur suprême de l'Empire, c'est-à-dire le seul homme face aux bolcheviks. Oh ! il y avait eu Kornilov, Ioudénitch, Dénikine, il y aurait

Wrangel, leur courage n'est pas en cause, mais, toi et moi, ce qui nous intéresse, c'est l'efficacité. Eh bien, de ce point de vue-là, il n'y avait que cet homme, au visage sculpté dans la glace, qui, installé à Omsk, taillait des croupières à nos amis bolcheviks.
Figure-toi Omsk 1919.
Comme grand-rue, tu as le boulevard de Lyoubov, autrement dit de « l'Amour », parce que la fille d'un général-gouverneur du XIXe siècle portait ce prénom et que, l'ayant perdue à la fleur de l'âge, il avait résolu de perpétuer son souvenir, sans distinguer entre le chagrin qui le tenaillait et le territoire qu'il administrait. De part et d'autre de ce boulevard, de superbes hôtels, les uns classiques dans leur sobriété, les autres victoriens dans leurs contorsions, faisant vraiment capitale. Capitale coloniale ? Soit. Mais datant à peu près de la même époque que Washington, et parfaitement européenne en pleine Sibérie. L'Irtych est majestueux et se prête aux plus belles croisières. L'ancien bagne est là, où Dostoïevsky a fait son temps et a été sauvé de la bastonnade par un directeur de prison français. Voilà d'où Koltchak le Polaire menaçait Lénine dans son Kremlin moscovite.
Succès, revers. Koltchak ne connaissait pas la guerre sur terre et ce n'était pas un esprit politique ni une tête suffisamment brûlée pour ce genre de circonstances extraordinaires. La tête brûlée, sinon politique, c'était plutôt le commandant de la garnison d'Omsk, le général Vladimir Aleksandrovitch Volkoff qui, apprenant que le Directoire de la Sibérie allait faire arrêter les officiers monarchistes, dont le gouverneur suprême lui-même, les a tous coxés dans la nuit du 17 au 18 novembre, et te les a fourrés en prison, le temps d'asseoir son petit coup d'État. Remarque, pas une exécution : Koltchak n'allait jamais au bout des pleins pouvoirs qu'il aurait pu exercer : c'était un légaliste qui, au lieu de passer les concussionnaires ou les traîtres par les armes, ne pouvait s'empêcher de les livrer à une justice de temps de paix peu efficace. D'un autre côté, il ne tenait pas bien en main nombre de ses généraux qui préféraient des méthodes plus expéditives, d'où des incohérences qui lui ont porté tort. Bref, le front plia : devant la reconquête rouge, les blancs abandonnaient la Russie d'Europe, l'Oural, et des tranches de plus en plus vastes de Sibérie.
Quand je suis arrivé sur place, j'ai tout de suite mis le doigt sur le point faible du dispositif koltchakien : c'était la Légion tchèque, formée d'anciens prisonniers de guerre austro-hongrois, libérés par les Russes et armés contre leurs anciens maîtres, n'ayant d'autre

désir que de retourner dans une Tchéquie rendue indépendante par la défaite de l'Autriche, et prêts pour cela à se frayer un passage à travers les lignes rouges, donc à coopérer avec les blancs. Ce n'était pas une mauvaise idée de les utiliser, mais il aurait fallu leur confier des missions d'assaut de manière à les user contre les rouges et les rouges contre eux. Koltchak, lui, ne trouva rien de mieux que de leur confier la garde de ce gigantesque serpent de fer qu'est le Transsibérien (7 371 kilomètres), lequel formait sa seule liaison avec ses arrières : cette Sibérie sans limites, regorgeant d'hommes et de ressources dont il se trouva coupé dès que les Tchèques eurent compris qu'ils pouvaient traiter avec les rouges plutôt que de se battre contre eux.
Imagine ces arpents de neige – 12 765 000 verstes carrées – traversés par le serpentin du chemin de fer, et quand je te parle de neige, c'est de neige que je te parle, pas des quelques flocons qui tombent une fois tous les dix ans à Atlanta. Je te parle de la neige et du silence s'étendant sur une superficie dépassant l'imagination. Et il faut qu'à cette image blanche et silencieuse tu ajoutes un FROID que tu ne peux même pas imaginer. Quand les trains qui descendaient et remontaient le Transsibérien s'arrêtaient, il était facile de reconnaître les cuisines et les latrines aux cylindres de glace qui se formaient rapidement sous leurs exutoires et qu'il fallait trancher à la hache. Or, toute l'action militaire se recroquevillait de plus en plus autour du tracé. Dès lors, Koltchak était perdu. Mais il fallait veiller qu'il le fût le plus vite possible et définitivement. Il quitta Omsk le 14 novembre 1919, et s'offrit sept semaines de fuite en *railway*.
Nous étions là, pas mal d'étrangers, avec des desseins qui n'étaient pas toujours clairs : la plupart auraient soutenu Koltchak jusqu'au bout s'il avait gagné, et l'abandonnèrent dès qu'ils virent qu'il était sur le point de perdre. Outre les soixante mille Tchèques du général Syrovy qui détestait ouvertement Koltchak, il y avait des Japonais, des Lettons, des Polonais, des Roumains, des Serbes, des Français avec leur général Janin, qui portait des décorations de tous les pays du monde et s'était fait une garde prétorienne du 6e régiment d'infanterie tchèque, les Anglais avec le colonel Knox, beau comme Apollon si Apollon avait eu une moustache et avait fait ses études à Sandhurst, des Américains, dont l'ambassadeur Morris, le représentant Harris, le général Graves, le colonel Morrow et Robert C. Chastow de la Croix-Rouge.

Moi seul savais exactement ce que j'avais à faire, et ce n'était pas seulement m'assurer de la capture de Koltchak par les rouges, mais aussi veiller que le trésor impérial dont Koltchak s'était emparé à Kazan – 650 milliards de roubles or qu'il ne voulait pas confier aux alliés – tombât finalement aux mains des bolcheviks, ce qui, grâce à moi, arriva.

Les événements ne sont pas intéressants en eux-mêmes. Un mois après avoir quitté Omsk pris par les rouges, Koltchak, qui voyage avec sept trains, dont le train au trésor, se trouve sur une voie de garage – tu peux l'entendre symboliquement, si tu veux – à Nijnéoudinsk. Les Tchèques, pressés de se rapprocher du Pacifique dans l'espoir de rentrer chez eux, s'emparent des trains russes, jettent malades et blessés sur la voie. Koltchak ordonne de saboter les tunnels et les ponts pour bloquer le mouvement. Son message est surpris. Colère des Tchèques, qui forment toujours la garde de Koltchak mais ne lui rendent plus les honneurs. Janin, représentant du commandement supérieur interallié, reste injoignable, le temps que la situation se gâte tout à fait. Les Japonais sont prêts à soutenir Koltchak ; Janin – carburant au sulfonal que je lui fournis en même temps que mon soutien moral – les en décourage. Les hauts commissaires étrangers s'inquiètent du sort de Koltchak ; sous mon influence, Janin refuse de le défendre. Les socialistes révolutionnaires russes prennent le pouvoir à Irkoutsk ; cadets et cosaques fidèles à Koltchak tiennent encore le centre de la ville : « Si vous prenez les socialistes révolutionnaires à partie, leur fait déclarer Janin sur mon conseil, je considérerai cela comme un acte hostile et j'agirai en conséquence. » À Koltchak, qui voudrait le regarder les yeux dans les yeux, Janin fait répondre que cela lui serait trop pénible après le désastre. Au gouvernement français qui veut savoir quelle est la situation de l'amiral, Janin répond qu'on ne sait où il est et que sauver sa vie paraît compliqué. Dans la nuit, les Tchèques retirent leur protection. Des gardes bolcheviks à cocarde rouge les remplacent au petit matin. Le 14 janvier 1920, à 18 heures, sur ordre de Janin, Koltchak est livré. Le 15 janvier, à 21 heures 55, il est remis au centre politique d'Irkoutsk. Le 7 février, il est fusillé sur les bords de l'Angara. Un trou est pratiqué dans la glace et le corps du gouverneur suprême est jeté dedans.

J'en reviens au personnage, qui m'intéresse davantage que sa fin, à laquelle je me flatte pourtant d'avoir ajouté mon grain de sel, surtout en manipulant ce filou de Janin. Je t'ai dit que Koltchak m'était odieux et que je me réjouis d'avoir participé à sa perte, mais je ne t'ai pas encore vraiment dit pourquoi.

Il avait les yeux perçants, quelque chose d'inquiétant dans la découpe impérieuse des lèvres, la voix puissante et virile, la démarche alerte, un sens communicatif du bonheur et de la fête – moins sans doute lorsque je l'ai connu qu'à l'époque où il était au sommet de la gloire et de l'innocence, mais il lui en restait encore quelque chose. Ses matelots disaient de lui, avec approbation : « Il est féroce, notre amiral. Nous encore, ça va, mais les officiers, alors là, qu'est-ce qu'ils prennent !… » Avec cela, le sens de l'humour, le culte des nuits blanches de Pétersbourg, le goût des fleurs : il aimait surtout nos magnolias et nos camélias sudistes. Dans le fond, je crois que c'était un rêveur, une espèce d'enfant qui s'était laissé gâter par la vie. Vers la fin, il n'aimait plus entendre de mauvaises nouvelles, ce qui, dans un homme portant des responsabilités est le signe avant-coureur de la catastrophe. J'estime que, malgré toutes ses qualités, il était trop fragile pour son poste, où il aurait fallu un demi-dieu comme Napoléon Bonaparte, un de ces héros qui n'ont pas de scrupules, pas de préjugés, pas d'idéal, pas de déontologie, pas de cœur, devant qui tout cède parce qu'ils sont prêts à tout.

La fin qu'il fit, comme on le sait maintenant, fut chrétienne, ce qui n'est pas un bon signe non plus pour un vrai grand homme : il savait d'avance ce qui allait lui arriver, il s'inclinait devant l'inévitable, il priait, il pardonnait, il baisait les mains de celle qu'il aimait. Est-ce un héros, cela ? J'aime encore mieux son geste quand il jeta dans la mer Noire un sabre donné par le tsar plutôt que de se laisser désarmer par les mutins, ou quand, au moment d'être fusillé, il fit cadeau de son porte-cigarettes en or au chef de ses bourreaux.

Sa Weltanschauang était consternante. On la connaît assez bien maintenant par sa correspondance et son interrogatoire qui ont été publiés, mais je me rappelle surtout ses confidences : « Ce qui importe n'est pas ce qui est, mais ce qui doit être. Coupable est celui à qui il arrive malheur, même s'il est innocent juridiquement. Tout ce qu'on fait, on le paye, et on ne doit pas partir sans payer. Si on a peur, il faut foncer sur l'épouvantail : alors on a moins peur. L'idéologie démocratique amène la décomposition morale. » Il séparait les hommes en deux catégories : les dignes et les indignes. Son amour de la guerre était non seulement pathologique, mais métaphysique. Il fallait l'entendre s'extasier devant les lames des sabres des samouraïs ; il en possédait quelques-unes, fort anciennes. « Dans la lame, disait-il, se trouve une partie de l'âme du guerrier. » Parfois, contemplant l'éclat mat d'une lame à la lueur des braises, il croyait voir apparaître des ombres là où l'on voit onduler le fer et l'acier soudés ensemble. Il était respectueux de l'étiquette japonaise : je ne l'ai jamais vu dégainer une de ces lames plus qu'à moitié. Il osait dire que, pour réussir à la guerre, il fallait d'abord la souhaiter, que la guerre était au-dessus de la justice, du bonheur personnel, de la vie même, qu'il n'avait qu'un désir : tuer de l'Allemand. Tantôt il affirmait que la guerre lui avait donné un bonheur dont on n'avait pas idée, tantôt il avait hâte de partir pour le front afin de s'y reposer (*sic* et re*sic*) ! Je l'ai entendu me dire : « Ma foi en la guerre est devenue pour moi une croyance religieuse. Je mets la guerre plus haut que la patrie, plus haut que tout. » Tu vois le genre de dangereux olibrius que c'était. Oui, Héraclite a raison de dire que le conflit est père de toutes choses, et, pour dépasser cela, le seul moyen est de tuer en nous le père qui nous inculque héréditairement cette croyance : tel est le sens du mythe d'Œdipe. S'il est vrai que la société ne peut être gouvernée que par les guerriers ou par les marchands, j'opte pour les marchands parce que les guerriers ont toujours l'échappatoire du sacrifice suprême.

Au demeurant, ce qu'il y avait encore de plus inacceptable dans cet homme, c'était l'amour qu'il vouait à sa maîtresse, Anna. Il était chrétien, marié, et il s'affichait avec la femme d'un autre. Bravo. Il se prétendait le gouverneur suprême d'un peuple volontiers moralisateur, et il n'y causait que du scandale. Bravissimo. Mais c'est surtout la forme exaltée de cet amour qui m'était insupportable, encore qu'Anna fût une forte femme, et charmante. Il ne faisait guère de différence entre cette femme et la guerre qu'il menait. Il ne pensait pas à elle sans penser à la guerre, à laquelle il associait le meilleur, le plus cher de ce qu'il avait. « Au moment des travaux guerriers à proximité de l'ennemi, je ressens ce sentiment de bonheur que j'éprouve auprès de vous. » Tu peux comprendre ça, toi ? Il considérait le privilège de lui baiser les mains (les mains, tu parles !) comme sa récompense pour ses exploits guerriers. Il conservait un de ses gants comme un talisman. Il faisait la causette à sa photo. Il y avait dans tout cela, tu me pardonneras, un côté cavalier sudiste qui est ce que j'exècre le plus au monde.

Cela dit, je dois reconnaître que la dulcinée de Koltchak n'avait pas été mal choisie et qu'elle sut se tenir jusqu'à la fin comme une vraie lady. Là, on est en pleine tragédie, au sens grec du terme. Lorsque, après avoir passé ses dernières heures de gouverneur suprême dans un compartiment de deuxième classe, il tomba aux mains des rouges, elle exigea de partager sa captivité. Bien sûr, on les sépara, mais quelques jours encore, ils purent correspondre et s'entr'apercevoir de temps en temps. Quand on l'eut exécuté, on n'osa pas le lui dire, mais elle devina. Elle fut torturée par les bolcheviks, passa la plus grande partie de sa vie en prison et mourut enfin, il n'y a pas si longtemps, en 1975, en laissant quelques assez beaux poèmes, dont celui-ci, que je trouve quelque plaisir à te traduire (encore que tu puisses aussi bien le lire en russe – original annexé) :

Et chaque année, en février, le sept,
Demeurant seule avec ma ferme mémoire,
Je commémore un an de plus passé.
Ceux qui te connaissaient, ils ne sont plus,
Et ceux qui sont ne se rappellent plus rien.
Et cette journée, pour moi la plus atroce,
Elle n'est pour eux, comme toutes les autres,
Qu'une feuille volante de leur calendrier.

Sais-tu comment Anna appelait Alexandre à l'époque de leur fugitif et insolent bonheur ? « Ma chimère » ! Ce n'était pas si mal trouvé.
Je ne sais pas trop pourquoi j'ai eu envie de te raconter cela. Peut-être, comme je te le disais au début, pour que tu t'occupes convenablement de mes chevaux, peut-être pour te rappeler que, en dépit de tes ascendants, l'homme à cheval doit être ton ennemi, mais peut-être aussi pour briller encore un peu à tes yeux, ou – incompréhensible mais non exclu – pour m'y noircir afin d'être plus ressemblant.
Quoi qu'il en soit...
Je ne sais pas s'il y a un autre monde, Robin, mais, s'il y en a un, je t'y donne rendez-vous.

Passer des heures à lire ce manuscrit n'était pas ce que Robin aurait dû faire s'il avait tenu à son mariage.

Car Constance était tombée amoureuse de lui parce qu'elle lui trouvait un charme inquiétant à la Rhett Butler l'irrésistible, tandis que David, c'était plutôt Ashley le féal, mais les Rhett Butler sont faits pour être aimés un temps et les Ashley, épousés à jamais ; il y avait donc quelque confusion dans le cœur de Constance. En outre, Rhett-Robin était si souvent absent et David-Ashley trouvait tant de prétextes pour hanter Chastow Plantation que, d'ici peu d'années, Robin allait se retrouver divorcé et avec une descendance assurée, ce qui convenait assez à la forme de son destin.

Le flegme avec lequel il avait réussi la manipulation des mineurs sibériens sous le nez du KGB fit impression sur ses chefs, et, dès la chute du communisme, des responsabilités encore plus délicates lui furent confiées : il s'agissait de favoriser la création d'un nouvel État qui fédérerait la Finlande, l'Estonie, la Lettonie, la Lituanie, et un vaste territoire baptisé Carélie, qui serait arraché à la Russie, cannibalisée dès lors sur son flanc nord-ouest.

Cette opération fut un échec, que Robin avait prévu et annoncé : la Finlande ne souhaitait pas renoncer à son indépendance ; du reste, elle avait de bonnes relations avec la Russie ; les météorites baltes espéraient graviter autour du soleil allemand ; la Carélie, qui ne produisait guère que des bouleaux aptes à faire des meubles et ne parlait d'autre langue que le russe, ne voyait pas de raison de faire sécession. Écœuré par ce qui lui était apparu comme une manifestation d'incompétence et d'entêtement du commandement, Robin se sentait prêt à quitter la CIA.

Ce fut ainsi qu'il aborda la troisième période de sa vie. La mort de son père, noyé ivre pendant une chasse au canard, et le remariage de sa mère avec un champion de bridge, banquier de surcroît, survinrent à ce moment-là.

*

Il était allé faire ses confidences à Dr Kirsten – devenu dans l'entre-temps doyen(ne) de la Varsity.

– Ces imbéciles m'emploient parce que je connais les réalités russes, mais ils ne tiennent pas compte de mon opinion. En outre, la préférence donnée au *sigint* sur le *humint* [1] va nous entraîner dans les pires déboires. Est-ce que le Club veut vraiment que je reste dans cette boutique ?

Dr Kirsten lui jeta un regard par en dessous.

1. Aux interceptions de transmissions sur le renseignement d'agent.

– En vérité, la coïncidence est amusante. Je pensais, de mon côté, à vous suggérer de donner votre démission. Nous ne vous avons affecté à la CIA qu'afin de vous faire apprendre un métier grâce auquel vous pourrez nous rendre des services. Huit ans d'école, c'est bien. Je pense que ces braves *spooks* [1] n'ont plus grand-chose à vous enseigner, et il est temps que vous vous mettiez à travailler sérieusement pour nous. Ambrose Bierce disait que la paix est une période de tricherie entre deux périodes de boucherie.

– Dans quelle tricherie vais-je me lancer, Dr Kirsten ?

Dr Kirsten piailla de sa voix éraillée de perroquet :

– Cette fois-ci, pour changer, nous allons vous brancher sur l'humanitaire.

Tant qu'il avait travaillé pour l'État, Robin avait été excédé par l'efflorescence des ONG qui pullulaient dans le monde comme autant de parachutes largués dans le ciel, ou de méduses dans le golfe du Mexique. Et maintenant voilà qu'il allait profiter de cette prolifération. Cela l'amusa. Il ne garderait aucune nostalgie de la Compagnie, il ne s'y était pas fait d'amitiés – « à la CIA, si vous souhaitez un ami, achetez un chien » –, et il se disait avec un malin plaisir qu'il utiliserait au service d'un dessein plus ambitieux les méthodes qu'il y avait apprises.

– Naturellement, reprit Dr Kirsten, vous serez braqué sur les Russkies. L'excellence condamne à la répétition. Et je pense que vous êtes déjà convaincu que la bataille que les États-Unis ont menée avec succès contre le communisme n'est qu'une de celles qu'ils ont livrées et continueront à livrer à la Russie…

– C'est la doctrine même de la Compagnie que vous me servez là, fit Robin, déçu : il s'attendait à des révélations.

Dr Kirsten poursuivait :

– Cette guerre n'étant elle-même qu'un incident de celle que le Club mène contre ceux, qui qu'ils soient et d'où qu'ils viennent, qui entravent ses progrès.

Il y eut un silence, et il sembla à Robin qu'il lisait dans l'esprit de Dr Kirsten : « Vous êtes, mon cher Robin, d'un degré d'initiation trop bas pour que je vous révèle que, si les États-Unis gênaient le progrès de ces idéaux, nous nous arrangerions pour que les États-Unis eux-mêmes disparussent. » Cela lui plut. Tout ce qui faisait avancer sa pensée d'un cran lui plaisait. En même temps, il se gardait d'anticiper.

1. Barbouzes.

Au Club, la Leçon suivante n'était jamais celle qu'il avait imaginée, et il s'en réjouissait chaque fois. L'attente comblée ne va pas sans, en outre, le cadeau d'une surprise.

– Pour le moment, reprit Dr Kirsten de son ton pédant, la politique des États-Unis d'Amérique et la nôtre coïncident. Ce n'est pas pour rien que, dès 1959, le Club a soufflé au Congrès américain le vote de la loi P.L. 86-90, sur l'aide à fournir aux nations asservies par le communisme…

– La Russie étant exclue de la liste, intervint Robin. Je sais. Chapeau. C'était génial.

– Tandis que la Chine et le Tibet étaient inclus, sans que personne s'aperçoive de l'absurdité d'un Tibet et d'une Chine opprimés par la Russie, alors que c'était la Chine qui opprimait le Tibet. Bref, la base légale d'une lutte à mort contre la Russie était posée.

Dr Kirsten se passa la langue sur les lèvres.

– Il faut que vous compreniez, cher garçon, que la compagnie d'un État, quel qu'il soit, est nécessairement à courte vue, alors que nous autres…

Et Robin avait mené avec succès deux opérations du Club, dont chacune avait duré plusieurs années, et que le gouvernement des États-Unis n'avait ni bénies ni interdites, soit que les autorités en comprissent l'idée directrice, soit qu'elles ne la comprissent pas. Temporairement, les itinéraires se recoupaient, encore qu'on allât peut-être dans des directions contraires.

Pour la mission de Robin en Sibérie, la CIA lui avait laborieusement fabriqué une fausse identité, une couverture, une légende. Cette fois-ci, ce fut plus raffiné. Sous son propre nom, Chastow, qui pouvait fort bien être le nom russe Tchastov orthographié à l'anglaise, il joua le rôle d'un fils d'émigré saisi par la nostalgie de son pays.

Dans un premier temps, il se mua en pasteur baptiste et sema la vérité biblique le long de la Volga.

Les prédicateurs de l'ONG *Wish Watch*[1], à laquelle appartenait Robin, voulaient répandre la bonne parole protestante parmi les pauvres Russes prédestinés à l'enfer ; le Club voulait réduire l'influence de l'Église orthodoxe pour affaiblir la Russie : les desseins concordaient, les compères marchèrent la main dans la main. Robin aima cette forme de partenariat où le cynisme le disputait à l'hypocrisie. Il s'aima bénissant les foules, la main dressée : « Que l'amour

1. Veuillons –Veillons.

de Dieu le Père et la grâce de Dieu le Fils, et le compagnonnage du Saint-Esprit soient avec vous ! » Et, à chaque bénédiction, il avait le sentiment de damer le pion au barbu huilé, mitré et encensé qui siégeait à Moscou et se prenait pour la tête de la Troisième Rome. Les circonstances étaient propices : pendant trois générations, les appétits spirituels des Russes n'avaient pas été satisfaits, et il y avait, parmi eux, assez d'individus sensibles aux blandices de la dissidence, du mysticisme individualiste ou collectif, de l'ascèse, de la *bezpopovchtchina* – absence de clergé organisé –, pour que le protestantisme le plus extrême y trouvât un terrain favorable.

Lorsque Robin eut frayé la voie pour le Club, d'autres furent appelés à lui succéder, tandis qu'il était investi d'une mission autrement compliquée. Une fois de plus, ce fut Dr Kirsten qui lui mâcha la besogne.

– Cela fait à peu près un siècle que nous travaillons à la noyade de la Russie, mais elle surnage : nous avons beau lui envoyer des coups de rame sur la tête, elle reparaît de l'autre côté du bateau. Le communisme était une bonne idée. Il a fait de la Russie un épouvantail à nations, qui nous a profité pendant trois quarts de siècle, parce que le monde entier venait se jeter sous nos ailes protectrices, tandis que le système rongeait comme un acide les forces vives du pays, économiques et intellectuelles : c'était tout gain. Si nous en avions fait à notre tête, le communisme serait resté en place et il aurait complètement détruit la Russie de l'intérieur. Cela n'a pas été possible. Trop d'Américains mal informés, dont le gouvernement, désiraient l'effondrement du communisme qu'ils prenaient pour le mal absolu, alors que c'était un bien relatif. Nous avons été obligés de laisser faire, et vous-même, de participer… Mais maintenant, les donnes sont différentes. Cet effondrement a eu au moins une conséquence positive : l'effritement de l'Empire russe, et, s'il faut tout vous dire, nous n'avons qu'une crainte, c'est qu'il se reconstitue. Alors, voici ce que vous allez faire…

À la suite de ses expériences pastorales, Robert Chastow s'était passionné pour la culture russe dans ce qu'elle avait de moins grand-russien. Entre autres, il avait découvert l'écriture glagolitique, antérieure à la cyrillique et, au profit d'une autre ONG, nommée *Cullife* [1], il fonda à Kiev un institut de recherche spécialisé dans ce domaine. L'entreprise aurait paru absurde aux têtes sélectionnées et organisées de la CIA, mais, sur le terrain, elle ne surprit personne. Qu'un pasteur

1. *Culture and life*, culture et vie, ou *Cull life*, cueillez la vie, au choix.

anglo-saxon d'origine russe fût plus ou moins fou paraissait vraisemblable. Qu'il disposât de fonds considérables plaidait en sa faveur. L'Ukraine indépendante, en train de se fabriquer une langue littéraire à partir d'un dialecte qui n'était guère parlé que par le petit peuple de ses provinces occidentales, ne pouvait se scandaliser qu'on lui proposât un alphabet qui lui appartînt en propre.

Et Robert Chastow interprétait son rôle à merveille. *Hobby* rime à la perfection avec *lobby*, remarquait-il plaisamment. Les portes s'ouvraient devant lui : sous l'œil médusé de ses anciens collègues de la CIA qui se demandaient à quel jeu il jouait, il fréquentait familièrement le président ukrainien et les membres du Parlement, et n'avait en réalité qu'une fonction : repérer les personnages influents favorables à un retour de l'Ukraine dans la Fédération de Russie, ce qui eût rendu à la Russie ses débouchés sur la mer Noire. Ce qui arrivait ensuite à ces hommes ne concernait plus vraiment Robin : deux devinrent riches et changèrent d'opinions ; un troisième mourut de la variole. L'Ukraine, tout en continuant à graviter autour du soleil moscovite, ne chercha plus à s'en rapprocher.

Au bout de quelques années, Robin, rappelé aux États-Unis, transmit docilement sa passion pour le glagolitique à un remplaçant, et fut chargé de missions d'inspection qui lui firent faire plusieurs fois le tour du monde et y installer ses « thermomètres », tout en gardant un œil sur la Russie au profit d'une autre ONG, *Bids for Kids*, avec son antenne pétersbourgeoise. Les Patriarches voyaient loin : il n'était pas impossible que, d'ici une génération ou deux, le Club fût amené à ouvrir une succursale en Russie et à recruter des membres parmi des orphelins qui auraient déjà bénéficié d'un enseignement inspiré par lui.

Cependant, depuis l'arrivée au pouvoir du nouveau président de la Fédération de Russie, il y avait plus urgent à faire.

6

À aucun moment, Robin n'avait mis en doute son allégeance au Club. Il y appartenait, il lui appartenait.

Ce n'était pas à cause du déballage indécent de l'initiation culminant dans la signature d'un chèque volé, c'était parce qu'une autre volonté s'était glissée à l'intérieur de la sienne, comme une main dans une marionnette, et qu'elle excitait terriblement en lui cette passion qu'est, pour certains, la curiosité. Ève croqua la pomme par curiosité plus que par concupiscence, et c'est par curiosité que moururent les femmes de Barbe-Bleue. La *libido sciendi* n'est pas la plus innocente des trois, et, au-delà des facilités et du pouvoir qui étaient promis à Robin, au-delà même de l'orgueil d'appartenir à ce Club le plus fermé de tous (sur les deux cents millions d'Américains et les cinq milliards d'humains, treize nouveaux membres par an, donc, au total, quelque sept cents vivants au maximum), il y avait un péché de curiosité dont l'assouvissement valait bien qu'on y sacrifiât un salut auquel on ne croyait pas.

Robin devait avoir le profil du parfait Clubman, car il progressa, de degré en degré, deux fois plus rapidement que la plupart de ses pairs. Cela lui donna une vision synthétique des choses, qui devait échapper à certains.

De Leçon en Leçon, ce qui l'avait frappé, c'était l'illustration continue d'une théorie qui pouvait aussi bien tenir de la dialectique hégélienne – thèse que contredit une antithèse suivie d'une synthèse qui les englobe et sert de thèse à une nouvelle triade – que de l'Écriture : « Je ne suis pas venu détruire la loi mais l'accomplir. » On sentait là une fermeté de doctrine qui, à travers les détours d'un labyrinthe fait pour cristalliser provisoirement les illusions, guidait le candidat idéal vers une vérité ultime inaccessible à la majorité. Il en tomberait passablement au bord de la route, des Clubmen qui, efficaces aux degrés inférieurs d'initiation, ne seraient pas capables de passer au suivant, non qu'on le leur refusât, mais parce que les limitations imposées par leur nature ou par leur culture leur interdiraient ce saut de contraire à contraire qui formait le sens même de la gymnastique et de la doctrine du Club. Sauf que, en réalité, pied droit, pied gauche, on progressait dans une direction qu'on ne connaissait pas et pour laquelle on faisait confiance aux hiérarchies supérieures. Il devait y avoir un cap secret : sinon pourquoi toutes ces bordées ?

Robin comprit rapidement que les degrés inférieurs d'initiation avaient pour but de libérer le nouveau Clubman des données qu'il tenait de sa naissance et de son éducation, et de le rendre maître de lui-même. C'était dans cet esprit qu'on lui avait fait faire du parachutisme, sport individuel, alors que, pendant la phase préalable, on l'avait jugé sur ses capacités à opérer en équipe. De même, il fut temporairement immergé en milieu noir et pauvre, pour compenser ses ascendants sudistes et opulents. Un de ses camarades, affichant des sentiments baptistes, avait été envoyé s'occuper d'œuvres catholiques irlandaises favorables à l'IRA. Un militariste dut passer des mois dans un camp de hippies. Un quaker reçut l'ordre de faire West Point. Un homophobe impénitent fut invité à fraterniser avec des communautés d'homosexuels. La plupart en concluaient qu'ils devaient soit se raidir sur leurs positions soit franchement passer à l'ennemi, mais Robin avait déjà compris que ce n'était pas cela qui leur était demandé : c'était au contraire l'art de sympathiser superficiellement avec tout un chacun, de se pénétrer de l'idée que les hommes étaient égaux et semblables, et de ne rien conclure avant de passer au niveau supérieur.

La première étape avait donc consisté dans la destruction des « nous » fournis à l'individu par les circonstances, et dans une exaltation systématique du « moi ». Des drames de famille en résultèrent, mais le Club ne s'en inquiétait pas : il était en train de former ses futures élites. Il y eut aussi un ou deux accidents, mortels ou psychiatriques – un empoté tomba, nu-tête, d'un étalon ; un naïf succomba au LSD –, mais la doctrine était claire et conforme à la morale ancestrale et virile des Anglo-Saxons : les faibles sont faits pour crever, qu'ils le fassent au plus vite.

Une deuxième étape, que certains Clubmen ne dépassèrent pas, eut pour objet la destruction du « moi » après celle du « nous ». Si l'entrecroisement des divers « nous » qui me font être « moi » n'existe pas, qui suis-je ? Les prétentions de l'individu à être sont dérisoires. Tout au plus peut-il exister, s'épanouir, jouir. C'est là que les tentations d'un côté, les découragements de l'autre assaillirent les rescapés. Il fallait se persuader de l'évidence : le « moi », libéré et choyé dans un premier temps, n'était après tout qu'une loque, promise ou à la déchéance ou à l'illusion de la grandeur, s'il n'était pas rédimé par le « nous » d'élection du Club.

Une troisième étape conduisait à la découverte de l'autre, qui, mal dirigée, eût risqué de réhabiliter une autre forme du nous, rivale de celle du Club. Si peu que j'existe, d'autres existent aussi. Qu'en dois-je faire ? Me mettre à leur service ? Il y eut là une féroce élimination de la tentation chrétienne, avec des voyages dans des pays où une bonne partie de la population mourait de faim. Ceux qui en revenaient trop compatissants ne dépasseraient pas le degré d'initiation auquel ils étaient parvenus.

On découvrait ensuite que l'autre pouvait être associé au moi et même lui redonner une raison d'être, à condition d'être utilisé. Le moi seul n'est rien, mais le moi s'appuyant sur autrui, comme Adam sur Ève ou Robinson sur Vendredi, c'est déjà la société reconstituée, le contrat social en gestation, non pas le « nous » initial et arbitraire, mais un nouveau « nous » fondé sur le choix de chacun : moi + toi = nous, 1 + 1 = 3.

On s'apercevait alors que l'idéal égalitaire, d'abord présenté comme indépassable, était en réalité un leurre, parce que les talents ne sont pas également distribués entre les hommes. Dans l'entre-temps, le sentiment de la suprématie indéniable, presque biologique du Club avait été progressivement acquis. Le seul vrai « nous », c'était le « nous » aristocratique des Clubmen.

Lorsqu'on s'était haussé jusqu'à ce niveau-là, on en arrivait à une constatation surprenante pour ceux qui, à la première étape, s'étaient complus à rejeter leurs traditions. La démocratie américaine, héritée de la *Magna Carta* et de l'*Habeas Corpus* britannique, consacrée par la Constitution de 1775, n'avait pas une valeur absolue, d'accord, mais c'était encore ce qu'on avait trouvé de mieux pour faire vivre les différents « autres » en société sans qu'ils se bouffent trop le nez. Ce n'était pas une formule magique, mais une recette qui, d'amendement en amendement, avait approché au plus près la perfection, comme le dodécagone indéfiniment démultiplié aboutit finalement au cercle. La façon dont les Américains blancs avaient réussi à intégrer dans leur société les descendants de leurs esclaves noirs – qui, l'espace de quelques années, avaient failli mettre le pays à feu et à sang – fournissait un exemple indéniable de cette sagesse quasi biologique des institutions, de cette infinie adaptabilité du système.

Pas question, bien sûr, d'impérialisme. Simplement, le peuple américain étant tombé sur le système le plus apte à faire cohabiter les hommes dans la justice et l'épanouissement, se devait de l'exporter dans le monde entier, et ce par tous les moyens. L'aspect respectable de cette théorie dut rassurer certains des Clubmen qui avaient besoin de retrouver un peu des certitudes de leur enfance. Robin n'en fut pas dupe et crut en revanche, pendant quelque temps, que le Club n'était, en fin de compte, que l'instrument d'une hégémonie américaine qui voulait fournir à la force les excuses du droit, pour reprendre les termes de Jean-Jacques Rousseau. Il ne lui déplut pas foncièrement que, pendant tant d'années, on eût amusé des intelligences brillantes pour les faire coopérer à un projet banalement nationaliste : il vit même là quelque chose d'assez piquant. Mais il se rappelait que le Club était d'origine ancienne et allemande et se doutait que la Leçon suivante allait apporter une vérité contradictoire.

Ce fut la Leçon du troisième degré d'initiation, qui montra que l'Amérique n'était plus considérée par le Club comme une fin, mais comme le moyen d'unifier l'humanité dans des structures mondiales soumises aux nécessités d'un marché planétaire. Robin y souscrivit d'autant plus volontiers que, pour lui, l'adversaire principal demeurait le même : pour l'Amérique, la Russie était une rivale ; pour l'humanité unifiée, elle ne pouvait être qu'un obstacle, un morceau un peu gros à avaler.

Son redressement devenait de plus en plus inquiétant : encore heureux que la démographie ne suivît pas, mais savait-on jamais, avec ce diable d'homme qu'était le nouveau président ? Il était capable de réinventer les allocations familiales, ou alors l'Église orthodoxe, en plein renouveau, mettrait un frein au déferlement des avortements, ou simplement le retour de la liberté, de la stabilité et l'élévation du niveau de vie rendrait aux Russes le désir de créer des familles… À tout prix, il fallait bloquer l'évolution actuelle de la Russie, et par des moyens hors de portée du gouvernement américain, ligoté qu'il était par ses obligations mondiales et, depuis peu, obnubilé par le péril musulman.

Fort de ces observations, Robin était allé voir une fois de plus Dr Kirsten qui avait vieilli – ses fanons pendaient de plus en plus lamentablement sous son menton imberbe – et, une fois de plus, il s'était trouvé devancé par le Patriarche :

– Eh bien, Robin, cher garçon, il me semble que nous sommes en train de perdre le contrôle que nous avions encore il y a peu de la Russie. Le Club est prêt pour une opération que nous baptiserions *Mortelle Blessure*. Avez-vous une idée de manœuvre ?

D'où la tournée des thermomètres qu'avait faite Robin. D'où son intérêt pour les morts qui tuent, les Boyards, les microdrones et les œuvres humanitaires en Tchétchénie.

La Leçon du deuxième degré, celle qui visait l'Humanité absolue, toutes races, tous sexes confondus, dépassait le modèle mondialiste du troisième degré d'aussi haut que ce modèle dépassait le modèle individualiste d'où, vingt ans plus tôt, lui, Robert Chastow III, était parti. Et elle rendait d'autant plus nécessaire l'élimination de la Russie, rétrograde dans son orthodoxie, réactionnaire dans sa politique, ambitieuse dans son messianisme. Tous les philosophes russes avaient parlé de « l'Idée russe » sans se mettre d'accord sur ce que c'était, mais une chose était sûre : elle n'incluait pas l'indifférenciation du crime et du châtiment, de la paix et de la guerre, du bien et du mal, d'Ève et d'Adam, de l'enfer et du paradis.

Quant à la Leçon du premier degré, si jamais Robin devait la connaître, comme il avait de plus en plus de raisons de l'espérer, la Leçon Suprême et Définitive, ouverte au seul collège des treize Patriarches, maîtres absolus du Club, quelles révélations finales lui apporterait-elle ? Sa curiosité ne s'était pas démentie, ni n'avait jamais été déçue. Il n'y avait pas de raison qu'elle le fût maintenant. Il y pensait sereinement en préparant ses bagages pour la Tchétchénie.

Chapitre IV

AVENTURES EN TCHÉTCHÉNIE

Printemps 2002

1

M. Gaston Sangdeboeuf, pseudo Samson, ne connaissait pas la Russie. Sa carrière s'était déroulée sous d'autres climats ; tout au plus avait-il un préjugé favorable à l'égard des Russes, à cause des parachutistes avec lesquels il avait sauté en Irak, bien avant la guerre du Golfe, et qui lui avaient paru de bonne compagnie. Lorsque l'avion d'Aeroflot atterrit avec un crissement sur les pistes de Poulkovo, M. Sangdeboeuf jeta un coup d'œil à son voisin, M. Rostislav Choustrenko, pseudo Sacha, qui allait se trouver en terrain de connaissance, et il se rappela le temps où il avait tout fait pour que M. Choustrenko ne retournât pas au pays de ses ancêtres. C'était une vieille histoire. Maintenant, il allait devoir se laisser guider par M. Choustrenko. Du moins le croyait-il. Il n'en fut rien. L'avion était à peine au sol qu'une voix désincarnée demanda à M. Sangdeboeuf, passager de la classe business, de se faire connaître, et, quand il l'eut fait, l'hôtesse lui annonça qu'on viendrait le chercher. En effet, toutes les ceintures étaient encore attachées quand Dmitry Goloubinsky, costume bleu marine, chemise pêche, cravate bleu marine, pochette pêche, apparut à l'entrée :

– Venez, venez.

Les passeports de MM. Sangdeboeuf et Choustrenko furent visés instantanément. Leurs bagages ne firent même pas connaissance avec le carrousel pétersbourgeois – ils avaient été rangés à part – et les autres passagers n'avaient pas encore quitté l'avion que les trois hommes s'installaient dans une Volga noire pilotée par un chauffeur herculéen en lunettes noires accompagné d'un sosie herculéen en lunettes noires.

– Dites donc, vous y allez à l'esbroufe, vous autres, dit Samson à Dmitry.

– Il y a encore moyen de court-circuiter la bureaucratie.

– Pas pour tout le monde ?

– Où serait l'intérêt ?

Dmitry souriait de son sourire bien rasé et fleurait la bergamote.

– Vous avez réservé dans quel hôtel ? demanda Samson.

– Ce n'est pas précisément un hôtel. Vous verrez. Vous ne serez pas trop mal. De toute manière, pour deux ou trois jours...

On entrait dans Saint-Pétersbourg, et Samson, qui avait pourtant préparé son voyage, s'étonna de l'homogénéité de l'ensemble : les menaçants immeubles staliniens avec leurs meurtrières vous préparaient aux maisons de rapport austères du XIXe siècle, qui vous jetaient rétrospectivement au pied des joyeux palais rococo, bleus, jaunes, roses, du XVIIIe, lesquels se miraient dans des canaux rectilignes, disciplinés par leurs quais de granit. Des mouettes d'un blanc jaunâtre et d'énormes corbeaux du Nord, gris à tête noire, survolaient le tout.

– Vous avez encore ravalé des façades, remarqua Sacha.

– Il ne faut pas trop regarder derrière, répondit Dmitry.

De fait, les façades rutilaient, et des affiches publicitaires étalaient leurs bariolages mercantiles de tous côtés, avec une ostentation que, dans ce paysage, Samson trouva obscène, alors qu'elle ne l'eût pas choquée en Amérique. À quoi cela tenait-il ? Les banques, les carburants, les voitures, les mobiliers, les cristaux, les confections, tout cela paradait à qui mieux mieux, à grand renfort de nichons et de miches... Était-ce là la patrie de Dostoïevsky ?

L'aspect monumental de la Palmyre du Nord se dévoilait de plus en plus. C'étaient des arcades, des balcons, des perspectives, des grilles, des tours, des dômes, des ponts bossus, des arbres centenaires, des statues, des aiguilles, des balustres, des parapets, le tout homogène malgré la diversité.

– Le rêve de Pierre. Avec jeu de mots, naturellement, dit Sacha.

– Et de Catherine, ajouta Dmitry. C'est elle qui l'a incarné pour de vrai.

Au-dessus d'un canal dont l'eau était bleue comme l'acier, se haussait un palais aux murs peints en turquoise, foisonnant de colonnes composites. Samson le reconnut immédiatement : on le voyait sans cesse à la télévision ; c'était le repaire de la Ligue – qu'on commençait à appeler la Meute – des Boyards.

– C'est là que vous nous emmenez ?

– À moins que vous n'ayez une objection. Si cela ne vous convient pas, nous vous trouverons sûrement de la place à l'Europa ou à l'Astoria. Vous n'avez qu'à demander.

– Je suis sûr que ce sera très bien, dit Samson.

Il ne croyait pas réaliser si vite le rêve qu'il avait fait un soir aux Champs-Élysées. D'un autre côté, il se méfiait. Les Russes sont capables de tout, c'est bien connu. Courait-il, lui, des dangers à l'égard de la OILOC qui risquait d'être choquée qu'il couchât sous un toit politiquement incorrect ? Ça, il décida de s'en moquer. Lui qui avait été au service de l'État et n'avait jamais tremblé devant ses supérieurs, il n'allait pas s'inquiéter de ce que penseraient de lui une bande de mercantis. En revanche, *conquisitor in aeternum*, ses liens avec le SA n'étaient pas rompus, et s'il pouvait encore rendre service, il n'allait pas se priver de l'occasion de le faire. La Volga franchit l'inquiétante porte cochère numéro 90 (9 + 0 = 9), roula sous le porche, atteignit la cour intérieure et s'arrêta devant un perron de granit aux rampes de fer forgé en feuilles d'acanthe.

La chambre de Samson, voisine de celle de Sacha, était somptueuse : tissus de prix aux murs, tapis azéris au sol, moulures tarabiscotées au plafond, robinets d'argent dans la salle de bains. Au-delà des lourds rideaux qui ombrageaient les fenêtres, la nuit de Saint-Pétersbourg tombait déjà.

En attendant le concert – il y a toujours un concert en Russie –, on prit un verre au bar. Dmitry déplora les retards des administrations française et russe concernant l'arrivée de Samson, sous prétexte de visas et de virements de fonds. Oui, les choses avaient traîné. C'était peut-être pour le mieux. De son côté, Dmitry était en train de se renseigner sur l'état des otages et sur les conditions réelles que leurs ravisseurs mettraient à leur libération. « Nous avons des tractations, mais tout cela prend du temps, il était bon que nous fussions sûrs que vous étiez dans le pays, c'est-à-dire que, de votre côté, on prenait la situation au sérieux… » La présence de Sacha, « avec lequel il avait déjà fait quelques bons mauvais coups », lui paraissait d'excellent augure ; Sacha accompagnerait Samson sans montrer qu'il comprenait le russe : « Il peut le faire, j'ai vérifié. »

– Mais… je l'ai embauché comme interprète !

– Je vous fournirai un autre interprète, qui parlera aussi le tchétchène, et Sacha, qui vous servira de porte-serviette (Dmitry était fier de connaître « porte-serviette ») vérifiera ses traductions du russe. En outre, sans en avoir l'air, il comprendra ce qui se dira autour de vous, et vous en fera part. Croyez-moi, pour vous, c'est une sécurité supplémentaire. Je vous ai dit que je faciliterais votre mission autant que je le pourrais.

2

La salle de concert du palais Mychkine était un théâtre à l'italienne, avec baignoires, balcons, médaillons armoriés, rambardes rembourrées de coussins de peluche rouge et plafond orné d'amours. Samson n'était pas grand connaisseur en architecture, mais il data tout cela du XVIIIe siècle, consciencieusement entretenu au XIXe et laborieusement restauré en l'an 2000.

Un quatuor à cordes français joua du Mozart. Une mezzo italienne chanta du Schumann. Samson ne comprenait pas pourquoi son cœur se serrait de plus en plus, pourquoi il avait presque envie de pleurer. Dans la deuxième partie, l'on chanta du Tchaïkovski et un pianiste russe nommé Lev Goldstein joua les dernières pièces pour piano de Rossini. On se retrouva au foyer pour vider un verre entre les pilastres cannelés, et Samson, le vieux dur à cuire, s'approcha d'une fenêtre parce qu'il avait la gorge nouée et se sentait incapable pour un moment de parler à quiconque. Pourquoi ? Il n'en savait rien. D'ordinaire, quand Adeline le traînait à un concert, il faisait des efforts pour ne pas dormir trop audiblement. Le paysage qu'il découvrit entre deux portières l'émut encore plus : au-dessus des clochers et des toits, gravés comme on grave sur cuivre, mais doucement irisés d'un givre velouté, la lune au zénith déversait ses rayons d'un jaune rose avec une générosité, une plénitude toute féminine : on aurait dit la Mère des dieux faisant entendre les carillons d'un salut universel. Il sembla à Samson qu'il vivait un grand moment de son existence, alors qu'il ne lui arrivait rien, apparemment, de significatif. Il eut l'intuition, absurde pour lui, bon Tourangeau mâtiné de Normande, qu'il occupait pour un instant le centre du monde. Un instant, il eut la vision de la carte de l'Europe et s'en sentit comme environné : les Scandinaves, là-haut, à droite ; les Espagnols, en bas, à gauche ; et, derrière lui, la masse de l'Eurasie étalée jusqu'au Pacifique. Et, déjà, un souci, une inquiétude : faudrait pas qu'on nous prenne tout ça. Qui on ? Qui nous ?

Mains serrées, mains baisées, rires de gorge, robes longues, épaules soyeuses, mélange de nœuds papillons noirs et blancs, champagne, cosmopolitisme, tout cela aurait pu paraître factice à un homme qui ne s'était jamais occupé que de réalités, et des plus dures : quelques gangsters russes jouaient à avoir renoué avec les splendeurs de l'Ancien Régime, qu'est-ce que cela changeait à la situation politique du moment ? Il y avait la pieuvre washingtonienne, l'hydre mahométane, le marécage européen, et voilà qu'il semblait à Samson que les lieder de Schumann et les valses de Tchaïkovski et toutes ces coupes et ces diamants changeaient la donne. Il respira profondément, avec une pensée pour Adeline qui avait les idées si claires... Il avait entrouvert une fenêtre pour recevoir une bouffée d'air frais en pleine figure. Il alla retrouver les autres. En félicitant les membres du quatuor français, il se demanda, comme par inadvertance, s'il n'y avait pas une chance d'en recruter un comme HC pour le Service. Il haussa les épaules : ce n'était plus son métier. Ouais, on dit ça.

On dîna dans une salle à manger ovale. Les tables, placées à bonne distance les unes des autres, étaient occupées par des hommes en costume sombre et par des femmes dont certaines avaient des décolletés à tomber dedans, tandis que d'autres, au contraire, étaient emmurées dans leurs robes et crénelées de chignons torsadés.

À la table de Goloubinsky, il y avait un blondinet en smoking noir derrière chaque chaise, sans compter le maître d'hôtel en frac. Samson eut l'intuition que ce souper compterait dans sa vie.

– Manque serrvice, vous, votrre Sérrénité, connaissez pas, hein ? dit Sacha à Dmitry, avec un faux accent russe.

– Toujourrs mieux que chômage pour morral nation, riposta Dmitry, avec le même accent, en distribuant les places.

Il prit la tête de la table. Il se plaisait à savoir placer ses invités comme il convenait. À sa droite, il fit asseoir une blonde améliorée, magnifiquement dodue, d'un âge incertain, qu'il présenta comme la princesse Maria Mychkine dite Macha – « Elle est ici chez elle », précisa-t-il avec un geste vers les plafonds de stuc. À sa gauche, une femme brune, maigre, du même âge incertain, équipée d'un fume-cigarette en écaille de tortue, Varvara Kaganovitch. À la droite de la princesse, il mit Samson ; à la gauche du fume-cigarette, Sacha ; et, pour présider à l'autre bout, un volumineux personnage en soutane noire qu'il présenta comme le père Afanassy.

– Ceci va être, expliqua-t-il à son hôte étranger, ce qu'on appelle une « table russe ». Pas de succession de plats, mais que ce que nous aurons mangé ou bu sera renouvelé à l'instant par nos jeunes amis ici présents...

D'un geste circulaire, il reconnut la présence des valets adolescents qui s'inclinèrent et sourirent avec déférence. La table était couverte de plats à marli doré contenant du caviar, des œufs de saumon, de l'anguille fumée, de l'esturgeon fumé, du saumon fumé, des champignons marinés, de petits pâtés en croûte croquignolets et de grands pâtés en croûte fleurant la viande et le chou, des koulébiaques et des chachlyks, toutes sortes de vodkas dans des carafons glacés et des magnums de Veuve Clicquot dans des seaux à glace. Un orchestre tzigane faisait fond sonore. Samson déduisit que la conversation serait aimable et superficielle et il est vrai qu'on parla brièvement de musique, de Fabergé et de la dernière mise en scène française de *La Dame de pique*, où le malheureux Guermane finissait ses jours entre les griffes de la grand-mère, ce qui avait beaucoup fait rire les Moscovites. Mais, aussitôt après ces préliminaires, Varvara, la dame brune au fume-cigarette, apostropha l'étranger tout de go.

– Je voudrais savoir si vous autres Français, vous soutenez le plan de Brzensiski : on nous ampute la Sibérie, on lui massicote l'Extrême-Orient, on fait pousser des Républiques indépendantes comme des champignons sous la pluie. On nous a déjà volé l'Ukraine, la Crimée et nos débouchés sur la mer Noire, on va nous soustraire nos débouchés sur la Baltique, nous nous retrouverons à l'époque d'Ivan dit le Terrible (Redoutable serait une meilleure traduction) : pour tout dire en Moscovie.

– Mon colonel, dit Dmitry, ne vous étonnez pas de cette attaque un peu brusque : n'oubliez pas que vous êtes au quartier général de la Ligue des Boyards et que nous sommes de dangereux extrémistes qui mettons quotidiennement en péril la paix du monde.

– Je vais essayer de me défendre comme je pourrai, répondit Samson.

Il ne s'étonnait plus de rencontrer des Russes qui parlaient le français, fût-ce avec un accent plus ou moins prononcé. Il se pencha vers Varvara avec un sourire enjôleur :

– Ne savez-vous pas, chère madame, que les Américains sont persuadés que *A E I O U* : *Americae Est Imperare Orbum Universum* ?

– Ce que je ne savais pas, riposta Varvara, c'est que, dans l'armée française, les colonels parlaient latin, mais mal. Il faut dire *Orbem Universam*.

– Il faut dire *Orbi Universo*, intervint le père Afanassy avec autorité.

– Je bois aux latinistes ! s'écria Sacha qui leva son petit verre de vodka et le vida d'un coup, avant de se précipiter sur un sprat.

– Mon colonel, demanda le prêtre, savez-vous boire la vodka comme il se doit ?

– Boire « comme il se doit » est le onzième commandement du père Afanassy, dit Sacha. Tous les Russes ont leur onzième commandement. La vodka se boit… (il hésita devant le terme technique, et après un coup d'œil aux dames russes, recourut à un euphémisme) d'un seul coup, de manière à pénétrer dans l'estomac sans avoir touché les vaisseaux sanguins qui irriguent le dessous de la langue, ce qui permet d'en boire beaucoup sans être incommodé.

– Son effet principal, enchaîna le père Afanassy, est d'ouvrir les papilles gustatives, si bien que les zakouski que vous envoyez à la suite de la vodka paraissent d'autant meilleurs. Comme ceci.

De la main droite, il leva son petit verre en direction de Samson, et, après une petite courbette, se le dépêcha dans le gosier. De la main gauche, il tenait, au bout d'une fourchette, un champignon mariné qu'il expédia rapidement après la vodka, et la croix pectorale qu'il portait au bout d'une chaîne tressauta du même coup sur sa poitrine.

– Les meilleurs zakouski, ceux qui font le mieux chanter la vodka, sont les anchois aux câpres, dit Sacha.

– Le très vieux gruyère n'est pas mal non plus, dit Dmitry.

– Avant la révolution, nos voisins Volkoff-Mouromtseff en faisaient d'excellent, dit la princesse Macha. On raconte qu'ils en vendaient même en Suisse.

– Et si on n'a rien de tout cela, reprit le père Afanassy, on peut prendre…

– Du caviar pressé, c'est le meilleur, quoi qu'en pensent les snobs, intervint Sacha.

– Oui, ou alors, avec davantage d'humilité chrétienne, un petit morceau de pain frotté de sel et de poivre. La qualité de la vodka apparaît immanquablement, conclut le prêtre.

– Quelle est la meilleure vodka ? La blanche ou la parfumée ? s'enquit Samson.

– Les gens sérieux ne boivent que de la blanche, dit Dmitry.

– Mais la vodka à l'herbe de bison ?

– Un petit verre de temps en temps, pour s'amuser.

– Moi, quand j'ai la grippe, je me soigne à la *pertsovka*, la vodka au piment, déclara Varvara. D'ailleurs, c'est celle que je préfère.

Aussitôt un des valets – qui devait comprendre le français – lui en servit un petit verre qu'elle avala en l'accompagnant d'une rondelle de saucisson, avant d'ajouter :

– Les Américains constituent 5 % de la population mondiale. Ils consomment 40 % des ressources mondiales. Ce n'est pas normal.

– Mais si, c'est normal, objecta Dmitry, puisque leur budget militaire équivaut à celui de tous les autres pays réunis.

– Mon grand-père était déjà prêtre, avant la révolution, dit le père Afanassy. Il avait dans sa cave deux cent cinquante vodkas de parfums différents. Mon père me disait que la plus réussie était celle qui fleurait le genièvre.

– Il ne faut pas dire trop de mal des Américains, intervint la princesse Macha. Ils visent à l'hégémonie mondiale, et alors ? Ils sont si puissants que c'est naturel.

– *E pluribus unum* [1], c'est leur objectif, commenta Samson.

– D'abord *divide ut regnes* [2], précisa le père Afanassy, bon latiniste pour un orthodoxe. D'où *pluribus.*

– Tout peuple est amené à faire usage de la puissance dont il dispose, reprit Macha. C'est déjà dans Xénophon.

– Thucydide, corrigea le père.

–... Et reconnaissez que l'hégémonie des Américains est balsamique.

– Oh ! il n'y a pas de goulags, chez eux. Leur système, c'est d'étendre l'*american way of life* [3] au monde entier, ironisa Varvara.

– Et si on essaye d'échapper aux MacDonald, ils envoient les Boeing, remarqua Dmitry en déposant une pyramide de caviar rouge sur un triangle de pain noir.

– Moi, reprit Varvara, je vois surtout que les Américains ont toujours été ennemis des Russes. Avant la révolution, ils sabotaient l'Empire. Pendant la révolution, ils ont aidé les Soviets internationalistes. Les deux tiers des industries soviétiques ont été construites avec de l'aide américaine. Mais dès que l'URSS est devenue puissante, ils ont essayé de la déboulonner. Maintenant qu'il n'y a plus d'URSS, ils sont toujours nos ennemis. La directive du Conseil de sécurité nationale du 18 août 1948 vise « l'affaiblissement économique et le démembrement de l'URSS, indépendamment (vous entendez, je cite, *indépendamment*) « de la base idéologique de tout régime postcommuniste, même s'il fait l'éloge de la démocratie et du libéralisme ». Et cela date de 1948 ! Vous voyez qu'ils travaillent à longue échéance. Au reste tout est clair : l'hégémonie américaine doit s'installer en trois étapes. Premièrement :

1. Tirer l'unité de la pluralité.
2. Diviser pour régner.
3. Façon de vivre américaine.

destruction des assises nationales des autres peuples ; deuxièmement : transformation des autres sociétés en marchés internationaux ; troisièmement : occupation OTAN-Coca.

Elle martelait nerveusement la table de sa fourchette.

– Puis-je vous demander, madame, quelle est votre profession ? interrogea Samson.

Elle se vissa une nouvelle cigarette dans son appareil :

– Historienne. Et je prétends que les Américains ont l'intention d'asservir le monde à Mammon-Dollar.

Macha revint à la charge.

– Varia, comme historienne, tu devrais avoir appris à ne pas généraliser. Tu dis : les Américains, les Américains... Eh bien, as-tu remarqué que le dollar ne dépend en aucune façon de l'État américain mais uniquement du Federal Reserve System, qui est un organisme privé, ce qui fait que « les Américains », comme tu dis, ce ne sont pas « les » Américains, simplement « des » Américains, tombés dans le piège d'un système international qui les dépasse ?

– Ah ! la théorie du Complot, dit Sacha. En fait, le complot américain serait un complot antiaméricain ?

Il éclata de rire et se rinça la glotte.

– Comme la révolution russe a été une révolution antirusse, acquiesça le père.

– Il y a deux sortes d'Américains, dit Dmitry : les isolationnistes et les interventionnistes. Je déteste les uns et j'exècre les autres. Aucun pays n'a jamais inspiré autant de haine que les États-Unis. Il doit y avoir une raison.

– Sans le matériel des interventionnistes, nous n'aurions peut-être pas gagné la Grande Guerre patriotique, remarqua le père.

– Sans les interventionnistes, répliqua Dmitry, ni les bolcheviks ni les nazis ne seraient arrivés au pouvoir.

Samson demanda :

– Et vous, princesse, vous avez une profession ?...

Macha rit, et son visage large, grassouillet, ne fut plus que rides douillettes et superficielles :

– On dit que je suis un financier. Pour une Mychkine, vous avouerez !...

Le père Afanassy toussota et ses toussotements se répercutèrent dans son imposante cage thoracique.

– Chacun voit les choses de son point de vue, et peut-être me permettrez-vous de présenter le mien. Comme prêtre orthodoxe (il lissait sa large barbe, noirâtre, grisâtre, rappelant les corbeaux de

Saint-Pétersbourg), je vois surtout que nous avons été menacés par un Moloch, et que maintenant nous le sommes par un autre. Vous savez, pour nous autres, marxisme, capitalisme... C'est toujours la tour de Babel : une société mondiale matérialiste, reposant sur un mélange sauvage des peuples, sans tenir compte de leurs destins. Moloch, capitaliste ou marxiste, écrase ce qui pour nous est essentiel. Je prends un exemple : l'avortement, c'est-à-dire le massacre des innocents, prophétiquement annoncé dans l'Écriture, est légalisé, exorcisé, absous, encensé, remboursé, par les Moloch de l'un et de l'autre camp.

– Mesdames et messieurs, si on passait au champagne, proposa la princesse Macha. Au bout d'un temps, la vodka rend mélancolique.

Les petits valets s'empressèrent. Dmitry fit un geste pour indiquer qu'il restait à la vodka.

– Je voudrais poser une question, dit Samson. Une question simple, grossière, parce que vous m'avez mis en confiance. En Occident, certains organes de presse présentent les membres de votre groupe à la fois comme réactionnaires et comme néocommunistes. Que répondez-vous à cela ?

Varvara se pencha au-dessus de son fume-cigarette en émettant un rire sec, malveillant et lucide :

– L'Américain Samuel Huntington a dit qu'un démocrate occidental pouvait discuter avec un marxiste russe, mais pas avec un traditionaliste russe. Il avait raison.

– Sous le régime communiste, signala le père Afanassy, une petite ville, Sviajsk, a élevé un monument à Judas. Telle était l'aversion que les communistes vouaient à Notre-Seigneur Jésus-Christ.

– Tout un programme, hasarda Samson, sans être sûr de comprendre de quoi il s'agissait.

Vavara reprit :

– Le communisme est une idée occidentale, étrangère à la tradition russe. C'est la destruction de la famille, de la nation, de la propriété, de la religion... Or, c'est une idée qui n'a pas fonctionné. Trois quarts de siècle ? Au regard de l'histoire ? Quoi ? Un éternuement de chat.

– Le communisme, commenta le père Afanassy, a été un magistral détournement de notre vocation. Il faut comprendre que le communisme russe n'est pas une indifférence à la vérité, mais une usurpation de la vérité. Il n'a jamais recherché le bonheur petit-bourgeois qui est, paraît-il, l'idéal de l'Occident. Il a voulu libérer le monde du mal social. Ce n'est pas nouveau, et ce serait même sympathique si les moyens utilisés n'avaient pas été aussi monstrueux. Le national-bolchevisme est une forme perverse du patriotisme russe ; la soumission à l'oppression, une forme détournée de notre patience slave ; l'autocritique n'est jamais qu'un examen de conscience ; l'intolérance communiste est fille de notre bigoterie orthodoxe, et le collectivisme une version mal comprise de la conciliarité…

– Ajoutez à cela, dit Dmitry, que dans les provinces où les soi-disant communistes sont encore présents, les choses ne se passent pas si mal que ça… On y a les meilleurs résultats économiques.

– À cause du communisme ? demanda Samson, curieux et respectueux des vérités les plus diverses.

– Sûrement pas. À cause d'une tradition de discipline, et la discipline, c'est toujours bien.

– Avec quelques réserves. Il y a eu les nazis et les staliniens.

– Et les léninistes qui étaient pires. D'accord. Je bois à la discipline… avec des réserves !

Si dépaysé qu'il fût, Samson se sentait à l'aise parmi ces Slaves, si graves et si prêts à rire. Il avait l'intuition d'une connivence profonde, d'une affinité irréfutable. Il leva sa coupe :

– Mesdames, messieurs, je voudrais vous demander la permission de boire à ce qui nous unit. (Il était ému.) Je ne me suis jamais trouvé aussi bien avec aucun Angle ou aucun Saxon, d'où qu'ils vinssent. Je me sens rêveur ce soir, mesdames et messieurs, et j'imagine que, dans ce palais (il salua la princesse d'une inclinaison de tête), il y a quelque deux cents ans environ, de jeunes officiers se sont réunis, peut-être dans cette même salle, avec de jolies femmes, comme nous ce soir, pour boire à la santé du tsar Alexandre et à la victoire contre les Français qui, aux ordres du « Corse aux cheveux plats » avaient envahi la Russie sans savoir pourquoi. Il serait indécent que moi, qui fus officier français, je busse à cette victoire, mais sachez que si je pouvais y busser, j'y busserais. Et puis, il y a cent ans, d'autres officiers russes étaient de nouveau réunis dans ce même lieu, mais, cette fois, il y avait avec eux des officiers français, et ils ont tous bu ensemble, fraternellement, comme nous allons le faire maintenant…

Samson se leva :

Après un instant de flottement, tous l'imitèrent, même le père Afanassy.

– … À l'alliance franco-russe !

Samson vida sa coupe.

Tous l'imitèrent, sans flottement.

– Contrairement à la légende, dit Dmitry, les Russes ne brisent leurs verres qu'après avoir bu au tsar, mais, d'une certaine manière, mon colonel, c'est ce que nous venons de faire.

Délicatement, il ouvrit les doigts et laissa tomber sur le parquet marqueté son petit verre de cristal. Il s'y brisa avec un tintement doux. Les valets s'empressèrent pour ramasser les débris. Tout le monde se rassit.

– Bon, fit Samson, tout ça est très joyeux, mais ça ne me dit pas qui vous êtes ni pourquoi on raconte tant de mal de vous. On vous appelle une ligue, mais, à tout prendre, qu'est-ce au juste qu'une ligue ? Qu'est-ce qui vous fait marcher ensemble ou, comme on dit en canadien, « qu'est-ce que vous mangez l'hiver ? » ou encore, comme on dit en anglais, *what makes you tick*, qu'est-ce qui vous fait tiquer ?

Sacha leva les mains au ciel en signe d'ignorance. Les quatre autres convives se regardèrent. Enfin Dmitry, ramassant distraitement les miettes sur la nappe, prononça :

– Nous ne sommes pas une ligue, mon colonel. Nous avons quelques idées qui se ressemblent et nous essayons de les mettre en commun dans l'espoir qu'à force d'en frotter une contre une autre il en jaillira, comme dans les romans d'aventures de notre enfance, du feu. Notre idée principale, si c'est une idée – corrigez-moi, père Afanassy, si je me trompe –, c'est que, contrairement à ce que pense l'Occident contemporain, premièrement, il y a une vérité et, deuxièmement, elle n'est pas, elle ne peut pas être d'ordre économique.

– Le marxisme pensait que la vérité *est* d'ordre économique, et le capitalisme libéral continue à penser que la vérité *est* d'ordre économique, constata Varvara. Marxisme, capitalisme...

– Queusi-queumi, acheva Sacha.

– Il est arrivé à l'Occident capitaliste ce que Dostoïevsky prévoyait pour le socialisme, dit le père Afanassy en tournant le pied de sa coupe entre ses doigts. Il a succombé aux trois tentations du Christ dans le désert : il met les valeurs matérielles au-dessus des spirituelles, il préfère le prétendu progrès à la liberté de l'homme, et il soutient que le mondialisme est une solution au problème du mal.

– Est-ce que je me trompe en pensant que la canonisation de Nicolas II est un événement essentiel pour la Russie ? demanda Samson.

Ce fut Varvara qui répondit la première :

– Écoutez, moi je suis juive et non pratiquante, et je suis persuadée que la canonisation du tsar et de sa famille efface la révolution, exorcise la révolution, annule la révolution, rend sa liberté à l'Idée russe.

– Mais qu'est-ce que c'est au juste que l'Idée russe ? demanda Samson, tout de même un peu sceptique, malgré la vodka et le champagne.

Il y eut un silence.

– La première caractéristique d'une grande idée, dit le père Afanassy, c'est qu'il est difficile de l'exprimer en peu de mots, mais que, dès qu'on en utilise beaucoup, on ne peut pas s'empêcher de se contredire ou de la trahir. Voir Berdiaev. Personnellement, je vous dirais que l'Idée russe consiste à saisir d'une façon originale la relation entre le pouvoir politique et le pouvoir religieux. On nous accuse, nous autres orthodoxes, de césaro-papisme, mais, pour moi, l'Idée russe, c'est que l'État est responsable du salut du peuple, j'entends le salut eschatologique. Le Seigneur a commandé à ses disciples d'aller évangéliser « tous les *peuples* » – *ta ethnè* dans l'original – et non tous les *hommes*. Or, les peuples ont besoin de pasteurs, qui les guident, les corrigent et, quelquefois, se sacrifient pour eux. Lorsque Nicolas II, à la veille de son abdication, prononce ces paroles shakespeariennes : « Autour de moi, tout est trahison, lâcheté et mensonge », il dit ce que Notre-Seigneur aurait pu dire à Gethsémani. Le but principal d'un État digne de ce nom n'est pas d'administrer la poste et la voirie, encore qu'elles aient leur importance, mais d'assurer à ses sujets les conditions les plus favorables à un passage digne par la vie terrestre et au salut éternel.

– Ça vous en bouche un coin, hein, mon colonel ? commenta Sacha. Ce n'est pas comme ça qu'on voit le gouvernement d'une nation à Paris !

– Et pratiquement ? demanda Samson. Est-ce que ça veut dire que vous êtes tous monarchistes ?

Il jeta un regard aux convives.

– Pas nécessairement, dit Dmitry. Mais nous n'excluons pas l'hypothèse… biologique et sacrale (il choisissait soigneusement ses mots), qui, dans sa simplicité, est peut être la plus apte à servir le dessein de Dieu, dans la mesure où nous croyons en Dieu, et, franchement, moi qui ai été un athée professionnel et ne puis toujours pas me vanter d'avoir la foi, je pense qu'on n'a encore rien trouvé de plus satisfaisant pour l'intelligence que l'idée d'un Dieu qui s'immole au bénéfice de sa créature : Dieu est donc une hypothèse à retenir. La République est un mécanisme, la monarchie est un organisme : ça, c'est clair. De là à savoir quel est le régime le mieux adapté aux circonstances…

« Moi, mon colonel, ce qui me fascine et m'obsède, c'est que la Russie a encore le choix. L'Occident n'a plus le choix : il a basculé dans l'idolâtrie des droits de l'homme. Soloviev disait : “Le sentiment du devoir purifie et ennoblit, les prétentions aux droits rendent méchant, mesquin et chicanier.” Vous n'êtes pas comme cela, mon colonel, mais vous ne pouvez pas ne pas appartenir à une société qui, elle, a choisi : les droits, pas les devoirs. Nous, pendant quelques années encore peut-être – et l'héritage communiste pourrait jouer un rôle positif dans cette histoire –, nous serons en présence d'une alternative. Si nous choisissons les droits, comme vous, nous sommes lessivés, comme vous. Si, par hasard, nous choisissions les devoirs, il y aurait encore une chance pour l'humanité.

« Voyez-vous, nous autres qui nous réunissons ici et à qui on a donné le sobriquet de Boyards, nous ne croyons pas, comme Montesquieu, que "l'effet naturel du commerce est de porter la paix et d'unir les nations". Nous avons tendance à croire, au contraire, que le commerce est une des activités les plus délétères pour l'âme humaine. Il y a un proverbe russe qui dit à peu près : "Braderie, tromperie." Je devrais en savoir quelque chose, puisque je suis, entre autres, marchand d'armes. Mais je ne m'en fais pas gloire. Je sais que le métier que j'ai exercé naguère, celui de soldat, était plus noble, sans même parler de celui du père Afanassy, qui est le plus noble de tous. Il paraît que, dans les rêves, les excréments représentent l'argent : cela ne doit pas être un hasard.

Dmitry versa du champagne à Samson pour désamorcer la solennité de son discours :

– Voilà ce que nous croyons, nous autres « Boyards ».

– Oui, fit Samson, mais pratiquement, pratiquement… À quel genre de système politique êtes-vous favorable ?

Un sourire indulgent courut autour de la table : les Occidentaux sont comme ça, ils veulent toujours des précisions, il ne faut pas leur en vouloir. Mais Dmitry releva le défi :

– Pratiquement, nous pensons que le gouvernement des hommes comporte trois composantes : la justice sociale, la liberté individuelle et l'efficacité économique. Et nous rêvons d'un système ou ces trois Érinyes contradictoires seraient compatibles et s'étayeraient les unes les autres, comme les trois pans d'une pyramide triangulaire, au lieu de se déchirer à belles dents comme elles le font dans les sociétés dites démocratiques.

Il éclata de rire.

– Cela dit, mes amis, je vous rappelle que nous sommes trois à nous envoler demain à l'aube pour la Tchétchénie, et qu'il serait peut-être temps de boire un bon cognac avant de nous séparer.

3

À l'aéroport de *Mineralnye Vody*, une petite auto-mitrailleuse BRDM avait été mise à la disposition de Dmitry Goloubinsky, un quatre-quatre Toyota de la OILOC attendait MM. Sangdeboeuf et Choustrenko. Il avait été convenu entre Dmitry et Samson que, pour le moment, leurs relations ne seraient affichées ni devant les militaires russes ni devant les pétroliers français.

Le chef de site lui-même s'était déplacé pour accueillir le « Monsieur Sécurité » qu'on lui envoyait de Paris.

– Sylbestre.

– Sangdeboeuf.

Poignée de main.

Sylbestre : la cinquantaine ; carré, musclé, maigre, avec un menton agressif à la Mussolini et des yeux inquiets au fond de leurs orbites ; des vaisseaux sanguins en sillonnaient le blanc. Naturellement, Samson savait tout ce qu'on pouvait savoir de l'ancien capitaine de la biffe et, en particulier, qu'il avait une femme plus jeune que lui, qu'il avait renvoyée en France aussitôt après la prise d'otages. « Ça ne m'étonnerait pas qu'il se soit mis à boire. » Cependant, le regard était ouvert et la main franche.

– La route va être longue, mais vous devez connaître ce genre de tapecul, non ?

C'était une façon de demander au nouveau venu qui il était. Samson répondit par un grognement : il souhaitait des relations amicales mais sans familiarité.

On embarqua : Sacha avec le chauffeur, Sylbestre et Samson derrière. La route était mauvaise et à chaque dos d'âne, à chaque nid de poule, le chauffeur gémissait : « C't'un monde ! » avec l'accent parigot. Sacha n'y résista pas, et commença à s'écrier : « C't'un monde ! » avec le même accent.

Sous des latitudes et des longitudes diverses, Samson en avait connu, de ces pays déchirés par une guerre intestine, où l'on se sent entouré d'autant d'ennemis que d'amis sans savoir lesquels sont lesquels, et, à mesure qu'on approcha de la frontière tchétchène, Sylbestre sentit croître en son hôte une forme de vigilance particulière, mi-tendue, mi-blasée, ou peut-être simplement fataliste : Samson savait qu'un attentat pouvait avoir lieu à n'importe quel moment, que cette femme qui passait portait peut-être une grenade entre les jambes, que ces jeunes recrues derrière leurs barbelés étaient sans doute capables de laisser partir une rafale par nervosité, mais cela ne l'affectait pas.

Sylbestre revint à la charge au bout d'une dizaine de kilomètres.

– Ancien militaire ?

– Oui.

– Quelle arme ? demanda Sylbestre, au bout d'une deuxième dizaine.

– Armée de terre.

Sylbestre se le tint pour dit, et, pendant le voyage, on ne parla plus que de sujets impersonnels : précocité du printemps, état des routes, difficulté de se ravitailler, malentendus avec les fonctionnaires embusqués à Paris et refusant – ou incapables – de comprendre les difficultés des gars aux avant-postes : « Tous les mêmes, ces ronds-de-cuir. »

Le paysage s'étalait, uniformément plat. Très loin, on entrevoyait les sommets du Caucase encore casqués de neige et séparés de la plaine par une bande de brume, si bien qu'ils paraissaient suspendus en l'air. À la frontière, il y eut de longues vérifications des passeports et des laissez-passer. Enfin, le quatre-quatre put repartir.

– C't'un monde ! fit le chauffeur en remontant sur son siège.

– Bienvenue en Tchétchénie, dit Sylbestre.

Samson répondit par un nouveau grognement.

Dans les villages, des hommes et des femmes circulaient, habillés à l'européenne, peu de barbus, beaucoup de visages clairs, ce qui surprit Samson, malgré la documentation qu'il avait réunie :

– Comment reconnaissez-vous les Russes de Tchétchènes ?

– Les Tchétchènes ont les yeux verts.

La nuit était faite depuis longtemps lorsque le camp pétrolier de Samakchi apparut, rectangle lumineux au milieu de la plaine noire.

– Vous connaissez nos installations ?

– J'ai vu les plans et les photos.

Mais Sylbestre avait besoin de parler :

– Deux cents mètres de large sur 450 de long. Un triple réseau de concertina à lames tranchantes, un fossé de 1,50 mètre, une levée de terre de 2 mètres. Un projecteur tous les 15 mètres : les faisceaux se recoupent pour pas qu'il y ait de zones d'ombre. (Il disait « pour pas que ».) Trois parties : la base vie, le camp mécanique, le camp génie civil. Deux cent dix personnels. Quarante-trois bungalows. Vous verrez, c'est assez confortable.

– Combien de *vésicules* ? demanda Samson pour faire plaisir à son hôte.

– Vingt-sept, plus les privés. À mon avis, les privés, on devrait les interdire : c'est comme ça que les otages se sont fait choper.

– Je sais.

– Vous ne pouvez pas imposer de discipline de déplacement si les personnels ont leurs propres moyens de transport.

– Je sais. Et la sécurité est assurée par des Tchétchènes ?

– Des Tchétchènes prorusses. C'est au moins la moitié de la population, probablement la majorité, surtout depuis qu'ils ont tâté de la charia sous les wahhabites.

L'entrée du camp, précédée de trois ralentisseurs, était formée d'un portillon et d'un portail d'acier de même hauteur que la clôture. Une chicane en béton empêchait toute tentative d'intrusion en force. Un garde en tenue semi-militaire vint vérifier l'identité des arrivants. Dans la lumière du phare à haute intensité qui surplombait le poste de contrôle, on pouvait voir qu'il avait les yeux verts.

– Vous voulez bouffer tout de suite ou vous préférez voir vos quartiers d'abord ? demanda Sylbestre. On vous a réservé la suite présidentielle, ajouta-t-il avec un ricanement.

– Je me passerais bien un peu d'eau sur la figure.

– Alors vous débarquez ici. Monsieur Choustrenko, vous logez à côté. Je vais tout de suite au restaurant pour pas que le cuistot mette les bouts.

Le bungalow de Samson, construit en éléments préfabriqués, était composé d'une salle de séjour, de deux chambres, dont l'une aménagée en bureau, et d'une salle d'eau. L'eau coulait. Même l'eau chaude. C'était le principal. Les meubles de diverses matières synthétiques étaient d'une laideur consternante, il y avait des pommes de Cézanne au mur. Un instant, Samson imagina Adeline dans ce décor et, sous sa douche, il fut secoué d'un rire silencieux.

Ils dînèrent tous les quatre, avec le chauffeur, Garnier, ce qui n'était pas pour gêner Samson, mais interdisait toute conversation sur des sujets délicats. Les tranches de gigot avaient l'onctuosité d'une semelle de croquenot.

– C't un monde ! commenta Sacha avant que le chauffeur n'y eût pensé.

– Je vous aurais bien présenté mon officier de sécurité ce soir, dit Sylbestre, mais il va vouloir vous rendre compte officiellement, vous montrer des papiers… Et puis, c'est déjà près de onze heures. Il doit être au lit avec bobonne.

– Il n'y a pas le feu, dit Samson. Moi, j'ai l'habitude de *festinare lente*.

– De festoyer comment ?

– Faites pas attention…

Samson avait dit bonsoir à tout le monde, était rentré dans sa suite présidentielle et venait de revêtir son pyjama cramoisi offert par Adeline quand on frappa à sa fenêtre. C'était Sylbestre, avec une bouteille de J and B sous le bras. Samson lui ouvrit.

– Prenez un coup ? demanda Sylbestre.

– *Picolare humanum est*, reconnut Samson, qui eût préféré dormir, mais était prêt à tout pour remplir sa mission, même à passer une nuit à boire du J and B.

– Le Ji Bi, c'est le meilleur, dit Sylbestre, ce qui agaça le puriste Samson : « Ji Bé, à la française, d'accord, ou alors carrément Djé and Bi. »

Sylbestre attaqua bille en tête :

– Je sais pourquoi vous êtes là, monsieur Sangdeboeuf. Vous allez vérifier notre sécurité point par point, faire un *audit*, comme ils disent, et Crépinot va s'en donner à cœur joie de vous briefer, encore qu'il crève de pétoche à l'idée de vous rencontrer. Mais moi, j'ai compris : si on nous envoie un as comme vous, ça doit être pour les otages.

– Parlez-moi des otages.

Samson avait vu leurs photos, connaissait leur biographie, avait fait passer leurs noms par les fichiers auxquels il avait accès. S'il n'avait pas rencontré leurs familles, c'est parce qu'il avait préféré s'en garder. Il lui arrivait de les voir, sinon en rêve, du moins à l'instant même de s'endormir : le vieux Catalan à la peau boucanée faisant songer à du cuir repoussé ; le jeune Belge ingénu et potelé, au sourire candide ; la journaliste catholique aux cheveux coupés courts, le regard thomiste, le jean œcuménique.

Sylbestre soupira en profondeur.

– Ah ! les otages. Matteo (fallait se le farcir), Caldens (un peu bêta sur les bords), Virginie (mignonne)…

Aussitôt, Samson perçut que, pour Sylbestre, les trois otages étaient des êtres humains, alors que pour Daniel, et le patron de Daniel, et le patron du patron de Daniel, ce n'étaient que des risques de vagues, de bavures et de publicité négative. Daniel avait été flou, son patron un peu plus ferme, et le patron du patron clair et dur comme du diamant : si les ravisseurs changeaient de tactique et demandaient une rançon, on payerait ce qu'il faudrait pour récupérer les otages vivants – ce qu'il faudrait dans les limites du raisonnable, s'entend –, mais pas question de remballer les affaires de la compagnie « pour faire plaisir à une bande de pouilleux, sous prétexte que trois corniauds se sont fait faire aux pattes ».

Naturellement, Samson s'était posé toutes les questions sur le trio : trois copains, un ménage à trois, un couple plus un invité… Des activités politiques… Un état de crise… Ces hypothèses, à Paris, ne donnaient rien. Donneraient-elles quelque chose sur place ?

– Comment ça s'est passé ?

– Vous devez le savoir. J'ai écrit à peu près trois cents soixante-six rapports.

– Oubliez les rapports, mon capitaine. J'aimerais entendre les choses de votre bouche.

– Eh bien, ces crétins ont violé la consigne sur les déplacements en sécurité. Un dimanche, ils sont partis, la bouche enfarinée, cueillir des champignons dans la montagne. Ils ne sont pas rentrés.

– Vous ne connaissiez pas leurs projets ?

– Non, bien sûr. C'est-à-dire qu'on en avait plaisanté à la popote, l'avant-veille au soir. Caldens avait dit qu'il aimait les girolles ou les gyromitres, ou je ne sais quoi. Virginie avait dit que la montagne devait en être pleine. Matteo avait dit qu'il fallait pas être dégonflé pour aller en chercher et que lui ne l'était pas. Je lui ai dit…

Sylbestre se recueillit un instant.

– Je lui ai dit que, s'il faisait ça, j'aurais l'honneur de lui casser la gueule personnellement. On a rigolé. J'aurais dû me méfier. Passe pour les deux enfoirés, mais la petite Virginie… Pourquoi ils ont embarqué la petite Virginie ? Elle n'avait peur de rien, la môme. Elle disait que, tant qu'elle croirait en Jésus-Christ, il ne pouvait rien lui arriver de mal… Je la charriais : « Rien ? Vraiment ? Pas un microbe, pas une avalanche ? » Elle répliquait : « Rien, sans sa volonté ! » Si un bataillon de Tchétchènes lui est passé dessus, elle a dû déchanter. Ça ne pouvait tout de même pas être la volonté de Jésus-Christ qu'un bataillon de Tchétchènes lui passe dessus ! Qu'est-ce que vous en pensez ?

Samson essayait d'imaginer la situation.

Virginie, toute catholique qu'elle était, avait pu être la maîtresse de Sylbestre – qui a dit « Les chrétiens font comme tout le monde, sauf que ça leur donne des états d'âme » ? –, et si la jeune Mme Sylbestre avait été renvoyée dans ses foyers, cela pouvait être sans rapport avec l'enlèvement. On vérifierait à quelle date la réservation de son billet avait été faite. D'un autre côté, rien ne prouvait non plus que Sylbestre n'eût pas fermé les yeux sur la cueillette de champignons et n'en eût pas avisé des correspondants tchétchènes éventuels : « Part à deux, messieurs », ce qui se confirmerait si les ravisseurs renonçaient à leurs exigences nationalistes pour se contenter d'une rançon... Les yeux sombres et sobres de Samson ne quittaient pas les yeux de plus en plus avinés de Sylbestre et n'y décelaient, pour le moment, rien que d'innocent. De toute manière, même si l'enlèvement des otages avait été accompagné de circonstances secrètes, cela ne changeait pas grand-chose à la mission de Samson : les libérer « sans bavures ni vagues ni publicité ».

– Vous n'avez pas eu de nouvelles des ravisseurs depuis que nous en avons reçu à Paris ? demanda Samson.

– Aucune.

– La population locale ?

– Bouche cousue sur l'enlèvement.

Donc, le dernier message des ravisseurs, posté à Paris et reçu par la OILOC à son siège, était celui dont Samson avait pris connaissance avant son départ :

> *Nous avons le plaisir de vous informer qu'après trois mois passés chez nous, l'alimentation de vos amis commence à créer des difficultés. Nous vous serions reconnaissants d'examiner dans les meilleurs délais nos propositions quant au départ de la OILOC de Tchétchénie. Sinon, nous pourrions être amenés à réduire progressivement le régime de nos pensionnaires, qui ont déjà compris à quelles mauvaises actions ils avaient été amenés à participer en spoliant le peuple tchétchène de ses ressources naturelles. D'ici peu, nous nous verrons obligés d'alerter les media concernant votre insensibilité à l'égard de la situation pénible de vos concitoyens.*

– Bon, reprit Samson, pensant que Sylbestre lui dirait peut-être cette nuit des choses qu'il lui tairait demain, et avec les Russes, comment ça se passe ?

– Bien, sur le fond. Après tout, nous turbinons pour la même cause, et ce sont des gars plutôt sympathiques, qui dégringolent la vodka comme des chefs. Malheureusement, je ne suis pas arrivé à les convertir au Ji Bi, mais ce n'est pas grave. Cela posé, on n'a pas tellement de choses à se raconter, d'autant plus que je ne parle pas russe et que leur anglais vaut le mien.

– Comme Occidentaux, il y a des gens agréables ?

– Les plus proches, c'est ceux qu'on appelle les « French doctors ». Ils sont à Serno… Serno… Sernovodks. Des gens pas mal, trois ou quatre nanas pas dégueulasses… Mais, vous comprenez, nous, on fait de l'argent, eux, ils servent l'humanité. On se salue, mais c'est plutôt chacun chez soi. Puis, il y a les Anglo-Sax : une ONG. Un orphelinat : *Orphans Galore*. Leur grande idée, c'est qu'ils recueillent aussi bien les lardons russkofs que les culs-noirs, pardon, je voulais dire les Tchétchènes, c'est les Russkofs qui les appellent comme ça (il gloussa). Il y a là un Amerloque et une Britiche, marquise, ou duchesse, je ne sais pas. Eux, ils sont situés à Atch… Atch… moi, j'appelle ça Atchoum-Martin, c'est plus simple.

La bouteille de J and B était presque vide.

– Mon capitaine, dit Samson, je suis désolé d'avoir l'air de vous mettre à la porte, mais je me suis levé à Saint-Pétersbourg et à l'aube : or, comme l'écrivait Héraclite, *tomorrow is another day*, si bien que je vous propose d'ajourner la séance, jusqu'à ce que l'aurore aux doigts de rose ait sonné le réveil.

Sylbestre se dressa sans vraiment tituber et parla sans vraiment bégayer :

– Mon colonel (il avait deviné le grade et mis la bouteille sous son bras), je vous demande pardon de m'être attardé et je vous souhaite une bonne nuit.

– Ce qui en reste, mon capitaine, ce qui en reste.

4

Le lendemain matin, Samson se réveilla, les reins douloureux (journée passée en quatre-quatre), mais l'esprit lucide et de grandes réserves d'énergie ne demandant qu'à fonctionner. Il mit la tête à sa fenêtre qui donnait plein sud. De vastes forêts s'étendaient au-delà de la bourgade de Samakchi. Au loin, les sommets neigeux de l'Ajdouk luisaient gaiement dans le soleil printanier.

Samson se doucha en chantonnant :

Mon Dieu, que j'ai le cœur à l'ai-ai-ai-aise
Quand j'ai ma mie auprès de moi, auprès de moi !

se rasa en fredonnant :

Mon cheval est à l'écuri-i-i-ie,
Sellé, bridé, prêt à partir, prêt à partir !

et se coiffa en barytonnant :

... Dans le Piémont servir le roi, servir le roi !

Il alla ensuite prendre son petit déjeuner à la cantine – on le saluait timidement, de loin, comme un personnage important et mystérieux – et, ayant remplacé le saucisson par des œufs au bacon, fit savoir qu'il était prêt à commencer son travail.

Crépinot, l'officier de sécurité, se révéla être un ancien policier des Renseignements généraux, à la pomme d'Adam proéminente, fort inquiet de ce qu'on pensait de lui à Paris depuis la capture des otages, dont il se sentait responsable malgré l'imprudence qu'ils avaient commise. Pour étaler sa compétence et impressionner son interlocuteur, il classait par petit a et petit b tout ce qu'il avait à dire. Au début de chaque phrase, il faisait son plein d'air.

– Monsieur le directeur, comme vous le savez sûrement, nos dispositifs de sécurité remplissent quatre fonctions : petit a, dissuasion ; petit b, détection ; petit c, retardement et intervention ; petit d, interdiction... Monsieur le directeur, comme vous le savez mieux que moi, la mission du service de sécurité comporte trois volets : petit a, la définition des précautions nécessaires pour faire face aux menaces éventuelles ; petit b, la coordination pour l'emploi des moyens ; petit c, le contrôle de la bonne application des consignes et procédures... Monsieur le directeur, comme vous ne l'ignorez pas non plus, il appartient au service de sécurité d'identifier les menaces possibles et de leur affecter un coefficient de probabilité. Nous dirons que, petit a, il peut s'agir de l'action d'un commando armé sur la base vie, primo par la force, deuzio par la ruse, tertio avec complicité soit volontaire soit contrainte ; petit b, l'action peut porter sur une équipe en déplacement en véhicule motorisé, par exemple au moyen d'un faux barrage ; petit c, sur un chantier ; petit d, sur un avion, primo au sol, deuzio, en vol. Nous avons calculé le pourcentage de risques pour chaque cas...

Crépinot déployait des documents, déroulait des statistiques. Il proposa à Samson d'aller inspecter le poste de contrôle, le poste de protection, les postes de surveillance, les clôtures, les ateliers, les terrains de parking, les locaux d'habitation, la cellule de repli. Il expliqua le système des badges, qu'il avait perfectionné. Il présenta le chef de poste tchétchène. Il fit la démonstration des systèmes de communication et d'alarme. Il expliqua les règles de comportement de routine et en cas d'alerte. Samson vérifiait consciencieusement. Tout avait l'air en parfait état de fonctionnement. Déformation professionnelle sans doute, Samson voulut vérifier l'équipement des gardiens tchétchènes : ils avaient tous leur sifflet, leur radio, leur torche, leur matraque et leur fusil à pompe calibre 12.

– Monsieur Crépinot, je vous félicite. J'espère que tous les sites de la compagnie sont aussi bien tenus que le vôtre qui est vraiment *securatis securatum*. Malheureusement, tout cela ne nous rendra pas nos trois camarades volatilisés. Vous n'avez pas de tuyau sur leur lieu de détention ?

– Aucun, monsieur le directeur. Aucun tuyau. Je regrette.

Le pauvre se sentait coupable.

– Bon, eh bien, venez prendre une bière au foyer. On préparera le programme des journées à venir : inspection des locaux, des véhicules, alertes à l'incendie, à la bombe... La sécurité, mon vieux, ce n'est souvent qu'une question de vigilance, et la vigilance, ça doit s'aiguillonner de temps en temps, sinon ça ne vigile plus.

Au foyer, Sacha était attablé avec une blonde au visage commun et obtus, qui travaillait au pool dactylo. Samson et lui quittèrent le foyer ensemble :

– Je ne vous fais pas mon compliment, dit Samson. Elle a une tête à s'appeler Io.

– Le proverbe russe dit : quand le poisson manque, l'écrevisse fait poisson.

– Vous avez laissé traîner vos oreilles un peu partout ?

– Oui. Les Français n'ont rien dit d'intéressant et je ne comprends pas le tchétchène. Quand nous serons en milieu russe, j'espère vous être plus utile.

Ils s'étaient arrêtés face à la montagne. Samson contempla les pentes boisées qui, en quelques kilomètres, s'élevaient, de plus de deux mille mètres, presque à la verticale. C'était sur ces pentes vertigineuses que l'armée russe combattait encore les rebelles.

– Moi, si j'étais le président de la Russie, dit Sacha, j'imposerais ma loi dans la plaine et je laisserais les *boïéviki* [1] batifoler sur leurs pitons et dans leurs crevasses. La guerre serait finie en un tour de main.

– Vous rigolez, mon petit vieux. Dans une guerre révolutionnaire, ce qu'on cherche, c'est à isoler un territoire pour le proclamer indépendant et le faire reconnaître comme tel. Le processus est irréversible. Non, les Russes y laissent des plumes, mais ils ne peuvent pas faire autrement.

Du regard, Samson balaya la montagne :

– Ils sont là, quelque part. Matteo, Caldens, Virginie. Au début, ils croyaient qu'on allait venir les libérer dans quelques heures, dans quelques jours... Maintenant, je ne sais pas s'ils espèrent encore. Savent-ils que ce n'est pas une rançon qu'on nous demande, mais de vider les lieux ? D'après la lettre, ils auraient reconnu avoir participé à de mauvaises actions, mais cela ne signifie rien, sauf si le syndrome de Stockholm a joué. Tout ça, je pense, c'est de la rhétorique révolutionnaire. La Tchétchénie fait 20 000 kilomètres carrés, dont un tiers de montagne. Retrouver trois pauvres minus là-dedans... Et, même si on met le paquet, les retrouver indemnes... Il est évident que si les forces de l'ordre approchent, nos charmants amis wahhabites se feront un plaisir de les égorger. Demain, Sacha, on va faire des visites. Peut-être que vous trouverez des écrevisses plus attirantes chez les French doctors.

1. Combattants.

5

– Garnier, à Sernovodks, commanda Samson.

– *Vodsk*, corrigea Sacha. Cela veut dire « Eaux sulfureuses ».

– Si c'est sulfureux, vous devez vous y connaître.

– Moins que vous, mon colonel.

– Pourquoi moins que moi ?

– Rapport à votre grade.

Sacha, depuis qu'il était arrivé en Russie, affectait un ton dégagé.

Sernovodsk était à cinq kilomètres du site pétrolier. La route courait entre prairies et cultures. C'était celle qu'avaient prise les résidents de Grozny pour aller se réfugier en Ingouchie, quand la ville avait été rasée par les bombardements russes, mais on ne voyait plus rien qui ressemblât à un exode. Des camions civils, paraissant tenir avec du fil de fer, croisaient des blindés et leur cédaient la route, quitte à se retrouver dans le fossé. De jeunes cyclistes rencontraient des vieux en chapeau chevauchant des bourricots et les saluaient avec obséquiosité. On ne voyait plus la guerre, mais on sentait encore son absence.

À Sernovodsk, des maisons de brique, la plupart sans étage, s'alignaient sous leurs toits de tôle ondulée. Des portes de fer, bariolées selon le goût de chacun, donnaient accès à des cours sur lesquelles s'ouvraient les habitations. Des femmes circulaient, maquillées à l'européenne sous leurs fichus, mais portant d'étranges robes de chambre, jaunes, fuchsia, ou à pois multicolores. Les plus élégantes arboraient une haute toque blanche. Beaucoup transportaient des paniers, des bidons, des sacs de plastique bourrés d'on ne savait quoi. D'autres balayaient avec des balais de paille ou lavaient à grande eau leurs cours et leurs portions de trottoir. Des hommes passaient, le nez majestueux, la paupière lourde sur l'œil vert clair, vêtus de chemises à carreaux et de jeans ou alors de survêtements, épluchant des graines de tournesol avec leurs dents et crachant les épluchures.

– Tous civils le jour, combien de moudjahidin la nuit ? commenta Samson.

On traversa un marché, où l'on vendait des légumes, du sucre, du thé, des quartiers de viande qu'une marchande éventait d'une branche, mais aussi des diplômes d'université, des passeports, des mortiers, des armes de poing. Apparemment l'ordre russe ne régnait pas encore parfaitement, malgré la présence des chars et le grouillement des patrouilles.

– C't'un monde ! s'exclama Garnier.

– C't'un monde ! renchérit Sacha.

Ceux qu'on appelait les « French doctors » étaient installés dans une exploitation agricole à moitié en ruines, à la limite sud de Sernovodsk. Des bâtiments de ferme, en brique, construits de guingois, avaient été adaptés en locaux d'habitation, en dispensaire, en laboratoire, en salle d'opération. Dans la cour, une quinzaine de Tchétchènes accroupis au pied des murs chaulés de bleu attendaient d'être examinés, piqués, soignés, vaccinés, peut-être amputés.

– Paraît que les toubibs tchétchènes travaillent à la tronçonneuse, dit Garnier. Pas étonnant que ces gus-là préfèrent les French doctors.

– C't'un monde, s'empressa d'ajouter Sacha.

Pour l'instant, les French doctors étaient occupés, mais une infirmière brune et plutôt jolie passa la tête par une porte entrebâillée et, entendant qu'on parlait français, lança :

– Repassez à midi. On sera vachement content de vous voir. Vous prendrez l'apéro avec nous.

– Pas dégoûtante, l'écrevisse, commenta Samson.

À midi, les visiteurs français furent introduits dans une salle à manger décorée de cartes postales punaisées aux murs, plusieurs cochonnes. Les French doctors avaient déjà pris place : à vrai dire, il n'y avait que deux « doctors » dont un généraliste et un chirurgien, mais quatre infirmières étaient attablées avec eux autour d'une nappe en matière plastique à fleurs.

– Vive la polygamie, souffla Sacha à Samson.

Le généraliste était un gaillard barbu, la chemise largement ouverte sur un poitrail bouclé.

– Moi, dit-il en se levant (moins par déférence que pour marquer son autorité), c'est Ludovic. (Il se frappa la poitrine.) Lui, c'est Jojo, ancien interne des hôpitaux de Paris, comme ils mettent sur leurs plaques de cuivre qu'ils se font polir par leurs gardiennes. Il vous sciera en deux avant de vous dire bonjour. D'ailleurs, regardez son pif en forme de coutelas : son métier est inscrit dessus. Elles, c'est

Véronique, Beverley (il les signalait de l'index), Kiki et… comment tu t'appelles déjà, toi ?… Marie. Un prénom, vous avouerez, pas à coucher dehors mais à se coucher là. Et vous, c'est quoi ?

Les filles riaient complaisamment. Le chirurgien aussi. Samson jaugea la situation. Ces affectations de simplicité ne l'impressionnaient pas, mais il avait le désir puéril de rapporter ne fût-ce qu'une bribe de renseignement à Dmitry Goloubinsky, pour participer à la libération des otages et ne pas dépendre entièrement des Russes. Il devait donc établir un contact sympathique avec cette équipe enracinée dans le pays. Il nuança.

– Je m'appelle Gaston Sangdeboeuf. Mes amis s'appellent Rostislav et Christophe. Nous travaillons pour le pétrole. Je débarque et je me suis dit que c'était la moindre des politesses que de faire une petite visite à des compatriotes.

– Posez-vous là. Qu'est-ce que vous prenez ? Martini ? Ricard ?

Sur la nappe, des verres avaient laissé des ronds entrelacés qui donnaient à penser que le ménage n'était pas la préoccupation principale des French doctors.

– Et qu'est-ce que vous y fabriquez, chez vos pétroleux ? demanda Ludovic, l'air de rien, sans quitter des yeux la bouteille avec laquelle il versait.

Quand Samson eut prononcé le mot « sécurité », un frisson frisquet courut autour de la table. Il aurait dit « police » ou « armée », l'impression produite n'aurait guère été moins défavorable, et Samson se demanda pourquoi, en milieu français, ce qui évoque les forces de l'ordre a si mauvaise presse. Il n'en va pas de même en pays anglo-saxon. Cela signifie-t-il que les forces britanniques ou américaines sont plus respectables, ou que les Anglo-Saxons ont le respect de l'ordre plus naturel ? Mieux valait, en tout cas, essayer de dissoudre le malaise en faisant parler ces braves gens de la profession qu'eux pratiquaient, tellement plus honorable à leurs yeux :

– Et vous, alors, vous avez beaucoup de patients ?

Mais la conversation ne se noua pas vraiment. Pas moyen de faire dire à Ludovic ni à Jojo pourquoi ils avaient choisi de panser et découper des Tchétchènes plutôt que des Parisiens ou des Marseillais. Pas moyen d'avoir l'opinion de Beverley ni de Kiki sur les relations entre la population locale et les moudjahidin d'importation, Arabes ou Afghans. Même pas moyen de savoir si Véronique ou Marie recevaient les confidences de leurs patientes. De guerre lasse, Samson mit carrément la conversation sur les otages : les French doctors avaient-ils connu Matteo, Caldens, Virginie ? Les visages se fermèrent encore un peu plus. Oui, on les avait rencontrés, on avait bu des pots ensemble, et la journaliste était venue fouiner au dispensaire, mais qu'est-ce que cette bourgeoise qui travaillait pour une feuille bondieusarde pouvait comprendre aux vrais problèmes ? Se faire kidnapper sans savoir pourquoi, ça lui avait pendu au nez.

– Et chez vous autres, demanda Sacha, jamais de prise d'otages ?

– Généralement, les ONG sont épargnées, répondit Ludovic. Pas toujours, remarquez, surtout celles qui servent de couvertures à des organes de renseignement. Celles-là, elles trinquent, et, dans un certain sens, ça se comprend. Mais dans l'ensemble, les Tchétchènes savent que nous sommes ici pour les soigner et ils nous fichent la paix. Oui, il arrive que des membres d'ONG soient enlevés pour une histoire de rançon, mais les French doctors, ils sont pas riches, personne payera des millions pour les récupérer.

Personne ne fit mine de retenir les visiteurs quand ils se levèrent pour partir, mais Ludovic les raccompagna. Dans la cour, il prit Samson à part, Sacha et Garnier s'étant attardés pour embrasser les infirmières.

– Monsieur Sangdeboeuf, faut pas nous prendre pour des débiles, vous êtes venu nous tirer les vers du nez. Vous vous êtes dit que nous devons bien, de temps à autre, soigner un moudjahed blessé, que nous nous hasardons peut-être même la nuit dans la montagne pour apporter des médicaments ou opérer un patient non transportable. Que donc nous avons « du » renseignement ! Que, par exemple, nous pouvons avoir des idées sur le lieu de détention de vos otages.

« À propos d'otages, je vous dirai ceci : j'ai pitié d'eux, parce que c'est des *êcr'humains*, mais, franchement, quand on va dans un pays aussi pauvre que celui-ci pour s'enrichir à ses dépens, on doit pas s'étonner de ce qui arrive. Votre gagne-pain, c'est le pétrole ; les Tchétchènes, c'est le kidnapping ; depuis le Moyen Âge, ça a toujours été le kidnapping. Chacun son truc. Bon. Du renseignement, nous en avons moins que vous pensez, mais, de toute manière, il est pas pour votre fichu nez. Vous et nous, on est pas du même bord, monsieur Sangdeboeuf, qui devez avoir été flic, je suppose, ou *mirlitaire*. Pour nous autres, vous voyez, flic, ça rime un peu trop avec fric. Et vous avisez pas de nous la jouer patriotique : moi, que vous soyez Français ou bougnoul, c'est pareil, vous vaudrez jamais plus que n'importe quel autre *êcr'humain*. Mais vous comprenez que j'en tire rien de personnel et que tout ça va pas nous empêcher d'avoir des rapports de bon voisinage. D'abord, si jamais vous et les vôtres, vous tombez malades, vous pouvez compter sur nous pour vous soigner, et puis, tiens, samedi en huit, on se fait une fiesta pour célébrer mon départ. Alors vous serez les bienvenus pour partager une petite croûte à partir de dix-huit heures. Il y aura ce qu'il faut pour boire et pour bouffer. Si vous avez des amis pétroliers à nous amener, vous gênez pas, indiquez-nous seulement le nombre de couverts. Je peux pas mieux vous dire. Vous voyez que je n'ai rien contre vous en tant qu'*ècr'humain*. Allez, ciao, sans rancune. Refusez pas. Vous blesseriez mon petit cœur sensible.

– Je n'ai pas la moindre intention de refuser. Une petite croûte, c'est toujours bon à prendre. Alors, comme ça, vous repartez pour la France ?

– Détrompez-vous, monsieur Sangdeboeuf, je vais pas ouvrir un cabinet dans le XVIe arrondissement. Moi, je pars en Afghanistan.

Samson regarda s'éloigner le large dos du French doctor. Quel drame secret lui avait fait choisir le dévouement comme mode de vie ? Et ses compagnons, quel goût de l'aventure ou quelle sainteté laïque les avaient conduits en Tchétchénie ? Samson ne se piquait pas de psychologie, mais il n'aurait pas réussi dans le métier qui était le sien si, à sa façon, il n'avait pas aussi aimé les *êcr'humains*...

En voiture :

– Il y a peut-être quelque chose à tirer de la petite Kiki, dit Sacha. J'ai l'intuition que son Jojo ne lui donne pas entière satisfaction et qu'elle doit avoir une affaire qui marche avec un *boïévik* en bonnet de peau de mouton, la poitrine bardée de cartouchières. Je vais voir si je peux remplacer avantageusement le *boïévik* pour apprendre quelque chose sur les otages.

– C't un monde, dit Garnier, à propos de rien, parce qu'il avait envie de dire « c't un monde ».

6

L'orphelinat *Orphans Galore* – situé non pas à « Atchoum Martin », comme disait Sylbestre, mais au-delà d'Atchkoï Martan, à Bamout, sur un éperon des pentes boisées du mont Ajdouk, dominait de sa masse le confluent de la Fortanga et de la Faétonka. Jadis exploitation agricole, lui aussi, c'était un carré de pierre comprenant des bâtiments vastes, récemment remis en état. Pas de fenêtres vers l'extérieur qui n'eussent été murées ou ne fussent protégées par des grilles de fer. Le portail était en métal et s'ouvrait par télécommande.

Quelque peu intimidé à l'avance de devoir prononcer l'anglais devant des anglophones, Samson avait fait téléphoner pour annoncer son arrivée, et Garnier s'étonna de voir les lourds vantaux s'ouvrir d'eux-mêmes devant le nez du quatre-quatre, qui déboucha sur une pelouse tondue ras, à l'anglaise, où, aux sons d'une musique de jazz, une quarantaine de garçons et de filles, tous coquettement vêtus de chemisettes et de pantalons multicolores, sautillaient sur place en faisant des mouvements de gymnastique. Les chemisettes portaient des inscriptions américaines ou anglaises, et les jeans étaient des Levi's. On ne se serait jamais cru dans un pays exotique où la guerre civile faisait rage.

– C't un monde ! dirent Garnier et Sacha d'une seule voix.

Une jeune femme – pas si jeune que ça, au second coup d'œil – vint à la rencontre des visiteurs. Elle portait une saharienne et une jupe courte, couleur sable, des chaussettes blanches au genou, des chaussures de marche. Ses cheveux blond cendré, portés court, rebroussés en une brève ondulation naturelle, encadraient un visage volontaire. Les yeux lançaient des éclairs bleus par intermittence.

Elle jaugea les visiteurs. Garnier était le chauffeur, il ne comptait pas. Sacha, avec son crâne en forme de hache préhistorique, ses épaules larges et ses hanches effilées, pouvait n'être pas inintéressant. Le chef, c'était ce costaud entre deux âges, à qui sa tête à la peau sèche tendue sur des os pointus et ses cheveux poivre et sel évoquant deux cornes donnaient un air gentiment diabolique. Elle lui tendit la main :

– Je suis Betty.

– Aïeamme vériapi tounôiou kolmi Gastonplize [1], répondit Samson.

Betty passa immédiatement au français qu'elle parlait avec aisance sinon sans accent.

– Ainsi, vous allez être en charge de sécurité chez nos amis français. (Cela se savait donc déjà.) Je pense que c'est une bonne idée d'avoir enfin fait appel à un professionnel. C'est toujours une bonne idée de faire appel à un professionnel. D'après ce que je comprends, vous êtes un professionnel.

Puis elle se tourna vers Sacha et le fixa des yeux.

– *I am Rostislav. Call me Rosty* [2], dit Sacha en lui tendant la main à son tour.

Elle eut un geste en direction des gymnastes :

– Vous ne devez pas croire qu'ils passent tout leur temps à avoir du *fun*. On dit *fun* en français aussi, n'est-ce pas ? Mais ils sont jeunes : de temps en temps, il faut bien qu'ils lâchent la vapeur. (Elle haussa un sourcil.) Robin est allé faire une course à Grozny, mais il sera ici présentement. Venez prendre un *drink*. On dit un *drink* en français aussi, n'est-ce pas ?

– Heureusement, c'est à peu près international, reconnut Samson.

Une terrasse au toit supporté par de gros piliers carrés surplombait la pelouse.

– Nous venons de refaire la charpente, dit Betty en désignant du geste des poutres et des chevrons impressionnants de robustesse. (Elle gesticulait beaucoup pour une Anglaise, trouva Samson. Cela devait être son côté bien né.) Asseyez-vous. Ce n'est qu'une table de pique-nique, mais il faut être pratique, n'est-ce pas ? (Elle haussa l'autre sourcil.) Ou si vous n'aimez pas les bancs, prenez un *rocking-chair*. On dit un *rocking-chair* en français aussi, n'est-ce pas. C'est très agréable d'avoir un *drink* en regardant les enfants lâcher de la vapeur. Tout à fait comme aux Folies-Bergère, n'est-ce pas ? Toutes ces *couisses* !

Elle eut un éclat de rire en prenant elle-même un rocking-chair. Un homme au teint foncé, aux yeux vert clair et à l'expression sinistre vint

---

1. *I am very happy to know you. Call me Gaston please.* Ravi de vous connaître. Appelez-moi Gaston, s'il vous plaît.

2. Je me nomme Rostislav. Appelez-moi Rosty.

servir un choix de boissons de qualité et bien tassées. Elle lui dit quelques mots en russe, et l'homme alla demander à Garnier, discrètement remonté en voiture, ce qu'il voulait boire.

– Combien avez-vous d'orphelins ? demanda Samson pour demander quelque chose.

– Étrange question à poser à une mère, répliqua-t-elle.

Sur quoi, elle lui fit un exposé circonstancié et statistique sur les états passé, présent et futur d'*Orphans Galore*. Elle ne tarit pas d'éloges sur les États-Unis qui avaient donné de l'ampleur au projet britannique :

– Nous avons colonisé l'Amérique pour son bien. Maintenant, elle nous recolonise pour le nôtre. C'est toujours une bonne idée d'exploiter son colonisateur, n'est-ce pas ?

Elle se balançait sur son rocking-chair et avisa le regard de Sacha posé sur ses jambes.

– Rosty se demande pourquoi je ne porte pas le pantalon ? Maintenant toutes les femelles qui font des choses dangereuses portent le pantalon. (Elle posa une main rassurante sur le poignet de Samson.) Je sais qu'en français on ne doit pas dire *femelles*, mais moi – elle haussa un sourcil –, j'aime dire *femelles* néanmoins. Pourquoi porter le pantalon ? On dit qu'autrement ce n'est pas décent. Qu'est-ce qui n'est pas décent ? Il faut seulement savoir se tenir, n'est-ce pas ?

Elle savait.

Avec leur monitrice, les enfants étaient rentrés dans une vieille grange qu'on avait modernisée et défigurée en y perçant une rangée de fenêtres carrées, sans souci de les proportionner à l'ensemble.

– Avez-vous de meilleurs résultats avec les enfants russes ou les tchétchènes ? demanda Samson.

Elle réfléchit, les deux sourcils haussés pour une fois :

– Le problème avec les Tchétchènes, c'est que, naturellement, ils ne sont pas comme nous. Le problème avec les Russes, c'est que, eux non plus, ils ne sont pas comme nous.

« Comme nous » rendait un son si dédaigneux que Sacha en fut agacé :

– Et les Français, par exemple, vous êtes sûre qu'ils sont comme vous ?

Betty réfléchit encore quelques instants :

– Non, bien sûr, sans vouloir blesser vos sentiments, les Français ne sont pas tout à fait comme nous. Mais enfin, certains font des efforts, n'est-ce pas ? À la longue, nous avons réussi à vous convaincre des bienfaits de la démocratie. C'est vrai que, chez vous, elle ne marche pas comme chez nous, mais enfin, c'est mieux que le régime clanique des Tchétchènes qui se déchirent entre eux quand ils n'ont personne d'autre à déchirer. Entre enfants, c'est surtout un problème de langue : les Tchétchènes apprennent le russe, mais les Russes n'apprennent pas le tchétchène, ce qui montre la supériorité des Russes, comme les Anglo-Saxons n'ont vraiment plus besoin de parler aucune autre langue, ce qui montre la supériorité des Anglo-Saxons. Mais c'est plus simple ici, parce que, au fond d'eux-mêmes, les Tchétchènes savent que, sans les Russes, face aux Russes, ils ne sont rien. Ils chantent des chansons nationalistes, antirusses… en russe ! Comme les Irlandais qui se plaignent en anglais du mal que les Anglais leur ont fait. C'est pour ça que les Tchétchènes ont été obligés d'importer des moudjahidin d'Arabie ou d'Afghanistan, qui ne parlent même pas le tchétchène. Il n'y aurait jamais eu assez de Tchétchènes pour faire une armée. Trop de couples mixtes.

Elle baissa la voix :

– Savez-vous pourquoi notre Svétozar est si lugubre ? (De la tête, elle désignait l'homme taciturne qui servait.) Je lui ai demandé. D'abord il n'a rien voulu me dire. Et puis il a avoué. Il avait une *girl friend*. On dit aussi *girl friend* en français, n'est-ce pas ? Elle était belle. Il ne pouvait pas l'épouser parce que leurs clans étaient ennemis. Le père et les frères ont appris. Naturellement, ils ont été obligés de lui trancher la gorge, pauvre fille. C'est ce qui se fait, n'est-ce pas ? (Elle haussa un sourcil.) Alors il est triste. Ah ! tiens, voilà Robin.

Le portail s'était ouvert de nouveau, et, sautant à terre de sa Land Rover, Robin Chastow traversa la pelouse.

À première vue, rien ne distinguait cet homme d'un autre homme qui aurait eu son âge, la quarantaine ; sa taille était moyenne ; sa carrure, moyenne ; son visage, oblong plutôt que carré ; ses cheveux, châtains, moyennement longs. La raie sur le côté gauche et la mèche sur le côté droit n'avaient rien de rare. Les yeux noisette étaient ordinaires. La tenue, vaguement sportive, semblait venir du bon faiseur, sans ostentation. La démarche rapide, souple, décidée, était celle d'un homme qui soignait sa forme physique, sans obsession.

La première chose qu'il fit fut de repérer le chauffeur dans la Toyota et de l'inviter à table. Il le fit sans provocation, mais on comprit aussitôt que c'était pour donner une leçon d'égalitarisme à l'Anglaise et aux Français. À Samson et à Sacha, il dit avec cordialité :

– Comme votre ancien en Tchétchénie, permettez-moi de vous souhaiter la bienvenue. Il n'y a pas longtemps que nous sommes installés ici, mais nous sommes contents de voir tout nouveau visage qui nous rappelle le monde civilisé. J'espère que nous aurons l'occasion de vous voir souvent, tous les deux. Alors, quel temps fait-il à Paris ? Tu permets que nous fumions, vicomtesse ?

Samson admira ce « Tu permets que nous fumions, vicomtesse » qui, sur le ton dont il était prononcé, signifiait dix choses à la fois : que Betty était bien la fameuse aristocrate humanitaire jadis protégée par Margaret Tchatcher et abondamment financée par son mari ; qu'il n'était pas utile de feindre d'ignorer les relations intimes pouvant exister entre elle et Robin ; que Robin connaissait l'usage moderne des titres en français et le violait délibérément ; que ni lui ni la maîtresse de maison n'allaient priver du plaisir de fumer des hôtes qui en avaient peut-être l'habitude. Lui-même alluma la Benson and Hedges de Betty et la sienne avec un briquet discret. Samson mit le feu avec soulagement à un de ses infects cigarillos. Sacha dit : « Merci, je tiens à mes poumons », et Garnier fut oublié. Au reste, Robin n'insista pas pour avoir des nouvelles météorologiques de Paris, et, dès qu'un tire-bouchon de fumée monta de la cigarette qu'il brandissait plus qu'il ne la fumait, il prononça une autre question, avec un détachement peut-être simulé :

– Je suppose, mon général, que vous venez enquêter sur les otages et, probablement, tenter de les libérer ?

Samson avait l'habitude de ne jamais se départir d'un renseignement, même aussi insignifiant qu'un grade.

– Ne vous faites pas de cinéma, Robin. Je suis Gaston Sangdeboeuf, c'est tout. Et je viens pour vérifier la sécurité de nos installations – avec un œil sur les otages, naturellement. Pourquoi vous me demandez ça ? Vous auriez des idées ?

– Moi, je ne les ai pas connus. Je suis arrivé après leur enlèvement. Mais toi, Betty ? Tu les as rencontrés, je crois…

– J'ai surtout rencontré Virginie, qui venait pleurer dans mon gilet parce que Caldens ne faisait pas attention à elle, tandis que Matteo la fatiguait de ses assiduités, à moins que ce ne soit le contraire, j'ai oublié. C'était une sotte petite chose.

– Vous finirez par payer, je suppose, reprit Robin d'un ton las. Tout le monde finit par payer.

« Il ne dit pas cela innocemment, jugea Samson. Il veut savoir s'il y a d'autres clauses que pécuniaires. »

Il répondit à côté :

– Il arrive toujours des choses imprévues aux peuples sur les terres desquels on trouve du pétrole ou on veut faire passer un *pipe*. Brusquement, les pauvres deviennent riches, et quelquefois, les riches pauvres.

C'est un peu, voyez-vous – il tirait sur son cigarillo –, comme dans les Saintes Écritures. Le grand problème des Tchétchènes, si je comprends bien, c'est que vous autres avez l'intention de mettre la main sur le pétrole de la Caspienne.

Un silence. Les deux hommes tiraient encore à fleurets mouchetés, mais ils faisaient déjà assaut, pas de doute là-dessus. Samson avait reconnu autre chose qu'un patron d'ONG humanitaire dans cet Américain discret et courtois qui semblait sûr de ses muscles, de son intelligence, de son éducation, de ses relations, de son bon droit, de son efficacité, mais aussi – un peu de déformation professionnelle dut jouer dans l'inconscient de Samson – d'un entraînement et d'une expérience qui n'étaient pas ceux de tout un chacun. De son côté, Robin avait deviné en Samson autre chose qu'un pétrolier.

Sacha les regardait, amusé. Betty intervint :

– Je ne comprends rien à vos histoires de *pipes*, mais, pour moi, il n'y a pas grand-chose d'imprévu dans tout ce *business*. Vous dites *business* en français aussi, n'est-ce pas ? Depuis des siècles, les Mathusalem oppriment ici les jeunes hommes pleins de sang, qui ne peuvent pas voir un vieux sans se mettre à quatre pattes devant lui. Arrivent les wahabbites qui disent : « Il vous suffit de vous battre pour devenir aussi respectables et plus que ces vieux *foggies* » – comment dit-on *foggies* en français ?

– Birbe, chnoque, croûton, proposa Sacha comme si Betty avait vraiment posé une question.

Déjà, elle enchaînait :

– Ces jeunes hommes qui sont nés pour la guerre, comment voulez-vous qu'ils résistent ? Ils attaquent le Russe parce qu'ils n'ont personne d'autre à attaquer et, par voie de conséquence, ils commencent à se prendre pour des wahhabites eux-mêmes. Oui, ils doivent renoncer au cognac, mais le cognac n'est pas si bon ici, n'est-ce pas ? Cette guerre n'est pas entre le Russe et le Tchétchène, mais entre les jeunes et les vieux, comme d'habitude.

– Vous voulez dire que les vieux Tchétchènes sont favorables aux Russes ?

– Les vieux Tchétchènes vivent dans un rêve antirusse qui date de Chamil. Ils savent que leur héros national a été battu au XIXe siècle, s'est rendu et s'est rallié au tsar. Ils chantent ses exploits – en russe, comme je vous l'ai dit –, et jamais ils n'auraient eu l'idée de reprendre la guerre sans les incitations des Arabes et des Afghans.

– Je me suis laissé dire que c'était aussi grâce à de l'argent américain, dit Samson d'un ton naïf, pour continuer à tâter Robin.

– Ah ! vous êtes de ceux qui croient à la théorie du Complot, railla Robin. Remarquez, je ne nie pas que la CIA ait allongé quelques tentacules et quelques dollars en direction de la Tchétchénie, mais c'était avant *Nine-Eleven*. Tout est changé depuis.

– Sûrement, mais est-ce pour longtemps ? demanda Sacha, cherchant la bagarre.

Samson lui coupa la parole en se tournant de nouveau vers Betty.

– Bref, vous croyez que toute cette affaire va se tasser dès que les Russes auront gagné la guerre, s'ils la gagnent, ce qui n'est pas certain.

– C'est le contraire. Les Russes vont sûrement gagner la guerre, et, d'une certaine manière, c'est le pis qui puisse leur arriver, parce que les Tchétchènes auront alors tous les motifs de se venger et que, comme la vendetta est pour eux une question d'honneur, ils n'oublieront jamais un seul moudjahed tué, une seule *sakla* bombardée. Cela risque de durer pendant des siècles.

– Qu'est-ce qu'une *sakla* ?

– Une maison, dit Robin. Tenez, à propos de maison, voulez-vous visiter celle-ci ? Nous sommes assez fiers de ce que nous avons réussi à accomplir en aussi peu de temps.

Sacha resta faire du charme à Betty. Samson accompagna Robin qui lui montra les salles d'étude et de jeux, la cuisine, les sanitaires, le dortoir pour les garçons, le dortoir pour les filles, et entrouvrit la porte du réfectoire où une quarantaine d'enfants se gorgeaient de *fast food* sous la surveillance de quatre moniteurs, deux Anglaises, une Russe, un Tchétchène. Ces locaux, des granges, des resserres, des étables et des écuries, avaient été aménagés et décorés dans un style bariolé infantile. Des chambres avaient été installées dans les greniers pour les monitrices. Le personnel de cuisine, Svétozar compris, logeait dans un pavillon séparé. Le bâtiment principal, celui auquel s'adossait la terrasse, comprenait au rez-de-chaussée une vaste salle de séjour et le bureau de Robin, qui lui servait aussi de chambre. À l'étage, il y avait la chambre-bureau de Betty et l'appartement des « parents sociaux ».

– Les « parents sociaux » ? *Quid est*, « parents sociaux » ? demanda Samson.

– Une invention de Betty. Elle a découvert que des enfants qui ont vécu dans des refuges, des internats, des institutions officielles de toute sorte, sont plus faciles à réinsérer dans la société s'ils ont connu une période de transition sous la direction d'un véritable couple qu'ils apprennent à appeler papa et maman, qui leur apprennent les choses les plus simples de la vie : se laver, utiliser un couteau et une fourchette. La Russe et le Tchétchène que vous avez vus au réfectoire sont mariés, et ils jouent ce rôle de « parents sociaux ». Par je ne sais quel hasard, ils s'appellent Rouslan et Ludmila, comme dans Pouchkine ! Betty et moi, nous exerçons l'autorité suprême, mais il ne faut pas que le général vienne inspecter les cuisines trop souvent ni que Dieu le Père s'occupe des chiens perdus. Ça marche, et nous sommes en règle avec la *National Foster Care Association* et le *Department of Health* britanniques, aussi bien qu'avec le ministère russe de l'Éducation et celui de la Protection sociale. En principe, nous devrions avoir une équipe de réhabilitation, avec psy pour enfants, pédiatre, neurologue et conseiller pédagogique : cela viendra. Pour l'instant, ces enfants ont déjà de la chance de n'avoir pas été diagnostiqués oligophréniques.

– Oligo… ?

– C'est le grand mot des médecins russes. Tous les enfants qui ne leur plaisent pas sont oligophréniques, et on s'en débarrasse dans des asiles. Même le code familial de la Fédération russe du 29 décembre 1995 ne les protège pas efficacement.

– Vous en savez des choses, Mr Chastow.

– C'est mon métier. L'article 123, par exemple, recommande de tenir compte de l'origine ethnique, de l'affiliation religieuse et culturelle et de la langue maternelle de tout enfant qui sera adopté, mais dans quelle mesure le fait-on ? Nous, en tout cas, nous essayons de pratiquer l'intégration pure et simple. Que sont un petit Russe ou un petit Tchétchène sinon de futurs citoyens du monde ? Ça vous amuse de voir mon bureau ? Venez, je vais vous montrer.

Sur le seuil du bureau directorial, Samson s'arrêta :

– Dites-moi une chose, Mr Chastow : aimez-vous les enfants ?

« Cela m'étonnerait, pensait-il. Ce Chastow m'a l'air d'un animal à sang froid qui ne doit aimer personne, mais on verra ce qu'il va me répondre. »

Chastow s'arrêta, dubitatif, la main sur la poignée de la porte, une poignée ronde, à verrouillage automatique, importée des États-Unis comme tous les éléments du décor.

– Est-ce que j'aime les enfants ? Je m'en suis beaucoup occupé. Plus que de savoir si je les aimais ou non. J'en ai remis un certain nombre dans ce qui me semble être le droit chemin. J'ai supervisé un orphelinat à Saint-Pétersbourg. Mais il n'est pas indispensable d'adorer les voitures pour régler efficacement la circulation. Pour moi, les ONG, c'est un métier comme un autre, et il se trouve qu'on m'a mis dans ces affaires d'enfants justement peut-être parce que je ne les aime pas à l'excès.

Il ouvrit la porte et Samson se trouva dans un bureau meublé de la façon la plus fonctionnelle et la plus impersonnelle en même temps. Armoires, étagères métalliques. Mobilier de bureau ordinaire encore que de qualité. Cartes aux murs, piquetées d'aiguilles à tête de couleur. Matériel électronique. Un panneau de contreplaqué séparait le bureau d'une étroite chambrette qui devait contenir un lit de camp, une table de nuit, peut-être une arme.

– Je suis impressionné, dit Samson. On croirait une vraie salle OPS, mon... général ?

La taquinerie continuait. Chastow ne la releva pas.

Samson alla à la carte : on y trouvait l'implantation des unités russes de la région, et aussi celle des ONG, avec renvois à des feuilles punaisées sur lesquelles on trouvait les noms des responsables, les numéros de téléphone Immarsat, les fréquences radio. Rien, naturellement, sur les commandos tchétchènes. Samson revint aux étagères où s'alignaient plusieurs ordinateurs portables, une station Immarsat et son ordinateur, un poste émetteur-récepteur à modulation de fréquence, un autre poste émetteur-récepteur à modulation d'amplitude pour les liaisons radio à courtes ou très longues distances, des talkies-walkies, un GPS [1]. Samson avait fait nombre de missions au cours desquelles il aurait aimé être aussi bien équipé. Sur d'autres étagères s'alignaient des boîtes de rations et de médicaments. Quelques-unes étaient marquées « Cadeaux » : sans doute contenaient-elles des stylos à bille, des torches électriques, des ustensiles de cuisine, des colifichets divers : tout ce qui ne coûtait pas cher et pouvait être utile ou agréable, de la pacotille, au sens propre du terme. Une bibliothèque contenait des livres instructifs – *Éducation sexuelle pour adolescents, Que doit-on faire en cas d'inceste ?* –, certains en anglais, d'autres traduits en russe.

– Eh bien, dites donc ! je suis impressionné. Vous êtes tout de même très forts. Nous, nous aurions à peine un campement ; vous, vous avez un trésor dans une forteresse. Vous ne craignez pas que les Tchétchènes mettent un jour la main sur tout cela ?

– Si, dit Chastow, nous mourons de peur, ce qui signifiait « Non, nous ne courons aucun danger. » Franchement, nous autres Américains, ne risquons pas grand-chose dans ce pays-ci. Notre présence sera nécessairement bénéfique pour les Tchétchènes, soit que nous les aidions à mettre les Russes dehors – comme certains fous de la

---

1. *Global positioning system* : appareil permettant de déterminer les coordonnées du lieu où l'on se trouve.

CIA ont dû le penser –, soit que nous leur apprenions à vivre en bonne intelligence avec plus fort qu'eux, ce que nous autres ONG essayons de faire. En outre, s'ils laissent les wahabbites s'en prendre à nous, ils savent que nous risquons de confondre la Tchétchénie et l'Afghanistan et d'aider les Russes à leur rabattre le caquet.

Il ouvrit une cantine en aluminium.

– Regardez ce que nous avons là pour « nos » enfants : des avions téléguidés, des voitures téléguidées, même des Gameboy…

Samson se pencha. Le coffre était plein de joujoux modernes.

– Nous avons aussi des jeans pour les filles et pour les garçons. Et des boucles d'oreilles, pour les unes comme pour les autres. Et des accordéons de toutes les tailles. Et des assiettes, avec les étiquettes encore dessus, comme les Tchétchènes les aiment. Et des torchons représentant le drapeau américain : ils adorent ça. Non, Gaston, nous sommes perçus comme les bienfaiteurs de ce pays, tout en étant au mieux avec les Russes. Nous ne risquons rien. Vous, en revanche…

Il referma la cantine en douceur.

– Vous parlez très bien notre langue, Robin, interrompit Samson.

– Je suis d'origine française, dit Chastow avec suavité. Notre nom était Chasteau, dans le temps. Je disais donc que vous aviez peut-être tort de vous immiscer dans une situation que vous ne maîtriserez jamais. (À cet instant, Samson comprit que Chastow savait pertinemment que lui, Samson, n'était pas plus pétrolier que lui, Chastow, n'était ONG, et que Chastow comprenait que Samson comprenait que Chastow avait compris.) Les Tchétchènes sont des pions dans ce que les Anglais appelaient, souvenez-vous, le Plus Grand Jeu du monde. Les Russes ne font vraiment pas le poids. Les États-Unis sont conscients que l'Asie centrale est la clef du siècle à venir ; que leurs intérêts y sont sérieusement impliqués… Pourquoi mettre le doigt entre l'écorce et l'arbre, comme vous dites ? Ou pourquoi faire le singe avec la scie mécanique, comme nous disons, nous ? La France, vous savez…

Chastow était trop fin pour avoir prononcé « La France, vous savez » sur ce ton-là si son intention n'avait pas été d'humilier.

– Venez, Gaston, dit Chastow amicalement, je vais vous montrer la vue.

Ils prirent un escalier et débouchèrent sur une terrasse qui dominait les toits. D'un côté s'étalait la plaine horizontale. De l'autre, presque verticale, s'érigeait la montagne. L'air frais picotait les poumons. Chastow laissa peser un silence. Puis :

– Vous vous demandez où sont vos otages, n'est-ce pas ? Ne cherchez pas.

Il désignait le versant à pic, labouré de crevasses, hérissé d'éperons, saigné de torrents, couvert d'une fourrure végétale impénétrable, crêté de sommets blancs.

– Ils sont là-haut.

Puis, avec un sourire :

– Quelque part là-haut.

En rentrant, Samson demanda distraitement à ses compagnons :

– Alors, qu'est-ce que vous en pensez ?

– C't'un monde, dit Garnier.

La plaisanterie n'amusait plus Sacha. Il prononça, dans un tout autre registre :

– Moi, je pense que le Chastow ne doit pas s'embêter avec sa Britiche. Elle a une de ces chutes de reins…

Il ajouta, d'un ton méditatif :

– Musclée.

7

Samson cherchait à joindre Dmitry Goloubinsky depuis plusieurs jours.

D'abord, il avait attendu. Puis il avait téléphoné. Mais le standardiste militaire ne parlait que le russe, ou, s'il comprenait un peu l'anglais, *mister* Goloubinsky se révélait injoignable.

Pour le moment, sans les contacts sur lesquels il avait compté en acceptant sa mission, Samson en était amené à vérifier le nombre de badges et la hauteur des barbelés. Il avait déjà reçu un courriel de Daniel qui réclamait du nouveau. N'en déplaise à Paris, il n'y avait rien de nouveau : les sommets de l'Ajdouk étaient toujours sucrés de neige, et la plaine de la Fontanga s'émaillait de pavots et de coquelicots.

Le crépuscule tombait quand un BRDM de l'armée fédérée, escorté par deux BTR 80, un devant un derrière, s'arrêta à l'entrée de la base vie des Français. Les visiteurs arrivaient à la russe, à l'improviste. Après quelques palabres, ils se retrouvèrent à quatre dans le bungalow de Samson, aux petites fenêtres carrées, aux meubles exigus. Le général russe – un géant – jeta un coup d'œil au plafond qu'il aurait pu atteindre de la main, et parvint à caser son postérieur entre les accoudoirs d'un fragile fauteuil en matière plastique :

– Ça tiendra ? demanda-t-il à Dmitry, peut-être avec humour, peut-être sans.

Il voulut qu'on lui glissât la table sous les coudes et il les y écarta largement, comme pour mieux présider la séance.

– *Nou* ? prononça-t-il lourdement, ce qui signifie : eh bien ?

Samson observait avec curiosité ; Sacha, avec ironie.

– *Nou*, reprit Dmitry – il continua en français –, le général de division Zakhar Groubko commande la région de Samakchi. Nous avons été jadis officiers dans le même service…

– Guébé [1], souffla Sacha à l'oreille de Samson.

– À la suite de certains événements, nous avons simultanément bifurqué : moi dans les affaires, lui, d'abord dans le renseignement militaire…

– Gru [2], souffla Sacha.

– Puis dans l'armée pure et simple…

Sacha compléta :

– À supposer qu'une armée moderne puisse être simple et pure…

– Nous sommes restés amis et disposés à nous rendre des services, chaque fois que l'occasion s'en présente.

Dmitry se tourna vers le général et continua en russe, lui présentant tour à tour Samson et Sacha. Samson ne comprenait rien, Sacha lui traduirait ces présentations tout à l'heure, mais, dès l'abord, plusieurs questions se posaient. Sacha était censé faire partie de ces émigrés russes qui ne comprennent pas la langue de leurs aïeux. Mais Dmitry avait-il vraiment fait croire ce mensonge à son compatriote et ami de longue date, Zakhar Groubko ? Ou bien Groubko était-il dans le secret, et jouaient-ils tous les deux la comédie à Samson ? Et, si comédie il y avait, quel était le rôle de Sacha ? Avait-il fait comprendre aux Russes qu'il s'associait à eux pour duper le Français, ou restait-il fidèle au Français pour tromper les Russes ? Dmitry ne pouvait pas ne pas deviner que Samson se posait ces questions ; tout le monde était donc en train de pratiquer ce que Samson appelait du « patinage artistique ». « Quand il s'agit de faire l'imbécile, aimait-il à dire, je ne suis pas plus bête qu'un autre. » Il se tassait sur sa chaise et il attendait.

Le général prononça quelques mots en russe. Dmitry traduisit :

– Le général, à qui, avec votre autorisation, je n'ai pas caché votre qualité, mon colonel, souhaite la bienvenue sur le territoire de la Fédération de Russie à un représentant de cette valeureuse armée française qui s'est battue à nos côtés pendant les deux guerres mondiales.

– Merci, dit Samson, mais c'est pas tout ça. Il va falloir boire un coup pour fêter notre rencontre. Malheureusement, Dmitry, bien qu'ayant écouté vos leçons, je suis mal pourvu en zakouski. Le général acceptera-t-il de boire de la vodka toute nue ou préférerait-il un whisky ?

Le général demanda, la paupière lourde, s'il n'y avait pas de cognac. Samson comprit le mot *koniak* et fit signe à Sacha d'en servir.

1. KGB : comité de sécurité d'État.
2. GRU : direction de renseignement d'État.

Le général avait une tête énorme, terminée par un menton énorme, posé sur une poitrine énorme, sans qu'il y eût de cou entre les deux. La peau de ses joues était épaisse, terreuse et grumeleuse.

– Le général connaît-il ma mission à Samakchi ? demanda Samson à Dmitry.

– Il la connaît.

– Je veux dire : relativement aux otages.

– Naturellement.

– Aurait-il, comme vous me l'aviez laissé espérer, une suggestion à me faire ?

Dmitry traduisit. Groubko fit un discours que Sacha écouta attentivement, en s'affairant autour des bouteilles et des glaçons. Quand Groubko se fut tu, avec la soudaineté d'un robinet qu'on ferme ou d'un chargeur vidé de sa dernière cartouche, Dmitry résuma.

– Le général pense que cela prendra beaucoup de temps.

Samson s'empêcha de ricaner :

– Cela a déjà pris presque six mois.

– Le général pense que la situation est d'autant plus difficile qu'elle ne dépend pas véritablement des Tchétchènes, avec lesquels on peut toujours négocier. La présence de wahhabites arabes ou afghans commandés par un certain Ali Mansour complique tout. Le général est pleinement conscient que les ravisseurs ne demandent pas une rançon en argent, mais le départ des Français. Il comprend aussi que vous souhaitez récupérer vos otages, mais que vous n'avez aucune intention de quitter la Tchétchénie, ce en quoi vous servez nos intérêts comme les vôtres.

– Où sont les otages ? Le savez-vous ?

Geste d'ignorance de Dmitry et, par contrecoup, du général.

– Si je comprends bien, dit alors Samson pour brusquer les choses, j'aurais aussi bien fait de rester à Paris.

Dmitry leva la main en signe d'apaisement. Il traduisit, et le général délivra la seconde partie de sa harangue.

– Le général pense, reprit Dmitry, que de grands intérêts financiers sont en jeu. Il sait que le projet de *pipe* intéresse autant la Russie que la France, sinon il ne serait même pas là pour vous parler, il a autre chose à faire, mais il pense que les investissements français méritent d'être protégés par tous les moyens. De son côté, il commande une division mieux approvisionnée que dans un passé proche, où les soldats russes en arrivaient à vendre leurs cartouches et quelquefois leurs armes pour se nourrir, mais la situation est encore loin d'être idéale, et il se sentirait plus sûr de lui s'il demandait à ses hommes de faire un effort supplémentaire pour des amis étrangers qui en auraient fait un pour eux.

Samson ne s'était pas attendu à ce genre de chantage. Dmitry précisa :

– Je me porte garant d'une chose. Pas un sou ne collera aux mains de Zakhar. C'est un homme d'une intégrité homérique. (Il tapota l'énorme genou du général, comme pour lui faire comprendre de quoi il parlait.) Mais il est vrai que, dans la mesure où vous participez à l'exploitation de nos terres et de nos mers, il ne serait pas absurde que vous mettiez un peu de lard dans la *kacha* [1] d'hommes qui risqueront leur vie pour sauver celle de vos compatriotes.

– Bon, dit Samson. Ce n'est pas moi qui décide, mais je peux toujours transmettre votre proposition. Combien et en échange de quoi ? Comment seriez-vous capables d'aller chercher les otages si vous ne savez pas où ils sont ? Comment pouvez-vous garantir qu'il ne leur arrivera pas malheur ? Je trouve naturel que vous vous inquiétiez de la vie de vos petits gars ; moi, je pense à celle de Virginie, Caldens et Matteo, qui sont sous ma responsabilité.

Dmitry traduisit. Groubko écoutait attentivement. Samson ajouta :

– Et enfin, si vous le prenez comme ça, qu'est-ce qui me prouve que vous n'êtes pas de mèche avec les Tchétchènes ? Je ne suis pas sans avoir entendu des histoires selon lesquelles les Russes vendraient des otages aux Tchétchènes pour ensuite les récupérer contre rançon payée par un tiers. Traduisez, Dmitry. Que votre général sache à qui il parle.

À ce moment, la sympathie de Samson pour les Russes était en baisse.

Dmitry prononça quelques mots en russe. Tout à l'heure, grâce à Sacha, Samson saurait ce qu'il avait dit – ou ne le saurait-il pas ? Jamais on ne devrait envoyer un agent en mission dans un pays dont il ne possède pas la langue. Le général resta imperturbable. Samson commençait à comprendre pourquoi l'entrevue avait lieu chez lui, et non pas au PC de la division russe, qui devait être lardé de micros.

Le général parla avec énergie, ponctuant son discours de quelques légers mouvements de son poing droit qui, s'il n'y avait pas pris garde, auraient défoncé la table. Samson crut saisir le mot « Barbès ».

Dmitry traduisit :

– Le général dit que les Français doivent comprendre qu'ils ne sont pas chez eux et que la Tchétchénie, ce n'est pas Barbès. (Pourquoi « Barbès » ?) Tout ne dépend pas du général ; cependant il s'intéresse au sort de ses hommes, qui sont de braves garçons venus de tous les coins de la Russie pour participer à une guerre qu'ils ne comprennent pas, mais qui est essentielle pour offrir aux Américains une figue au beurre.

1. Bouillie, généralement faite de sarrasin, une des bases de l'alimentation russe.

– Une figue au beurre ?

– Traduction édulcorée : les renvoyer à leurs chères études.

– Eh bien moi, je répète, dit Samson, combien et en échange de quoi ?

Le général se leva. Là-haut, près du plafond, il siffla cul sec un dernier verre de cognac. Il y avait une force dans cet homme, une énergie qui ne déplaisaient pas à Samson.

Le général Groubko prononça deux mots que Dmitry traduit aussitôt avec un sourire rassurant :

– « On vivra-verra. » Je vous téléphone demain matin, mon colonel. Ou après-demain. Ne vous inquiétez pas. Je n'ai aucun intérêt à m'éterniser ici. Mon caviar et mes kalachnikovs ne se vendront pas sans moi. Combien, en échange de quoi, j'ai retenu.

On reconduisit les Russes jusqu'à leurs véhicules. Curieux comme les distances entre les hommes se contractent et se dilatent ! À Saint-Pétersbourg, Samson s'était senti presque russe lui-même ; à Samakchi, il se demandait par qui il était en train de se faire duper...

– Alors ? demanda-t-il lorsqu'ils se retrouvèrent seuls avec Sacha, à laver les verres.

– Alors, dit Sacha – ses yeux blancs s'étaient allumés d'un feu qu'il cherchait à cacher – ils vous proposent un marché où ils ont tout à gagner – vous payez d'abord – et rien à perdre : s'ils ne retrouvent pas les otages, c'est parce que c'était impossible. D'ailleurs, c'est probablement impossible. Vous avez vu le relief ?

Samson alla s'asseoir dans un des fauteuils de plastique pour terminer un fond de whisky. Sacha dansait devant lui comme un diablotin.

– À qui êtes-vous, Sacha ? demanda Samson avec lassitude (il avait bu plus qu'à l'ordinaire). Êtes-vous toujours à moi, ou avais-je raison de vous interdire de rentrer dans le pays de vos ancêtres, et leur appartenez-vous maintenant ? Travaillez-vous pour Dmitry contre moi, ou pour Zakhar contre Dmitry ? Qui êtes-vous, Sacha ?

Sacha, qui avait bien bu aussi, prit deux verres, les lança en l'air, les rattrapa, les échangea, les rattrapa encore, les lança encore... Samson ne lui connaissait pas ce talent de jonglerie et le regardait, fasciné comme un enfant.

– Vous êtes drôlement doué, Sacha. Vous m'inquiétez d'autant plus. Quel jeu jouez-vous ?

Sacha posa délicatement ses verres sur la table et tomba sur la moquette, les mains derrière la nuque.

– Qui je suis ? Vous vous demandez si je joue le jeu français ou le jeu russe ? Mais comme vous êtes superficiel, Samson ! Y a-t-il la moindre continuité dans le jeu russe ou français ? Nous autres Français, nous changeons de président et de Parlement comme de calecifs, alors qu'est-ce que le jeu français ? Et nous autres Russes, entre nos Eltsine et nos Poutine, quel est notre jeu ? En jouant le jeu apparemment russe, ne jouerais-je pas le vrai jeu de la France ? Et réciproquement ? Vous voulez savoir qui je suis ? Je suis un personnage mythologique récemment baptisé Interface. C'est ainsi que l'informatique débouche, sans s'en douter, sur la philosophie. L'Interface est une conception nouvelle, mais non dépourvue de prodromes, et l'émigré russe en France au service de la Russie en est peut-être le meilleur exemple. En termes scientifiques, je dirais que je suis le lieu géométrique des doubles fidélités. En tout cas…

Il se releva avec une souplesse d'acrobate et vint chuchoter, agenouillé, à l'oreille de Samson :

– Bien sûr, mon colonel, vous pouvez me soupçonner de travailler pour Eux. Eux est un mot terrible, n'est-ce pas ? On ne peut le proférer que du fond de ses viscères : *EUX* ! C'est un hoquet, c'est un rugissement. *Eux*, c'est l'Ogre des contes de fée, Eux, c'est-à-dire L'AUTRE ! Mais qui est L'AUTRE ? C'est peut-être là la seule question métaphysique de quelque importance : *qui est l'autre* ? Et, à notre époque, peut-il encore y avoir des loups-garous portant le nom affreux EUX ? Bon, toute métaphysique mise à part, je ne sais pas s'ils m'ont laissé entendre cette phrase exprès ou par inadvertance – je pencherais plutôt pour « exprès » de la part de Dmitry et « inadvertance » de la part de son copain, qui a l'air d'un tumulus funéraire plus que d'un être humain. En sortant, le général a dit à Dmitry : « *Votre Frantsouz me fait rire avec ses otages – ça fait cinq mois qu'on sait où ils sont, mais on ne peut rien faire.* »

Samson le fit répéter :

– Ils savent où sont les otages ?

– C'est ce que j'ai compris.

– Et ils sont en train de nous vendre ce renseignement, en sachant que nous n'en ferons rien puisqu'eux-mêmes ne peuvent rien en faire ? Sacha, c'est bien cela ?

– C'est peut-être un peu plus subtil que ça, mon colonel, répondit Sacha.

Samson à Daniel par courriel codé :

La situation ici est un snafu complet. Si votre anglais n'est pas à la hauteur de mon vocabulaire, traduisez « situation normale donc bordélique ». Ce sont les uns qui détiennent les otages, mais c'est avec les autres qu'il faut négocier leur libération, parce que ceux-là, comme vous savez, ne veulent pas d'argent, tandis que ceux-ci ne diraient pas non. Apparemment, les seconds savent où les premiers gardent les otages, ce qui semble indiquer qu'il y a des contacts entre les deux camps, comme cela a souvent lieu dans les guerres dites révolutionnaires. Toutes les hypothèses sont permises, mais on se demande pourquoi ceux qui savent ne sont pas encore intervenus pour exploiter un renseignement qu'ils ont l'air de tenir pour sûr. Avaient-ils déjà l'intention de nous le vendre ? D'un autre côté, ce renseignement a-t-il une valeur marchande quelconque s'il est inexploitable ? À vous de voir. Pour ma part, j'ai posé les questions « Combien ? » et « En échange de quoi ? » J'attends les réponses.

Naturellement, nous menons aussi notre petite enquête perso. Pour l'instant, elle se révèle plutôt décevante. On ne m'a pas encore donné l'interprète tchétchène qu'on m'avait promis, et les contacts avec les Occidentaux qui se sont aventurés dans ces parages sont d'une température qui ne dépasse pas de beaucoup le zéro degré à l'ombre. Il y a là des Français plutôt hostiles et baba cools – j'essayerai d'avoir leurs noms pour qu'on les passe au fichier – et un Américain nommé Robin Chastow si désireux d'étaler ses connaissances sur les orphelinats russes qu'à mon sens il doit s'agir là d'une couverture. Mais que peut faire un homme de son calibre dans un trou perdu où l'on ne doit pouvoir recueillir de renseignement que tactique, that is the question.

Pour le reste, m'est avis que vous pouvez faire confiance à Sylbestre et Crépinot, et je serai prêt à me rendre sur d'autres sites dès que j'aurai un peu débrouillé le nœud gordien pour lequel j'ai bien retenu que vous ne vouliez « pas de vagues, pas de bavures, pas de publicité ». J'interprète cela comme un ordre d'y aller mollo. Donc, je n'ai pas l'intention de relancer les Russes : ça va leur facere pedes.

Salut et circonlocution.

8

Samson ne devait pas avoir l'occasion de se hâter lentement. Les événements allaient bouleverser son approche de la situation.

Le samedi, la base vie tournait au ralenti, et il s'octroya une grasse matinée, une sieste après le déjeuner et une après-midi de farniente. Il fit aussi un saut au magasin qu'il appelait militairement « l'Appro ». Il ne voulait pas arriver les mains vides chez les French doctors. Il rencontra Sacha, qui avait eu la même idée :

– On va leur apporter une ou deux bouteilles de whisky convenable. Comme ça, ils ne nous forceront pas à boire leurs cochonneries.

Ils remplirent deux sacs de nobles bouteilles et de conserves raffinées : foie gras mi-cuit, pâté de grive, cailles en gelée, marrons glacés, car ils étaient d'accord :

– Si ces gens-là nous boudent parce que nous sommes pétroliers, le meilleur moyen de les remettre à leur place, c'est de les faire bouffer comme ils n'ont jamais bouffé.

Le soleil était encore haut dans le ciel, mais les arbres projetaient déjà des ombres obliques quand le quatre-quatre s'arrêta devant le repaire des French doctors à Sernovodsk. Plusieurs voitures étaient rangées entre les bâtiments de brique aux vitres irisées et une musique de rock mise à plein tube se fracassait contre les murs. Ludovic accueillit les « pétroliers » comme des amis de longue date. Le chirurgien Jojo hasarda des jeux de mots professionnels sur « serrer la pince ». Véronique, Beverley, Kiki, Marie firent le plus chaleureux accueil à Rostislav et à Christophe : Samson les intimidait plutôt. Il y avait là aussi trois sous-officiers russes en uniforme et deux filles tchétchènes en jupettes à l'aine – « Mon papa me permet. » Un pharmacien tchétchène et un dentiste juif russe avec sa femme arrivèrent bientôt. Dans la salle de séjour, la table, couverte d'une nappe en papier gaufré, avait été repoussée contre le mur et chargée de comestibles, potables, assiettes en carton, serviettes en papier et couverts de plastique.

– On fait buffet, c'est plus sympa, expliqua Ludovic.

On entendit des sons de trompe et la Land Rover d'*Orphans Galore* vint se garer à son tour après avoir décrit une vaste courbe dans la poussière. Betty sauta au sol, vêtue d'un fourreau noir avec une broche en diamants et suivie des deux monitrices anglaises en jean – les « parents sociaux » étaient restés s'occuper des enfants.

– Robin n'est pas venu ? demanda Samson en s'inclinant sur la main de Betty.

– Robin est malade à crever, répondit-elle gaiement. Il a attrapé la *turista*. Je lui ai dit que c'est parce que les Américains n'ont pas l'habitude de manger des aliments naturels. Donc pas de défenses. Ludovic a même eu la gentillesse de venir le voir.

– Il rendait tripes et boyaux par tous les bouts, confirma Ludovic. Je lui ai donné des cachets à constiper un bœuf. Il devrait aller mieux demain, mais il sera encore sonné.

– On ne l'a pas vu de la journée, ajouta la vicomtesse. Il était tout le temps enfermé. J'ai moi-même été obligée d'utiliser le *loo* du personnel. Il paraît que le mot *loo* vient du français « lieu ». Vous saviez ça ?

Elle haussa un sourcil.

Samson s'amusa de cette manie qu'ont certaines Anglaises d'insulter les mânes de la reine Victoria chaque fois que l'occasion s'y prête.

La nuit montait dans la vallée et le niveau baissait dans les bouteilles. On dansa chacun pour soi, selon une mode qui plongeait Samson dans la stupéfaction : à quoi bon se trémousser, si ce n'est pas pour tenir dans ses bras une personne du sexe opposé ? Lui-même avait à peine esquissé quelques pas de slow avec Betty, souple comme une branche de saule, quand soudain, à 22 heures…

– Lumières ! rugit Samson. Lumières. Lumières !!! Éteignez.

Ça défouraillait de tous les côtés. Rafales, explosions. Quelqu'un éteignit dans la salle. Une guirlande d'ampoules multicolores suspendue d'un bâtiment à l'autre brillait toujours.

– Coupez le groupe ! commanda Samson.

Quelqu'un courut éteindre, à tâtons, le groupe électrogène.

Il y avait de gros calibres et de petits calibres. Le martèlement des mortiers lourds servait de basse continue. Soudain, les orgues de Staline, aux départs en séries, chuintèrent. Au ciel, les trajectoires des balles traçantes s'entrecroisaient.

Samson, Ludovic et Betty se tenaient à quelque distance de la porte. Derrière eux, les danseurs s'étaient couchés par terre, sauf Sacha qui terminait froidement une bouteille de *single malt* au goulot.

– Si je comprends bien, dit Ludovic à Samson, vous êtes de la partie. Qu'est-ce qui se passe ? On est attaqué ?

– Pas nous. Les Tchétchènes harcèlent des postes russes. Les Russes ripostent tous azimuts. Les Tchétchènes sont si près qu'il n'est pas question pour les Russes de demander un appui d'artillerie, de crainte de recevoir un pélo. Ça risque de durer un moment, et il y aura des balles perdues. Vous avez une cave ?

– Juste en dessous.

– Faites descendre pour le cas où un obus nous tomberait dessus par distraction.

Il n'y eut point de panique. Les danseurs et les danseuses s'engageaient en silence dans le petit escalier qui descendait. Certains étaient saisis de tremblements, mais ils étaient loin de la crise d'hystérie. Ce n'était pas la première fois qu'ils se trouvaient pris entre deux feux. La cour s'éclairait, par intermittences, et paraissait tantôt blanche, à cause des obus qui tombaient à proximité, tantôt rouge ou verte à cause des fusées qui explosaient dans le ciel. Soudain, Samson vit une silhouette qui la traversait. Betty, absurde avec sa robe noire et ses diamants. Il se précipita après elle :

– Où allez-vous ?

– Où croyez-vous ? Appeler Robin, bien sûr.

Les ricochets sifflaient autour d'eux. Des briques s'écaillaient. Ils atteignirent, sans avoir été touchés, le bureau obscur de Ludovic.

Betty :

– Je sais où est la radio, mais je ne sais pas si je vais pouvoir trouver les bons boutons dans le noir.

Samson :

– J'ai un briquet.

La flamme jaune éclaira leurs deux profils. Les cheveux cendrés de Betty étaient toujours aussi impeccablement brossés.

– Hello, Robin *?* Entendez-vous ce que j'entends ?... Nous allons descendre à la cave... Et votre pauvre petit estomac, *darling* ?... (Elle parlait un anglais très sec, tout en *t* et en *d*.) Pensez à rassurer les enfants qui doivent mourir de peur...

Elle raccrocha.

– Son estomac va mieux. Il me dit qu'il vaut mieux ne pas essayer de rentrer maintenant.

– Ça, dit Samson, c'est l'*understatement* du siècle.

Il appela Sylbestre. Quelques obus reçus, mais la riposte russe semblait avoir calmé les attaquants. Pas de victimes. Samson prit la main de la vicomtesse :

– Venez. Courons.

Ils traversèrent la cour au pas de gymnastique. Dans la cave, les French doctors et leurs hôtes étaient en train de s'installer sur le sol de terre battue à la lueur de deux lampes à pétrole : on avait descendu les victuailles et les potions. La fusillade n'y parvenait qu'assourdie. Beverley s'était réfugiée dans les bras de Garnier qui ne cessait de dire machinalement « Quand même, c't un monde », en lui caressant les épaules. Sacha et Kiki avaient à moitié disparu au bout d'un renfoncement. Il y avait, dans un coin, un amoncellement de sous-offs russes et de minijupes tchétchènes.

À minuit, heure précise, l'offensive cessa. La riposte désordonnée continua quelque temps, et, toute la nuit, on entendit des sentinelles lâcher un coup ou une rafale, mais, apparemment, l'incident était clos. On monta chercher des couvertures et des matelas, on éteignit les lampes à pétrole, et, parmi les plaisanteries de potaches, les rires étouffés et les bribes de chansons russes entonnées par les sous-offs, on s'endormit dans la joie d'une promiscuité improvisée et d'autant plus riche de possibilités.

Samson et Ludovic se trouvèrent par hasard étendus côte à côte.

– Pour votre dernière nuit en Tchétchénie, vous êtes servi, dit Samson dans l'obscurité. Ils ont fêté votre départ à leur façon.

Le médecin dormait déjà à moitié. D'une voix inarticulée :

– Faudra que je passe à l'orphelinat avant de partir. Voir si les intestins de Robin…

9

Le jour était à peine levé quand tout le monde se secoua. Les sous-officiers, les jeunes filles tchétchènes, le dentiste et sa femme étaient pressés de rentrer chez eux. Par radio Betty appela l'orphelinat. L'orphelinat ne répondait pas. Samson appela la base vie. La base vie répondait. Ils échangèrent un regard.

– Nous vous accompagnons, dit Samson à Betty, soit qu'il se sentît responsable de sa sécurité, soit qu'il eût un mauvais pressentiment.

– Je viens aussi, pour vérifier la plomberie de Robin, dit Ludovic.

En arrivant à la forteresse d'*Orphans Galore*, on vit que le portail en avait été défoncé, par un char ou par un camion.

Au milieu de la cour, au milieu d'une plaque de sang coagulé, gisait Svétozar, sur le dos, les bras en croix.

Les murs étaient criblés d'impacts de balles.

Aux fenêtres grillagées des deux dortoirs, les orphelins vociféraient à qui mieux mieux et Ludmila, la « mère sociale », le visage passé entre deux barreaux qu'elle tenait à pleines mains, ne cessait de crier *« Moï mouj, moï mouj »* – « Elle veut savoir où est son mari », expliqua Sacha.

La porte du bureau de Robin était ouverte.

Betty s'y précipita, suivie de Samson.

Le bureau était vide.

Vide.

Tout avait été enlevé : la carte renseignée, le téléphone, les radios, les ordinateurs, l'Immarsat, le GPS, les cantines en aluminium.

Betty et Samson passèrent derrière le paravent. Le lit n'était pas défait.

La cour résonnait toujours de cris et de sanglots. Ludovic courut à la porte qui donnait sur un couloir commandant les deux dortoirs. Cette porte avait été enclouée à la hâte, de l'extérieur. Au contraire, celle du pavillon du personnel était béante. Le personnel avait disparu.

Pendant que Ludovic arrachait les planches qui condamnaient la porte, Samson et Sacha montèrent à l'étage où habitaient « les parents sociaux ». Ils trouvèrent Rouslan sur son lit.

Égorgé d'une oreille à l'autre.

Ils redescendirent.

Betty se tenait au milieu de la cour, pâle et forte. Elle interrogea Samson du regard. Sacha se passa un doigt sur la gorge.

La porte des dortoirs avait enfin été ouverte. Garçons et filles se ruèrent à l'extérieur, hurlant comme des bêtes. Les monitrices, qui pleuraient aussi, les prenaient dans leurs bras, les pressaient contre elles par brassées. Ludmila sortit la dernière. Sacha courut à elle :

– Que s'est-il passé ? Racontez.

Elle sanglotait.

– Des hommes en cagoule… Ils tiraient dans toutes les directions. Ils ont mis un sac sur la tête de Mr Chastow… Il en a assommé un. Eux criaient : « Où sont les autres ? Où sont les autres ? » Ils cherchaient Betty et les monitrices.

– Svétozar a essayé de se défendre ?

– Non, non. Ils lui ont tiré dessus comme ça, parce qu'il gênait. Mais Rouslan, où est Rouslan ?…

Elle se tordait les bras.

Ludovic dit :

– Je vais lui donner un calmant. À toi aussi, Betty.

La vicomtesse le toisa, les lèvres blanches :

– Ai-je l'air d'en avoir besoin ?

CHAPITRE V

LE MARTYR ET LES BOYARDS

Printemps 2002

1

Personne ne savait où était né le Chahid.

En Afghanistan ? En Jordanie ? En Arabie ? Au Yémen ? En Égypte ? Dans le Maghreb ? Peut-être en Europe. Comme tout musulman, il était transnational. Il s'était battu en Afghanistan, en Bosnie, au Kosovo, en Tchétchénie, peut-être ailleurs. On ne savait même pas s'il était né musulman ou s'il était converti. Il n'avait pas de relation avec les réseaux de Ben Laden ; certains le soupçonnaient d'appartenir à ceux de Ben Lachemi, dont l'adepte, chrétien de naissance, dit Si Lakhdar, était mort si religieusement, si héroïquement (synonymes) au Monterosso [1].

Le Chahid était cavalier d'Allah et, pour autant qu'on sût quelque chose de lui, il faisait cavalier seul.

On lui connaissait une passion : les explosifs, qu'il maniait de main de maître. On racontait qu'il avait trempé dans l'explosion d'une ambassade et d'un navire de ligne, américains tous les deux, avant de se rendre illustre à travers le monde musulman – un milliard d'individus – par l'affaire des *Morts qui tuent*. Ah ! on s'en était réjoui, des *Morts qui tuent,* de Casablanca à Jakarta en passant par Khartoum et Islamabad ! Et plus encore dans les mosquées clandestines, dissimulées au fond des parkings souterrains de New York, Londres, Paris ! Exploit moins meurtrier, hélas, que *Nine-Eleven*, mais tellement plus raffiné et plus lourd de sens.

On ne savait pas quand le Chahid avait choisi la voie du martyre, mais on le révérait pour cela. Il ne se cachait pas pour dire : « J'ai conclu un pacte avec Allah : je lui tue autant d'incroyants que je peux, et lui me donne le paradis. » Qu'entendait-il par le paradis ? Soixante-dix houris à la virginité perpétuellement renouvelable (et si on préfère

1. Voir *L'Enlèvement,* du même auteur.

les garçons, le Coran insinue que cela peut s'arranger aussi) ? Ou interprétait-il ces promesses symboliquement ? On ne le lui avait pas demandé.

Il disait aussi – certains notaient ses paroles, comme déjà sacrées : « Notre haine est plus puissante que l'énergie nucléaire. »

Il aimait citer Gulistan : « L'eau du puits d'un chrétien est impure, mais elle suffit à laver le corps d'un juif. »

Dans quelque pays musulman qu'il passât, aucun homme, aucune femme, aucun enfant ne se méprenait au sourire de joie mystique qui, par moments, rayonnait sur son visage. Le martyr s'était voué à la mort pour l'amour de son Dieu. Il n'attendait que l'occasion.

Il se faisait généralement appeler Hussein, en l'honneur du beau-frère de Mohammed, mari de Fatima, fille du Prophète, et premier martyr musulman, dont le sacrifice est commémoré le jour d'Achoura, dixième du mois de Mouharram. Personne ne savait son vrai nom.

Ses yeux ressemblaient à des miroirs.

2

Sous le nom de Samir Ibrahim, de Beyrouth, il descendit au Cavalier de bronze, l'un des bons hôtels discrets de Saint-Pétersbourg, le plus proche du palais Mychkine, où sa chambre était réservée depuis quelque temps. Son passeport libanais était en règle et portait les visas conformes à sa « légende ».

Le lendemain de son arrivée, il téléphona à la Bibliothèque nationale russe et demanda à parler au directeur, en rappelant les courriers qu'il avait eu l'honneur d'échanger avec lui. Nikolaï Vladimirovitch Krolikov le reçut dans l'heure.

– Que souhaitez-vous exactement ? lui demanda-t-il. La Bibliothèque nationale russe fera tout ce qui est en son pouvoir pour vous être agréable.

Ce jeune visiteur lunetté et cravaté, l'air aussi sérieux et déférent que possible, lui plaisait. Qu'il fût musulman ne jouait pas contre lui : les Russes cohabitent avec l'islam depuis huit cents ans. Dans les villages où il n'y a pas de mosquée, les musulmans viennent prier à l'église orthodoxe ; dans les villages où il n'y a pas d'église orthodoxe, un coin de la mosquée est réservé aux chrétiens. L'orthodoxie n'est pas prosélyte, et, en Russie, l'islam ne l'est pas non plus.

– Nikolaï Vladimirovitch, s'expliqua le Libanais dans un russe passable, vous connaissez les liens de mon peuple avec la France, votre alliée de toujours. Comme vous le savez, au XIXe siècle, la France et la Russie ont eu maille à partir avec deux grands chefs musulmans qui leur ont livré une guerre chevaleresque et ont fini par se rendre, l'un à Louis-Philippe en 1847, l'autre à Alexandre II en 1859. C'était, d'un côté, Abd el-Kader ; de l'autre, l'imam Chamil, le héros des guerres dites murides.

– Oui, oui, opinait Krolikov.

Comme il était onze heures du matin, Nikolaï Vladimirovitch commençait à se dire qu'il était temps d'ouvrir l'armoire marquée

Incunables. Il se demandait seulement s'il serait décent d'offrir à boire à son visiteur. Il y a musulman et musulman.

– Vous savez mieux que personne, reprit « Samir Ibrahim », que l'islam est tiraillé entre plusieurs tendances : un rêve d'unification d'un côté, des confréries extrêmement puissantes de l'autre, sans qu'il y ait nécessairement contradiction entre les deux tendances. Les soufis, en particulier, ont joué un rôle de premier plan dans le Maghreb, avec le maraboutisme, mais je me suis laissé dire que la Kadirya et la Nakchbandiya caucasiennes, qui datent l'une du XIe et l'autre du XIVe siècle et sont à l'origine du muridisme, ont cristallisé aussi des inspirations à la fois mystiques et nationales. Ajoutez à cela que Chamil et Abd el-Kader ont fini par se rencontrer.

– Vraiment, en personne ? Ces deux légendes incarnées ? s'étonna Krolikov.

– Mais oui. Ils avaient beau être captifs l'un et l'autre, leurs vainqueurs chrétiens leur assuraient une vie somptueuse et les laissaient voyager sur parole. C'est comme cela qu'en 1870, à Suez, sur la route de La Mecque, les destins des deux pèlerins se sont croisés. Je vous laisse imaginer ce qu'ils ont pu se dire, quelles considérations sur l'histoire de l'islam, de la chrétienté, de la colonisation, de la planète entière les deux futurs hadj, vaincus mais insoumis, ont pu échanger… Voilà le sujet de ma thèse et le point sur lequel vous pouvez m'aider, car la Bibliothèque nationale de Russie est riche en ouvrages sur les guerres murides.

– Venez, je vais vous montrer nos locaux où vous serez toujours le bienvenu, dit Krolikov en se levant. Tout à l'heure, nous repasserons par ici, si vous le voulez bien, pour prendre un rafraîchissement.

Ils visitèrent la bibliothèque fondée par Catherine II en 1795. Privée de l'observatoire qui lui avait été adjoint en 1796 et du parc qui l'entourait à cette époque, « aux fins indispensables de détendre des esprits contractés par la lecture d'ouvrages érudits », la bibliothèque n'en demeurait pas moins une des premières du monde, par le nombre et le choix des volumes. Sous ses voûtes s'allongeaient des galeries bordées d'armoires bourrées de livres aux reliures précieuses ; les portraits des tsars y voisinaient avec les affiches de l'ère communiste ; de massives tables de bois recouvertes de tapis verts s'alignaient sous des abat-jour individuels, inclinant aux labeurs de l'intelligence ; des fichiers à l'ancienne s'érigeaient jusqu'aux plafonds ; des vitrines présentaient des manuscrits arabes enluminés, des menus pantagruéliques peints dans le style vieux russe, des photos de personnages barbus réunis autour d'un samovar ; des escaliers en colimaçon vrillaient la pénombre des plafonds ; de petits funiculaires, suspendus à mi-hauteur des salles, s'ébranlaient en tremblant et venaient apporter aux lecteurs les volumes qu'ils avaient demandés. Nikolaï Vladimirovitch introduisit le Libanais dans le laboratoire de restauration des papiers desséchés et des reliures pourries, dans la rotonde, dans les salles contenant les bibliothèques de Voltaire et de Diderot, et même dans le saint des saints : le « cabinet de Faust », qui, colonnes roses et voussures bleues, faisait penser à un décor d'opéra médiéval au milieu du XIXe siècle, et contenait, disposés sur de lourds lutrins de chêne foncé, des vélins, des parchemins, des palimpsestes, des cartes de géographie, dont certaines peintes sur des éventails. Chaque fois que Krolikov arrêtait « Samir Ibrahim » devant un coran enluminé d'arabesques dorées et vertes plus exceptionnel que les autres, Hussein pensait en lui-même :

« Encore un qui un jour sera à nous. »

Enfin, convenablement rafraîchi d'un coup de vodka et nanti des autorisations nécessaires pour travailler sur les guerres murides, Hussein se retrouva à l'air libre, sur la perspective Nevsky.

Il marcha.

Le ciel était bleu, printanier, avec de grands coups de vent, tout là-haut, qui balayaient des nuages blancs et ronds comme des pompons. À la surface des canaux, les corbeaux gris et les mouettes jaunâtres se mêlaient. Des dômes d'or surmontés de croix brillaient au bout des avenues.

Ce n'était pas la première fois que Hussein venait à Saint-Pétersbourg, mais jamais encore il n'en avait tant haï les monuments, les rues, les ciels, les habitants. Il s'arrêta un instant, se demandant pourquoi sa haine de la Russie était aussi forte.

Après tout, il haïssait aussi la Grande-Bretagne, la France, les États-Unis où il avait séjourné plus ou moins longtemps. Mais l'Occident ne lui apparaissait plus que comme un magma au ketchup, dont les différences internes allaient en s'estompant et dont le destin spirituel était condamné. Ce n'était guère, estimait-il, qu'une reprise en main islamique qui lui permettrait d'échapper au raz-de-marée du Coca-Cola culturel.

La Russie, c'était autre chose. Elle avait si bien digéré des millions de Tartares musulmans pour en faire de bons orthodoxes ! Elle avait traité avec tant d'égards ceux des musulmans qu'elle n'avait pas digérés ! Le Français Lyautey lui-même admirait les méthodes de colonisation russes : « ni trop chères, ni trop difficiles ». À la fin du tsarisme, qui avait proposé à Nicolas II de nettoyer une fois pour toutes la chienlit révolutionnaire ? Un khan musulman. À la différence des

Anglo-Saxons, les Russes avaient compris dès l'abord qu'on ne peut pas être raciste et colonialiste à la fois. Dans la plus grande guerre jamais engagée sur la planète, celle du XXIe siècle, l'Occident, si puissant qu'il fût (mais pas si puissant que ça, *Nine-Eleven* l'avait prouvé), défendrait, malgré qu'il en eût, des valeurs essentiellement économiques ; la Russie, des valeurs spirituelles. Or, le Chahid n'était pas homme à dédaigner les valeurs spirituelles : Sidi Aïssa avait bien failli conquérir le monde en partant d'une charpenterie de Nazareth, et le Prophète, parti de Médine seul avec son chameau, imposerait bientôt sa loi à l'univers. Le vice fondamental des Russes, c'était une espèce de mondialisme à l'envers, celui dont Dostoïevsky développait la théorie, se réalisant non par l'écrasement des différences mais par leur exaltation, dans laquelle les Russes excellaient, jusqu'à prendre chacune d'elles à leur compte. L'islam ne pouvait tolérer cela. Les Russes étaient les seuls capables de le subir dans un premier temps, comme sous Gengis-Khan, et de le domestiquer dans un second, comme sous Ivan III : cela leur avait pris trois siècles, mais ils l'avaient fait.

Hussein arpenta la ville en attendant son rendez-vous.

La présence chrétienne était puante, insupportable. On passait devant le fer à cheval de Notre-Dame-de-Kazan – Kazan ! la victoire définitive d'Ivan le Terrible sur les Tartares, église fourmillante de symboles maçonniques et qui, il y a peu, faisait office de musée de l'Athéisme – quatre raisons d'avoir la nausée – et on se retrouvait le nez sur Saint-Isaac, à l'outrecuidance baroque figée dans la malachite, ou bien l'on se heurtait, au bout d'une perspective, au Sauveur-sur-le-Sang, récemment refait à neuf, tire-bouchonné d'oignons, de bulbes et de coupoles multicolores, ou encore l'on aboutissait à l'église du régiment Préobrajensky, entourée de grilles monstrueuses dont chaque barreau était un tube de canon enlevé aux Turcs. Quelle honte !

Hussein se dirigea vers le Jardin d'été. Là, au moins, il y avait des statues de femmes nues qui choquaient sa pudeur mais l'assuraient de la supériorité de sa religion : comment les chrétiens pouvaient-ils se promener sans hypocrisie entre ces incitations à la luxure ? Il poussa jusqu'au château du Génie que le tsar Paul avait construit pour y vivre, croyait-il, en réalité pour y mourir étouffé par ses plus proches courtisans, apparemment téléguidés par les services anglais : il y avait quelque réconfort à évoquer ces querelles entre chrétiens. Là Dostoïevsky avait fait ses études et l'on savait quelle était la fenêtre du premier étage – à l'angle de la Fontanka et de l'allée qui mène à la statue pédestre de Pierre le Grand – où sa bougie luisait jusqu'au matin. Hussein s'arrêta dessous, à seize heures cinq. Un photographe, large gaillard bardé d'appareils et de sacoches, le gilet aux poches multiples bourrées de fournitures diverses, prenait des photos du château, sous tous les angles. Ni passants ni badauds. Hussein s'arrêta :

– Tu es sûr que c'est la bonne fenêtre ? demanda-t-il en arabe.

L'autre se retourna. Il avait une bonne bouille grassouillette et candide, sous des cheveux noirs bouclés, jamais peignés. La sueur dégoulinait sur ses joues et dans son cou.

– Que la paix soit avec toi, Hussein, fit-il avec un respect religieux.

Il se remit à photographier.

– Et avec toi la paix, Mouloud. Tout est en ordre ?

Mouloud était un Français d'origine marocaine. Il faisait partie du réseau international, strictement personnel, du Chahid. Ils avaient souvent travaillé ensemble.

– Grâce à Dieu. Je suis logé à l'*Oktiabrskaïa*, comme prévu. Ça fait encore assez soviétique, mais c'est propre. Et il n'y a pas trop de touristes. Le lit est un peu étroit pour moi – bof… à la grâce de Dieu.

– Tu as les plans et les photos ?

– Grâce à Dieu, oui. L'intérieur du Mychkine a dû changer depuis le XVIIIe, mais les plans donnent au moins une idée des dimensions. En tout cas, la cour intérieure est toujours au même endroit d'après les photos satellite. J'ai aussi demandé les plans du Youssoupov, de l'Anitchkine et du Bélozersky pour noyer le poisson. Il y a tout ce qu'on veut dans cette bibliothèque. Et j'ai photographié ces palais sous tous les angles. Ce serait drôle si finalement mon projet de bouquin sur l'architecture pétersbourgeoise trouvait un éditeur à Paris, hein ? Avantages collatéraux, quoi. Rendons grâces au Tout-Miséricordieux.

– Rendez-vous demain, comme prévu. Tu me donneras ce qui m'intéresse. Ne m'encombre pas avec le reste.

3

Hussein descendit la perspective Nevsky jusqu'à la Moïka, comme s'il allait rentrer à l'hôtel, mais il tourna à gauche sans franchir le pont et passa derrière la statue équestre de Pierre le Grand, le « Cavalier de Bronze » de Pouchkine, auquel son hôtel devait son nom. Il allait se permettre une seule et unique reconnaissance visuelle de l'objectif, non pas tant pour se renseigner ou pour compléter le reportage de Mouloud, mais plutôt pour flairer l'ennemi, en évaluer la stature et lui lancer un tacite défi. Après tout, il n'y avait rien de surprenant qu'un étudiant libanais fît un peu de tourisme ni qu'il s'intéressât au palais Youssoupov où Raspoutine avait péri.

Mais ce n'était pas au palais Youssoupov que s'intéressait Hussein. C'était au palais voisin, qu'il reconnut à bonne distance à sa couleur turquoise, récemment rafraîchie, et à l'exubérance de ses balcons et de ses encorbellements, qui semblaient vouloir déverser leurs ornements sur la chaussée, des corniches et des sculptures rococo qui se boursouflaient autour de ses fenêtres : armoiries, panoplies, vases de fleurs, cornes d'abondance. Ce lyrisme figuratif choquait le goût austère de Hussein, mais il justifiait la curiosité qu'il se permit de déployer.

Le quadrilatère du palais Mychkine dominait la Moïka par sa façade nord, que perçait la fameuse porte cochère numéro 90, aux épais vantaux tarabiscotés, flanquée de sa porte piétonne, donnant toutes les deux sur la cour intérieure et la partie du palais réservée aux Boyards et à leurs hôtes.

La façade est, à gauche, donnait sur un jardin public séparant le palais Mychkine du Youssoupov.

La façade ouest, à droite, donnait sur une impasse latérale dite *Mychkine Toupik*[1]. Une porte ouvrant sur cette impasse donnait accès

1. Impasse Mychkine.

à la banque Katz et Galpérine, ornée d'une plaque luisant comme un soleil. Plus loin dans l'impasse, une autre porte, illustrée de plaques de cuivre plus modestes, gravées en caractères cyrilliques et, snobisme ou provocation, en orthographe ancienne, conduisait à des studios de radio et de télévision et à deux organes de presse, sis eux aussi à l'intérieur du palais.

Il n'y avait pas de façade sud, le palais Mychkine jouxtant de ce côté un immeuble de rapport qui donnait sur la rue Ofitserskaïa, dite aussi des Décembristes. Le *Toupik* qui longeait la façade ouest du palais butait dans l'entrée de service de cet immeuble de rapport. Hussein remarqua que cette entrée était commandée par un digicode.

Tel était le palais Mychkine, quadrilatère de pierre, massif, orgueilleux, luxuriant, où battait le cœur d'une certaine Russie à laquelle Hussein allait infliger une « mortelle blessure. » Ah ! ils allaient bientôt voir, ces Russes – et ces Américains aussi, à quelque faction qu'ils appartinssent –, de quoi était capable un vrai croyant. Hussein avait une surprise pour ceux-là, une autre pour ceux-ci.

Au reste, il ne s'attarda pas.

Les deux gardiens qui faisaient lentement les cent pas sur le trottoir, se croisant ponctuellement devant la porte du 90, avaient quelque deux mètres de haut et balançaient des matraques. Mais, plus grave : l'œil exercé du Chahid avait avisé, sous les corniches du premier étage, une batterie de caméras photographiant les passants. Pour peu qu'il y eût en outre des ordinateurs capables de signaler les visages photographiés trop souvent, il valait mieux ne pas s'éterniser dans les parages.

Hussein continua donc sa flânerie, prit le pont des Baisers, revint sur ses pas et rentra au Cavalier de bronze où il se fit servir un repas au restaurant, désert à cette heure, et n'hésita pas à déguster un vin moldave qui se révéla décent : comme il l'avait expliqué à l'Américain, les martyrs ne sont pas astreints à la loi commune. Le chachlyk était excellent. Il songea que les communistes avaient fait leur possible pour tuer la cuisine russe, mais que, là comme ailleurs, ils avaient échoué.

Il était près de vingt heures quand il remonta dans sa suite : il s'était dit qu'un Libanais serait plus vraisemblable dans une suite que dans une chambre. En outre, comme il avait beaucoup de bagages – pour mieux y dissimuler ce qui devait l'être – il était bon qu'il disposât d'un espace plus grand. On n'en était pas aux nuits blanches de Saint-Pétersbourg, mais le soleil ne se coucherait pas avant quelque temps. Hussein ouvrit la double fenêtre. Dans l'air du soir, la capitale – oui, c'était une capitale – monta à sa rencontre. Il inspira profondément, expulsa l'air avec un chuintement, inspira encore.

Le Chahid allait se livrer à l'une des opérations les plus délicates qu'il eût jamais pratiquées, et il s'en faisait, à l'avance, un plaisir.

Sa suite était meublée en style Empire. Il y avait là des consoles à têtes de sphinx et aux pieds en griffes de lion. Avec le dessein d'organiser un désordre difficile à reproduire par des fouilleurs éventuels, le Libanais éparpilla ses cravates Hermès, ses chemises Charvet et ses slips Guy Laroche dans sa chambre aussi bien que dans son salon ; il y avait aussi des dizaines de petits cadeaux – chocolats, parfums, pendulettes en plastique, stylos, calendriers, nombreuses savonnettes – destinés, comme il se doit, aux amis russes qu'il se ferait, et une grosse boîte de jouets de chez *Toys R Us* [1], qu'il flanqua n'importe comment sur une tablette de marbre, et d'où il retira un jouet de plus, soigneusement emballé.

Il y en avait cinq, de ces jouets-là, parce que cinq est le nombre sacré de l'islam (à cause des cinq piliers : la prière, le pèlerinage, l'aumône, le ramadan, la chahada), et que Hussein se serait senti coupable d'en emporter un de plus.

Précautionneusement, il défit le papier de soie et posa le jouet sur un guéridon ovale, à bordure de cuivre, face à la fenêtre ouverte.

On aurait cru un très gros cafard marron foncé d'environ 7 cm de long, au corps plat, à la tête triangulaire prolongeant le prothorax, aux ailes membraneuses repliées en éventail sous les élytres cornés, aux longues antennes filiformes, aux six pattes velues.

Hussein ouvrit l'abattant d'un secrétaire d'acajou et posa dessus son ordinateur portable, qu'il mit en marche.

D'une petite boîte, il tira un objet ressemblant à un levier de vitesse. C'était le *joystick* [2].

Il connecta le joystick à l'ordinateur et lança le logiciel *Insects*.

L'écran s'était éclairé et Hussein reconnut dessus des détails de la suite où il se trouvait : la fenêtre ouverte, un bout d'armoire à glace, une gravure représentant Napoléon traversant les Alpes. C'était ce que « voyait » le cafard.

Il saisit le joystick et le poussa vers l'avant, millimètre à millimètre.

Le *Cockroach* battit de ses ailes transparentes et s'enleva dans l'air avec à peine un vrombissement.

1. Les jouets c'est nous.

2. Manche à balai, au sens de commande de pilotage d'un avion.

Ce qu'il « voyait » apparaissait immédiatement sur l'écran, et Hussein, gardant sa vitesse au minimum, lui fit d'abord précautionneusement décrire plusieurs tours du lustre à pendeloques. Il s'était exercé à ce pilotage particulier pendant des jours et des jours, mais il lui fallut encore une période d'adaptation pour retrouver la relation qui existait entre la position du microdrone et les objets dont il transmettait l'aspect en vidéo. Malgré son entraînement, Hussein avait le sentiment que le *Cockroach* faisait ce qu'il voulait. Cependant, il parvint à le maîtriser, ou plutôt à maîtriser sa propre émotion. Cent experts avaient manipulé ces microdrones en laboratoire ou en pleine nature ; lui, le Chahid, était le premier à le faire en opération. Il était conscient du privilège unique qui était le sien, grâce au pacte qu'il avait passé avec l'Américain-pas-comme-les-autres.

Enfin le *Cockroach* sortit par la fenêtre, fit une virée du côté de la Moïka, rasa la surface, croisa quelques mouches, épouvanta des moustiques précoces, traversa le cours d'eau, remonta au niveau du quai de granit, et commença à s'élever dans les airs.

Sur l'écran de l'ordinateur, ce furent les sculptures, les étages superposés, les vastes toits du palais Mychkine et, vue d'en haut, la cour intérieure dont le milieu était occupé par une piscine.

En voilà assez pour une première reconnaissance. Au moyen du joystick, Hussein « rapatria » le *Cockroach*. Deux fois, il se trompa de direction, et le cafard s'envola vers Saint-Isaac ou la place aux Foins, mais Hussein le rappela à temps, et, finalement, le microdrone franchit de nouveau la fenêtre et alla se poser sur le guéridon d'où il était parti.

L'ordinateur avait enregistré toutes les images transmises.

Hussein se précipita à la fenêtre pour respirer. Il était en nage. Il se pencha. Il ne faisait ni clair ni obscur. Une douce moiteur montait de la Moïka. Une ivresse s'empara du Chahid. Oui, il était à Saint-Pétersbourg, la capitale nordique des incroyants, et, grâce à lui, cette ville superbe, unique, allait s'enchâsser un jour ou l'autre dans l'empire de Mohammed.

Il eut des visions.

Saint-Isaac, dont, en se penchant, il apercevait le dôme, serait flanqué de quatre minarets, comme Sainte-Sophie. Des minarets, en forme de colonnes torses, s'érigeraient autour du Saint-Sauveur-sur-le-Sang. Un seul minaret, mais écrasant, jaillirait de la coupole de Notre-Dame-de-Kazan. Et, du haut de ces minarets, sur tout Beït Mohammed [1],

1. La ville de Mohammed.

retentiraient, rythmant les journées et les nuits, les appels sublimes et gutturaux des muezzins…

Hussein leva les yeux vers le ciel verdâtre. Il y vit, flottant comme à la surface des eaux, un copeau de lune et un têtard d'étoile.

C'était un signe.

4

Le lendemain matin, Hussein se rendit à la bibliothèque avec une sacoche de cuir marron à la main. Dans la rotonde, il s'arrêta devant une étagère contenant des usuels et, pour consulter un dictionnaire des religions, il déposa la sacoche à ses pieds. Un jeune homme corpulent, aux cheveux noirs, bouclés, jamais peignés, portant une sacoche semblable, s'arrêta devant l'étagère voisine et en tira une encyclopédie de l'architecture. Il déposa aussi sa sacoche sur le parquet.

Hussein remit le dictionnaire en place après avoir lu l'article consacré à la confrérie Nakchbandiya et prit une note sur une fiche. Il se baissa pour reprendre sa sacoche et mit la main sur celle de son voisin. Pas un signe d'intelligence ne passa entre eux. Hussein demanda une biographie de Chamil et travailla dessus une bonne heure, noircissant consciencieusement des fiches et maîtrisant l'impatience qui le rongeait. Après quoi, il rentra à l'hôtel et ouvrit la sacoche de Mouloud. Il en retira une mémoire numérique qu'il introduisit dans son ordinateur. La mémoire contenait les plans originels du palais Mychkine et une centaine de photos le représentant.

Ces photos confirmaient ce que Hussein avait observé, en particulier la présence des caméras, le grillage des fenêtres du rez-de-chaussée et du premier étage, et la vigilance des gardiens qui patrouillaient le trottoir comme « les lions cherchant qui dévorer » de l'Écriture. Des idées de percement de muraille à partir de l'immeuble de rapport situé dos à dos avec le palais traversèrent l'imagination de l'homme aux explosifs qu'était Hussein, mais peut-être y avait-il plus simple et moins bruyant à faire.

Il tira de nouveau le *Cockroach* de la boîte aux jouets où il reposait dans son lit d'ouate, ouvrit sa fenêtre et alluma son ordinateur.

Il commença par vérifier l'état de la pile. (Les microdrones solaires n'étaient pas encore au point et le rechargement des piles miniaturisées constituait une opération trop délicate pour que de simples opérateurs pussent s'en charger.) Le microdrone disposait d'une énergie suffisante pour faire une deuxième mission. Hussein reprit le joystick. Le cafard franchit la fenêtre et l'ordinateur reproduisit aussitôt la rumeur de la ville que le microdrone transmettait fidèlement.

S'élever dans l'air, traverser la Moïka en biais et foncer droit sur le palais turquoise fut l'affaire de quelques secondes. Hussein eut à peine le temps de ralentir son engin et de le faire tourner à angle droit avant qu'il ne se brisât contre le mur. Sur l'écran, les images défilaient, comme dans un simulateur de vol, mais ici, c'étaient des images réelles. Le *Cockroach* fila devant plusieurs fenêtres – le miroitement des vitres était tel qu'il ne perçut rien de ce qui se passait derrière. Il gagna l'étage supérieur, monta encore plus haut et découvrit un toit moins pentu. Dans les maisons de grande taille, il y a toujours moyen d'accéder au toit, pour le nettoyer ou, le cas échéant, le réparer. Hussein, prenant son temps, chercha ce moyen d'accès, porte ou trappe. Il finit par découvrir une porte qui, au nord-ouest, communiquait avec l'un des deux pavillons surélevés encadrant la façade nord. Le cafard ne repéra aucune caméra de sécurité au-dessus de cette porte de métal rouillé.

Les photos prises par Mouloud indiquaient que l'immeuble de rapport jouxtant au sud le palais Mychkine le dominait de la hauteur d'un étage. Hussein était en train de faire vérifier la chose par le *Cockroach* lorsque soudain les images disparurent de l'écran, le bourdonnement s'interrompit, et tout contact fut rompu.

Hussein fit effort sur lui-même pour rester calme.

Il avait sans doute dépassé la portée de contact de l'engin, mais il savait que le *Flying Cockroach 1* avait plus d'un tour dans son sac. Il avait été programmé pour retourner dans son espace d'efficacité s'il perdait la liaison.

En effet, après une minute d'errements, le brave cafard donna de nouveau signe de vie : il recevait, il émettait, l'écran de l'ordinateur s'éclaira. Hussein remercia Dieu.

L'ordinateur indiquait que le microdrone se trouvait maintenant à plus de 200 mètres de sa base, alors que sa portée maximum était de 225. Hussein ramena le cafard à l'angle sud-ouest du toit. À partir de là, il lui fit explorer mètre à mètre le mur de l'immeuble de rapport dominant le toit du palais, tout en vérifiant la distance à chaque instant.

À 210 mètres, il aperçut ce qu'il espérait : une échelle de barreaux rouillés scellée dans le mur et permettant de grimper du toit du palais sur le toit de l'immeuble. Beaucoup de toitures communiquent ainsi dans les grandes villes pour faciliter le travail des pompiers.

En zigzag, le cafard s'éleva au-dessus de l'immeuble et en explora le toit. Entre deux cheminées, une tabatière y donnait accès. Hussein en avait assez vu. Il ramena son microdrone au bercail, la pile n'étant plus chargée qu'à 10 %. Il alla remettre le microdrone dans sa boîte, au milieu des pistolets à air comprimé et des poupées Barbie.

Puis il s'agenouilla sur la descente de lit, tira son chapelet de sa poche et fit sa prière.

Il priait toujours de la même manière, en égrenant les 99 attributs d'Allah dont les noms peuvent être prononcés : le bienfaiteur, le compatissant, le vigilant, l'inaccessible, le jaloux, l'omniprésent, le parfait, l'impénétrable, le tout-puissant… Il s'arrêtait au dernier grain et ne prononçait pas le dernier nom, indicible pour un vivant. Alors l'espoir ou plutôt une attente extatique s'emparait de son âme :

– Bientôt, murmura-t-il. Ce sera bientôt.

5

Son intérêt pour les guerres murides ne constituait pour Hussein qu'une couverture. À vrai dire, il n'aimait pas l'Histoire, qui suppose qu'on se tourne vers le passé. Le passé, pour lui, n'avait pas plus d'importance qu'un vêtement usagé, bon à jeter. Ce qui le passionnait, c'était le perpétuel renouvellement du présent, dévorant et s'appropriant l'avenir à chaque instant. Il s'était inventé comme sujet d'étude les relations entre Chamil et Abd el-Kader parce que c'était là un prétexte vraisemblable pour justifier sa présence à Saint-Pétersbourg. Une chose cependant commençait à lui plaire : l'unité de l'islam, du Caucase au Maghreb, que la rencontre des deux pèlerins héroïques semblait prophétiser. À sa façon musulmane, concevant l'univers comme un et comme simultané, Hussein était mondialiste : le monde vise à l'unité – la *umma* – parce que Dieu est unique. Les nations, pour lui, n'existaient guère. Il concevait le monde sous la forme de deux entités rappelant la dialectique de la Lune : l'islam accompli et l'islam potentiel, appelé à disparaître soit en s'accomplissant en tant qu'islam soit en étant annihilé.

Il pensait à tout cela en se rendant une fois de plus à la bibliothèque. « Samir Ibrahim » devait être vu y entrant et en sortant le plus souvent possible, de manière à s'intégrer au paysage.

Il revint à l'hôtel vers 17 heures, las de lire et prêt pour l'action. Son humeur avait changé. La première fois qu'il avait manœuvré son microdrone, il suffoquait d'angoisse ; la deuxième, il y avait trouvé la joie d'un enfant qui lance un cerf-volant ; cette fois-ci, il se disait qu'il disposait d'un pouvoir magique pour pénétrer les mystères de ses ennemis. Cette histoire de microdrone, à laquelle il avait à peine cru quand l'Américain lui en avait parlé pour la première fois à Istanbul, lui paraissait aussi naturelle maintenant que les enchantements des *Mille et Une Nuits*.

Et naturel aussi que ce fût à lui, cavalier d'Allah, qu'un pareil pouvoir ait été donné : lui, au moins, en était digne, et il était fatal que cette prodigieuse invention américaine, qui n'aurait servi qu'au mal entre les mains du grand Satan, fût parvenue entre les siennes, qui lui communiqueraient le bien dont elles étaient empreintes.

Il tira le deuxième cafard de sa boîte. Il alluma l'ordinateur, lança le logiciel, ouvrit la fenêtre, manœuvra le joystick.

Dès que le microdrone eut quitté la pièce, il le fit descendre à deux mètres du sol pour s'assurer de l'effet qu'il produisait sur les passants.

Tout d'abord, aucun. Il fallut que le cafard plongeât encore plus bas pour qu'un petit garçon s'écriât :

– Regarde, maman, la grosse bébête ! Elle va me mordre.

Et la mère de répondre :

– Nous ne sommes pas encore en août. Trop tôt pour les moustiques. Ça doit être une espèce de prussien volant. Les prussiens ne piquent pas.

Les Russes appellent leurs cafards prussiens, comme les Allemands appellent les leurs russes.

Le microdrone suivit la Moïka derrière une péniche pleine de touristes qui ne lui prêtèrent aucune attention. Puis il s'éleva en direction du palais Mychkine et passa entre les deux pavillons exhaussés encadrant le toit. Il se trouva alors au-dessus de la cour intérieure. La cour était rectangulaire, toute en pilastres, en architraves à moulures, en balcons de fer forgé à volutes et à torsades, avec des têtes de Méduses servant de chapiteaux aux grosses colonnes à goujures. Sur un côté, un parking où étaient garées des Volgas et une petite Jigouli ; sur l'autre, une piscine avec plongeoir, contrastant étrangement par leur modernité avec le style rococo de l'ensemble. Quelques nageurs faisaient des longueurs malgré le temps frisquet ; lors d'un autre séjour, Hussein avait bien vu sur la Neva des Russes qu'on appelait « morses » plonger entre les blocs de glace pour un rouble.

Le microdrone fit trois fois le tour de la cour, prenant garde à ne pas survoler les nageurs de trop près. À un bout, trois portes-fenêtres cintrées surplombaient des marches de marbre descendant jusqu'à une bande de gazon. L'une des portes-fenêtres était entrebâillée. À travers la vitre, on devinait un salon où il semblait y avoir du monde…

Au premier passage, le cafard manqua l'entrebâillement : impossible de le faire voler assez lentement pour une précision parfaite. Au deuxième passage, il heurta la vitre, mais sans s'endommager. Au troisième, il arriva à se faufiler entre le cadre et le chambranle, et Hussein le fit monter jusqu'au plafond, pour qu'on ne l'entendît ni ne le vît. Aussi lentement que possible, le *Cockroach* se mit à tourner autour du salon en rasant une corniche poussiéreuse, toute drapée de toiles d'araignée, derrière laquelle il demeurait partiellement caché.

Un lustre.

Des hauts d'armoires en acajou, bourrées de livres reliés de peaux claires, à fers dorés.

Un poêle de faïence, du plancher au plafond.

Le *Cockroach* s'aventura plus bas et découvrit une table en acajou, au milieu de laquelle se dressait un samovar en argent. Il y avait aussi deux plats d'argent pleins de gâteaux, un sucrier, une théière et cinq tasses de porcelaine posées devant cinq personnages dont Hussein ne vit d'abord que les crânes, variablement chevelus, groupés pour une cérémonie moins solennelle mais tout aussi fondamentale en Russie qu'au Japon : le thé…

En déplaçant le microdrone et en le penchant de côté et d'autre, Hussein réussit à faire apparaître sur son écran cinq nuques d'abord, puis cinq visages, les uns de face, les autres de profil, dont trois étaient connus de la plupart des habitants de la planète. Cela ne l'étonna pas. Oui, c'était la première fois qu'il espionnait les Boyards et déjà ce qu'il apprenait sortait de l'ordinaire : si Allah lui avait donné accès à la technique la plus perfectionnée des Américains, ce ne pouvait être sans raison.

Parmi les personnages connus, il y avait :

– un prélat à barbe blanche, la moustache encore un peu blonde, l'œil intensément vigilant, portant une coiffe blanche, brodée d'un ange sur le front et descendant sur ses épaules sous la forme de deux pans qui lui pendaient jusqu'au milieu de la poitrine et représentaient deux autres anges aux ailes entrecroisées ; ses interlocuteurs l'appelaient *Vladyko* : Monseigneur ;

– un civil au crâne en forme de coupole, chauve sur le haut de la tête, les cheveux gris, jadis sans doute blond roux, abondant encore sur les côtés, la barbe répandue sur sa poitrine comme celle de Dieu le Père, le regard empreint de tristesse, de sagesse et de charité ; « Aleksandr Issaïtch », lui disait-on respectueusement ;

– un autre civil, brun, la raie sur le côté gauche, le mufle imposant, les sourcils épais, presque brejnéviens, les yeux tartares, vous fixant comme entre des archières horizontales, la bouche étonnamment petite au-dessus d'un menton creusé de fossettes ; on l'appelait, avec une familiarité respectueuse, Jénia.

En revanche, Hussein ne connaissait pas :

– un rabbin à barbe poivre et sel, portant une petite calotte, ses oreilles disparaissant sous les favoris annelés, nommé Moïché Isakovitch ;

– Ivan Ivanytch, intellectuel russe de style tchékhovien, barbiche et lunettes, le nœud de cravate large et plat : c'était lui qui versait le thé.

Ils causaient.

Et le cafard « entendait » ce qu'ils disaient, et le transmettait à l'ordinateur de Hussein, qui l'enregistrait, comme il enregistrait les images reçues. Malheureusement, on était presque en limite de portée, et ni les images ni les sons n'étaient nets. En outre, les mouvements du microdrone et le léger zonzon qu'il produisait pouvaient finalement attirer l'attention, si bien que Hussein décida de le poser sur la corniche, dans la meilleure position d'écoute possible, et de prendre des notes sur ce qu'il entendrait.

Avec cela, Hussein n'avait garde d'oublier que la mission du microdrone ne pouvait guère dépasser une heure, et, tout en observant l'écran et en notant les mots russes qu'il distinguait plus ou moins clairement, il n'oubliait pas non plus de consulter sa montre et l'état de la pile. Tout alla bien jusqu'au moment où le rabbin se pencha vers l'intellectuel et lui dit :

– Vous ne trouvez pas qu'il commence à faire un peu frais, Ivan Ivanytch ?

– Mais certainement, Moïché Isakovitch, répondit Tchekhov.

Il se leva et alla fermer la porte-fenêtre.

Cockroach prisonnier.

6

ORIGINE : Vert

DESTINATAIRE : Blanc

OBJET : Synthèse des écoutes de FC1 réalisées le… 2002 de 17 heures 29 à 17 heures 53 à l'intérieur des locaux du palais Mychkine (salon du rez-de-chaussée donnant sur la façade est de la cour).

REMARQUES :
Le son étant défectueux, le procédé de la synthèse paraît préférable à la transcription pure et simple ; cependant elle est donnée sous toute réserve. Les phrases entendues de bout en bout sont transcrites entre guillemets.
Par mesure de sécurité, les cinq interlocuteurs sont désignés par des appellations codées. Voir photos jointes pour identification probable du « Sage », du « Vizir » et du « Padre ». L'identification du « Zélote » doit être possible par recoupement. « L'Anonyme » parle peu, sauf pour offrir du thé et des gâteaux à ses invités. Il paraît être le représentant du groupe dit les « Boyards ».

COMMUNICATION :
Le sujet de la conversation est la situation des Juifs en Russie.
Le Zélote se plaint d'une certaine discrimination, mais reconnaît qu'elle est fondée sur des bases religieuses et non pas raciales. Il reconnaît aussi que certains Juifs ont, dans le passé, fait preuve d'arrogance à l'égard des Russes. Il cite la phrase : « Nous vous avons donné un Dieu, nous saurons bien vous donner un tsar », et s'en excuse.

Le Sage reconnaît que la discrimination existe, malgré la loyauté dont les sujets juifs ont souvent fait preuve à l'égard de l'État russe, en particulier en 1812 et en 1914. Il déplore que cette discrimination ait longtemps reposé sur des bases religieuses. Sous le régime tsariste, un Juif converti n'était plus considéré comme Juif, ce qui pouvait induire certains Juifs en tentation. Il remarque qu'il était impie de proposer aux Juifs le bien-être matériel au prix du reniement de leur foi, et d'obtenir ainsi des conversions de pure convenance, que certains pouvaient même justifier par l'idée qu'ils seraient ainsi plus utiles à leur peuple.

Le Padre signale que la population juive a quintuplé en Russie au cours du XIXe siècle, et indique que cette explosion a pu créer certains problèmes. Il rappelle aussi que les Juifs ont eu pendant très longtemps le monopole *de facto* de la fabrication de la vodka.

Le Sage insiste sur la nécessité de crever l'abcès des relations entre Russes et Juifs qu'on essaye de cacher. « On peut être taxé d'antisémitisme pour avoir seulement prononcé le mot « Juif ». On a le sentiment que le mot « Juif » est devenu un terme indécent. » Cela ne doit pas être, c'est offensant pour tout le monde. « Rien n'est plus immoral et dangereux que de taire quelque chose quand on écrit l'Histoire : cela ne fait que provoquer par la suite une distorsion de sens opposé. »

Le Zélote reconnaît que le problème est de taille, et insiste sur son aspect international. Au début du siècle, précise-t-il, les Juifs de Russie constituaient près de la moitié de la population juive de la planète. Beaucoup d'entre eux ont participé à la fondation de l'État d'Israël.

Le Padre signale que beaucoup de Juifs ont émigré aux États-Unis et y ont créé un lobby généralement défavorable à la Russie. Il leur attribue l'exclamation de William Hearst (ou d'un écrivain à sa solde) : « Que le Dieu de Justice descende ici-bas pour en finir avec la Russie comme il en a fini avec Sodome et Gomorrhe ! »

Le Zélote rappelle que des accusations de meurtres rituels ont été lancées contre les Juifs, mais reconnaît que c'est davantage en Pologne qu'en Russie.

L'Anonyme rappelle que des Juifs ont accusé des chrétiens d'en noyer certains sous prétexte de les baptiser par immersion.

Le Padre cite un Anglais nommé Parks, qui affirme que l'attitude des Juifs à l'égard des pays dans lesquels ils vivent n'est pas toujours claire : par exemple, se sentent-ils d'abord Juifs ou d'abord Britanniques ? D'où la crainte des complots.

Le Sage : « Si nous avions conservé la pureté et la force qui nous furent insufflées jadis par saint Serge de Radonèje, nous ne redouterions aucun complot au monde. »

Le Vizir insiste sur la différence entre les notions de « Russe » (ethniquement : grand-russien) et « Russien » (habitant héréditaire de la Russie). Il rappelle que, sous le régime tsariste, les Juifs accédaient à la noblesse : en 1897, 196 membres de la noblesse héréditaire revendiquaient l'hébreu comme langue maternelle (c'était, plus probablement, le yiddish.)

Le Vizir développe l'idée que la Russie, n'ayant pas de frontières naturelles, est condamnée à être un empire, quel que soit son mode de gouvernement. Il énumère les diverses ethnies qui font partie de l'empire russe, même réduit, comme aujourd'hui, à une portion relativement congrue. C'est le destin de la Russie d'être multiethnique et multiculturelle. Il montre que, malgré la zone de résidence forcée et le *numerus clausus* imposés aux Juifs, les tsars n'ont jamais fait preuve d'antisémitisme. À l'époque du servage, par exemple, la plupart des Juifs étaient mieux lotis que la plupart des Russes. Le Vizir rappelle le mot de Pierre le Grand : « Je me moque que tu sois baptisé ou circoncis si tu es honnête et connais ton affaire. »

Le Sage médite sur les conséquences imprévisibles des actions politiques : l'Allemagne, en infiltrant Lénine en Russie, a créé des circonstances favorables pour l'arrivée au pouvoir de Hitler ; les libéraux et les sociaux-révolutionnaires russes, en facilitant la destruction de l'Ancien Régime et l'arrivée au pouvoir des bolcheviks, ont provoqué leur propre anéantissement… « La seule façon de se prémunir contre de telles erreurs, dit-il, est de se laisser toujours guider par la boussole de la morale divine. »

Le Zélote applique cette remarque à ceux des Juifs qui ont milité pour la révolution et ont fait ensuite l'objet des purges de Staline.

L'Anonyme remarque que beaucoup de Juifs russes éprouvent un amour sincère de la Russie et des mœurs russes, auxquelles, lui semble-t-il, ils restent fidèles même à l'étranger, même en Israël.

Le Zélote concède ce paradoxe.

Le Sage regrette qu'Aleksandr Aleksandrovitch Zinoviev n'ait pas été invité à la discussion.

Le Vizir reprend la parole et, à cet instant, la transmission devient inaudible.

OBSERVATIONS : Un microdrone abandonné.
Le mécanisme d'autodestruction chimique aura joué.

DESIDERATA : L'importance reconnue des interlocuteurs en présence justifie que soit abordée la phase active de l'opération *Mortelle Blessure*. Le fait qu'ils n'aient prononcé aucun propos réactionnaire ou nationaliste n'a pas à être porté à la connaissance du public. Leurs noms seuls et leur affiliation au groupe des Boyards permettent d'exploiter efficacement leur réunion.

7

Le lendemain matin, bibliothèque. Mouloud. Échange de sacoches.

Dans la sienne, Mouloud trouva deux disquettes contenant l'une la synthèse, l'autre les photos.

Dans sa chambre de l'*Oktiabrskaya*, il se mit au travail.

Sur l'écran de son ordinateur portable, il fit apparaître le texte de la première disquette et le sauvegarda. Puis, il fit défiler une série de photos de scènes pétersbourgeoises, parmi lesquelles une demoiselle court-vêtue, assise sur un tabouret de bar et prise en contre-plongée. Il revint au texte originel que, grâce au logiciel de stéganographie, il dissimula dans la photo, dont plusieurs pixels sur 20 000 changèrent de couleur. Comme l'ordinateur travaillait sur une gamme de 16 millions de couleurs, il n'y avait aucun risque que la modification fût remarquée.

Les photos de personnages ne se prêtant pas au même mode de stéganographie, il les dissimula dans un lot de photos anodines, en les encadrant toujours de deux photos de femmes plus ou moins dénudées, pour les signaler à l'attention de son correspondant.

Cela fait, Mouloud écrivit un courriel à son agence de photos parisienne. Il y glissa une note humoristique sur le mélange de travail et de débauche auquel il s'adonnait : « Je ne sais pas ce qui est le plus fatigant, de Péterhof ou de la rue Taïrova ». Il envoya le tout.

Un autre agent du réseau de Hussein prendrait connaissance des photos. Mouloud ne savait pas si c'était le directeur de l'agence ou son adjoint ou l'une des secrétaires. Cet agent choisirait les photos de nus et celles qu'elles encadraient et, sans savoir ce qu'elles cachaient, les enverrait par Internet à un correspondant américain, qui retrouverait les envois originels parmi les supports.

À son niveau, il recourrait à un moyen encore plus discret. Une firme nommée *Sagittarius* avait lancé soixante satellites qui devaient couvrir en permanence le monde entier et permettre à ses clients de se transmettre des données, qu'ils fussent dans la jungle équatoriale, au pôle Nord ou au pôle Sud. Hélas, les portables ordinaires suffisaient à la plupart des hommes d'affaires, et les tarifs de *Sagittarius* étaient tels que la firme avait fait faillite, mais, pour le moment, ses satellites tournaient toujours, et quelques privilégiés, dont le Club, y avaient accès.

Par ce procédé, le message de Hussein finirait par atteindre son destinataire.

*

Cependant Hussein avait donné rendez-vous à un autre membre de son réseau : midi moins cinq, dans le labyrinthe de cours lépreuses et étroites comme des puits où Raskolnikov et l'usurière qu'il assassina passaient pour avoir logé.

Salem était maigre, avec une tête décharnée de vautour, un cou tailladé par le rasoir et de longs bras dont il battait l'air comme si c'étaient des ailes. Il venait du Daghestan, et racontait à qui voulait l'entendre que la Tchétchénie et le Daghestan réunis comptaient 60 % des mosquées de la fédération de Russie pour 15 % des musulmans et aussi que, dans son pays, on apprenait à nommer ses ancêtres sur au moins douze générations. Il avait été officier du KGB jusqu'en 1991, et subsistait maintenant de divers métiers qu'il avait appris en cette qualité.

– La paix soit avec toi, dit Salem en arabe.

Et avec toi la paix, répondit Hussein, qui, lui, savait de quoi il parlait.

L'arabe de Salem n'allait pas au-delà ; ils s'expliqueraient en russe.

Hussein exposa ce qui devait être fait.

– Le palais Mychkine ? Hors de question. Tu as vu leurs gardiens ? Des anciens de chez nous, je pense…

– Voici comment nous allons procéder, enchaîna Hussein sans relever l'objection.

Il décrivit son projet.

– Ça peut se faire. Pas question d'accéder directement au palais. Il faut passer par l'immeuble de rapport. C'est heureux que tu aies repéré la porte de service au fond du *toupik*. C'est la foi qui t'ouvre les yeux. Parce que les entrées principales de ces immeubles-là, où logent les « nouveaux Russes », sont gardées comme le Kremlin. L'entrée de service est notre seule chance. Je vois que tu es un vrai musulman, et je m'y connais. Nous autres, au Daghestan et en Tchétchénie, nous ne sommes que 15 %…

– Et vous avez 60 % des mosquées, je sais. Ce n'est pas la première fois que nous travaillons ensemble.

– Mais je ne vais pas m'escrimer sur la serrure sous les fenêtres du palais Mychkine. Ils ont des caméras à senseurs là-dedans, et le moindre mouvement, les gardiens te tombent sur le poil.

– Il n'est pas question de s'escrimer sur une serrure. La porte est commandée par un digicode…

– Tu connais le code, mon frère ?

– Je le connaîtrai bientôt, mon frère. As-tu des armes ?

– J'ai.

– Deux ?

– Plus si tu veux.

– Avec des silencieux ?

– On mettra.

– Tu as des talkies-walkies ?

– J'ai.

– Il en faut trois.

– Il y aura.

– Une heure moins cinq, devant la porte.

– Tu peux compter sur un homme qui connaît ses grands-pères…

– Jusqu'à la douzième génération. Je sais.

Pas de sarcasme dans la voix de Hussein.

8

Le groupe que Hussein avait constitué pour mener à bien l'opération *Mortelle Blessure* comprenait, sur place :

– Mouloud, le Français marocain, pour les communications ;

– Salem, l'ancien du KGB, pour les actions spéciales ;

– Maboul, pour l'informatique, procuré – on pouvait même dire imposé *sine qua non* – par le commanditaire ;

– et Fatima, pour les missions de protection.

C'était une innovation de Hussein de faire confiance aux femmes pour le travail terroriste : musulman, il savait que le dévouement des femmes n'a pas de limite, qu'on peut tout leur demander, à condition de les considérer comme du matériel jetable. Il avait rencontré Fatima – de son vrai nom Mary Carrington – à Oxford. C'était une Américaine dégoûtée de la veulerie des mâles américains, qui était allée chercher mieux en Europe et n'avait pas trouvé. Elle s'était alors tournée vers la Méditerranée – même résultat –, et enfin, vers le Proche-Orient en la personne de Hussein. Amoureuse de lui, elle l'était d'autant plus qu'il ne lui demandait rien. Elle s'était donc convertie à l'islam et se délectait d'humiliations, souvent imaginaires. Hussein lui avait fait faire en Bosnie un stage où elle s'était montrée douée pour la clandestinité autant que pour l'action. Il aurait préféré la garder comme « dormeuse », en réserve pour des actions futures, mais il avait compris qu'elle s'ennuierait et irait chercher des aventures plus exaltantes ailleurs. Il l'avait donc utilisée comme tireur d'élite en Tchétchénie, où elle avait abattu une demi-douzaine d'officiers russes. En prévision de *Mortelle Blessure*, il l'avait déplacée à Saint-Pétersbourg, où elle avait repris son identité américaine et logeait chez l'habitant, sous prétexte d'apprendre la langue.

– Fatima, tu reconnais ma voix ?

– Entre mille.

– Bolchaïa Morskaïa… Attends mon appel.

– J'y serai dans une heure.

Hussein remonta dans sa chambre et tira de la boîte aux jouets un nouveau cafard, le troisième. Il l'envoya dans le *toupik* qui longeait le palais Mychkine et le dirigea vers la porte de service de l'immeuble. Il chercha longtemps un endroit fixe d'où le microdrone pût « voir » le digicode. La pile s'usait moins vite si le microdrone était posé. Hussein se décida enfin pour le rebord d'une fenêtre de la banque Katz et Galpérine. Maintenant, il fallait attendre qu'un visiteur se présentât, et, pendant près d'une heure, il ne s'en présenta pas. Quand enfin une grosse femme vint actionner le digicode, sa corpulence le cacha et elle ouvrit la porte sans que le cafard pût cafarder les numéros.

La pile devait être à bout de course. Hussein rapatria le microdrone, pour éviter qu'on ne le découvrît avant qu'il ne se fût détruit.

Les dents serrées, il fit décoller le quatrième et avant-dernier, qu'il garda en vol, à tournoyer aussi lentement que possible au-dessus de la porte. Chaque fois qu'un visiteur approchait, il faisait descendre le *Cockroach* et notait les numéros utilisés, s'il arrivait à les distinguer sur son écran. En une heure, il y eut deux visiteurs et, à la façon dont ils pianotaient, Hussein crut lire, par-dessus leur épaule, trois combinaisons probables : c'était A2578 ou A3689 ou A2689. Il appela Fatima :

– Coordonnées 76-68. Porte à digicode. Essaye les trois combinaisons suivantes… Si la porte s'ouvre, entre et ressors aussitôt comme si tu avais déposé une lettre.

Les alentours du palais Mychkine avaient été préalablement reportés sur une carte à grande échelle, où chaque carré d'un centimètre correspondait à un mètre sur le terrain, et dont Hussein et Fatima étaient seuls à avoir un exemplaire.

– Tu rendras compte.

Il se demanda s'il allait laisser le microdrone en place pour voir travailler Fatima, mais la pile était presque à plat. Il ramena l'engin à l'écurie par souci d'ordre. Il ne lui en restait plus qu'un…

Un autre à sa place en aurait été tourmenté, mais le Chahid savait canaliser l'angoisse en lui. Il lui suffisait de réciter son chapelet en énumérant les 99 attributs de Dieu.

Le téléphone sonna.

– Résultat négatif. J'ai aussi essayé A690B, parce que c'est à peu près le même parcours du doigt. Résultat négatif.

– Bien. Continue à te promener dans le quartier.

Un instant, Hussein joua avec l'idée de tenter toutes les combinaisons possibles sur le digicode, sans tenir compte des observations des microdrones. Après tout, cette nuit même, il serait devant la porte avec Salem. Combien de combinaisons y avait-il ? Des souvenirs de mathématiques lui revinrent. Neuf chiffres, zéro, A et B : douze éléments donc, et, par conséquent 1 × 2 × 3 × 4 × 5 × 6 × 7 × 8 × 9 × 10 × 11 × 12 permutations. Quelque chose comme 500 millions.

Non, il fallait hasarder le dernier *Flying Cockroach.*

Il décolla sans anicroche, comme les précédents.

Hussein le regarda partir sans plus d'angoisse que tout à l'heure : ce qui devait arriver arriverait, avec l'aide de Dieu.

La porte de service de l'immeuble apparut sur l'écran. Hussein en connaissait par cœur les panneaux, les fentes, la peinture légèrement écaillée, la poignée en forme d'œuf et le digicode beige à numéros noirs qui gardait toujours son secret.

Le cafard volant était suspendu depuis une demi-heure au-dessus de la porte quand un grand escogriffe en gilet rayé, qui était sorti quelques minutes plus tôt, se présenta pour entrer. En gilet rayé, oui. Ce devait être le maître d'hôtel de quelque mafieux. Sa haute taille risquait de masquer le digicode.

Hussein fit descendre le microdrone aussi bas qu'il l'osa, et vit clairement les chiffres…

– Maudit sois-tu ! Va-t-en au diable !

D'un moulinet du bras, l'escogriffe chassait l'insecte qui lui bourdonnait autour de la tête. Il y eut un choc. L'écran s'éteignit un instant, puis se ralluma. Hussein avait redressé le joystick et renvoyé le microdrone dans les hauteurs. Quand il le fit descendre à nouveau, la porte se refermait sur le maître d'hôtel.

Un quart d'heure se passa dans l'attente. Personne ne se présentait devant la porte. La pile était aux trois quarts déchargée. Il fallait rappeler le microdrone ou accepter de le perdre pour rien. Confiant, Hussein le laissa tournoyer en position.

Cinq minutes. Dix minutes. Il ne restait plus que quelques minutes de vie au *Flying Cockroach*.

Un gamin remontait l'impasse en sautant sur un pied et en balançant l'autre.

Le gamin se planta devant le digicode que le microdrone « voyait » parfaitement par-dessus sa tête.

Le gamin se haussa sur la pointe des pieds et forma le code : c'était 03689.

– Grâces soient rendues à Dieu, dispensateur de tout bien !

9

Cette nuit-là, avec Fatima en faction dans la rue, Hussein et Salem entrèrent dans l'immeuble par la porte de service, *l'entrée noire*, disent les Russes, par opposition à *l'entrée de parade*. Salem trouva le bouton de la minuterie et alluma : s'ils croisaient un noctambule – et tous les Russes sont noctambules – des torches électriques éveilleraient des soupçons. Ils montèrent un escalier de bois, assez sordide – de temps en temps, un chat tigré leur filait entre les jambes –, jusqu'au cinquième étage où une porte leur barra le chemin. Salem repoussa le pêne avec un carré de plastique. Un escalier encore plus étroit les conduisit à un palier qui prenait jour sur le ciel au moyen d'une tabatière percée dans le plafond. Une échelle était appuyée dans un coin. Salem la dressa contre la tabatière et grimpa le premier. Hussein suivit. Ils se trouvèrent sur le toit de l'immeuble.

D'en bas, le ciel leur avait paru noir par contraste avec les feux de la ville, mais d'ici, c'était la ville, tout éclairée qu'elle fût, qui semblait plongée dans l'obscurité. Le ciel, lui, doucement illuminé par une lune à son premier quartier, répandait sur les toitures noires une luisance soyeuse, rassurante, qu'elles miraient par endroits. Hussein se dirigea sans hésitation vers le lieu où devait se trouver l'échelle scellée dans le mur. Il respirait bien. Il était heureux.

Marchant courbés, ils atteignirent l'échelle et descendirent. Ils se trouvaient maintenant sur le toit pentu du palais Mychkine et risquaient de se rompre le cou : c'était le métier. Ils contournèrent la cour intérieure avec sa piscine éclairée par des projecteurs qui lui donnaient une teinte émeraude. Malgré l'heure tardive, un nageur athlétique s'acharnait encore à s'entraîner. On entendait ses ébrouements et les claques frénétiques qu'il administrait à la surface de l'eau en s'efforçant de nager le crawl. Hussein et Salem se trouvèrent devant la porte qui donnait sur l'un des pavillons. Hussein approcha son talkie-walkie de sa bouche et poussa un sifflement long et discret. Fatima répondit par un sifflement de longueur égale.

Salem s'était arrêté devant la porte de métal. Il alluma sa lampe frontale munie d'un filtre blanc opaque et éclaira la serrure d'un faisceau étroitement focalisé.

– Sécurité première classe, jugea-t-il. Tu t'installes, mon frère, et tu guettes.

Hussein s'assit sur le toit, dans l'ombre projetée par le pavillon. Salem déposa à ses pieds le sac à dos qu'il portait, en tira une canne de chasse et se percha dessus, les yeux à la hauteur de la serrure. Dans le sac, qui contenait des outils soigneusement rangés et maintenus par des passants élastiques, il choisit un cylindre finement usiné en acier bronzé et traversé en longueur de huit fines tiges d'acier coudées à un bout. Il appliqua l'outil contre le canon de la serrure et se mit à tâtonner à l'intérieur avec les tiges, à la recherche des pompes bloquant le rotor. Ses doigts, fins et osseux comme les serres du vautour auquel il ressemblait, poussaient, tiraient, palpaient, passaient à une autre tige… De temps en temps, il essayait de tourner l'outil entre le pouce et l'index, puis soupirait et reprenait ses tâtonnements. Au bout d'une heure, l'outil, mué en clef, fit pivoter le rotor. La porte s'ouvrit sur les ténèbres intérieures. Salem se retourna et cligna lentement de sa paupière bombée.

Hussein siffla deux fois dans son micro et entendit en retour deux longs sifflements.

De son sac, Salem tira deux makarov équipés de silencieux. Il en tendit un à Hussein qui, après avoir manœuvré la culasse pour introduire une cartouche dans la chambre, s'engagea le premier dans le palais des Boyards.

Un escalier métallique conduisait à une porte qui n'était pas verrouillée. Un vaste palier commandait, d'un côté, une galerie et, de l'autre, un large escalier de bois ciré couvert d'un tapis en son milieu. Le clair de lune tombait assez des grandes fenêtres ouvrant sur la Moïka pour qu'on n'eût pas besoin d'éclairage.

Hussein avait appris par cœur le plan du palais Mychkine tel qu'il avait été construit, et il en avait déduit approximativement la disposition actuelle : les Russes n'étaient pas hommes à ne garder d'un édifice que la coque vide des façades et à refaire entièrement l'intérieur ; ils avaient peut-être déplacé quelques cloisons, mais sûrement respecté les murs de refend, les escaliers, les dégagements, les voies d'accès. Comme la plupart des palais russes du XVIIIe siècle, celui-ci avait un rez-de-chaussée et deux étages, plus un grenier et un sous-sol. On était ici à l'étage des chambres à coucher, qui devaient toujours tenir cet emploi puisque le palais servait d'hôtel aux Boyards de passage et à leurs amis. Pour l'heure, tout le monde dormait.

Hussein et Salem descendirent à l'étage noble, celui des salles de réception dont, compte tenu de l'espace occupé par la banque et les media, certaines avaient sans doute été aménagées en bureaux d'apparat et en restaurant. Les bureaux pouvaient présenter un intérêt, mais il était douteux qu'ils continssent l'objectif de l'opération, qui devait être gardé avec soin.

Un escalier de marbre, deux fois plus large que le précédent, et à double révolution, plongeait vers le rez-de-chaussée, au milieu d'une cage aussi vaste qu'une salle de bal, avec des miroirs cintrés faisant face aux fenêtres également cintrées. Un instant, Hussein crut voir bouger une ombre et pivota vers elle, prêt à tirer, mais ce n'était que son propre reflet dans une glace. Les gardiens devaient se reposer sur la sécurité extérieure et ne pas trop se fatiguer à faire de rondes.

Le sol était dallé. Au fond, une porte-fenêtre ouvrait sur la cour intérieure. À droite et à gauche, il y avait d'autres portes. De la droite provenaient des sons de voix et de musique. D'après la disposition des lieux, c'était là que devait se trouver le poste de garde. Hussein ouvrit une porte qui se trouvait sous l'une des deux volées de marches, et aboutit dans un débarras. Salem essaya la porte symétrique et indiqua d'un geste qu'il croyait être sur la bonne voie. Hussein siffla longuement, trois fois, et perçut trois longs sifflements en retour. Il eut une brève pensée pour la siffleuse, qui se promenait seule au bord de la Moïka, l'air d'attendre un amoureux, ce qui ne surprendrait personne à l'approche des nuits blanches. Elle ne risquait pas grand-chose. Les rues de Saint-Pétersbourg étaient redevenues aussi sûres que l'avaient été celles de Leningrad. Et, le cas échéant, elle saurait se défendre.

Un nouvel escalier, de granit celui-ci, descendait au sous-sol. Il n'y avait plus aucune lumière, et Salem dut allumer sa lampe frontale tandis que Hussein brandissait une torche de la main gauche.

Le sous-sol du palais avait été réaménagé. L'espace central était occupé par la piscine entourée d'une galerie percée de hublots permettant d'admirer les exploits des tritons et des naïades. Une salle de gymnastique se trouvait à un bout, jouxtée par un stand de tir d'un côté et une salle d'armes de l'autre. Un couloir de béton conduisait, d'une part, à un amphithéâtre de quelque deux cents places et, d'autre part, à une grande salle sans fenêtres équipée de bureaux et d'ordinateurs. Une porte, dont Salem vint à bout rapidement, donnait sur une salle, aveugle aussi mais plus petite. Ici, un centre serveur ronronnait doucement. Des paquets de gros câbles noirs s'enroulant comme des nœuds de boas constrictors – à supposer que les boas constrictors fassent des nœuds – se connectaient sur une armoire métallique à proximité du serveur. Sur un bureau, un écran et un clavier indiquaient la place de « l'administrateur réseau ». Des dossiers, des notices techniques s'empilaient sur des étagères métalliques.

Au fond de la salle, une porte blindée.

Salem et Hussein échangèrent un coup d'œil. Selon toute vraisemblance, leur objectif se trouvait derrière cette porte.

Salem alla l'ausculter, l'oreille collée contre le battant pour entendre la tonalité des cames que sa main faisait tourner… Il regarda sa montre et secoua la tête. Trop tard pour s'attaquer à une nouvelle serrure. Hussein acquiesça. Il poussa quatre sifflements brefs en espérant que les parois de béton ne les empêcheraient pas d'être entendus. Quatre sifflements aussi brefs lui répondirent.

Les deux hommes remontèrent sans croiser âme qui vive.

En arrivant à la porte du toit, Salem s'arrêta. Il prit un jeu de tournevis et, de l'intérieur, démonta la serrure. Il déposait les pièces les unes après les autres sur une toile cirée qu'il avait étalée par terre. Le corps fut vite démonté et Salem s'attaqua au cylindre. Il en retira des ressorts et des goupilles.

– Qu'est-ce que tu fais, mon frère ?

– J'enlève les pompes, mon frère. Je n'en laisserai qu'une. Il n'y aura aucune trace d'effraction, et, lorsque je reviendrai, je n'aurai que cette pompe-là à pousser, dont j'aurai gardé la position sur mon outil. J'ouvrirai comme si j'avais une clef.

– Dieu soit loué, qui t'a rendu si adroit en serrurerie.

Salem leva les yeux sur Hussein :

– Rien n'est difficile, quand on connaît ses ancêtres jusqu'à la douzième génération.

10

Le rendez-vous était au cirque de Saint-Pétersbourg, selon le désir de Maboul : « Je me sens bien parmi les animaux, mes semblables ! » Maboul était l'informaticien imposé par « l'Américain pas comme les autres », mais, sur ce chapitre-là, il était tout à fait comme les autres : il fallait toujours en passer par leurs volontés.

Le spectacle de cirque fut plein de cette compassion visqueuse si caractéristique des Russes. Le dompteur avait de la compassion pour ses ours, les ours pour le dompteur, le trapéziste pour la trapéziste, les clowns les uns pour les autres, le public pour les artistes et les artistes pour le public. C'était franchement insupportable pour un cavalier d'Allah.

À l'entracte, Hussein alla voir les fauves et s'arrêta devant la cage aux tigres. Il portait un *Washington Times* dans la main gauche. Le petit être simiesque aux bras trop longs, au crâne bombé, aux lunettes épaisses comme des loupes qui s'approcha de lui tenait un *Economist* à deux mains :

– Excusez-moi, *Sir*, êtes-vous Américain ?

– Non, *Sir*, je suis Libanais. Comment allez-vous ?

– Comment allez-vous ? Le spectacle vous a-t-il plu ? Moi, je trouve pauvret qu'il n'y ait qu'une seule piste. Aux États, nous en avons au moins trois.

– Je sais, et ce sont les *Shriners* en chéchia qui vendent les billets.

– Ha ha ! Vous connaissez notre pays. On m'appelle Maboul. C'est agréable de faire votre connaissance.

– Je m'appelle Hussein. C'est agréable de faire votre connaissance.

– Après le spectacle, voulez-vous que nous fassions quelques pas ensemble ?

– Avec plaisir.

Ils se retrouvèrent à la sortie et descendirent la Fontanka.

– Alors ? demanda Maboul. Vous avez l'objectif ?

– Pas encore.

– Savez-vous quel type d'ordinateur ils ont ?

Hussein répéta les indications qu'il avait relevées sur le serveur du palais Mychkine. Maboul s'épanouit.

– Je n'en espérais pas moins des Boyards. Ils ont choisi une bonne *Mychka*, la meilleure, comme je l'avais diagnostiqué. Oké. J'appelle leur serveur *Mychka*, la petite souris, en l'honneur du palais Mychkine. C'est une bonne petite souris, mais j'ai l'équipement nécessaire pour tout décrypter. Oké. Je ne sais pas si nos amis vous l'ont dit, mais les bits, les octets et les algorithmes n'ont pas de secrets pour moi. C'est que, vous voyez, je suis un *Homo informaticus*. D'ailleurs, je suis descendu à l'*Europa*. Pour un *Homo informaticus,* c'est bien le moins. Je suis censé être représentant en informatique : ça explique le matériel que je trimbale. Oké. L'objectif, c'est pour quand ?

– Cette nuit, si vous voulez.

– Vous êtes fou ? Il me faut quarante-huit heures au moins pour transcrire ! Vous n'avez peut-être pas l'intention de remettre l'objectif à sa place ?

– Si, bien sûr.

– Alors il faut l'emprunter demain soir et le remettre dans la nuit de dimanche à lundi. Sans quoi les Boyards vont s'apercevoir qu'il a disparu, voyons ! Les Britiches ont inventé le week-end ; les Russes les imitent : bien fait pour eux. Possible ?

– Si Dieu le veut.

– Ah ! vous êtes confit en bondieuserie musulmane ! Moi non, je ne crois plus à toutes ces fadaises. Je travaille pour ça (il fit le geste de palper des billets), comme un bon infidèle. Alors écoutez, le plus simple, c'est que, vendredi soir, vous veniez boire un verre au bar de l'*Europa* – ils ont aussi du Coca-Cola, si vous y tenez – et que vous me remettiez la chose. Pas de chichis, hein, vous le faites le plus ouvertement du monde : c'est ça qui passe inaperçu. Oké ?

Hussein s'amusa de recevoir des leçons de clandestinité d'un *Homo informaticus*. Il téléphona à Salem et à Fatima pour leur fixer un rendez-vous pour le surlendemain.

11

Il passa le vendredi à travailler sur les guerres murides à la bibliothèque. Vendredi, jour de la Djemaa, jour sacré de l'islam. Chamil, jusqu'à un certain point, était un homme selon son cœur : il s'était bien battu. Mais il avait fini par s'avouer vaincu et par accepter la clémence du vainqueur : il n'était pas du fer dont sont forgés les martyrs.

Le ciel était couvert, ce soir-là, et la nuit tardive mais très noire. Pas de lune. Les appels par talkies-walkies furent satisfaisants. Salem le vautour et Hussein aux yeux-miroirs se retrouvèrent devant la *porte noire* de l'immeuble de rapport.

– Suppose, mon frère, qu'ils aient changé le digicode, souffla Salem, oiseau de mauvais augure.

Mais ils ne l'avaient pas changé.

En l'honneur de vendredi, l'escalier était plein d'odeurs de cuisine et de musiques diverses. Chansons, éclats de voix, roulements de rire. C'était étrange de monter ainsi, le long de l'escalier de service, et de ne pas voir les innocents qui ripaillaient à chaque étage. Hussein songea que c'était comme si on remontait le tube digestif d'un être humain sans participer au travail de sa cervelle.

L'échelle, remise à sa place, y était restée. La tabatière s'ouvrait toujours. Sur le toit, en revanche, il faisait sombre et froid. Un vent turbulent venait du nord de la Baltique et emplissait l'air d'odeurs marines, inquiétantes. Quelle idée Pierre le Grand avait-il eue de fonder sa capitale à l'extrême bout de son empire, à moins qu'il n'eût rêvé que c'en serait le centre futur, quand il s'étendrait plus loin, beaucoup plus loin, du Pacifique à l'Atlantique ! Et pourquoi pas, après tout, si, entretemps, les musulmans s'en étaient emparés ? L'Atlantique, ils l'avaient déjà atteint en partant d'Asie, avec quelques cavaliers polygames et quelques chevaux arabes !

Le toit de l'immeuble était humide et glissant. Glissante aussi, l'échelle scellée dans le mur, avec sa rouille sous les doigts.

Le toit du palais Mychkine rappelait une patinoire. Heureusement Hussein et Salem portaient des chaussures d'escalade.

La piscine était éclairée, mais déserte.

L'outil de Salem fit merveille : la porte du pavillon s'ouvrit comme avec une clef.

Et voilà de nouveau le Chahid dans l'antre de l'ennemi, laissant d'abord sa vision s'accommoder à la nuit, puis descendant l'escalier, pas à pas, tâtant les marches avec les orteils.

Au second étage, les lumières étaient allumées, comme si les habitants de l'hôtel n'étaient pas encore remontés dans leur chambre. On s'exposait donc à croiser un dîneur attardé... Les deux intrus passèrent en sécurité, l'un après l'autre, comme deux rats.

Au premier, on entendait de la musique de chambre. « Tchaïkovsky », souffla Salem à Hussein, avec ravissement. Hussein se moquait de Tchaïkovsky. Il craignait de rencontrer des invités ou du personnel. Il fallait donc se déplacer d'embrasure en embrasure, de recoin en recoin, mais apparemment, tout le monde était occupé, les uns à servir, les autres à être servis. La surprise vint dans la salle d'apparat. Elle était brillamment illuminée, malgré l'heure avancée de la nuit. Salem et Hussein s'arrêtèrent sur le seuil. Allaient-ils descendre cet escalier comme s'ils avaient été invités par les Boyards ? Des caméras signaleraient-elles leur présence ?

Ils descendirent en pleine lumière et ne se troublèrent pas lors qu'un homme chauve, corpulent, de haute taille, portant l'habit, la main glissant négligemment sur la rampe de marbre, monta majestueusement à leur rencontre, ses bajoues rougeoyantes s'entassant sur son col glacé et ses longues jambes se déployant sous lui comme montées sur roulements à billes. Était-il en retard, était-il allé prendre l'air dehors ? N'était-ce pas le fantôme de Pierre le Grand lui-même qui venait hanter sa capitale, le Cavalier de bronze en habit de soirée ? Mais non, Pierre le Grand aurait eu l'œil : il aurait remarqué la présence insolite de ces visiteurs imprévus, habillés de tenues sport, alors que celui-ci se contenta de répondre d'une inclinaison de tête hautaine aux saluts des deux hommes au teint mat : du personnel d'entretien, sans doute... Dès qu'ils purent, ils foncèrent vers les ténèbres du sous-sol où ils se sentirent plus à l'aise.

L'avant-veille, ils étaient venus en reconnaissance ; maintenant, non seulement ils connaissaient les lieux, mais en outre des veilleuses avaient été allumées dans les couloirs, ce qui facilitait la progression. Ils atteignirent sans encombre la salle d'informatique, le bureau de l'administrateur réseau et la porte blindée derrière laquelle se trouvait – du moins ils l'espéraient – l'objectif.

Hussein trouva et désigna à Salem un placard à balais qui pourrait leur servir de cachette en cas de ronde. Salem tira de son sac trois petits boîtiers noirs. Il retourna à l'entrée du sous-sol et fixa l'un des boîtiers au-dessus de la porte. Il en garda un autre pour lui. Il tendit le troisième à Hussein :

– Le récepteur dans poche. L'écouteur dans oreille. Radar. Si la porte s'ouvre, ça ronfle.

– Pas idiot, reconnut Hussein.

– KGB, s'épanouit Salem.

Il s'installa devant la porte de la chambre forte, le derrière solidement carré sur sa canne de chasse dont le bout caoutchouté l'empêchait de glisser. De son sac, il tira un casque muni d'écouteurs, dont il se coiffa. Il connaissait ce genre de serrure, et il savait, au millimètre près, l'endroit qu'il eût fallu forer afin de tirer ensuite sur la tringlerie avec un crochet, ce qui aurait déclenché l'action du mécanisme. Mais on ne devait pas laisser la moindre trace d'effraction. Il était donc obligé de retrouver la combinaison, et ce n'était pas facile avec six mollettes pouvant se placer sur vingt positions différentes ; néanmoins il était à son affaire et fier de montrer à cet étranger ce que, de son temps, le KGB avait su faire.

Il ramena les six mollettes à zéro. Au moyen des écouteurs, il essayait de se mettre dans l'oreille le son normal du cliquetis : le son anormal serait celui de l'ouverture, une came du mécanisme étant alors effacée.

Mollette après mollette, il écouta plusieurs fois le son des vingt positions possibles pour chacune. Il notait sur un calepin les positions qui lui semblaient rendre un son différent. Il en retint deux ou trois par mollette, et il commença à essayer, une à une, les possibilités. Hussein faisait le guet à l'entrée de la salle, et, à sa honte, sa main transpirait sur la crosse de son makarov. En même temps, il calculait mentalement : 1 × 2 × 3 ×… 120… Combien de millions ? Pour combien de temps Salem en aurait-il ?

La porte s'ouvrit avec un bruit étouffé.

Les deux hommes entrèrent.

La chambre forte était minuscule, nue, presque vide. On y voyait simplement une étagère sur laquelle reposaient sept boîtes marquées respectivement des noms des sept jours de la semaine.

Devant ce spectacle, Hussein eut envie de se prosterner. Il y avait là quelque chose de si dépouillé, de si contraire à l'esprit occidental qui est tout d'excès et d'amphigouri, qu'il trouva que ce souterrain ressemblait à la Vérité. Si jamais Allah avait un temple digne de lui, il ressemblerait à cette petite chambre cubique avec des cassettes marquées aux sept jours de la semaine et contenant toute la science et toute la sagesse de l'univers.

Le Chahid saisit la cassette marquée « Vendredi », celle qui recelait dans un parallélépipède de plastique les archives des Boyards depuis le début de leurs activités jusqu'au jour d'aujourd'hui. Le parallélépipède tenait dans une main.

Ils ressortirent.

Salem referma la porte et brouilla la combinaison qu'il n'oublierait plus jamais.

Triomphant, Hussein siffla cinq fois dans son micro. Une pour chaque pilier de l'islam.

12

À Paris, la campagne anti-Boyards atteignait des dimensions qui, dans un autre pays, auraient paru bouffonnes, mais pas en France, où l'on avait déjà gobé, comme autant de belons japonais, les charniers de Timisoara, les 500 000 morts du Kosovo, les atrocités françaises en Algérie, et quelques autres serpents de mer du même calibre ; personne ne s'étonnait et même, on en redemandait. Les Boyards, c'étaient à la fois les pogroms, le général Dourakine, le knout, Ivan le Terrible, les villages Potemkine, les mangeurs de chandelles, Catherine et ses amants, le « mystère enveloppé dans une énigme dissimulée dans une devinette », la « grande plaine riche en blé habitée par un peuple barbare », le « pouvoir absolu qui pourrit absolument », le servage, la vodka servie dans un samovar, la Sibérie, les bagnes, les meutes de loups, l'orthodoxie déloyale, un sous-marin récemment perdu sans que le président ait rien fait pour le sauver, la mafia, le goulag, et même, surtout dans la bouche d'anciens compagnons de route du communisme, « les horreurs du stalinisme qui prouvent que rien ne change jamais en Russie ».

Cela dit, les informations sensationnelles commençaient à manquer, et il ne fallait pas laisser s'épuiser une veine aussi féconde. Il était entendu depuis longtemps que le mauvais génie derrière les Boyards était un ancien agent du KGB converti à l'orthodoxie et nommé Igor Popov ; on avait même photographié des hommes en chapeau et mackintosh sur le quai de la Moïka, dont rien n'interdisait de penser qu'ils étaient Igor Popov, mais, pour le moment, personne n'avait réussi à mettre la main sur lui.

– Kevin, dit Paulo en entrant dans le bureau de son jeune patron, j'ai une idée géniale.

Kevin, petit producteur de télévision, portait des bottes à mi-mollet et à talon rehaussé, comme un faux cow-boy, et il aimait les poser, au bout de ses jambes, sur son bureau. Il était en train de boire de l'eau d'Évian à même une bouteille en matière plastique.

– Paulo, tu m'inquiètes.

Paulo, un vieux de la vieille, mal rasé, avec un blouson de cuir raide de crasse, était un fouineur de première catégorie, qui avait cent idées géniales par jour, sauf que la plupart n'étaient pas réalisables et la majorité des réalisables eussent coûté des fortunes.

– Igor Popov, dit Paulo en se laissant tomber dans un fauteuil défoncé.

– Eh bien quoi, Igor Popov ?

– J'ai trouvé.

– Tu as trouvé Igor Popov ?

– Non. D'ailleurs, il vaut beaucoup mieux qu'on ne le trouve pas, parce que, comme ça, il est en train de devenir un mythe, tandis que, si on le retrouvait, avec l'âge qu'il doit avoir...

– Dans les combien ?

– Les quatre-vingts, j'imagine – il ne ferait plus peur à personne. Tandis que ce qui se vend, c'est le loup-garou, et un loup-garou de quatre-vingts balais, ça ne fait pas sérieux.

– Bon, et alors ?

– J'ai retrouvé Mme Popov.

Kevin se prit les pieds dans ses dossiers en essayant de se rasseoir normalement.

– Mme Popov ! Où ça ? À Moscou ?

Paulo sourit en retroussant les commissures de sa bouche, sans desserrer les lèvres, se tapota d'un air sagace la narine droite, et finit par lâcher :

– Négatif, mon vieux. À Paris. Avenue de Suffren, si tu veux tout savoir.

– Mme Popov ?

– Pas exactement « madame ». Sa maîtresse, sa poule, sa bonne amie, sa meuf, je ne sais pas comment vous appelez ça, vous autres, les jeunots. Moi, je dirais sa pouffiasse.

– Elle habite avenue de Suffren ?

– Affirmatif.

– Quel âge ?

– Soixante-dix et des poussières, précautionneusement conservés.

– Elle s'appelle ?

– À la scène et à l'écran, Olga Orloff. À la ville, Marina Kraevsky.

– Jamais entendu parler.

– Trop de talent pour avoir du succès.

– Elle n'a pas couché ?

– Que si ! Mais elle s'est toujours trompée de coucheur.

– Et alors ?

– J'ai cherché dans les journaux de l'époque. Igor Popov était un major du KGB, en poste à Paris, qui semble avoir tourné orthodoxe, ce qui est bon pour nous, et il a été assassiné, on ne sait pas par qui, d'une rafale de 11,43 à la sortie d'une église de chez eux, l'Ascension ou l'Assomption, je n'ai jamais compris la différence [1]. C'était la fin de la messe. Il était accompagné de la môme Orloff, qui a failli recevoir quelques bastos elle aussi, mais non, le tireur savait tirer. Sérieusement, tu ne crois pas que c'est du bon, ça ?

Kevin réfléchit et finit par poser ses deux mains à plat sur le bureau.

– Écoute-moi bien, Paulo. Si la vieille crache le morceau, mais pas n'importe quel morceau, tu comprends bien…

– Je comprends, Kevin, je comprends.

Kevin chercha une promesse mirobolante à faire. N'en trouvant pas, il soupira profondément :

– Si tu réussis, tu me demandes ce que tu voudras. Parce que l'Audimat…

*

Mme Orloff ouvrit elle-même, cueillit d'un regard la barbe de trois jours et le blouson graisseux de son visiteur, et alla s'étendre sur un divan dans une pose d'odalisque qui, malgré son âge, lui allait assez bien (elle fréquentait assidûment un club de gymnastique).

– Faites comme chez vous, proposa-t-elle avec un geste de grande dame.

– Dites-nous seulement où sont les prises. Bouftou, tu fais attention à ne rien déranger, recommanda Paulo à son cameraman. Pendant qu'il installe ses trucs, je voudrais vous expliquer, madame, ce que mon assistante vous a peut-être déjà dit quand elle a pris ce rendez-vous…

– On ne m'a rien dit.

Mme Orloff était toute en rondeurs, avec une fossette sur la joue. Elle était vêtue d'un pull noir vaguement pailleté, d'un pantalon noir vaguement luisant, et elle portait autour du cou un torque de jade. On lui aurait donné dix ans de moins que les soixante-dix auxquels Paulo s'attendait.

Le décor dans lequel Bouftou devait installer ses projecteurs, ses réflecteurs et le trépied télescopique de la caméra était résolument

1. Voir *Le Retournement*, du même auteur.

russe : icônes dans un angle, avec veilleuse devant, matriochkas, livres en cyrillique, portraits de Nicolas II et d'Aleksandra Féodorovna, kandjars, samovar, boîtes de Palekh, gravure représentant Pouchkine aussi nègre que possible. Il y avait aussi des tapis, des coussins, des châles. Bouftou fit de son mieux pour s'installer.

– Eh bien, reprit Paulo, nous faisons une enquête sur les grandes comédiennes – je ne sais pas si vous préférez le terme « comédienne » ou « actrice »...

– « Actrice », bien sûr ! (Olga Orloff haussa une épaule encore bien ronde.) « Comédienne » m'a toujours paru péjoratif, comme en russe. Tandis que « Haktrisse » !...

Elle leva des yeux énamourés vers le plafond, qui malheureusement était un peu bas. En vieillissant, elle s'était donné un léger accent russe que, starlette, elle n'avait jamais eu.

– Nous faisons donc une enquête sur les grandes actrices françaises d'origine étrangère. Nous avons déjà pris contact avec Yasmina Reza, Macha Méril... Katia Tchenko, Consuelo de Haviland, Marina Vlady... Quel dommage que les autres sœurs Poliakoff ne soient plus parmi nous ! Odile Versois, c'était un monstre sacré...

– Pas mal, pas mal. Mais enfin, c'est une autre génération.

– Voilà, acquiesça Paulo en faisant un geste mystérieux au cameraman. Alors, ce que j'aimerais vous demander, Olga Orloff, c'est quelle a été votre plus grande expérience au théâtre – je ne veux pas dire celle qui a fait le plus de bruit dans le public, mais celle qui vous a marquée le plus à l'intérieur de vous-même. Celle qui a fait le plus de bruit dans votre for intérieur, si je peux m'exprimer ainsi.

Bouftou avait l'œil collé à son objectif.

Olga Orloff sourit avec indulgence :

– Oh ! fit-elle, c'est si ancien, et ce n'était qu'une représentation d'amateurs...

– Justement, c'est ce genre de souvenirs que nous recherchons.

– Eh bien, figurez-vous que dans une soirée organisée par les *Vitiaz* – ce sont des espèces de scouts russes, mais des scouts de la plus haute extraction –, j'ai été la *Tchaïka* de Tchekhov et cela, vous me croirez si vous voulez, c'est un souvenir inoubliable. Devant un parterre composé de ce que l'émigration comptait encore de plus glorieux – le grand-duc Gabriel, qui n'était encore que prince du sang à l'époque, la grande danseuse Kchessinskaïa, qui avait été la maîtresse de Nicolas II, le comte Pétroucha Chérémétieff, qui était encore tout jeune et chantait déjà comme un dieu, en haute-contre – figurez-vous que j'ai été la *Tchaïka*. C'est inoubliable.

– Et dans la vie privée, Olga Orloff – on sait bien que vie privée, vie publique, pour une actrice, c'est un peu la même chose – vous auriez des souvenirs extraordinaires dont vous pourriez nous faire part ?...

Autre geste mystérieux vers Bouftou. Cette fois, l'œil rouge de la caméra s'alluma. Olga Orloff réfléchit longtemps, étendit la main pour prendre une cigarette et un briquet, et enfin laissa tomber dans le silence, comme une pierre dans un puits :

– Non.

– Vous qui avez été proche de tant de magnats, de tant de génies... vous n'auriez pas un mot à nous dire à leur sujet ?

Olga Orloff avait commencé de sourire de plus en plus, à la façon d'un chat qui se rappelle les souris qu'il a croquées, et ce fut d'un ton plein de douces réminiscences, fausses ou vraies, qu'elle répondit, en choquant sa cigarette contre le bord d'un cendrier armorié :

– Nnnnon... Ça ne se fait pas, voyez-vous. Ce qui est passé est passé. Ça fait de bons souvenirs, mais on n'en parle pas.

– Même à la télévision ?

– Surtout à la télévision.

– Bon. (Paulo risqua de brusquer les choses : généralement ça marchait.) Et quel effet ça vous fait quand on vous rappelle que vous avez été l'égérie, l'hétaïre, la Mata-Hari d'Igor Popov, l'homme qui, au jour d'aujourd'hui, est en train de regrouper autour de lui toutes les forces néfastes de la Russie ? Qui risque d'en être le Benito Mussolini pour ne pas dire l'Adolf Hitler ? Parce qu'on a prétendu qu'il avait été assassiné, mais vous, vous devez savoir qu'il est bien vivant. Que c'était une fausse rumeur. Probablement de la désinformation. Quel effet ça vous a fait de l'apprendre, qu'il était vivant, ou bien l'avez-vous toujours su ?

Un silence.

Olga Orloff, malgré tout son talent, n'avait jamais connu le succès mondial, et on lui offrait là une gloire instantanée qu'il dépendait d'elle de saisir. Il n'est jamais trop tard pour devenir une grande actrice longtemps méconnue et soudain reconnue. Si elle reconnaissait qu'Igor Popov était vivant et qu'elle avait été sa maîtresse, les grands *shows* de télévision étaient à elle, les magazines de bonnes femmes se disputaient ses confidences, des éditeurs lui achetaient d'avance ses mémoires, avec une clause leur permettant de les *rewriter* (c'est moins vexant que « récrire »), et peut-être même que des metteurs en scène se bousculaient pour lui faire des propositions : si, par hasard, c'était Mikhalkov ou Zinneman ou Costa-Gavras... Elle se sentait parfaitement capable de recommencer une carrière à son âge. Elle étonnerait le monde. Elle aurait de quoi quitter le studio qu'elle habitait depuis quarante ans et s'offrir, qui sait, Neuilly ou la Côte d'Azur. Pourquoi pas Berveley Hills ?

Paulo la regardait, à peu près comme le serpent hypnotise la grenouille. Il avait déjà remarqué une toile d'araignée derrière l'icône et de la poussière sous le divan : Olga Orloff devait faire son ménage elle-même, elle avait peut-être du mal à payer son loyer... Il était en train de lui faire une de ces offres qui ne se refusent pas.

Olga Orloff quitta sa pose languide et désinvolte. Elle s'assit, voûtée, oubliant d'être gracieuse, la main gauche serrée entre les cuisses, la droite tenant une deuxième cigarette, qu'elle avait allumée pour mieux réfléchir.

Paulo attendait. Il avait son temps. Il ne doutait pas du résultat.

Enfin Olga se redressa et jeta un coup d'œil à la caméra, dont l'œil rouge s'était éteint. L'atmosphère du studio changea. On sentit que l'Haktrisse allait faire son numéro. D'un geste, Paulo commanda à Bouftou de recommencer à filmer. Olga vérifia que l'œil rouge était rallumé et le regarda bien en face.

Elle passa sa langue sur ses lèvres et éclaircit d'un toussotement sa voix de fumeuse.

Elle parla lentement, en soignant ses consonnes.

– Je n'ai jamais été la maîtresse d'Igor Popov, mais je n'ai pas à me cacher de l'avoir aimé. Je pense qu'il m'aimait aussi. Ce dont je suis certaine, c'est que je l'ai vu tomber mort à mes pieds, haché menu par une rafale de mitraillette, sur un trottoir du XVe arrondissement. Quand on est dans l'état où je l'ai vu (la vision repassa devant ses yeux horrifiés mais dignes)... il n'est plus question, mon cher monsieur, de fausse rumeur ni de désinformation. Il n'y a plus, dans le meilleur des cas, que la résurrection... au dernier jour.

Son regard plein d'espérance se porta sur les icônes, puis revint, durci, à la caméra :

– Peut-être.

Et, pour nuancer cet excès de cynisme, elle haussa légèrement les épaules et acheva par un sourire qui n'excluait pas des retrouvailles dans l'au-delà.

Elle avait fait court, pour avoir plus de chances de passer.

De retour au bureau, Paulo dit à Kevin :

– Eh bien, mon vieux, ce pont d'or que tu me promettais, tu peux le remettre au magasin des accessoires. Cette idiote ne veut rien savoir. J'ai perdu mon temps, celui de Bouftou, et quelques mètres de film qui ne demandaient qu'à servir.

– Tu exagères toujours, dit Kevin. Il y a peut-être quelque chose à sauver…

Il se fit projeter l'enregistrement qu'il regarda attentivement en sirotant son eau d'Évian.

– Elle est pas mal, pour son âge, commenta-t-il, et on pourrait toujours garder « Je n'ai jamais été la maîtresse d'Igor Popov, mais je n'ai pas à me cacher de l'avoir aimé. Je pense qu'il m'aimait aussi. » Mais est-ce que ça vaut la peine ?

– Non, dit le vieux routier. Ça va faire des sacs de nœuds pour rien du tout.

– T'as raison, reconnut le jeune loup. Allez, au panier.

13

Le dimanche matin, le Chahid alla à une liturgie orthodoxe à Saint-Nicolas-des-Marins.

Il ne savait quelle perversité lui faisait aimer l'idolâtrie orthodoxe. Il n'ignorait pas que certains protestants étaient plus proches de sa conception de Dieu : ils récusaient les images, se méfiaient de la Trinité, ne devaient pas consommer d'alcool, et leurs services n'étaient que des séances de prières conduites par un pasteur, comme c'est l'usage chez les musulmans. Mais justement, cette proximité aurait pu tendre à la confusion. Chez les orthodoxes, tout était païen : les ornements, les chants, les icônes, l'encens s'adressaient au corps plus qu'à l'esprit, et, outre la joie esthétique que Hussein y prenait – comme il en aurait pris à l'opéra –, il lui plaisait de voir à quel point ses ennemis étaient éloignés de la vérité. « Ha ha ! se disait-il en lui-même. Ils méritent largement les supplices qui seront les leurs à la fin des temps, quand on les écorchera vifs et que leur peau repoussera pour qu'on puisse les écorcher encore et encore. »

L'après-midi, il avait rendez-vous avec Maboul dans la salle souterraine du palais Youssoupoff où Raspoutine avait été assassiné. Des touristes défilaient en grand nombre, et il n'y avait rien de plus facile que de passer un sac de plastique de la main à la main. De ridicules poupées de cire déshonoraient ce lieu où s'était déroulée une des scènes capitales du XXe siècle : si Raspoutine n'avait pas été assassiné – probablement lui aussi à l'instigation des services spéciaux britanniques[1] –, il aurait peut-être persuadé Nicolas II de faire la paix avec l'Allemagne. Alors, pas de révolution russe, pas de communisme mondial, pas de nazisme, peut-être pas d'État d'Israël… De quoi rêver.

1. Voir *Alexandra*, du même auteur avec Jacqueline Dauxois.

Hussein et Maboul n'échangèrent qu'un regard : Hussein comprit ce que les yeux ivres de fierté de l'Algérien voulaient lui dire : oui, la bande de sauvegarde de la *Mychka* que contenait le sac de plastique avait été copiée et transmise. Les Boyards n'avaient plus ni n'auraient plus jamais de secrets, ni présents, ni passés, ni à venir – du moins tant que le larcin n'aurait pas été découvert. Tous ceux qu'ils avaient confié, confiaient ou confieraient à leur serveur pourraient maintenant être percés, même s'ils avaient recours à des codes perfectionnés : aucun code ne résiste à certaines machines, comme aucun homme à certaines tortures. Toutes les données, archives, listings, fiches, comptabilité, investissements, comptes rendus de réunions, rapports, correspondances par Internet, jusqu'aux mots de passe auxquels personne n'avait accès sauf l'administrateur réseau, tout cela se trouvait sur la bande de sauvegarde piratée.

Mais ce n'était pas seulement une question de secret.

Les commanditaires de *Mortelle Blessure* pourraient maintenant, à volonté, saboter les projets des Boyards, ou bien les orienter et les exploiter. Ils puiseraient dans la bande de sauvegarde du serveur Mychka des informations vraies – quittes à les déformer pour en alimenter les media – et ils le satureraient d'informations fausses. Sachant à quel point le gouvernement russe était attentif aux conseils des Boyards, il deviendrait facile pour les bénéficiaires de l'opération de manipuler une partie de sa politique.

Tel était le point de vue de Maboul, l'Algérien fou, qui servait pour de l'argent les maîtres qu'il s'était donnés. Ce n'était pas tout à fait celui du Chahid.

*

La nuit du dimanche fut radieuse.

Non seulement le ciel nocturne semblait déjà se marbrer de la prophétie des nuits blanches à venir, mais la lune, approchant de sa plénitude, répandait sur Saint-Pétersbourg une clarté stable et magique, qui faisait douter de la réalité des palais de marbre et des quais de granit. On aurait aisément cru que la ville n'existait pas encore, qu'on se promenait non pas dans une réalité matérielle, mais dans le cerveau de Pierre le Grand d'où elle était sortie, qu'on faisait soi-même partie du rêve du tsar : « Un jour, au lieu de la platitude glauque de ces marécages insalubres, il y aura ici, par ma volonté, une géométrie faite de pavés, de parapets, de ponts, de murailles, de colonnes, d'édifices, de monuments, de réverbères, et des êtres humains y marcheront dans la nuit, fixant leur pensée sur leurs rêves, tiens, par exemple, ce terroriste islamique qui attend son martyre avec impatience… »

Hussein se prépara soigneusement à sa dernière visite au palais Mychkine. Il mit ses chaussures d'escalade, vérifia le fonctionnement de sa torche, bourra ses poches et un sac à dos de cinquante savonnettes sentant l'iris, de marque Iris Spring, qu'il avait apportées de Tchétchénie.

Fatima répondit au premier appel. Salem fut ponctuel au rendez-vous et remit à Hussein son makarov. Le digicode de l'immeuble fonctionna.

Ce dimanche soir, l'escalier de service était silencieux : les locataires des appartements n'étaient pas encore rentrés de leurs datchas, ou bien ils dormaient déjà.

Sur le toit, la vue n'intéressa pas Salem, qui, dans l'innocence de son cœur, ne pensait qu'à sa mission, mais Hussein frissonna devant la beauté des noirs miroirs d'eau et des blancs miroirs d'ardoise qui réverbéraient, chacun à sa façon, la lumière drue et douce que la lune faisait pleuvoir sur eux comme un pollen.

La serrure du pavillon fonctionna sans accroc.

L'escalier était éclairé *a giorno* par les fenêtres qui donnaient sur la Moïka lunaire.

Les lustres dormaient du sommeil dominical des lustres.

Au sous-sol, pas de veilleuses allumées : il fallut se diriger à la torche. Salem disposa de nouveau ses boîtiers-radars pour le cas d'une ronde de sécurité. Hussein se glissa l'écouteur dans l'oreille.

Ils gagnèrent le repaire de l'administrateur réseau, et Hussein lança un regard ironique au gros serveur, dit « Mychka », qui faisait toujours l'important avec ses câbles boudinés en forme de bigoudis, mais que Maboul avait violé, ridiculisé, empapaouté, désentripaillé de tous ses mystères, et truffé de chevaux de Troie.

Personne n'avait eu la mauvaise idée de modifier pendant le week-end la combinaison de la chambre forte…

La porte blindée s'ouvrit.

Hussein tira la cassette « Vendredi » du sac de plastique que lui avait rendu Maboul, et la remit à sa place. Puis il dit à Salem :

– Laisse-moi.

Salem inclina sa tête de vautour et sortit. Il savait qui était le chef.

Dès que Hussein fut seul, il commença à sortir ses savonnettes parfumées de ses poches. L'odeur d'iris à bon marché était répugnante. Il les cala sous l'étagère de métal, les lia ensemble avec du cordeau détonant et rattacha le détonateur à une pendulette de plastique dont il régla le mécanisme de réveil pour neuf heures cinq du matin, dans l'espoir que le personnel serait ponctuel et que personne ne viendrait contrôler l'état des lieux plus tôt. Il conservait sur lui un boîtier contenant un dispositif de mise à feu par radio, dont il ne ferait usage qu'en cas d'urgence. En effet, il n'avait reçu aucun signe céleste lui indiquant que son martyre était programmé pour ce jour-là, et il se voulait pleinement respectueux de la volonté d'Allah.

Un ronflement retentit à son oreille.

Contrairement aux ordres, Salem reparut dans l'embrasure de la porte. Il fit un geste pour indiquer que quelqu'un venait.

Les deux hommes tirèrent leurs pistolets.

Sur un geste de Hussein, ils sortirent de la chambre forte dont Salem referma la porte blindée. Ils coururent vers le placard qu'ils avaient repéré, s'y enfermèrent, dans une odeur de poussière, de moisissure et de détergent ; Hussein retira la goupille de sécurité de son dispositif. Ils éteignirent leurs torches. Ce fut la nuit.

CHAPITRE VI

L'ASSAUT

Printemps 2002

1

La première journée après le harcèlement tchétchène, qui avait servi à faire diversion pour couvrir l'attaque d'*Orphans Galore* et l'enlèvement de Robin Chastow se passa dans l'abasourdissement.

L'orphelinat était consterné, les French doctors étaient consternés – Ludovic avait remis son départ, sans que l'on comprît à quoi cela servirait – et les pétroliers étaient consternés aussi, ce qui ne les empêchait pas de se dire entre Français : « Eh bien, ce qui nous arrive à nous leur pend au nez aussi, à ces Américains qui se croient si forts ! »

La vicomtesse avait repris, d'une main ferme, la direction d'*Orphans Galore* et s'occupait de faire enterrer Svétozar, Tchétchène musulman, et Rouslan, Tchétchène orthodoxe, conformément aux rites de leurs religions respectives. Au reste, elle était suspendue à la station Immarsat pour remuer ciel et terre, envisageant de faire déclencher immédiatement la Troisième Guerre mondiale, s'il fallait, pour peu que l'on délivrât Robin sain et sauf. Elle avait déjà pris contact avec le *Member of Parliament* de sa circonscription, la Chambre de ses collègues les Lords, le Foreign Office, le 10, Downing Street, l'ambassadeur des États-Unis en Russie, l'UNESCO, le *Secretary of State* américain et le secrétaire général de l'ONU, sans parler de *Bids for Kids* et de toutes les autres ONG plus ou moins concernées par les orphelins, l'islam, l'orthodoxie, la Varsity et même, plus discrètement, le Club. « C't un monde », constatait Christophe Garnier, qui aimait se tenir au courant.

Samson avait rendu compte des derniers développements à Daniel, et il avait reçu une réponse qui ne l'enchantait pas : « J'arrive. » Pour Samson, homme de terrain, la place des hommes d'état-major était à l'état-major, et toute excursion qu'ils faisaient dans les zones opérationnelles risquait, au pis, de mal se terminer ; au mieux, de faire perdre beaucoup de temps. Daniel n'était pas plus compétent que Samson, et sa présence en Tchétchénie n'aurait aucune utilité, mais sans doute, ayant été homme de terrain lui aussi, avait-il la bougeotte, ou alors considérait-il que les frais de déplacement qui lui étaient alloués valaient la peine de venir exhiber sur place sa foncière inutilité. *« Quod Danielo placuit placebit Samsoni »*, soupira Samson.

Ce qui l'intriguait davantage, c'était l'absence de réaction des Russes. Quand on pensait aux milliers de cartouches qu'ils avaient gaspillées pendant « le harcèlement », on se disait qu'ils devraient essayer de justifier cette orgie, d'une manière ou d'une autre.

Le deuxième jour, entre chien et loup, six phares brillèrent sur la route qui conduisait au camp des pétroliers : un visiteur, deux véhicules d'escorte. C'était Goloubinsky :

– Mon colonel, je viens vous chercher de la part du général Groubko. Je sais que vous ne vous êtes pas trop bien entendus l'autre soir, mais il y avait des raisons. Il ne comprend pas qui vous êtes au juste, et d'ailleurs, il est xénophobe de nature, comme nous le sommes tous, nous autres Russes…

– Sauf quand nous sommes xénolâtres, intervint Sacha.

– C'est vrai. Cela dit, il est d'accord pour que nous jouions cette partie-là ensemble, vous et nous. Bien sûr, il est sceptique sur la qualité de votre contribution, mais il ne faut pas lui en vouloir. S'il ne croyait pas que l'armée russe est la meilleure du monde, comment pourrait-il commander sa division de spetsnaz ?

– D'accord avec vous, dit Samson. On ne forme pas une troupe d'élite sans lui répéter tous les jours que c'en est une – et en espérant qu'elle le sera un jour.

Le PC russe se trouvait à la cote 272, ce qui, dans ce terrain rigoureusement plat, constituait déjà une éminence. Les militaires avaient réquisitionné un hôpital désaffecté et l'avaient aménagé au mieux de leurs moyens. Une forêt d'antennes oscillait au-dessus des bâtiments et, alentour, des canons de char étaient pointés dans toutes les directions.

– Je voudrais vous dire une chose, mon colonel, fit Dmitry avant de descendre du quatre-quatre. Il y a fondamentalement deux sortes d'hommes : les croyants et les incroyants. Je ne veux pas dire « croyants en Dieu », je veux dire « croyants » tout court. Naturellement, les croyants sont un peu incroyants aussi, et les incroyants, croyants. Mais il y a deux tempéraments contradictoires. Moi, je suis à la base un incroyant. Vous, vous êtes plutôt croyant que non, mais tout de même passablement sceptique. Le général Zakhar Groubko est un croyant. À l'époque du communisme, il a même un peu cru au communisme, et pourtant !… Mais il n'est heureux que quand il croit. Moi, la foi me gênerait plutôt. Lui, elle l'aide à vivre. Venez par ici. Attention aux flaques.

Le sol était trempé et chaque trace de chenille devenue une mare. Samson se dit que beaucoup de temps s'était écoulé depuis la soirée qu'il avait passée au Bristol de Paris avec Dmitry Goloubinsky.

La salle où ils entrèrent avait dû être un laboratoire, car on voyait encore, le long d'un mur, des éviers et des paillasses, sur lesquels traînaient maintenant des kalachnikovs, des casquettes, des harnachements, des cache-cols kaki, des téléphones de campagne. Les murs eux-mêmes étaient couverts de cartes à diverses échelles et de listes manuscrites ou dactylographiées en cyrillique. Il y avait un ordinateur éteint et un tableau noir couvert de schémas : apparemment, des projets de déplacement pour un peloton de chars. Au milieu de la salle se dressait une table faite de planches posées sur des tréteaux, avec, dessus, des carafes, des bouteilles, des assiettes de hareng mariné, des pistolets, des bouts de pain, des poignards, des cartes pliées ou dépliées, des talkies-walkies, des verres déjà à moitié vides ou encore à moitié pleins, des pages de journal, des soucoupes remplies de graines de tournesol, des photos de paysages et de prisonniers, des os de poulet, des cendriers vomissant leurs mégots. Une odeur mélangée de mauvais tabac et de chou aigre régnait. Rien de tout cela ne correspondait à l'idée que se faisait Samson de la popote d'un général, mais ce qui l'étonna encore plus, ce fut de voir, dans un angle de la pièce, un drapeau rouge et, dans le coin opposé, entre deux photos de militaires, une colossale icône à châssis de cuivre, représentant un personnage barbu et auréolé :

– Saint Nicolas, lui souffla Sacha. Et les deux photos que vous voyez sur les côtés sont celles de Wrangel, en bonnet de fourrure, et de Koltchak, en casquette d'amiral : les deux meilleurs officiers de l'armée blanche.

Samson regarda Sacha pour voir s'il ne se moquait pas de lui. Le drapeau rouge et l'armée blanche ? Sacha lui sourit énigmatiquement :

– Vous êtes en Russie, mon colonel. La Russie est en train de digérer son histoire. C'est laborieux, mais elle n'a peut-être pas tort de s'assumer telle qu'elle est, ce qu'on est étant la somme de tout ce qu'on a été.

Autour de la table étaient assis une dizaine d'officiers de grades et d'âges différents, dont le général Groubko, qui présidait. À l'entrée des visiteurs, il se leva lourdement, et les autres l'imitèrent. Les chaises et les tabourets grincèrent sur le carrelage. Chacun se présenta, des poignées de main furent échangées, et on fit de la place vers le milieu de la table pour les trois nouveaux convives à qui on apporta des verres de vodka.

– À moins qu'ils ne préfèrent du cognac ? proposa le général. C'est du bon, de l'arménien.

Goloubinsky traduisit, et ajouta :

– Je vous conseille plutôt la vodka.

Après quoi, il prononça en russe une longue phrase où revenait le nom « Choustrenko ». Le général signifia son accord en inclinant sa lourde tête, et Sacha dit en français à Samson :

– Dmitry a proposé que nous jouions cartes sur table. Ces messieurs ne vous cacheront rien de ce qui concerne notre affaire, et, de mon côté, je ne cacherai plus que je comprends ce qu'ils disent.

– *As you like it*, dit Samson.

Le général prit la parole et Sacha commença un exercice de traduction simultanée.

– Je voudrais d'abord souhaiter la bienvenue au camarade français qui nous fait l'honneur de venir partager nos problèmes comme nous partageons les siens. Je crois deviner qu'il a longtemps fait le même métier que nous, et par conséquent, nous pouvons nous comprendre. Un officier français et un officier russe ont plus de choses en commun qu'un Russe militaire et un Russe avocaillon, ou qu'un Français officier et un Français épicier.

Les officiers marquèrent leur approbation, un colonel donna une claque dans le dos de Samson, et un lieutenant compléta à ras bord le verre où il avait à peine trempé les lèvres.

– Je dois dire, reprit le général, que je n'ai pas été très heureux de vous voir débarquer, camarade colonel, et que, sans mon vieil ami Goloubinsky et tout ce que je lui dois, je ne serais pas allé chez vous, et je ne vous recevrais pas en ce moment. En fait, j'avais peur de voir votre présence compliquer une situation qui déjà n'était pas simple, par la faute de vos trois compatriotes. Mettez-vous à ma place. Je suis chargé du maintien de l'ordre, et de la destruction des bandits, pas de la protection de zozos qui vont cueillir des champignons.

Il grommelait tout cela d'une voix de basse, avec franchise, sans hostilité.

– Je ne vous apprendrai rien en vous disant qu'une guerre comme la nôtre est une guerre de renseignement. Il se trouve que du renseignement, j'en avais. Vous ne vous étonnerez pas si je ne vous dis pas d'où je le tenais, mais j'en avais, et du bon. Je savais, en particulier, qui j'avais en face de moi : un certain Ali Mansour, Arabe, pas Tchétchène, avec une soixantaine de barbus sous ses ordres. Armes automatiques, mortiers, mitrailleuses, missiles. Pas mal de sang sur les mains : pas seulement du sang russe, du sang tchétchène aussi, surtout des imams qu'il tenait pour modérés et qu'il faisait abattre pour les remplacer par des wahhabites. Mais je ne connaissais pas seulement le nom du chef, les effectifs, l'armement et les habitudes des bandits. Je connaissais aussi leur repaire, ses aménagements et fortifications. Je ne vois pas de raison de vous cacher qu'il s'agit de la grotte que nous appelons Chamilevskaïa, dont l'entrée principale, parfaitement connue, est à vingt-cinq kilomètres d'ici, sur les hauteurs de l'Ajdouk. Je n'avais plus qu'à boucler la zone, à boucher au bulldozer les ouvertures secondaires, à faire lancer d'avion quelques bombes téléguidées dans l'ouverture principale, et puis à aller aux résultats : soixante bandits au tapis, la paix ramenée dans la région et une pluie de décorations pour mes hommes.

« Nous voilà donc en train de préparer l'opération…

Hochements de tête et sourires autour de la table.

– C'est le moment que choisissent un idiot français, une idiote française et un crétin belge pour aller se faire cueillir en lieu et place des champignons. Vous comprendrez peut-être, camarade colonel, que, ce jour-là, notre amitié séculaire pour la France a vacillé.

« Nous avions deux solutions. Ou bien nous faisions comme si l'enlèvement n'avait pas eu lieu et nous lancions notre assaut : résultat, les trois otages mouraient, soit sous nos bombes, soit égorgés par les bandits. Ou bien nous renoncions temporairement à attaquer. C'était la décision la plus stupide, et c'est celle que nous avons prise, pour épargner la vie de vos trois énergumènes. Bien sûr, nous pensions que c'était une histoire de rançon, et nous comptions reprendre notre projet dès que vous auriez payé et que les otages auraient été libérés. Mais apparemment, il s'agissait d'autre chose : vous faire prendre vos cliques et vos claques et vous renvoyer dans vos foyers. Personnellement, je vous l'avoue, je n'en ai rien à faire, de votre *pipe*, et j'aurais préféré vous voir décamper le plus vite possible en emmenant vos otages. Cependant, ce n'était plus une question de stratégie, mais de politique, et le gouvernement russe, qui a l'air de tenir à la présence des Français, nous a interdit de bouger jusqu'à nouvel ordre. Et l'arrivée, camarade colonel, d'un homme tel que vous signifiait que vous aviez l'intention de vous incruster, et que ce nouvel ordre ne viendrait pas de sitôt.

« Ai-je été clair ?

– *Da*, répondit Samson.

C'était le premier mot russe qu'il prononçait de sa vie.

– Bon, maintenant, la situation est encore plus tordue. J'ai eu le commandement au bout du fil et ça éternue à Moscou parce que ça s'enrhume à Washington. Les Yankees sont déchaînés. Quand on kidnappe n'importe qui d'autre, ça ne leur fait ni chaud ni froid, mais si on touche à un cheveu américain, ils réagissent. Ils exigent que nous fassions libérer ce Robert Chastow dans l'heure. Éventuellement, ils sont prêts à venir faire le coup eux-mêmes, avec leur force Delta. Ça, notre président leur a fait répondre qu'il n'en était pas question, et, un instant, j'ai espéré qu'on me donnerait l'ordre de marcher – l'enlèvement de l'Américain aurait au moins servi à ça – mais bien entendu, c'est devenu encore plus impossible : trois Français déquillés, c'était dommage et on cherchait à l'éviter ; la vie d'un Américain en péril, ça ne peut même pas s'envisager. Bref, voilà où nous en sommes. Nous ne pouvons pas foncer et nous ne pouvons pas ne pas foncer non plus.

– C'est une situation de *damned if I do and damned if I don't* [1], dit Samson.

De gros rires fusèrent : certains officiers riaient parce qu'ils avaient compris, d'autres trouvaient drôle l'anglais de Samson.

– Mon général, reprit-il en français, avez-vous des raisons de penser que Robert Chastow a été enlevé par le même groupe et qu'il est détenu dans le même lieu que nos otages à nous ?

Sacha traduisit. Groubko hésita un instant, consulta Goloubinsky du regard et finit par répondre :

– Oui, camarade colonel. Nous savons que le Yankee a été enlevé par Ali Mansour, et qu'il se trouve dans la même grotte, mais il est enfermé à part, et, paraît-il, mieux nourri que les autres prisonniers.

– Autre question, mon général. Ali Mansour a-t-il déjà fait savoir à quelles conditions Chastow serait libéré ?

De nouveau le général jeta un coup d'œil à Goloubinsky et enregistra un clignement d'yeux affirmatif.

– Ceci est un renseignement absolument secret, que les Yankees ont communiqué à notre gouvernement parce qu'ils comptent sur lui pour intervenir. Mais ils ne veulent pas perdre la face. Une lettre postée à New York et considérée comme sérieuse stipule ceci : les bandits demandent vingt millions de dollars pour libérer leur prisonnier, c'est-à-dire vingt fois plus que d'habitude pour un journaliste. D'une part, ils ont peut-être des raisons pour réclamer une rançon peu réaliste. D'autre

1. Quoi que je fasse, je suis perdant.

part, ils savent qu'ils parlent au pays le plus riche du monde. Mais le pays le plus riche du monde préfère ne pas avoir à débourser une somme pareille. S'il est contraint de le faire, il souhaite que ça ne se sache pas. Je comprends ça : d'abord, c'est vexant de céder à un chantage, surtout quand on est la première puissance du monde, et puis s'ils en lâchent vingt cette fois-ci, on leur en demandera trente la suivante.

Samson réfléchit un instant :

– Et quels sont, à ce sujet, les sentiments du gouvernement russe ?

La poitrine du général se souleva dans un ricanement homérique :

– Le gouvernement russe ne voit pas d'un bon œil l'idée de vingt millions de dollars aboutissant dans l'escarcelle des bandits.

– Soyons clairs, dit alors Goloubinsky en français. Naturellement, le gouvernement russe serait ravi de libérer un Américain d'une prison tchétchène : cela ferait bien dans le décor actuel et, lorsqu'on pense à l'aide que l'Amérique a apportée aux rebelles par personnes interposées, il y aurait là quelque chose de particulièrement cocasse. D'un autre côté, l'idée de voir les rebelles s'enrichir de vingt millions de dollars à dépenser en armes et en munitions n'est pas séduisante. Si on mettait sur une balance d'un côté toutes ces armes et ces munitions, et de l'autre la vie d'un membre d'une ONG américaine, probablement officier ou ex-officier de la CIA…

Il acheva sa phrase en baissant très bas la main gauche et en levant la droite très haut. Samson opina :

– Je crois vous avoir compris, Dmitry. Il n'y aura pas de deuil national à Moscou si les Tchétchènes font à Chastow le coup du père François. Le général pourrait-il nous parler du repère d'Ali Mansour ?

Le général se tourna vers un des colonels – le chef du *operativny otdel*, le troisième bureau en termes français.

– Mikhaïl Ivanytch, à toi.

Le colonel finit de mâcher son hareng et se leva avec une alacrité surprenante chez un homme aussi corpulent. Il alla au mur et, d'un mouvement rapide, enroula deux stores qui voilaient l'un une carte et l'autre un montage de photos aériennes, correspondant à la même région montagneuse.

– La carte est au 1/50 000, précisa-t-il. C'est celle que nous avons utilisée pour préparer l'opération.

Il avait pris une baguette et désignait certains points :

– Voici le sommet de la chaîne, qui culmine à 2 232 mètres. Voici le cirque situé à son pied avec, au fond, un lac, à 1 018 mètres d'altitude. Voici, entre les deux, à flanc de montagne, la seule véritable entrée de la grotte. Voici des ouvertures de cheminées, qui ne peuvent pas servir d'issues ni de voies d'accès. Elles sont couvertes de bâches que les bandits arrosent régulièrement pour éviter une détection du rayonnement infrarouge que doivent dégager leurs installations.

« Revenons à l'entrée. Vous voyez qu'elle est située au fond d'une crevasse à la pente escarpée. Elle est cachée par des éboulis. Originellement, cette entrée était assez large, mais elle a été maçonnée de manière à ne plus former qu'un étroit boyau de béton. Tout le long de la crevasse s'ouvrent des meurtrières invisibles, derrière lesquelles se trouvent des postes de combat munis de mitrailleuses. Ces meurtrières sont pourvues de volets d'acier auxquels adhèrent de grosses pierres et qui pivotent sur des axes scellés dans la falaise. De chaque côté du passage, des charges explosives garnies de morceaux de fer à béton et camouflées en rochers peuvent être mises à feu individuellement par des guetteurs. Il y a des pièges du même genre sur tous les passages possibles autour de la grotte.

« Les galeries situées à l'intérieur permettent d'atteindre un autre poste de combat, situé nettement plus haut et armé de mortiers de 81 et d'engins sol-air. Les mortiers peuvent être sortis en quelques secondes, bloqués en position, et prêts à tirer sur des zones programmées à l'avance.

« L'unique sortie de secours domine cet éperon ; elle est d'un accès malaisé, et se trouve sous la protection d'un autre nid de mitrailleuses dissimulé approximativement ici. Naturellement, nous avons des tirs préréglés sur tous les points que je vous ai signalés, mais notre efficacité risque d'être douteuse, en tout cas pendant les premières heures de bombardement. Le général vous a parlé de bombes téléguidées ; pour ma part – et il le sait –, j'ai mes doutes sur la possibilité de les introduire dans des ouvertures aussi étroites et complétées par des chicanes de béton.

« L'ordre de bataille est à peu près le suivant. Chef : Ali Mansour, Arabe. Trois officiers, Arabes. Une dizaine de personnels genre secrétaires, cuisiniers, infirmiers, informaticiens, transmetteurs... Tchétchènes. Un commando de cinquante combattants à peu près, tantôt faisant des coups de main ou des embuscades, tantôt gardant la baraque. Tchétchènes. En ce moment, ils sont tous au gîte, parce que nous leur menons la vie dure dehors, et aussi à cause des otages.

Il s'approcha de l'ordinateur.

– Je montre, camarade général ?

– Tu montres.

Mikhaïl Ivanytch alluma l'ordinateur, et commenta les images qui défilaient. Il y eut d'abord des photos du terrain, des verticales, des obliques, des obliques basses, et puis des montages virtuels, les coupes alternant avec les plans et les volumes tournant sur eux-mêmes.

– Voici une coupe nord-sud de la grotte. Voici une coupe est-ouest. Nous avons trouvé que l'axe nord-nord-est-sud-sud-ouest permet le mieux de voir l'ensemble. Vous avez là le boyau d'entrée, en chicane, d'une quarantaine de mètres de long, qui arrive à la caverne que nous appelons le Vestibule, et qui donne accès à trois galeries que nous appelons 1, 2 et 3. La galerie 1 remonte aux postes de combat qui gardent l'entrée par la crevasse. La galerie 2 grimpe vers le poste de combat supérieur, celui qui doit permettre aux bandits d'atteindre des avions ou des hélicoptères survolant le cirque. La galerie 3 plonge dans le ventre de la grotte. Elle est, comme les autres, maçonnée, chaulée, éclairée. Entre 1,70 et 2 mètres de hauteur. Au bout d'une cinquantaine de mètres, elle débouche dans une autre caverne, très vaste, d'une hauteur sous plafond d'une vingtaine de mètres, que nous appelons la Grande Salle. Stalactites, stalagmites. La Grande Salle sert de réfectoire et communique avec la cuisine. C'est dans la Grande Salle aussi que se réunissent les bandits quand Ali Mansour veut leur parler – encore qu'il parle mal le tchétchène. C'est de là aussi que partent les conduits auxquels nous avons donné des désignations de A à G.

« Le conduit A est un puits qui tombe du sommet de la montagne et déverse dans la Grande Salle les eaux de pluie, les neiges fondues, tout ce qui ruisselle sur la montagne et y pénètre par des fissures non accessibles à l'homme.

« Le conduit B mène dans une salle que nous appelons le Dortoir : c'est là que se reposent les bandits qui ne sont pas en mission ou de garde, approximativement le tiers de l'effectif. Ils ont des tapis et des matelas, et les locaux sont propres parce que Ali Mansour ne plaisante pas avec les corvées.

« La galerie latérale V (Samson mit une seconde à se rappeler que l'ordre des lettres n'est pas le même en cyrillique et en latin) conduit à ce qu'on peut appeler le PC. Seuls les moudjahidin de confiance y ont accès. Il commence par une salle servant de poste de police et se continue par des alvéoles donnant sur la galerie et contenant la salle OPS, les chambres des chefs et, apparemment, les cellules des otages. Nous ne sommes pas bien renseignés sur cette galerie V ; c'est pourtant elle, apparemment, qui, à son extrémité, permet d'atteindre la sortie de secours que je vous ai signalée plus tôt.

– En d'autres termes, intervint Goloubinsky, les chefs peuvent se carapater secrètement en laissant leurs hommes défendre la position.

– Exact. Le puits G est en fait un prolongement de puits A : il est presque vertical aussi, et c'est dedans que se jettent les cascades qui arrivent par le haut et traversent la Grande Salle. Le puits G sert d'évacuation pour les eaux usées ; on y vide aussi les tinettes. Voilà ce que nous savons de la grotte Chamilevskaïa. Comparée à d'autres grottes que nous avons en Russie, elle n'est pas très longue : 600 mètres d'une extrémité à l'autre et pas plus de 5 kilomètres en mettant les galeries bout à bout. Pour vous donner une idée, l'Optimistcheskaïa en fait 131 000. Il y en a aussi de plus profondes : la Snejnaïa fait 770 mètres, la nôtre ne dépasse pas 300, en comptant du poste de combat supérieur jusqu'à l'entrée de la galerie G. Plus bas, on ne sait pas. Personne n'y est jamais descendu.

Mikhaïl Ivanytch alla se rasseoir.

– J'ai trois questions, dit Samson. Premièrement, l'aération. Soixante bonshommes, ça pompe de l'oxygène et ça rejette du gaz carbonique.

– Il y a des fissures et des ventilateurs.

– Deuxièmement, l'énergie. Ne serait-ce que pour les ventilateurs.

– Les bandits ont capté des cascades et ils les ont mises au travail pour alimenter des générateurs. Il paraît qu'on voit dans la grotte comme en plein jour. Troisièmement ?

– Troisièmement… Je suis impressionné par la qualité de votre information. Serait-il malpoli de vous demander d'où elle vient ?

Sacha traduisit.

Il y eut un silence.

Le général se tourna vers un autre colonel, chef du *razvedotdel*, deuxième bureau en termes français :

– Ioury Iouritch ?

Ioury Iouritch était maigre, avec un nez busqué séparant deux joues creuses et, à cheval sur ce nez, de petites lunettes aux branches si fines qu'elles faisaient penser à un pince-nez. Il était grand et, une fois debout, se tenait un peu voûté.

– La spéléologie constitue un sport national en Russie, expliqua-t-il d'un ton didactique. Nous avons près de 30 000 spéléologues, qui travaillent pour l'Académie des sciences, les ministères Géologiques des Républiques et les ministères de l'Enseignement supérieur. Ces gens-là font des cartes.

Il avait les yeux vigilants et une petite bouche étroitement serrée. Il savait que cette explication ne suffirait pas et attendait la question suivante.

– Sans doute, reconnut Samson, mais…

Il se demandait comment poursuivre sans paraître naïf, ironique ou grossier.

– Je suppose que quand vos spéléologues ont dressé ces cartes, la cascade n'était pas encore captée, les postes de combat pas installés, l'entrée pas maçonnée en chicane, et le PC pas encore tout à fait au point.

– C'est vrai, reconnut Ioury Iouritch.

Il sembla hésiter un instant. Il finit par concéder :

– Il nous arrive de faire des prisonniers. Et quand on leur donne des bonbons, ils parlent.

Samson apprécia l'ironie, mais aucun prisonnier (à moins qu'on n'en eût fait la veille) ne pouvait avoir révélé que l'otage américain était mieux traité que les français. De toute manière, les renseignements obtenus ne ressemblaient pas à ceux qu'on tire d'un interrogatoire, qu'il soit accompagné de bonbons ou d'autres gracieusetés. Ils sentaient l'infiltration ou le noyautage, bref l'agent en place. Or, si le commandement avait un agent en place dans le groupe d'Ali Mansour, non seulement il n'était pas question de révéler la chose à des visiteurs étrangers, mais même la plupart des officiers autour de cette table devaient l'ignorer, du moins officiellement. Tout au plus pouvaient-ils s'en douter. Samson jeta un bref coup d'œil à Dmitry, lequel restait impassible, et il décida de feindre la naïveté :

– Maintenant, je comprends mieux. Alors je suppose qu'à présent nous allons examiner les diverses possibilités d'action ?

Le problème, à vrai dire, n'était pas simple.

D'abord, savoir si l'armée russe recevrait l'ordre de déclencher une opération dont le but serait la libération des otages. Une opération de ce genre n'irait pas sans pertes et, si la destruction de la grotte et de la bande était à peu près certaine, la libération des otages l'était moins : il était donc vraisemblable que, pour des raisons militaires autant que politiques, le gouvernement russe rechignât à s'engager.

À supposer qu'il s'y hasardât, quelle serait la meilleure tactique à adopter ?

Il s'avérait, premièrement, qu'un bouclage était indispensable, pour le cas où la grotte aurait eu des issues qu'on ne connaissait pas.

Il s'avérait, deuxièmement, qu'un assaut frontal était impossible, à moins qu'on ne consentît des pertes en vies humaines hors de proportion avec la mission.

Au fait, quelle était la mission ? La libération des otages ou la destruction de la bande ? Cela restait à déterminer.

L'assaut frontal exclu, quelles autres façons avait-on de procéder ? Était-il possible – la question des otages étant, pour l'instant, mise entre parenthèses – d'écraser la grotte sous un bombardement d'artillerie ou d'aviation et d'enterrer purement et simplement les bandits, morts ou vifs, à leurs postes de combat ? C'était, dirent certains, la solution souvent utilisée par les Américains pendant la guerre du Golfe, mais un commandant du génie, présent à la discussion, exposa des considérations géologiques qui rendaient le succès d'une solution de ce genre improbable :

– Vous les pilonnerez pendant trois jours, vous aurez l'impression qu'il ne reste rien du mont Ajdouk, et, quand vous irez ramasser les morceaux, vous vous ferez recevoir à la mitrailleuse.

On envisagea des attaques surprises par la sortie de secours, par les cheminées. Les cheminées étaient trop étroites et la sortie de secours étant suspendue au-dessus du vide, il serait difficile d'y accéder par surprise.

Restaient les bombes téléguidées, sur l'effet desquelles on n'était pas d'accord. Le général pensait qu'elles pourraient agrandir suffisamment l'entrée existante pour qu'une troupe eût une chance de la prendre d'assaut. Mikhaïl Ivanytch insistait sur les chicanes de béton qui, d'après lui, rendaient de telles bombes inopérantes.

Quelqu'un proposa l'emploi de gaz. Ioury Iouritch, qui lâchait ses renseignements un à un, révéla que les bandits étaient équipés de masques à gaz et de tenues de pompiers à réserves d'air. Le gaz ne servirait qu'à asphyxier les otages. Proposition non retenue.

On discuta aussi de l'investissement même des lieux et de la neutralisation des occupants. Les explosifs « *fuel-air* », qui brûlent l'oxygène, pourraient se révéler efficaces. D'un autre côté, on craignait que les boyaux ne fussent minés. En supposant qu'on eût eu accès aux galeries et qu'on les déminât, il faudrait progresser avec une extrême prudence : l'usage des grenades pouvait se retourner contre les attaquants, à cause de l'effet de souffle ; les armes automatiques seraient dangereuses à cause du nombre des ricochets.

– Bref, conclut un officier, quand nous aurons réglé le problème de l'entrée dans la grotte, nous devrons y envoyer des démineurs armés de couteaux et de fusils à un coup.

– Équipés de masques à gaz, pour le cas où les bandits essayeraient, de leur côté, de nous gazer, ajouta un autre.

– Et de torches électriques, parce que les bandits ne vont pas nous faire cadeau de leur éclairage, renchérit un troisième.

On avait dîné et soupé sur le pouce deux ou trois fois, et il était trois heures du matin quand le général se leva en bâillant comme un lion.

– Ça n'est pas tout ça, camarades. Je vois bien que nous n'allons pas trouver de solution ce soir, et il est temps d'aller nous jeter dans les bras d'Orphée.

– *Morphée*, Zakharouchka, *Morphée*, corrigea Goloubinsky.

– Orphée, Morphée, quelle importance ? répliqua Groubko en s'étirant. Tout ça, c'est des pékins.

Les autres officiers s'étaient levés aussi. On se séparait. Le général serra la main de Samson, et Dmitry lui proposa, ainsi qu'à Sacha, de coucher au camp. Ce serait plus simple que d'avoir à les raccompagner sur le site pétrolier.

– Seulement, mon colonel, vous serez obligé de partager ma chambre.

Samson se douta que Dmitry avait une intention et accepta.

2

La chambre de Dmitry était des plus modestes, mais tout y était parfaitement rangé et sentait le propre. Un ordonnance bien dressé était passé par là. Le pyjama que le maître des lieux prêta à Samson était en soie et avait été repassé avec soin.

– Un dernier verre ? proposa l'hôte lorsque le visiteur eut terminé de rudimentaires ablutions dans la salle d'eau voisine.

– Merci, dit Samson, je crois que nous avons assez bu. En tout cas, moi.

– Moi, non.

Dmitry ouvrit un nécessaire de voyage en cuir anglais, contenant une carafe et des verres en cristal taillé. Il se servit modérément.

– Je voudrais savoir ce que vous pensez de la soirée.

Ils étaient assis face à face sur leurs deux lits de camp, leurs quatre pieds nus posés sur le tapis turkmène. Ceux de Goloubinsky étaient roses et glabres, ceux de Samson jaunâtres et velus.

– Chaleureuse. Professionnelle. On n'a pas trouvé de solution, mais on l'aurait trouvée s'il y en avait eu une. En tout cas, bravo pour la qualité des renseignements que vous arrivez à tirer de vos prisonniers.

Dmitry sourit.

– Je savais bien que vous ne seriez pas dupe. La plupart de nos officiers ne savent pas que nous avons réussi à pénétrer la bande de Mansour. Je ne vous raconterai pas comment, ni par quel procédé nous communiquons, cela ne vous vexera pas…

– Normal. Je n'ai pas le *need to know* [1].

– Sans doute. Mais il faut que vous sachiez que cet agent infiltré chez les Tchétchènes est à *moi*. À moi personnellement. Je l'ai beaucoup employé, d'abord au service de l'État et ensuite pour mes affaires.

1. Besoin de savoir.

Si je ne l'avais pas eu (Samson trouva un son esclavagiste à ce mot *eu*, mais lui aussi, il en avait *eu*, des agents), je n'aurais pas accepté de travailler avec vous. C'est à lui que Groubko faisait allusion quand il parlait de « ce qu'il me devait ». En plus, il me devrait une de nos grandes victoires sur la rébellion, si vos otages n'étaient pas allés se faire prendre et rendre l'opération pratiquement impossible. À moi, personnellement, la vie de cet agent importe plus que celle de vos cueilleurs de champignons, mais nous connaissons l'importance de l'opinion publique, et nous ne voulons pas qu'on dise dans le monde entier que deux Français, un Belge et un Américain sont morts par la faute des Russes. Au fait, qu'est-ce que vous en pensez, de cet Américain ? Vous l'avez rencontré, je crois. Il a un nom qui pourrait être russe et ce n'est pas la première fois qu'il vient fureter chez nous. Il est fiché.

Samson réfléchit un moment :

– Je pense qu'il est… comme nous.

– Oui, nous sommes une race à part, n'est-ce pas ? C'est indéfinissable, mais cela se sent. Groubko est comme nous aussi, vous savez.

Dmitry s'était étendu sur le dos et son verre tenait en équilibre sur son estomac. Samson secoua la tête.

– Pas tout à fait. D'abord physiquement. Un colosse comme lui ne saurait jamais espérer passer inaperçu. Et puis, je ne sais pas… Je sens plus en lui l'officier de corps de troupe que le « moustache ».

– Vous avez des antennes, mon colonel ! Zakhar a fait avec moi l'école du KGB, mais c'était un peu trop vicieux pour son âme pure. Déjà au GRU, il s'est senti plus à son aise, et encore, il n'y a jamais été qu'un *borzoï*, pas un *viking*…

– C'est-à-dire ?

– Un exécutant, pas un décideur. Ensuite, on lui a fait avoir un régiment, et il a donné la pleine mesure de ses talents qui, vous avez raison, sont du genre strictement militaire. Je vous l'ai dit, c'est un croyant.

– Vous voulez dire qu'il trouve du plaisir à croire, peu importe en quoi ? Même en des choses contradictoires ? C'est pour ça qu'il y a dans sa popote un drapeau rouge et des photos d'officiers blancs, sans compter l'icône ?

– Pour Zakhar Groubko, mon colonel, il n'y a rien là de contradictoire, parce que tout cela, c'est la Russie. C'est la foi ancestrale, ce sont de grands chefs – peu importe de quel côté ils se sont battus –, c'est le drapeau qui nous a menés à la victoire contre Hitler, pendant la grande guerre patriotique.

Samson sentit que, pour une fois, Dmitry était en veine de confidences, et décida de ne pas laisser passer l'occasion. Il ravala son envie de dormir.

– Qu'est-ce donc que vous buvez, Dmitry ?

Et, une fois servi :

– Pourquoi votre ami s'est-il senti mieux au GRU qu'au KGB ?

– Ce n'était pas le même métier. D'une part, le budget du GRU valait à peu près dix fois le nôtre, parce qu'il était lié au complexe militaro-industriel, et, quoi que vous puissiez en penser, dans la famille du renseignement, nous étions les parents pauvres, ce qui n'est jamais agréable. D'autre part, le GRU ne travaillait que sur l'étranger et pour la Russie éternelle, la sainte Russie en quelque sorte, tandis que nous avions un directorat qui ne travaillait que sur les Russes et pour qui ? Pour l'État. C'est-à-dire, à l'époque, pour une idéologie. Pour un parti. Le GRU n'a pas de sang russe sur les mains, mon colonel.

Ils restèrent silencieux quelque temps, et puis Samson demanda doucement :

– Ça vous fait souffrir ?

Dmitry réfléchit si longtemps que Samson se demanda s'il ne s'était pas endormi les yeux ouverts, mais enfin, il parla :

– Je suis content que vous me posiez la question.

« Je sais qu'il est difficile pour un Occidental de comprendre ce qui s'est passé en Russie. Nous ne sommes pas certains de le comprendre nous-mêmes. Je n'ai jamais été un grand idéologue. Naturellement, j'ai appartenu au parti communiste, mais ce n'était pas un parti au sens où vous l'entendez en Occident. C'était *le* PPParti. À prononcer en bégayant d'enthousiasme. À la limite, on pourrait dire qu'il y avait peut-être encore des gens qui croyaient au communisme dans notre pays, mais, dans le PPParti, guère plus de quelques-uns. Nous y étions trop intelligents. Oui, j'ai fait comme les autres des professions de foi communistes, parce que nous n'étions pas jugés sur la foi mais sur la profession, sur la capacité de faire une profession aussi absurde sans éclater de rire. C'est pourquoi la devise de Soljenitsyne *VIVRE SANS MENTIR* a porté de tels fruits.

« Pour entrer au Parti, il ne suffisait pas de le vouloir : il fallait passer des examens, faire ses preuves ; ce n'était pas une affaire d'opinions, mais de garanties. Lénine a toujours éliminé le plus de membres qu'il a pu, après les avoir recrutés. Il suffisait de perdre sa carte pour être exclu. Le Parti était foncièrement, fondamentalement, le produit d'une cooptation, une *élite*. Et le KGB était l'élite de l'élite. Alors, à supposer même qu'il y ait encore eu au Parti quelques vieux aurochs qui croyaient au marxisme-léninisme, je peux vous assurer qu'au KGB, il n'y en avait plus. Nous avions lu trop de livres interdits aux autres citoyens, nous avions voyagé dans trop de pays où les autres ne mettaient pas les pieds. Nous avons été les premiers à comprendre que le Parti entraînait notre pays dans l'abîme. Je n'étais pas assez élevé en grade pour jouer un rôle dans l'histoire qui s'est déroulée alors, mais, si vous regardez les noms des hommes qui ont orienté la Russie dans le bon sens, vous ne trouverez que des membres du KGB, à commencer par Andropov et à poursuivre par Gorbatchev, sur lequel tout n'a pas encore été dit.

« Le hic, voyez-vous, c'est que nos chefs ont dû s'imaginer qu'il suffisait de renverser le régime et d'éviter la guerre civile pour que la vie normale reprenne aussitôt.

« Pour la partie destruction, ils ont réussi : le régime le plus totalitaire jamais connu est tombé sans une victime, et cela dans un pays auquel l'Occident fait une réputation de barbarie ! Quand vous pensez ne serait-ce qu'aux cent mille victimes de l'épuration en France, notre mansuétude paraît incroyable. Une tyrannie qui dure trois quarts de siècle et fait une bonne trentaine de millions de victimes, et pas une vengeance ! Pas une ! Comment expliquer cela ? Par les vertus spécifiques de notre peuple orthodoxe, peut-être, mais aussi par la profondeur de vue de nos dirigeants.

« Pour la construction, ça a été moins brillant. Il est facile de faire table rase, mais plus difficile de mettre un rôti dessus. Moi, je vous l'ai dit, je suis fondamentalement un incroyant, et je n'ai pas cru que la société russe deviendrait idéale du jour au lendemain. Je connaissais l'ancienne, je pouvais y exercer des fonctions conformes à ma compétence ; je ne connaissais pas la future ; j'ai préféré reprendre mes billes et je ne m'en repens pas.

« Vous me demandiez si cela me fait souffrir ? Quoi ? D'avoir appartenu à un organisme enfanté par la Tcheka ? Non. J'en suis fier. Cela ne veut pas dire que je sois fier de ce que la Tcheka a fait sous Lénine et Staline (que, du reste, il ne faut pas confondre : Lénine nous a fait perdre la Première Guerre mondiale et Staline gagner la Deuxième). Le KGB de mon temps, mon colonel, ce n'était plus la Tcheka et, de toute manière, j'étais au premier directorat : je n'ai pas plus de sang russe sur les mains que si j'avais été au GRU. Je servais la Russie telle qu'elle se trouvait être au moment où le hasard m'a fait naître, au même titre que vous autres Français, vous avez servi Napoléon ou les diverses Républiques, même si vous n'étiez ni impérialistes ni républicains. Le service de la nation passe avant tout. Et aujourd'hui, je vois que le plus grand danger pour le monde vient du mondialisme qui ne profitera jamais qu'à ces porcs d'Américains.

La voix de Dmitry avait tremblé. Sa haine des Américains lui montait des tripes au cerveau. Samson laissa passer un temps, prit un ton plus confidentiel.

– Écoutez, Dmitry… (Au fait, vous pouvez m'appeler Gaston ou Samson, au choix : je suis à la retraite, mon pseudo n'est plus secret.) Est-ce pour cette raison que vous m'avez fait dîner chez les Boyards ?

Le verre à la main, Dmitry se redressa avec une facilité qui faisait honneur à ses abdominaux.

– Ah ! rien ne vous échappe, Samson. Je vous ai fait dîner chez les Boyards d'abord parce que je trouve qu'on y dîne assez bien, et aussi, c'est vrai, parce que j'ai une idée derrière la tête.

– Le renouvellement de l'alliance franco-russe ?

– C'est plus compliqué que cela. Je vous dirai cela un jour. Mais c'est vrai que le continent eurasien est comme entre deux parenthèses, la France et la Russie, n'est-ce pas ? Vous avez fini votre verre ? Dormons, si vous le voulez bien. Un proverbe russe dit : le matin est plus sagace que le soir.

– D'accord.

Dmitry éteignit.

– Encore une chose, dit Samson dans l'obscurité. Serait-il possible d'aller faire une reconnaissance sur le terrain ?

– À pied ? En blindé ?

– En avion ou, de préférence, en hélico. Jeter un coup d'œil à l'ouverture de la grotte, à la pente, au terrain, aux environs…

– Sûrement, si cela ne vous dérange pas de vous faire un peu tirer dessus. Bah ! Vous vous assiérez sur votre casque lourd pour assurer vos arrières. (Dmitry était fier de son jeu de mots.) Je vais en parler à Groubko.

Samson ferma les yeux et dut s'endormir sans s'en apercevoir car, quand il les rouvrit, la fenêtre était bleu pâle, et Dmitry, déjà habillé, rasé de frais et fleurant la bergamote, lui effleurait l'épaule :

– Debout, les damnés de la terre, mon colonel ! L'hélicoptère de Votre Haute Noblesse piaffe à la porte.

3

Samson avait fait presque toute sa carrière dans les services spéciaux, et son sens du terrain n'était pas celui du petit chef d'infanterie à qui chaque butte, chaque fossé, chaque buisson, chaque combe parle son langage. Cette expérience-là lui manquait. Mais il y avait tout de même en lui ce dialogue fondamental que le soldat entretient avec la terre dans laquelle il sera un jour enseveli, et qui, dans l'entretemps, peut lui sauver la vie s'il la comprend, l'assimile, l'amadoue, se l'amalgame, s'il vit comme elle veut qu'on vive. Naturellement, vue à l'œil nu par un chef de section ou du haut d'une machine volante, elle n'a pas le même visage, mais elle répète néanmoins la même vérité : quelle que soit la qualité du matériel dont on dispose ou celle des cellules grises du chef, la solution est inscrite – parfois en code – dans le terrain.

Ils étaient cinq dans l'hélicoptère : le pilote, le chef de bord, Samson, Dmitry et Sacha dont la présence n'avait aucune utilité mais qui ne supportait pas l'idée qu'on pût se faire tirer dessus en son absence.

L'hélicoptère n'avait cessé de s'élever jusqu'au moment où il franchit la crête de l'Ajdouk. À cet instant, lorsque, pour la première fois, il fut suspendu au-dessus du versant sud, celui qui donnait sur les régions encore apparemment insoumises de la Tchétchénie, le pilote se tourna vers ses passagers et fit un geste expressif et fataliste du menton : à partir de maintenant, ça risquait de barder. Les passagers savaient à quoi ils s'exposaient : si c'étaient quelques balles de fusil ou de mitrailleuse, ils avaient leurs chances tant qu'on restait en altitude ; si c'était un Stinger américain, ils auraient à peine le temps de faire leurs prières en voyant le départ du coup.

La topographie était simple : une chaîne cernant un cirque ; au fond, un lac.

On survola le cirque ; sur la paroi nord, on entrevoyait une crevasse entaillant la montagne, facilement reconnaissable par quiconque avait vu les photos ou savait lire une carte : l'entrée de la grotte était là. Autour, des falaises nues alternaient avec des versants couverts de conifères.

– *Nijé né nado ?* demanda le pilote, prenant ses passagers pour des civils.

– On ne descend pas plus bas ? traduisit Sacha.

– On descend, dit Samson.

– *Nijé,* traduisit Sacha.

L'hélicoptère amorça la descente, restant au milieu du cirque, le plus loin possible des parois. Des aigles planaient.

– C'est pile ou face, dit Goloubinsky. Ou bien ils ne vont pas tirer pour nous faire croire qu'ils ne sont pas là. Ou bien ils vont tirer pour nous faire croire qu'il n'y a là que trois lampistes et non pas la bande d'Ali Mansour.

– *Nijé né nado ?* demanda le pilote.

– *Nijé,* fit Samson.

On était maintenant à l'altitude de l'entrée de la grotte. À la jumelle, on distinguait les éboulis masquant l'entrée. On ne voyait dans les environs aucune plate-forme permettant de poser un hélicoptère. Il faudrait que les assaillants descendent dans la crevasse sous le feu des postes de combat dissimulés sur les côtés.

– *Nijé né nado ?* demanda encore le pilote, qui devenait un peu nerveux lui-même. Là, on cherche vraiment des bricoles.

Son appareil était déjà nettement plus bas que le poste de combat supérieur de la grotte, celui qui était truffé de mortiers et de mitrailleuses.

– *Nijé, nijé !* commanda Samson.

La dénivelée entre l'entrée de la grotte et le lac était d'environ trois cents mètres. Le lac était presque parfaitement rond, de quelque deux cents mètres de diamètre, dominé par des rochers en saillie, avec, entre ces rochers, une petite plage entourée de roseaux, à peu près en face de la grotte.

Sacha blaguait en russe le chef de bord :

– Vous allez vous baigner souvent ? C'est poissonneux ? Il y a du hareng mariné ? Vous avez essayé ?

– Toi, mon vieux, à t'écouter, les oreilles se fanent, répliqua le chef de bord.

L'eau du lac était d'un vert foncé, la brise matinale en ridait à peine la surface. On aurait cru l'œil d'un dragon cyclope.

– On rentre, dit Samson. Mais on va d'abord faire un tour en face, pour que l'objectif de la reconnaissance ne soit pas trop évident. Jetons un coup d'œil à cette clairière que j'avais déjà remarquée sur les photos. Et puis, tenez, remontez donc ce thalweg devant nous, comme si nous cherchions l'entrée de la grotte aux antipodes de l'endroit où elle se cache.

Les seuls habitants du thalweg étaient un troupeau de chamois, et l'on fut bientôt de retour au camp sans avoir essuyé un coup de feu. Après le déjeuner pris une fois de plus à la popote de Groubko – on mangea de la soupe aux choux et de la bouillie de sarrasin, comme la troupe –, Samson demanda à Dmitry :

– On pourrait se voir nous trois et personne d'autre ? Vous, moi, le général ? J'ai peut-être une idée.

4

Le soir tombait quand Samson rentra au site pétrolier, et la première personne qu'il aperçut dans la splendeur du couchant fut le grand et mince Daniel qui se promenait de long en large, à grands pas rapides, les mains dans les poches, en fumant une blonde.

– Salut, Samson. Tu as du neuf ? Ils s'impatientent, à Paris.

Samson pensa : « Et voilà encore le cou du chien pelé ! Il pourrait me demander de mes nouvelles. »

Et, pour taquiner Daniel :

– Tu as fait bon voyage ? Comment as-tu trouvé les routes de Tchétchénie ? C'est vrai que tu es cavalier, toi : tu as l'habitude d'avoir des cors au cul.

– Écoute, Samson, ça fait tout de même déjà un bout de temps que tu es là, et tout ce qui est arrivé, si je comprends bien, c'est l'enlèvement d'un pauvre bougre de Ricain humanitaire sous ton nez.

– Mon nez n'est pas chargé de la protection des pauvres bougres, même humanitaires et ricains. Et toi, tu viens m'annoncer que les patrons ont décidé de dégager pour sauver la vie des otages ?

– Arrête, Samson. Il s'agit de milliards de dollars. C'est le pétrole de la Caspienne qui est en jeu. Ce sont les relations franco-russes. C'est l'avenir de l'Europe. Si on dégage, on laisse le champ libre à ces salauds d'Amerloques !

– Tantôt c'est des pauvres bougres de Ricains et tantôt des salauds d'Amerloques. Dis-moi une chose, Daniel. Nous préférons coxer les barbus et sauver les otages, d'accord, mais si nous étions certains de coxer les barbus, nous risquerions bien un tout petit peu la vie des otages, hein ? L'important, c'est les milliards de dollars, donc notre présence ici, donc l'élimination d'Ali Mansour, beaucoup plus que la vie de Mateo, Virginie et Caldens, sans compter Chastow. C'est bien ça ?

Daniel s'arrêta de marcher. Ses yeux d'aigue-marine étaient fixes derrière la fumée de sa cigarette.

– Tu as attrapé un petit cœur sensible en vieillissant ? Ce n'est pas en versant des larmes de crocodile que tu as fait carrière au SA.

– J'ai toujours été économe de la vie humaine, peut-être trop, mais je vais t'étonner, Daniel : *hic et nunc*, je suis d'accord avec toi et tes patrons. Pas pour tes milliards de dollars dont je ne verrai jamais la couleur, mais parce qu'il ne faut jamais céder à un chantage. *Dura lex* mais c'est du silex. Ils n'avaient qu'à ne pas cueillir de champignons. Ils n'avaient qu'à ne pas recueillir d'orphelins. On ne fait pas de concessions sous la menace. Je voulais seulement savoir comment la OILOC réagirait si nous faisions une tentative de libération et si les otages y laissaient la peau. À la limite, elle serait peut-être soulagée : ça priverait les rebelles de tout moyen de pression sur elle. C'est ça que tu es venu me dire ?

Daniel s'était remis à marcher. Ses cheveux, dont on ne savait pas s'ils étaient encore blonds ou déjà blancs, s'illuminaient des derniers rayons du soleil.

– Ts ts ts, Samson, fit-il. Ces choses-là, ça se fait mais ça ne se dit pas. Pas de vagues, pas de bavures, pas de publicité. Mais je peux te confier ceci : si Mateo disparaît, sa veuve recevra une sérieuse indemnité, et si nous les récupérons vivants tous les trois, toi et moi, nous nous partagerons l'indemnité sous forme de prime.

« Ah ! voilà pourquoi Daniel s'est amené de Paris, déduisit Samson. Eh bien, on va essayer de la lui faire gagner, sa moitié de prime. »

– Alors, *quae cum ita sint,* je peux te dire que je suis content de te voir et que tu vas te mettre au boulot tout de suite.

– Tu as du boulot pour moi ? Quel boulot ?

– De la logistique, pardi. Tu es logisticien, non ?

Samson exposa son projet, si simple et si imprévu. Daniel écouta en silence, demanda une ou deux précisions, fit une ou deux objections, enregistra les réponses et enfourna le tout dans l'ordinateur qui lui servait de cerveau.

– Ça va chiffrer ! Pourquoi ce ne sont pas les Russes qui fournissent le matériel ?

– Parce que ce matériel-là, c'est encore une des rares choses que les Français font mieux que les autres. J'ai les catalogues chez moi. Je passerai un courriel à Adeline et je te ferai ma commande.

– Tu peux me donner un chiffre approximatif ?

– C'est ton métier, ce n'est pas le mien. Disons une centaine de milliers.

– De francs ?

– D'euros.

– Il faut que je demande l'accord du patron… (Daniel consulta sa montre.) Le patron va consulter son propre patron…

Samson le regarda avec pitié.

– Il n'a pas fallu plus de cinq minutes au général Groubko pour obtenir l'accord de ses chefs.

– Les militaires ne gèrent pas leur budget comme les commerçants, mon vieux. Quand tu as des munitions en dotation, c'est pour les dépenser. C'est donc comme si elles l'étaient déjà. L'argent, ce n'est pas pareil. Tiens ! j'ai une idée : et si on faisait casquer les oncles d'Amérique ? Après tout, ça les concerne. Ils ont un otage, eux aussi, que nous allons essayer de libérer. Et pour eux, une somme pareille, ce serait dérisoire. D'ailleurs, peut-être qu'ils vont y aller, eux aussi, de leur petite prime.

– Tu te débrouilles, dit Samson avec lassitude, mais tu te débrouilles discrètement. Notre seul espoir est la surprise, et ces gars-là ont des agents partout. Tu n'oublies pas qu'ils ont – ou qu'ils ont eu – des contacts en Amérique. Méfie-toi d'*Échelon*[1].

– Tu peux me faire confiance là-dessus, quand même !

– Je sais, Daniel. Tu es un *has been pro*[2].

À deux heures du matin, Daniel réveilla Samson en frappant à sa porte. Ils étaient en pyjama tous les deux. Celui de Daniel était à fines rayures grises, ton sur ton ; celui de Samson à larges raies bordeaux et bleu marine.

– Je viens de recevoir un courriel.

– Alors ?

– Crédits accordés…

– Ouf.

– À une condition. M. Sangdeboeuf ne participera pas à une opération qui n'est plus de son âge et qui pourrait compromettre la compagnie.

– C'est une blague ?

– Je peux te montrer le texte.

Samson faillit exploser, et puis, inexplicablement calmé, bougonna :

– Bon, bon, d'accord. Ils doivent avoir raison. *Sucro fresas*.

---

1. Système d'écoute américain, par satellite.
2. Ex-professionnel.

5

Le lendemain matin, sans attendre d'invitation, Samson se fit conduire au PC des Russes, en compagnie de Sacha. La sentinelle présenta les armes, un planton souleva la barrière. Le Français était un ami, maintenant qu'on savait que c'était un militaire et non un pétrolier. La troupe russe s'amusait d'avoir un étranger en résidence et aurait aimé savoir ce qu'il venait faire aussi loin de Paris. Un sous-officier moustachu courut chercher Goloubinsky. Un sous-lieutenant ouvrit la portière du quatre-quatre pour le *frantsouzsky polkovnik* [1].

– C't un monde, dit Garnier.

Goloubinsky emmena directement Samson chez le général, et le colonel Ioury Iouritch, chef du *razvédotdel*, arriva en trottinant, dégingandé et voûté, ses yeux miroitant derrière ses fines lunettes. On ne refoula pas Sacha.

– Mon général, débuta Samson, j'ai reçu des nouvelles de Paris. Ma compagnie est d'accord pour financer notre projet et pour nous envoyer le meilleur matériel au monde, à deux conditions. La première, c'est que l'armement soit fourni par l'Armée russe…

Cette clause, purement imaginaire, avait un but psychologique : il fallait flatter les Russes en louant leur armement – au demeurant excellent.

– D'accord, dit le général, en grattant de l'ongle sa joue rugueuse et grumeleuse où, malgré un rasage méticuleux, chaque poil formait un point noir.

Son autre joue s'appuyait à un poing fait pour assommer les bisons. Ses yeux étaient volontairement inexpressifs.

1. Colonel français.

– La deuxième condition, reprit Samson, c'est que l'envoyé de la OILOC, c'est-à-dire moi, participe à l'opération.

Le général consulta Dmitry et Ioury du regard.

Ioury Iouritch demanda :

– Il a l'expérience nécessaire ?

Dmitry traduisit.

– J'ai été formé par le SA, dit Samson, et je fais ça aussi pour mon plaisir. Cinquante heures par an, environ.

Personne ne mit sa parole en doute.

– Pourquoi pas, fit le général.

– Je voudrais participer aussi, intervint Sacha.

– Vous avez de l'expérience ? demanda Dmitry.

– Dans mon Jacuzzi.

– Il faudra vous entraîner plus, dit Ioury Iouritch.

– Avant de commencer, j'ai trois questions, dit Samson.

– *Nou* [1]? grogna le général.

– Primo, nous savons que les effectifs de Mansour sont d'environ soixante hommes dont cinquante ont des missions de combat. Mitrailleuses, mortiers, mines, missiles, tout compris, combien y a-t-il de postes de combat dans la grotte ?

Ioury Iouritch fit un rapide calcul mental :

– Guetteurs, tireurs, chargeurs, pourvoyeurs… mortiers, mitrailleuses… Trente-cinq à quarante.

– Vous voulez dire que la proportion ordinaire d'un poste pour trois hommes est dépassée ?

– Largement.

– Et en état d'alerte… ?

– Ils mettent tout le monde sur le pont. Personne ne veut manquer l'occasion de tuer de l'incroyant et de gagner son paradis. Et puis, en cas de pertes, il faudrait remplacer immédiatement les opérationnels. Alors ils se tiennent prêts.

– Deuzio, comment est organisé leur renseignement ? De quelles sources disposent-ils ? Comment dispatchent-ils ? Comment exploitent-ils ? Plus précisément, disposent-ils de périscopes, électroniques ou autres ? Bénéficient-ils du soutien de drones, peut-être américains ? Bref, est-ce qu'ils y voient, dans leur grotte, ou est-ce que, une fois enfermés, ils ne communiquent plus avec le monde extérieur ?

---

1. Eh bien.

Le général et Ioury Iouritch échangèrent un regard après avoir écouté la traduction. Ioury Iouritch commença :

– L'interrogatoire des prisonniers n'a pas permis...

– Ne te fatigue pas, intervint Dmitry. J'ai avoué à notre ami français que nous avions une source dans la grotte.

– Bon. Si tu as cru devoir... Après tout, la source t'appartient.

Ioury Iouritch se tourna vers Samson :

– Cette source, puisque source il y a, est un homme relativement simple – pseudo *Douratchok* [1], qui ne peut pas nous donner beaucoup de détails techniques. Je suppose que ce qui vous intéresse surtout, c'est de savoir si les bandits auraient un moyen d'observer la clairière que vous aviez déjà repérée sur les basses obliques. À l'œil nu, non. Elle est cachée par la falaise. Pour autant que nous sachions, l'adversaire ne dispose pas de périscopes et n'est pas en contact avec des drones américains. Cependant, il pourrait l'être et, comme vous le savez, les drones suspendus entre ciel et terre sont à peu près indétectables. Je pense cependant que le couvert est suffisant au-dessus de la clairière pour que, dans le branle-bas général, le genre des activités qui s'y dérouleront échappe à la surveillance même d'un drone du dernier modèle. Restent les caméras vidéo. Les bandits en ont dissimulé un peu partout dans la nature, et aussi des scanners radio et des antennes, cachées dans des bouts de bois fendus sur la longueur, et qui « entendent » ce qui se passe aux alentours. Par exemple, une conversation sur talkie-walkie entre deux officiers risque d'être surprise. Nous savons que le PC est équipé d'une salle où se tiennent en permanence des opérateurs qui « regardent » sur leurs écrans et qui « écoutent » sur leurs écouteurs. Mais, d'une part, on peut, dans une certaine mesure, imposer le silence à nos hommes ; d'autre part, je doute que des caméras et des antennes aient été camouflées aussi loin – de la clairière à la grotte, il y a un bon kilomètre à vol d'oiseau – ; et enfin, je crois que les tonnes d'explosifs que le général fera dégringoler sur le paysage vont éteindre les caméras et faire taire les antennes. Donc, pour répondre à la question, que, du reste, vous n'avez pas posée, je pense qu'au bout de quelques heures de préparation les bandits seront à peu près aveugles et sourds.

Sacha traduisait au fur et à mesure. Ioury Iouritch ôta ses lunettes et se massa la racine du nez.

---

1. Petit nigaud.

– Merci, mon colonel, reprit Samson. Tertio, votre source à vous peut-elle être jointe, peut-elle rendre compte et à quelle fréquence ? Je ne pose pas cette question *from idle curiosity*[1]. Je pense que votre agent pourrait nous indiquer le moment le plus favorable pour l'assaut.

Goloubinsky et Ioury Iouritch échangèrent un coup d'œil.

– Notre système est le suivant, dit Goloubinsky. En temps normal, nous avons des vacations radio trois fois par jour. La plupart du temps, Douratchok n'émet ni n'entend, mais il sait que, s'il sort de la grotte, il peut nous joindre à ces heures-là. Il s'efforce d'être à l'écoute au moins une fois sur six. Nous lui passons alors nos messages et nous recueillons ses comptes rendus. Dans les circonstances actuelles, nous pouvons essayer de lui faire savoir que nous serons en écoute permanente, mais, de son côté, il ne pourra pas nous tenir au courant des réactions adverses, du moins tant que nous n'aurons pas pénétré dans la grotte.

– Ajoutez, dit Ioury Iouritch, que si Douratchok nous indique le moment favorable, il saura quand nous agirons. Supposons qu'il ait été retourné. Supposons qu'il décide de trahir et d'aller cracher le morceau dans le giron d'Ali Mansour. Supposons qu'il se rende suspect et soit torturé.

– Douratchok saura l'heure, mais pas la manière, objecta Samson.

– Rien ne l'empêche de la deviner, répliqua Goloubinsky. Après tout, Christophe Colomb a trouvé un moyen de faire tenir un œuf sur sa pointe, et votre intention, mon colonel, est du même ordre. Elle repose sur l'invisibilité de l'évidence. Mais je connais Douratchok et je pense que, même s'il est au courant, il n'aura qu'une idée : aller se terrer dans une cachette pour y attendre les événements. Moi, je suis d'avis qu'on le prévienne, ne serait-ce que pour assurer sa sécurité. Quant à choisir un moment favorable… il est évident que nous agirons de nuit.

– Nous, Dmitry ?

– Vous ne croyez pas, Samson, que je vais vous laisser y aller tout seul ?

Le général protesta :

– Dmitry Aleksandrytch, ça fait longtemps que tu n'as pas pratiqué ce genre de sport.

– Ça ne s'oublie pas plus que de monter à bicyclette.

– Ta vie est entre tes mains, mon vieux. Si tu crèves, tu crèves.

1. Par curiosité oiseuse.

– Voilà ce que j'appelle un ami.

– Quand commence-t-on la diversion ? demanda Samson.

– Quand vous voudrez, mais pas avant vingt-quatre heures.

– Pourquoi ?

Samson n'en crut pas ses oreilles quand Dmitry lui expliqua que, depuis la chute du communisme, l'armée russe s'engageait rarement sans bénédiction religieuse dans une action où elle risquait d'avoir des pertes. Cette bénédiction prenait de préférence la forme d'une messe au cours de laquelle certains soldats tenaient à communier avant d'aller au casse-pipe ; or, avant de communier, ils devaient se confesser individuellement, et les spetsnaz ne disposaient sur place que d'un seul aumônier. En outre, douze heures de jeûne devaient s'être écoulées entre la confession et la communion.

– C't un monde ! commenta Sacha.

– Pas grave, dit Samson. De toute manière, le matériel n'arrivera pas avant trois ou quatre jours.

Il était rêveur, Samson. Le chrétien en lui ne pouvait s'empêcher de demander si ce retour de la foi dans une Russie lavée par le sang de millions de martyrs n'allait pas changer l'histoire du monde.

6

Au demeurant, Samson était plutôt content de lui. Tout s'organisait à peu près comme il le souhaitait. Et surtout, il se réjouissait de s'être organisé, malgré son âge, une mission sur le terrain. La dernière fois, au Monterosso, quand il avait exécuté sa chute OPS, il s'était un peu amoché, mais il s'en était bien sorti pour un vétéran, et il ne voyait pas de raison de ne pas recommencer. L'image d'Adeline lui traversa l'esprit. Oui, s'il laissait ses os en Tchétchénie, elle le pleurerait, et il en était à la fois heureux et malheureux, mais quoi ? c'était une femme d'officier, elle savait que, dans certains métiers, le seul *modus vivendi*, c'est le sacrifice, non pas toujours accompli, mais toujours offert à la destinée sur un plateau d'argent. *Morituri te salutant.*

Cependant, ce n'était pas seulement pour se donner une preuve de juvénilité que Samson allait courir des risques trop grands pour son âge. Il avait aussi d'étranges soupçons et, pour le cas où ils se justifieraient, il voulait être présent à l'hallali. Pas certain que les motifs de Dmitry fussent infantiles non plus : peut-être avait-il les mêmes soupçons.

En attendant, Samson décida d'aller faire une petite visite à la vicomtesse. Oh ! il avait de la compassion pour elle, d'autant plus qu'il n'était pas insensible à son charme, mais il avait aussi d'autres raisons.

Il la trouva en train de servir des *whiskies and soda* à deux Anglais et un Américain. Le plus jeune des deux Anglais était fils de lord et parlait comme un cockney. Le plus âgé était cockney et, s'efforçant de parler comme un lord, il surveillait laborieusement ses *h*. Tous deux se déclaraient prêts à faire envoyer des bombes nucléaires sur Moscou si les *Russkies* ne faisaient pas libérer Robert Chastow séance tenante. L'Américain se montrait plus calme, plus pondéré : ces histoires-là prenaient du temps ; Bob patienterait.

Samson ne comprenait pas tout ce qui se disait : la différence des accents lui troublait l'oreille, mais il perçut le complexe de supériorité des quatre Anglo-Saxons.

Celui des deux Anglais était cocasse mais savoureux : s'étant fait rosser par les Américains pendant la guerre d'Indépendance et mettre au pas par eux après la Seconde Guerre mondiale, ils tiraient un orgueil paradoxal de ces échecs et croyaient régner sur le monde par procuration. La constatation « avec les Américains, nous sommes les plus forts » ne s'encombrait pas pour eux de considérations éthiques.

Le point de vue de l'Américain était différent. Il attribuait la toute-puissance des États-Unis à des raisons morales : « C'est parce que nous sommes les plus purs, les plus vertueux, les plus idéalistes, les plus démocratiques, que nous écrémons le monde de ses meilleurs cerveaux et de ses plus grands hommes. Ainsi sommes-nous les plus puissants. En résumé, nous le méritons. » Il y avait là une croyance à la justice immanente et au progrès que Samson ne partageait pas, mais il s'amusait, non sans amertume, de cette assurance que les faits semblaient justifier. On pouvait ne pas être d'accord avec la doctrine américaine, mais on ne pouvait pas résister à la puissance américaine, ce qui permettait aux Américains d'affirmer que leur doctrine était la meilleure sans crainte de contradiction, puisqu'ils avaient le pouvoir d'anéantir les contradicteurs. Bref, l'Américain calme et pondéré ne laissait au reste du monde qu'une alternative : se laisser séduire ou se faire violer.

La vicomtesse ne donnait pas dans ces généralités. Fusillant ses interlocuteurs de ses regards bleus, elle les mettait en demeure de faire délivrer Robin, un point c'est tout. Elle parlait d'un ton provocant, par saccades, n'arrivant pas parfaitement à cacher sa nervosité :

– Les Tchétchènes ne sont pas de plus mauvais indigènes que les autres, n'est-ce pas ? J'ai vu des vieilles femmes tchétchènes apporter à manger à la troupe russe mal nourrie par l'intendance. Il n'empêche qu'ils ont presque toujours fait le mauvais choix. Pendant la Révolution, ils ont été du côté bolchevik. Pendant la Seconde Guerre mondiale, du côté hitlérien. Maintenant, ils se mettent wahhabites et barbus. (Sourcil droit levé.) Et ensuite, ils se plaignent des conséquences. Moi, je ne suis pas choquée que Staline en ait fait déporter pour leur apprendre à lui préférer Hitler. (Sourcil gauche levé.) Au contraire, ce que je reproche aux Russes, c'est de ne pas faire suffisamment de différence entre eux-mêmes, qui ont commencé à se civiliser au contact de l'Europe, et ces sauvages qu'il faudrait traiter comme tels. Quand nous avons eu quelques problèmes en Inde, par exemple à l'époque de la révolte des cipayes – c'était pourtant notre faute : nous avions livré du suif de bœuf aux hindouistes et du suif de porc aux musulmans – eh bien, je vous assure que nous avons réglé la question en moins de temps qu'il n'en faut pour dire Jack Robinson. Et vous autres Américains, vous n'avez pas laissé vos Indiens vous marcher sur les pieds trop longtemps non plus, n'est-ce pas ?

– Vous m'étonnez, Betty, intervint Samson. Je vous croyais humanitaire, et vous avez l'air de prêcher la répression.

Betty le foudroya du regard :

– Chaque chose en son temps. La répression d'abord, l'humanitarisme ensuite.

Elle se tourna de nouveau vers les deux Anglais.

– Je ne sais pas pourquoi le mot « indigène » est perçu maintenant comme péjoratif. Moi, je suis une indigène du Kent et j'en suis fière. Il est vrai que les indigènes du Kent et les indigènes de la Tchétchénie n'ont pas le même teint ni les mêmes mœurs. Et alors ? Vous savez, il y a deux formes de racisme. L'une consiste à éliminer les races qui ne sont pas la sienne. L'autre à éliminer les races, la sienne comprise, en les mélangeant. Moi, je ne suis pas raciste. Le Kent, c'est le Kent, et la Tchétchénie, c'est la Tchétchénie.

« Prenons un exemple. Quand quelqu'un assassinait quelqu'un d'autre dans le Kent, que se passait-il, à l'époque où nous étions encore civilisés ? On pendait l'assassin et on n'en parlait plus. Maintenant, on l'entretient jusqu'à sa mort aux frais du contribuable. Ça coûte plus cher qu'une bonne corde, mais le principe est le même : c'est l'État qui s'arroge le droit de juger les particuliers. En Tchétchénie, ce n'est pas pareil. Supposez qu'Aslan tue Oumar. Le *teïp* d'Oumar ne va plus rêver que d'une chose : tuer Aslan. Supposez qu'Aslan s'exile. Le *teïp* va attendre patiemment que le fils aîné d'Aslan ait atteint sa quinzième année et ensuite, couic. C'est radical. Mais il y a toujours un moyen de s'en tirer autrement. Aslan s'est exilé, et, par des cousins, par des amis, il négocie. Dix moutons, vingt moutons, cent moutons… Finalement, on tombe d'accord sur la rançon du mort. Alors que croyez-vous qu'il arrive ? Aslan fait un chèque et tout est oublié ? Aslan se fait coudre dans un linceul, oui, messieurs, dans un linceul, la tête comprise ; les gens de son *teïp* le mettent sur un brancard et le portent à travers la montagne jusque dans le *teïp* d'Oumar. Dans l'entre-temps, les cent moutons ont été livrés. Alors la femme d'Oumar prend un kandjar, fend le linceul et Aslan ressuscite, blanc comme neige.

– Je ne comprends pas où vous voulez en venir, dit le vieil Anglais. Qui d'entre nous devrait se faire coudre dans un linceul ?

Samson se leva pour partir, espérant que Betty le raccompagnerait, ce qui ne manqua pas d'arriver.

– Êtes-vous très inquiète ? lui demanda-t-il en français. Il ne faut pas. Généralement, les histoires d'otages se terminent bien dès qu'une rançon a été exigée. Et, si la somme est trop forte, on peut toujours marchander.

– C'est toujours une bonne idée de marchander, n'est-ce pas ? Mon mari est riche, mais vingt millions de dollars, c'est hors de question. Il va falloir que *Bids for Kids* coopère sérieusement.

Samson ne marqua pas d'étonnement à l'idée que le mari fût prêt à payer pour faire libérer l'amant.

– Quel genre d'homme est Robin ? demanda-t-il de but en blanc.

Betty réfléchit deux secondes :

– Un homme qui voudrait croire à quelque chose et n'y arrive pas.

Samson s'étonna de voir qu'elle classait les gens à la manière de Dmitry.

– A-t-il toujours fait des métiers humanitaires ?

– Je ne sais pas. Il me semble qu'il a été fonctionnaire. Nous ne nous posons pas beaucoup de questions.

– Parce que vous ne voulez pas entendre de mensonges ?

– Ni de vérités. Vous me demandez « quel genre d'homme ». Et quel genre de femme suis-je, moi ? Est-ce que vous croyez vraiment que les êtres humains peuvent être classés par genres ?

– Dans une certaine mesure. Il y a, par exemple, les aventureux et les casaniers. Vous êtes une aventureuse. Et lui ? Quel travail faisait-il comme fonctionnaire, le savez-vous ?

– Cela ne me regarde pas.

– Vous ne trouvez pas étrange que les Tchétchènes aient enlevé un Américain bien tranquille qui s'occupait d'orphelins ? Après tout, nous savons que, jusqu'au 11 septembre 2001, les Américains ont, en sous-main, soutenu la rébellion. On raconte que les soldats russes vendaient leurs armes aux rebelles contre des dollars ; il fallait pour cela que les rebelles eussent des dollars.

– Vous avez peut-être raison, mais *Nine-Eleven* a tout changé. Et l'action punitive que les Américains ont entreprise en Afghanistan n'a pas dû les rendre très populaires auprès des musulmans, d'où qu'ils viennent, vous ne croyez pas ? (Un sourcil levé.) Enfin ! Je prie beaucoup. J'espère que tout va être OK. En français, vous dites OK aussi, n'est-ce pas ?

7

Au cours de la nuit, il y eut quelques tirs en direction du cirque montagneux, pour commencer à inquiéter les bandits, et le lendemain à l'aube, l'enfer se déchaîna.

D'abord, ce furent les avions qui laissèrent tomber leurs bombes et leurs roquettes comme de gros paquets d'excréments mortels, en passant au-dessus de cibles aléatoires, dispersées sur tout l'ensemble du cirque, et en particulier au-dessus d'une cible leurre, le thalweg aux chamois. La crevasse qui donnait accès à la grotte ne fut guère bombardée : pour avoir une chance de sauver les otages, il fallait donner à penser à Ali Mansour qu'on n'en avait pas après lui.

Puis, il y eut la préparation d'artillerie, canonnant sans relâche, en des tirs préréglés, les points de passage « obligés », les points d'appui possibles, distribués aussi dans le cirque, avec une préférence pour le versant sud, le plus éloigné de la grotte.

Puis, les hélicoptères M18 vinrent se percher sur les crêtes qui entouraient le cirque, tandis que des camions amenaient des troupes à pied d'œuvre. Les radios grésillaient. On donnait des ordres. On rendait compte de leur exécution. On se concertait d'unité à unité. En clair. Si les antennes des bandits n'avaient pas été écrasées, tant mieux : ils comprendraient peu à peu le scénario qu'on leur serinait : *suite à de vagues renseignements émanant d'un transfuge, l'armée russe a décidé de fouiller le cirque à fond et de détruire les éléments adverses qu'elle croit concentrés sur le versant sud, autour du thalweg.* Pas question d'otages, et Ali Mansour n'était pas nommé. Cette opération-ci, baptisée *Pétchorine*, était censée faire partie d'une vaste offensive tous azimuts, appelée *Lermontov*. Bref, les bandits cachés dans la grotte avaient intérêt à se tenir cois et à attendre le démontage de l'opération, puisque toutes finissent par se démonter.

À midi, le bouclage était verrouillé. Trois drones de fabrication russe, petits avions biscornus d'environ 3 mètres de longueur et 3 d'envergure, munis de caméras de télévision et appelés *Chmel* (« bourdon ») survolaient le théâtre de l'opération pour vérifier l'étanchéité des barrages, le relief offrant à tout bout de champ des défilements et des masques à quiconque connaissait bien le terrain. « Si nous avions eu des drones en Algérie, se dit Samson, la main en visière, nous aurions gagné la guerre encore plus vite. Quelle importance ? On ne nous en aurait pas moins volé la paix. »

Ce matin-là, après la liturgie célébrée par un aumônier chauve et barbu et chantée *a capella* par des hommes de troupe dont les voix n'auraient pas déparé un chœur d'opéra, le général Zakhar Groubko avait réuni ses officiers et leur avait tenu un discours bien senti.

– Une fois le terrain bouclé, nous allons ratisser comme d'habitude, c'est-à-dire chercher des bandits, des traces de passage de bandits ou des refuges de bandits. C'est clair ? Bien. (Il agitait ses pognes énormes.) Le premier qui trouve un bandit, une trace de passage de bandit ou un refuge de bandit, je le prends par la peau du cou et je l'empale de mes propres mains. C'est clair ?

Le corpulent Mikhaïl Ivanytch, chef de l'*operativny otdel*, osa répliquer :

– Non, ce n'est pas clair, camarade général. Nous devons connaître la mission que vous nous donnez, et pas celle que vous ne nous donnez pas.

Groubko cracha par terre :

– Votre mission n'est ni de contact ni même de reconnaissance. C'est une mission de diversion, de préparation et d'usure. Nous allons jouer sur le petit nombre de bandits et la grande quantité de postes de combat qu'ils ont à pourvoir. Notre objectif est de les priver de sommeil. Au bout de huit jours sans fermer les yeux, les farouches *boïéviki* d'Ali Mansour, il n'en restera plus qu'un peu de mouillure par terre ! Alors, nous donnerons l'assaut et nous ramasserons le tout à la petite cuiller en bois. Expliquez à vos hommes que s'ils trouvent quelque chose, ils doivent en rendre compte, mais que toute initiative est interdite. Maintenant, le premier d'entre vous qui divulgue nos vraies raisons à la troupe, je le prends par la peau du cou et je l'empale de mes propres mains. C'est clair ?

Samson, à qui Sacha traduisait tout, se rappela avec nostalgie le temps où les vieux baroudeurs français ne parlaient pas autrement à leurs troupes.

À partir de midi, le ratissage commença. Ici, des bataillons entiers avançaient en ligne ; là, des patrouilles se faufilaient entre les rochers ou sous la ramure des sapins. Les Russes étaient présents sur tout le pourtour du cirque, aussi bien dans les parages de l'entrée de la grotte qu'aux antipodes, mais, en application des ordres du général et au scandale des sous-officiers qui ne comprenaient pas à quoi on jouait, les mailles du filet humain jeté sur le terrain restaient lâches : les *boïéviki* auraient de quoi s'inquiéter mais ne se lanceraient pas dans des solutions désespérées.

Au bout de trois jours pétaradant de rafales, éclatant d'explosions, et de trois nuits illuminées du fusées et zébrées de balles traçantes, la face sud du cirque fut abandonnée, comme si elle avait été suffisamment explorée, et les efforts se reportèrent sur la face nord, celle où se trouvait la grotte, pour faire monter d'un cran l'angoisse des bandits. Les officiers en patrouille reçurent de Ioury Iouritch l'ordre de laisser entendre dans leurs communications radio que c'était bien la face nord qui allait être ratissée maintenant. Un sous-officier relevant un élément de bouclage à proximité immédiate de l'entrée de la grotte expliqua à haute voix à celui qu'il relevait que, le lendemain, le gros des troupes se déplacerait dans cette direction, pour passer le coin au peigne fin, mais qu'on n'espérait plus grand-chose : *Pétchorine* n'aurait pas donné plus de résultats que les autres opérations de l'offensive *Lermontov*.

8

Puisqu'il allait participer à une opération de l'armée russe, de l'Armée rouge, comme elle s'appelait encore, Samson accepta d'en revêtir l'uniforme – sa présence s'expliquerait mieux pour la troupe –, mais ce ne fut pas sans quelques scrupules.

D'un côté, il avait passé toute sa vie d'adulte à lutter contre des hommes portant un uniforme à peu près semblable. De l'autre côté – double paradoxe –, encore qu'il eût surtout servi dans des services clandestins où le mensonge et le déguisement étaient des outils de travail, il n'aimait pas les mascarades militaires. Quelque chose en lui croyait encore au caractère sacré de l'uniforme et du grade. Porter une épaulette à laquelle il n'avait pas droit lui répugnait autant qu'il lui eût répugné de se prétendre noble alors qu'il ne l'était pas, ou de se faire passer pour prêtre sans être ordonné. Sacha, lui, était ravi de se pavaner en capitaine russe bien que commandant de réserve de l'armée française. Goloubinsky avait mis l'uniforme de major auquel il avait eu droit. Daniel était resté en civil à la base vie d'où il avait laissé ses amis partir avec regret : l'époque où il les aurait accompagnés était terminée pour lui ; maintenant, il gagnait beaucoup d'argent. Bon, il avait choisi.

L'hélicoptère M18 se détacha du sol et, de nouveau, dès qu'on eut quitté la plaine, le paysage magnifiquement torturé, prométhéen, du Caucase s'étala sous le ventre de l'appareil. On gagna le cirque en ligne droite. Malgré les tenues camouflées de l'infanterie, on voyait que c'était devenu une fourmilière humaine. Samson repéra le mamelon cachant le poste de combat supérieur de la grotte : il luisait, intact, comme un crâne chauve au milieu d'une forêt de sapins que les bombardements avaient jetés à terre. Puis on passa au-dessus de l'éperon que dominait la sortie de secours : celle-ci avait été pilonnée par des bombes ; à voir les éboulis, on doutait que quiconque pût s'évader par là. Néanmoins, des embuscades étaient tendues. On survola le petit lac, vert pâle dans la lumière du matin, et, après avoir dépassé une crête, on atteignit la clairière que Samson avait repérée la première fois. Une DZ [1] y avait été balisée, des tentes dressées, des retranchements creusés, et une roulante fumait, autour de laquelle s'affairaient déjà deux cuistots.

– Vos gars aiment le confort, dit Samson.

– Ils ont droit à quelques privilèges, répondit Goloubinsky. Ce sont des *spets* parmi les spetsnaz.

Un sous-officier vint se présenter à lui, tenue impeccable, salut impeccable :

– Ils sont sur la plage.

Un sentier frayé à travers la broussaille conduisait à la plage cachée entre les rochers. Comme les arrivants y mettaient le pied, une dizaine d'êtres surgirent de l'eau, comme autant de tritons, des cagoules couvrant des visages qui ne semblaient plus avoir ni yeux ni bouche, des gilets évoquant des corselets d'insectes et de longues palmes semblant leur servir de jambes. Sacha récita aussitôt un bout de poème de Pouchkine, qu'il traduisit approximativement pour Samson :

La mer s'agite, la mer bouillonne,
Elle se déverse sur le rivage,
Et elle répand sur la terre ferme,
Éblouissants dans leurs cuirasses,
Trente-trois héros, jeunes, beaux et braves,
Conduits par l'oncle Tchernomor.

Goloubinsky éclata de rire.

– Salut, Tchernomor, dit-il au nageur de combat de tête. Vous avez raison, Sacha : depuis qu'il commande ce groupe, nous l'appelons tous Tchernomor. Vous voyez que nous lisons encore Pouchkine, dans ce pays. Malheureusement, ils ne sont pas trente-trois : onze seulement, mais ils en vaudront trente-trois dans l'action. Ce sont nos meilleurs. Nageurs de combat et spéléologues. Alors, Tchernomor, que penses-tu de l'équipement des *Frantsouz* ?

Tchernomor avait enlevé sa cagoule. C'était un beau blond à qui il manquait une dent de devant. Samson fit à part lui la remarque que l'armée russe n'était pas tout à fait au point, les nageurs de combat

1. Zone de saut pour les parachutistes ; ici, aire de décollage et d'atterrissage pour les hélicoptères.

devant avoir en France une anatomie sans défaut. Les présentations furent faites. Tchernomor remarqua que Sacha le regardait un peu fixement.

– Vous vous demandez pourquoi il me manque une dent, camarade capitaine ? demanda-t-il. C'est plus commode pour cracher.

Il fit une démonstration.

– Non, non, je raconte ça comme ça. En réalité, c'est le mari de ma bien-aimée qui m'a salué avec un fer à repasser. Je lui ai emprunté son fer, et vous devriez le voir maintenant : il est plat comme un costume qui sort de chez le blanchisseur. Non, non, je raconte ça comme ça. En réalité, c'est parce que j'ai mordu dans une miche de pain de l'intendance, camarade major ! Non, non, je raconte ça comme ça. En réalité…

Ses compagnons avaient aussi enlevé leurs cagoules :

– Sacré Tchernomor ! Il nous fera mourir de rire.

Goloubinsky l'interrompit :

– Alors, cet équipement ?

– Superbe, camarade major. La seule question est de savoir si on doit coucher avec. La réponse, c'est : oui, si on n'a personne d'autre.

– Vous avez fait la première reconnaissance ?

– On vous attendait, camarade major. On ne voulait pas se noyer ailleurs que sous la sérénité de vos yeux, comme on dit. On a simplement barboté un peu.

– Vous êtes prêts à y retourner ?

– Toujours prêts à servir l'Union soviétique – oh ! pardon, la sainte Russie, camarade major – oh ! pardon, monsieur le major.

Tchernomor était un rigolo.

Les hommes du premier binôme gagnèrent le bord de l'eau. Deux camarades portaient leurs propulseurs, qu'ils empoignèrent et mirent en marche. Immédiatement, ils s'enfoncèrent.

Samson les imaginait gagnant les profondeurs dans la nuit grandissante que fouillaient les torches attachées à leurs avant-bras par du Velcro, fouinant entre les rochers, consultant leurs ordinateurs de plongée et leurs montres, échangeant de temps à autre un regard à travers leurs masques.

Samson, Sacha et Dmitry s'étaient assis sur la plage. Accroupi à côté d'eux, Tchernomor s'empêchait de débiter des blagues, sans doute par respect. Comme un enfant, il jouait à construire des pyramides avec le sable.

Au bout de quarante minutes, le binôme émergea, ruisselant d'eau et grelottant de froid. Le chef retira son embout et, claquant des dents, rendit compte :

– Le fond est à 45 mètres. Clair comme le cul d'un four. Pour ne rien manquer, il faut étager un plongeur tous les 2 mètres. Ça prendra du temps : les rochers sont découpés et il y a des surplombs sous lesquels on ne voit rien de rien.

– Nous avons la journée devant nous, dit Dmitry. On y va.

Pendant que les hommes s'équipaient, il prit Samson à part :

– Vous êtes sûr que vous voulez y aller, Gaston ?

Samson le regarda dans les yeux :

– Je sais ce que vous voulez dire. Je suis un croulant, et la dernière fois que j'ai sauté en opération, je me suis un tantinet *cassato la figuram*. (Dmitry mit une seconde à comprendre.) D'accord. Mais, d'abord, j'ai sauté plusieurs fois depuis, et en outre, la plongée, je m'y entraîne régulièrement en piscine. Quelquefois, je vais même plonger dans une carrière désaffectée où la visibilité, après quelques passages de débutants, est nulle. Quant à la température, en hiver, elle n'y dépasse pas 5 degrés. De toute façon, Dmitry, je ne sais pas si vous vous en êtes jamais aperçu, mais celle de l'eau ne descend jamais à moins de 0. Alors de quoi s'agit-il ?

– Comme vous voudrez, mon colonel.

Sur une intuition de Samson, que rien n'était encore venu vérifier et qui pouvait se révéler fausse, l'armée russe avait lancé une vaste opération et la OILOC avait engagé pas mal d'argent. Comment Samson aurait-il pu ne pas payer de sa personne ?

Samson s'équipa donc, aidé de Sacha qui gémissait à l'idée de devoir rester sur la terre ferme :

– Après tout, je ne vois pas ce qu'il y a de si difficile à aller faire des galipettes sous la flotte en suçant un tuyau de caoutchouc !

Samson revêtit la souris, épaisse combinaison de fourrure polaire, puis la combinaison étanche à bottillons. Il vérifia la pression dans les deux bouteilles, les deux détendeurs, il vérifia le compas et l'ordinateur de plongée qu'il fixa à son poignet. Il passa la ceinture de plomb et enfila le gilet stabilisateur sur lequel étaient fixées les deux bouteilles d'air comprimé. Puis il alla s'aligner avec les autres plongeurs que Tchernomor passait en revue, vérifiant les équipements, l'ouverture des bouteilles, la pression affichée.

– Écoutez-moi bien, les gars, dit Tchernomor, pour une fois sans trop bouffonner (Dmitry traduisait à mi-voix). En principe, sur cette plage, nous sommes invisibles pour l'adversaire, mais on ne sait jamais. Donc, discrétion : vous descendez sans faire de remous.

« Je pars le premier et je rejoins le fond. Vous vous étagez derrière moi tous les deux mètres. Le camarade *frantsouz* sera l'avant-dernier, le camarade major en serre-file. Quand il sera à l'eau et en position, il donnera le signal de départ en frappant trois coups sur sa bouteille avec son poignard. À ce moment, tu te repères, tu t'alignes sur le plongeur de dessous, et tu pars sur la droite en zyeutant la paroi à ton niveau. Bien sûr, tu ne perds jamais de vue celui qui est juste sous toi. Si tu le perds de vue, moi (Tchernomor fit une imitation du général), je te prends par la peau du cou et je t'empale de mes propres mains. (Rires un peu nerveux.)

« Si tu repères un trou, tu frappes une série de coups sur ta bouteille, et le carrousel s'arrête. Tu inspectes. Si ce n'est pas une entrée de galerie, tu frappes trois coups, et on redémarre ; si ça a l'air d'une vraie entrée, tu frappes une nouvelle série. Alors tout le monde se regroupe sur toi.

« S'il me reste plus de cent bars, c'est moi qui entre dans le trou avec mon binôme, pour explorer. Les autres rentrent dans leurs foyers, sauf le camarade major et le colonel *frantsouz* : il leur restera plus d'air qu'à nous autres, puisqu'ils auront été plus près de la surface, et ils se posteront à l'entrée de la galerie pour assurer notre sécurité.

On marcha jusqu'au bord de l'eau. On allait quitter un monde pour entrer dans un autre. Au loin, crépita une rafale de kalachnikov. Deux aigles planaient sur les sommets. L'air sentait bon les aiguilles de pin printanières. Le ciel ressemblait à une immense conque bleue, et le lac à une petite conque verte.

Lesté par sa ceinture de plomb, Tchernomor se glissa dans l'eau, sans qu'elle se ridât. On le vit disparaître posément, suivi de ses hommes. Quand le tour de Samson arriva, il se faufila lui aussi dans l'autre élément et leva le bras, tenant à la main la purge du gilet stabilisateur. On entendit à peine le souffle de l'air s'échappant du gilet. La OILOC avait bien fait les choses, et Samson aurait bien aimé posséder un équipement de cette qualité.

Sacha se tenait sur le bord.

– Le baptême chrétien, déclama-t-il, symbolise la mort. Quand nous sommes baptisés, nous mourons avec le Christ pour renaître avec lui. Nous autres orthodoxes, nous pratiquons le baptême par immersion pour que ce soit plus convaincant. C'est pourquoi, mon colonel, je vous baptise au Nom du Père, du Fils et du…

Il faisait un signe de croix démesuré sur la tête de Samson qui n'entendit pas la fin du blasphème. Déjà le froid de l'eau lui avait mordu le visage et lui glaçait le cou, tandis que la pénombre des limbes aquatiques se refermait autour de lui.

La reconnaissance ne donna rien et la patrouille remonta à la surface pour se réchauffer, se restaurer et se reposer : pas question de retourner à l'eau le même jour, saturé d'azote comme on l'était.

On recommença le lendemain, dans le même ordre, et, cette fois encore, on ne trouva, dans les parois du lac, que de petites cavités ne conduisant nulle part. Le dîner aurait été presque triste si Tchernomor n'avait fait ses pitreries habituelles : il s'était déguisé en sirène et joua à lui tout seul une pièce improvisée et paillarde qui tenait à la fois de Gogol, d'Alekseï Tolstoï et de Rimsky-Korsakov. Ses hommes se roulaient de rire et Sacha, n'y tenant pas, finit par aller lui donner la réplique comme Neptune dansant la gigue pour séduire sa propre fille… Goloubinsky regardait cela de l'œil indulgent d'un oncle qui voit ses neveux se donner du bon temps. Samson mangeait en silence. Il s'était découvert un goût pour la vodka et la buvait religieusement, en avalant toujours un morceau après, comme le père Afanassy et Sacha le lui avaient appris. Il se ferait un plaisir de transmettre ce savoir à Adeline.

Avant de s'endormir dans son sac de couchage, il fit une espèce de petite prière : « Ah ! mon Dieu, si seulement on pouvait trouver une entrée… Mais enfin, comme tu voudras, bien sûr. »

9

Le lendemain matin, on recommença l'exploration. Là-haut, les ratissages et les bombardements continuaient. On ne les remarquait même plus. On avait inspecté approximativement la moitié des parois. On avait dépassé l'aplomb de l'entrée de la caverne, on approchait de l'aplomb du puits G.

On le dépassa aussi.

Samson suivait avec une attention qui ne faiblissait pas la tranche de paroi qui lui avait été allouée. Il surveillait son profondimètre. Il surveillait aussi le dos du plongeur placé en dessous de lui. De temps en temps, il insufflait un peu d'air dans le stabilisateur pour se maintenir à la profondeur voulue. Il faisait froid. On progressait toujours, parmi les plantes aquatiques, les rochers dangereusement tranchants, les renfoncements décevants, les bancs de poissons effarouchés.

Soudain, une série de coups frappés sur une bouteille ! Et Samson sut aussitôt que c'était bon, que sa prière, si c'en était une, avait été entendue, qu'on avait trouvé une galerie et que c'était celle par laquelle les eaux de la grotte se déversaient dans le lac. Il ne prononça pas « merci », mais il eut une pensée éperdue de gratitude. Une deuxième série retentit. Eh, pardi ! Samson purgea doucement son stabilisateur et se laissa descendre. Le profondimètre marquait 25 mètres. Déjà, les plongeurs s'étaient attroupés devant un rocher qui s'avançait dans l'eau et sous lequel béait une large ouverture.

Tchernomor aligna ses hommes et les compta.

Il alluma sa torche et parcourut les visages, déformés par les masques et les embouts. Il désigna cinq plongeurs qui remonteraient aussitôt. Il fallait rendre compte, assurer la relève, prévoir la sécurité de la remontée. Il en désigna deux autres en leur indiquant d'un geste qu'ils devaient préparer le retour de l'ensemble du commando.

Puis il tira un piton d'une poche de son gilet et l'enfonça à coups de marteau dans une fissure du rocher. Un des plongeurs portait sur son dos un dérouleur autour duquel se lovait une drisse terminée par un mousqueton. Tchernomor fixa le mousqueton à la drisse. Il fit signe au plongeur de rentrer. Il y aurait ainsi une main courante de l'entrée de la grotte au point de mise à l'eau. Samson appréciait ces manœuvres en connaisseur : à peu près identiques à celles du SA. Tchernomor accrocha le mousqueton de sa propre drisse au même piton et s'enfonça dans le trou noir, suivi de son binôme.

Avec les plongeurs restants, Samson et Dmitry demeuraient à l'entrée, respirant calmement pour économiser leur réserve d'air, et observant les deux hommes qui remontaient en enfonçant dans le roc des pitons auxquels ils fixaient la drisse qu'avait déroulée leur camarade en remontant. Les bouteilles étaient sous une pression de 200 bars. On n'en avait, pour le moment, consommé que 50. D'après les règles de sécurité de la plongée spéléologique, Tchernomor et son camarade devraient faire demi-tour quand ils auraient dépensé le tiers de la réserve, soit 70 bars environ. Le temps passait. Samson consultait sa montre et son ordinateur de plus en plus souvent. On ne sait jamais, avec les Russes ! Ils sont capables de toutes les folies. Dmitry restait impassible.

Au fond du trou, une lumière. Tchernomor et son binôme réapparurent. Tchernomor s'approcha de Samson et lui battit des mains sous le nez, comme s'il applaudissait : c'étaient donc de bonnes nouvelles. Tchernomor recompta son monde et donna le signal du départ. Cette fois-ci, il passait le dernier. À 6 mètres et à 3 mètres de profondeur, des bouteilles équipées de plusieurs détendeurs permettaient de faire les paliers de décompression. Après avoir traversé le lac, on se retrouva sur la plage, dans l'euphorie du rassemblement et de l'air libre. Tchernomor rendit compte. La galerie remontait sur quelque deux cents mètres, formant siphon. Elle débouchait dans une petite salle souterraine circulaire, d'une vingtaine de mètres de diamètre, avec une quinzaine de mètres carrés de sec, mais presque entièrement occupée par un bassin qui, d'après le système des vases communicants, devait se trouver au même niveau que le lac extérieur. Un puits vertical conduisait dans les hauteurs.

– J'ai enlevé mon masque un instant, dit Tchernomor. Je peux vous dire que ça schlingue, camarade major. Comme si on était dans les gogues des bandits.

– Vous y étiez, Tchernomor, répondit agréablement Goloubinsky.

Le personnel du camp apportait des quarts de thé aux plongeurs qui se heurtaient les dents contre le contenant et se brûlaient la langue avec le contenu. Samson tremblait de tous ses membres, mais il était profondément heureux. Son idée, si incroyable et si simple, se révélait juste. Le puits puant devait être le puits G qui donnait accès à la Grande Salle, c'est-à-dire au cœur du dispositif ennemi.

Lorsque Samson eut cessé de trembler, Dmitry et lui s'éloignèrent des autres.

– Votre avis ? demanda Dmitry.

– Aujourd'hui, on se repose et on met la dernière main à la préparation du matériel. Demain, on transporte le tout dans la Petite Salle qu'on aménage, qu'on équipe, et, la nuit, on tente le coup.

– Vous voulez toujours venir, Samson ? Plus que jamais, je suppose ?

– Comment avez-vous deviné, Dmitry ?

Ils se serrèrent la main.

10

On prépara les « bagages ». Le compresseur emplissait les bouteilles une à une, et chacun vérifiait la pression avant de monter le détendeur. Puis on s'assurait de la flottabilité nulle des sacs étanches : pas question de les voir couler ni remonter à la surface ; on gonflait et dégonflait les boudins qui les accompagnaient. On emportait de la nourriture, des boissons, des couvertures, des duvets, des vêtements, du matériel d'escalade – pitons, cordes, marteaux, mousquetons, coinceurs, descendeurs ; du matériel électronique, des intensificateurs de lumière, des phares infrarouges ; des téléphones, des caméras et des dévideurs de film, des makarovs et des kalachnikovs pourvus de silencieux, des grenades, des lance-grenades. Pour le cas d'une embuscade aux abords de la galerie ou à l'intérieur du siphon, les hommes étaient armés de kalachnikovs spéciaux, permettant de tirer sous l'eau avec des projectiles ayant la forme d'une flèche pour que l'eau ne pût s'introduire dans le canon et le faire éclater.

Après une longue nuit pendant laquelle chacun essaya d'emmagasiner le plus de forces possible, après un petit déjeuner essentiellement composé de pain noir et de saucisson – Samson, qui était à son affaire, eut une pensée pour les toasts évanescents d'Adeline –, on s'équipa et le commando se rangea dans la pâleur de l'aube au bord du lac qui semblait encore tout noir.

Tchernomor parcourut ses hommes du regard, jeta un coup d'œil interrogatif à Goloubinsky, et puis, faisant un large geste de la main :

– Eh bien, avec l'aide de Dieu !

– Bonjour de ma part au monstre du loch Ness ! lança Sacha. Et faites des papouilles au gars Charon.

Les hommes étaient encombrés de bouteilles supplémentaires qui serviraient de réserve d'air, et ils eurent quelque mal à se mettre à l'eau. Puis ils disparurent un à un, silencieusement, comme les morts disparaissent dans l'au-delà. Ils se tenaient à la drisse et chacun traînait un sac étanche qui descendait, fixé à la même drisse par un mousqueton. La descente fut rapide. On suivit la main courante jusqu'à l'entrée de la grotte, où l'on accrocha les bouteilles d'air supplémentaires à des pitons.

On pénétra alors dans la galerie qui était large et pleine d'une eau limpide que les torches transperçaient pour aller faire chatoyer la végétation des parois et certains rochers, qui étincelaient comme des prismes. Des poissons que Samson ne connaissait pas fuyaient dans tous les sens. Il n'y avait qu'à remonter la galerie. Cela semblait facile. On émergea dans la Petite Salle et, quand on se mit au sec et qu'on enleva les masques, il fallut quelque temps pour s'habituer à l'odeur nauséabonde. Une cascade bruyante tombait dans le lac du haut du puits G, et l'on devinait quelles immondices elle charriait, mais elle avait l'avantage d'étouffer les bruits.

Deux plongeurs retournèrent dans le siphon pour rapporter les bouteilles de secours. Les autres enlevèrent leur combinaison et mirent leur tenue de combat ordinaire : noire.

Trois plongeurs déballèrent les armes et se postèrent face au puits, pour le cas d'une visite impromptue des bandits. Un autre alluma une lampe à acétylène et se mit à préparer breuvages et victuailles. D'autres encore ouvraient les duvets, branchaient le téléphone sur la ligne que l'un des plongeurs avait déroulée depuis le point de mise à l'eau. Deux enfin s'étaient mis à l'équipement du puits. D'après l'altitude de la Petite Salle, qui était celle du lac, et de la Grande Salle, indiquée par les cartes de la grotte, il faisait une soixantaine de mètres de haut.

Les deux éclaireurs perçaient des trous, enfonçaient des chevilles, et au moyen d'une visseuse électrique, y fixaient une vis équipée d'une plaquette métallique trouée, destinée à recevoir un mousqueton. Ils perçaient leurs trous sur deux colonnes espacées d'une trentaine de centimètres. De chaque côté, ils accrochaient une petite échelle de corde, et ils progressaient de mètre en mètre en déplaçant leurs échelles au fur et à mesure. L'un travaillait, l'autre assurait la sécurité, et, de quart d'heure en quart d'heure, ils changeaient de rôle. Cette escalade était filmée par un troisième plongeur qui les suivait, comme le serait, dans la mesure du possible, la suite des opérations.

Au téléphone, Goloubinsky appela le général :

– Ligne de débouché atteinte.

– Assaut prévu pour ?

– 2 heures 45. D'ici là, tu augmentes la pression ?

– Aie pas peur. Ça fera cinq jours que les bandits n'auront pas dormi, ils ne vont pas se mettre à roupiller maintenant. Ah ! j'ai un message pour ton *Frantsouz*. Écoute bien.

Dmitry se tourna vers Samson.

– Le général vous transmet un ordre de votre ami Daniel. La OILOC exige que vous rentriez immédiatement au site. Sinon, vous êtes licencié.

– C'est gentil de s'inquiéter pour moi à ce point-là !

– Ils ont peur d'avoir des ennuis avec la compagnie d'assurances s'il vous arrive quelque chose.

– Pauvre France !

Ayant déroulé les échelles qui serviraient à l'ascension du commando, le dernier binôme d'éclaireurs redescendit et rendit compte à Tchernomor.

– On monte verticalement sur une quarantaine de mètres, puis il y a un palier incliné sur une vingtaine. Ensuite, de nouveau une forte pente, mais malgré la cascade, on peut progresser sans échelles, avec les pitons pour la sécurité. Cinq mètres plus haut, on voit de la lumière.

– On entend du bruit ?

– Le bruit de l'eau.

– Entre le plus haut piton et l'ouverture, quelle pente ?

– Quarante degrés. On peut ramper, sauf que ça glisse parce que c'est mouillé. Mais il y a des prises.

Tchernomor avait commandé l'opération de plongée et de spéléologie. Avec l'autorisation passablement irrégulière de Groubko, Goloubinsky commanderait l'assaut. Il dit à Tchernomor :

– Envoie deux hommes en reconnaissance. Qu'ils ne se montrent pas. S'ils sont vus, tir à tuer.

Les deux hommes revinrent. Le puits débouchait bien dans la Grande Salle, brillamment éclairée, avec des stalactites blanches qui pendaient du plafond, et des stalagmites brunes, irisées par endroits, qui montaient à leur rencontre. Ils n'y avaient hasardé que le bout de leur nez. Ils avaient vu des tables et des bancs et entrevu des départs de galeries maçonnées qui correspondaient au plan. À l'entrée de la galerie V, ils avaient cru apercevoir deux ombres humaines, mais ils n'en étaient pas certains.

Samson et Goloubinsky se regardèrent.

– On fait comme prévu, décida Goloubinsky.

On se désaltéra, on s'alimenta, on s'installa pour passer le plus confortablement possible les heures à venir. À un moment, un fou rire s'empara de Samson :

« Qu'est-ce que je fais là, moi, Gaston Sangdeboeuf, couché entre deux Russkis qui me tiennent chaud dans des goguenauds tchétchènes ? Ah ! si Adeline me voyait ! Eh bien, elle ne serait pas autrement surprise.

11

Deux heures trente.

Les sentinelles réveillent les dormeurs.

Tout le monde s'arme et fait demi-cercle autour de Goloubinsky.

– Les enfants, commence-t-il, revenant à la vieille et affectueuse façon de parler aux troupiers dans l'armée russe, rappelez-vous que, nous autres spetsnaz, nous sommes les meilleurs. Aujourd'hui, nous avons l'occasion de le montrer au monde entier. Si nous libérons les otages, je vous garantis qu'on parlera de nous de Pékin à San Francisco. Nous serons à peu près un contre cinq, mais nous aurons la surprise pour nous. Les gars que vous aurez en face sont des bandits. Il n'y en a pas un meilleur que l'autre. Nous agirons vite et nous ne ferons pas de prisonniers. Les seuls que nous ne tuerons pas seront les quatre otages, et un cul-noir qui, en sortant de sa cachette, criera mon nom : Goloubinsky. La grotte correspond au plan. Vous êtes des spetsnaz. En avant.

Plusieurs hommes font le signe de la croix, et le commando s'en va à la rencontre de son destin.

Ils grimpent aux échelles de corde, ils progressent à quatre pattes, ils s'accrochent aux pitons, ils rampent. L'immonde cascade ruisselle sur eux. Ils ne s'en aperçoivent pas. Les deux éclaireurs de pointe arrivent à l'entrée de la Grande Salle, avancent la tête, les épaules, et ils voient, sur leur gauche, dans la lumière crue qui fait mal aux yeux, deux barbus à la poitrine bardée de cartouchières. Les armes des Russes sont pourvues d'un silencieux : on n'entend que « pfft, pfft ». Les deux barbus tombent, l'un en arrière, l'autre gauchement, sur le côté, en gargouillant.

Le commando investit la Grande Salle, les hommes se postant face aux diverses ouvertures : la galerie 3 qui mène au Vestibule et de là aux points de combat et à l'entrée de la grotte ; la galerie B qui donne accès au Dortoir ; la galerie V qui ouvre sur le PC. Les hommes ont répété leurs mouvements cent fois dans la clairière, où le plan de la Grande Salle était reproduit sur le sol.

Goloubinsky et Samson pénètrent dans la galerie V. Goloubinsky enjambe un cadavre de barbu. Samson fait un détour.

Ils se trouvent dans un couloir maçonné, peint en vert, la couleur de l'islam. Le couloir traverse un poste de police : deux lits superposés, un téléphone, un poste radio, un peu de vaisselle dans une niche.

Plus loin dans le couloir, sur la droite, une porte fermée par un rideau que Dmitry soulève pendant que Samson couvre son binôme. À l'intérieur, un lit de camp, un tapis de prière, des caisses de munitions : sans doute le repaire d'Ali Mansour qui est aux avant-postes.

Dix pas de plus, et, toujours à droite, une embrasure s'ouvre sur une grande salle équipée de cartes, d'ordinateurs, de claviers, de postes radio. Assis devant un écran, un homme qu'on voit de profil, à la longue barbe. Samson lève son arme, Goloubinsky est plus rapide : le crâne de l'homme a éclaté. Samson envie la précision du tir, pas le meurtre : il n'a jamais aimé tuer.

Ils continuent.

Le couloir vert devient plus étroit, mais il est toujours aussi bien éclairé. Sur la droite, toujours, une embrasure fermée par une grille. Une femme, une Européenne, se dresse sur son séant, comme soudain réveillée. « Mathilde, pense Samson. Je veux dire Virginie. » Elle n'a pas le temps de les voir : ils passent comme deux ombres. Une autre grille donne sur une cellule vide. Une troisième, sur une cellule où l'on voit deux lits. Sur le premier, un personnage a l'air de dormir, enroulé dans sa couverture. Sur l'autre, un jeune homme à genoux, les mains naïvement jointes, les yeux fermés, prie comme on apprenait aux enfants à prier jadis.

Plus loin, sur la gauche, un départ d'escalier montant : il conduit sans doute à la sortie de secours, laquelle ne doit plus être praticable après les bombardements, c'est pourquoi on ne la garde pas.

Tout au fond, le couloir bute dans une porte.

Une simple porte d'appartement, incongrue dans cette grotte aménagée en PC fonctionnel.

Un instant, Samson et Dmitry s'arrêtent, le pistolet à la main, le doigt le long du pontet.

– Tu penses comme moi ? demande à voix basse Samson.

– Cela ne m'étonnerait point que tu aies raison, répond Dmitry, toujours soucieux de la qualité de son français.

Au lieu d'ouvrir la porte d'un coup de pied, comme cela se fait à l'instruction, il tourne posément la poignée, de la main gauche, et les deux hommes entrent.

Ils se trouvent sur une loggia qui domine une vaste salle. C'est à la fois le palais des *Mille et Une Nuits* avec tapis, coussins, tables basses, narguilés, plateaux de cuivre, et une salle OPS avec ordinateurs, scanners, écrans de télévision, postes radio et Immarsat.

Un immense écran occupe tout un mur. Samson y reconnaît avec stupéfaction son propre visage de figue séchée, l'air un peu diabolique sous les cheveux poivre et sel rebroussés en forme de cornes. Tenant un *pirojok* piqué au bout d'une fourchette, on le voit se pencher pardessus la table vers une femme brune, maigre, un fume-cigarettes à la bouche, et on l'entend lui demander avec urbanité : « Et qu'est-ce que c'est au juste que l'Idée russe ? »

Au pied de l'écran, un homme, vu de dos, est assis devant le clavier. L'homme porte une robe de chambre de soie amarante brodée d'or, et il fume. Il prononce négligemment, en anglais :

– Vous croyez qu'ils vont nous laisser dormir, pour changer ?

Et il tourne la tête de bas en haut, pour voir qui vient d'entrer.

Du haut de la loggia, Samson :

– *And how are you today, Mr Chastow*[1] *?*

---

1. Et comment vous portez-vous aujourd'hui, monsieur Chastow ?

Chapitre VII

LE TROU NOIR

Juin 2002

1

Le vieux capitaine de réserve Protopopov – enfin, vieux pour un capitaine – avait une vocation, ou, si l'on préfère, un vice : servir.

Il aurait servi le tsar avec enthousiasme, il avait servi les communistes avec fidélité, il se serait même contenté de servir les démocrates eltsiniens, sauf que les démocrates ne sont pas à l'aise avec la notion de service : ils n'aiment ni servir ni être servis (se servir est une autre affaire). Pour Protopopov la formation du groupe dit « des Boyards » avait donc été une aubaine : responsable de la sécurité du palais Mychkine, il avait affaire à des patrons qui savaient ce qu'ils voulaient, et à du personnel qui savait obéir. Avec son escouade d'une vingtaine de gars musclés, pour qui le maniement de la matraque n'avait pas de secrets, et qui s'exerçaient au tir deux fois par semaine, Protopopov, pas très grand mais large, sentait qu'il exerçait l'espèce de fonction pour laquelle il était né – or, il n'est pas de plus grand bonheur.

Cela dit, Protopopov aimait tellement ses Boyards et leur service qu'il ne supportait pas l'idée d'avoir un adjoint, qui aurait pu songer le remplacer. Il s'était régulièrement débarrassé, sous divers prétextes, de ceux qu'on lui imposait : résultat, il ne suffisait plus au travail et le travail, n'était pas toujours aussi bien fait qu'il aurait dû l'être. Ainsi, par exemple, Protopopov s'astreignait-il à coucher presque toutes les nuits sur place, dans le poste de garde, au milieu des mégots et des papiers gras, mais il omettait de faire ses rondes ou de les faire faire, ne vérifiait pas toujours le « mouchard » auquel devaient pointer ses subordonnés, et se reposait de plus en plus sur les caméras à senseurs et autres gadgets pour veiller à la sécurité de ses maîtres.

Dans la nuit du dimanche au lundi, à 3 heures 21, la sonnerie du téléphone le tira du sommeil. Aussitôt éveillé et dispos :

– Quoi ? Qu'y a-t-il ?

La voix dans l'écouteur – une voix de général – lui fit mal au tympan :

– Quel est le bougre de corniaud à qui je parle ? Présente-toi pour commencer !

– Capitaine Protopopov, directeur de la sécurité du palais Mychkine, répondit Protopopov en bégayant un peu, si bien que son nom se transforma en Propotopotopov.

Le grade de son correspondant, il n'en douta pas un instant ; le sacrilège de se faire passer pour général quand on ne l'est pas dépassait son imagination ; or, parler à un général, pour lui, c'était à peu près s'entretenir avec Dieu le Père, et il est vrai que, pour quiconque croit aux hiérarchies, elles découlent toutes de la divine.

– Eh bien, capitaine de mes deux, tu vas pouvoir rendre ton épaulette à l'enfoiré qui t'en a fait cadeau. Ta sécurité est pénétrée, on t'a volé les bandes de sauvegarde, je m'en vais t'empaler tout à l'heure de mes propres mains, va voir immédiatement ce qui se passe ! Tu rappelleras le général Groubko à ce numéro…

Aussitôt raccroché, Protopopov poussa un rugissement, et, à la tête de six hommes armés, il se précipita au sous-sol dont, en abaissant une manette sur un tableau du poste de garde, il alluma les lumières. À vrai dire, seul le grade de son interlocuteur le mettait dans cette panique : Protopopov savait que personne ne pouvait s'introduire dans le palais, donc que personne ne s'y était introduit.

Mais il avait l'œil. La petite boîte collée au-dessus de la porte du sous-sol avait beau être petite et noire, il la remarqua, la reconnut : une espèce de radar…

Aussitôt, le vieil homme de guerre reprit son calme. Il disposa ses hommes conformément aux indications du manuel, précisa qui devrait couvrir qui, comment on procéderait par bonds, qui ouvrirait les portes. Il nomma un éclaireur de pointe et prit la deuxième position.

Ils descendirent l'escalier en sécurité et, d'embrasure en embrasure, suivirent le couloir en direction de la chambre forte.

La chambre forte était fermée.

Avec toutes les précautions, Protopopov en ouvrit la porte blindée.

Personne n'était posté à l'intérieur.

Il vérifia la présence des bandes de sauvegarde sur l'étagère. Aucun des jours de la semaine ne manquait à l'appel.

Un peu d'espoir revint au vieux capitaine. Le pire n'était pas encore arrivé. Cette affaire n'était qu'un malentendu. Quel soulagement ! Cependant, il y avait le petit radar noir, qui n'était pas venu se coller tout seul au chambranle.

Les savonnettes empilées sous l'étagère échappèrent à la vigilance de Protopopov qui referma la porte blindée.

Une à une, il visita avec ses hommes les pièces désertes et illuminées : le bureau de l'administrateur réseau, la salle d'informatique, le gymnase, le pas de tir…

Personne.

Il y avait en Protopopov un optimiste naïf qui se disait : « Tout va bien, c'est une erreur, il n'y a pas eu de catastrophe. » Mais il y avait aussi un professionnel qui savait où étaient les intrus, parce qu'ils ne pouvaient être ailleurs : ils étaient derrière la seule porte qu'on n'eût pas encore poussée, dans le placard à balais à côté de la chambre forte.

Il disposa ses hommes de la manière la plus convenable, sur les côtés, pour le cas où les autres tireraient à travers le bois. Il en mit deux en position du tireur couché, le canon de la kalachnikov braqué sur le vantail. Il se tint lui-même le dos au mur, à quelques centimètres de la porte, dans un espace formant angle mort.

Et, d'une voix hésitante, parce qu'il est absurde de s'adresser à quelqu'un qu'on ne voit pas, qui n'est peut-être même pas là, et aussi parce qu'il espérait que, justement, il n'y avait personne et encore parce qu'il était persuadé qu'il y avait quelqu'un, quelqu'un de dangereux, qui l'avait déshonoré, et qu'il se devait de capturer au péril de sa vie, il prononça :

– *A nou, vykhodi !* (Allez, on sort de là !)

*

Hussein et Salem n'avaient pas la moindre intention de sortir de là.

Salem était agenouillé dans un coin, pour réduire la cible, derrière des seaux et des balais-brosses et devant une batterie de produits détergents. Il fixait du regard et du pistolet la porte, dont le pourtour s'encadrait de fentes de lumière, et il supputait ses chances de s'en tirer. Minces. L'éveil avait été donné ; les effectifs et l'armement de l'adversaire seraient écrasants. On verrait bien. En tout cas, pour finir dignement sa vie, Salem se serait donné beaucoup de plaisir en besognant la serrure de la chambre forte.

Hussein, lui, s'était accroupi dans la pose immémoriale de tout musulman, et, sachant que son sacrifice était agréé et que le moment pour lequel il avait vécu toute sa vie était enfin arrivé ; il récitait son chapelet pour la dernière fois, passant un à un entre ses doigts les noyaux de datte dont il était fait :

– Le Miséricordieux, le Compatissant, le Roi de toutes choses, le Dispensateur de tout bien, le Bienveillant, le Pitoyable, le Très Indulgent…

Cette porte encadrée de lumière était pour lui le dernier obstacle qui le séparait du Paradis, et il la regardait avec amour, parce qu'il savait qu'elle allait disparaître dans un instant.

– Allez ! On sort de là, et à quatre pattes ! tonna la voix de l'autre côté.

Oui, il en sortirait, de ce placard qui sentait la serpillière mouillée, il en sortirait bientôt, verticalement et glorieusement, et pour l'éternité. Il n'en sortirait pas en rampant pour se soumettre à l'ordre d'un infidèle. Il ne se soumettait qu'à Dieu. Il sortirait en volant ! Ce n'était pas pour rien qu'il s'était muni de savonnettes. Les explosifs ne sont-ils pas les savonnettes définitives de la création ?

– Celui qui donne beaucoup en échange de peu, le Nourricier, le Créateur de la vie, le Créateur de la mort, l'Initial, l'Ultime, le Manifeste, le Mystérieux, l'Indulgent…

Pendant qu'il récitait ces mots, des images défilaient en désordre devant ses yeux : le visage tendre et foncé de sa mère, le ciel du désert avec ses étoiles si proches qu'on en aurait pris des grappes dans ses mains, une gazelle fuyant devant une jeep débordant d'hommes blancs et roses qui lui tiraient dessus au fusil-mitrailleur, des dattiers penchés sur l'eau pour y refléter leurs fruits plantureux, les gros sourcils blancs du saint imam qui lui avait donné son chapelet, et, brochant sur le tout, la lune, la lune qui l'avait toujours inspiré, qu'elle fût un embryon, une lichette, une lame recourbée de kandjar, une joue duvetée, un fruit prometteur ou un ventre enceint de l'embryon à naître le mois prochain. Ah ! toutes ces lunes qu'il avait aimées, pailletant la mer, neigeant sur le sable, polissant les montagnes chauves, jetant des regards furtifs entre deux rideaux…

– Le Compatissant, le Maître du royaume, le Seigneur de majesté et de générosité, le Défenseur tutélaire…

Avec reconnaissance, Hussein arrivait à la fin du chapelet. Quelques secondes encore et il allait voir son Dieu.

Il en était au quatre-vingt-dix-septième grain quand il se leva d'impatience.

– *Ar-Rachîd*, le Guide, *As-Saboûr*, le Longanime…

Le chapelet n'avait plus de grains.

Hussein regardait la porte, si noire, si mince, si fragile, si dérisoire, dans son rectangle de lumière, avec ce diable sans puissance aucune qui vociférait dehors. Il y avait de quoi rire. Le centième attribut de Dieu ne peut pas être proféré par une bouche humaine. Il fallait tout de même faire savoir à ces mécréants de l'autre côté de la porte à qui ils avaient affaire. De toutes ses forces, de toute sa poitrine, de toutes ses entrailles, le Chahid cria :

– *Allahou akbar !* (Dieu est grand !)

Et il appuya sur l'interrupteur du système de mise à feu qui les fit exploser, lui, Salem, le placard, Protopopov, les six hommes de Protopopov et tous les pains de semtex de la chambre forte.

Le sous-sol du palais Mychkine sembla se soulever comme une baleine qui voudrait sauter hors de l'eau et, ne pouvant demeurer suspendu en l'air, il retomba sur lui-même dans le big bang du retour au chaos.

Lorsque les pompiers arrivèrent, ils trouvèrent des décombres, des corps déchiquetés, et, posée sur un bureau métallique aux tiroirs défoncés, une tête glabre, grise, arrachée au corps qui avait été le sien, les yeux grands ouverts comme des miroirs et le radieux *bassamat al-farah* du martyr musulman éclairant ses traits.

2

Le premier mouvement de Robin a été de chercher une arme, mais il n'en a pas sous la main. Dans une grotte, on se sent en sécurité comme dans le sein maternel. Son sentiment dominant est la surprise. Ensuite, il se demande s'il a un moyen quelconque de détruire les preuves qui l'entourent, et constate qu'il n'en a aucun. De toute manière, l'image étalée sur l'écran géant montre assez clairement qu'il dispose des enregistrements faits par les Boyards. Puis – tout cela en quelques fractions de seconde – il se demande comment ces deux hommes en tenue de combat russe, le Français qu'il a rencontré à *Orphans Galore* et un autre qu'il ne connaît pas, ont pu pénétrer jusqu'à lui. Après tout, peut-être viennent-ils en amis (toujours le complexe de la grotte). Aussi se lève-t-il avec grâce et répond-il en français :

– Je vais bien, monsieur Sangdeboeuf. Et vous-même ?

Pour autant, les deux visiteurs ne rangent pas leurs makarovs à silencieux – mauvais signe, ça –, et l'inconnu dit simplement, dans un anglais précis et correct d'étranger, avec une ombre d'accent russe :

– Allez-vous asseoir sur le divan à votre gauche.

Avec un haussement ironique d'épaule, Robin va s'asseoir sur le divan. Il eût été de mauvais goût de discuter. De son siège, il jette un coup d'œil à l'écran, sur lequel, à la gauche de la voisine de gauche de Sangdeboeuf, il reconnaît son deuxième visiteur, présidant la table.

– Salaud, dit Sangdeboeuf au Russe, sur un ton amical. Tu avais filmé notre dîner ! J'aurais dû m'en douter.

– Les bonnes habitudes ont du mal à se perdre. Tu devrais comprendre, répond l'autre.

Les deux visiteurs ne paraissent pas s'inquiéter de ce qui pourrait se passer dans leur dos : pas bon signe non plus. Pourtant, les Russes n'ont pas donné l'assaut : on s'en serait aperçu. C'est donc que le dispositif a été pris à revers. Mais comment est-ce possible ?

Sangdeboeuf reste sur la loggia, d'où il commande la situation. Le Russe à la tenue exagérément correcte, comme s'il venait de se raser, de se peigner et de faire repasser son treillis camouflé, va s'asseoir au clavier et fait avec brio défiler plusieurs documents puisés au hasard. Au bout de dix minutes, il a une idée assez claire du trésor que Chastow s'est approprié : les bandes de sauvegarde.

Il se lève :

– Je vais prévenir le général.

Sangdeboeuf descend de la loggia, prend une chaise, la plante en face de Robin, s'assied, le makarov à la main.

Robin se dit que c'est le moment d'engager la conversation :

– Vous n'imaginez pas comme je suis content de vous voir, monsieur Sangdeboeuf. Les idéalistes islamistes, on s'en lasse. Quel temps fait-il dehors ?

– Nous causerons mieux tous les trois, quand mon ami sera revenu, répond Sangdeboeuf froidement, avec un regard sur la robe de chambre amarante brodée d'or.

Ils attendent en silence un bon quart d'heure.

Le Russe impeccable apparaît en haut de la loggia. Il a une expression encore moins engageante que tout à l'heure. Il descend l'escalier et, couvert par son complice, marche sur Robin. La démarche est si agressive que Robin se demande si le Russe ne va pas le frapper et quelle conduite il conviendrait de tenir dans ce cas : montrer qu'il connaît aussi quelques méthodes permettant de tuer un homme à mains nues ? Se laisser faire ? Se mettre au moins debout pour ne pas se trouver à la merci de l'autre ? Ne sachant que décider, il se fie à ses réflexes. Le Russe dit simplement :

– Donnez-vous la peine. Je vais vous fouiller.

Robin se lève, écarte les bras.

La fouille est rapide, professionnelle, aussi polie qu'une fouille peut l'être. Le fouilleur sent une excellente eau de Cologne à la bergamote. Un signe courtois de la main :

– Donnez-vous la peine.

Robin monte l'escalier, traverse la loggia, s'engage dans le couloir, passe devant l'escalier qui, sur sa droite, mène à la sortie de secours – il la sait obstruée – et devant la cellule où étaient enfermés le Français et le Belge : ils n'y sont plus. On arrive à la cellule suivante.

– Halte.

Robin s'arrête. Le Russe tire un trousseau de clefs de sa poche – Robin le reconnaît : c'est celui du gardien en chef, attaché à un porte-clef en forme de bouteille de Coca-Cola. Le gardien en chef doit déjà être en train de consommer ses soixante-dix vierges au paradis d'Allah. Le Russe ouvre la grille :

– Donnez-vous la peine.

Robin entre. La grille se referme avec un claquement bien huilé. Robin se retourne : les visiteurs ont disparu. Il se force à respirer régulièrement, à faire des gestes modérés. Il va s'asseoir sur le lit ; une planche scellée dans le mur. Pas de matelas.

Pour commencer, Robin cherche un éventuel moyen de suicide. Il porte des babouches sans lacets. Sa robe de chambre n'a pas de cordelière. Sa montre est trop grosse pour qu'il l'avale. Apparemment, les Russes ont fini par s'emparer de la grotte. Serait-ce avec l'aide de ce Français, qui doit appartenir à la DGSE ? Attendons la suite.

Robin pense à mille choses et ne se concentre sur aucune. Premier point, *Mortelle Blessure* est partiellement réussie, quoi qu'il advienne, puisque la bande de sauvegarde a été reproduite en plusieurs exemplaires ; elle est dès à présent en possession du Club. Deuxième point, son avenir à lui est des plus incertains : il risque de passer des moments désagréables, si ces gens ne comprennent pas qu'il n'a pas grand-chose à cacher. Troisième point, le jour où il est entré au Club, il a accepté à l'avance le meilleur comme le pire, et ne doit pas s'étonner si la pièce retombe aujourd'hui sur pile et non pas sur face. Quatrième point, ce serait tout de même dommage de ne pas accéder au premier degré du Club, faire partie des Patriarches, percer le secret final de l'organisation. Cinquième point : combien de temps Betty mettra-t-elle à le remplacer dans son lit ? Sixième point, Robin IV et Christobel ont un papa de rechange, pas si mal que ça. Septième point, il se demande ce que son grand-père penserait de lui en ce moment : dans la guerre à mort engagée contre la Russie, Robin I avait gagné une bataille et Robin III va peut-être perdre la vie, mais ce ne sera pas sans avoir causé quelques dommages à l'ennemi : la campagne antiboyards a fait merveille dans l'opinion publique, réveillé les russophobies dormantes et préparé le terrain pour toutes les actions antirusses qu'on voudrait mener.

3

Pendant ce temps, les moudjhahidin épuisés par une semaine de veille avaient été éliminés un à un, ne comprenant pas ce qui leur arrivait. Que la mort fût remontée du lac pour venir les chercher ne leur vint pas à l'idée. Les gardiens du Vestibule rejoignirent le paradis d'Allah sans s'en apercevoir. Les dormeurs du Dortoir ne se réveillèrent jamais. Ceux du poste de combat supérieur – dont la moitié guettaient, l'œil larmoyant de fatigue collé aux meurtrières, pendant que les autres se reposaient sur place en attendant de reprendre leur faction – furent, eux aussi, pris par surprise. Les postes de combat gardant l'entrée principale furent « nettoyés » les uns après les autres, les silencieux garantissant la discrétion de l'opération. Seul le dernier poste opposa quelque résistance. Ali Mansour lui-même s'y trouvait, et il blessa deux Russes au moment où ils entraient dans le dernier alvéole. Il tomba aussitôt. Cinquante wahhabites harassés n'étaient pas à la mesure de onze combattants d'élite, frais et dispos, parfaitement entraînés, armés des meilleures armes, et tirant à la tête.

Goloubinsky avait coordonné l'opération sans intervenir personnellement. Samson l'accompagnait. Il avait eu l'occasion de tirer mais s'en était abstenu, considérant que cette opération ne lui incombait pas. Ce n'était pas qu'il s'en désolidarisât. Au contraire, il savait que les hommes qui mouraient mourraient par sa faute, et il ressentait la grande, la sublime tristesse de la victoire. C'était comme si les âmes de ces hommes tourbillonnaient autour de lui à la recherche d'un passage à travers les cheminées de la grotte pour monter rencontrer leur Dieu, tandis que s'élevait l'odeur du sang répandu, déjà en train de cailler. Cette puanteur et cette apothéose emplissaient Samson d'une grave mélancolie. Il n'était pas grand philosophe, pas philosophe du tout, même, au sens où Adeline entendait ce mot, mais il n'était pas dépourvu d'interrogations métaphysiques : pourquoi la vie ? pourquoi la mort ? pourquoi ai-je choisi un métier qui consiste à donner la mort, alors que j'aime tant la vie ?…

D'une fissure entre deux rochers de la Grande Salle, on entendit sortir un cri étouffé :

– Ne tirez pas, ne tirez pas ! Goloubinsky ! Goloubinsky !

Un petit homme hirsute et barbu, les vêtements déchirés, apparut, tâtant l'air de ses mains tendues et battant des paupières pour se réhabituer à la lumière. Goloubinsky était là, justement, en train de donner des ordres. L'homme courut à lui, la main portée au front puis au cœur, à la musulmane ; il lui baisa l'épaule à la russe ; il faillit s'agenouiller devant lui. Goloubinsky se réjouit sincèrement de le voir vivant :

– Douratchok, vieux sacripant, encore une fois, ils ne t'ont pas eu ! Tu as neuf vies comme un chat, ou quoi ? Combien de temps es-tu resté caché dans ton trou ?

– Trois jours, camarade major. (Il riait d'un soulagement presque hystérique.) Vous en avez mis du temps, à venir délivrer le pauvre Douratchok !

– Tu n'étais pas trop mal dans ta souricière, sacripant ?

– J'avais emporté quelques figues et un peu d'eau, mais, je vais vous dire, camarade major, je craignais surtout qu'ils me retrouvent à mes ronflements, quand je m'endormais ! Mais vous les avez si bien occupés qu'ils ne se sont même pas aperçus que je manquais à l'appel.

– Tant mieux. Tu vas enfin pouvoir raser cette taïga que tu t'es fait pousser sous le menton !

Samson ne comprenait pas un mot, mais il sentait que les mots ne comptaient pas, que ces deux hommes utilisaient n'importe lesquels, pour se dire qu'ils s'aimaient et étaient heureux de se retrouver indemnes.

– J'ai du travail pour toi, dit Goloubinsky. Tu vas vérifier que les bandits sont au complet et, s'il y en a qui bougent encore, tu…

Il fit le geste de se trancher la gorge.

– Volontiers, camarade major.

4

Ils reviennent.

Le Russe déverrouille la grille.

– Donnez-vous la peine.

On retourne dans l'appartement de Robin qui, d'un geste, est invité à reprendre sa place sur le divan. Il s'installe, une jambe passée par-dessus l'autre, nonchalant sinon désinvolte. Les deux compères, le Frenchie et le Russkie, s'assoient sur des chaises en face de lui. Le Frenchie retire le chargeur de son pistolet, fait jouer la culasse, remet dans le chargeur la cartouche engagée dans la chambre, replace le chargeur dans son logement et passe le pistolet dans sa ceinture. Robin comprend que cette façon de se désarmer signifie : « Ne compte sur rien, gars : nous sommes deux et nous connaissons la musique. » Le Russkie aussi a son pistolet dans sa ceinture. A-t-il gardé une cartouche dans son canon ? Probablement pas. À moins qu'il ne se fie exagérément à la sûreté. De toute manière, ne connaissant rien de la situation, quel avantage Robin aurait-il à maîtriser ces hommes, à supposer qu'il en ait les moyens ?

Le Français tire un crayon numéro 2 de sa poche et appuie un bloc de papier sur son genou droit. Le Russe pose un magnétophone sur la table, enfonce le bouton d'enregistrement, croise les bras.

– *Interrogatoire officieux de Robin Chastow réalisé le... 2002 dans la grotte Chamilevskaïa par Dmitry Goloubinsky et Gaston Sangdeboeuf.*

« Mr Chastow, permettez-moi de me présenter : je m'appelle Dmitry Goloubinsky, homme d'affaires, ancien officier spetsnaz, ancien officier du KGB. Je crois que vous connaissez mon ami Sangdeboeuf. Je tiens à vous préciser que les uniformes que nous portons sont de pure convenance. Vous n'êtes pas prisonnier de l'armée russe. Ne mettez donc aucun espoir dans les conventions internationales, de Genève ou d'autres lieux. Il y aura des démolitions dans cette grotte. Votre corps pourra être retrouvé ou ne pas être retrouvé. Nous n'avons de comptes à rendre à personne. Ce n'est pas pour vous être désagréable, mais je tiens à souligner que vous êtes entièrement entre nos mains. Nos quatre mains que voici.

Robin regarde les quatre mains : celles du Frenchie brunes, brèves et intelligentes, aux ongles coupés court, celles du Russkie roses, plus allongées, plus serpentines, et soignées par une manucure.

– Il y a autre chose, reprend le Russkie. Je viens d'apprendre par téléphone que le palais Mychkine a sauté. Les enregistrements que vous possédez ici semblent indiquer que vous pourriez être le responsable. Nous aimerions avoir votre réaction.

– Mychkine ! Sauté ?

Abasourdi, Robin.

Sauté ? Pourquoi sauté ? En même temps, il comprend que des dénégations paraîtraient dérisoires aux deux hommes qui le regardent. Il est devenu pour eux un spécimen, un objet d'expérience sous la lentille d'un microscope. Il ne faut pas nier : il faut leur démontrer qu'il n'y est pour rien, dans cette explosion, qu'elle ne l'arrange pas !

Goloubinsky, apparemment sans ironie :

– Cela vous étonne ?

Robin a décidé de jouer la sincérité absolue. Ce n'est pas contraire à la déontologie du Club, et il pense que c'est sa seule chance de survie.

– Cela m'étonne et ne m'étonne pas. Ce n'était pas dans le programme. Nous avions monté une opération complexe, délicate, une opération de pénétration informatique, dont nous étions contents, et qui devait faire une *Mortelle Blessure* au flanc de la Russie, c'était le nom de code de l'opération, et voilà que nous sombrons dans le terrorisme le plus banal. De ce point de vue, oui, je suis étonné et même déçu. D'un autre côté, j'aurais dû me douter que l'instrument que j'utilisais allait m'éclater entre les mains. Puisque c'était sa vocation.

Robin sent que les deux interrogateurs ont eu envie d'échanger un regard, mais ils n'en ont rien fait. Il sent aussi qu'en ayant parlé aussi ouvertement, il a fait monter le taux de ses actions. Il ajoute :

– Je suppose qu'il est mort dans l'explosion ?

Ni Sangdeboeuf ni Goloubinsky ne se donnent le ridicule de répliquer : « Ici, c'est nous qui interrogeons. » Simplement, Goloubinsky :

– Qui était-il ?

– C'est celui, répond Robin, non sans une satisfaction qu'il ne cherche pas à dissimuler, qui a fait sauter chez vous un certain nombre de cadavres militaires. L'opération « les Morts qui tuent », ça vous rappelle peut-être quelque chose. Quand j'ai appris l'existence d'un génie de cette espèce, je me suis dit « celui-là, il me le faut », comme les princes de la Renaissance étaient pris du désir passionné de s'approprier les services de tel condottiere devenu une légende. (Il sourit lui-même de sa grandiloquence.)

– Donc vous cherchiez un spécialiste en explosifs ?

– Pas du tout. Je cherchais un homme d'imagination, prêt à utiliser des matériels nouveaux, à jouer avec des méthodes modernes. J'ai oublié que j'avais affaire à un fanatique et que l'imagination des fanatiques est bloquée sur un seul objet.

Sangdeboeuf :

– C'est cet homme qu'on appelait, dans les media, le Martyr ?

– Oui et, là aussi, j'aurais dû me méfier. Hussein ne raisonnait pas comme nous, encore qu'il eût fait ses études à Oxford. Pour lui, la vie humaine ne comptait pas, ni la sienne, ni celle des autres.

Goloubinsky :

– Pour vous, la vôtre compte.

Robin sourit :

– Si je pensais que ma propre vie ne valait rien, que vaudrait la vôtre à mes yeux ? En revanche, si j'impose le respect de la mienne… Les barons anglais ont arraché au roi Jean sans Terre le respect de leurs droits civiques. Qui a fini par en bénéficier ? Le peuple.

Tout dans l'éducation de Robin, aussi bien son savoir-vivre de gentleman sudiste que son dressage d'officier de la CIA, l'a amené à maîtriser ses émotions, et il s'y emploie en ce scabreux moment. En outre, il découvre avec satisfaction qu'il n'éprouve pas de peur physique devant ces deux hommes qui peuvent, à leur gré, lui arracher les ongles, la dignité et la vie. Il se sent fier et même surexcité à l'idée de jouer correctement contre eux une partie sans doute perdue d'avance.

– Et au palais Mychkine ? ose-t-il demander. Quels dégâts ?

Goloubinsky :

– Encore difficile à chiffrer en dollars. Cela vient de se passer. Quelques vies, bien sûr. Mais que cela ne vous inquiète pas : outre les saboteurs, il n'y a que des Russes.

– Il m'a bien possédé, mon martyr. Je lui avais demandé d'emprunter vos bandes de sauvegarde, et il me fait sauter votre repaire ! Bref, je croyais le manipuler et c'est lui me manipulait, c'est ça ?

Un peu d'humilité fait toujours bien dans le tableau.

– Pas certain. Peut-être n'avait-il installé son explosif que pour le cas où, comme on prend une assurance. Une patrouille est arrivée sur les lieux. Il se sera senti coincé. Il aura déclenché une explosion qu'il gardait en réserve pour le jour où sa continence explosive serait arrivée à bout. À supposer que vous disiez la vérité. Quelle était votre idée de manœuvre ?

– Je ne sais pas exactement à qui je parle, mais je vais vous donner le bénéfice du doute en me disant que vous avez compris en quoi consiste la guerre moderne : ce n'est plus une guerre de position, ni de mouvement, même aérien ; ce n'est plus une guerre militaire, ce n'est même plus une guerre politique, et ce n'est une guerre économique ou plus précisément énergétique que dans les intentions : sur le terrain, c'est une guerre de l'information. Vous êtes d'accord ?

– Continuez.

– Si je suis le maître de l'information, je suis le maître du terrain.

– Si vous savez où je me trouve et que je ne sais pas où vous vous trouvez...

– Je ne l'entends pas au sens tactique. Je veux dire que nous vivons dans un monde ou l'opinion dite publique est déterminante, qu'il faut donc la manipuler, et que celui qui la manipule le mieux...

– A gagné la guerre.

– Nous y sommes. Vous voyez qu'il n'y a rien là de secret. Pardonnez-moi d'avoir l'air de vous faire un cours (Robin sent qu'il est en train de reprendre les choses en main), mais il n'y a là rien de bien nouveau non plus, sauf une chose.

« Jusqu'à un certain moment, qui correspond à peu près à la fin du XVIIIe siècle, l'idée saugrenue d'associer la guerre et la morale n'était venue à personne : on se battait pour des avantages matériels, et celui qui se croyait le plus fort gagnait contre celui qui se croyait le plus faible. Puis, on a commencé à se battre non plus pour des biens mais pour des causes, et on a constaté que celui qui gagnait était celui qui se croyait le plus moral. Les hommes se battent bien, quand ils pensent que c'est pour le Bien. Non seulement les troupiers tirent mieux, mais les banquiers investissent plus. Vous me suivez, jusqu'ici ?

– En tant qu'ancien communiste je vous précède.

– Vous m'aurez donc précédé aussi quand je vous dirai qu'il est essentiel de persuader l'opinion dite publique que votre ennemi incarne le Mal : lui démontrer que vous incarnez le Bien serait plus délicat, les gens risqueraient d'avoir des doutes. Si vous avez le monopole de l'information, ce qui devient de plus en plus facile de nos jours, votre ennemi aura beau être un ange (ce qui arrive rarement), vous le maquillerez en diable tant que vous voudrez. Or, bien qu'on puisse faire croire à l'opinion dite publique à peu près n'importe quoi, il n'est pas mauvais d'avoir, comme points de départ, quelques éléments plus ou moins réels de diablerie. Il nous a semblé que, sous ce rapport, votre ligue des Boyards était un bon choix. (Un geste vers l'écran, qui est éteint, mais sur lequel on a vu, tout à l'heure, Goloubinsky et Samson festoyer au palais Mychkine.)

– Sauf que nous ne sommes pas des Boyards et que nous ne formons pas une ligue…

– Ah ! c'est là que vous êtes, pardonnez-moi, un peu naïf. Si vous étiez une ligue avec des buts déterminés, si vous étiez des Boyards avec un profil arrêté, vous nous seriez beaucoup moins utiles. Tels quels, avec, si je comprends bien, des idées vaguement nationales, on peut vous faire passer pour fascistes, communistes, populistes, monarchistes, peu importe, vous pouvez être mis à toutes les sauces, vous ne pourrez jamais rien nier, vous êtes à notre merci. Pour nous, vous êtes une « bénédiction déguisée », Mr Goloubinsky, et vous faire exploser n'entrait pas dans notre jeu. Maintenant, pour un temps du moins, vous allez pouvoir vous faire passer pour des victimes : rien n'est plus populaire à l'heure actuelle (alors que rien n'était plus méprisé il y a deux cents ans). Je considère donc que cette explosion nous est plus préjudiciable qu'à vous.

Robin a l'impression de dominer la situation.

Sangdeboeuf intervient :

– Quand vous dites « nous, nous… », c'est qui, nous ? Vous n'avez pas le ton de l'Américain moyen – « Nous sommes les plus gentils » – ni celui de la CIA – « Nous sommes les plus méchants. » Il y a quelque chose de subtil dans votre approche. Quand vous dites « nous », Mr Chastow, et quand vous dites « je », quelle différence faites-vous ?

Samson parle français. Même devant un prisonnier – surtout devant un prisonnier, peut-être –, il a honte de sa prononciation anglaise.

Robin rend un hommage intérieur à la finesse de son interrogateur, autant qu'à son inflexibilité. Il se dit que, en fin de compte, il aura plus de mal à entortiller le Frenchie que le Russkie, avec ses idées générales. Existe-t-il un Russe au monde qui ne se laisse pas entortiller par les idées générales ?

Il choisit ses mots pour répondre :

– Américain, je le suis, et, pour ne rien vous cacher, j'ai même appartenu un certain temps à la CIA, organisme bureaucratique et rudimentaire qui a fait à plusieurs reprises la preuve de sa nullité. Aujourd'hui, messieurs, je suis indépendant.

– Ah ! oui, vice-président d'une ONG humanitaire qui travaille par hasard en Tchétchénie.

– Messieurs, je ne commets pas l'erreur de vous sous-estimer. Tombé dans les mains de deux professionnels, ma seule chance de m'en tirer à peu près intact, c'est de vous dire la vérité. Comme je n'ai rien à cacher, ça tombe bien. À moi de vous le faire croire.

Oui, la règle interdit de parler du Club devant des non-initiés, mais c'est une règle s'appliquant aux situations ordinaires et non pas à celles où il s'agit de vie et de mort. Robin poursuit :

– Quand je dis « nous », je parle pour une organisation discrète, mais non pas secrète, qui essaye d'influer sur la politique mondiale dans un sens favorable à l'union de tous les hommes en une seule humanité. Nous pensons que cette solution sera plus rationnelle, moins coûteuse, et plus propice au respect des droits de l'homme que le fractionnement de l'humanité en 223 États. Nous agissons principalement au moyen d'organismes qui ont l'avantage d'avoir dépassé les concepts surannés de nation, souveraineté, indépendance, droit du sol, droit du sang.

– Comment s'appelle votre organisation ? demande le Français.

Robin hésite : « Club » n'a rien de secret en soi, mais il vaut mieux graduer les aveux, dans une escalade à l'envers :

– L'Organisation.

Goloubinsky :

– Combien de membres ?

– Nous en cooptons treize chaque année parmi les étudiants de la Varsity, d'où j'ai l'honneur de sortir. Ils ont alors une vingtaine d'années. En mettant l'espérance de vie moyenne à 75 ans, 75 - 20 = 55, qui multiplie 13, cela doit donner environ 700 membres se renouvelant régulièrement.

Sangdeboeuf :

– Tous Américains ?

– Je n'en suis pas certain. L'Organisation passe pour être une création allemande, et il est possible qu'il y ait aussi un recrutement en Allemagne, sans rapport avec le nôtre. Cela augmenterait le nombre des membres, mais cela n'apparaît pas sur les listes que l'on peut se procurer aux États-Unis.

– L'Organisation n'est donc pas une société secrète vouée au service de l'hégémonie américaine ?

– Nullement.

Goloubinsky :

– Alors, je ne comprends pas quelle utilité vous trouvez à vous en prendre à ce que vous appelez la ligue des Boyards, à quoi vous sert le Martyr, pourquoi vous cautionnez des assassinats de citoyens russes, ni ce que vous fabriquez au fond de cette grotte tchétchène où vous vous faites passer pour otage bien que vous soyez complice.

On sent la colère monter dans les entrailles du Russe. Tout ne se passe peut-être pas aussi bien que Robin l'a imaginé. Sangdeboeuf tend la main vers son ami :

– Laisse-le s'expliquer, Dmitry. Il ne demande que ça.

– En effet, dit Robin, constatant qu'il est toujours plus facile de se faire entendre d'un civilisé, même s'il n'est pas Anglo-Saxon. Vous remarquerez que je n'essaye en rien de diminuer ma responsabilité à votre égard. Vous me demandez si l'Organisation est au service de l'hégémonie américaine, et je vous réponds : non, c'est l'hégémonie américaine qui est, temporairement, au service de l'Organisation. Tant que les nations dites souveraines existent, si vous voulez changer la face du monde, vous êtes obligé de vous appuyer sur elles, et il est plus rentable de s'appuyer sur la plus puissante que sur le Liechtenstein.

– Vous voulez dire qu'en tant qu'Américain, vous êtes en train d'organiser le suicide des États-Unis d'Amérique ?

– Oui, dit Robin, pour dire non. Sauf que pour nous, à partir d'un certain degré dans la hiérarchie de l'Organisation, les États-Unis d'Amérique ne signifient rien. Pour le moment, ils nous sont utiles, et nous les utilisons. Mais nous comptons qu'ils vont se fondre dans une humanité indifférenciée qui, d'après nous, est la seule solution viable et véritablement respectueuse de la nature humaine.

Un instant, Robin se demande s'il en a trop dit, s'il a trahi les secrets du Club. Mais le Club n'a pas de secrets qui puissent être compris par les non-initiés.

– Vous jetterez le drapeau américain comme un caleçon troué ?

– Nous y ajouterons tant d'étoiles qu'on ne pourra plus les compter. Cela reviendra au même.

Sangdeboeuf rappelle :

– Vous avez parlé de hiérarchie et de degrés…

Robin jette du lest :

– Nous avons treize degrés, qui se comptent du treizième au premier.

– Le premier est constitué de combien de membres ?

Comme l'a fait remarquer Mark Twain, il vaut mieux ne pas mentir, pour mieux se rappeler ce qu'on a dit. Robin se veut fidèle à cette doctrine :

– Treize, que nous appelons les Patriarches.

– Sérieusement, ou « la langue dans la joue » ? demande Sangdeboeuf, surtout pour montrer qu'il connaît l'expression.

– L'un et l'autre.

Goloubinsky :

– Ce sont les Patriarches en tant qu'oligarques qui dirigent le club, ou élisent-ils un président ?

– Je l'ignore.

– À quel degré êtes-vous, vous-même ?

– Au deuxième.

Goloubinsky lance un coup bas :

– Si vous comptiez sur *Mortelle Blessure* pour passer au numéro 1, vous êtes plutôt mal parti.

Sangdeboeuf reprend :

– Vous étiez donc en train de nous dire que *Mortelle Blessure* est une opération de manipulation de l'opinion publique – mondiale, je suppose –, au détriment de la Russie. Pourquoi la Russie ?

Goloubinsky insiste :

– En effet ! Je vois bien en quoi la Russie, deuxième puissance du monde, peut gêner l'Amérique qui en est la première, mais en quoi gêne-t-elle cette espèce de lobby qu'est votre Organisation ?

– Ce n'est pas un lobby, et la Russie nous gêne doublement. Premièrement, parce qu'elle entrave l'hégémonie américaine par laquelle passe notre entreprise ; deuxièmement, parce qu'elle est le seul pays encore relativement puissant où des valeurs fondamentalement réactionnaires – donc dangereuses pour notre idéal de progrès – sont encore cultivées avec une certaine efficacité.

– Qu'est-ce que vous appelez « valeurs réactionnaires » ?

– L'attachement à des biens imaginaires – je veux dire immatériels. L'illusion selon laquelle tout, dans la vie de l'homme, ne dépend pas de ses libres choix.

– Vous classeriez le patriotisme dans les valeurs réactionnaires ?

Robin sourit :

– Ambrose Bierce définit le patriotisme comme « une ordure combustible prête à s'enflammer sous la torche de quiconque ambitionne de se mettre en lumière ».

– Et le patriotisme américain, que les Européens admirent tant ?

– Il nous est temporairement utile, parce qu'il favorise l'hégémonie qui, pour nous autres, est le meilleur moyen d'atteindre l'égalité universelle. Dès que nous y serons arrivés, le patriotisme américain se fondra dans la masse de tous les autres patriotismes mis au rebut.

– Et, pour en revenir à votre « premièrement », reprend Sangdeboeuf en léchant son crayon, pourquoi dites-vous que la Russie entrave votre hégémonie ?

– Parce qu'elle a encore, dans une certaine mesure, les moyens de la concurrencer et que, si nous n'y prenons pas garde, elle en aura de plus en plus. Chaque baril de pétrole qu'extrait la Russie est un baril de plus pour elle et un baril de moins pour les États-Unis. Cela fait deux barils. Les Russes pensent que le pétrole russe est à eux, l'administration américaine en voudrait sa part, et nous pensons, nous, que dans la mesure où les Russes s'y accrochent, il ne serait pas mauvais que l'Amérique les en dépossède, pour que la planète entière y ait accès.

– Parce que vous croyez que l'Amérique, à son tour, s'en laissera déposséder ?

– Nous croyons que l'Amérique, quand elle aura conquis le monde, se dissoudra dans le monde.

– Bref, l'Organisation se prend pour un État et mène sa propre politique ?

– L'Organisation ne se prend pas pour un État, elle est hostile à la notion de tout État qui ne serait pas universel, et c'est pour cela qu'elle mène sa propre politique. Qui coïncide quelquefois avec celle de l'État américain. Je vous l'ai déjà dit.

– Pourquoi spécialement américain ?

– Je vous l'ai dit aussi. Parce que, d'une part, nous sommes Américains et que, d'autre part, l'Amérique étant le pays le plus puissant, nous avons avantage à l'utiliser pour atteindre notre objectif.

Goloubinsky :

– Quand vous parliez de pétrole, vous pensiez à celui de la Caspienne ?

– Entre autres.

– Quel rapport y a-t-il entre le pétrole de la Caspienne et votre présence en Tchétchénie ?

Robin reprend le ton doctoral qui ne lui a pas si mal réussi jusqu'à maintenant :

– Ce n'est pas à vous que j'apprendrai que, dans sa politique de *refoulement* appliquée à la Russie, l'administration américaine a soutenu, tant qu'elle a pu le faire avec un minimum de discrétion, la rébellion tchétchène. J'ai un ami qui s'en est occupé personnellement. Arrive *Nine-Eleven*, et le gouvernement américain change, pour un temps, de politique : il lâche les Tchétchènes pour se mettre bien avec les Russes, parce qu'il s'aperçoit que son flirt avec l'islam risque de se retourner contre lui. Mais nous, Mr Goloubinsky, nous savons que l'islam sous-développé ne représente pas, à longue échéance, un grand danger pour notre dessein. L'islam, nous l'assimilerons dans le *New Age*, comme nous y assimilerons les autres religions.

– Vous n'avez pas répondu à ma question.

– J'y arrive.

« Premier temps : je conçois l'opération *Mortelle Blessure* à partir de l'existence des Boyards. Deuxième temps : je trouve mon instrument idéal dans la personne du Martyr, le génial inventeur des « morts qui tuent ». Troisième temps, nous concluons un accord pour mener l'opération à bien. Son avantage à lui : disposer du matériel perfectionné que j'avais décidé de lui confier, causer du tort à la Russie et, ce que j'ignorais, se donner le plaisir de vous faire sauter un local et quelques bonshommes. Mon avantage à moi : d'une part, mener à bien *Mortelle Blessure* grâce aux réseaux du Martyr (je n'avais aucun moyen, à mon niveau, de m'introduire dans le palais Mychkine) ; d'autre part, reprendre pour le compte de l'Organisation nos contacts avec les Tchétchènes, et installer à deux pas de la Caspienne une tête de pont qui dépendrait directement de nous, et non pas du gouvernement américain.

Le Français :

– Et votre enlèvement ? Ce n'était pas inutilement compliqué ? Après tout, avec les moyens modernes, vous auriez pu traiter le Martyr à partir de Washington ou de Hawaii aussi bien que de la grotte où nous sommes.

– Ah ! non, pas vous, monsieur Sangdeboeuf ! Vous savez l'importance du contact humain dans notre genre de racket. Moi, Américain, quelle confiance aurais-je inspirée au Martyr si je n'avais pas accepté sa proposition de venir me mettre à la merci de son ami Ali Mansour ? Enfin, vous savez bien que le problème majeur de n'importe quel traitant, c'est de faire croire à son agent qu'il n'est pas comme les autres traitants, qu'il ne le laissera pas tomber.

Le Russe :

– Et alors, comment ça s'est passé ?

– Assez simplement. J'aurais pu rejoindre les Tchétchènes par des filières spécialisées, mais l'enlèvement paraissait la façon la plus directe et la moins suspecte de procéder, sans compter que l'usage de demander une rançon ouvrait des possibilités intéressantes. C'était une idée de Hussein : il a toujours eu ce talent de court-circuiter la réalité… La difficulté, c'était de me faire enlever tout seul. Il a fallu choisir un jour où je savais d'avance que le personnel étranger de l'orphelinat serait absent. J'ai donné à Hussein la date de la fiesta chez les French doctors…

– Par quel moyen ?

– Boîte à lettres morte. Et je suis tombé malade pour ne pas accompagner les autres.

– Vous avez feint de tomber malade ?

– Vous vous moquez de moi ? J'ai pris un laxatif… Pour tout vous dire, j'ai mis trois jours à m'en remettre. Les hommes de Mansour ont désespérément cherché les autres étrangers qu'ils avaient reçu l'ordre d'enlever – seul Mansour lui-même était au courant. À défaut des autres, ils m'ont enlevé moi, *hey presto*[1]. Ils m'ont transporté ici en me prenant pour un otage. À mon arrivée, je suis tombé dans les bras de Hussein à qui j'ai remis les microdrones (Sangdeboeuf prend une note) qui devaient nous permettre de pénétrer votre dispositif. Il est parti pour Saint-Pétersbourg. Et depuis quelques heures, je travaille sur le matériau informatique qu'il vous a emprunté et que j'ai fini par recevoir par courriel… Tout est bien qui finit bien. Si j'ose dire.

Sangdeboeuf :

– Ces microdrones n'étaient pas dans la caisse à jouets que vous m'avez montrée ?

– C'était un enfantillage. Je n'ai pas résisté à la tentation. Mais avouez que vous n'avez rien deviné sur le moment.

– Si je ne me trompe pas, il y a eu un ou deux morts au cours de votre *kidnapping*…

– Ah ! oui. Le serveur, je ne sais plus comment il s'appelait, et puis le papa social. Mansour a cru bon de les faire éliminer. C'était pour la vraisemblance.

Goloubinsky :

– Deux morts tchétchènes, ça fait toujours zéro morts…

Robin jeta un regard au Russe et vit qu'il le haïssait, non par antipathie personnelle, mais simplement parce qu'il était Américain.

– Moi, dit Sangdeboeuf en léchant de nouveau son crayon numéro 2, je me suis un peu méfié dès l'abord, mais c'est surtout le montant de votre rançon qui m'a mis la puce à l'oreille. Vingt millions de dollars ! C'était pour qu'on ne casque pas trop vite, n'est-ce pas ? Ou bien alors, plus subtil encore, ç'aurait été une façon élégante de subventionner la rébellion tchétchène ?

1. En un tournemain.

Robin ne répond pas. S'agit-il d'un interrogatoire définitif ou du premier d'une série ? Il ne sait pas. Ses interrogateurs ont l'air de chercher encore des questions à lui poser.

Goloubinsky :

– Votre réseau, combien de membres ?

– Le mien ? Hussein et un informaticien qui a dû quitter la Russie hier soir ou ce matin, après avoir copié votre bande.

– Son nom ?

– Nous l'appelons l'Algérien fou. Chez Hussein, il portait le pseudo Maboul.

– Et le reste du réseau ?

– Des gens de Hussein. Je ne les connais pas.

Sangdeboeuf :

– Revenons à votre Organisation. Vous avez des mots de passe, des gestes rituels, des moyens de reconnaissance ?

– Vous voulez savoir si nous nous serrons la main en rangeant le petit doigt ? Non. Rien d'aussi puéril.

– La liste de vos membres ?

– Disponible sur demande.

Les deux interrogateurs se consultent du regard.

Sangdeboeuf fait une moue qui signifie : « Nous avons tiré de lui tout ce que nous pouvions. »

Goloubinsky en fait une autre : « En le cuisinant sérieusement, on devrait arriver à constituer un dossier, mais est-ce que ça en vaut la peine ? »

Encore un silence, qui a quelque chose de définitif.

On entre dans l'indifférence absolue.

Goloubinsky presse le bouton stop sur son magnétophone. La bande n'enregistrera plus. Le moteur ne tournera plus.

Toujours courtois, Goloubinsky prononce avec sa clarté coutumière :

– Donnez-vous la peine de vous lever, Mr Chastow, et d'aller admirer ce tapis, sur le mur de gauche.

Robin se lève, tourne le dos au Russe et au Français et va se planter devant un superbe ispahan.

– Non, plutôt l'autre, dit Goloubinsky avec discernement. Celui de Samarcande.

Robin comprend aussitôt : pas utile d'arroser l'Ispahan de sang et de cervelle. Le Samarcande suffira bien.

Il se demande quelle pudeur empêche Goloubinsky de lui tirer une balle de 9 mm entre les deux yeux. Pourquoi faut-il que, de sang-froid, ce soit toujours la nuque ? Est-ce le « Tu ne tueras point » biblique qui complique de complexes ce que la CIA appelle « le préjudice suprême » ? Ou y a-t-il une obscénité fondamentale à ce que deux visages se rencontrent dans la mort, face contre face ?

Il a le nez contre des poils rouges et bleus qui sentent la laine, la fumée, la sueur de chameau, et il entend une culasse ouverte-fermée qui claque derrière son dos.

5

Dans un premier temps, la libération des trois otages, le Belge et les Français, ne fit pas autant de bruit qu'on s'y serait attendu.

Naturellement, on les montra à Moscou, et leurs familles vinrent se jeter dans leurs bras, et la femme de Matteo s'était fait faire une nouvelle coiffure pour paraître à la télévision, et la fiancée de Caldens fut secouée de sanglots, et Virginie remercia le Ciel de n'avoir pas été violée, mais, pour les caisses de résonance régnant sur ce qu'on appelle l'opinion mondiale, il y avait trois raisons de mettre la sourdine.

D'abord, la libération des otages était un succès de l'armée russe, donc il valait mieux en parler le moins possible. Ensuite, des combattants de la foi luttant pour la liberté de leur peuple avaient été massacrés par des colonialistes : il ne fallait pas mettre l'accent sur cette défaite. Enfin, le seul otage véritablement intéressant, c'est-à-dire l'Américain, demeurait introuvable.

Apparemment, il était enseveli sous les décombres de la grotte Chamilevskaïa. Pas étonnant : les Russes avaient sûrement bombardé les Tchétchènes de façon disproportionnée, par incompétence, selon certains commentateurs, par antiaméricanisme primaire, selon d'autres. Les Américains réclamaient le droit d'aller fouiller sur place, et la Grande-Bretagne faisait fidèlement entendre « la voix de son maître ». Y avait-il eu des pertes russes ? Personne ne s'en inquiétait. La OILOC, quant à elle, libre de poursuivre ses exploitations caspiennes, n'avait aucun intérêt à monter l'événement en épingle, et continuait à appliquer sa devise : pas de bavures, pas de publicité, pas de vagues.

L'explosion dans le sous-sol du palais Mychkine, qui, finalement, avait fait peu de dégâts, ne souleva pas non plus grand intérêt dans les media internationaux. Après tout, que pesaient la mort de quelques nervis à la solde d'une institution nationaliste et la disparition de plusieurs cariatides de mauvais goût, à côté des victimes innocentes de *Nine-Eleven* ? D'ailleurs, les Russes avaient-ils des preuves pour attribuer l'attentat aux moudjahidin tchétchènes ? Ils devaient l'avoir combiné eux-mêmes à fins de propagande !

Seuls les media russes, soutenus par les organes propres des Boyards, *Palka*, *Byl i byliny*, et la banque Galpérine et Katz, exploitèrent les événements en montrant le succès de l'opération de la grotte Chamilevskaïa comme une revanche prise sur le terrorisme tchétchène, à grand renfort de photos de victimes pétersbourgeoises et d'interviews de combattants spetsnaz dont certains avaient été filmés en pleine opération.

6

Une montagne ébranlée depuis une semaine par des explosions qui la secouaient sur sa base.

Au cœur de la montagne, une grotte, plongée depuis peu dans un silence préhistorique.

Au cœur de la grotte, un PC équipé des moyens de communication les plus modernes, et d'où, en appuyant sur un bouton, on aurait pu se mettre en contact avec le monde entier.

Il y avait de la bande dessinée dans ce décor, comme dans la plupart des conflits modernes où tout est simplifié à l'extrême : « Je suis le Génie du Mal. – Nous sommes les Croisés du Bien », tandis que les masques des héros et des traîtres crèvent l'écran sous des heaumes virtuels.

La situation, elle, était complexe.

Robin se tenait le nez contre le mur comme un enfant mis au coin, et sa préoccupation principale était de se conduire, jusqu'au dernier moment, comme un gentleman. Il n'avait pas de religion, il ne croyait à aucune survie, il pensait que la fin viendrait dans quelques secondes, et il était fier de son calme. Il avait bien envisagé de pivoter, de bondir face à la mort, mais il sentait qu'il y aurait là une agitation de mauvais aloi. Les vagues pensées qui traversaient son esprit étaient : « Il me semble que je vais être digne de Grand-Pa » et « Je sais bien que j'ai du sang de Français dans les veines, mais je saurai mourir en Anglo-Saxon. » Il ressentait aussi du dépit : en disant la vérité, il croyait avoir si bien entortillé le buveur de vodka et le mangeur de grenouilles ! Apparemment, il s'était leurré. Les deux hommes chuchotaient derrière lui, et il lui semblait qu'en tendant l'oreille à l'extrême – mais il dédaignait de le faire –, il aurait pu entendre ce qu'ils se disaient, comme nous entendrions les anges et les démons se disputer à voix basse dans notre dos, si nous leur prêtions attention.

Sangdeboeuf avait tendu une main vers l'avant-bras du Russe, mais sans le toucher. On ne touche pas un homme armé qui s'apprête à tirer, question de savoir-vivre.

– Une seconde, Dmitry. Il ne va pas se sauver. Pourquoi veux-tu le… ?

– Aucune raison de ne pas.

– Peut-être pas encore une raison pour.

– Si.

– Nous n'avons pas assez tué aujourd'hui ?

– Une vie de plus ou de moins… Ce fils de chienne…

« Fils de chienne », traduit littéralement du russe, lui avait échappé.

– Tu te prends pour le justicier du Far West ?

– Tu ne peux pas comprendre. La Russie commence à redevenir la Russie, et aussitôt, il faut que ces fils de pute (il avait retrouvé l'expression convenable) nous tombent dessus ? Eh bien moi, au moins, je vais m'en offrir un.

Dmitry leva à nouveau le bras qu'il avait baissé et Samson vit que l'avant-bras tremblait. Si résistant que fût cet homme, la tuerie des heures précédentes avait produit son effet sur lui. Pour un peu, il allait manquer sa cible. Samson eut envie, en plus du reste, de lui épargner cet embarras.

Au fait, il ne savait pas bien lui-même pourquoi il cherchait à sauver la vie de Robin Chastow. Ce n'était pas de la sympathie personnelle, ni – Dieu le sait ! – des dispositions favorables à l'hégémonie américaine, ni, encore moins, l'adhésion aux activités d'un agent mondialiste. Ce n'était pas non plus le respect de la vie en soi. Si on avait demandé à Samson son avis sur la vie humaine, il aurait répondu que certaines vies étaient plus bénéfiques que d'autres. Or, il n'était nullement assuré que celle de Mr Chastow le fût. Non, c'était autre chose : un sentiment qui tenait plus du bon goût que de la charité : ce meurtre n'avait pas d'utilité en soi ; aux échecs, c'est toujours une erreur de prendre une pièce pour rien ; il devait y avoir une façon plus élégante de procéder. Et puis, Samson avait l'impression inexprimée que, s'il épargnait une vie, Adeline – qui ne l'apprendrait même pas – lui en saurait gré, de quelque mystérieuse façon.

– À quoi va-t-il te servir mort ? demanda-t-il à voix basse, cherchant et trouvant des raisons logiques et professionnelles de faire ce qu'Adeline aurait aimé qu'il fît.

– Et vivant ?

– On pourrait le lui demander.

– S'il a dit la vérité, il n'a rien à nous proposer. S'il a menti, il va continuer.

– Et si on le recrutait ?

– Pour qu'il fasse quoi ? Il promettra tout et, dès qu'il sera libre, il ira rendre compte. Après tout, son opération est réussie : il a nos bandes de sauvegarde.

– Qui ne sont pas perdues, puis qu'on les a ici.

Ils chuchotaient, comme deux mauvais élèves assis au même pupitre, avec un œil sur la robe de chambre amarante, comme sur un surveillant au dos tourné.

– Oui, mais quel genre d'engagement veux-tu qu'il prenne ? C'est notre ennemi et nous n'avons aucun moyen de le mouiller.

– Dmitry, je suis déçu. Je te croyais plus vicelard. Bien sûr, les garanties qu'il nous donnera, il va les renier. (Ça y était, Samson avait construit son plaidoyer, et il y croyait.) Mais au niveau où nous sommes, les recrutements se font sans garanties, ils sont implicites, ils sont inévitables. D'une certaine manière, Chastow est déjà mouillé, sans que nous ayons rien eu à faire, simplement parce qu'il est passé par nos mains. Moi, il me semble qu'un gars du CE [1] raisonnerait *as follows*.

Samson se leva, les mains dans les poches, fit quelques pas, revint à Dmitry, qui regardait toujours de ses yeux fixes Robin épinglé au mur.

Maintenant Samson parla à voix haute, de façon à être entendu du prisonnier.

– Passons sur le fait que, si nous éliminons Chastow, l'opération de libération des otages aura été un demi-échec, et que ce n'est pas très gentil pour ton ami Groubko. Mais mettons-nous à la place des patrons de Chastow. Ils l'ont envoyé ici avec deux objectifs en vue : un rapproché, l'autre éloigné. Le rapproché, c'est de voler les bandes de sauvegarde des Boyards sans qu'ils s'en aperçoivent, pour faire une opération de désinformation contre eux ; l'éloigné, c'est de s'implanter dans la région caspienne. Ça se solde par quoi, tout ça ? Les bandes de sauvegarde ont bien été volées, mais tu le sais, et tu vas prendre les mesures de protection nécessaires. En outre, il y a eu un attentat contre le palais Mychkine avec mort d'hommes, ce qui n'était pas au programme. Quant à la racaille tchétchène avec laquelle Chastow avait fait ami-ami pour s'implanter dans la région, elle est ratatinée, écrabouillée, il n'en reste pas un survivant. L'opération *Mortelle Blessure*

1. Contre-espionnage.

n'est pas complètement manquée, non, mais il n'y a pas de quoi pavoiser non plus. Ajoute à cela que Chastow aura passé un certain nombre d'heures ou de jours en compagnie des Russes, et que ses patrons ne pourront pas ne pas se dire qu'il a peut-être été recruté, et même qu'il l'avait peut-être été déjà d'avance, d'où la semi-réussite de sa mission. Après tout, les cinquante fellouzes, ils y sont, au tapis ! Qui peut garantir que ce n'est pas Chastow qui a donné aux Russes les renseignements nécessaires pour les y mettre ? Donc, Chastow sait qu'il sera, de toute manière, soupçonné. Ces soupçons, nous pouvons faire en sorte de les confirmer. Il le sait aussi. Il a donc intérêt à faire un compromis avec nous, pour que nous ne les confirmions pas.

« Nous, de notre côté, nous avons une alternative, mais ce n'est pas *to kill or not to kill*, parce que *to kill*, ce serait vraiment trop bête. C'est comment exploiter la situation.

« Ou bien tu as pris un Américain la main dans le sac, en robe de chambre amarante et en pleine collusion avec les Tchétchènes, et tu en fais tout un foin, avec visites guidées de la grotte informatique. Ou bien tu joues la subtilité.

Dmitry, au contraire de Samson, parla très bas :

– Je peux te dire tout de suite que la main dans le sac ne sera pas acceptée chez nous. Les bonnes relations russo-américaines sont trop importantes. Si je propose cette solution, on me dira : « Pourquoi n'avez-vous pas oublié ce gêneur au fond de sa grotte ? »

– Justement. Tandis que si tu acceptes de jouer son jeu, si c'est réellement un innocent vice-président d'ONG enlevé par les méchants Tchétchènes, libéré grâce à toi par la glorieuse armée russe…

Un long silence sembla se solidifier dans la grotte.

Le visage de Dmitry s'alourdissait, se plombait, au fur et à mesure qu'il se pénétrait du raisonnement de Samson. Soudain :

– Donnez-vous la peine de vous retourner.

Robin se retourna lentement, se demandant si la balle de 9 millimètres de diamètre allait finalement lui arriver dans le front et non pas dans le cervelet, soulagé à l'idée d'être encore en vie, et s'appliquant à ne pas se laisser gagner par ce soulagement. La première chose qu'il vit, c'est que le Russe avait remis son arme dans son étui.

– Vous avez entendu ce qu'a dit mon ami ? demanda Goloubinsky.

Il avait les lèvres gourdes et du mal à prononcer les consonnes.

– J'ai entendu, répondit Robin avec aisance.

Goloubinsky se leva à son tour et commença à déambuler en nouant et en dénouant ses doigts derrière son dos. Il parla de ce ton professoral qui vient si naturellement aux Russes.

– Notre situation ne manque pas de sel. Nous sommes trois professionnels, mais nous nous rencontrons pour des raisons qui n'ont rien de professionnel. Vous, Mr Chastow – je ne parle même pas de votre couverture humanitaire –, vous travaillez, d'après ce que vous nous dites, au profit d'une Organisation véritablement « non gouvernementale ». Mon ami Sangdeboeuf est employé par la OILOC. Et moi, je suis un homme d'affaires essayant de rendre service à des amis en vue de profits futurs. Mais nous bénéficions toujours de la formation que nous avons reçue et de l'expérience que nous avons acquise.

« Sangdeboeuf a raison de dire qu'au niveau de secret où nous sommes, il n'y a plus de secret. Il s'agit simplement de savoir si vous acceptez de continuer à jouer votre jeu dont nous ferons le nôtre. Vous avez été enlevé par les bandits, comme le monde entier le répète, y compris CNN, l'oracle de la vérité universelle, et nous allons vous retrouver comme prévu, dans une cellule grillée, les fers aux pieds. Naturellement, vous suffoquerez de reconnaissance à l'égard de la Russie, ce qui fera plaisir à mon président et peut-être au vôtre, puisqu'ils sont devenus – comment disent les Français ? – comme derrière et culotte. Aussitôt après, vous serez libre de retourner aux États-Unis ou de poursuivre vos activités dans votre orphelinat tchétchène, à votre choix.

« Vous voulez savoir ce que nous y gagnerons ?

« D'une part, nous aurons complété votre interrogatoire en vous demandant de nous confier les informations dont vous disposez sur vos missions d'ancien officier de la CIA et sur cette Organisation à laquelle vous prétendez appartenir. Nous ne nous attendons pas que vous nous révéliez des secrets majeurs, mais il est toujours bon de compléter tel scénario, tel ordre de bataille, de prendre quelques assurances pour l'avenir. D'autre part, vous serez comme un oiseau bagué, comme un prisonnier qu'on laisse échapper avec une balise dans ses bagages. Toutes vos activités nous apprendront quelque chose.

« Bien sûr, vous rendrez compte à vos chefs. Ou bien ils vous mettront sur la touche, toujours ça de gagné, ou bien ils vous encourageront à jouer un double jeu avec nous. C'est ce que nous souhaitons : ne pas perdre le contact, rien de plus.

« Imaginons que vous refusiez.

« L'interrogatoire que vous venez de subir a été filmé, continue à être filmé au moment où je vous parle, et nous pourrons réaliser les montages que nous voudrons à partir de ce film. Je n'imagine pas que votre gouvernement ou votre Organisation soient enchantés de vous trouver sur les écrans de télévision du monde entier, gras et rose, dans une robe de chambre cousue d'or, aux commandes d'un ordinateur, alors que vous vous faisiez passer pour un otage et que l'explosion du palais Mychkine, dans laquelle vous avez trempé, a coûté des vies humaines… enfin, presque humaines : russes.

« Bien sûr, vous pouvez dire non tout de suite, ce qui serait dommage pour votre papa auquel vous êtes redevable de quelques secondes de concentration, et à votre maman à qui vous avez coûté neuf mois d'inconfort. À vous de voir. Si, en revanche, vous dites oui, même en pensant non, vous ne pourrez pas vous dépêtrer de ce oui par des démentis : vous savez comme moi que l'attention du public est un fusil à un coup.

« Il faut tout prévoir. Vous pourriez, à un moment ou à un autre, avoir la tentation du suicide : alors là, je peux vous promettre que le film que nous sommes en train de tourner fera le tour du monde.

Et, par dérision, le Russe ajouta :

– *Okeille ?*

Robin comprit que c'était en fonction de ce moment-là, prédestiné depuis le début des temps, qu'il avait toujours haï la Russie.

Oui, à moins de solliciter une balle dans la tête, il n'y avait pas autre chose à faire que se plier aux désirs de ce Barbare qui, pour une fois, dominait la situation. Cette humiliation serait vengée un jour, au centuple, mais, pour le moment, il fallait l'assumer. L'expression « Oké », surtout prononcée par des étrangers, l'avait toujours horripilé : elle était, pour lui, le symbole de la part la moins avouable de la mondialisation à laquelle pourtant il était voué. Il eut donc la tentation de répondre en russe : *Davaï !* On y va ! Mais il trouva plus insultant de lancer avec l'accent du Bronx qui lui était si étranger, à lui sudiste :

– *Okay !*

– Parfait, dit Goloubinsky. Nous allons procéder à la séance de maquillage.

– Maquillage ?

Le Russe sourit :

– Vous ne vous imaginez tout de même pas, Mr Chastow, que vous avez la tête d'un otage séquestré depuis huit jours ? N'ayez crainte. On va vous en faire une très convaincante pour les photos. Nous garderons la vraie en souvenir. Et nous filmerons la séquence « Maquillage ». Ça pourra servir un jour.

7

Il y eut grande fête le surlendemain au Quartier général de l'armée russe, lieu-dit L'Hôpital. Les officiers en grande tenue. Champagne de Crimée, vins de Moldavie et de Géorgie, cognac d'Arménie, vodkas de toutes les marques et de tous les parfums. Caviar rouge et noir. *Chachlyk*. Esturgeon. *Pelméni* sibériens. *Pirogui*. *Vatrouchki*. *Kisseli* [1].

Version officielle : les bandits wahhabites avaient commis un attentat terroriste en plein Saint-Pétersbourg (voir photos), sous les ordres d'un fanatique d'origine étrangère, qui y avait trouvé la mort (voir photo de la tête arrachée) en même temps que sept gardiens russes (voir photos des cadavres et de leurs familles éplorées). Par voie de représailles, l'armée russe avait donné l'assaut à la grotte Chamilevskaïa, mis hors d'état de nuire les cent bandits qui y étaient retranchés, et libéré trois otages que l'on connaissait déjà (voir photos). Des recherches plus approfondies avaient permis de libérer en outre, deux jours plus tard, l'infortuné otage américain (photo), qui avait été enfermé des nuits et des jours entiers dans un cachot souterrain (photo) avec des menottes aux mains et des fers aux pieds. Photo : on voyait le vice-président de *Bids for Kids* en haillons, les poignets et les chevilles immobilisés, les joues hâves, les yeux levés au ciel. Il y avait aussi des photos du général Groubko pénétrant dans le cachot pour délivrer lui-même le prisonnier. Bref, dans le cadre de la coopération internationale contre les terroristes, les Russes avaient sauvé un citoyen américain. Pour un temps, la presse internationale dut mettre la sourdine sur les Tchétchènes opprimés.

Pour les Russes qui festoyaient – leurs deux blessés n'étaient pas en danger de mort et les pertes ennemies n'ont jamais empêché un

---

1. Brochettes, pâtés en croûte, sortes de raviolis gâteaux, de fromage blanc, gelées de fruits.

triomphe –, ce qui comptait, c'était moins les otages libérés et la bande détruite que les incidents infimes du bouclage et du ratissage (« Tu te rappelles, j'étais dans les ronces, tu as cru qu'on m'allumait… Tu te rappelles, on a vu le trou, on a pensé que c'était l'entrée ») et, finalement, l'exploration minutieuse de la grotte, qui n'était pas minée et avait livré ses secrets un à un : on en avait rapporté qui une arme, qui un chapelet, qui une gamelle, qui un coran, ces objets tirant leur prix non pas de leur valeur relative, mais de leur qualité mystique de trophées, c'est-à-dire du fait d'avoir été arrachés à une réalité pour être transportés dans une autre. Le commandement aurait préféré faire le silence sur l'opération de plongée spéléologique, mais trop de personnes en avaient entendu parler : on choisit, au contraire, de porter aux nues Tchernomor et ses hommes. Quant au colonel français, il demanda lui-même à ne pas figurer au palmarès.

À la table d'honneur, autour du général Groubko dont le visage sombre et grumeleux était aussi radieux qu'il savait l'être, s'étaient groupés plusieurs journalistes russes avec leurs caméras de télévision, plus un débrouillard américain qui était arrivé là avant ses confrères occidentaux et à qui la vodka au piment donnait le hoquet. Étaient attablés aussi le dernier otage libéré, Robin C. Chastow III, vice-président de *Bids for Kids*, et la directrice de l'orphelinat anglo-américain, l'illustre vicomtesse Betty, qui, une fois de plus, avait trouvé le moyen de participer à une aventure sortant de l'ordinaire. On leur demanda des discours. Mr Chastow tint à rendre hommage aux Européens qui avaient été otages en même temps que lui et avaient déjà retrouvé leurs familles et aussi aux Russes de bonne volonté qui les avaient libérés. Il insista sur le plaisir qu'il avait à participer, en tant qu'Américain, à cette fête de la Russie renaissante, à laquelle s'associeraient, il n'en doutait pas, tous les Américains amoureux de la paix et de la liberté. La vicomtesse leva un sourcil et un verre face à la caméra et se contenta d'un *« Mud in your eye and bottoms up* [1] *! »* qui provoqua des applaudissements, sans que la plupart de ses admirateurs eussent compris ce qu'elle avait dit.

À une table voisine, Goloubinsky et Samson se faisaient tout petits entre Mikhaïl Ivanytch et Ioury Iouritch, mais il y eut tout de même une cérémonie à laquelle ils participèrent volontiers. Le lieutenant Tchernomor avait reçu l'ordre de présider la table malgré son grade

1. Littéralement : « De la boue dans vos yeux et le derrière en l'air. » Peut se traduire plus innocemment par : « À la bonne vôtre et cul sec ! »

subalterne, et il se doutait de ce qui allait lui arriver. À un moment, le colonel Mikhaïl Ivanytch se leva et aussitôt on fit silence. Il claqua dans ses doigts et un ordonnance lui apporta un seau à glace contenant une carafe. Il se leva, marcha sur Tchernomor et l'interrogea d'un ton terrible :

– Où est ton verre ?

Tchernomor loucha un instant sur son épaulette qui portait les trois étoiles du lieutenant de l'armée russe, rejeta en arrière la touffe de cheveux jaunes qui lui couronnait le front, et désigna le vase de cristal taillé qui avait été placé devant lui.

– Le voilà, camarade colonel. Je n'en ai pas de plus grand, malheureusement.

Le colonel remplit le verre à ras bord avec le liquide transparent de la carafe. Tout le monde se penchait pour voir si les conditions du rite étaient respectées. Alors, de sa poche, le colonel tira une étoile – les capitaines russes en portent quatre – et la jeta dans le verre, si bien que quelques gouttes de liquide se répandirent sur la table. L'étoile tinta contre le cristal.

Tchernomor se leva posément, inspira un bon coup, expira, saisit le vase à pleines mains et le porta à ses lèvres qu'il n'avait pas le droit d'avancer, sous peine d'être soupçonné de ne pas tout boire d'un coup. Il les ouvrit largement et versa le liquide dans l'ouverture comme dans un entonnoir. On voyait sa pomme d'Adam aller et venir. Lorsque l'étoile lui effleura les lèvres, il renversa le vase pour montrer qu'il était vide, se torcha d'un revers de main et sourit largement de sa bouche où il manquait une dent. On put constater qu'il tenait solidement sur ses jambes, qu'il avait pris la précaution d'écarter. Il se rassit tranquillement après avoir pris l'étoile.

Mais un officier porte deux épaulettes, et le colonel demanda à nouveau, d'un ton encore plus terrible :

– Où est ton verre ?

– C'est toujours le même, camarade colonel, fit Tchernomor en adressant un clin d'œil à ses amis.

Le vase fut à nouveau rempli. À ras bord. On vérifia. Et le colonel y jeta une deuxième étoile, si bien que deux gouttes s'en échappèrent. Nouveau hochement de tête. Samson regardait, et comprenait qu'il assistait à autre chose qu'à une gaminerie de soldats : un rite de passage, presque un sacrement.

Tchernomor se leva avec autant de fermeté que la première fois et posa sur le vase des mains assurées.

– On l'aura prévenu, souffla Dmitry à l'oreille de Samson. Il aura bu trois cuillerées d'huile.

La main porta le récipient jusqu'à la bouche sans qu'on pût déceler le moindre frémissement, et, de nouveau, l'alcool translucide se déversa dans le gosier grand ouvert. De nouveau, la pomme d'Adam fit ses allers-retours, et de nouveau les lèvres touchèrent l'étoile. Par-delà le jeu, il y avait un recueillement, une piété. Les *lieutenants* ne sont jamais que des « tenant lieu » : « capitaine » est le premier vrai grade dans toutes les armées du monde. En renversant son verre de la main droite, Tchernomor fit tomber la deuxième étoile dans sa main gauche. Chacun l'observait pour voir si ce demi-litre de vodka à 54 degrés absorbé en deux gorgées lui avait fait le moindre effet. Ses paupières battaient mais il se tenait toujours aussi droit. Les officiers se précipitèrent sur lui, l'enlevèrent dans leurs bras, et se mirent à le lancer en l'air et à le rattraper, encore et encore.

– Regarde-les quand ils reprendront leur place, dit Goloubinsky à Samson. Ils vont se servir à boire : s'ils se servent des verres pleins, c'est qu'ils sont d'accord avec la promotion de Tchernomor. S'ils ne se versent qu'une gorgée, c'est qu'ils ne l'en trouvent pas digne.

– Eh bien, moi, dit Samson, je l'en trouve digne.

Il se versa un plein verre de vodka et commença à le boire cul sec, mais s'étrangla.

– Un malossol, croque vite un malossol ! lui siffla Dmitry.

8

Il y eut d'autres fêtes. La première, chez les pétroliers, offerte par la OILOC, assurée de poursuivre ses travaux en Tchétchénie. Daniel prit Samson à part entre deux piles de caisses de champagne arrivées par avion :

– Les patrons savent que tu as désobéi, mais, étant donné le résultat, ils sont d'accord pour fermer les yeux. Tu auras ta part de prime.

– Trop bons, trop bons, dit Samson. *Victor non judicatur*, je sais.

– Qu'est-ce que ça veut dire ?

– « Il ne faut pas juger Victor. »

– Quoi ? !

– Je plaisante. C'est du latin. Ça signifie : j'ai dit aux Russes de garder les équipements de plongée spéléologique.

Daniel soupira :

– C'est un peu onéreux, mais tu as bien fait.

Puis, ce fut au tour d'*Orphans Galore* de régaler les vainqueurs. Il y eut là des représentants de diverses ONG, les deux Anglais que Samson avait déjà rencontrés, et même un adjoint du secrétaire d'État américain, venu exprimer sa satisfaction aux Russes, accompagné de reporters de CNN, du *Washington Post* et du *Washington Times* (lesquels ne se parlaient pas). Le géant Groubko fut trouvé photogénique avec ses allures de plantigrade : il était passé général-colonel [1] et plusieurs jeunes Américaines essayèrent de le séduire.

Les French doctors offrirent aussi une réception. Évidemment, ils étaient attristés par les pertes tchétchènes – « Est-ce qu'il était indispensable de massacrer tant de monde ? » s'étonnait Ludovic – mais ils se sentaient tout de même obligés de fêter la libération des otages rentrés en France, en Belgique et aux États-Unis.

1. Général de corps d'armée.

Le plus heureux fut Sacha, qui s'offrit une secrétaire d'état-major russe le premier soir, une script-girl américaine le deuxième, et passa la troisième nuit avec les infirmières Kiki et Véronique.

Goloubinsky avait regagné Saint-Pétersbourg, mais il avait insisté pour que Samson y fît une escale, et il l'attendait à l'aéroport :

– Nous dînons au palais Mychkine.

Les invités furent les mêmes que trois semaines plus tôt : la blonde et dodue princesse Macha, la brune Varvara, tirant sur son fume-cigarette ; le père Afanassy, chevelu, barbu – « mais pas wahhabite », précisa-t-il. Sacha demanda à voir les dégâts, Goloubinsky refusa :

– Nous essayons de faire croire qu'il ne reste pas pierre sur pierre du palais Mychkine. En réalité, les dégâts sont limités au sous-sol. Mais d'avoir été victimes d'un attentat, cela nous donne le genre qu'il faut avoir aujourd'hui. Je pense que, pendant un certain temps, les attaques contre nous vont baisser d'un ton. Samson, reprends du bélouga : il va tripler de prix quand les Américains auront colonisé la Caspienne.

Les deux hommes se regardèrent un instant dans les yeux et se dirent tout sans rien se dire.

– Tiens, remarqua la princesse Mychkine, il paraît qu'ils se tutoient maintenant.

Le lendemain, Samson atterrit à Roissy. Adeline était venue le chercher :

– J'ai séché un cours.

Elle conduisait mal la Rover et les goujats klaxonnaient sur son passage. Cela la faisait rire. De temps en temps, elle coulait un regard de côté à Samson.

– Pourquoi tu me regardes comme ça ?

– Pour vérifier que tu es vivant.

– Si tu continues, je risque de ne pas le rester longtemps.

Il voulait l'emmener au restaurant, elle refusa. Elle avait préparé ce qu'il fallait :

– Ce sera une dînette. Tu verras.

Il s'étonna qu'elle eût fait la cuisine, mais, en entrant dans l'appartement superbement repeint, il vit qu'elle avait tout acheté chez un traiteur russe, et disposé les zakouski variés dans des assiettes de bois peint, rouge, noir et doré.

– C'est pour que tu ne sois pas trop dépaysé, Gaston.

La vodka s'était transformée en glaçon dans sa bouteille, qu'il fallut passer sous l'eau chaude pour la dégeler. Adeline s'apprêtait à siroter, mais Samson lui donna une leçon : cul sec, une inspiration, un zakouski. Naturellement, il lui raconta ses aventures, comme les hommes les racontent aux femmes qu'ils aiment, c'est-à-dire en minimisant leur propre héroïsme pour en donner une impression exagérée :

– Tu sais, au fond du siphon, avec cinquante mètres de flotte sur la tête et trois cent mètres de terre au-dessus, je n'étais pas fier…

Sans cesse Adeline trouvait un prétexte pour effleurer les mains, les genoux, le crâne de Samson, comme pour s'assurer que tout était encore là :

– C'est drôle. Quand tu étais militaire et que tu partais pour une mission, j'étais plus rassurée.

– Tu croyais que l'armée allait me protéger ?

– Surtout, j'avais le sentiment que tes missions valaient la peine qu'on prît des risques. D'une certaine manière, ce que tu faisais, c'était toujours – sa voix se brisa un peu – pour la France. Maintenant, c'est pour de l'argent. Alors qu'on peut vivre sans. Ça paraît un peu… blasphématoire. C'est comme si on défiait le destin pour pas grand-chose.

– On peut vivre sans, mais on vit mieux avec.

– Si ce n'était que cela… j'essayerais de t'en empêcher. Mais je sais que tu as ça dans le sang.

– Quoi ça ?

– *Kalos kindunos*.

– Minute ! Je croyais avoir le monopole de la culture générale, ici. Qu'est-ce que c'est, ton *kalos* machin ?

Elle le regarda avec un attendrissement qui lui mit un éclat humide derrière les lunettes.

– Mon *kalos* machin, ça signifie « LE BEAU RISQUE », niquedouille.

Il vit qu'elle retenait ses larmes.

– Tu sais, je suis à la retraite, mais j'ai tout de même téléphoné à la boutique, pour que ça ne fasse pas désordre. J'ai eu Ernest. J'irai le voir demain au Fort. Il y a eu des développements un peu spéciaux, je ne peux pas te dire… Il faut qu'il soit au courant.

Adeline hocha la tête avec indulgence :

– Incorrigibles, tous tant que vous êtes !

Il avala un dernier petit verre, dégusta un dernier champignon mariné qui lui craqua sous la dent, et prononça, un peu timidement, en bégayant légèrement et en s'essuyant la bouche avec sa serviette amidonnée :

– Tu ne veux pas que je t'enlève tes lunettes, Adeline ? *Enlevare lunettas ?*

9

Sous les ailes du Boeing qui volait d'est en ouest, la planète tournait d'ouest en est, si bien que non seulement l'aéronef se rapprochait du but, mais le but paraissait se rapprocher de l'aéronef : tout en sachant que c'était faux, Robin, à demi couché dans son siège de première classe, en ressentait de l'angoisse, parce qu'il n'était pas pressé d'arriver. Participer à ce mouvement d'est en ouest qui a été celui de l'Histoire, les civilisations se succédant à peu près dans cet ordre-là, l'incommodait, d'autant plus qu'il se demandait si cette rotation allait continuer et si, après avoir brillé un temps en Amérique, la comète Civilisation n'allait pas illuminer de nouveau la Chine ou l'Inde, ou plus probablement l'Eurasie. Le mondialisme éclaterait peut-être dans la main des Américains, et la capitale du monde ne serait pas Washington, mais Saint-Pétersbourg celle de l'Europe…

Au fond de lui-même, Robin ne se sentait pas brisé par ses épreuves, mais nu, bien plus nu qu'il ne l'avait été le jour de son initiation dans le Club.

Au cours de ses interrogatoires systématiques, il avait tout donné, sans réserve, non par lâcheté, mais, au contraire, par maîtrise de soi, parce que rien de ce qu'il donnait n'était véritablement secret, ni le nom de Dr Kirsten, ni ceux des autres Clubmen qu'il connaissait, ni les coordonnées de la Kaaba, ni les missions qu'il avait accomplies, ni les divers niveaux d'initiation, ni les structures de l'Organisation dont il avait fini, sur une distraction, par lâcher le vrai nom : le Club. De tout cela il n'avait pas honte, car la doctrine du Club supposait que *ce qui ne doit pas être communiqué est incommunicable* – alors pourquoi jouer au petit soldat ? Quant aux secrets de la CIA qu'il avait livrés, ils avaient une barbe longue comme ça, et ses interrogateurs eux-mêmes – deux Russes en civil venus spécialement de Moscou, fort courtois d'ailleurs – n'y avaient guère attaché d'importance.

Non, si Robin se sentait dénudé, déshonoré, c'était à cause de la séance de déguisement et de maquillage, quand son corps même avait servi à faire croire qu'il avait subi des sévices de la part des Tchétchènes, qui l'avaient reçu comme un émir. Sous un fond de teint beige à tendance grise, on lui avait affaissé l'ovale du visage, creusé les tempes, dessiné des cernes, accusé le sillon labio-nasal ; ses muscles eux-mêmes, le frontal, le sourcilier, le temporal, le transverse, les orbiculaires, avaient travaillé pour l'ennemi. Ah ! ce crayon douloureux sous sa paupière inférieure ! Et lui qui ne pouvait qu'acquiescer, puisque l'ennemi le fardait pour l'aider à jouer le rôle qu'il s'était lui-même attribué ! Mentir n'est rien ; notre corps étant notre gage suprême, voir son corps devenir mensonge est insupportable.

Pour le reste, en rentrant aux États-Unis, Robin ne songeait pas qu'il regagnait ses pénates. Il allait se présenter à son Club pour rendre compte d'une mission ni manquée ni réussie, au cours de laquelle il s'était passablement ridiculisé. Il avait projeté d'être libéré en échange d'une rançon, qui aurait constitué un moyen astucieux de faire parvenir de l'argent aux rebelles tchétchènes, et voilà qu'il se trouvait non pas remis en liberté par ses amis, mais délivré par ses adversaires. *Mortelle Blessure* pourrait continuer, et il n'y avait aucune raison pour cesser la campagne de désinformation contre les Boyards, mais, les Boyards étant prévenus et prêts à la riposte, elle n'aurait pas les effets escomptés.

La situation ne se présentait pas telle que devaient l'imaginer Sangdeboeuf et Goloubinsky, qui raisonnaient en officiers de renseignement. À leur sens, ils avaient remporté la plus jolie victoire qui puisse se concevoir dans ce monde à part qu'est le contre-espionnage offensif : ils avaient *retourné* un agent adverse. Mais en réalité, Robin s'était donné tout seul sa mission, et il n'avait rien à craindre d'aucune autorité ; tout au plus n'accéderait-il pas encore au premier degré de l'initiation de son Club, celui des Patriarches ; c'était manqué pour cette fois, mais il aurait une autre chance, puisque lui ne considérait pas qu'il avait été *retourné* et que le Club ne le considérerait pas non plus.

En outre, il avait un motif de satisfaction : face à un danger de mort qu'il ne pouvait prévoir, Robin s'était bien tenu, et cela lui causait un vrai plaisir. Lui, le Clubman mondialiste qui militait pour une humanité indifférenciée où toutes les races seraient confondues, il se réjouissait parce que ni les Russes ni les Français n'avaient vu verdir de frousse un Américain, un gentleman sudiste, un Chastow, le petit-fils du « colonel Chastow » de Chastow Plantation. N'était-ce pas comique ?

« Comme nos instincts les plus stupides sont profondément enracinés en nous ! »

Avec Betty, la séparation s'était mal passée. La vicomtesse ne comprenait pas qu'il voulût quitter la Tchétchénie :

– Tout le monde dira que vous avez eu la trouille.

– L'opinion de « tout le monde » m'est indifférente.

– Vous avez été enlevé, vous avez été libéré : la belle affaire ! La bande de Mansour n'existe plus, vous ne courez aucun danger.

– Ce n'est pas une question de danger, Betty.

– Alors, si vous en avez assez de moi, dites-le franchement. La Tchétchénie ne manque pas de beaux hommes. (Un sourcil levé.) Je crois même que ce général qui fait sept pieds dans les trois dimensions m'a regardée avec concupiscence. (L'autre sourcil levé, elle croisa et décroisa les jambes.)

Robin ne pouvait dire à Betty qu'elle se trompait, qu'il n'avait rien à craindre des Tchétchènes, qu'il n'avait jamais été enlevé par eux, que si sa mission en région caspienne était, pour l'instant, terminée, c'était justement parce que ses amis tchétchènes avaient été éliminés. S'il arrivait à reconstituer un réseau, il reviendrait peut-être, mais, en l'état actuel des choses, il n'avait plus rien à faire ici qu'à s'occuper d'orphelins, ce qui ne l'intéressait guère. Cela ne le gênait pas de mentir à Betty, mais cela le gênait de lui mentir mal, et il entendait au son de sa propre voix que les raisons qu'il donnait pour justifier son départ – rendre compte au président de *Bids for Kids*, voir des médecins, se faire débriefer par la CIA – n'étaient pas convaincantes. La réconciliation sur l'oreiller n'avait pas très bien marché, et les amants s'étaient quittés sur un ton aigre-doux, sans se promettre de se revoir ni se jurer qu'ils ne se reverraient pas. Robin avait mollement proposé à Betty de partir avec lui, du moins pour un certain temps, mais il s'était fait rabrouer :

– Avec cinquante moudjahidin polygames dégommés, ce serait plutôt le moment d'agrandir l'orphelinat. J'ai déjà demandé à mon mari de me débloquer des fonds. Puisqu'il n'a pas eu à payer votre rançon...

Une chose étonnait Robin. Il avait naturellement envoyé un compte rendu codé à Dr Kirsten, par courriel, et n'en avait reçu aucune réponse. Pas même un accusé de réception.

– J'espère qu'il n'est rien arrivé à la vieille taupe !

Robin pensait à Hamlet apostrophant le spectre de son père, parce que Dr Kirsten ressemblait en effet à une taupe, non seulement par son corps informe, mais par ses affinités avec l'ombre et la clandestinité, sa façon mystérieuse de forer des tunnels invisibles dans la société et dans l'Histoire.

En débarquant à l'aéroport de Kennedy, Robin constata que « l'Homme Total », idéal du Club, arrivait déjà. Les Anglo-Saxons, les Scandinaves, les Germains, les Italiens étaient fortement mélangés avec les Noirs, les Hispaniques, les Philippins, les Arabes, les Juifs, les Japonais, les Chinois ; les moins présents étaient les Indiens, les Anglo-Saxons n'en ayant pas laissé beaucoup de vivants sur ce continent. Curieusement – sans doute la fatigue le rendait-elle d'humeur littéraire – une autre citation revint à l'esprit de Robin :

Je suis le Chien Total, fils de tous les passants ;
J'entends japper en moi la voix de tous les sangs :
Mon âme est une meute assise en rond, qui songe...

Rostand, *Chantecler*, une des lectures préférées de Grand-Pa.

Cela le fit rire : « Décidément, mon inconscient n'est pas politiquement correct ! »

Il descendit, comme d'habitude, à l'Algonquin, et y dîna solitairement. Il repassait dans son esprit les événements des neuf derniers mois et pensait qu'il avait sans doute accouché d'un nouveau lui-même, dont il ne savait pas encore grand-chose.

Ses coups de téléphone à Dr Kirsten ne donnèrent rien. Le lendemain, il loua une Intrigue d'Oldsmobile et partit pour la Varsity : du courrier l'attendait peut-être dans sa boîte à lettres de la Kaaba.

10

Revoir la Varsity ne lui fit pas le même effet que les fois précédentes. Ces murs qui semblaient vaciller dans le vent à cause du lierre qui les recouvrait, cette architecture convenue, quelque chose d'un peu démagogique, lui sembla-t-il, dans l'ordonnancement des dortoirs et des pelouses, plaisant à l'œil et rassurant pour l'imagination, l'affectation britannique, tout cela le mit mal à l'aise. Et ces églises, et ces temples et ces chapelles ! Il y en avait pour tous les goûts. Il erra à pied par les avenues vidées de leur agitation hivernale, reconnaissant chaque ébrasement, chaque meneau, chaque gâble, chaque clocheton, et s'étonnant d'avoir été si profondément marqué par ce qu'ils figuraient pour lui. Pas de flammes ni d'oriflammes, cette fois-ci – il est vrai que ce n'était pas la saison. La coupole transparente de la Kaaba en marbre noir apparaissait aux coins des allées, mais il ne se sentait pas encore prêt à l'affronter. Il se laissait aller à se dire : « Quoi, cette Varsity que j'ai tant aimée, ce n'est donc que ce campus un peu prétentieux, qui impressionne à mort les provinciaux venant y téter le lait de l'*alma mater* ? » Et il se reprochait de penser cela, parce qu'il détestait ce qu'il y a de romantique dans le désenchantement.

Il alla jusqu'au cottage de Dr Kirsten : les volets en étaient fermés, comme beaucoup d'autres ; les professeurs étaient dans leur maison de campagne du Vermont ou du New Mexico, ou alors ils s'étaient envolés pour rafraîchir leur espagnol à Salamanque ou leur chinois à Pékin. Il s'aventura dans la bibliothèque où il avait passé tant d'heures. L'arche ogivale qui dominait la grande salle l'accueillit une fois de plus par la parole de l'Écriture qui y était gravée dans la pierre : *LA VÉRITÉ VOUS RENDRA LIBRES*. Cela lui parut aussi dérisoire que l'inscription diabolique d'Auschwitz : *Arbeit macht frei* [1], et il répliqua

1. Le travail libère.

avec un haussement d'épaule, comme Ponce Pilate l'avait fait deux mille ans plus tôt : « Qu'est-ce que la vérité ? » Cependant une des vieilles bibliothécaires l'avait reconnu :

– Ah ! Vous étiez si studieux, Mr Chastow ! Ce n'est pas étonnant que vous ayez réussi dans la vie.

Il demanda des nouvelles de Dr Kirsten.

– Dr Kirsten, répondit la bibliothécaire en prenant garde à ne dire ni *il* ni *elle,* est en Allemagne, à Tübingen. Vous avez toujours été un des chouchous de Dr Kirsten, je sais, ajouta-t-elle en riant.

Robin n'osait toujours pas entrer dans la Kaaba. Il alla déjeuner chez *Black Jack*, la taverne où il savait son nom buriné au couteau dans le chêne. Il avait passé des heures à réaliser ce chef-d'œuvre, et il lui fallut du temps pour retrouver la table, qu'on avait déplacée. Il s'y installa pour déjeuner d'un *Reuben sandwich* arrosé de bière. Il se fit servir de la Molson, bière canadienne qui avait toujours eu sa préférence. En mâchant et en buvant, il ne cessait de se dire :

– Qu'est-ce que j'ai ? Mais qu'est-ce que j'ai donc ?

Il n'était pas malade, il n'était pas triste, il était nerveux. Or, la nervosité, selon lui, était un signe de mauvaise éducation ou de mauvaise hérédité. La serveuse, étudiante de première année qui travaillait pour payer une partie de ses études, lui fit de l'œil, encore qu'avec ses quarante ans elle le soupçonnât d'être un *dirty old man* [1], mais ne parvint pas à le dérider. Enfin, il n'y tint plus, sauta en voiture, fit une marche arrière sans regarder derrière lui, faillit emboutir une autre voiture qui sortait en même temps, et partit à toute allure pour la Kaaba.

Devant le cube noir et luisant, il s'arrêta.

Il se rappelait la journée qu'il avait passée dans cet édifice, vingt ans plus tôt, nu, en compagnie d'autres jeunes hommes nus, à répondre à des questions. Il revivait ses sensations et les comparait à celles qu'il avait éprouvées récemment, dans la grotte Chamilevskaïa, le nez collé contre le tapis de Samarcande, à écouter ce que se disaient dans son dos le Français et le Russe qui le tenaient à leur merci. À cet instant, son *aaba* amarante brodée d'or lui avait en quelque sorte tenu lieu de nudité, une nudité, malgré les apparences, plus radicale que la vraie. L'opération *Mortelle Blessure* que son cerveau avait industrieusement conçue et, par conséquent, son cerveau industrieux lui-même étaient dénudés sous le regard de ces deux hommes, tandis que sa vie avait

1. Vieillard libidineux.

perdu toute valeur : prise ou laissée, cela changerait tout pour lui et rien pour eux. Sous le double regard qui le transperçait par derrière, il ne valait pas plus qu'une grenouille crucifiée sous le scalpel du laborantin. Il se rappela qu'il s'était fait, à cet instant, un souci tout à fait ridicule pour l'*aaba* : il s'était demandé si la balle lui arriverait dans la nuque ou dans le dos et il avait eu une préférence pour la nuque afin que la soie sauvage ne fût pas trouée.

Il se rappela aussi un autre incident.

Pour les photos, bien sûr, il avait enlevé la robe de chambre. Mais quand, son interrogatoire terminé, Goloubinsky et Samson lui avaient demandé de reconnaître l'équipement qui était le sien – radios, Immarsat, BLU, GPS – qui lui avait été « volé » par les bandits et lui serait « restitué » par l'armée russe (autres photos), Goloubinsky avait soulevé la robe de chambre jetée sur un divan et lui avait dit poliment en la lui tendant :

– Ceci également, je crois, est à vous.

Robin y avait vu plus que de la politesse. Il lui sembla que Goloubinsky, en lui rendant la somptueuse chose, avait eu plaisir à lui rappeler la situation humiliante dans laquelle il s'était trouvé la dernière fois qu'il la portait, humiliante d'autant plus qu'il avait cédé à un mouvement impardonnable de la part d'un professionnel en ne l'abandonnant pas à l'orphelinat le jour de son « enlèvement ». Oui, il l'aimait cette robe de chambre, d'un amour ambigu : quand le Chahid la lui avait donnée – le jour où, lui aussi, il l'avait fait mettre nu –, elle était devenue pour lui le symbole de *Mortelle Blessure*, cette opération dont il était si fier, et maintenant, elle était tout ce qui lui restait de cet homme fou et brave qui, selon toute probabilité, l'avait berné. À vrai dire, il était si attaché à cet objet qu'il avait failli le détruire pour s'en punir, mais il avait fini par succomber à la tentation de le garder. Maintenant encore, elle était dans un sac Gladstone, au fond du coffre de l'Intrigue, et il pensait avec un étrange plaisir que, ce soir, il l'enfilerait une fois de plus, qu'il en respirerait l'odeur épicée, que ses fils d'or lui gratteraient légèrement la peau.

Il posa la main sur la porte d'acier.

Des idées absurdes lui traversaient l'esprit : si le code d'entrée était changé ? Si le Club avait été dissous ? Si son casier avait été attribué à un autre membre ?

Mais tout était en ordre. La porte obéit à la clef électronique, la Poste était toujours au bout de la coursive de droite et il vit, par la petite fenêtre, qu'il y avait du courrier dans son casier. C'était une grosse enveloppe contenant ce qui semblait, au toucher, être une brochure ou un carnet. Sur l'enveloppe, pas de numéro d'alvéole : Robin pouvait donc ouvrir son enveloppe sur place, mais il s'en abstint : bien que, en cette fin de juin, la Kaaba parût complètement déserte, rien ne garantissait qu'un autre membre ne se trouvait pas dans les parages, prêt à lorgner par-dessus l'épaule d'un négligent. Robin retourna dans sa voiture de louage, où il se sentait un peu chez lui.

Assis devant le volant, il posa l'enveloppe sur ses genoux et ses mains sur l'enveloppe, comme s'il essayait de deviner avec ses doigts ce qu'elle contenait. Les idées les plus absurdes se chevauchaient dans son esprit. Le paquet allait exploser dès qu'il l'ouvrirait. Ou il y trouverait l'ordre de se faire hara-kiri. Ou il apprendrait qu'il était exclu du Club (il savait pourtant que cette pratique n'existait pas).

Il se força à ouvrir l'enveloppe en la déchirant le moins possible.

Il en retira un cahier de forme oblongue, relié en maroquin blanc.

Sur la couverture, le chiffre 1, non pas imprimé mais découpé, si bien que, à travers lui, on découvrait la première page, blanche, épaisse, avec quelques brins de paille pris dans la pâte et des angles arrondis. Sur la première feuille, rien. Sur la deuxième, rien. Sur les suivantes, rien. Sur la dernière, rien. Robin les compta. Il y en avait 20, ce qui faisait 40 pages, et 40 symbolise, dans la Bible, un nombre élevé mais indéterminé.

Il prit le cahier par le dos et le secoua, pour s'assurer qu'il ne contenait rien. Un bristol s'en échappa, qui glissa au sol. Robin dut se pencher pour le chercher entre les pédales, et il eut du mal à glisser dessous un ongle, puis un doigt. Deux fois, il le laissa échapper. Une angoisse intense s'était emparée de lui et, lorsqu'enfin il tint le bristol, il essaya d'abord de le déchiffrer à l'envers. Puis enfin il put lire :

Le Patriarche Robin C. Chastow III est prié de se rendre à Panama City Beach pour son initiation au premier degré.

Aucun lieu précis, aucune date, aucune heure n'étaient indiqués.

11

À part ce rendez-vous qui n'en était pas un, Robin n'avait rien de particulier à faire. Il savait que, s'il retournait à Atlanta, tout le monde voudrait le faire parler de sa captivité en Tchétchénie : interviews pour l'*Atlanta Constitution*, pour l'*Atlanta Journal*, pour les stations de télévision et de radio, réceptions au Piedmont Driving Club, à l'église épiscopalienne… Il valait mieux laisser la poussière retomber.

Il prit donc l'Intrigue et traversa les États-Unis du nord au sud à petites journées. Il s'arrêtait dans les motels et dînait dans les *diners* les plus ordinaires, il regardait les feuilletons de télévision les plus stupides, il s'abandonnait à cette poésie des autoroutes américaines qui réussissent à faire paraître monotone un pays aussi divers. Il traversa la Nouvelle-Angleterre, patrie des *wasps*, franchit la Mason-Dixon Line qui avait séparé les abolitionnistes des esclavagistes, contourna Washington, qui ne se souvient plus d'avoir été brûlée par les Anglais, traversa la Virginie, le plus snob des 50 États, la Caroline du nord, la Caroline du sud, et, à travers les Smoky Mountains, atteignit sa Georgie natale.

Pendant toutes ces heures au volant, il avait deux sujets de méditation.

Tantôt il pensait que, en devenant Patriarche, il avait réalisé à la fois ses propres ambitions et celles de son grand-père, et que, maintenant, des champs d'action infiniment plus étendus que par le passé s'ouvriraient devant lui. Naturellement, il se demandait à quoi il devait attribuer sa promotion, alors qu'il n'avait pas encore rendu compte de sa dernière mission : les douze Patriarches lui avaient-ils fait confiance pour la réussir au vu de son bilan passé ? Y avait-il eu un décès et, par conséquent, une vacance à combler d'urgence ? Naturellement aussi, il s'interrogeait sur le message qu'il allait trouver à Panama City Beach (pourquoi Panama City Beach ?), mais sans véritable inquiétude. Jusque-là, tous les bonds que lui avaient fait faire ses divers degrés d'initiation, il les avait acceptés, approuvés, assimilés : ils étaient devenus une part de lui-même, et, si les autres Patriarches avaient décidé de l'intégrer à leur collège, c'est qu'une fois de plus la mutation – c'en serait une – se ferait sans douleur ni réserve, ni doute. Peut-être, grâce à ses nouvelles fonctions, aurait-il l'occasion de prendre une revanche sur Goloubinsky et ses Boyards.

Tantôt, à découvrir ces vastes étendues plates ou vallonnées plantées de millions de pins, Robin songeait aux États-Unis, à ce qu'ils avaient représenté dans le monde. Passé la première période, celle de sir Walter Raleigh, où l'Amérique avait été tout simplement conquise et colonisée, comme d'innombrables pays avant et après elle, elle était devenue un refuge pour les humiliés et les offensés de la terre – baptistes et anabaptistes, *doukhobors* [1], objecteurs de conscience, Juifs de Pologne et de Russie, pauvres Grecs, pauvres Italiens, Russes anticommunistes, Allemands antinazis –, et pour eux tous, une fois qu'ils avaient franchi le filtre draconien d'Ellis Island sous les yeux de la Liberté éclairant le monde, l'Amérique était devenue, comme dans *West Side Story*, l'incarnation d'un rêve. Chose cocasse, dès que ces persécutés avaient cessé de l'être, ils avaient commencé à le faire, exterminant les Indiens, asservissant les Noirs, volant le Texas et la Californie aux Mexicains, jouant les caïds en Amérique du Sud d'abord, puis dans le monde entier. En un sens, l'aventure américaine n'était pas très différente de la parabole de l'Écriture où le débiteur libéré de ses dettes court se jeter à la gorge de ceux dont il est le créancier.

Les distances sont telles, aux États-Unis, que les détours, même d'un ou deux jours de route, paraissent insignifiants quand on a du temps devant soi. D'ailleurs, Robin n'avait pas envie de se précipiter à son mystérieux rendez-vous de Panama City Beach, comme s'il l'avait appréhendé ou souhaité exagérément. Autant il ne voulait pas s'arrêter à Atlanta ni n'avait encore envie de revoir Chastow Plantation, autant il lui parut congru d'obliquer vers Vidalia pour aller faire une visite à son ex-femme et à ses enfants, qui avaient dû suivre à la télévision l'histoire de son enlèvement et de sa libération, et éprouveraient peut-être quelque satisfaction à le revoir indemne. Il s'arrêta donc dans un motel de plus et téléphona. David parut enchanté de l'entendre :

– Salut, l'aventurier ! Il paraît que tu fréquentes les harems tchétchènes ? Tu es de retour ? Quand viens-tu nous raconter ? Tu ne veux pas venir ce soir ? C'est trop tard ? Eh bien, viens prendre ton petit

1. Secte russe protégée par Léon Tolstoï.

déjeuner avec nous demain. Je parie que les Tchétchènes ne font pas les *grits* aussi bien que Connie.

Robin retint une grimace. Il n'appréciait guère la bouille de maïs qui constitue l'essentiel du petit déjeuner sudiste, et encore moins qu'on appelât son ex-femme Connie. Il accepta le petit déjeuner tout de même, se promettant de ne pas s'éterniser.

Cette fois, il n'avait pas oublié les cadeaux pour les enfants – un jeu électronique pour Robin et une poupée géorgienne qu'il baptisa tchétchène pour Christobel – mais il allait bientôt découvrir qu'il avait commis une gaffe bien plus grave.

En attendant, quand il arrêta l'Intrigue devant la petite maison de David, il constata que, si la colonne de gauche s'ornait toujours du drapeau confédéré, celle de droite était maintenant décorée de la bannière étoilée fédérale, les deux symboles retombant assez lamentablement dans l'air stagnant, comme deux oiseaux morts suspendus pour en effaroucher de vivants. David était un sudiste nostalgique, on le savait, et il avait toujours arboré l'emblème de Dixie sur son domicile qu'il considérait comme son château-fort. C'était aussi un patriote américain convaincu, et il portait au drapeau tricolore le respect qu'il fallait. De là à afficher des sentiments qui, depuis *Nine-Eleven*, étaient devenus d'une telle banalité... Quelque chose avait dû arriver à David.

Au reste, il n'y paraissait rien. Il se tenait en haut de son perron, les jambes écartées, les mains sur les hanches, doigts vers le bas, le torse arqué vers l'arrière, dans la pose de cow-boy qui lui était familière. Il portait un jean et une chemise quadrillée dite *wife-beater* [1]. Ses dents luisaient clair dans son visage osseux et hâlé. Il paraissait sincèrement ravi de voir l'ex-mari de sa femme.

– Alors, tu t'en es tiré tout de même ? Bravo ! Qui t'a fait le plus de misères, les damnés Tchétchènes ou les damnés Russkies ?

Les deux mains s'empoignèrent plus solidement que d'ordinaire. Les deux visages, le rude et le lisse se souriaient.

– Je ne te savais pas cocardier, dit Robin, en indiquant le *Stars and Stripes* [2] d'un hochement de tête.

– C'est une longue histoire. Viens plutôt voir Connie. Elle s'est inquiétée pour toi, tu ne peux pas savoir.

Il fut désagréable à Robin que ce fût David qui lui dît que Constance s'était inquiétée, et il n'était pas certain que David ne le lui dît pas

---

1. Mari qui a l'habitude de battre sa femme.
2. Étoiles et bandes : drapeau américain.

justement pour lui être désagréable. À cet instant, Constance s'encadra dans la porte ouverte, et il vit qu'elle portait, pressée contre sa robuste poitrine, un petit enfant vêtu de rose. Il avait oublié qu'elle en attendait un, et cet oubli, qu'il ne pouvait même pas cacher puisqu'il n'avait pas apporté de cadeau, le plongea dans la confusion. Il n'aimait pas être pris en faute, et, en l'occurrence, cela lui était particulièrement déplaisant parce qu'il ne lui plaisait pas beaucoup non plus que Constance, sa Constance, eût enfanté, porté et mis au monde un enfant de David. Cela rendait la relation du nouveau couple exagérément manifeste, obscène pour tout dire. L'enfant lui apparut comme un agrandissement monstrueux du sexe de David, et il en conçut du dégoût.

– Comment s'appelle-t-il, je veux dire : s'appelle-t-elle ? demanda-t-il pour cacher sa gêne, sachant bien qu'il n'entrait pas dans sa personnalité de s'extasier sur la joliesse d'un nourrisson.

En même temps, il vit Constance écarquiller les yeux à sa vue et l'entendit s'écrier :

– Robin, tu es tout blanc !

– Comment ?

– Eh bien oui, mon vieux, tu as blanchi, reconnut David. Tu as dû passer de sales quarts d'heure. Entre donc.

Robin entra. Il y avait un miroir au-dessus de la cheminée, et, en déplaçant un vase de fleurs posé devant, Robin constata que ses cheveux châtain avaient en effet considérablement blanchi : une mèche, en particulier, qui lui retombait sur le front, était d'un blanc jaunâtre passablement répugnant. Ce n'était pas le plus grave : son coiffeur d'Atlanta s'y entendait en rinçages et, une fois argentée, la mèche aurait même quelque chose de séduisant ; ce qui inquiétait Robin, c'est qu'il eût pu vivre des jours et des jours, se raser, se brosser, se peigner, sans s'apercevoir du changement. Incroyable. Il ne saurait jamais si la transformation avait été subite ou progressive. Troublant.

Robin IV et Christobel accouraient. Il leur donna leurs cadeaux et eut un geste d'excuse pour la dernière :

– Je ne sais jamais ce qu'il faut donner aux tout petits. (Il ne sut pas si les parents étaient dupes. Non, sans doute : il ne s'était jamais enquis de la santé de Constance, et, eux, de leur côté, ne lui avaient pas envoyé de faire-part...) Au fait, comment s'appelle-t-elle ?

– Georgia, dit fièrement David.

Les aînés tardaient à ouvrir les cadeaux : ils regardaient leur père de tous les côtés, avec admiration et fierté.

– C'est vrai que c'est les Russes qui vous ont libéré, *Sir* ? demanda Robin.

– Est-ce que les Tchétchènes ont été très méchants avec vous, *Sir* ? demanda Christobel.

Il était devenu un héros pour ses enfants parce qu'ils l'avaient vu à la télévision et que leurs camarades avaient parlé de lui pendant trois jours. La gloire de sa fausse capture et de sa libération bidon avait rejailli sur sa progéniture. Cela l'agaça. De toute manière, si peu de prix qu'il attachât à la vérité, il lui était pénible de raconter à quiconque, et surtout à ses enfants, et surtout en présence de Constance et de David, les aventures qu'il était censé avoir vécues : il répondit par monosyllabes : des *oui* qui signifiaient *non*, des *non* qui voulaient dire *oui*.

Le petit déjeuner fut aussi détestable qu'il l'avait prévu. Non seulement, il se serait volontiers passé des *grits*, mais les petites saucisses, et les œufs frits recto-verso, et les crêpes arrosées de sirop d'érable lui furent désagréable. Quant au café, n'en parlons pas ! Il avait depuis longtemps perdu l'habitude de la décoction aqueuse teinte en marron que les Américains appellent café.

Constance, pourtant, se montrait plus prévenante qu'elle ne l'avait jamais été : sans doute la captivité de son ex-mari avait-elle ému en elle les instincts maternels. Il alla jusqu'à se demander si ce n'était par égard pour lui qu'elle avait caché ses jambes irrésistibles sous un pantalon blanc.

Le seul instant de détente fut celui où David raconta une de ses histoires drôles.

– Tiens, j'en ai entendu une bien bonne. Ce sont trois pasteurs qui discutent et qui disent que, tout de même, leurs péchés leur pèsent beaucoup, et que le truc catholique romain de la confession, ça ne doit pas être mal. Bien sûr, ils ne croient pas à l'absolution, mais tout de même, s'ils pouvaient, dans le plus grand secret, s'avouer mutuellement leurs fautes, ce serait un soulagement. Ils en tombent d'accord. – Mon vice, c'est la luxure, dit le presbytérien. Tous les samedis soirs, je culbute la femme du diacre : sans cela, je ne pourrais pas prêcher le dimanche. – Moi, c'est pire, dit le méthodiste, c'est l'alcoolisme : il m'arrive de descendre une bière en douce. – Moi, c'est encore pire : c'est la médisance, dit le baptiste, je ne peux pas entendre un secret sans aller le répéter sur la place publique. Messieurs, je vous souhaite le bonsoir.

Dès que la fuite fut possible, Robin prit ses jambes à son cou en prétextant des rendez-vous urgents. Toute la famille le reconduisit jusqu'à l'Intrigue, que, cette fois-ci, les enfants admirèrent avec un respect presque religieux. Robin IV voulut savoir si on reverrait bientôt son père à la télévision. Christobel se suspendait à son bras. La belle Constance lui tendit sa joue à picorer. David considérait la scène les mains aux hanches, l'air d'un *pater familias* satisfait de sa mesnie. Robin était déjà au volant et avait baissé sa vitre pour dire au revoir une dernière fois, quand David descendit le perron en deux bonds :

– Tout à l'heure, tu m'as demandé pour les drapeaux.

– Abondance de biens ne nuit pas. Tout de même, à notre époque, tu ne crois pas qu'il y a contradiction ?

– Contradiction ?

– Entre l'étendard de l'esclavagisme et la bannière de la démocratie !

Raillerie, bien sûr, mais pas au premier degré. Robin n'ignorait pas que le Sud ne s'était pas battu pour l'esclavage mais pour le libre échange et que, pour les États-Unis, la démocratie était surtout un fonds de commerce.

– Voyons, Robin, tu sais bien que j'ai toujours eu une sympathie morbide pour les causes perdues.

– Tu parles de la plus grande puissance mondiale ! Un peu de respect, je te prie. Tu ne t'imagines pas que ce sont quelques Arabes fanatiques et faméliques qui, sous prétexte qu'ils nous ont dégringolé deux tours…

– Il ne s'agit pas de ça, Robin. L'Amérique ne peut pas être démolie du dehors. Mais, du dedans, c'est déjà à moitié fait. (Le *red neck* [1] était étrangement ému ; il en devenait éloquent.) La drogue, le globalisme, les droits civiques, l'Action affirmative, le politiquement correct, le pétrole, le *New Age*, le *New World Order* [2]… Notre vieille Amérique à nous, celle des pionniers, l'Amérique au cœur pur, celle qui ne regardait pas plus loin que l'entraide et la dinde de *Thanksgiving* [3]… Elle est fondue, cette Amérique-là. Alors voilà, j'expose son drapeau, comme j'expose le drapeau sudiste. Par piété pour les morts.

Et, hypocritement féministe comme tant d'Américains, il se crut obligé d'ajouter, parce que Constance l'écoutait :

– Connie est d'accord.

– Oui, dit Robin, d'un ton sarcastique, oui, l'Amérique de Norman Rockwell est morte et enterrée. Vous en êtes témoins, non ?

---

1. Littéralement cou rouge : cul-terreux.
2. Âge nouveau, Nouvel Ordre mondial.
3. Fête religieuse correspondant à la fin des récoltes.

12

Panama City Beach est une incarnation du concept d'horizontalité : une longue bande côtière au fin fond du golfe du Mexique, à peu près au milieu de cette partie de la Floride qu'on appelle « le manche de la casserole ». Il n'y a là rien qu'une plage de sable blanc au premier plan et, à perte de vue, une étendue d'eau salée émeraude. La verticalité est absente du paysage, encore que quelques bouquets de cocotiers obliques s'efforcent d'en donner une vacillante idée. Il y a peu de maisons particulières et peu de magasins, mais les motels et les hôtels, grands ou petits, s'alignent par dizaines, par centaines, comme les cubes d'un jeu de construction, s'efforçant de différer un peu les uns des autres pour séduire le client, et n'y arrivant pas, parce que le client n'aime pas les différences. Il aime avoir du sable blanc et de l'eau émeraude pour son argent, et, comme ces denrées ne manquent pas à Panama City Beach, le client y est généralement heureux, qu'il soit descendu dans un motel florissant ou sordide. Au reste, rare est celui qui fait l'effort de se traîner du motel jusqu'à la mer où il risquerait, certains jours, de rencontrer une vague : les piscines sont là pour pourvoir à ses besoins balnéaires. Les clients de Panama City Beach appartiennent en majorité à deux catégories de la population, étudiants et agriculteurs, si bien que cette plage est surnommée tantôt « la Capitale mondiale des vacances de printemps », tantôt « la Riviera des culs-terreux ».

Robin s'installa dans le motel le plus confortable qu'il put trouver. Il aimait l'anonymat des motels et le fait de n'apercevoir le visage du tenancier que le jour de l'arrivée, puisque, payé d'avance, il regagnait ensuite les limbes d'où il était brièvement sorti pour empocher. Au reste, cette fois-ci, sa technique échoua, car il dut rester sur place plus longtemps qu'il ne l'avait prévu.

Mais une fois installé, il lui fallut chercher un moyen de s'occuper en attendant que le Club prît contact avec lui. Or, s'occuper à Panama City Beach est une tâche à peu près aussi impossible que celle de

Sisyphe, à moins qu'on n'aime les parcs d'attractions, mais Robin ne se voyait guère en train de faire du manège ou du toboggan. Il y avait les croisières du capitaine Davis, les expéditions de pêche du capitaine Andrew, il y avait des boîtes de nuit aux noms suggestifs, *The Curve, Show'n'Tail* [1] ou alors *La Vela* qui employait 5 orchestres, proposait 13 pistes de danse et 48 bars pour une contenance totale de 700 clients : Robin n'était pas attiré par ces agréments. Il y avait, enfin, le musée sous-marin contenant des épaves dont certaines dataient du XVIe siècle, mais on en avait vite fait le tour. À part la contemplation des levers et des couchers de soleil du haut de la jetée municipale, quelques brasses dans le golfe, un saut au pressing de temps à autre, quelques verres consommés dans les bars, des huîtres gobées dans des restaurants – il ne venait pas à l'idée de Robin d'utiliser la kitchenette comprise dans son appartement –, il n'y avait vraiment rien à faire à Panama City Beach, et pour un homme aussi naturellement actif que lui, cette oisiveté devint, au bout de peu de temps, infernale. Des promenades ? Le soleil cognait comme un sourd. Des excursions en voiture ? Il n'y avait rien à voir à cent miles à la ronde…

Oh ! Robin aurait pu, malgré sa mèche blanche, lever sans difficulté quelque baigneuse, et même en changer tous les jours, mais il n'était pas d'humeur amoureuse. La seule fois que, sur la plage, il se laissa entraîner dans une conversation avec un corps féminin barré de deux ficelles roses, il fut écœuré par le style de la donzelle :

– C'est pas croyable, lui dit-elle, ce que vous ressemblez à un mec que j'ai vu à la télé, celui qui s'est fait violer par les Tchétchènes.

– Ah ! vous voulez dire Chastow, répondit Chastow. Je ne savais pas qu'il avait été violé.

– Oh ! sûrement, dit l'exquise optimiste. Ils leur font toujours ça.

Ainsi renseigné, Robin s'en tint là de son entreprise de séduction.

Pour comble de malheur, étant allé se baigner, il s'était vu, dès le troisième jour, entourer par quelques millions de méduses. Il y en avait jusqu'à l'horizon, de ces cloches flottantes, gélatineuses, transparentes, irisées, au bord desquelles pendaient des filaments qui s'éparpillaient dans l'eau. Robin battit en retraite à la hâte, mais une des méduses lui injecta un liquide corrosif qui lui donna de l'urticaire. Il ne retourna

1. *The Curve* : « la courbe ». Le nom de la deuxième boîte repose sur un jeu de mots paillard que rendrait à peu près « leçons de prose », au sens argotique du terme.

donc pas dans l'eau, et se contenta de faire des siestes interminables dans une chaise-longue en matière plastique, contemplant tantôt les farandoles des dauphins qui jouaient à sauter hors de l'eau et à y retomber dans des gerbes d'éclaboussures, tantôt les pèlerinages des pélicans qui, à des heures fixes, défilaient dans le ciel à la queue leu leu.

Toute la journée, il guettait le visiteur inconnu qui viendrait se présenter à lui, Patriarche Robert Chastow III, et lui apprendre ce que le Club attendait de lui maintenant. Personne ne venait. Tous les soirs, il ouvrait son ordinateur portable à la recherche d'un courriel. Il n'y en avait pas.

L'oisiveté porte à la contemplation et aux réminiscences. Un autre que Robin aurait employé ce temps à repasser sa vie dans sa tête, soit sous la forme d'un examen de conscience, soit simplement pour la revivre. Mais ce n'était pas là son tempérament. Sa vie était si intimement liée au Club que, sans savoir ce que le Club voulait en faire, elle ne l'intéressait pas, ni passée, ni présente, ni à venir.

La vérité lui apparut peu à peu, de jour en jour d'abord, et puis d'heure en heure, et puis de minute en minute, absolument inacceptable, et pourtant inconsciemment acceptée aussitôt qu'entrevue. Comme un cancer. À la fois improbable et certaine. Plus déchirante que n'importe quelle douleur, plus fatale que la mort. Aveuglante. Pétrifiante.

Même lorsqu'il en fut sûr, il se donna encore dix jours de grâce. La chose était trop horrible. Au bout du sixième, il sentit qu'il avait épuisé à la fois sa patience, sa dignité, et toute probabilité d'erreur. Le message du Club avait été bien reçu.

Robin fit ses bagages, jeta encore un coup d'œil infructueux à son ordinateur, et partit.

13

S'il y a une chose qu'interdit formellement le code moral anglo-saxon, que Robin avait hérité, assumé, perfectionné, c'est la *self-pity*, l'apitoiement sur soi-même, le comble de la vulgarité. Eh bien, que la faute en fût ou non aux quelques gouttes de sang français qu'il charriait dans ses veines, pour cette fois, Robin ne résista pas à la *self-pity*. Il roulait dans sa luxueuse Intrigue, sans savoir où il allait (sauf que ce n'était pas vers le sud, parce que le golfe du Mexique formait frontière naturelle), s'étant mis, pour ainsi dire, en pilotage automatique ; il se rappelait la réponse qu'il avait faite lorsque, au cours de son initiation au Club, on lui avait demandé ce qu'il craignait le plus au monde : « De découvrir que le monde n'est pas tel que je me le figure ou, plus exactement, qu'il n'est que tel que je me le figure » : eh bien, c'était dans ce désespoir-là qu'il sombrait, ou plutôt, le désespoir étant une crise dont on se remet un jour ou l'autre, dans une désespérance sans fond et probablement sans fin.

Par moments, il se demandait s'il aurait été aussi atteint au cas où on l'aurait exclu du Club au lieu de le promouvoir. Le résultat, pour lui, aurait été à peu près le même, mais la douleur incomparablement moindre. L'amant délaissé se console en se répétant qu'au moins il a été aimé, et Robin aurait pu se dire que la cause du Club était une belle cause, qu'il l'avait bien servie. Or, à Panama City Beach, il avait compris qu'il ne pouvait pas être exclu du Club, parce qu'il n'y avait pas de Club, que, à proprement parler, il n'y avait jamais eu de Club ou que, du moins, il n'y en avait plus depuis des générations. Oh ! le Club (qui n'existait pas) avait bien construit sa pédagogie. Si lui, Robin, n'avait pas été conduit de degré en degré d'initiation, depuis la première jusqu'à la douzième, il n'aurait jamais compris le sens de la treizième, il n'aurait pas su interpréter le cahier blanc aux pages blanches, le lieu saugrenu de Panama City Beach et l'absence de tout contact. Peut-être serait-il resté jusqu'à sa mort face au golfe du

Mexique, à attendre un messager qui ne serait jamais venu. Ou bien se serait-il débattu, aurait-il cherché à interroger les autres Clubmen qu'il connaissait… Mais lui, non : les détails de la mystification lui échappaient encore, mais l'essentiel était clair dans son esprit. Le Club était un jeu, une philosophie, un canular, une association d'ambitieux se renvoyant l'ascenseur, mais ce n'était pas un club, ce n'était pas LE CLUB.

C'était si évident, quand on y pensait : de même que la Kaaba était vide de tout accessoire morbide ou ésotérique, le Club, lui non plus, ne contenait rien. Son secret était de n'en pas avoir. En vérité, après avoir prôné l'Homme Total, métissé, asexué, cloné, à quel autre mystère pouvait-on encore prétendre, sinon au néant ? Robin en tirait une amertume infinie : pas pour lui seulement, pour Grand-Pa aussi, qui avait eu la chance de ne pas atteindre le rang suprême et de ne pas apprendre qu'on s'était moqué de lui toute sa vie.

Robin roulait et il se disait – en français – qu'il avait été roulé.

Il roula une nuit, il roula un jour, sans manger, sans boire, ne s'arrêtant que pour remplir le réservoir de l'Intrigue.

Il avait des moments de colère où il se sentait prêt à assassiner Dr Kirsten. À d'autres, il pensait au suicide. *Pourquoi* vivrait-il maintenant s'il n'y avait pas *pour quoi* vivre ?

Il avait toujours été seul, mais sans le savoir. Il venait d'en prendre conscience.

De temps en temps, il se disait :

– Je vais prendre un chien. Ou un chat.

Et alors ses glandes lacrymales réagissaient.

Il repensa aux chevaux de son grand-père, qui devaient être morts depuis longtemps, et il les regretta pour la première fois.

Que lui restait-il dans la vie ? Rien, parce qu'il ne croyait en rien. Il n'allait tout de même pas continuer à s'occuper de *Bids for Kids* !

Il éprouvait un tel besoin de consolation qu'il se demandait quel être humain lui était le plus proche.

Betty ? Non. De Betty, il n'aimait vraiment que les jambes. Ses enfants ? Ils avaient un autre père qui croyait à des choses, lui, et qui leur apprendrait à y croire. Constance n'avait été qu'un malentendu. Dr Kirsten ? Dr Kirsten ne lui avait jamais été proche, et il était devenu aussi lointain que possible. À bien y réfléchir, l'homme à qui Robin devait le plus était le Français nommé Sangdeboeuf qui lui avait sauvé la vie au fond de la grotte tchétchène, et il en conçut pour lui une certaine affection, presque de l'envie, une envie sans hostilité. Oui, cet homme-là devait avoir des convictions, des croyances ; militaire, il avait dû savoir, fût-ce vaguement, pourquoi il se battait : pour la France, peut-être. Quelle naïveté !

Il y avait aussi ce Russe qui, manifestement, haïssait l'Amérique. Quel mal lui avait-elle fait, sinon de bousculer la Russie ? Et, si c'était là une raison suffisante, il devait donc aimer son pays, y croire en quelque sorte. Alors, il méritait lui aussi d'être envié. Quant à la balle qu'il avait failli loger dans l'anatomie de Robin, Robin ne lui en voulait nullement. « À leur place, je ne sais pas ce que j'aurais fait. On ne sait pas toujours si l'économie des moyens se trouve du côté de la vie ou de la mort. »

Il roulait toujours.

L'assassinat de Dr Kirsten serait d'un mauvais joueur. Le suicide ne posait pas de problème : Robin avait, dans un coffre de banque, un Smith and Wesson 357 Magnum, qui ferait l'affaire. Prendre un chien paraissait plus compliqué : il faudrait choisir la race du chien et le promener…

L'Intrigue demandait à boire. Robin n'avait aucune idée de l'endroit d'Amérique où il se trouvait. Son GPS intérieur était en panne. Il s'arrêta dans une station-service et constata que la terre du talus illuminé par le dernier rayon du couchant était rouge, d'un beau rouge ferrugineux qui lui rappela les paysages de son enfance. Il pensa à l'expression « l'argile rouge de Georgie ». Et, en attendant le chien ou le suicide, il sentit le besoin d'aller souffrir dans son trou, pas dans n'importe quel trou, le sien, le repaire, la bauge où il pourrait lécher ses blessures ou crever. Il demanda au pompiste noir où il était. À quarante miles de Savannah. Cela tombait bien : l'appartement d'Atlanta ne comptant pas, Robin n'avait pas d'autre trou au monde que Chastow Plantation. Il téléphona à Chester et reprit la route.

Le soleil était couché et le ciel était d'un bleu électrique quand Robin découvrit la maison, dont le premier étage semblait flotter sur les ombrages noirs du parc comme un paquebot sur une mer de nuit. Le maître des lieux descendit de la voiture dont il avait mis le climatiseur à fond, et la chaleur moite de la Georgie – qu'il n'avait pas remarquée tout à l'heure, en prenant de l'essence – lui tomba sur la tête, sur le dos, sur le revers des mains, lui enveloppa les cuisses, comme un paquet de linge tiède et trempé.

L'Oncle Chester accourait. Accolade. Longues tapes dans le dos. Les grosses mains noires sur le dessus, blanches à l'intérieur, saisissant les poignées des valises Gladstone.

Ah ! on s'était fait tellement de soucis pour Mr Robin !… On était si heureux de voir Mr Robin, même vieilli comme il était !… On avait été si ému de le regarder à la télévision ! On espérait au moins qu'il était venu pour rester longtemps. C'était plus prudent ! Il n'y avait pas de méchants Tchétchènes dans la bonne vieille Georgie ! Est-ce que Mr Robin voulait son *mint julep* maintenant ou plus tard ? Il y avait naturellement du poisson-chat pour dîner, du poisson-chat que Chester avait pêché lui-même.

Mr Robin voulait prendre une douche avant toute chose.

Il monta dans sa chambre. La dernière fois qu'il avait couché là, dans le lit à baldaquin de Grand-Pa, le monde tournait encore autour du Club. Maintenant, il tournait autour du vide.

Le vide. Le concept le plus difficile à saisir. Et puis aussi, sous prétexte que le Club était vide de sens, fallait-il en déduire que le monde l'était aussi ? Oui, puisque le Club (qui n'existait pas) avait, de dépouillement en dépouillement, poussé la logique des choses aussi loin qu'elle peut aller : jusqu'au grand trou noir.

Robin défit une valise, en tira son nécessaire de toilette et, machinalement, l'ordinateur qu'il posa sur une table ronde en érable.

Chester avait mis en marche les vieux climatiseurs, un par pièce, mais la température était telle qu'ils tardaient à faire leur travail. Robin se dévêtit, jetant ses vêtements mouillés de sueur sur le plancher, n'importe comment. Il les ramasserait plus tard. Il gagna la salle de bain et dut attendre longtemps avant que l'eau de la douche fût aussi froide qu'il la voulait. Dans la vieille baignoire aux pattes de lion en bronze doré, il se savonna, se frotta, s'aspergea longtemps, avec le vague espoir de se laver du malheur qui lui était tombé dessus. Il s'essuya peu, dans l'espoir que l'évaporation de l'eau le rafraîchirait encore.

Il se dit que des questions pratiques se posaient. Annoncerait-il à Dr Kirsten (qui était injoignable) qu'il quittait un Club qui n'existait pas ? Ou, au contraire, chercherait-il à utiliser à son propre profit la formidable puissance que le Club avait accumulée au service de rien ?

Il n'avait pas pris ses pantoufles et marcha pieds nus sur le carrelage de la salle de bain puis sur le plancher de la chambre, laissant des traces comme Vendredi sur la plage de Robinson. Ah ! si seulement il avait un Vendredi ! Soudain, il eut grand faim. Il n'avait pas mangé depuis… il ne savait quand. Et il pressentait déjà le goût âcre et la glace pilée du *mint julep* sur ses lèvres. Il serait bien descendu dîner en short, mais, par respect pour Chester, il ne pouvait pas. Il ouvrit une commode, y trouva, dans une pile d'affaires, une chemisette et un pantalon léger. Des chaussettes ? Non. Il avait quelque part des tennis de toile qu'il mettrait sur ses pieds nus. En les cherchant, il passa devant la table d'érable et vit que, sans s'en rendre compte, il avait ouvert l'ordinateur.

Et l'ordinateur lui annonçait qu'il avait un courriel.

Une coïncidence ? Ou alors quelqu'un observait-il de loin sa fenêtre avec une longue-vue et le message était-il parti aussitôt la fenêtre allumée ? Ridicule ! Plus probablement, Robin avait été sous surveillance à Panama City Beach et, dès qu'il était parti, le courriel avait été lancé dans l'espace.

Il en oublia les tennis, et le *mint julep*, et le poisson-chat, et Chester.

Il brancha l'ordinateur sur le téléphone, s'assit devant l'écran et l'interrogea, sans savoir quel correspondant allait s'afficher, ni s'il se trouvait tout près, ou aux antipodes, ou dans un univers parallèle. Il était si fatigué qu'une idée bizarre de plus lui traversa la cervelle : et si ce correspondant, c'était le fantôme de Chastow Plantation, cet esclave qu'on prétendait mort dans les chaînes, et pour qui l'informatique serait devenue une forme de magie ? Puisque rien n'était vrai, tout devait être possible.

Mais le correspondant était simplement le Patriarche Kirsten, qui fixait un rendez-vous informatique au Patriarche Chastow, « avec utilisation de la webcam de préférence, pour que vous soyez sûr que je suis moi et pour que je voie quelle tête vous faites ! »

14

À l'heure dite, Robin s'installe devant son écran, pose la petite caméra informatique sur la table d'érable en la braquant sur son propre visage, lance le logiciel Netmeeting, clique sur le bouton chat.

Deux images apparaissent : à gauche, la sienne, avec ses cheveux blanchis ; à droite, la face de caoutchouc de Dr Kirsten avec ses fanons pendants. La communication n'est pas bonne, et, par moments, Robin a l'impression que son correspondant passe devant les miroirs déformants du musée Grévin : ceux qui allongent, ceux qui grossissent, ceux qui brouillent. Ils auraient pu se parler comme au téléphone, mais, d'un commun accord, ils préfèrent échanger des messages écrits, pour se donner à eux-mêmes plus de temps de réflexion et pour se voir réfléchir l'un l'autre.

Dr Kirsten à Robin :

Ça fait un drôle de coup, hein ?

Robin à Dr Kirsten :

Oui.

Dr Kirsten

Je suis curieux. Quel goût avez-vous dans la bouche ?

Robin

Cendres.

Dr Kirsten

Pour moi, ça a été pareil. C'est une réaction parfaitement appropriée à la situation. Êtes-vous un lecteur de Rudyard Kipling ?

Robin

Démodé, non ?

Dr Kirsten

Oui, et c'est dommage. Il y a de belles choses (sans compter le prénom qui est sublime : on croirait un rugissement de tigre). Mais il y a entre autres ce poème si galvaudé...

Robin

If.

Dr Kirsten

« Si tu peux voir détruire l'œuvre de ta vie et te mettre calmement à la reconstruire... »

Robin

« Tu seras un homme, mon fils. »

Dr Kirsten

Précisément. Mais le beau Rudyard, qui avait pourtant inventé le Grand Jeu, n'avait pas prévu qu'il pouvait y avoir pire : non pas voir l'œuvre de sa vie détruite, mais apprendre qu'elle n'existait pas. C'est pire, non ?

Robin

C'est pire.

Dr Kirsten

Pourquoi pensez-vous que nous vous avons promu Patriarche ?

Robin

Pas la moindre idée.

Dr Kirsten

Ah ! vous n'avez pas saisi le compliment ? Parce que vous êtes un des rares candidats qui avez – nous l'espérons du moins – les nerfs assez solides pour résister au choc, sans avoir la tentation d'aller tout raconter au Washington Post *ou de vous suicider ou d'adopter quelque autre solution aussi ridicule.*

Robin

J'avoue n'avoir pas pensé au Washington Post.

Dr Kirsten

C'est un penseur français, Ernest Renan, je crois, qui a dit : « Il se pourrait que la vérité fût triste. » C'est bien une idée de Français. Ce qui n'est pas ne peut pas être triste. Ce qui est non plus, d'ailleurs.

Robin

Vous voulez dire qu'il n'y a vraiment rien ?

Dr Kirsten

Il n'y a pas de tableau d'ensemble de l'univers, si vous voyez ce que je veux dire ; tout est relatif, insignifiant, transitoire, et nous sommes treize à le savoir. Nous, les treize Patriarches. Je ne nie pas qu'il n'y ait d'autres nihilistes de par le monde, mais, pour eux, c'est de l'intuition. Nous, voilà près de trois siècles que nous tâtonnons avec des moyens collectifs, sortant du commun, et que nous arrivons toujours au même résultat. Rien, nihil, nada, nichts, nitchévo, zip.

Robin

Pour le moment, c'est peut-être parce que je suis encore sous le choc, je ne m'intéresse pas à l'aspect philosophique de la question. J'ai cru comprendre que le Club n'existait pas ou, du moins, que nous nous en faisions une idée complètement grotesque. Mais enfin, si puéril que ce soit, je voudrais que nous précisions certaines choses. C'est permis ?

Dr Kirsten, avec un grand sourire de ses lèvres en gutta-percha

Encouragé.

Robin

Qui m'a nommé Patriarche ?

Dr Kirsten

Les douze autres.

Robin

Qui sont-ils ?

Dr Kirsten

Vous saurez leurs noms, vous les rencontrerez. Ce sont douze bons paroissiens, plus nihilistes que tous les Russes du XIXe siècle pris ensemble, revenus de tout, et que « le silence éternel des espaces infinis » n'effraye pas.

Robin

Les Douze Sages ? Les Treize Sages, en me comptant ?

Dr Kirsten (gloussant)

Dites plutôt les Treize Fous. Les Treize Chevaliers du Néant (j'aime le mot néant *en français : il rime si bien avec hi-han), les Treize Convives du Banquet des Affamés, les Treize Fondateurs de l'Eucharistie de Judas... J'espère que vous notez mes majuscules.*

Robin

Vous devez bien rire quand vous vous retrouvez entre vous.

Dr Kirsten

Comme autant d'haruspices.

Robin

Et que font les Patriarches ?

Dr Kirsten

Nous faisons ce que nous voulons. On peut faire tout ce qu'on veut, puisque Dieu n'existe pas. Dostoïevsky l'avait déjà signalé. Et vous aussi, vous ferez tout ce que vous voudrez.

Robin

Pour faire tout ce que l'on veut, il faut des crédits.

Dr Kirsten

Ah ! vous voulez savoir d'où viennent les dos-verts ? Nous avons, parmi les Patriarches, quelques banquiers de premier plan, lesquels, ne croyant à rien, se piquent néanmoins d'honnêteté. Ils disposent de fonds qui appartiennent collectivement au Club et qu'ils font fructifier de façon astronomique. Ensuite, il les redistribuent entre des causes qui ont le don de leur plaire ou de les amuser. Nous veillons beaucoup qu'il n'y ait pas de « vrais croyants » parmi nous, sans quoi ils seraient tentés de détourner les intérêts au profit de leurs œuvres : Opus Dei, francs-macs, néonazis, trotskistes, sionistes, et, pourquoi pas, Hezbollah ? Non, non, nous prenons soin de ne choisir que des garçons dans votre genre qui, d'initiation en initiation, auront été amenés à n'être plus jamais tentés de croire en rien. C'est beaucoup plus sûr. Un peu de corruption, de volonté de puissance ou d'antipathie même obsessionnelle, ne nous fait pas peur. Vous, par exemple, vous vous êtes fait un dada de la lutte contre la Russie, eh bien, cela nous a plu : nous vous avons soutenu et nous continuerons à vous soutenir, parce que, dans le monde moderne, la Russie, ça risque d'être l'antinéant. Si, en revanche, vous aviez été un farouche défenseur de l'esperanto ou du droit des souris blanches à disposer d'elles-mêmes, nous aurions eu davantage de doutes sur votre capacité à devenir un vrai Patriarche, totalement désabusé, totalement persuadé de la vérité de l'Ecclésiaste : vanitas vanitatum et omnia vanitas.

Robin

Vous prenez vos décisions à la majorité des voix ?

Dr Kirsten

Mais non, cher garçon, il n'y a rien d'aussi ridiculement sacramentel et démocratique entre nous. À la base, nous sommes d'accord sur tout, puisque nous ne croyons à rien. En plus, nous dépendons de la mode, du politiquement correct, de nos préférences gastronomiques, de nos sympathies sexuelles et politiques… Nous évoluons. Je crains que nous n'ayons soutenu le Ku Klux Klan à un moment ; maintenant, c'est au contraire l'Affirmative Action. *Quelle importance ? Ça se passe en famille : Écoute, Joe, j'ai un Clubman qui a un bon projet pour embêter les Russes, ce serait rigolo, est-ce que tu pourrais lui débloquer un million ?*

Robin

Ce n'est pas tout à fait aussi simple, je suppose.

Dr Kirsten

C'est convivial.

Robin

Vous tenez des réunions ?

Dr Kirsten

Le moins possible. Il y a le téléphone, le fax, les courriels. Et, s'il faut vraiment garder le secret, rien ne remplace une rencontre d'homme à homme.

Robin

Mais enfin quel est votre but ?

Dr Kirsten, pince-sans-rire

Rendre un culte à notre patronne : sainte Entropie.

Robin, après un temps

Vous voulez bien préciser ?

Dr Kirsten

Vous n'avez jamais entendu parler d'entropie ?

Robin

Il y a longtemps que je n'ai pas pris de cours de physique.

Dr Kirsten

Prenez des billes rouges et des billes bleues et mettez-les séparément dans une boîte. Secouez. Elles se mélangeront. Secouez tant et plus. Elles resteront mélangées de diverses façons. Elles ne se sépareront plus jamais. C'est le seul vrai secret du monde.

Robin

Qu'est-ce que cela prouve ?

Dr Kirsten

Mettez un corps très chaud à côté d'un corps moins chaud : le corps très chaud réchauffera l'autre, lequel ne se privera pas d'une calorie.

Robin

Qu'est ce que cela prouve ?

Dr Kirsten

Que l'univers tend vers son état de probabilité et de désordre maximum. Le cosmos n'aura jamais été qu'un accident : il retourne au chaos, au tohu-bohu originel. C'est le deuxième principe de thermodynamique de Sadi Carnot. Nous sommes les seuls à en avoir tiré les applications historiques et philosophiques. C'est pourquoi, entre nous, nous ne nous appelons jamais Patriarches, mais toujours Entropistes : c'est notre vrai nom secret.

Robin

Alors, l'Homme Total du deuxième degré ?

Dr Kirsten

Sera probablement encore plus répugnant que tous les hommes partiels mis ensemble. Mais telle est la voie de sainte Entropie, qui va peu à peu conduire l'univers entier vers une uniformité absolue. Ce ne sera pas drôle, mais ce sera, et toutes les forces qui s'y opposent, dites néguentropiques, sont des forces réactionnaires. Vous ne vous sentez pas une vocation de réactionnaire, n'est-ce pas ? Je trouve assez plaisant de se donner les gants d'accélérer l'Histoire dans sa course vers l'abîme. Il faut toujours jeter ses dés du côté de l'inévitable.

Robin

Tout compte fait, je ne suis pas certain d'avoir les nerfs assez solides.

Dr Kirsten

Mais si, mais si. Je sais à quel stade vous en êtes : celui de l'accomplissement. Et vous vous rappelez sans doute la définition que donne de l'accomplissement l'inégalable Ambrose Bierce ? « L'accomplissement est la mort de l'effort et la naissance du dégoût. » Avouez que vous en êtes là.

Robin

Mais en pratique ?

Dr Kirsten

En pratique, il en sera comme vous voudrez. Si j'étais à votre place, je mettrais l'opération Mortelle Blessure en sommeil pour un temps, mais de manière à pouvoir la reprendre ensuite en tant que désinformation : je suis sûr que vous avez dû faire le plein de saloperies avec ces bandes de sauvegarde, et qu'il sera possible d'en faire bon usage, même à retardement. Dans l'immédiat... J'ai lu vos rapports, vous voyez, et je constate que vous vous êtes en quelque sorte laissé recruter par le tandem Sangdeboeuf-Goloubinsky, c'est bien cela ?

Robin

Ils se sont imaginé qu'ils me recrutaient.

Dr Kirsten

Eh bien, c'est parfait, parce que cela vous donne une raison de rester en contact avec eux. Sans qu'ils s'en doutent vraiment, vous pourriez peu à peu les recruter à votre tour. À votre place, je nouerais des relations très intimes avec les Boyards. Vous devriez même pouvoir arriver à leur faire croire que vous êtes séduit par leur éthique. Après tout, vous l'avez bien été par celle du Chahid. Soyez éclectique !

Robin

Et à quoi tout cela servira-t-il ?

Dr Kirsten

Vous ne devinez pas ? Éventuellement à créer une succursale russe du Club. Nous y avions déjà songé, rappelez-vous. Ce serait une belle vacherie à faire à la sainte Russie, vous ne croyez pas ? Et vous avez là une occasion à ne pas manquer, parce que vous aurez dès l'abord des recrues de haut niveau. Cela ne vous dirait pas d'être le Patriarche chargé des affaires russes, vous qui avez une prédilection pour ce peuple ?

Robin

Vous voulez étendre à l'infini un Club qui ne sert à rien, qui n'a jamais servi à rien ?

Dr Kirsten

Jamais, pas sûr. Connaissant les Allemands, il y a bien dû y avoir un idéalisme quelconque à l'origine, mais, nous autres Américains, nous ne nous en faisons pas accroire : si le ciel est vide, tout est vide ; or, le ciel est manifestement vide. Mais il faut bien s'agiter un peu, puisque, comme dit Pascal, l'homme n'est pas capable de rester tranquille dans une chambre. Je trouve que vous ne saisissez pas suffisamment bien la grandeur de notre rêve. Toutes ces énergies que nous détournons pour les précipiter avant l'heure dans ce grand et fatal anéantissement qu'est l'entropie, cette avance que nous prenons volontairement sur le destin... Vous ne trouvez pas ça magnifique ? (L'image de Dr Kirsten se brouille de plus en plus sur l'écran ; on croirait qu'il émet à partir de l'Érèbe.)

Robin

J'ai du mal à vous suivre. Il y a des gens qui croient à la théorie du complot, et leurs complots, bons ou mauvais, mènent toujours quelque part : à la reconstruction du Temple de Jérusalem, à l'empire sioniste, à la libération des peuples opprimés, au triomphe de la race aryenne ou ad majorem Dei gloriam. *À quoi bon fomenter un complot qui ne mènerait à rien ? C'est contre nature.*

Dr Kirsten

Cher Entropiste, je vais vous raconter une histoire. Je l'ai un peu adaptée de Flavius Josèphe.

Toute sa vie, le grand Pompée avait rêvé du Temple de Salomon. Vous savez que les religions orientales commençaient à être à la mode, à son époque, et il avait entendu parler de ce monument extraordinaire, édifié mille ans plus tôt, détruit cinq cents ans plus tard, reconstruit et agrandi récemment, et qui était censé contenir la présence divine. Bien sûr, Pompée n'était censé croire qu'à Jupiter et à toute sa clique, mais il connaissait l'histoire de l'Arche que nul ne pouvait approcher sans être foudroyé ; il avait entendu parler des Tables de la loi gravées par Dieu lui-même au sommet du mont Sinaï ; il savait qu'Aaron et Moïse faisaient des tours de passe-passe invraisemblables avec leur cannes. Il savait aussi que le saint des saints situé au fond du Temple était si sacré que seul le grand prêtre y pouvait entrer, et encore, une fois l'an. L'imagination de

Pompée battait la campagne : qu'est-ce qu'il y voyait, le grand prêtre, dans ce saint des saints, quand il y entrait ? (Le visage de Dr Kirsten continue à se transformer sur l'écran, comme Belzébuth se transforme continuellement quand il apparaît : tantôt il lui pousse des andouillers, tantôt des couleuvres dans les cheveux, tantôt une trompe d'éléphant, tantôt une langue gluante de tamanoir qui va et vient entre ses lèvres.)

Vous connaissez l'histoire. Guerre civile en Palestine. Les Romains en profitent comme d'habitude. Finalement, Aristobule se retire dans le Temple, qui était une véritable forteresse, et profitant des escarpements sur lesquels elle s'élève, il se défend comme un beau diable contre l'armée romaine et toutes ses machines. Il n'a qu'un point faible : il ne peut pas guerroyer le jour du Sabbat. Après trois mois de siège, les Romains prennent donc le Temple d'assaut. Suicides collectifs des défenseurs, massacre des prêtres en train d'officier, douze mille Juifs exterminés, mais Pompée allait enfin pouvoir satisfaire sa curiosité.

Il traverse les parvis, la cour des gentils, la cour des femmes, la cour des hommes, la cour des prêtres. Tout autour de lui n'est qu'or, argent, bois précieux, ivoires, tapisseries. Il transgresse les interdits du sanctuaire. Il arrive jusqu'au saint des saints. Là, j'aime à croire qu'il eut un recul, pour se donner le temps de savourer son triomphe, ou par une crainte mystique qu'il ne s'avouait pas, peu importe. Enfin, il soulève le rideau. Et que trouve-t-il dans ce lieu sacré entre tous ?

Rien.

Enfin, un peu de bric-à-brac sacré, vases et chandeliers en or. Mais ce Dieu unique et jaloux qui faisait déjà tant parler de lui n'était pas présent au rendez-vous.

J'imagine que Pompée fut un peu rassuré et un peu déçu. Vous ne croyez pas ?

Robin

Dr Kirsten, j'ai toujours voulu vous poser une question indélicate.

Dr Kirsten

Allez-y.

Robin (observant son propre visage dont les traits demeurent inexpressifs sur l'écran, cependant qu'un regard de folie passe dans ses yeux exorbités sous la mèche blanche)

D'autant plus que les circonstances s'y prêtent. Je me suis longtemps demandé, comme tout le monde, du reste, si vous étiez un homme ou une femme. Alors vous ne voulez pas me faire un peu de strip-tease pour que je sache ?

15

Comme la réponse tardait, il y eut soudain une panne – le temps était orageux –, et l'électricité s'éteignit dans la maison. Les lampes d'abord, puis les climatiseurs, avec des ronflements et des gémissements lamentables, et enfin l'écran lui-même, les piles n'ayant pas été rechargées.

Ce fut la nuit, à travers laquelle Robin entendit un bruit de journaux froissés : la pluie s'abattait sur le toit, sur les chênes emmitouflés de mousse espagnole poussiéreuse, sur la terre assoiffée. Il alla à la fenêtre à guillotine et la leva. Une odeur de pourriture suave et féconde s'engouffra dans la chambre, il la respira à pleins poumons.

Des pas se firent entendre. Un rai de lumière fendit l'obscurité. Des coups furent frappés. La porte s'ouvrit. Chester se tenait sur le seuil, une lampe à pétrole à la main. Il était déjà monté plusieurs fois, avait regardé par le trou de la serrure et vu Mr Robin occupé. Mais maintenant, peut-être que Mr Robin accepterait de descendre, de prendre un verre et de dîner. Il ne fallait pas s'inquiéter de la panne : en été, cela arrivait tout le temps à cause des orages.

Ils descendirent l'escalier et traversèrent la maison, la lampe à pétrole se mirant dans les glaces et les panneaux de bois poli, où eux-mêmes passaient comme des ombres insaisissables. Le visage blanc de Robin accrochait quelques reflets, mais celui de Chester, non : on aurait cru que la lampe se déplaçait toute seule, ou qu'elle était portée par un lémure.

La terrasse de devant n'était pas éclairée, mais on n'a pas besoin d'y voir pour boire un *mint julep*. Robin tomba dans son rocking-chair. Il pleuvait des cordes, des hallebardes. Chester, debout derrière lui, dit qu'il pleuvait des chats et des chiens. Ces cataractes formaient un rideau perpétuellement renouvelé, qui semblait suspendu au fronton de la maison, et le bruit qu'elles produisaient n'était plus celui de journaux froissés, mais un déchirement insistant, perpétuel, ou alors – selon Chester –, il faisait penser à dix mille serpents à sonnette faisant bruire leurs queues en même temps.

Chester allait et venait avec sa lampe, et Robin le sentait derrière lui comme une présence bienveillante, rassurante, presque maternelle, presque angélique. Il demanda un deuxième *mint julep*, moins pour le goût et l'alcool que pour constater une fois de plus avec quelle dignité Chester allait le préparer et l'apporter.

Il fallut tout de même aller dîner, et Robin présida une table d'acajou où on aurait pu tenir à vingt-quatre, et où il était seul dans le noir, devant son napperon en broderie anglaise et la lampe à pétrole qui fumait un peu et autour de quoi tourbillonnaient des phalènes. Plus haut dans la nuit voguait le visage ridé de Chester, qui semblait être en acajou aussi, avec des yeux à cornée jaunâtre, et des dents que l'âge avait rendues grises, sauf celle qui était en or et qui brillait joyeusement. Robin se dit que l'avènement de l'Homme Total supposait la disparition de Chester, et que ce serait dommage.

Un changement était survenu en Chester. Naguère, c'était la discrétion même, mais depuis que Mr Robin était passé à la télévision, Chester ne voyait pas pourquoi il se gênerait pour poser des questions. Ainsi, il voulut savoir si la Tchétchénie était plate ou montagneuse, s'il y faisait chaud ou froid, si l'on y trouvait des Blancs et des Noirs, des Républicains et des Démocrates, des poissons-chats, des sangliers, des daims, des cailles, des serpents dits mocassins, si l'on était libre de voter pour qui on voulait, si les femmes étaient sérieuses ou avaient le feu au derrière, si les Tchétchènes croyaient en Jésus, de quoi parlaient les pasteurs quand ils prêchaient, et s'ils prêchaient mieux ou moins bien que les baptistes… Robin répondait comme il pouvait, admirant cette curiosité.

De son côté, il s'enquit des rares voyages de Chester. Il n'était sûrement pas allé à l'étranger, mais à New York peut-être ? Chester fit la grimace. Il avait rencontré des New-Yorkais, oui, des Blancs et des Noirs, et il ne comprenait rien à leur jargon. La côte ouest ? Non, il n'avait jamais vu la côte ouest : à quoi bon ? De Savannah, on voyait très bien la mer. Les enfants de Chester, oui, ils voyageaient : il avait même un fils qui servait dans les *marines* et avait gardé des ambassades américaines dans des pays exotiques, peut-être au Japon, à moins que ce ne fût en Belgique, un pays comme ça, qu'on voyait à la télévision. De fil en aiguille, Robin comprit que Chester n'avait jamais quitté la Georgie. Ce n'était pas par méfiance ni hostilité, mais puisqu'on y trouvait de *l'okra* et du *squash* [1] et qu'on pouvait y louer

1. Légumes fréquemment consommés dans le Sud.

Dieu tant qu'on voulait, pourquoi s'exiler ? Il y avait des frères à aimer dans le monde entier, soit, mais puisqu'il y en avait en Georgie aussi, et qui priaient Jésus comme Chester, quelle utilité pour Chester d'aller se chercher des frères en Alabama ou en Chine ? Était-il allé à Atlanta, la capitale de la Georgie ? Oui, il y était allé. Avait-il aimé ? Non. Pourquoi ? Pour de nombreuses raisons. Lesquelles ? Il finit par les donner, mais avec réticence, parce qu'il n'aimait pas médire du prochain.

D'abord, il y avait trop de maisons, et elles étaient trop hautes ; puis, il y avait trop de voitures, et elles roulaient trop vite ; il y avait aussi trop de monde et qui courait dans tous les sens, comme si quiconque pouvait être aussi pressé ; des bouteilles à bière et à vin de pêche traînaient dans les caniveaux ; le bruit était assourdissant ; les jeunes gens n'étaient pas polis ; des étrangers parlaient des langues incompréhensibles ; des femmes impudiques se promenaient avec des jupes jusque-là, même des Noires ; il n'y avait pas une rivière facile d'accès où l'on pût se débarbouiller le museau ou jeter une ligne. Ah ! si l'on voulait de la drogue, on en trouvait partout, mais ce n'était pas le genre de l'Oncle Chester de se droguer.

Robin regardait ce descendant d'esclave, non pas esclave lui-même, sans doute, mais cantonné dans un univers à la mesure d'un raton laveur plutôt que d'un homme, et qui, le dernier d'une espèce en voie de disparition, se considérait manifestement heureux. Pour l'instant, il était surtout heureux de bavarder avec Mr Robin sur un sujet qui lui tenait à cœur. Ah ! ça non, Chester n'avait pas aimé Atlanta. Non, il ne pensait pas qu'on pût vivre tranquille dans un endroit aussi agité. Non, il ne serait pas triste de ne jamais y retourner.

Mais soudain sa bouche s'épata en un sourire attendri, presque repentant, presque amoureux. Il hocha la tête.

– *Enfin... c'est tout de même la Georgie.*

*

Après souper, Chester monta dans sa guimbarde rose à ailerons pour rentrer chez lui, et Robin resta seul sur la terrasse de Chastow Plantation. Il ne pleuvait plus. La terre respirait largement un air saturé d'eau. Les grenouilles arboricoles avaient recommencé leur tapage. Entre les nuages qui fuyaient, des étoiles commençaient à scintiller à la cime des arbres. Il faisait soudain si bon que Robin ne résista pas au plaisir de mettre son *aaba* cousue d'or pour aller prendre le frais dans son rocking-chair. Et, à sa grande surprise, il sentit une émotion monter en lui, qui n'avait plus aucun rapport avec la désespérance de tout à l'heure. C'était un bouleversement de tout son être et cela ressemblait, Dieu me pardonne, à une joie de vivre qu'il n'avait jamais connue.

Il chercha à se l'expliquer et ne voulut d'abord y voir qu'un effet de l'orage, mais il s'agissait de bien autre chose. Quelques heures plus tôt, il croyait avoir atteint la fin d'un monde, et maintenant il voyait qu'il accédait à l'entame d'un autre monde infiniment plus intéressant. Il tenta d'exprimer son revirement en termes philosophiques : *Rien* ne peut pas exister, donc on ne peut pas s'affliger de la disparition de *Rien*. En apprenant la non-existence du Club, qu'avait-il appris ? La non-existence de *Rien*. En voilà une nouvelle ! *Rien* n'existe pas. Bon, c'est noté, mais quelle importance ? Avoir été mené par le bout du nez pendant plus de vingt ans au nom de *Rien*, voilà que cela le faisait rire. Avoir risqué sa vie au service de *Rien*, cela lui apparaissait comme une bonne blague. Quel balourd il avait été ! Comment ne s'était-il pas aperçu plus tôt que les initiations successives du Club conduisaient presque explicitement à *Rien* et ne pouvaient conduire à *Rien* et même qu'à *Rien* ? Mais comment *Rien* pouvait-il compter pour quelque chose ?

Il se sentait libre. Il descendit les trois marches de bois du perron, et une gouttière se déversa dans sa nuque. Il éclata de rire.

Un raz-de-marée d'expressions et d'images indéfinissables déferlaient dans son esprit. Il pensait à la fois à Chester, à David McIan, à Sangdeboeuf, avec une espèce de tendresse. Il s'émouvait de ce que la fille de Constance s'appelât Georgia, du nom de cette Georgie à laquelle Chester était si attaché. Il caressait la soie brute de sa robe de chambre et pensait au Martyr avec gratitude. Était-ce l'effet de la mort qu'il avait frôlée de si près, ou du désespoir où il avait été plongé à Panama City Beach ? Il ne savait pas, cela lui était égal. Et, soudain, il se découvrit un nouveau sujet de ravissement : cette faille dans son hérédité, dont il avait tant souffert jadis :

– Je ne suis pas un vrai *wasp*.

Déjà, il sentait qu'il ne pourrait pas, quoi qu'en pensât Dr Kirsten, être un Patriarche comme les douze autres, exploitant le Club pour son profit et son amusement, dans un vertige de cynisme nihiliste. L'entropie, l'entropie…

Il prononça étrangement, dans un français relâché qu'il n'utilisait jamais :

– L'entropie, c'est pas mon truc.

Il le redit avec l'accent américain :

– L'entwopie, c'est pas mon twuc.

Et avec l'accent russe :

– L'annetrropi, c'est pas monne triouc.

Et cela le fit rire tout seul dans la nuit étoilée, sous son portique corinthien.

Ce qui lui apparaissait maintenant – il s'aperçut qu'il y avait déjà pensé tout à l'heure –, c'était « la puissance » à la tête de laquelle il allait se trouver. Quel intérêt d'employer de l'énergie à la destruction de l'énergie ? Et se piquer d'accélérer l'histoire, quelle fausse élégance ! En fait, il devait se dire *a posteriori* qu'il était un agent adverse qui avait réussi à s'infiltrer dans le Club, à noyauter le Club, et qui allait se trouver en mesure de l'exploiter à son gré. Ce n'était pas primordialement une question de vengeance, encore qu'il fût satisfaisant de donner au Club à goûter de sa propre médecine ; il s'agissait plutôt de ne pas laisser passer une occasion. Dr Kirsten (dommage, à propos, que la demande de strip-tease n'ait pas eu de suite, on aurait bien ri) avait suggéré une manipulation des Boyards par le Club, mais ne serait-il pas amusant d'infléchir la proposition dans l'autre sens ? Il y aurait là un duel subtil et plaisant à livrer au haïssable Goloubinsky. Robin repensa à son opération *Mortelle Blessure* qui consistait à s'emparer du serveur des Boyards pour les faire danser à sa guise, mais le Club aussi était semblable à un gigantesque serveur dont il connaissait les circuits et les arcanes, les logiciels et les mots de passe. Cette métaphore informatique le séduisit.

– Je serai le cheval de Troie introduit dans le serveur Club.

Au service de qui, de quoi ? Cela restait à déterminer. Au degré d'initiation qu'il avait atteint, Robin ne pouvait plus croire de lui-même à aucune cause, mais s'il s'en présentait une, il ne répugnait pas à l'idée de l'épouser. Le Club l'avait conduit d'affranchissement en affranchissement. Pas de raison de s'arrêter.

Il était affranchi de l'affranchissement.

L'auteur tient à remercier pour leur aide mesdames Florence de BAUDUS, Jacqueline DAUXOIS, Lydwine SCORDIA, le lieutenant-colonel Jean-Marie ALBERT, le professeur Charles Ray BREWSTER, le professeur Jay STEGE et d'autres amis qui préfèrent – ou qui doivent – rester anonymes.

V. V.

INDEX DES PERSONNAGES NON HISTORIQUES

2 K, officier du Service Action
AFANASSY, père, prêtre orthodoxe
Algérien fou, surnom de Maboul
Bachir, agent de Hussein
Betty, voir Vicomtesse
Beverley, infirmière
BEZBORODKO, général russe
Burt, Clubman
Caldens, pétrolier
CARRINGTON, Mary, pseudo Fatima, agent de Hussein
Chahid, voir Hussein
CHASTOW, Christobel, fille de Chastow, Robert C. III
CHASTOW, Robert C, III, Clubman, ancien officier de la CIA
CHASTOW, Robert C, IV, fils de Chastow, Robert C. III
CHASTOW, Robert C., I, grand-père de Chastow, Robert C. III
CHASTOW, Robert C., II, père de Chastow, Robert C., III
Chester, dit Oncle Chester, domestique des Chastow
CHOUSTRENKO, Rostislav, HC de Sangdeboeuf
Christobel, voir Chastow, Christobel
Christophe, voir Garnier
Colin, barman au bar Hemingway du Ritz
Connie, voir McIan, Constance
Constance, voir McIan, Constance
CRÉPINOT, responsable de sécurité
CUNNINGHAM, Clubman
Daniel, pseudo d'un ancien officier du Service Action, nommé Ferréor
David, voir McIan, David
DIVO, écrivain français d'origine russe
Dmitry, voir Goloubinsky
DOURATCHOK, pseudo d'un agent russe
Ernest, voir Robillard
Fatima, voir Carrington Mary

FERRÉOR, voir Daniel
FISH, Marjorie B., ingénieur
GARNIER, Christophe, chauffeur
GASTON, voir Sangdeboeuf
Gisèle, médecin du Service Action
GOLOUBINSKY, Dmitry Aleksandrytch, ex-officier du KGB
GROUBKO, Zakhar, général russe
HUSSEIN, dit le Chahid ou le Martyr, alias Samir Ibrahim, terroriste favorable aux Tchétchènes
Ibrahim, voir Hussein
Ioury Iouritch, officier russe
Ivan Ivanytch, intellectuel russe ressemblant à un personnage de Tchekhov
Jack, voir Swellington
Johnny, Clubman
Jojo, chirurgien
KAGANOVITCH, Varvara, historienne
Kevin, voir Torch
Kiki, infirmière
Kirsten, Kirsten O., professeur américain, Clubman
KNARR, Willy, expert en désinformation
KRAEVSKY, Marina, comédienne
KROLIKOV, Nikolaï Vladimirovitch, directeur de la Bibliothèque nationale russe
Ludmila, « mère sociale »
Ludovic, médecin
Maboul, informaticien
Macha, voir Mychkine
Maggy, manneqin
MANSOUR, Ali
Marie, infirmière
Marina, voir Kraevsky
Marjorie, voir Fisch
Martyr, voir Hussein
Mathilde, HC de Sangdeboeuf
Matteo, pétrolier
MCIAN, Constance ou Connie, ex-femme de Chastow, Robert C, III
MCIAN, David, deuxième mari de Constance
Mikhaïl Ivanytch, officier russe
Moïché Isakovitch, rabbin
Mouloud, agent de Hussein
Murphy, Clubman
Mychkine, princesse Macha, financière
Olga, femme d'affaires
Orloff, Olga, pseudonyme de Kraevsky, Marina

Owen, Clubman
Paulo, journaliste de télévision
Peggy, mannequin
MANSOUR ALI , chef de bande chez les Tchétchènes
POPOV, Igor, officier du KGB
ROBILLARD, colonel, pseudo Ernest, chef du Service Action
Robin, voir Chastow, Robert C, III, Clubman, ancien officier de la CIA
ROSTISLAV, voir Choustrenko
ROUSLAN, « père social »
Sacha, pseudo de Choustrenko, Rostislav
Salem, agent de Hussein
Samir, voir Hussein
Samson, voir Sangdeboeuf
SANGDEBOEUF, colonel Gaston, pseudo Samson, ancien officier français du Service Action
Sinclair, Clubman
SVÉTOZAR, domestique tchétchène
SWELLINGTON, Jack, officier de la CIA
Sylbestre, chef de site pétrolier
TCHEKHOV, voir Ivan Ivanytch
Tchernomor, surnom d'un officier russe
Timmerlaine, Clubman
Timothy, Clubman
TORCH, Kevin, producteur de télévision
VADEBONDIEU, Adeline, maîtresse de Sangdeboeuf
VADEBONDIEU, Hector, mari décédé de Vadebondieu, Adeline
Varvara, voir Kaganovitch
Véronique, infirmière
Vicomtesse, philanthrope britannique
Virginie, journaliste
Willy, voir Knarr
Zakhar, voir Groubko
Zakharouchka, voir Groubko

TABLE DES MATIÈRES

DU MÊME AUTEUR

ROMANS

L'Agent triple (Julliard).
Les Mousquetaires de la République (La Table ronde).
Le Retournement (L'Âge d'Homme), prix Chateaubriand.
Les Humeurs de la mer (L'Âge d'Homme) :
I. *Olduvaï*
II. *La Leçon d'anatomie*
III. *Intersection*
IV. *Les Maîtres du temps.*
Le Montage (L'Âge d'Homme), grand prix du roman de l'Académie française 1982.
Le Trêtre (L'Âge d'Homme).
Le Professeur d'histoire (L'Âge d'Homme).
Nouvelles américaines (L'Âge d'Homme).
Une histoire surannée quelque peu (L'Âge d'Homme).
L'Interrogatoire (Éditions de Fallois/L'Âge d'Homme).
Les Hommes du tsar (Éditions de Fallois/L'Âge d'Homme).
I. *Les Hommes du tsar*
II. *Les Faux Tsars*
III. *Le Grand Tsar blanc.*
L'Enfant posthume (L'Âge d'Homme).
Le Bouclage (Éditions de Fallois/L'Âge d'Homme).
La Chambre meublée (L'Âge d'Homme).
Le Berkeley à cinq heures (Éditions de Fallois/L'Âge d'Homme), prix de la ville d'Asnières 1994.
Peau-de-Bique (Hachette).
La Crevasse (Éditions de Fallois/L'Âge d'Homme).
Chroniques angéliques (Éditions de Fallois/L'Âge d'Homme).
Il y a longtemps mon amour (Éditions de Fallois/L'Âge d'Homme).
L'Enlèvement (Éditions du Rocher).
Opération Barbarie (Éditions des Syrtes).
Le Contrat (Éditions du Rocher).
La Grenade (Éditions des Syrtes).

ESSAIS

Vers une métrique française (French Literature Publication Company).
Le Complexe de Procuste (L'Âge d'Homme).
Lawrence le Magnifique, essai sur Lawrence Durrell et le roman relativiste (L'Âge d'Homme)
Lecture de l'Évangile selon saint Matthieu (L'Âge d'Homme).
La Désinformation, arme de guerre, textes de base présentés par Vladimir Volkoff (L'Âge d'Homme).
Du roi (L'Âge d'Homme).
Vladimiriana, recueil d'articles (L'Âge d'Homme).
La Trinité du mal ou Réquisitoire pour servir au procès posthume de Lénine, Trotsky, Staline (Éditions de Fallois/L'Âge d'Homme).
La Bête et le Venin ou la Fin du communisme (Éditions de Fallois/ L'Âge d'Homme).
Lecture de l'Évangile selon saint Luc et saint Marc (L'Âge d'Homme).
Petite Histoire de la désinformation (Éditions du Rocher).
Désinformation, flagrant délit (Éditions du Rocher).
Manuel du politiquement correct (Éditions du Rocher).
Désinformations par l'image (Éditions du Rocher).
Pourquoi je suis moyennement démocrate (Éditons du Rocher).

BIOGRAPHIES

Vladimir, le Soleil rouge (L'Âge d'Homme).
Tchaïkovsky (L'Âge d'Homme).

THÉÂTRE

L'Amour tue, comédie (L'Âge d'Homme).
Yalta, tragédie (L'Âge d'Homme).
Le Mistère de saint Vladimir, théâtre (L'Âge d'Homme), prix Alfred-de-Vigny 1988.
Œdipe (L'Âge d'Homme).
Théâtre I : L'Interrogatoire. Le Réquisitoire (L'Âge d'Homme).
Charme slave (L'Âge d'Homme).

SCIENCE-FICTION

Métro pour l'enfer, roman, prix Jules-Verne 1963 (Pocket).
Le Tire-Bouchon du bon Dieu, roman (Pocket).

La Guerre des pieuvres, roman (Pocket).

AVEC JACQUELINE DAUXOIS-BRULLER

L'exil est ma patrie, entretiens (Le Centurion).
Alexandra, roman (Albin Michel).

BANDES DESSINÉES

Vladimir le soleil radieux (Lombard), prix de la bande dessinée chrétienne
Alexandre Nevsky (Lombard).

POUR LA JEUNESSE

Conte d'Ivan le Nigaud (L'Âge d'Homme).
Série *Langelot* (Éditions du Triomphe).

Impression réalisée sur CAMERON
par BRODARD ET TAUPIN
La Flèche
en février 2003

Imprimé en France
Dépôt légal : février 2003
N° d'impression : 17226